# CORFF YN Y GOEDWIG

## ALISON G. TAYLOR
### ADDASIAD
## EMILY HUWS

Gwasg
Gwynedd

©1995 Alison G. Taylor

Cyhoeddwyd gyntaf gan Robert Hale Cyf., Clerkenwell House, Clerkenwell Green, Llundain EC1R 0HT.

Cydnabyddir caniatâd Robert Hale Cyf.

Teitl gwreiddiol: *Simeon's Bride.*

Argraffiad Cymraeg cyntaf: 1997

Addasiad Cymraeg: © Emily Huws 1997

ISBN 0 86074 136 2

Cedwir pob hawl. Ni chaniateir atgynhyrchu unrhyw ran o'r cyhoeddiad hwn na'i gadw mewn cyfundrefn adferadwy, na'i drosglwyddo mewn unrhyw ddull na thrwy unrhyw gyfrwng, electronig, electrostatig, tâp magnetig, mecanyddol, ffotogopïo, nac fel arall, heb ganiatâd ymlaen llaw gan y cyhoeddwyr, Gwasg Gwynedd, Caernarfon.

Dymuna'r cyhoeddwyr gydnabod cymorth Adrannau Cyngor Llyfrau Cymru.

Cyhoeddwyd y gyfrol hon dan gynllun comisiynu Cyngor Llyfrau Cymru.

*Cyhoeddwyd ac Argraffwyd*
*gan Wasg Gwynedd, Caernarfon.*

'Beth yw priodas?
Ychydig o lawenydd, ac yna cadwyn o ofidiau.'

Maria Magdalena van Beethoven (1746-1787)
*(Mam Ludwig van Beethoven wrth Cäcilia Fischer, cymdoges)*

# Prolog

*Hydref*

Yn herciog fel hen gi, gan regi wrth droi'i ffêr ar garreg rydd, cerddodd John Jones i fyny'r llwybr ger y fynwent gan osgoi'r pyllau dŵr na fyddai byth yn sychu o'r naill storm law i'r llall. Tasgai'r mwd dros flaen ei esgid ac i fyny coes ei drowsus. Edrychodd dros ei ysgwydd am y canfed tro, ond welodd o ddim ond y coed yn diferu a'r tyfiant drewllyd oddi tano. Chlywodd o ddim ond y gwynt yn y coed trwchus yn cwynfan drwy frigau'n gwichian a chlecian. Gweddïodd mai'r gwynt yn unig oedd yno, ac nid y dyn claerwyn ei ruddiau wedi dod i anadlu drewdod ffiaidd marwolaeth yn ei hen wyneb brawychus.

Ar ben y llwybr, lle'r oedd y lôn darmac yn stopio'n stond wrth giatiau'r eglwys, pwysodd ar y wal i gael ei wynt ato, gan feddwl fod ei fywyd yn gawdel truenus os oedd arno ormod o ofn aros yn ei dŷ ei hun a'i fod yn gorfod mynd i chwilio am dipyn o gwmni dynol; ei hen gyrbiban o wraig gecrus hyd yn oed yn well cwmni nag angenfilod y dychymyg. Syllodd i lawr y lôn, heibio i'r ysgol gyda'i buarth a'i dosbarthiadau'n wag dros y Sul, at y rhes o fythynnod isel y tu hwnt. Yno, ym mharlwr Meri Ann, roedd ei wraig a'i chriw straegar yn siŵr o fod yn hel clecs uwch paneidiau o de. Gan wthio'i gorff tenau draw o'r wal, llithrodd ymaith i lawr y lôn, wrth feddwl pwy tybed oedd y dyn, gan wybod, fel y dilynai nos y dydd, nad oedd erlid o'r fath yn argoeli'n dda am iechyd John Jones.

Dywedwyd wrth y dyn am ei ddilyn, am ei boenydio fel ci lladd defaid yn ymlid praidd, am aros nes roedd Ffawd yn crechwenu, ac yna gydio mewn carreg neu gangen drom a malurio'i ben yn sitrwns.

Rhwbiodd ei gorun, gan wybod mor denau a bregus oedd ei benglog o dan y gwallt brith, caglog, a gwybod mor hawdd y gellid ei dinistrio. Malu'r pen a dileu'r cyfan y tu mewn, ynghyd â'r holl gyfrinachau: cyfrinachau wedi eu cloi rhag trwynau busneslyd ei wraig a gweddill y byd. Cyfrinachau na wyddai neb ond Duw ddim byd amdanynt. Ond dyna oedd gwraidd ei helynt a'i arswyd. Oherwydd nid Duw yn unig a wyddai am rai o'r cyfrinachau hynny.

Wrth ddyrnu ar ddrws Meri Ann â dwrn anferth ar flaen braich hir denau, gan ddal i edrych dros ei ysgwydd o hyd, meddyliodd John Jones tybed faint o arian hawliwyd gan y dyn am gyflawni'r weithred? Faint oedd gwerth cau ceg a llygaid John Jones am byth? Oedd o'n werth mwy yn farw nag yn fyw, fel celain yn lladd-dy Clutton? Crynodd, wrth aros i'r hen wraig hercian ar ei choesau tewion, cryd-cymalog i agor ei drws, gan feddwl tybed ai sipsi o'r safle i lawr y briffordd oedd y sawl a'i herlidiai. Sipsi yn fodlon crensian penglog hen ŵr yn siwrwd gwaedlyd am bris paced o faco, neu hyd yn oed yn rhad ac am ddim, dim ond er mwyn diawledigrwydd y peth. Penderfynodd John Jones, wrth glywed Meri Ann yn ymbalfalu gyda'r clo, ei bod hi'n bryd rhoi terfyn ar y cyfan, i brynu'n ôl yr amser y cynlluniai'r llall i'w ddwyn. Amser i godi'r caead oddi ar y tún cynrhon. Crechwenodd, oherwydd roedd yna fwy na thún o gynrhon erbyn hyn.

'Di'm yma,' meddai Meri Ann. 'Mae hi'n gneud neges i mi.'

'Yn lle, 'rhen dradlen?'

'Llai o dy "hen dradlen" di!' chwyrnodd Meri Ann. ' 'Rhen gena!' Poerodd arno a chau'r drws yn glep yn ei wyneb gan ei adael wedi ei ynysu ar ei rhiniog sgleiniog. Yn fwriadol, rhwbiodd ei esgidiau budron ar y llechen las, gan greithio'r glendid â'r budreddi, cyn llusgo i lawr y lôn, draw oddi wrth yr eglwys, tuag at y briffordd. Edrychodd yn ôl drachefn, yna eisteddodd ar wal tŷ rhywun, a rowlio sigarét, gan bendroni ar ei gyflwr, a'r ofn yn carthu fel gwenwyn drwy'i ymysgaroedd.

Torrai'r heulwen drwy'r cwmwl ar wasgar, gan gynhesu'i wyneb, a gwneud i'r chwys godi. Taniodd ei sigarét, y mwg siarp yn cyrlio i'r awyr gyda drewdod ei gorff wrth iddo gofio'r hyn a welsai yn y coedydd tywyll yna. Gwnaeth yr atgof iddo symud draw o'r wal, a rhoi eu bywyd eu hunain i'w draed i gerdded yn ôl ac ymlaen ar y sgwâr o laswellt llawn chwyn ar ochr y ffordd, ac i gicio'u perchennog am fod mor hurt. Gallai fod wedi cael gwared o'i waith gan luchio'r cyflog pitw yn ôl i wyneb ffroenuchel byddigions y castell. Yna, troi'i gefn ar yr hofel ddrewllyd lle roedd o'n byw a'r tlodi'n sathru ei freuddwyd lleiaf i'r llaid a'i fygu cyn iddo hyd yn oed ffurfio. Ac yn well na dim, cael gwared â'i wraig oedd yn ddigon hyll i ddychryn y Diafol ei hun o'i wâl.

Eisteddodd drachefn ar y garreg a gynheswyd gan yr haul, ac arogleuo'r rhosod hwyr a flodeuai yn yr ardd y tu cefn iddo, a gwylio'r dail yn hofran i lawr oddi ar y coed i orwedd yn lluwchfeydd browngoch ac aur ar y waliau a'r bonion. Edrychodd ar yr aceri toreithiog o lwyni blodeuog a rhosod iraidd yn binc a melyn a gwyn fel ifori. Rhythodd ar y bwthyn oddi mewn i'r ardd a theimlo eiddigedd ddigon i dorri'r galon ddewraf, gan feddwl am y bwthyn arall hwnnw'n drewi o arian, y dodrefn trwchus, drud, yn foethus ac yn fwy o demtasiwn na bronnau a chluniau unrhyw ferch. Ochneidiodd, ysgydwodd ei ben i ollwng yr atgofion allan o'r tywyllwch lle gwthiodd nhw fisoedd ynghynt. Doedd hi ddim yn rhy hwyr hyd yn oed yn awr. Clensiodd John Jones ei ên, stympiau o ddannedd yn crensian gyda'i gilydd, a galw'i hun yn waeth na ffŵl. Poerodd ar y llawr, defnyn crwn, llysnafeddog a orweddodd yn sglein yn yr heulwen cyn llithro oddi ar ochr deilen grin. Yn nrych ei feddwl, gwelodd y dyn yn rhythu arno o'r coed nos-dywyll, ei lygaid yn disgleirio fel talpiau du o lo, a'i wyneb cyn wynned â marwolaeth. Crynodd mewn arswyd, wrth feddwl y gallai'r dyn fod wedi gosod trap yn nyfnderoedd y coed, magl ddigon mawr i'w rwydo, digon cryf i gydio ynddo nes i bangfeydd marwolaeth lonyddu.

Neidiodd ar ei draed a llusgo'n ôl i'r pentref gan godi dau fys ar fwthyn Meri Ann wrth fynd heibio. Ar y llwybr at ei le ei hun cododd ei ben yn uchel, a phenderfyniad a'r gobaith am wawr well i ddod yn diffodd pob ofn. Bryd i'r llall gael tipyn o fraw, meddai wrtho'i hun. Gallai dôs o'u ffisig chwerw nhw'u hunain godi digon o gyfog i atal y rhodresa a'r gwawdio, y swagro a'r car swel 'na. Llyfodd ei wefusau, wrth flasu dialedd. Roedd pres yn drewi, medden nhw, ac roedd hi'n bryd i ddrewdod John Jones a'i gartref godi sawr arall. Dechreuodd chwibanu 'Cwm Rhondda', hoff emyn ei wraig hagr, a llusgo'i ffordd yn ôl i lawr ar hyd y llwybr ger y fynwent.

# Pennod 1

*Gwanwyn*

Yn llygaid y rhan fwyaf o ferched ac nid ychydig o'r dynion a'i gwelai wrth ei waith bob dydd, roedd Dewi Prys — tal a thywyll — yn fwy nag eitha golygus. Byddai'n saith ar hugain oed ym mis Mehefin ac wedi bod yn blisman am wyth mlynedd union, yn dditectif am bron i dair. Fe'i magwyd ar y stad gyngor fawr ar gyrion Bangor. Yn frysiog, plygodd y *Daily Post* a'i stwffio o dan bentwr o ffeiliau pan glywodd Jack Tuttle yn cerdded i fyny'r grisiau o'r celloedd. Doedd gan Dewi fawr i'w ddweud wrth yr arolygydd. Wedi ei eni a'i fagu ar dir tynerach ger y ffin â Lloegr, wyddai Jack ddim byd am galedi ac unigrwydd, am drueni'n ysbeilio enaid dyn drwy gydol nosau a dyddiau hirion dan lach gwynt a glaw'r mynyddoedd, gan ddyrnu ar ddrysau a rhuglo ffenestri drafftiog, a bygwth goresgyn fel Saeson ysbeilgar, nac am adegau pan orchuddiai Duw bentref a daear a choed mewn mantell o niwl mor fyglyd â holl euogrwydd gwledydd cred.

Cododd Dewi ei ben. 'Be oedd 'n cyfaill ni yn y celloedd eisio, syr?' gofynnodd. 'Naeth o gyfaddef? Ddywedodd o, "Ie, syr, fi ddaru ddwyn y fideo o Curry's Caernarfon a mynd â fo'n ôl wythnos yn ddiweddarach i Curry's Bangor am ad-daliad?" Fetia i na naeth o ddim!'

Eisteddodd Jack i lawr. 'Roedd o eisio siarad efo'r prif arolygydd. Iddo fo gael siarad Cymraeg.'

'Dydi Mr McKenna ddim ar ddyletswydd tan ddydd

Llun, ydi o?' meddai Dewi. 'Ddwedai o ddim byd wrthach chi, felly?'

'Wel,' meddai Jack, 'ymysg llawer o sothach am fel roedd ganddo fo hawl i gael siarad yn ei iaith ei hun — iaith yr aelwyd, fel mae o'n ei galw hi — fe ddwedodd dy fêt di, Ianto, wrtha i fod Jamie Llaw Flewog yn caru efo dwy ac fod ganddo gar swel.'

'Ianto wedi cymryd at genedlaetholdeb ar y funud,' meddai Dewi. 'Wedi gneud 'i ran yn cynhyrfu'r dorf gyda'r criw Iaith, medden nhw.' Pwysodd yn ôl a chroesi'i goesau. 'Dydi o ddim yn fêt go iawn i mi, syr. Digwydd ei 'nabod o am ei fod o'n byw ar y stad ydw i. Felly 'sgen i ddim help os dw i'n clywed ei fod o'n brolio iddo chwistrellu paent ar waliau ger y ffordd newydd, nagoes? Mae Ianto'n meddwl mai fo sgwennodd y neges powld 'na am y Frenhines cyn iddi agor Twnnel Conwy.'

'Glywaist ti fi, Prys?' arthiodd Jack. 'Mi ddwedodd o fod gan Jamie gar newydd. Wyddost ti rywbeth am hynny?'

'Na wn,' atebodd Dewi. 'Be'n union ddwetsoch chi, syr, oedd i Ianto ddeud fod gan Jamie gar swel.' Oedodd. 'Neu hyd yn oed gariad efo car swel.' Oedodd drachefn. 'Neu hyd yn oed ei fod yn caru efo dwy.'

'Wel?' arthiodd Jack; fel ci bychan snaplyd, meddyliodd Dewi.

'Wel, chafodd Jamie 'rioed broblem i ddenu merched,' atebodd Dewi.

'Ydi hynny'n berthnasol?'

'Nacdi, mae'n debyg. Gneud yn fawr o'i gyfle mae o. Fydd o i mewn eto cyn bo hir.'

'Pam? Am be?'

'Wyddon ni ddim eto, wyddon ni? Ond mae Jamie

bob amser wedi gneud *rhywbeth*. Dim ond mater o aros i gael gwybod be naeth o ydi o, yna neidio ar ei gefn o.'

Tapiodd Jack flaen pensel ar y ddesg. 'Mae'n siŵr y dyliwn i fod wedi gofyn i dy fêt di am ychydig o fanylion.'

'Fawr o bwrpas i hynny. Dim ond ei rhaffu hi wnâi o . . . mewn unrhyw iaith. Mae'n debyg ei fod o'n gobeithio'n gyrru ni ar ôl Jamie i dalu'n ôl iddo am rywbeth. Beth bynnag,' aeth Dewi ymlaen, 'does gan Jamie ddim car. Mae o'n byw wrth ymyl fy nain, felly faswn i'n gwybod. Gyda llaw, mae 'na rywun eisio'n gweld ni. Galwodd y swyddog sydd ar ddyletswydd.'

'Pwy?'

'John Beti.'

'Pwy ydi o?'

'John Jones, gŵr Beti Gloff.'

'A phwy, Prys, ydi Beti Gloff?'

'Beti Jones ydi'i henw hi, syr, o bentref Salem,' ochneidiodd Dewi.

'O,' meddai Jack. 'Felly pam mae ei gŵr hi eisio'n gweld ni?'

'Be wn i? Ddwedodd neb pam.'

'Well inni gael gwybod 'ta, yn tydi? Ty'd â fo i'm swyddfa i.'

'Iawn, syr.'

'Prys?' stopiodd Jack ger y drws. 'Wyddon ni rywbeth am y Jones yma? Oes ganddo fo record? Well gwybod popeth sy 'na i'w wybod am ein dihirod, yn tydi?'

'Faswn i ddim yn galw John Beti'n ddihiryn. Dwi ddim yn meddwl ei fod o'n ddigon dewr. Wedi cael ei ddal yn gneud hyn a'r llall dros y blynyddoedd, dwyn ran amla . . . roedden ni'n meddwl ei fod o wedi dwyn ffrwydron o Chwarel Dorabela dro'n ôl, ond nid fo naeth.'

'Pwy naeth 'ta?' gofynnodd Jack. 'Un o'r terfysgwyr 'na? Be maen nhw'n ddeud, Prys? Y jôc am roi tai ar dân rhag i'r Saeson eu prynu nhw?'

Ochneidiodd Dewi drachefn. 'Rhywbeth tebyg i "Dowch adref at dân braf mewn bwthyn yng Nghymru", syr,' meddai. 'Ffermwr lleol oedd wedi dwyn y ffrwydron i chwythu boncyff coeden yng nghanol ei dir âr gorau.'

'Blydi nodweddiadol yntê?' meddai Jack. 'Pam ar wyneb y ddaear nad aeth o i rywle i'w prynu nhw?'

Eisteddai John Jones yn y gadair ger desg Jack yn rowlio sigarét. Rhwng tynnu'r baco'n gareiau ar y papur budr, gan lyfu'r ymyl, ei dafod tenau, main yn gwibio'n ôl ac ymlaen, crechwenodd ar Dewi. Gollyngodd fatsien i'r bin sbwriel, ar ôl diffodd y fflam â bawd corniog, a dweud, 'Wedi gadael iti gael trowsus llaes rŵan, ydyn nhw, Dewi Prys?'

'Pam oeddech chi eisio'n gweld ni, Mr Jones?' gofynnodd Jack.

'Gen i rwbeth ichi yn toes?'

'Oes?' gofynnodd Jack.

'Oes.' Crechwenodd drachefn. 'Tydw i'n gneud 'ch gwaith chi i chi.'

'Ydach chi?' torrodd Dewi ar draws. 'Sut felly?'

'Wedi cael hyd i gorff ichi, yn tydw?' Edrychodd John Jones oddi wrth Jack at Dewi; chwilio am gymeradwyaeth, meddyliodd Dewi, a meddwl hefyd y byddai'n well ganddo roi llond bol iddo a'i yrru'n ôl i'w gwt drewllyd.

'Ble mae o 'ta, John Beti?' gofynnodd Dewi. 'Ble

mae'r corff 'ma 'dach chi mor garedig wedi dod o hyd iddo inni?'

Trodd John Jones at Jack. 'Ddylech chi neud rhywbeth iddo fo,' meddai gan gyfeirio'i fawd tuag at Dewi. 'Ganddo fo gloch dan bob dant.'

Gwingodd Jack. 'Ble mae'r corff?'

'Yn y coed, 'ntê?'

'Wyddon ni ddim, wyddon ni?' meddai Dewi. ' 'Dan ni'n trio cael gwybod. Ym mha goed mae o i fod?'

'Be ti'n feddwl "I fod"?' sgrechiodd John Jones 'Dydi o ddim *i fod* yn unman! Yng Nghoed y Castell. Dwi 'di weld o yno yn tydw?'

'Os 'dach chi'n deud,' meddai Dewi.

'Pwy ydi o?' mynnodd Jack.

'Pwy ydi o?' ailadroddodd John Jones, gan godi'i aeliau tenau. 'Sut ffwc ddyliwn i wybod? Dim ond esgyrn a charpiau sy 'na.'

Gyda Dewi a John Beti yn y car, trodd Jack oddi ar y ffordd gyflym ac ar hyd yr hen ffordd gul ger pentref Salem, croesi pont luniaidd Telford dros yr afon, ac aros y tu allan i giatiau glas uchel oedd yn gwarchod un o'r mynedfeydd preifat i Stad Castell Crach. Wrth gael cip ar wyneb tenau John Jones wrth i hwnnw symud yn sydyn yn ei sedd, meddyliodd Jack fod y dyn fel cymeriad o stori dylwyth teg: crebachlyd, od, ac afreal braidd.

'Dwi'n gweld fod y criw trosedd wedi cyrraedd o'n blaenau ni,' meddai gan bwyntio tuag at y fan wen wedi ei pharcio dros y ffordd. Trodd at John Jones. 'Pa mor bell yn y coed oeddach chi pan welsoch chi'r corff?'

'Wn i'm. Rhyw filltir o fan'ma. Mwy ella. Do'n i'n cymryd fawr o sylw, dim ond crwydro o gwmpas.'

'Yn gneud be?' gofynnodd Dewi. 'Potshio?'

'Meindio fy ffycin busnes fy hun, Dewi Prys! Ddylet ti roi cynnig arni weithiau.'

Agorodd Dewi wregys ei sedd. 'Ddylech chi wylio be 'dach chi'n ddeud!' Dringodd allan o'r car ac edrych yn ôl i fyny'r ffordd. Wrth iddi nosi, crynhodd cymylau drachefn y tu cefn i'r mynyddoedd ar ôl storm heb lwyr gilio. Roedd y gwynt wedi troi yn ystod y nos, gan gario oerfel garw o'r gogledd-ddwyrain. Yn y pellter, gorweddai lluwchfeydd o eira, gweddillion stormydd blaenorol, yn ddwfn a thwyllodrus yng ngheunentydd a chilfachau'r mynyddoedd. Erbyn y bore, meddyliodd Dewi, byddai copaon y mynyddoedd uwchben chwarel Dorabela wedi eu gorchuddio â haenen newydd.

Ac yntau'n awyddus i fynd allan o'r car oedd wedi dechrau arogleuo o rywbeth rhyfedd o hen a braidd yn anghynnes, dilynodd Jack. Tynnodd welingtons o'r cefn, newidiodd, a gosod ei esgidiau'n daclus yn eu lle eu hunain, gan lygadu'r lledr lliw-cneuen-aeddfed â diflastod wrth i eiriau sbeitlyd Ianto yn y celloedd o dan swyddfa'r heddlu, ddychwelyd ato i'w wawdio. Trwyn brown. Dyna roedd Ianto wedi ei alw, ac wedi ei gyhuddo o geisio sathru McKenna i'r mwd i gael dyrchafiad. Yna, gan syllu'n hir ac yn fanwl ar esgidiau Jack, roedd Ianto wedi dweud, 'O feddwl am y peth, Mr Arolygydd, dwi'n amau fod pobl yn ei chael hi'n anodd i weld dim byd ond gwadnau'ch 'sgidiau ffansi chi ar brydiau.'

' 'Dan ni i fod i aros am y Prif Arolygydd, syr?' gofynnodd Dewi.

'Chysylltais i ddim ag o,' meddai Jack. 'Dim angen tarfu arno nes byddwn ni'n gwybod be ydi be. Dowch inni weld be sy 'ma. Fydd hi'n dywyll cyn bo hir.'

'Well inni farcio'r ffordd efo hwn 'ta,' meddai Dewi, gan dynnu rowlyn o blastig Dayglo o'r fan. 'Fel Thesews yn y drysni yn mynd ar ôl y Minotor. 'Dan ni ddim eisio mynd ar goll, nac 'dan?'

'Dim peryg!' gwawdiodd John Jones. 'Fedrwn i arogleuo'ch criw chi dan hanner canllath o ffycin dŵr, heb sôn am ryw lond dwrn o goed!'

Dafliad carreg ar hyd ffordd raeanog rhwng rhengoedd o goed pin uchel, stopiodd John Jones i weld ble roedd o cyn disgyn ar hyd llechwedd fwdlyd i'r coed. Dilynodd Dewi'r lleill i'r goedwig drwchus ar ôl clymu tâp o amgylch boncyff coeden. Bellach ceid llai o goed pin a mwy o golofnau tenau o fedw a gwern. Tyfai coed llwyf yn llawn pydredd afiechyd yn agos at ei gilydd, eu brigau wedi ystumio'n ffurfiau cordeddog, efrydd, fel petai'r ymdrech o ymestyn tuag at y goleuni wedi profi y tu hwnt i'w nerth. Symudodd John Jones ymlaen yn betrus gan aros yn awr ac yn y man i chwilio dan draed am arwyddion troedio blaenorol yng nghanol y dail crin o gwympiad can Hydref a'r rheiny'n pydru ac yn fudr. Llanwai drewdod madredd yr awyr.

'Pa mor aml ti'n meddwl mae pobl yn dod i lawr i fan'ma?' gofynnodd Jack iddo. Gwnaeth Dewi ystum 'be wn i?' a bwrw ymlaen heb ddweud yr un gair. Sglefriodd i lawr llechwedd serth tuag at yr afon a'r creigiau marmoraidd, gwelwon yma ac acw ar ei glannau llysnafeddog. Llithrodd Jack yn ei welingtons a bu bron iddo syrthio i mewn. Cydiodd Dewi yn ei fraich a'i halio ar ei draed.

'Allech chi guddio cant o gyrff i lawr yn fan'ma a châi neb hyd iddyn nhw byth,' sylwodd Dewi. Trodd at John Jones. 'Rhyfedd sut y llwyddoch chi, yn tydi?'

Ger yr afon, a'r dyfroedd hufennaidd yn llifeirio dros y creigiau a'r graean disglair ar ei gwely, roedd y golau'n ogoneddus, yn llawn porffor a glas a llwydwyn, a'r haul wedi hen ddiflannu dan gymylau trwchus y gaeaf a'r rheiny'n cael eu hyrddio ymlaen yn galed a chyflym gan wyntoedd oddi ar y môr. Gwichiodd brigau yn y distawrwydd trwm, ond er hynny roedd yr awyr mor llonydd, meddyliodd Jack, roedd hi fel bod o dan y dŵr. Ble bynnag yr edrychai, gwelai goed: coed prudd, tywyll, rhai wedi eu sgeintio â gwyrdd miniog gwelwlas deiliach newydd, eraill yn marw, a'r bywyd yn cael ei dagu ohonynt gan grafangau eiddew tywyll. Ar hyd glannau'r afon, syrthiai creigiau cennog, wedi eu lapio mewn mieri marw. Ni thorrid ar draws y llonyddwch gan gân unrhyw aderyn, ni sgrialai unrhyw anifail bychan yn y llwyni; doedd dim yn amharu ar grandrwydd a chymesuredd natur yn ei ogoniant. O gil ei lygad gwelodd rith cysgod o fewn i'r fintai goed yn union o'i flaen. Rhythodd arno, gan geisio gwneud synnwyr o'r talp o lwydwyrdd a dasgai ar draws ei lygaid fel lliw budr yn rhedeg o frws peintiwr diofal.

Symudodd John Jones ymlaen, a'i esgidiau'n slotian. 'Yn fan'na mae o. Wela i o.' Yn araf, yn gyndyn bron, fe ddilynon nhw'r cymeriad annifyr. Ar fryncyn o fewn y tyfiant, ymysg cwlwm o goed marw wedi eu tagu gan eiddew, ar ben rhaff fregus, hongiai'r corff, megis cysgod o gysgod. Hongiai dillad a fu unwaith yn ddu yn garpiau llwydion o amgylch ei aelodau. Cydiai golwythion bychain o gnawd sych yma ac acw arno o hyd. Safai ambell dusw o wallt clapiog ar ei ben. Roedd y llygaid wedi hen ddiflannu yn wledd i'r brain a'r piod. Edrychodd Jack arno a theimlo croen ei ben yn ysu. Sawl dydd a nos y bu'n crogi yno i gael ei socian gan y glaw, ei losgi gan haul yr haf, ei sgwrio gan y gwyntoedd, a'i freuo gan rew dwfn canol gaeaf?

Hongiai'r corff yn agos at y ddaear, a'r rhaff a'r gwddf, yr asgwrn cefn a'r coesau wedi eu hymestyn gan ddisgyrchiant a thamprwydd i ryw ffurf swrealaidd, a'r traed yn pwyntio fel rhai dawnsiwr, a'r symudiad wedi ei rewi ar ganol naid. Siglai sgert garpiog gyda'i bywyd ei hun, gan godi chwaon o ryw arogl rhyfedd i'r awyr. Heb gyffwrdd dim byd, rhag ofn difrodi'r gweddillion bregus, archwiliodd Jack y corff. Fel y symudai o'i amgylch, roedd fel petai'n troi i'w ddilyn, yn cael ei ddenu gan fagneteg ryfedd, a'r pen yn pwyso ymlaen i wylio'r archwiliad. Teimlodd y glun yn cyffwrdd ei ysgwydd. Bron na roddodd sgrech o arswyd.

Hunan-laddiad, penderfynodd. Dull nodweddiadol i ferch ddewis. Safodd y tu cefn iddi, a'r arogl rhyfedd yna'n sychu cefn ei lwnc. Edrychodd ar yr hyn oedd yn weddill o'i dwylo, wedi eu llyffetheirio'n grafangau islaw'r belt lledr trwchus a glymai ei garddyrnau'n dynn at ei gilydd fel rhai troseddwr yn barod i'w ddienyddio.

# Pennod 2

'Ddwedaist ti wrth McKenna bellach?' gofynnodd Emma Tuttle i'w gŵr.

'Methu cael gafael arno fo. Dwi wedi bod yn trio drwy'r pnawn a'r gyda'r nos.' Roedd Jack yn dylyfu gên.

'Tisio i mi ffonio Denise?'

'Nagoes, cariad. Ffonia i eto cyn inni fynd i'r gwely. Does 'na ddim byd i'w neud heno, beth bynnag.'

Taflodd Emma flocyn arall ar y tân. 'Oes 'na rywun yn dal i lawr yn 'rhen le 'na? Ar y fath noson?' gofynnodd. 'Ti ddim wedi gadael neb yno ar ei ben ei hun, nagwyt?'

'Doedd 'na ddim diben. Wyddon ni ddim pa mor hir y bu'r corff yno nes i Eifion Roberts neud y postmortem . . . os byddwn ni'n gwybod wedyn. Yn ôl pob golwg roedd hi wedi marw cyn i'r gaeaf gydio.'

Rhedodd iasau i lawr asgwrn cefn Emma. 'Y greadures fach!' meddai hi. 'Dychrynllyd 'ntê?'

'Ie debyg . . .' agorodd Jack ei geg drachefn. 'Ydi'r efeilliaid yn iawn?'

'Ydyn wrth gwrs,' meddai Emma. 'Pam na ddylien nhw fod?'

'Maen nhw'n ddistaw iawn.'

Gwenodd Emma. 'Rêl plisman,' meddai hi. 'Dim ond am nad 'dyn nhw'n gneud sŵn, rwyt ti'n meddwl eu bod nhw wrthi'n gneud rhywbeth.'

'Wel, felly maen nhw fel arfer, yntê?'

★ ★ ★ ★

Roedd hi wedi tywyllu'n llwyr cyn i'r heddlu a'r swyddogion fforensig adael y coed, yn rhyw lusgo y tu ôl i'r patholegydd a'r rhai a gludai'r corff. O reidrwydd, roedd angen gofal mawr wrth dorri'r wraig ddi-enw hon i lawr, gyda dau berson yn cydio ynddi tra dringai Dewi i fyny i ddatod y rhaff. Gan fod y clymau'n rhy dynn a'r rhaff yn rhy wlyb i'w datod, fe'i gorfodwyd i dorri drwyddi, tra oedd y lleill islaw yn cadw'r corff rhag siglo a phlycio.

'Wel, fedrwn ni fod yn sicr nad hunan-laddiad ydi o,' sylwodd Eifion Roberts. 'Fedrai neb glymu'i ddwylo'i hunan fel yna . . . Ella y bydd y belt 'na'n deud rhywbeth wrthon ni rywbryd.' Sythodd a thynnu ei fenig llawfeddygol. 'Pob cydymdeimlad â chi. Mae'n edrych yn debycach i ddienyddiad na llofruddiaeth gyffredin. Mae'n ddigon posib y cewch bod 'na gysylltiad terfysgol.'

'Sut ddiwrnod ge'st ti?' gofynnodd Jack i'w wraig.

'Ddim yn rhyw braf iawn, a deud y gwir,' cyfaddefodd Emma. 'Roedd Caer yn berwi o bobl. Wn i ddim pam 'dan ni'n trafferthu mynd ar bnawn Sadwrn, heblaw fod Denise fel petai hi angen tipyn o amser iddi hi'i hun . . . fe brynodd siwt fendigedig yn Browns.'

'A sut mae ein Mrs McKenna ddeniadol?'

'Fydda'n dda gen i petait ti'n peidio defnyddio'r dôn ddirmygus 'na wrth sôn amdani,' arthiodd Emma. 'Mae hi'n anhapus iawn.'

'A'i gŵr hi hefyd,' meddai Jack.

'Ydi o?' gofynnodd Emma. 'Wel, dydi hynny ddim yn rhoi'r hawl iddo fo neud ei bywyd hi'n boen. Roedd hi'n crio heddiw. Ynghanol pobl! Roedden nhw wedi cael ffrae arall bore 'ma. A wyddost ti am be?' mynnodd Emma. 'Crefydd o bob dim. Sut y medr unrhyw berson normal ffraeo ynghylch crefydd?'

Ochneidiodd Jack. 'Pabydd ydi o. Capelwraig ydi hi.'

'Felly?'

'Felly mae hi'n mynnu rhygnu 'mlaen a 'mlaen fel tôn gron am iddo fo fynd i'r capel efo hi er ei bod hi'n gwybod yn iawn nad aiff o ddim.'

'Ei stori o ydi hynna, mae'n siŵr.'

'Be ydi'i stori hi 'ta?'

'O, paid â bod mor blydi sbeitlyd!' gwaeddodd Emma. 'Os oedd Denise o bawb yn eistedd mewn caffi'n crio . . .'

Cododd Jack ar ei draed. 'A 'dan ni i gyd wedi gweld Denise yn crio pan mae'n ei siwtio hi yn tydan? Dagrau'n cronni yn ei llygaid glas babi dol ac yna'n tasgu allan . . . sut disgrifiaist ti o, Em? Fel mwclis glas, meddet ti, yn llithro i lawr gruddiau tsieni, yna'n malu'n deilchion ar y llawr. Dramatig iawn. Pa mor hir fu hi'n ymarfer hynna tybed?'

'Pam mae'n rhaid i ti fod mor gas yn ei chylch hi? Be mae hi wedi'i neud i ti?'

'Emma!' Rhoddodd dicter frath yn llais Jack. 'Mae Denise McKenna wedi ei difetha'n rhacs. Wyt ti wedi meddwl 'rioed be mae hi'n ei neud efo hi'i hun drwy'r dydd? Heblaw gwario'r arian mae o wedi chwysu i'w hennill? Dim plant, dim anifeiliaid anwes, pob teclyn diweddaraf y medri di feddwl amdano fo yn y tŷ 'na. A dynes yn dod i mewn i llnau! Wedi laru mae hi! Ac mae merched fel hi,' ychwanegodd, 'yn blydi peryglus, oherwydd maen nhw'n gneud i bawb arall deimlo'u bod nhw wedi laru ac yn anfodlon hefyd.'

Cyrhaeddodd Jack orsaf yr heddlu yn gynnar fore Sul. Eisoes trefnwyd ymholiadau o dŷ i dŷ ym mhentref Salem, ac eisteddai McKenna wrth un o'i gyfrifiaduron, yn chwilota drwy'r mynegai pobl-ar-goll.

'Mae Roberts wrthi'n gneud y post-mortem, iddo gael mynd i hwylio'r pnawn 'ma,' meddai McKenna.

'Ddwedodd o wrthoch chi beth roedd o'n 'i feddwl?'

Cododd McKenna ei ben. 'Terfysgwyr? Posibilrwydd, ella, ond annhebygol.' Gwthiodd ei gadair draw o'r ddesg. 'Dydi'n rafins lleol ni ddim wedi lladd neb hyd yn hyn. Maen nhw i'w gweld yn ddigon bodlon yn tanio ac yn anfon ambell i fom llythyr.' Estynnodd am ei sigarennau, ac ychwanegodd, 'Beth bynnag, bwled yn y gwegil yw hi gan derfysgwr go iawn. Ar ôl saethu drwy'r pengliniau, wrth gwrs.'

Meddai Jack, ' 'Dach chi ddim i fod i smocio wrth ymyl y cyfrifiaduron, syr.'

'Pam?'

'Dyna mae'n ddeud ar y wal.'

'Wn i hynny, Jack. Pam?'

'Wn i ddim . . . ella fod y mwg yn cawlio'u coluddion nhw neu rywbeth.'

Cododd McKenna ar ei draed. 'Wel, 'dan ni ddim eisio i hynny ddigwydd, nac oes?'

Gan ddisgwyl un o'r cyfnewidiadau tymer cyflym oedd yn rhan mor annatod o bersonoliaeth McKenna ac a wnâi i'r rhai a gydweithiai ag ef deimlo'u bod yn troedio'n drwsgl â'u llygaid dan fwgwd drwy gae llawn bomiau, ymataliodd Jack rhag gofyn pam roedd McKenna yn dewis gweithio ar benwythnos rhydd gwerthfawr. Roedd yn well, meddai wrtho'i hun, peidio gofyn rhai pethau, oherwydd gallai cwestiynau o'r fath ennyn ymateb na ellid ei anwybyddu.

Dawnsiai diafoliaid llên gwerin a drychiolaethau chwedlau ar hyd lonydd troellog pentref Salem, gan ffit-ffatian ar draed distaw y tu ôl i'r byw, a gweu edafedd o hud tywyll drwy'r coed. A'i adeiladau wedi eu codi o fewn golwg tŵr soled yr eglwys a'r fynwent, roedd y pentref yn byw dan gysgod tywyll Coed y Castell: aceri o dyfiant annhreiddiadwy ar hyd glannau'r Fenai a thu hwnt i'r clogwyn lle safai Castell Crach.

Fe'i lluniwyd gan grefftwaith a llafur lleol, fwy na chanrif ynghynt, gan Sais wedi pesgi'n braf ar y farchnad gaethwasiaeth, yn flonegog o gyfoeth a chreulondeb. Llyncodd y castell adfeilion plasty hynafol. Galwodd y Sais ei hurtrwydd gwallgo yn Gastell Ebargofiant. Galwodd y chwarel lechi a gafnai archoll anferth ar lechwedd y mynydd pell, lle roedd caethwasiaeth ar gefn y Cymry'n chwyddo'i gyfoeth ymhellach, ar ôl ei wraig, Dorabela.

Daeth Castell Ebargofiant yn Gastell Crach bron cyn gynted ag y gosodwyd y garreg olaf yn ei lle, dialedd bychan am anghyfiawnder mawr. Crach oherwydd ei fod ynghudd o fewn amdo o goed, gyda chip o fur un tŵr yn unig yn y golwg. Crach oherwydd ei fod yn ffals ac yn ffug, wedi ei addurno y tu hwnt i bob rheswm a synnwyr. Bob tro y câi gip ar y muriau llwydion, dymunai Dewi Prys i'r Sais hwnnw oedd bellach wedi hen farw, a'i Ddorabela, holl boenedigaethau'r fall. Gweddïai am i ysbrydion yr holl eneidiau, boed yn rhai'r bobl groenddu neu'r Cymry, y blingwyd urddas mewn bywyd oddi arnynt gan drachwant, i orwedd yn gymysg â nhw mewn marwolaeth yn eu bedd addurniedig, aflednais ym mynwent y pentref.

Tra oedd ei gydweithwyr wrthi'n cyf-weld pobl yn y castell a'r tai wrth ymyl y briffordd, crwydrodd Dewi o amgylch ochr ddwyreiniol y pentref, heibio i'r hen ysgoldy, y ficerdy, a'r rhes fechan o dai unllawr wrth ochr yr ysgol gynradd, cyn mynd i lawr y llwybr wrth ochr y fynwent, o dan goed gwlyb diferol a'u canghennau'n pwyso'n drwm ac yn isel. Cyrhaeddid pen draw'r llwybr o'r diwedd wrth adwy fechan yn y wal gerrig uchel a ddynodai derfyn deheuol y stad. Y tu hwnt roedd pistyll bychan, a'r dŵr hallt yn dal i ddiferu i ferddwr pyllog yn drwm o lysnafedd.

Codai arogleuon dail pydredig drwy'r awyr gan atgoffa Dewi o lan yr afon a'r coed trwchus a'r corff druan yn hongian ar ei raff. 'Bydd 'na stori fawr tu cefn i hynna,' oedd geiriau ei nain. A hwythau'n ddiogel rhag pa erchyllterau bynnag a fu lai na milltir i fyny'r ffordd, bu hen bobl y stad gyngor wrthi tan oriau mân y bore Sul, gyda blas mawr, yn trin a thrafod ysbrydion a thrasiedi a'r holl ddirgelion hynny sy'n llechu rhyw fymryn bach o olwg y byd.

Crwydrai Beti Gloff o amgylch y wlad, gan siglo o ochr i ochr wrth gerdded i fyny'r llwybr tuag at Dewi. Fyddai hi byth yn llonydd, fel petai ei chorff efrydd ddim yn medru aros yn llonydd gyda'i anffurfiad, na dioddef ystyried ei hacrwch. Gwenodd gan ddangos dannedd mwy cam na'r cerrig beddau yn y fynwent gerllaw. 'Haia, del. Dim rhaid gofyn be ti'n neud 'ma!'

Oherwydd y diffyg taflod yn ei cheg, crafai ei llais ar y glust. Fedrai neb edrych ym myw llygaid Beti

Gloff. I ddyfynnu disgrifiad lliwgar Nain, un llygad fel taten fwdlyd yn edrych tuag at Fethesda, a'r llall at Gaernarfon: dwyrain a gorllewin. Hi oedd y person mwyaf eithafol hagr a welsai Dewi erioed: mwy gwrthun nag unrhyw gargoil yn cilwenu o waliau'r eglwys, cyn hylled â chynulliad o holl bechodau'r byd.

'Roedd Nain a'i chriw ar eu traed tan oriau mân y bore yn hel clecs,' meddai ef.

Chwarddodd . . . sŵn clegar. 'John Jones 'di rhoi gwaith siarad i bobl, ydi o?'

'Ydi, mae o,' cytunodd Dewi.

'Oeddet ti ar dy ffordd i 'ngweld i, del?' gofynnodd. 'Ond nad wi'm yno fel petai. Be oeddet ti isio'i wybod?'

'Unrhyw beth oedd gynnoch chi i'w ddeud wrtha i.'

Cychwynnodd i fyny'r llwybr, gan symud yn rhyfeddol o gyflym, a'i choesau cloff yn taflu allan o bobtu'i chorff. Aeth Dewi gyda hi. 'Dwi'n mynd i weld ydi Meri Ann eisio neges o rywle. Ty'd ti efo fi. Mae hi bob amser yn falch o dipyn o gwmni.'

## Pennod 3

Amser cinio, a gwynt sbeitlyd y gogledd-ddwyrain yn chwythu — rhan olaf y stormydd diweddar yn chwipio'i gynffon fel cath flin ar fin ymosod — gan hyrddio glaw yn erbyn ffenestri ei labordy, rhoddodd Eifion Roberts y gorau i'r syniad o fynd i hwylio ar y Fenai am y pnawn.

Doedd y post-mortem ar y wraig ddi-enw ddim yn waith anodd. Bu farw yn ôl pob golwg oherwydd iddi grogi ar ben rhaff. Roedd y rhaff wedi breuo gydag amser, a'r cwlwm rhedeg wedi tynhau bron yn llorweddol o amgylch y gwddf gan bwysau'r corff yn disgyn, a gwelid mân dameidiau ohoni'n awr yn siwrwd ar y fainc. Tynnodd Dr Roberts ffotograffau a lluniau pelydr-x o'r corff, gan roi sylw arbennig i doriad hen a chymhleth ar asgwrn y ffêr chwith. Doedd dim digon o gnawd ar ôl, heblaw lle roedd dillad wedi ei amddiffyn rhag yr elfennau, i ddangos tystiolaeth o anaf cyn marwolaeth. Dinoethwyd y benglog bron yn gyfan gwbl, gan adar a natur a thrychfilod. Nid oedd wedi cracio. Roedd y corff wedi hen fadru; yr organau mewnol wedi crebachu, bron wedi mwmeiddio. Cododd, yn eithriadol o ofalus, yr organau mewnol pwysicaf ynghyd â'r groth, gan eu selio mewn jariau'n barod i'w dadansoddi.

Yn ofalus, datododd Emrys, ei gynorthwyydd, y belt oedd yn clymu garddyrnau'r wraig. Fe'i gwnaed o ledr brown, heb addurniad o fath yn y byd arno. Roedd yn dair modfedd a hanner o led ac wedi colli'i liw lle'i cyffyrddwyd gan yr haul a'r gwynt. Roedd y bwcwl wedi cael ei dorri ymaith, gan adael y pen yn doriad anniben.

Taenwyd dillad rhacslyd y wraig ar y bwrdd. Codai arlliw o arogl ohonynt. Synhwyrodd Dr Roberts hwy gan geisio cofio arogl beth ydoedd. Sawrai o angladdau, ond nid arogl angau ydoedd. Cydiai'r llwydni sych yn y llwnc. Teimlai y byddai'n ei wneud yn ddychrynllyd ac yn anesboniadwy o isel ei ysbryd petai'n ei synhwyro'n hir.

Cododd Emrys ei olwg o lawlyfr trwchus yn rhestru gwneuthurwyr dilladau a labelau. 'O'r Almaen y daeth y dilladau'n wreiddiol, Dr Roberts,' meddai. 'Yr unig broblem ydi eu bod yn cael eu gwerthu mewn o leiaf gant o lefydd ym Mhrydain. Drud braidd, ond dim byd yn arbennig.'

'Damia!' Byseddodd Eifion Roberts y dillad. 'Fawr o obaith cael gwybod ble prynodd hi nhw, felly?'

'Mi ffacsia i ychydig o luniau i'r Almaen beth bynnag. Ddylien nhw fedru deud wrthon ni pryd cawson nhw'u gneud, ble cawson nhw'u gwerthu . . . ella y byddwn ni fymryn bach yn nes i'r lan.'

'Fawr o obaith! Pryd oedd y tro olaf y llwyddon ni i daro deuddeg gyda'r math yna o holi? Mae dillad merch fel . . . wn i ddim be . . . fel gronynnau o dywod, miliynau ar filiynau o'r blydi pethau. Dim ond meddwl amdanyn nhw'n ddigon i neud iti deimlo'n fflat . . . Fyddai angen y Dywysoges Di ar y bwrdd arnon ni cyn inni gael unrhyw obaith o gael ID oddi ar y dillad.'

Gwenodd Emrys. 'Petai'r Dywysoges Di wedi bod ar goll cyhyd â'r foneddiges hon, ella y byddai rhywun wedi sylwi.' Bodiodd y belt. 'Yrra i lun o hwn hefyd. Mae'r lledr o ansawdd da iawn.'

\* \* \* \*

Dychwelodd dau gydweithiwr Dewi i Fangor ganol y pnawn, gyda thameidiau o wybodaeth, ond dim byd amlwg berthnasol nac o wir ddiddordeb.

'Mi fydd yn rhaid iddyn nhw fynd allan eto fory,' meddai Jack wrth McKenna. 'Roedd hanner y pentref wedi mynd i rywle am y diwrnod.'

'Sut raglenni sy ar y teledu heno?' gofynnodd McKenna. 'Os nad oes yna fawr ddim o ddiddordeb, fe anfonwn ni dîm o'r shifft nos allan. Dim byd fel rhoi tipyn o ddiddanwch i bobl ar nos Sul anniddorol.' Taniodd ei sigarét. 'Biti nad oedd gan 'run o'r merched sydd ar goll anaf fel 'run y cafodd Dr Roberts hyd iddo ar ffêr y wraig yma.'

'Chwysu caled o'n blaen ni eto, felly, yn toes?' meddai Jack.

Erbyn diwedd y pnawn, roedd pob heddlu a wyddai am wragedd ar goll wedi derbyn pecyn ffacs yn cynnwys disgrifiad, pelydr-x a lluniau o'r dannedd, y niwed a'r sinysau, gyda chais i holi ysbytai, doctoriaid a deintyddion yn eu hardaloedd. Roedd Dr Roberts wedi cynnig yn betrus, fel y dywedodd wrth McKenna, fod oedran y wraig rywle rhwng pump ar hugain a phump a deugain, ond yn debygol o fod tua phymtheg ar hugain. Roedd hi'n debygol, ond yn debygol yn unig, pwysleisiodd, o fod wedi marw ers rhyw ddeunaw mis i wyth mis a deugain; roedd rhywbryd rhwng y ddau'n fwy tebygol.

'Waeth inni adael y ffeil efo'r rhai sy'n aros am benderfyniad ddim, Jack,' meddai McKenna. 'Heblaw am y garddyrnau wedi'u clymu, fyddai gynnon ni ddim byd ond hunanladdiad anffodus. Ble mae 'rhen Dewi? Ddylai o fod wedi dod 'nôl efo'r lleill.'

'Alwodd o i mewn dro'n ôl. Mae o'n siarad efo rhai o hen wragedd y pentref. Meddwl y gallai un ohonyn nhw fod yn gwybod rhywbeth defnyddiol.'

'Amheus gen i. Ond dim bai ar roi cynnig mae'n siŵr . . . oes 'na rywun wedi siarad efo Jamie Llaw Flewog bellach?'

'Ddrwg gen i. Nagoes. Anghofiais i'n yr holl gyffro.'

'Gaiff o aros. Ewch chi adref, Jack. Ailgychwynnwn ni yn y bore.'

Wrth yrru adref, dyfalai Jack sut y byddai McKenna yn osgoi Denise unwaith y byddai'r esgusion am bwysau gwaith wedi'u dihysbyddu o'r diwedd, a pham roedd priodasau cynifer o blismyn yn diweddu mor drychinebus gyda chwerwder a thrais meddwol mor ddifrifol o gyffredin. Cadwai'r Bwrdd Rheoli ddelwedd gyhoeddus dderbyniol, wedi ei bwydo ar y gamddealltwriaeth y byddai cyfaddefiad o amherffeithrwydd yn niweidio hyder y cyhoedd. Roedd cwynion ynghylch yr heddlu ar gynnydd, ond caent eu cymylu a'u camliwio. Y cwynwyr a gâi'r bai'n aml, a'r cyfryngau'n cwyno ynghylch atebolrwydd, gan gyhuddo'r heddlu o gadw cefn ac o gamwybodaeth fwriadol. Crwydrodd y si am ddwylo'r wraig wedi'u rhwymo, fel y gwyddai Jack yn iawn. Bu dau ohebydd o Lundain yn amharchus iawn ohono pan wrthododd wneud sylwadau ynglŷn ag ymyrraeth posib gan derfysgwyr.

Roedd Emma yn falch o'i weld, a dicter y noson cynt wedi gwasgaru. Ond roedd Jack yn llai na llawen o weld Denise McKenna yn clertian yn foethus ar y soffa. Sipiai win gwyn ac edrychai fel petai'n bwriadu aros. Arhosodd y cwestiynau ynghylch ble roedd ei gŵr heb eu gofyn rhyngddyn nhw.

\* \* \* \*

Roedd yr arolygydd yn rhy grafog, yn rhy ddiystyrllyd o bethau na ffitiai'n daclus gyda'i syniadau, meddai Dewi wrtho'i hun, gan deimlo'n falch o weld fod Jack Tuttle wedi mynd. Roedd o'n hoffi ac yn parchu McKenna, hyd yn oed os oedd eraill yn dweud fod y prif arolygydd yn un anodd, ac yn rhy dueddol o wrando ar ei ddychymyg.

'Ddrwg gen i fod yn hwyr yn dod 'nôl, syr. Wedi bod yn sgwrsio efo hen wragedd y pentref.'

'A?'

'Roedd ganddyn nhw ddigon i'w ddeud, fel arfer 'ntê? Aeth Beti â fi i dŷ Meri Ann. Yna cyrhaeddodd Gwladys a Mair Evans oherwydd, mae'n debyg,' — cododd Dewi ei ben a gwenu — 'eu bod nhw'n 'y ngweld i'n mynd i dŷ Meri Ann ac yn methu ymatal rhag busnesu. Beth bynnag, roedden nhw'n hel clecs ynghylch hyn a'r llall, yna fe ofynnodd Gwladys oeddwn i'n gwybod am y wraig oedd yn byw ym Mwthyn y Grocbren dro'n ôl, ac meddai Meri Ann, "Ddwedais i! 'Do'n i'n deud wrthach chi neithiwr? 'Do'n i'n deud 'i bod hi wedi mynd 'run ffordd â'r llall?" Felly gofynnais i, 'Pwy oedd y llall?' a chymerodd neb affliw o sylw ohona i am hydoedd am eu bod nhw i gyd yn paldareuo am be sy'n digwydd i ferched sy'n byw ym Mwthyn y Grocbren. Gneud i wallt 'y mhen i godi efo'u straeon, syr.'

'A ble mae Bwthyn y Grocbren?'

Lledodd Dewi fap manwl o'r stad ar y ddesg. Rhedodd ei fys ar hyd y terfyn ar ochr y môr, ac aros ar sbardun bychan o dir yn gwthio allan i'r Fenai. 'Mae'r bwthyn yn fan'ma, ar gwr y coed, yn ôl y merched. Maen nhw'n meddwl mai dim ond o'r môr y gwelwch chi o, ac os na wyddoch chi amdano fo, fasech chi byth yn cael hyd iddo. Mae o bron cyn hyned â'r eglwys. Bwthyn y Grocbren maen nhw'n ei alw o gan mai dyna ddiwedd pob merch sy'n byw yno: crogi ar grocbren yn rhywle . . . medden nhw.'

Cydiodd McKenna mewn pad papur o'i flaen. 'Pwy oedd y wraig oedd yn byw yno'n ddiweddar?'

'Wyddon nhw ddim yn iawn! Digon i gynddeiriogi rhywun! Rhyw fforinyr — ym, fforinyr fel o Loegr, syr. Dim syniad be oedd ei henw hi. Beti'n deud iddi ei gweld hi o bryd i'w gilydd, mewn car. Neb yn gwybod am unrhyw un fu'n siarad efo hi. Mae Beti'n meddwl ei bod hi'n rhyw ddeg ar hugain oed, gwallt golau.'

Gan wneud nodiadau yn ei lawysgrifen lac, frysiog, gofynnodd McKenna, 'Faint yn ôl?'

'Fedran nhw ddim penderfynu. O be roedden nhw'n ei ddeud, tair blynedd yn ôl — tair blynedd i Hydref diwetha. Roedd Beti'n deud fod y tywydd yn troi'n oer pan welodd hi gyntaf, a dydi hi ddim yn cofio'i gweld hi yn ystod y gwanwyn na'r haf.'

'Wel,' sylwodd McKenna, 'mae'r amser yn ffitio efo beth mae Dr Roberts wedi'i ddeud hyd yn hyn. Welaist ti'r bwthyn?'

'Naddo, syr. Mae 'na lwybr drwy'r coed o'r pentref, ond mae'n dipyn o ffordd a doedd 'run o'r hen wragedd am ddod efo fi gan ei bod hi'n tywyllu ac maen nhw'n deud fod 'na ysbryd yno. Mae 'na ffordd drol y medrwch chi fynd â char ar ei hyd, ond mae honno'n cychwyn ar y stad yn rhywle.'

'Sut gar oedd gan y wraig 'ma?'

'Dydi Beti ddim yn gwybod. Modern, meddai hi, ac mae pob car modern yn edrych 'run fath iddi hi. Mae hi'n meddwl mai rhyw fath o lwyd oedd o, ond dydi hi ddim yn siŵr o hynny chwaith; doedd y golau ddim yn dda iawn oherwydd yr holl goed a'r adeg o'r flwyddyn.'

Eisteddodd McKenna gan ysmygu. 'Deuda hanes Bwthyn y Grocbren wrtha i,' meddai.

'A deud y gwir, syr, dwi'n teimlo'n dipyn bach o ffŵl yn sôn am ysbrydion a ballu . . .' Swniai Dewi yn anghysurus. 'Dydi o ddim fel petai gan hynna ddim byd i'w neud ag unrhywbeth, ydi o?'

'Wyddon ni ddim eto, wyddon ni? Be sy 'na i ddeud na wnaeth rhywun benderfynu ail-greu hanes neu beth bynnag roedd 'rhen wragedd 'na'n sôn amdano?'

'Braidd yn annhebygol, syr, os 'dach chi'n gofyn i mi,' sylwodd Dewi. 'Beth bynnag, ganrifoedd yn ôl, roedd 'na ddyn yn byw efo'i wraig ym Mwthyn y Grocbren. Simeon yr Iddew roedden nhw'n ei alw fo, ac enw'i wraig oedd Rebekah, ac roedd ganddyn nhw fabi. Merch fach. Does 'na neb fel petaen nhw'n gwybod sut roedd o'n ennill ei damaid, ond un diwrnod, ddaeth o'n ôl o ble bynnag roedden nhw'n mynd y dyddiau hynny, a chael y babi wedi marw. Wedi syrthio i lawr y grisiau, felly roedd ei wraig yn meddwl.'

'Hyll. Be ddigwyddodd wedyn?'

'Wn i ddim, syr. Ddim yn iawn,' meddai Dewi. 'Ond y peth nesa oedd fod Rebekah yn y llys yng Nghaernarfon o flaen ei gwell am lofruddio'r babi. Fe'i cafwyd yn euog, ac fe aethon nhw â hi i'r Twtil a'i chrogi hi. Yna, yn ôl y chwedl, fe ddaeth Simeon yno a thorri ei chorff hi i lawr. Roddodd neb gynnig ar ei rwystro oherwydd roedd ar bawb ei ofn gan mai estron oedd o. Diflannodd efo'i chorff hi. Dim gair am beth ddigwyddodd iddo fo wedyn. Welwyd ddim golwg ohono fo byth. A ŵyr neb ble claddwyd Rebekah.'

'Wedi taflu ei chorff i'r Fenai a neidio i mewn ar ei hôl hi mae'n debyg, Dewi,' meddai McKenna. 'Doedd gan y creadur bach fawr i fyw er ei fwyn, nac oedd?'

'Wel nac oedd, syr. Mae'n siŵr nad oedd. Ddim os 'dach chi'n edrych arni hi fel yna. Ond nid dyna ddiwedd y stori, ddim yn hollol. Maen nhw'n deud fod Simeon wedi melltithio'n arw pan grogon nhw'i wraig, a'i fod o wedi bygwth cerdded. Fel mae ysbrydion yn cerdded,' meddai Dewi. 'Aflonyddu. Maen nhw'n deud iddo fygwth cerdded y ddaear nes cael hyd i'w wraig drachefn. Dyna be roedd 'rhen wragedd yn ceisio'i ddeud, 'dach chi'n gweld. Maen nhw'n credu fod Simeon wedi dod ar draws y wraig 'ma'n byw ym Mwthyn y Grocbren, wedi penderfynu y gwnâi hi'r tro, ac wedi ei chrogi hi yn y coed, er mwyn iddo fo gael ei henaid hi . . . maen nhw'n deud fod ei dwylo hi wedi eu clymu oherwydd felly byddai dwylo Rebekah pan gafodd hi ei chrogi ar Twtil. Mae Meri Ann yn deud y bydd 'run peth yn digwydd i unrhyw wraig fydd yn byw yn y bwthyn,' ychwanegodd. 'Ddylai'r lle gael ei losgi'n ulw, am fod melltith arno, meddai hi.'

'Dwi'n siŵr y byddai'n ffrindiau ni, y terfysgwyr, yn fodlon cydweithredu pe baen ni'n gofyn iddyn nhw,' gwenodd McKenna. 'Oes 'na rywun wedi gweld Simeon 'rioed?'

'Wel, mae 'na rai ohonyn nhw am i chi gredu ei fod o o gwmpas, ond felly fydden nhw yntê? Mae'n stori dda, syr, yn arbennig ar noson dywyll, neu i ryw greadur druan newydd symud i'r pentref.' Tawodd Dewi am funud, yn cuchio braidd. 'Mae 'na awyrgylch od yn y pentref 'na. Byd merched sy 'na, os 'dach chi'n deall be dwi'n feddwl, a dydi'r dynion ddim yn cyfri rhyw lawer. Chlywais i 'run gair am John Beti yn cael hyd i'r corff. Wrth wrando ar Beti a'r lleill, fyddech chi ddim yn meddwl ei fod o'n bodoli o gwbl.'

' 'Dan ni ddynion ddim yn cyfri rhyw lawer yn unman, Dewi. Ond mae'n siwtio'r merched i adael i ni feddwl ein bod ni.'

## Pennod 4

Mewn tymer mor ffiaidd a diflas â'r tywydd, cyrhaeddodd Jack Swyddfa'r Heddlu fore dydd Llun i weld McKenna yn crwydro'n aflonydd fel rhyw ysbryd drwy'i swyddfa yn union fel roedd Denise wrthi gartref. Gan lygadu wyneb sur Jack, meddyliodd McKenna beth oedd yna tybed ynghylch glaw a wnâi pobl mor ddrwg eu hwyl.

'Glywodd Dewi Prys dipyn o glecs eitha diddorol ddoe, Jack. Ella fod 'na rywbeth o ddiddordeb inni ynghylch y wraig 'na.' Trosglwyddodd McKenna adroddiad Dewi iddo, a diflannodd i'r cantîn.

Dilynodd Jack o'r tu ôl iddo, gan daro llygad dros yr adroddiad. Poenydiai Dewi Prys ef fel y ddannodd, eto doedd dim bai o gwbl ar ei waith. 'Peidiwch â gneud yn fach ohono,' meddai McKenna yn awr. 'Mae o'n gadael i bobl siarad ac ymlacio, ac mae o'n eu cyfeirio'r ffordd iawn bob hyn a hyn drwy ofyn ambell gwestiwn.'

Heb drafferthu fawr i guddio'r ffaith ei fod yn ddiamynedd, arhosodd Jack i McKenna yfed dau fygaid o de a smocio dwy sigarét. Yna gofynnodd, 'Be sy ar y gweill heddiw?'

'Hoffwn i gael golwg ar Fwthyn y Grocbren. Ac efallai y byddai ymweliad arall â'r hen wragedd yn fuddiol, tra byddwch chi'n cael rhywun i siarad efo Jamie am y car 'ma. Chlywson ni ddim byd ynghylch merched ar goll, ond dwi ddim yn disgwyl dim byd am dipyn.' Taniodd McKenna ei drydedd sigarét.

' 'Dach chi ddim yn meddwl y dylech chi smocio dipyn bach llai, syr? 'Dyn nhw'n gneud dim lles i chi.'

Tynnodd McKenna ei sbectol i rwbio'i lygaid, a sylwodd Jack ar ddüwch cysgod oddi tanynt. 'Diolch am feddwl am fy iechyd i, Jack. Ond 'dach chi'n meddwl dim amdanoch 'ch hun. Wyddoch chi'n iawn mai camu i 'sgidiau dyn marw ydi dyrchafiad yn y lle yma fel arfer.'

Hyd yn oed ar y diwrnod brafiaf o haf, lle prudd a diflas oedd y pentref hwn, ond o dan fantell o law a chwmwl trwm, gyda llechi gwlyb toeau'r bythynnod yn ddulas yn y goleuni pŵl, roedd awyrgylch ysgeler o amgylch pentref Salem. Tyfai coed uchel, trahaus yn glòs at ei gilydd, yn fyglyd a gormesol o gwmpas y bythynnod, yr ysgol a'r eglwys. Parciodd McKenna yn y lôn gerllaw'r rhes bythynnod agosaf at yr ysgol. Roedd yr awyr yn llonydd, yn llawn gwlybaniaeth, a sylwodd ar absenoldeb sŵn, er ei fod yn gallu gweld plant wrth eu desgiau mewn dosbarthiadau'n llachar o olau fflworoleuol. Roedd y coed yn wag o adar, a'r brain wedi cefnu ar y nythod yn y brigau uchel. Doedd ond hanner milltir o'r arfordir, ac eto doedd 'na'r un wylan yn troelli na sgrechian yn yr awyr. Lapiodd ei gôt yn dynnach amdano, cerddodd yn gyflym at ddrws ffrynt Meri Ann, a churo arno â'r cnociwr pen llwynog.

Agorodd Beti Gloff y drws, a gwên lon yn goleuo'i hwyneb gargoil. 'Haia, del,' cyfarchodd o. 'Isio gweld Meri Ann wyt ti?'

Dywedai pobl bethau cas am Beti. Pethau fel y jôc greulon na fu hi erioed yn ddigon del, hyd yn oed pan oedd hi'n ifanc, i stopio'r drafnidiaeth, ac mai dyna pam yr edrychai fel petai wedi cael ei tharo gan jygarnót. Wrth ei dilyn, a hithau'n siglo'i ffordd i barlwr Meri Ann, meddyliodd McKenna am y pechodau iddi hi eu cyflawni mewn bywyd blaenorol i'w cario gyda hi drwy'r bywyd hwn i'r byd i gyd eu gweld.

Arogleuai bwthyn Meri Ann o damprwydd oesol y waliau a'r lloriau, ac roedd y dodrefn a'r defnyddiau wedi hen amsugno'r tamprwydd hwnnw. Roedd y waliau, a beintiwyd yn lliw golau, wedi'u hen staenio'n felyn gan nicotîn. Yng nghilfach hen rât, llosgai tân nwy anferth a orchuddiai hanner wal y simnai, gan ychwanegu ei fwg at awyrgylch a sychai lwnc McKenna fwyfwy bob tro yr anadlai.

Teyrnasai Meri Ann oddi ar ei gorsedd — wedi gwasgu'n dynn i hen gadair freichiau, a'i gwallt gwyn meddal cyn felyned uwch ei thalcen â'r waliau. Ar fraich y gadair roedd soser lwch dún orlawn, a phwyntiai ei thraed mewn slipars pinc budron tuag ato ar ben coesau chwyddedig llawn gwythiennau gleision. Hidlai golau dydd oer, creulon i mewn i'r ystafell drwy lenni lês henffasiwn, i ddangos ei hwyneb yn glir, a'r colur yn plicio oddi ar ei thrwyn fel hen baent.

'Giaffar Dewi wyt ti, 'ntê?' gofynnodd. 'Gawson ni andros o hwyl efo fo ddoe, do, Beti? Pawb yn rowlio chwerthin!'

Nodiodd Beti ei phen, yna aeth i'r gegin, lle clywodd McKenna sŵn tecell yn cael ei lenwi.

'Chdi briododd hogan 'fenga Eileen Owen yntê?' gofynnodd Meri Ann. 'Denise?'

Nodiodd McKenna, gan dderbyn ei holi a'i stilio fel amod angenrheidiol os oedd o i gael rhywbeth ganddi. 'Ro'n i'n 'rysgol efo Eileen.' Edrychai'n slei, meddyliodd McKenna, yn ddireidus. 'Hen gnawes oedd hi. Achwyn ar bawb drwy'r adeg.'

Meddai McKenna, 'Doeddwn i ddim yn ei 'nabod hi'n dda iawn, Mrs Edwards. Fu hi farw'n fuan wedi i mi briodi Denise.'

'Chest ti fawr o golled. Gei di 'ngalw i'n Meri Ann, gyda llaw, yna ga i dy alw di'n Michael.' Chwarddodd. 'Ddyliwn i ddim deud hyn wrthat ti, ond hen drwynau ydi teulu dy Ddenise di. Roedd Eileen eisoes yn dal y dorth 'chydig bach yn bell pan briododd hi; wedi mynd saith mis pan aeth hi at yr allor.' Gwenodd. 'Gafodd hi dwtsh o grefydd wedyn a mynd yn barchus i gyd. Wel, smalio, beth bynnag. Dim gwell na ddylai hi fod, honna, er ei bod hi'n mynd i'r capel bob dydd Sul yn gwisgo het grand. Paid â gadael i mi ddal ati i baldareuo, 'ngwas i. Eisio gwybod am y wraig 'na a'r bwthyn wyt ti, yntê? Ddwedon ni bopeth oeddan ni'n gofio wrth Dewi, ond waeth inni ei ail-ddeud o ddim chwaith!'

Chwaraeai'r plant allan ar fuarth yr ysgol amser cinio erbyn i McKenna adael bwthyn Meri Ann, eu sgrechian a'u bloeddio'n aneglur gan bwysau'r coed. Llaciodd y glaw rywfaint. Bellach, doedd yn ddim ond *mizzle*, fel y byddai ei fam wedi dweud, yr hen air Gwyddelig am law mynydd. Arogleuai ei ddillad o damprwydd bwthyn Meri Ann, ac ni ddysgodd ddim newydd. Ond bu'r amser yng nghwmni'r ddwy wraig yn seibiant llawn cysur yn sŵn yr henaint hwnnw nad yw'n bygwth dim gwaeth na nychdod tawel.

Unwaith y cefnodd ar y pentref, ymddangosai'r dydd yn ddisgleiriach, er bod cymylau boliog yn addurno'r mynyddoedd pell, gan addo rhagor o law. Hisiai ceir heibio ar y ffyrdd, a dŵr yn tasgu o dan eu teiars wrth i McKenna barcio y tu allan i fynedfa swyddfa'r stad, gerllaw car Jack, gan deimlo'n ymwybodol o iselder ac oferedd yn ceisio llusgo drosto fel cwmwl tywyll oddi ar y mynyddoedd.

'Unrhyw newydd?' gofynnodd.

'Fawr ddim,' atebodd Jack. 'Mae Jamie i ffwrdd yn rhywle, yn ôl ei fam. Ŵyr hi ddim pryd y daw o'n ôl. Rhyw feddwl oeddwn i wrth wrando arni mai hwyaf yn y byd y bydd o i ffwrdd, gorau'n y byd ganddi hi.'

Clodd McKenna ei gar. 'Mae'n siŵr fod cael plentyn fel Jamie yn groes.'

'Ydi, debyg. Ond fedrwch chi ddim peidio gweld bai ar y rhieni chwaith, na fedrwch? Mae'n rhaid fod rhywun wedi gneud rhywbeth o'i le i orffen efo cnaf fel fo.'

Ochneidiodd rheolwr swyddfa'r stad, ' 'Dan ni'n mynd yn ôl beth amser, foneddigion. Tair blynedd efallai, os nad mwy. Dydi Bwthyn y Grocbren ddim yn perthyn i'r stad bellach. Fe'i gwerthwyd rai misoedd yn ôl fel rhan o raglen ad-drefnu.' Eisteddodd wrth ei ddesg, gan ffidlan efo clipiau papur. 'Fe gymerith o dipyn go lew o amser i mi ddod o hyd i'r hyn 'dach chi eisio . . . tipyn go lew.' Gwenodd yn llon. 'Pam na adewch chi bopeth i mi, ac fe gysyllta i â chi cyn gynted ag y bydda i wedi cael hyd i'r dogfennau?'

Croesodd McKenna ei goesau a thaniodd sigarét. 'Fyddai'n llawer gwell gen i i chi chwilio rŵan, Mr Prosser. Hoffwn ymweld â'r bwthyn heddiw. 'Dach chi'n sylweddoli ein bod ni yma ar ymchwiliad i lofruddiaeth?'

Cyd-syniodd Prosser yn anfodlon. Tynnodd bentwr o lyfrau cyfrifon oddi ar y silffoedd gerllaw ei ddesg a chychwyn byseddu drwyddynt, gan godi'i ben bob hyn a hyn i edrych ar y ddau swyddog heddlu.

'Mae'n syndod mawr i mi nad ydi'ch cofnodion chi ddim ar gyfrifiadur, Mr Prosser,' meddai Jack. 'Gneud bywyd yn llawer haws, yn tydi?'

'Fe fyddan nhw unwaith y bydd yr ad-drefnu wedi ei gwblhau,' meddai Prosser yn chwerw braidd. 'Prin werth o ar y funud.'

Cododd McKenna ar ei draed, a chychwyn crwydro o amgylch y swyddfa lychlyd, flêr. 'Beth yn hollol y mae'r rhaglen ad-drefnu yma'n ei olygu?' gofynnodd.

Pwysodd Prosser yn ôl yn ei gadair, a'i fys yn cadw'r lle yn y llyfr cyfrifon trwm. 'O, wyddech chi ddim, foneddigion? Mae'r ymddiriedolaeth wedi cymryd y stad dan ei hadain beth amser yn ôl. Neu'n hytrach fe'i trosglwyddwyd gan y teulu yn lle trethi marwolaeth wedi i'r hen arglwydd farw. Yn naturiol, mae'r ymddiriedolaeth yn awyddus i'r stad dalu'i ffordd, ond dal i'w chadw hi, wrth gwrs, ar gyfer y genedl, ei chadw fel rhan o'n hetifeddiaeth. Mae hynny'n golygu,' daliodd ati'n rhwysgfawr, 'cael gwared â pheth pren marw, fel petai.'

'Wela i,' meddai McKenna. ''Dach chi ddim yn cofio'r wraig 'ma? Mae'n rhaid eich bod chi wedi ymdrin â hi ar y pryd.'

'Mae hon yn swyddfa brysur iawn. 'Sgynnoch chi ddim syniad faint o fusnes mae'n rhaid inni ddelio ag o. Does dim disgwyl i mi gofio popeth, nagoes?'

Pwysodd McKenna ymlaen i gydio yn un o'r llyfrau cyfrifon. 'Ella y medrwn ni helpu? Tri phâr o ddwylo wyddoch chi . . . Am be 'dan ni'n chwilio? 'Sgynnoch chi ffeil ar wahân i bob eiddo?'

'Dydi hyn ddim yn beth arferol o gwbl. Mae'r

trafodion yma'n gyfrinachol. Ac yn nhrefn amser yn unig mae'r cofnodion.'

Cododd Jack lyfr cyfrifon arall, a'i agor ar draws ei lin. 'Peidiwch â phoeni, Mr Prosser. 'Dan ni wedi hen arfer delio efo materion cyfrinachol iawn bob dydd.'

Roedd y trafodion busnes yn y llyfrau cyfrifon dros y blynyddoedd mewn llawysgrifen, yn amrywio o'r taclus eithriadol i'r traed brain annarllenadwy bron, a thrawyd Jack gan aneffeithlonrwydd sylfaenol trefn mor henffasiwn. Cafodd hyd i'r cofnod wrth i'r hen gloc yn y talogfaen uwchben y drws daro tri, a'i sain main yn wantan a hamddenol. Awst 29 oedd dyddiad y cofnod, bron i bedair blynedd ynghynt; dangosai i Fwthyn y Grocbren gael ei osod, am gyfnod o chwe mis, i Ms R. Cheney o gyfeiriad yn Swydd Derby. Enw anarferol, meddyliodd. Ac ni chanai'r un gloch iddo'i weld ar restr y bobl ar goll. Rhoddodd y llyfr cyfrifon i McKenna.

'Ms R. Chainey, neu Cheney, Mr Prosser. C-H-E-N-E-Y. 'Dach chi'n ei chofio hi?' gofynnodd McKenna. Edrychodd Prosser lle y cyfeiriai McKenna ato â'i fys. 'O'r annwyl, foneddigion. Nid fy llawysgrifen i ydi hon, felly mae arna i ofn na fedra i'ch helpu chi.'

'Felly llawysgrifen pwy ydi hi?' gofynnodd Jack.

'Miss Naylor . . . yn ôl pob golwg.' Cododd Prosser ei law a gwenodd. 'Wn i be 'dach chi'n mynd i ofyn i mi. A'r ateb ydi na. Fe adawodd hi ni llynedd i briodi, a does gen i ddim syniad o gwbl ble mae hi'n byw, na hyd yn oed be ydi ei henw hi erbyn hyn.' Caeodd y llyfrau, a chychwyn eu rhoi'n ôl ar y silffoedd.

Cododd McKenna ar ei draed. 'Mae arna i ofn y bydd yn rhaid i ni fynd â'r llyfrau efo ni, i'w harchwilio'n fanwl. Ac ella y bydd angen archwilio dogfennau eraill hefyd. Rown ni dderbynneb i chi, a'u dychwelyd gynted fyth ag y bo modd. A rŵan, Mr Prosser, gewch chi neud un ffafr olaf i ni am heddiw a mynd â ni at y bwthyn.'

Wrth ddilyn Prosser yng nghar Jack, ni fedrai McKenna gael gwared â'r ddelwedd feddyliol o'r rheolwr swyddfa bychan yn sboncio allan o'r adeilad. 'Hen jolpyn bach yntê?' meddai Jack, wrth iddyn nhw ddilyn y Volvo coch trwsgl ar hyd lôn darmac gul, yna dros bont fechan luniaidd gyda llifddor bychan wedi'i adeiladu oddi tani ar gyfer y cychod a gasglai'r llechi o chwarel Dorabela. Gyrrodd Prosser drwy borth anferth yn arwain allan o'r stad ac aeth ar hyd lôn raeanog yn gogwyddo i'r chwith. Yn fuan iawn tywyllwyd y ffordd droellog gan y coed trwchus holl bresennol o'u hamgylch.

'Gas gen i'r blydi stad 'ma!' cwynodd Jack. 'Troi cornel a dyna chi ar goll yn y coed felltith! 'Dach chi'n lwcus na fu'n rhaid i chi lusgo i lawr at yr afon ddydd Sadwrn. Be ydi'r coed yma, beth bynnag?' ychwanegodd gan graffu drwy'r ffenest flaen. 'Maen nhw fel rhyw chwyn anferth wedi gor-dyfu.'

## Pennod 5

Lleolwyd Bwthyn y Grocbren wrth waelod ffordd drol gyda drain a mieri o bobtu, ac ar dair ochr fe'i hamgylchynwyd gan ddyfroedd y Fenai; disgynnai ei erddi i'r môr a glywid yn sugno ac yn sglefrio ar y ffiniau creigiog. Edrychai'r adeilad fel petai wedi tyfu o'r pridd lle safai, a'r waliau trwchus, trwsgl wedi eu gorchuddio gan blaster cramenog wedi'i staenio gan halen. Rhythai ffenestri bychain gydag un ar bymtheg o chwareli gwydr ym mhob un, yn ddall o'r waliau. Tyfai rhoncwellt garw a llwyni budron yma ac acw o'i amgylch. Siglai hen nyth gwag, wedi ei dynnu i lawr gan stormydd y gaeaf, yn araf yn y gwynt.

Stopiodd Jack ar ddarn o rostir. Eisoes arhosai Prosser amdanynt, gan hel gwe o law mân oddi ar ei wallt tenau ag un law. 'Does gen i ddim goriad, felly wn i ddim sut 'dach chi'n meddwl mynd i mewn.'

Ffurfiai'r coed hanner cylch trwchus ryw fath o gysgod gwynt y tu cefn i'r bwthyn ond roedd yn noeth i'r elfennau ar yr ochrau eraill. Ar draws y dŵr, i'r gogledd, yn niwlog gan y glaw, gorweddai Ynys Môn ac oddi ar ei chornel ddwyreiniol eithaf gellid gweld ffurf grom Ynys Seiriol. Roedd y môr yn llwyd ac aflonydd, yn dyllog gan ddafnau glaw, a'r unig sŵn heblaw pitran-patran y glaw ar doeau'r ceir oedd ei sugno tyner. Tybed, meddyliodd McKenna, a blanwyd y coed gan gynlluniwr tirwedd rywdro, neu oedd eu hadau wedi digwydd cael eu chwythu gan y gwynt, i ddod i orffwys ar hap a damwain yn yr anghyfaneddle hwn?

Daeth dyn yn gwisgo oferôls llychlyd, budron allan i ffrynt y bwthyn. Camodd drwy ddrws isel yng nghanol y wal dan gysgod gorchudd bychan trionglog a gynhelid gan gerfwaith ac a godwyd rhag anrhaith y glaw a'r eira. 'Be fedra i 'i neud i chi?' galwodd.

Aeth Prosser ar ei gar. 'Fyddwch chi ddim f'angen i eto, na fyddwch?' meddai. 'Dwi'n siŵr y medrwch chi gael hyd i'ch ffordd 'ch hun yn ôl. Fydda i'n disgwyl i chi ddychwelyd y llyfrau cyfrifon yn fuan iawn, Brif Arolygydd.' Fel roedd McKenna'n diolch iddo am ei help, diflannodd Prosser mewn cwmwl o fwg o bibell egsost ei gar.

'Trin y lle ar ran y boi sy 'di prynu'r lle gan y stad dw i,' eglurodd yr adeiladydd. 'Nid ei fod o angen gneud gymaint â hynny iddo,' ychwanegodd gan eu harwain i gyntedd tywyll. 'Mae rhywun eisoes wedi gneud y gwaith caled, a ddaru nhw ddim difetha'r lle drwy ei foderneiddio ormod, os 'dach chi'n deall be dwi'n feddwl.'

Oedodd McKenna gan ymestyn ei fraich i redeg ei fysedd dros y cerfwaith ar y garreg dreuliedig uwchben y drws: ci â thri phen. Serberus, cofiodd, gwarchodwr chwedlonol y fynedfa i'r byd tanddaearol, Brenhines Pob Gwenwyn yn cael ei ddistyllu o'i boer. Symudodd ei law, gan deimlo cyffyrddiad bychan o arswyd yn sglefrio a llithro drwy'i feddwl, rhyw argoel o ffieidd-dra'r cyfan oedd i ddod.

Codai'r grisiau carreg hynafol, gyda chanol pob gris wedi pantio'n ddwfn, drwy ganol yr adeilad. Yn sydyn, cafodd McKenna weledigaeth o gorff maluriedig plentyn yn gorwedd ar ei waelod, y garreg yn waed i gyd ac yn frith o ddarnau ymennydd a sglodion esgyrn.

Wedi mynd â Jack a McKenna i'r gegin, rhoddodd yr adeiladydd nhw i eistedd ar focsys a drowyd â'u pennau i lawr. 'Be fedra i ei neud i chi, felly?'

Meddai Jack, ''Dan ni'n chwilio am wybodaeth ynghylch dynes fu'n byw yma ryw dair blynedd a hanner yn ôl. Y stad wedi gosod y lle iddi.'

'O, ie? Mae'n debyg mai hi drwsiodd y lle aballu,' meddai'r adeiladydd. 'Mae'r lle wedi bod yn wag am o leiaf dair blynedd. Dyna pam mae 'ma dipyn o lanast.'

'Rhyfedd i rywun wario arian ar le maen nhw'n ei rentu'n unig,' meddai McKenna.

'Wel,' meddai'r adeiladydd, gan danio cetyn, 'os nad oedd hi eisio byw mewn hofel, fyddai ganddi hi fawr o ddewis. Mae llawer o'r llefydd ar y stad wedi mynd â'u pen iddyn dros y blynyddoedd. Doedd neb yn trafferthu efo nhw. Ac fe ellwch chi gymryd fy ngair i, fyddai'r stad ddim yn dadlau efo rhywun fyddai'n fodlon gwario tipyn o'u pres nhw'u hunain.'

Cerddodd dyn arall i mewn i'r gegin, nodiodd ar Jack a McKenna, a rhoi tecell ar stôf primus. 'Dave, fy mêt i ydi hwn. Mae o'n fyddar, felly peidiwch â disgwyl iddo fo siarad efo chi.'

Edrychodd yr adeiladydd ar y dyn arall, gwnaeth arwyddion iddo wneud te iddyn nhw i gyd. Meddyliodd McKenna tybed sut beth oedd gorfod aros yn y lle yma heb neb ond dyn byddar yn gwmni. 'Pwy sy wedi prynu'r bwthyn?' gofynnodd.

'Blydi Saeson!' crechwenodd yr adeiladydd. 'Ar gyfer ei osod i dwristiaid. Hynny yw,' gwenodd yn wawdlyd, 'os na chaiff o'i ddifa gan y llosgwyr!'

'Byddwch yn ofalus be 'dach chi'n ddeud,' rhybuddiodd Jack.

Syllodd yr adeiladydd ar Jack. 'Ddweda i be ydw i'n ei feddwl, os 'dach chi'n ei hoffi ai peidio. Ddim yn dod o ffor'ma, nac 'dach? Neu fe fyddech chi'n gwybod,' aeth ymlaen, 'sut mae pobl yn teimlo ynghylch y blydi castell mawr yna i fyny'r ffordd a'r stafelloedd anferth a'r llenni a'r carpedi crand, a'r dodrefn fedrech chi byth eu prynu wedi ennill miliwn o bunnau ar y pyllau pêl-droed. Ac,' ychwanegodd, 'fe wyddech chi am yr hofelau bach budron roedd y chwarelwyr yn byw ynddyn nhw, y bythynnod bach hynny oedd yn eiddo i'r criw 'na godod y castell, a gŵr a gwraig a'i blantos yn cael eu taflu allan ohonyn nhw ar y stryd pan oedd hi'n siwtio gŵr y plas, neu pan oedd llwch y chwarel wedi pydru sgyfaint dyn yn slwtsh.' Stopiodd i gael ei wynt, gan gnoi ar ei getyn. 'Felly peidiwch â synnu os 'dan ni ddim eisio i'r Saeson ddod i brynu tai y dylai pobl leol fod yn byw ynddyn nhw, yn arbennig os mai am eu defnyddio nhw dros y gwyliau'n unig maen nhw. Mae 'na ormod o deuluoedd ifanc o gwmpas fan'ma sy ddim yn medru fforddio un to uwch eu pennau, heb sôn am ddau!'

'Be sy'n eu rhwystro nhw rhag cael morgais ar gyfer un o'r llefydd yma?' gofynnodd Jack.

Meddai'r adeiladydd, 'Roedd y twll lle yma'n costio tua tair gwaith beth fedrai person cyffredin ei fforddio.'

'Pam?'

'Oherwydd ei fod ar y stad, a'r stad sy'n penderfynu beth fydd pris yr eiddo. Wedi'r cyfan,' ychwanegodd â pheth chwerwder, 'fydden nhw ddim eisio caridýms lleol yn byw yma rŵan a nhwytha wedi llwyddo i'w cadw nhw allan gyhyd, fydden nhw?'

Rhoddodd Dave fygeidiau o de i bawb, ac aeth i eistedd ar waelod y grisiau. Meddai McKenna wrth yr adeiladydd, 'Mae'n siŵr na fyddech chi, drwy ryw wyrth, ddim yn gwybod pwy naeth y gwaith adeiladu arall?'

'Nacdw, ond hola i. Ydi'r rhech 'na o ddyn o swyddfa'r stad ddim yn gwybod? Siŵr gen i ei fod o'n cael trafferth i gael hyd i'w din i'w sychu ar ôl cael cachiad!' Chwarddodd yn llawen, gan chwydu cymylau bychan o fwg i fyny. Roedd y bwthyn yn oer, oerfel oed ac amser, wedi eu rhwydo o fewn ei furiau, yn cydio ynoch chi fel bysedd, meddyliodd McKenna. Meddai'r adeiladydd, 'Pam 'dach chi isio gwybod, beth bynnag?'

' 'Dan ni'n ceisio cael hyd i'r wraig rentiodd y tŷ,' meddai Jack.

'Pam? 'Dach chi'n meddwl mai hi gawsoch chi hyd iddi yn y coed y diwrnod o'r blaen?'

'Wyddon ni ddim,' meddai McKenna. 'Dwedwch wrtha i, oedd 'na rywbeth wedi ei adael ar ôl, dodrefn neu ddillad neu beth bynnag?' Gwyliodd Dave, oedd wedi dod yn ôl i'r gegin i roi dŵr dros ei fŷg.

'Dim byd. Roedd hi'n hollol wag 'ma.'

'Beth yn hollol 'dach chi'n 'i neud?' gofynnodd Jack.

'Cael gwared â thipyn o damprwydd . . . llnau'r lle'n dda, addurno . . . Yr unig joban fawr ydi gneud carthffosydd iawn. Mae'r draeniau jest yn mynd yn syth i'r môr, felly mae'r cyngor yn gorfodi'r perchennog newydd i neud joban iawn gyda thanc septig. Fydden ni wedi cychwyn arni heddiw heblaw am y tywydd.'

Syllodd Dave ar McKenna, yna trawodd yr adeiladydd ar ei ysgwydd, pwyntio at McKenna ac wedyn i gyfeiriad rywle y tu hwnt i waliau'r gegin. Gwnaeth synau llyncu gyddfol, ynglŷn â charped yn y parlwr, wedi ei godi a'i roi yn y cwt y tu allan.

Doedd y sièd fawr mwy na tho ar oledd wedi ei godi wrth ochr y bwthyn, ond bu'r cwt unwaith yn gegin allan. Dadfeiliai sinc carreg o dan yr unig ffenest, a gweddillion twb copr gerllaw iddo. Roedd y carped wedi ei rolio a'i osod ar ei dalcen yn y gornel bellaf, a drewai o lwydni. Llusgodd Dave a Jack o allan ar y llawr pridd, a'i agor gystal ag y medrent. 'Darn da o garped,' meddai'r adeiladydd, gan fyseddu'r ymyl. 'Gwlân, wrth ei afael. Siŵr o fod wedi costio tipyn go lew. Mae'n rhaid fod rhywun wedi gollwng sigarét arno a'i losgi. Mae 'na staen mawr arno hefyd. Dyna pam y gadawyd o mae'n siŵr.'

Plyciodd ar y carped nes i'r darn llosg ddod i'r golwg. Gerllaw, lledai staen tywyll drwy'r ffibrau. Teimlodd McKenna ias fechan o gyffro. Lle'r oedd y carped wedi troi'i liw, teimlai'r gwlân fel lwmp caled o dan ei fysedd. Edrychodd Jack ar y staen, yna ar McKenna.

'Gwrandwch,' meddai McKenna wrth yr adeiladydd, 'gadwch bopeth fel ag y mae o nes y medrwn ni gael pobl yma i edrych o gwmpas yn iawn. Fedrwch chi roi clo ar y sièd yma?'

'Meddwl mai gwaed ydi o 'dach chi?' Llygadodd yr adeiladydd y carped. 'Gallai fod, mae'n debyg. Allai fod yn unrhyw beth o ran hynny, medrai? Wedi bod yma am dipyn go lew. Allai fod yn ddim mwy na rhyw Sais diawl wedi colli gwydraid o win.'

'Wel, wyddon ni ddim nes y byddwn ni wedi ei archwilio'n iawn.' Roedd yn amlwg fod Jack yn bigog. 'Ac yn y cyfamser, cadwch yn ddistaw.'

'Peidiwch chi â 'mygwth i!' arthiodd yr adeiladydd. 'Dwi'n hollol 'tebol o wybod pryd i gau 'ngheg heb i chi hambygio!'

Gan ochneidio, diolchodd McKenna i'r adeiladydd

a Dave. Gan hyll-dremu ar Jack, meddai'r adeiladydd wrth McKenna, 'Wnan ni unrhyw beth fedrwn ni i'ch helpu chi. Hola i yn y dafarn heno am adeiladwyr eraill. Ble ca i hyd i chi?'

Gan yrru'i gar yn araf i fyny'r lôn, a cheisio osgoi gymaint fyth o'r tyllau ag y medrai, meddai Jack, ' 'Dach chi'n sylweddoli na wyddon ni ddim hyd yn oed be ydi enw'r dyn 'na, syr? Wyddon ni yn y byd pwy ydi o.'

'O, rhowch y gorau iddi, Jack!' arthiodd McKenna. 'Adeiladydd ydi'r dyn. Pwy 'dach chi'n feddwl ydi o? Simeon wedi dod yn ôl i chwilio am briodferch arall?'

'Pwy ddiawl ydi Simeon?'

'Petaech chi wedi darllen adroddiad Dewi'n iawn, fyddech chi'n gwybod!'

Pwdodd Jack drwy amser paned, gan ddarllen adroddiad Dewi Prys yn rhodresgar. Gydag ysfa gref i roi sgytfa i'w ddirprwy, caeodd McKenna ei hun yn ei swyddfa gan ddarllen adroddiadau eraill a chwilio drwy bapurau. Ond ni chafodd hyd i ddim byd newydd yn unman; roedd hyd yn oed adroddiad Dr Roberts yn brin o unrhyw beth o ddiddordeb pellach. Wrth ofyn i heddlu swydd Derby ddod o hyd i Ms Cheney a'i chyf-weld, amheuai na fyddai'r archwiliad yn gwneud dim mwy na symud yn falwennaidd o gwmpas am ychydig wythnosau neu fisoedd, cyn gorffen lle cychwynnodd. Yn y parthau hyn, fel rheol, perthnasau fyddai wedi achosi marwolaethau treisgar: ffermwr wedi mynd yn wyllt-wallgof gyda gwn, wedi drysu gan flynyddoedd o gaethwasiaeth i dir caled, diffrwyth; dynion ifanc yn rhoi terfyn ar flynyddoedd o ymrafael teuluol gyda fflach llafn neu bwyo esgidiau hoelion mawr yn wyneb a phenglog y gelyn. Sawrai marwolaeth y wraig hon o oerfel a phenderfyniad, heb urddas gwres unrhyw nwyd, pa mor gyfeiliornus bynnag.

## Pennod 6

Wrth yrru'n araf i lawr prif ffordd y stad gyngor, meddyliodd Dewi Prys y gallai'r tywydd o'r diwedd fod yn gwella. Bu'r hydref yn ddigon oer a gwlyb i gnoi drwy esgyrn. Fe'i dilynwyd gan aeaf di-ben-draw; stormydd ciaidd oddi ar y môr fu'n dyrnu'r tir yn gynddeiriog wythnos ar ôl wythnos ers y Flwyddyn Newydd, gan rwygo llechi oddi ar doeau a brathu llinellau pŵer teleffon a thrydan fel petaent yn llinyn wedi hen bydru. Ar stad Castell Crach, yn heulwen y bore, codai crynswth anferth y castell tyrrog llwydolau i'r golwg drwy'r coed mewn gwisg o ddail newydd, llachar. Rhedai cymylau uchel, meddal o flaen y gwynt a godai allan ar y môr, gan bentyrru tua'r mynyddoedd y tu cefn iddo. Rhedodd Jamie Llaw Flewog, yn ei siaced ledr a'i jîns du, ar draws y ffordd o flaen car Dewi, ar ei ffordd i'r siop leol.

Tynnodd Dewi i mewn at yr ochr, a'i ddilyn, gan aros y tu allan i'r siop nes i Jamie, dyn tal, a'i wallt golau'n codi yn y gwynt, ddod drwy'r drws gyda chopi o'r *Sun* dan ei gesail.

'Haia, Jamie,' cyfarchodd Dewi ef. 'Lle mae dy gar di?'

Edrychodd Jamie dros ei ysgwydd fel petai am redeg ymaith. Dyna'i ymateb greddfol. Pedwar mis yn unig oedd ers iddo ddod allan o'r carchar ar ôl cyfnod hir am fwrgleriaeth ddifrifol. Edrychai'n ddiniwed i gyd, oni bai i chi, fel y dywedodd Dewi wrth McKenna unwaith, edrych i fyw ei lygaid; llygaid mor llwyd ac oer a thwyllodrus â'r môr ar ddiwrnod stormus.

'Pa gar, Dewi?'

'O, rhyw gerbyd newydd, swel mae pobl wedi dy weld ti ynddo fo,' meddai Dewi. 'Ble mae o?'

Gwenodd Jamie, gan ollwng anadl fel petai o ryddhad. 'O, hwnnw!' Lledodd y wên. 'Well i chi bobol chwilio am rywun newydd i gario clecs ichi. Nid fi bia hwnnw, Dewi, 'rhen goes!'

'Pwy biau o 'ta?'

Tapiodd Jamie ochr ei drwyn â'i fys cyntaf, gan ddal i wenu. 'Fy musnes i 'di hynna! Gewch chi ffeindio allan 'ch hun! Ges i 'i fenthyg o gan rywun clên. Am i mi neud rhywbeth. Rown ni o fel'na.'

Cychwynnodd gerdded ymaith. Cydiodd Dewi yn ei fraich. 'Paid ti â cheisio bod yn rhy glyfar, Jamie,' rhybuddiodd. 'Ella y bydd Mr McKenna eisiau pennod ac adnod ar y person ffeind yma.'

'Pam?' Diflannodd y wên, gan adael bygythiad yn cropian dros yr wyneb gwelw. Duw yn unig wyddai pa ddiawledigrwydd y gallai Jamie droi'i law ato yn y pen draw, meddyliodd Dewi. Eisoes roedd wedi treulio amser mewn gwarchodaeth ieuenctid a charchar; roedd Jamie wedi dechrau ei yrfa droseddol, meddai pobl, yn llythrennol y munud y dysgodd gerdded.

'Wel,' meddai Dewi. 'Fy musnes i ydi hynna! Gei di ffeindio allan dy hun! Wela i di, Jamie.'

'Ella y daw rhywbeth i'r fei yn y bwthyn, syr,' cynigiodd Jack. 'Ac ella y bydd gan heddlu Swydd Derby ryw wybodaeth.'

'Does ganddyn nhw ddim. Fe alwon nhw'n ôl neithiwr. Fe brynodd y person oedd yn byw yn y cyfeiriad yna y tŷ dair blynedd yn ôl gan ddyn o'r enw . . .' wedi chwilota o dan bentyrrau o ffolderi, achubodd McKenna lyfr nodiadau, '. . . Robert Allsopp, a does ganddyn nhw ddim syniad ble gall Mr Allsopp fod erbyn hyn. Beth bynnag, dwi wedi gofyn iddyn nhw chwilio amdano drwy gymdeithasau adeiladu, cyfreithwyr neu beth bynnag. Mae'n rhaid fod gan rywun gyfeiriad i anfon pethau ymlaen.'

'Fedrai o fod wedi bod yn byw efo Ms Cheney.'

'Drawodd hynny fi hefyd,' meddai McKenna. 'Drawodd yr amser fi hefyd. Mae popeth fel petai wedi digwydd tua thair blynedd a hanner yn ôl.'

'Wel,' petrusodd Jac. 'Y . . . ym . . . mae'n debyg fod llawer o bethau wedi digwydd o gwmpas yr adeg hynny. Be dwi'n feddwl, does a wnelo nhw ddim byd o anghenraid â'n corff ni.'

' 'Dach chi'n swnio'n holl wybodus ar brydiau,' grwgnachodd McKenna. 'Wyddech chi hynny? Taniodd sigarét gan chwythu'r mwg allan drwy'i ffroenau. 'Dwi isio ichi fynd i gael sgwrs efo'r Adran Arbennig pnawn yma.'

'Ydi'n rhaid i mi? Ges i lond bol ar y criw yna yn ystod yr ymweliad brenhinol.'

'Ella'u bod nhw'n gwybod rhywbeth am y wraig 'ma.'

'Ella,' meddai Jack. 'Ac os ydyn nhw, ddwedan nhw ddim wrthon ni.'

'Wyddoch chi'n iawn fod yn rhaid inni ofyn. Os na nawn ni, a bod Eifion Roberts yn iawn ynglŷn â chysylltiad gyda therfysgaeth, fyddwn ni yn y cach.'

'Syndod sut y gall ymholiad heddlu symud yn ei flaen drwy ddibynnu ar be mae llond dwrn o sbïwyr yn ei ddeud, yn tydi?' sylwodd Jack.

Sythodd McKenna'r papurau ar ei ddesg. 'Edrych felly, yn tydi?'

'A be dwi i fod i ddeud?'

'O, defnyddiwch eich pen!' ffrwydrodd McKenna. 'Holwch i weld ydyn nhw'n gwybod unrhywbeth defnyddiol.'

'O, wela i.' Ystyriodd Jack. 'Syniad gwych pwy oedd hyn, felly?'

Hyll-dremiodd McKenna ar ei ddirprwy. 'F'un i,' atebodd. 'Feddyliais i amdano ar fy mhen fy hun bach.'

' 'Dach chi'n fy synnu i. Ro'n i'n meddwl ei fod o'n orchymyn oddi fry.'

'Ddylech chi'n wir fod wedi mynd eich hun, Michael.' Eisteddai'r Arolygwr Griffiths yn swyddfa McKenna. 'Does gan Jack mo'r profiad i ddelio efo'r Adran Arbennig.'

'Wnaiff les iddo fo i gael peth, felly,' meddai McKenna. 'Edrychith yn dda ar ei gofnod gwasanaeth pan gaiff ei ystyried am ddyrchafiad.'

' 'Dach chi ddim yn hoffi Jack?'

Cododd McKenna ei ysgwyddau. 'Mae o'n iawn . . . codi'r dincod arna i weithiau.'

'Fel arfer, 'dach chi naill yn casáu rhywun, neu'n ei hoffi o gymaint nes 'ch bod chi'n ddall i unrhyw feiau. Fel efo Dewi.'

'Peidiwch â gor-ddweud, Owen,' meddai McKenna.

Rhwbiodd yr arolygwr ei fys ar hyd ymyl desg McKenna. 'Sut mae pethau gartref?' gofynnodd yn dawel.

'Dwi ddim eisio trafod Denise.'

'Dwi ddim yn un i fusnesu i bethau sy nelo nhw ddim â mi, Michael, ond dwi ddim eisio iddo fo gael ei ddeud fod eich bywyd personol chi'n ymyrryd â'ch gwaith chi.'

'Naiff o ddim.'

'Mae gynnon ni ddigon ar ein platiau heb y math yna o beth.'

'Fel be?'

'O, 'rarferol,' meddai Griffiths. 'Cwynion am hyn a'r llall ac arall . . . Perfformiad gwael, canran rhy isel o ddal troseddwyr, a delwedd gyhoeddus ddiawledig. Ac wrth gwrs,' ychwanegodd yn chwerw, 'cyfarwyddiadau oddi uchod i wella'r sefyllfa.'

'Wela i.' Taniodd McKenna sigarét. 'A sut 'dach chi'n bwriadu gneud hynny?'

'Ro'n i'n meddwl y byddai gynnoch chi ryw syniadau.'

'Fi?' Edrychai McKenna fel petai wedi ei ddifyrru'n arw.

'Gynnoch chi mae gradd prifysgol. Mae addysg i fod i'ch dysgu chi sut i ddelio efo problemau.'

Gwenodd McKenna. 'Mae rhai problemau, Owen, tu hwnt i'w datrys.'

Ochneidiodd yr arolygwr. 'Ella'ch bod chi'n iawn,' meddai. 'Dwi'n beio streic y glowyr. Dyna pryd y cychwynnodd y pydredd. Ddylien ni ddim fod wedi bod yn rhan ohono erioed. Nid mater i'r heddlu oedd o, a ddylai rhywun fod wedi bod yn ddigon dewr i ddeud wrth y llywodraeth am gael rhywun arall i neud eu gwaith budr iddyn nhw. Ac yna, wrth gwrs,' aeth ymlaen, 'fe welodd elfennau gwaetha'r heddlu be fedren nhw fanteisio arno ar ben y pyllau glo, ac fe ddilynodd rhai eraill. Dwi'n meddwl fod gwaith yr heddlu wedi cymryd gwedd wahanol ers hynny.'

\* \* \* \*

Ar ôl cinio, aeth McKenna yn ôl i Fwthyn y Grocbren. Teimlai ei fod yr un mor unig ac anghyfannedd bob dipyn dan heulwen lachar ag yr oedd tan gwmwl diflas a glaw. Roedd yr adeiladydd at ei bengliniau yn cychwyn ar ffos ddofn. Cododd ei law, a chrafangio allan.

'Mae'ch criw chi wrthi'n tynnu'r bwthyn yn gareiau, felly 'dan ni'n gweithio allan yn fan'ma.' Edrychodd i fyny ar yr awyr. 'Diwrnod braf, am unwaith, 'ntê?'

'Ydi wir,' gwenodd McKenna arno. 'Be ydi'ch enw chi? Anghofiais i ofyn ddoe.'

'Wil Jones. Gewch chi 'ngalw i'n Wil. Gwyddel 'dach chi, 'ntê?'

' 'Chydig o waed ar ôl yn 'y ngwythiennau i o hyd,' meddai McKenna.

'Dwi o deulu mawreddog y Jonesiaid o Gymru,' gwenodd Wil. 'Dwi 'di bod yn holi, ond does 'na neb fel petaen nhw'n gwybod pwy fu'n gweithio yma o'r blaen.'

Tu mewn i'r bwthyn, roedd tri arbenigwr fforensig wrthi'n chwilota am wybodaeth, a'u hoferôls gwyn yn siffrwd ac yn clecian yn yr awyr lonydd. 'Mae hyn yn dipyn o wastraff amser, Mr McKenna,' meddai'r hynaf ohonyn nhw. 'Os oedd 'ma rywbeth i gael hyd iddo, mae'r llwch a'r tamprwydd wedi'i gael o.'

'Beth am y carped?'

Rhwbiodd y dyn ei draed ar y llawr teils. 'Dwi 'di gneud prawf patshyn ar y staen, ond yn bendant nid gwaed ydi o. 'Dan ni'n mynd â'r carped efo ni i edrych arno'n iawn, ond mae'n debyg mai gwastraff amser fydd o.'

'Ti'n siŵr?' gofynnodd McKenna. 'Wyt, wrth gwrs dy fod ti . . . Be ydi o?'

'Wn i'm. Allai fod yn unrhyw beth. Gwin coch mae'n debyg, wrth ei deimlad.'

Galwodd McKenna i weld Meri Ann cyn dychwelyd i Fangor. Roedd hi wrthi'n cael ei the; cynigiodd ddiod iddo a darn o gacen hufen ffres. 'Ddaeth Beti â'r gacen o'r dre imi bore 'ma. Mae rhywun angen tipyn bach o rywbeth at ddant bob hyn a hyn.'

''Dach chi'n 'nabod Jamie Wright?' gofynnodd McKenna.

'Jamie Llaw Flewog?' cuchiodd. 'Mae pawb yn ei 'nabod o! Fo'r diawl bach ddwynodd yr arian o fitar trydan Mair bron cyn iddo ddod allan o'i glytia. Fyddai o'n arfer dod i'r ysgol yma, nes i'r Gwasanaethau Cymdeithasol gymryd gofal ohono. Rwystron nhw mohono fo rhag dwyn chwaith.'

''Dach chi 'di'i weld o o gwmpas y pentref yn ddiweddar?'

'Wel, ddim yn ddiweddar. Mae o'n ofalus ble mae o'n dangos ei wyneb y dyddiau yma. Pam?'

'Ddwedodd rhywun wrthon ni ei fod o'n gyrru car newydd, swel,' meddai McKenna, gan sychu hufen oddi ar ei fysedd. 'Mae Jamie'n deud i rywun roi ei fenthyg iddo. Rhyw feddwl o'n i ella y byddech chi'n gwybod pwy.'

'Sut fath o gar ydi o?'

'Wn i ddim, Meri Ann, a dydi Jamie ddim yn cynnig unrhyw wybodaeth.'

'Ofynna i i Beti. Dwi ddim yn mynd allan rhyw lawer heblaw pan fydd y mab yn dod ar ddydd Sul efo'i gar. 'Nghoesau i, 'sti.' Gwenodd. 'A henaint. Ella y bydd

Beti'n gwybod rhywbeth. Dydi hi'n colli fawr er nad ydi hi ddim yn gweld yn syth.'

Gyrrodd McKenna Dewi i chwilio am y bwcwl gollwyd oddi ar y belt o amgylch garddyrnau'r wraig farw. 'Gen ti ryw bum awr o oleuni ar ôl.'

'Gaiff rhywun arall fynd, syr?' mentrodd Dewi. 'Dwi ddim wedi gorffen ffonio'r adeiladwyr yn y tudalennau melyn.'

'Gân nhw aros. Chwilia am fwcwl i ffitio belt tair modfedd a hanner o led. Rhywbeth drud a ffansi mae'n debyg. A thy'd ag unrhyw beth arall o ddiddordeb yn ôl hefyd.'

Eisoes roedd yr ymchwiliad yn annelwig; doedd dim canolbwynt iddo, a nes y bydden nhw'n gwybod pwy oedd y wraig, gellid gwastraffu llawer o amser drudfawr yr heddlu. Wrth archwilio llyfrau cyfrifon y stad, yr unig beth a ganfu McKenna oedd fod Ms Cheney wedi talu rhent hanner blwyddyn ymlaen llaw ar Fwthyn y Grocbren: £1,820. £70 yr wythnos am yr hyn oedd fawr mwy na hofel wag. Edrychodd ar y marc bychan gerllaw'r cofnod am rai munudau cyn sylweddoli ei fod yn dynodi taliad arian parod, rhywbeth anarferol ar gyfer swm mor fawr.

'Na, Brif Arolygydd.' Roedd Mr Prosser yn bendant. 'Anfonais i ddim at ganolwr. Ofynnais i ddim am dystlythyrau.'

'Fyddwch chi'n arfer gneud busnes fel yna?'

'Wir, Brif Arolygydd, dwi ddim yn meddwl fod gynnoch chi unrhyw hawl i ofyn cwestiynau o'r fath am fusnes y stad.'

'Wyddoch chi, Mr Prosser,' meddai McKenna, 'dwi'n dechrau meddwl y byddai'n talu i archwilio tipyn ar fusnes y stad. Mae hyn i gyd yn fy nharo fi braidd yn afreolaidd, ar y gorau. Sut y medrai Ms Cheney, na neb arall o ran hynny, wybod fod y bwthyn ar rent?'

Bu tawelwch ar ben arall y teleffon. Arhosodd McKenna'n amyneddgar. 'Wel,' cynigiodd Prosser o'r diwedd, 'mae'n debyg iddi weld hysbyseb.'

'Ble byddwch chi'n hysbysebu?'

'Fydda i ddim yn hysbysebu yn unman.' Lliwiwyd llais Prosser â hunan-fodlonrwydd.

'Mr Prosser, 'dach chi'n sylweddoli y medrwn i eich arestio chi rŵan am lesteirio ymchwiliad? Sut byddech chi'n ffansïo cyfnewid eich swyddfa glyd am gell?'

Clywyd tincial chwerthin Prosser y pen arall. 'O, Brif Arolygydd, does dim angen bod fel yna. Nac oes wir . . . a minnau bob amser yn barod i helpu. Pam na ffoniwch chi bencadlys yr ymddiriedolaeth? Nhw sy'n ymdrin â'r hysbysebu. Mae llawer o'r eiddo'n cael ei rentu allan yn ystod misoedd yr haf, ac yna wedyn o'r hydref tan y Pasg. Dyna sy'n digwydd fel arfer, dwi'n eich sicrhau chi.'

'Pam y talodd Ms Cheney gydag arian parod?'

'Dyna naeth hi?' gofynnodd Prosser. 'Wir, wn i ddim, Brif Arolygydd. Pam na ofynnwch chi iddi hi?' Clywodd McKenna Prosser yn rhoi'r derbynnydd i lawr yn esmwyth iawn.

Gan awgrymu'n bendant nad oedd negeseuon i heddluoedd eraill o fawr o bwys, addawodd heddlu Swydd Derby yn rwgnachlyd ymateb ynghylch lleoliad presennol Robert Allsopp erbyn diwedd yr wythnos. Bryd hynny, meddyliodd McKenna, byddai'r ymchwiliad wedi colli'r ychydig gymhelliad oedd ar ôl. Roedd ei chwilfrydedd ynglŷn â'r wraig farw yn ei brocio, gan godi cwestiynau nad oedd ganddo ateb iddynt: pam nad oedd neb wedi ei cholli hi, sut y medrai hi fod wedi bod mor unig fel na sylwyd iddi ddiflannu? Os mai hi yn wir oedd tenant blaenorol y bwthyn iasoer yna, gwariodd filoedd o bunnoedd ar le na fyddai byth yn eiddo iddi i gael byw mewn cysur am ychydig fisoedd yn unig.

Daeth Jack yn ôl yn waglaw o'i ymweliad â'r Adran Arbennig. 'Doedden nhw'n fawr o help.'

'Fyddan nhw byth,' meddai McKenna. 'Os na fyddan nhw eisio rhywbeth. Be ddwedon nhw?'

Fflachiodd llygaid Jack yn ddig. 'Dim byd, heblaw awgrymu y dylien ni fynd allan a chenhedlu, yn lle'u blino nhw! Pwy ddiawl,' ychwanegodd, a gewynnau'i ên yn cordeddu, 'maen nhw'n feddwl ydyn nhw?'

'Adran Arbennig,' meddai McKenna. 'Gyda phwyslais ar y rhan arbennig. Dim ond 'rhen Blismyn Plod 'dan ni . . .' Pwysodd yn ôl yn ei gadair. 'Anghwrtais, oedden nhw?' gofynnodd.

'Anghwrtais?' Bron nad oedd Jack yn gweiddi. 'Blydi sarhaus!'

'O, wel,' meddai McKenna. 'Ddaw ein cyfle ni.' Gwenodd ar Jack. 'Hoffwn ichi ffacsio'r pecyn am y corff i'r heddlu yn Iwerddon. Ar ddwy ochr y ffin.'

'Pam?'

'Dydi hi ddim fel petai hi ar goll ym Mhrydain, felly fe allai hi fod ar goll o Iwerddon. Dim ond naid fer ydi hi dros Fôr Iwerddon.'

'O, wela i.' Cuchiodd Jack. ' 'Dach chi'n meddwl mai corff y wraig 'ma o Fwthyn y Grocbren ydi o?'

'Gobeithio'n wir,' meddai McKenna. 'Fyddai waeth

inni roi'r gorau iddi rŵan fel arall.' Edrychodd yn ymholgar ar Jack. 'Be 'dach chi'n feddwl?'

'Dydi Ms Cheney o Fwthyn y Grocbren ddim fel petai hi ar unrhyw restr goll, ydi hi?' meddai Jack. 'Mae Ms Cheney fwy na thebyg yn mynd o gwmpas ei busnes arferol yn rhywle, mewn anwybodaeth lwyr fod neb yn chwilio amdani hi. Mae hi'n rhentu'r twll lle yna am dipyn, yn gwario llwyth o bres arno gan nad ydi hi ddim yn fyr o geiniog neu ddwy . . . a phwy sy'n deud mai'i phres hi oedden nhw, beth bynnag? Ella ei bod hi wedi ei rentu o i'r pwrpas arbennig o gael lle bach yng nghanol unman am benwythnos bach ar y slei . . . hi a'i chariad priod . . . y ddau ohonyn nhw wedi priodi. Cael tipyn o sbri pan oedden nhw'n cael y cyfle i lawr yn y coed a neb ddim callach. Well na sedd gefn car unrhyw ddiwrnod.' Gwenodd Jack. 'Yna, 'nôl adre ar fore Llun, yn barchus i gyd. Mae'n debyg mai dyna pam y talodd hi'r rhent mewn arian parod. Dim cofnod o gwbl, felly, dim sieciau i'w hesbonio i'w gŵr hi neu'i wraig o.'

Ffieiddio at ddadansoddiad byw Jack o sbort bwrw Sul MsCheney a wnaeth McKenna yn ôl yr olwg ar ei wyneb. 'Mae gynnon ni gorff o hyd,' meddai, 'ac os na fedrwn ni roi enw iddo, chawn ni byth wybod pwy laddodd hi.'

Ffoniodd Dr Roberts, a chyffro'n gwreichioni yn ei lais.

'Godais i amryw o organau, Michael, a cheisio'u hailadeiladu nhw,' meddai. 'Gyda pheth llwyddiant, os caf ddweud, er mai fi fy hun sy'n deud hynny!'

'O, ie?' Swniai McKenna yn sur. 'A be ddysgoch chi?'

'Dim afiechyd calon, dim afiechyd iau, dim afiechyd arennau.'

'Mae hynna'n ddiddorol iawn,' sylwodd McKenna.

''Dan ni'n gwybod ei bod hi'n iach nes i rywun benderfynu ei chrogi hi. Ddylai hynny fod yn help mawr i wybod pwy ydi hi.'

'Duw, McKenna, 'dach chi'n hen gena gwawdlyd! Rois i'r newyddion drwg ichi gynta,' chwyrnodd Eifion Roberts. 'Mi alwais i a deud y gwir i roi gwybod i chi ei bod hi wedi beichiogi o leiaf unwaith, ac ella fwy nag unwaith.'

''Dach chi'n siŵr?' gofynnodd McKenna. 'Sut roedd hi'n bosib deud a hithau yn y fath gyflwr?'

'Gwrandwch, newch chi! Fe ailadeiladais i'r organau. Ella na wyddoch chi ddim, ond y groth ydi'r olaf un i ddadelfennu, oherwydd ei bod hi mor wydn . . . fe ddaeth i fyny bron fel newydd . . . mor dda, a deud y gwir, nes i mi feddwl am ffordd o ddarparu organau rhodd.'

'Organau rhodd?'

Rowliodd chwerthiniad gyddfol Eifion Roberts yng nghlust McKenna. 'Cannoedd o fynwentydd yn llawn dop o gyrff, a'u tu mewn nhw i gyd yn mynd yn ofer.'

Daeth Dewi, hefyd, yn ôl yn waglaw, ymhell cyn iddi dywyllu.

'Ddwedais i wrthat ti am aros yna nes iddi dywyllu, Dewi Prys,' meddai McKenna. 'Pam doist ti'n ôl mor fuan? Gest ti hyd i'r bwcwl?'

'Naddo, syr,' mwmiodd Dewi. 'Dwi ddim yn meddwl y medrai neb gael hyd i ddim byd i lawr yn fan'na.'

'Pam?'

Edrychodd Dewi ar Jack yn sefyll i fwydo'r naill ddalen ar ôl y llall i mewn i'r peiriant ffacs. Yna edrychodd ar McKenna drachefn. 'Wel, syr, be dwi'n feddwl ydi . . . wyddon ni ddim hyd yn oed sut un ydi'r bwcwl, na wyddon ni?'

'Felly?'

'Felly mae'n gneud pethau'n anodd braidd . . .' oedodd Dewi. 'Ac,' ychwanegodd, 'fe gafodd y lle i gyd ei sathru'n ddifrifol dan yr holl draed dydd Sadwrn, syr. Os oedd y bwcwl o gwmpas yn y lle cyntaf, mae'n debyg ei fod o dan bentwr o fwd erbyn hyn . . .'

Edrychodd McKenna ar y mwd a'r ôl glaswellt yn strempiau ar hyd jîns Dewi. 'Sut llwyddaist ti i faeddu gymaint?' gofynnodd.

'Oherwydd ei bod hi'n sglyfaethus o fudr i lawr yn fan'na, syr,' meddai Dewi. 'Welsoch chi mo'r lle, naddo? Mwd a dail a Duw a ŵyr be arall.'

Cododd Jack ei olwg o'r peiriant ffacs. 'Syrthiaist ti i'r afon, Prys?'

'Naddo, syr,' meddai Dewi.

'Est ti ar goll 'ta?' gofynnodd Jack.

'Rhywbeth tebyg,' cyfaddefodd Dewi. Gwridodd ei wyneb. 'Rhyw ddiawliaid dwl wedi symud yr holl dâp 'na adawson ni fwrw'r Sul, yn tydyn?'

'Dyna'ch ateb chi, felly,' meddai Jack wrth McKenna. 'Mae o'n ôl yn gynnar oherwydd ei fod o ofn mynd ar goll yn y coed. A wela i ddim bai arno, chwaith.'

## Pennod 7

Wedi syrffedu ac yn bigog, ac yn argyhoeddedig y byddai'r wraig yn y coed a'i marwolaeth yn aros yn ddirgelwch am byth, treuliodd Jack fore Mercher yn ymdrin â'r gwaith papur oedd wedi casglu ers dydd Sadwrn. Gan guchio uwch rhestrau dyletswyddau ar gyfer y mis i ddod, gwrandawodd ar Dewi Prys, yn ei ddull mwyaf effeithiol, yn dweud dros y teleffon wrth Trefor Prosser, 'Os 'dach chi'n hoffi bod yn llai na chydweithredol ynglŷn ag ymchwiliad pwysig, syr, fedrwn ni bob amser gael gorchymyn llys er mwyn cael cadw'r llyfrau cyfrifon. Mae'r hawl hynny gynnon ni, syr, dan y Ddeddf Heddlu a Thystiolaeth Droseddol. Wrth gwrs, mae o hefyd yn rhoi awdurdod inni gael gafael ar unrhyw ddogfennau eraill allai fod yn berthnasol . . . Pa ddogfennau eraill, syr? Wel, wyddon ni ddim nes y cawn ni afael arnyn nhw, na wyddon, syr?'

Wrth ddychwelyd o'r cantîn ar ôl cinio, cyfarfu Jack â dyn yn cerdded ar hyd y coridor tuag at swyddfa McKenna, dyn o faint canolig, cyffredin yr olwg, rhyw ddyn llwyd, bron fel petai'n ysbryd o ddyn.

'Fedra i'ch helpu chi?'

Taflodd llygaid llwydion un cip ar wyneb Jack, a throi i ffwrdd. 'Na fedrwch, diolch.' Aeth ymlaen ar ei ffordd, cyrraedd ystafell McKenna, agor y drws a cherdded i mewn heb guro. Caeodd y drws yn ddistaw y tu cefn iddo.

Petrusodd Jack, yna dilynodd.

Safai McKenna wrth y ffenest, ei wyneb yn rhesog

o gysgodion y bleinds Fenis. Eisteddai'r dyn llwyd ar gadair gefnsyth o flaen y ddesg. 'Pwy 'dach chi?' gofynnodd i Jack.

'Dyma'r Arolygydd Tuttle,' meddai McKenna. Gan droi at Jack, ychwanegodd, 'Mae'r gŵr bonheddig yma o'r Adran Arbennig, Jack. Mae'n ymddangos fod ein ymholiadau yn Iwerddon wedi codi 'chydig o bryder. Mae'r Adran Arbennig yn teimlo y gallen ni fod yn sathru ar eu cyrn.'

Gwenodd y dyn llwyd. Gwên hynod o afiach, meddyliodd Jack. Fel yr hen wraig ddrwg yn Hansel a Gretel. 'Ddwedais i ddim byd am sathru ar gyrn, Mr McKenna. 'Sgynnoch chi gysylltiadau yn Iwerddon, gyda llaw? Yn y Weriniaeth?'

Eisteddodd McKenna i lawr. 'Pam?'

'Pam anfonoch chi fanylion am gorff y wraig yma at Heddlu Brenhinol Ulster a'r Garda yn Nulyn?'

'Oherwydd,' meddai McKenna, gan edrych yn rhybuddiol ar Jack, 'nad oes neb, yn ôl pob golwg, wedi hysbysu ei bod hi ar goll ym Mhrydain. Hwyrach felly mai Gwyddeles ydi hi.'

'O, dowch 'laen rŵan, Mr McKenna!' gwawdiodd y dyn llwyd. 'Fedrwch chi neud yn well na hynna! Wyddoch chi gystal â minnau fod holl arwyddion dienyddiad yn y lladd yma. Marwolaeth drwy grogi, mewn llecyn diarffordd, a'r dwylo wedi'u clymu tu cefn iddi? Peidiwch â disgwyl imi gredu na'dach chi ddim 'di gweld y cysylltiad.'

'Yna pam na ddwetsoch chi a'ch mêts hynny wrth Inspector Tuttle ddoe?' gofynnodd McKenna. 'Fe aeth o'r holl ffordd i Gaernarfon i siarad efo chi.'

'Peidiwch â herian, McKenna. Wyddoch chi'r sgôr, a 'dach chi'n deall y drefn yn iawn! 'Dach chi'n cael gwybod be mae angen i chi ei wybod, a dim byd arall.'

'Yn hollol,' cytunodd McKenna. 'Ac felly fe gymerais i'n ganiataol nad oedd 'na ddim byd i'w wybod.'

''Sgynnoch chi,' mynnodd y dyn llwyd, 'ddim hawl o gwbl i gysylltu â'r heddlu yn Iwerddon. Meddwl 'ch bod chi'n glyfar, oeddech chi? Meddwl y byddech chi'n ein rhoi ni yn y cachu, oeddech chi?'

'Feddyliais i ddim byd o gwbl, fel mater o ffaith.' Gwenai McKenna ryw fymryn. 'Y cyfan naethon ni,' aeth ymlaen, 'oedd trin hyn fel unrhyw achos arall o farwolaeth amheus. Ac, wrth gwrs, yn wahanol i chi, 'dan ni ddim wedi mynd dros ben llestri a gor-ymateb mewn pwl o baranoia. Fel mater o ddiddordeb,' ychwanegodd gan danio sigarét, 'sut gwyddech chi inni neud ymholiadau yn Iwerddon?'

'Ein busnes ni ydi hynny!'

'O.' Roedd golwg syrffedus ar McKenna. 'Mae'n debyg i un o'ch gweision bach chi yno ffonio mewn panic. Trueni nad oes ganddyn nhw ddim byd gwell i'w neud.'

Cododd y dyn llwyd ar ei draed, gan bwyso'i ddyrnau ar y ddesg. 'Yn amlwg 'dach chi ddim wedi dysgu'ch lle hyd yn hyn, McKenna. Fedrwn ni neud heb hen gnafon o blydi slobs. Gwyddelod yn enwedig!'

Agorodd McKenna'r drws, a sefyll o'r neilltu i'r dyn fynd drwyddo. 'Wyddoch chi ble mae'r Prif Gwnstabl yn treulio'r rhan fwyaf o'i amser,' meddai. 'Dwi'n siŵr y bydd eich pennaeth chi ac yntau'n dod at ei gilydd yn ddigon buan. Gân nhw sgwrs fach glên ynglŷn â'r peth, felly?'

'Wn i ddim sut 'dach chi'n llwyddo i gadw ffrwyn ar eich tafod!' ffrwydrodd Jack cyn gynted ag roedd y dyn y tu hwnt i glyw. 'Ro'n i'n meddwl fod y Gestapo wedi eu gwahardd flynyddoedd yn ôl.'

'Bwli buarth ysgol ydi o. Dim mwy, dim llai.'

'Be ydi ei enw fo?'

'Jones . . . dwi'n meddwl.' Gwenodd McKenna, er i Jack sylwi ar gryndod yn y llaw a gydiai yn y sigarét. 'Jones ydyn nhw i gyd. Maen nhw i gyd yn edrych 'run fath hefyd, felly fedr neb eu nabod nhw.'

'Mae ei siort o'n rhoi enw drwg i'r gwasanaeth diogelwch,' meddai Jack. 'Duw a ŵyr ble maen nhw'n cael hyd iddyn nhw.'

'Wyddoch chi, Jack,' ochneidiodd McKenna, 'fyddai'n dda gen i petai'r blydi John Beti 'na wedi cadw'i hen fysedd yn ei frywes ei hun! Heblaw amdano fo, byddai'r wraig yna'n dal yn crogi'n hapus braf ar y goeden yna cyn troi'n llwch, a neb 'run mymryn callach.'

Wrth gerdded i lawr i'r cantîn am goffi, meddyliodd Jack am y dyn o'r Adran Arbennig, ac am y llinell honno, nad oedd ond yn prin fodoli ar brydiau, a wahanai'r rhai a wnâi ddrygioni, a'r rhai'n ymladd yr anfadwaith wrth eu gwaith. Roedd o yn y ciw yn y cantîn, yn sefyll y tu ôl i heddferch dlos gyda'i lifrai a'i gwallt yn sawru o'r awyr iach, cyn iddo sylweddoli bod McKenna, yn sgil yr ymholiadau yn Iwerddon, wedi cynhyrfu'r Adran Arbennig yn hollol fwriadol.

Cyrhaeddodd Wil Jones, yr adeiladydd — un o'r Jonesiaid a garai Duw mae'n rhaid oherwydd Iddo wneud cymaint ohonyn nhw, meddyliodd McKenna, gan aralleirio Abraham Lincoln am bobl gyffredin y byd — swyddfa'r heddlu am 16.57 union, yn ôl yr adroddiad gan y swyddog ar ddyletswydd. Wedi ei orchuddio â llwch, a'i esgidiau'n crensian o dywod, eisteddai Wil ar ymyl cadair yn swyddfa McKenna.

' 'Dach chi ddim yn mynd i fod yn rhyw hapus iawn ynghylch hyn, Mr McKenna,' cynigiodd Wil. 'Dwi'n meddwl ein bod ni wedi cael hyd i gorff arall i chi. Yn y ddaear lle roedden ni'n agor ffos ar gyfer y tanc septig. 'Sgynnoch chi ddim syniad yr helynt 'dan ni'n gael i dyllu yno, dyna pam dwi'n meddwl nad oes neb wedi trafferthu cyn hyn. Gychwynnon ni i un cyfeiriad ddoe, gyrhaeddon ni cyn belled ac roedd blydi ochrau'r ffos yn syrthio i mewn bob gafael. Dim byd ond tywod unwaith 'dach chi dipyn draw o'r bwthyn, 'dach chi'n gweld. Beth bynnag, bore 'ma, meddwn i wrth Dave, awn ni ffordd arall, ella gawn ni hyd i well tir. Felly dyna wnaethon ni. Wedi bod wrthi drwy'r dydd,' aeth ymlaen gan edrych ar y cloc ar y wal. 'Yna, fe neidiodd Dave allan o ble roedd o'n tyllu, fel petai o wedi cael ei frathu gan neidr, a chychwyn sgrechian ddigon i godi'r meirw! 'Drychais i, a dyna lle roedd hi. Coes hyd y gwela i. A throed ar ei blaen hi.'

'Fasach chi'n hoffi paned o de, Wil?' gofynnodd McKenna.

'Gymera i un sydyn. Dwi'm eisio bod o'no'n rhy hir. Adewais i Dave ar ei ben ei hun, a dydi o ddim yn deg ag o.' Crynodd Wil. 'Ddim yn y lle yna, chwarae teg.'

Edrychodd Dr Roberts â pheth pleser ar y droed a rhan isaf y goes yn gwthio allan o ochr dde'r ffos. 'Wedi cadw'n dda, Michael,' meddai. 'Diddorol iawn. Oherwydd surni naturiol y pridd, heb amheuaeth.'

'Wel, ella y medrwch chi ailadeiladu tipyn o organau'r corff ar gyfer eu defnyddio nhw, felly?'

brathodd McKenna. 'Byddai'n arbed tipyn o ysbeilio beddau, yn byddai? Yn enwedig os na ddaw neb i hawlio'r corff yma chwaith!'

Edrychodd y doctor ar McKenna, a gwên fechan yn chwarae o amgylch ei geg. 'Wyddoch chi, Michael, mae pobl yn deud fod gan Jack dafod parod ar brydiau,' sylwodd. 'Ond mae gynnoch chi dafod fel rasal, oes wir!'

Camodd McKenna ymaith yn ddiamynedd. 'O, ewch 'mlaen efo'r gwaith! Codwch o, neu beth bynnag 'dach chi'n fwriadu'i neud, a dwedwch wrtha i pan fyddwch chi wedi gorffen.' Stopiodd, yna cerdded yn ei ôl. 'A dwi'm isio clywed fod ei ddwylo fo wedi'u clymu. Dwi wedi cael digon o ddienyddio i bara am sbelan hir.'

Diflannodd i'r bwthyn, tra safai Jack ger y ffos, yn gwylio wrth i'r patholegydd ddangos i Dewi, swyddog arall, a dau o'r tîm fforensig, sut i godi'r corff heb beri rhagor o niwed.

Gwnaed y gwaith yn haws iddyn nhw gan yr un ffactor a barodd rwystredigaeth i Wil Jones. Rhedai pridd mawnog, briwsionllyd o ochr y ffos, gan ddangos y droed arall, yna mwy o'r ddwy goes. Yn amyneddgar ac yn ofalus, brwsiwyd y pridd ymaith, a'i wthio'n bentyrrau'n ddigon pell o'r corff. Daeth tameidiau o ddefnydd efo fo, llarpiau o ryw gotwm trwchus, heb unrhyw liw i'w weld. Safai Jack gyda Dr Roberts, gan wylio ac aros.

'Be sy'n bod ar eich giaffar chi'r dyddiau yma?' gofynnodd Roberts. 'Un plaen ei dafod ydi o ar y gorau, ond mae'n colli'i limpyn ar ddim ar y funud. Mi fydd o'n magu trawiad calon os na fydd o'n ofalus. Helynt efo'r wraig benchwiban yna sy ganddo fo, ie?'

'Denise? Penchwiban?' gofynnodd Jack. 'Wedi syrffedu'n lân yn nes ati.'

'Wel, ella na'dach chi ddim yn ei nabod hi gystal,' meddai Dr Roberts gan frathu ei wefus isaf. 'Penchwiban ac arwynebol yw'n Denise fach ni. Tynnu ar ôl ei mam yn y ffordd 'na. Ddim yn siwtio McKenna o gwbl. Rhy arwynebol. Mae arno fo angen rhywun efo tipyn o ddyfnder iddi.' Oedodd. 'Dynes efo tân yn ei bol, fel fo. Mae gwres nwydau mawr yn y dyn yna, Jack.'

'Wel dydi o ddim yn taflu rhyw lawer o gynhesrwydd allan at bobol eraill fel arfer,' sylwodd Jack.

Rhythodd Eifion Roberts. 'Naiff o ddim, na naiff, efo dim ond Denise yn gwmni,' meddai. 'Naiff o ddim byd ond llosgi McKenna'n golsyn. Dwi'n meddwl ei bod hi'n ddiwedd y ffordd i'r ddau yna.' Edrychodd y patholegydd dros ochr y ffos. 'Gorau'n y byd hefyd, os 'dach chi eisio 'marn i. Doedd gan y briodas yna ddim gobaith o'r cychwyn. Ei briodi o am ei fod o'n fachiad da wnaeth Denise, er mwyn iddi hi gael dringo i fyny'r ysgol gymdeithasol ar ei gefn.'

'Dydi McKenna ddim yn rhyw seren gymdeithasol,' meddai Jack.

'Dyna'r broblem, 'ntê? Roedd Denise yn meddwl ei bod hi'n cael rhywbeth roedd hi eisio, a rŵan fod pethau ddim yn mynd y ffordd mae hi'n dymuno, mae hi am orffen. Marciwch chi be dwi'n ddeud, Jack,' daliodd y doctor ati, gan gamu ymlaen i edrych yn iawn dros ymyl y ffos, 'o fewn chwe mis, fwy neu lai, fydd Denise ni wedi cael hyd i rywun arall fwy at ei dant. Teip clwb golff, efo tŷ ffansi a char mawr swel. Fetia i 'mod i'n iawn.'

★ ★ ★ ★

Anfonodd McKenna Wil a Dave adref, gan gymryd goriadau Bwthyn y Grocbren. Crynhodd cymylau'r nos yn y dwyrain, gan godi blanced dros y diwrnod, wrth iddo droedio'n ôl at y ffos, a sefyll efo Jack ac Eifion Roberts a mwy a mwy o'r corff yn cael ei godi o'i orffwysfan. Codai chwa o fwg coed i sawru aer y cyfnos, sgrechiai gwylanod, a llifai haid o adar allan dros y môr i glwydo'r nos ar Ynys Seiriol. Heblaw am sŵn y rhofio pridd ac anadlu trwm y pedwar dyn yn y ffos, gorweddai gerddi Bwthyn y Grocbren yn rhwym mewn tawelwch. Clywodd McKenna sŵn y tu cefn iddo, sŵn siffrwd dail. Trodd. Llithrodd ffurf o'r golwg i'r coed, ffurf dyn yn gwisgo crys hir, llac, a gwallt hir, tywyll yn ffrâm o amgylch wyneb tenau, llwydfelyn, afiach. Roedd McKenna ar fin galw arno, ond pan edrychodd yn iawn, doedd neb yno.

'SHIT!'

Rhuthrodd Dr Roberts ymlaen. 'Be sy? Be 'dach chi wedi'i neud?'

Safodd y pedwar dyn yn y ffos, gan bwyso yn erbyn ei hochr bellaf, a gwylio wrth i'r pridd lithro'n sydyn, gan ddod â'r corff efo fo. Llithrodd allan o'i bedd wrth eu traed, peth bychan, truenus, a rowlio ar ei hochr gan ddod i orffwys a'i phen ar esgidiau Dewi. Roedd ei gwddf wedi'i ymestyn ac yn denau, y pen wedi ei dynnu'n galed i un ochr gan weddillion y cwlwm rhedeg a'r rhaff. Roedd ei dwylo y tu cefn iddi, eu bysedd wedi clensio'n grafangau. Roedd strapen drwchus yn clymu ei garddyrnau, a honno'n cychwyn cracio a briwsioni'n bowdr dan eu llygaid.

'1793. Dwi'n ateb eich cwestiwn chi, McKenna. Mae hi wedi bod yma ers 1793, neu rywbeth tebyg.'

Penliniai Dr Roberts wrth y corff, gan edrych i fyny.

'Sut mae'n bosib i chi wybod hynny?' mynnodd McKenna. 'Os na fedrwch chi ddeud wrthon ni sawl mis y bu'r llall yn crogi yn y lle yma, sut mae'n bosib ichi fedru deud sawl blwyddyn y bu hon yma?'

Cododd Dr Roberts ar ei draed, gan hel y pridd oddi ar bengliniau'i drowsus. Dringodd allan o'r ffos, a Jack yn ei helpu. 'Rebekah ydi hi, wedi ei rhestru ar y dogfennau swyddogol fel "Gwraig Simeon yr Iddew". Caewch eich ceg, Michael!' meddai. 'Fe lyncwch chi bry os na fyddwch chi'n ofalus, ac mi fyddwch chi fel yr hen wreigan yna y bu'n rhaid iddi lyncu pry copyn i ddal y pry.' Edrychodd yn feddylgar ar McKenna. 'Fyddai'n ddiddorol gneud post-mortem arnoch chi wedi ichi lyncu'r ceffyl, yn byddai?'

Chwarddodd Jack. Hyll-dremodd McKenna arno ac ar y doctor. ' 'Dach chi'n cael tipyn o hwyl am fy mhen i?' gofynnodd.

'Nac ydw, dwi ddim. Dwi o ddifri.' Tynnodd Dr Roberts ei fenig llawfeddygol. 'Ar ôl ichi ddeud yr hanes wrtha i'r diwrnod o'r blaen, fe es i i'r Archifdy yng Nghaernarfon. Mae o i gyd yna, air am air fel y clywsoch chi. Dyma eich Rebekah chi, ei gorffwysfan derfynol wedi dod i'r amlwg o'r diwedd. "Gorffwysfan anhysbys" mae'n ddeud yn y cofnodion. Darganfyddiad yntê? Fe fedran nhw lenwi'r bylchau a chau pen y mwdwl ar y stori yna rŵan. Bydd raid iddi hi gael cynhebrwng iawn, wrth gwrs. 'Sgwn i pwy fydd yn trefnu hynny?' gofynnodd. 'Fyddai o ddim yn hollol iawn i'w lluchio hi i mewn i fedd a thaflu calch drosti, fyddai o? Mae hi'n rhan o hanes.'

'Fyddwch chi'n ei thorri hi'n ddarnau?' gofynnodd Jack.

'O, siŵr iawn.' Edrychodd Dr Roberts dros y corff. 'Fydd o'n ddiddorol iawn, hefyd. Chefais i rioed gyfle i neud post-mortem ar ddrwgweithredwr wedi'i ddienyddio o'r blaen. Fe ddiddymon nhw'r gosb eithaf cyn i mi gychwyn ar fy ngyrfa, wyddoch chi. Ga i weld pa mor drwyadl oedden nhw'r dyddiau hynny, caf?' ychwanegodd, gan daflu edrychiad slei i gyfeiriad McKenna.

'Dwi'n meddwl fod rhywbeth yn bod arnoch chi, ydw wir,' meddai McKenna wrtho. 'Enghreifftiau i'w trin ydi'r trueiniaid yma i chi!'

'Wel, mae hon o leiaf dipyn yn academig, fel petai, yn tydi?'

' 'Dach chi'n siŵr mai Rebekah ydi hi, Dr Roberts?' gofynnodd Jack.

' 'Drychwch drosoch eich hunain,' gwahoddodd. 'Dowch 'laen, McKenna, does dim eisio troi'ch trwyn. Frathith hi ddim.'

'Dydi pawb ohonon ni ddim yn rhannu'ch diddordeb afiach chi mewn cyrff,' cyfarthodd McKenna. 'Sut medrwch chi fod mor siŵr mai Rebekah ydi hon?'

'Mae hi bron wedi mwmeiddio,' meddai'r patholegydd. 'Oherwydd iddi fod mewn daear fel hyn. 'Tasa hi wedi cael ei rhoi yn unman arall, fyddai hi'n ddim ond llwch bellach.' Trodd at y pedwar dyn wrth iddynt sefyll yn ddistaw yn y ffos. 'Dowch inni ei symud hi, iawn? A gnewch yn siŵr eich bod chi'n rhoi'r holl dameidiau yna o ddefnydd i mewn efo hi. Dwi isio rheina.'

Cerddodd Jack a'r patholegydd gyda'i gilydd at y ceir a fan y mortiwari. Roedd McKenna ar y blaen ond yn ddigon agos i glywed sgwrs y patholegydd.

'Wyddoch chi, Jack, ar ôl y terfysg yng ngharchar Strangeways, roedd yn rhaid iddyn nhw glirio'r tir claddu ar gyfer yr estyniadau newydd,' meddai. 'Godon nhw bron i ddeugain o gyrff oddi yno, a rhoi angladd Cristnogol iawn iddyn nhw wrth eu hailgladdu.'

'Pwy oedden nhw?' oedd cwestiwn Jack.

'Rhai wedi'u dienyddio dros gyfnod o ryw hanner can mlynedd. Mae'r manylion amdanyn nhw gen i gartref, petaech chi eisio'u darllen nhw. Pwy oedden nhw, pam y crogwyd nhw, pryd . . .'

Gadawodd McKenna nhw'n hel straeon ger y cerbydau, a cherddodd beth ffordd i mewn i'r coed. Caeodd tywyllwch amdano ac, o fewn ychydig gamau, roedd o olwg a chlyw'r lleill, wedi ei amgylchynu gan sibrwd tawelwch. Anobeithiol, wrth gwrs, i ddisgwyl dod o hyd i'r dyn a welsai, neu i ddilyn y ffordd yr aeth. Llanwodd arogl adnabyddus dail pydredig a thamprwydd ei geg a'i drwyn. Safodd am ychydig, gan geisio edrych drwy'r coed, yna trodd i fynd yn ôl at y lleill, a theimlo munud o fraw wrth feddwl efallai ei fod ar goll. Dim ond goleuadau blaen yn sgleinio ar gwr y coed wrth i un o'r ceir fynd i fyny'r ffordd drol ddangosodd y ffordd allan iddo.

Gorweddai gweddillion truenus Rebekah ar y bwrdd post-mortem ym mortiwari'r ysbyty, a'r corff wedi'i ddinoethi'n awr o'r tameidiau defnydd a hongiai ar gnawd crebachlyd. Wrth edrych arni, teimlai Dr Roberts y byddai bron yn halogiad i dorri i mewn iddi, fel petai toriadau'r scalpel yn dinistrio rhan o'i hanes ef ei hun.

Safai Emrys wrth ei ochr. ' 'Dach chi'n wir yn

meddwl y dylen ni, Doctor?' gofynnodd. 'Dau gan mlynedd ers pan oedd hi yno, meddech chi. Pam 'dan ni'n gneud hyn?'

' 'Dan ni'n gneud am amryw o resymau, Emrys, un ohonyn nhw ydi ymchwil wyddonol,' meddai Dr Roberts. 'Un arall ydi diddordeb pur. Hefyd, petai hi wedi cael ei gadael ar y crocbren fel maen nhw'n arfer gneud, yn lle cael ei chario i ffwrdd gan ei gŵr, byddai'r awdurdodau wedi ei thorri hi'n ddarnau ar y pryd, er mwyn cael tystio sut y bu hi farw.'

'Braidd yn amlwg, 'swn i'n meddwl.'

'Dull o weithredu, Emrys . . . Fedri di ddim deud yn iawn sut y bu corff farw, heb iti ei agor o, hyd yn oed os mai ti laddodd o.' Cydiodd mewn scalpel, a byseddodd y llafn yn feddylgar. 'Beth bynnag, er gwaetha be ddwedais i wrth McKenna, mae arnon ni wir angen gneud yn siŵr fod y corff yma mor hen ag dwi'n meddwl, ac felly mai dyna pwy ydi hi.'

'Hyd yn oed os ydi hi cyn hyned â hynny, fedrwch chi ddim bod yn siŵr mai Rebekah ydi hi.'

'Wel, na fedra. Ond pwy arall fyddai hi'n debygol o fod? Y?' Gosododd y scalpel wrth y gwddf, ac Emrys yn dal yr aelodau ceimion a'r corff cyn sythed â phosib. Chwarddodd y doctor. 'Gad inni obeithio mai Rebekah ydi hi, Emrys. Gaiff McKenna ffit os daw 'na gorff arall i'r amlwg o gwmpas y lle 'ma, yn enwedig un wedi cael ei grogi!'

Gorweddai Jack ac Emma yn ymyl ei gilydd, gan syllu i fyny ar nenfwd y llofft, a gwylio patrymau'n llifo ar draws y plaster cerfiedig wrth i olau'r lleuad y tu hwnt i'r ffenest ddi-lenni ruthro'n ôl ac ymlaen y tu cefn i gwmwl gwibiog.

'Be wyt ti'n feddwl mae Michael a Denise yn ei neud, rŵan, Jack?' gofynnodd Emma, ei llais yn dyner.

'Nid be 'dan ni newydd fod yn ei neud, mae hynna'n sicr!' Sgleiniai ei ddannedd yn fleiddaidd yn y golau arian.

'Paid â bod mor amrwd!' ebychodd Emma. 'Ro'n i o ddifri.'

'Ddrwg gen i, cariad.' Roedd Jack yn dal i wenu wrtho'i hun. 'Pam wyt ti'n trafferthu, beth bynnag? Maen nhw'n ffrindiau i ni, mewn ffordd,' meddai Emma. 'Mae Denise yn ffrind i mi, beth bynnag.'

Ochneidiodd Jack. 'Mae tymer y diawl wedi bod ar McKenna drwy'r dydd. Mae pobl yn dechrau siarad.'

'Ofynnaist ti iddo be oedd yn bod?'

'Ddim fy musnes i, a dweud y gwir, ydi o?' meddai Jack. 'Does gynnon ni mo'r math o berthynas lle medra i ruthro i mewn yn gofyn cwestiynau personol.'

Rhoddodd Emma ei braich ar draws ei frest, gan droelli'r gwallt tywyll, cyrliog yn ei bysedd. 'Mae pobl angen ffrindiau i siarad efo nhw. Dwi a'i chwiorydd gan Denise.'

'Mae'n iawn arni hi felly, yn tydi?' brathodd Jack, a throi drosodd, ei gefn at Emma.

## Pennod 8

'O, SHIT!'

'Jack, plîs!' fflachiodd Emma olwg rybuddiol i gyfeiriad yr efeilliaid.

'Be sy'n bod?' gofynnodd un o'r genethod. 'Pwy oedd ar y ffôn, Mam?'

'Neb.'

'Mam! 'dach chi 'di bod yn siarad efo chi'ch hun eto!' Dechreuodd y ddwy eneth rowlio chwerthin.

Trawodd Jack ei law ar y bwrdd. 'Dyna ddigon! Ewch i neud eich hunain yn barod i fynd i'r ysgol. Y munud 'ma!'

Cododd yr efeilliaid oddi wrth y bwrdd a mynd i'r cyntedd i chwilio am lyfrau a bagiau a chotiau. Clywodd Jack nhw'n siarad dan eu gwynt ac yn chwerthin — ar goll, fel arfer, yn eu byd eu hunain.

'Wyt ti'n mynd â nhw i'r ysgol neu ddylen nhw fynd ar y bws?' gofynnodd Emma.

'Gân nhw fynd ar y bws. Maen nhw'n ddigon hen.'

'Paid â dial arnyn nhw, Jack. Nid arnyn nhw mae'r bai.' Aeth Emma ar ôl ei phlant, gan ffysian am gotiau glaw a'r tywydd, pres cinio a phres bws. Clepiodd y drws ffrynt ar gau, a sgrialodd sŵn traed ar hyd llwybr yr ardd. Daeth Emma yn ôl i'r gegin gan syrthio'n drwm i eistedd ar ei chadair.

'Be 'dan ni'n mynd i neud rŵan?'

'Sut ddiawl wn i?' mynnodd Jack. 'Beth yn hollol ddwedodd Denise?'

'Fod Michael wedi deud wrthi hi ei fod o'n ei gadael hi. Fel yna, heb rybudd o gwbl.' Roedd sioc yn dal i lychwino llais Emma. 'Mae hi eisio i mi fynd draw ar unwaith.'

'Pam? Be wyt ti i fod i'w neud ynghylch y peth?' gofynnodd Jack. 'Beth bynnag, prin fod hyn yn ddirybudd, yntê? Be arall oeddet ti'n 'i ddisgwyl?'

'O, wn i ddim!' Roedd Emma'n drallodus, a gwylltiai Jack fod dramâu pobl eraill, eu hunanoldeb, yn ymyrryd â'i deulu o'i hun.

'Em, does 'na ddim byd i'w neud.' Cyffyrddodd â'i llaw. 'Mae'n rhaid iddyn nhw ddatrys eu problemau eu hunain.'

'Dwi'n gw'bod . . . dwi'n gw'bod,' meddai Emma. 'Ond fedra i ddim ei gadael hi ar y clwt. Fydd hi'n dibynnu arna i.'

'I gydio yn ei llaw hi, mae'n siŵr,' sylwodd Jack. 'Ac i gytuno efo hi fod ei gŵr hi'n hen fastard cas, annifyr!'

'O! Plîs!' gwaeddodd Emma. 'Mae Michael wedi bod braidd yn giaidd. Fedri di ddim gwadu hynny.'

Cododd ar ei draed. 'Dwi'n mynd i 'ngwaith, Em. Duw a ŵyr ym mha gyflwr y bydd McKenna,' meddai. 'Ac os wyt ti ishio clywed fy marn i, dwi'n meddwl fod Denise yn gandryll oherwydd nad y hi wnaeth y penderfyniad.'

'Be ti'n feddwl?'

'O, defnyddia dy ben, Em. Roedd hi eisiau ei adael *o*, cael drama fawr,' meddai Jack. 'Bod ar ganol y llwyfan yn y rhan fawr ddramatig o'r wraig gafodd gam. Mae o wedi mynd â'r gwynt o'i hwyliau hi'n lân, yn tydi? Wedi torri ei chrib hi . . .' ychwanegodd. 'Wel, gaiff hi fod yn seren o hyd; y cyfan sydd angen iddi ei neud ydi newid tipyn bach ar y geiriau, a chwarae rhan y wraig wedi'i gadael ar y clwt. Mi gafodd hi'i haeddiant os gofynni di i mi!'

'Do'n i ddim yn gofyn i ti!' arthiodd Emma. 'Ti'n mynd mor greulon ac annifyr ag o!'

Roedd Dewi Prys yn ei gwman uwchben y cyfrifiadur yn swyddfa'r CID.

'Be ti'n neud?' gofynnodd Jack.

Cododd Dewi ei ben. 'Bore da, syr. Mae Mr McKenna wedi cael un o'i syniadau gwych. Mae o fel ci efo dwy gynffon bore 'ma,' gwenodd Dewi. ' 'Dach chi'n cofio inni gael enw'r dyn 'ma oedd yn byw yn y cyfeiriad lle roedd y Ms Cheney yma i fod? Wel, beth bynnag, mae Mr McKenna wedi deud wrtha i am chwilio am yr enw — Allsopp ydi o — yn y rhestr 'na o'r holl bobl sy ar goll, i weld ydi o yna.'

'Ac ydi o?' Meddyliodd Jack tybed sut ar wyneb y ddaear y medrai McKenna fod mewn hwyliau da.

'Wn i ddim eto, ond dwi ddim wedi bod wrthi'n hir. Croesi'n bysedd, 'ntê, syr? Pwysodd fwy o allweddau, a chraffodd ar y sgrin. Penderfynodd Jack adael llonydd iddo ddal ati.

'Syr!' galwodd Dewi. 'Syr, ddwedodd Mr McKenna 'mod i i'ch atgoffa chi fod Cynhadledd y Wasg am hanner awr wedi deg.'

'Ble mae'r prif arolygydd, Prys?'

'Wn i ddim, syr. Roedd o'n siarad efo'r arolygwr y tro diwetha y gwelais i o.'

'Mae hyn yn newyddion trist, Michael,' meddai Owen Griffiths. ' 'Dach chi'n siŵr nad oes 'na ddim ffordd arall?'

'Dim pwynt i ymestyn y boen, nac oes?'

'Nac oes m e'n debyg . . .' Ochneidiodd yr arolygwr. 'Wn i ddim wir, Michael . . . y nifer o weithiau dwi'n clywed am briodasau plismyn yn chwalu, ac yn aml iawn, does dim rheswm y medrwch chi roi'ch bys arno.'

'Fawr o bwrpas mewn chwilio am resymau,' meddai McKenna'n fywiog. 'Mae'r pethau yma'n digwydd. Ddwedais i wrth Denise y byddwn i'n symud allan gynted fyth ag sy'n bosib.'

'Yna pam na chymerwch chi ddiwrnod o'ch gwaith i fynd i chwilio am rywle i fyw? Fedar Jack ddelio efo'r Wasg. Does fawr ddim i'w ddeud wrthyn nhw, beth bynnag.'

Cwestiynau, sylweddolodd McKenna: byddai Jack yn gofyn cwestiynau, ac eisiau gwybod pam roedd y trefniadau'n cael eu chwalu, a chynlluniau pendant yn cael eu taflu i'r gwynt. Byddai ymyrraeth i'w breifatrwydd, a hel straeon; byddai eraill yn gwybod am y peth mwyaf preifat yma, ac yn dyfalu. Byddai Denise yn siarad efo'i ffrindiau a'i theulu ac efo Emma Tuttle, byddai ei theulu'n sibrwd ac yn barnu a'u malais yn lledu drwy bobl y capel, a byddai Emma'n siarad efo Jack.

'Michael?'

'Ie, Owen?'

'Mi fydd pobl yn siŵr o siarad. Ond fydd hynny'n fawr mwy na rhyfeddod seren wib . . . Be 'dach chi'n mynd i'w neud ynghylch Jack? Mae o bownd o gael gwybod drwy Denise yn deud wrth Emma.'

Eisteddodd McKenna ar fainc bren yn yr Ardd Feiblaidd, o dan gastanwydden enfawr, a'i chanhwyllau'n dal yn wyrdd ymysg dail emrallt llachar yn sboncio yn y gwynt. Tywydd bendigedig, gyda gwynt cynnes, gan addo digon i godi calon unrhyw un a deimlai'n isel. Wrth aros i gyfarfod asiant tai i fynd i weld tŷ ar osod, teimlai'n benysgafn, ac yn rhydd o ofid, fel petai gwneud penderfyniad wedi codi baich annioddefol. Yn dal dan anaesthetig, gwyddai y byddai'r boen a'r amheuaeth yn dod yn ddiweddarach.

Cynlluniwyd yr ardd, yn ôl y llechen ger y gatiau haearn bwrw, 'Er eich pleser,' gan un Tatham Whitehead. Nythai islaw'r eglwys gadeiriol. Gŵr neu wraig oedd Tatham? meddyliodd McKenna, gan ddychmygu Piwritan selog yn dyrnu'r pulpud mewn capeli ar draws y tir, â'i fryd ar achub y Cymry afreolus rhagddynt eu hunain. Ac i ble roedd y cyfan wedi arwain Tatham? I'r un lle â phawb arall yn y pen draw: esgyrn yn malurio, cnawd yn fwyd pryfed genwair a thrychfilod. Doedd dim ots am ddim, penderfynodd McKenna. Doedd ei drasiedi fechan ef yn ddim o gwbl, rhyw fymryn o lwch ar wyntoedd amser, heb unrhyw goffâd yn unman heblaw yn ei galon ef tra oedd yn fyw. Ddeuai neb y ffordd hyn ymhen can mlynedd a dweud, 'O, ie, fe eisteddodd Michael McKenna o dan y goeden hon y diwrnod ar ôl iddo ddweud wrth ei wraig ei fod yn ei gadael.' Ni adawai ef na phoen na phleser ar ei ôl, dim blagur glas i lonni'r llygaid fel y gwnaeth Tatham.

Croesodd cath frech dew y llwybr, gan aros a llygadu McKenna, a chanhwyllau'i llygaid yn holltau bychain yn yr heulwen. Gwenodd yntau. Syllodd y gath am ychydig yn rhagor, yna aeth ymlaen ar ei pherwyl dirgelaidd ei hun.

Ar ôl cael ei blesio gan ei gyffyrddiadau proffesiynol yng Nghynhadledd y Wasg, prin y medrai Jack guddio'i wên wrth gofio'r camerâu teledu wedi eu hoelio bron yn gyfan gwbl ar ei wyneb.

'Rhowch y gorau i feddwl cymaint ohonoch eich hun,' meddai Eifion Roberts. 'Ble mae Michael? Ddylai o fod wedi bod 'na.'

' 'Di mynd i rywle.'

'Peidiwch â hel dail. Be sy 'di digwydd?'

'Dim ond be roeddech chi'n ei rag-weld,' meddai Jack, a rhyddhad yn gymysg â'i gyndynrwydd i siarad. 'Mae o wedi deud wrth Denise ei fod o'n ei gadael hi.'

'Dydi o ddim yn hel dail, nac ydi?' meddai Dr Roberts yn edmygus. 'Sut 'dach chi'n gwybod?'

'Ffoniodd Denise Emma peth cynta'r bore 'ma.'

Chwaraeai'r patholegydd â'r clipiau papur ar ddesg Jack, gan wthio'r papurau a'r adroddiadau o'r neilltu i gael hyd i ddigon i wneud cadwyn.

'Rhowch y gorau i hynna wir! 'Dach chi'n codi'r dincod arna i,' meddai Jack.

'Ddrwg gen i, SYR!' saliwtiodd Eifion Roberts. 'Well inni beidio'ch cynhyrfu chi hefyd, mae'n siŵr! I ble'r aeth McKenna?'

'Wn i ddim. Fuo fo'n siarad efo'r arolygwr ac wedyn fe ddiflannodd.'

'O, wel, ddaw o i'r golwg o rywle. Fawr o beryg inni gael ein galw i bysgota'i gorff allan o'r Fenai,' sylwodd y patholegydd. 'Mae o 'di ei neud o frethyn gwytnach.'

'Am be 'dach chi'n sôn?'

'Hunanladdiad. Deud ydw i nad ydi Michael ddim yn debyg o neud amdano'i hun. Thaflith o mo'i hun oddi ar Bont y Borth, hyd yn oed os ydi pethau dipyn bach yn annifyr ar y funud.'

'Dychmygais i ddim am funud y byddai o!'

'Yn hollol. Dwi'n cytuno efo chi,' gwenodd Dr Roberts. 'Pan welwch chi o, dwedwch wrtho imi ddod o hyd i ffetws bychan wedi mwmeiddio ym mol

Rebekah druan, newch chi? Doedden nhw ddim, mae'n amlwg, yn dioddef unrhyw bangfeydd cydwybod ynghylch crogi mamau beichiog yn y dyddiau hynny.'

Yn wahanol i'r Ms Cheney ddi-ddal, talodd McKenna chwe mis o rent gyda siec, ar dŷ cul tri-llawr mewn rhes ar stryd fynyddig yn edrych dros y ddinas, a phrynodd iddo'i hun guddfan, encil wedi ei lapio mewn cysur henffasiwn. O'i ffenestri, gallai edrych ar Ynys Seiriol yn y dwyrain, ar flociau lego'r ysbyty newydd yn bell i'r gorllewin. Disgleiriai'r Fenai mewn haul canol dydd, a gellid gweld llong lanhau enfawr yn dadlwytho'i chargo o dywod ymhell i ffwrdd yn yr hen borthladd. Yn union y tu hwnt i'r ardd gefn fechan, syrthiai'r tir yn syth i iardiau cefn siopau'r Stryd Fawr, a'r rheiny'n edrych fel darnau bychain o glytwaith lle roedd natur wedi rhedeg yn wyllt dros yr hen adeiladau allan. Tyfai coed onnen a chriafol ar y llechwedd, eu canghennau'n dowcio a siglo yn y gwynt. Ar ben y wal lechen rhwng y tŷ a'r drws nesaf, gorweddai cath ddi-raen, a'i chôt ddu a gwyn yn llychlyd a blêr.

Crwydrodd Jack yn ôl a blaen rhwng ei swyddfa a'r swyddfa gyffredinol, gan boeni Dewi am wybodaeth na fedrai'r cyfrifiadur ei gynnig. Doedd neb o'r enw Allsopp wedi diflannu yn unman, ar unrhyw adeg; doedd dim cymorth i'w gael am ddillad na belt y wraig fu farw; alwodd neb i'w hawlio fel gwraig neu ferch neu chwaer neu nith goll. Symudodd yn ddifeddwl rhyw ffeiliau a darnau o bapur, ac anadlodd ochenaid o ryddhad pan gerddodd McKenna i mewn drwy'r drws.

' 'Dach chi'n iawn, syr?' gofynnodd Jack, yn edifar ganddo ofyn cyn gynted ag y gadawodd y geiriau ei geg.

Nodiodd McKenna. 'Tybed newch chi ffafr â fi?'

'Wrth gwrs.'

'Dwi 'di rhentu tŷ yng Nghaellepa,' meddai McKenna. 'Fedrwn i neud efo help llaw i fudo. Be 'dach chi'n neud dydd Sadwrn?'

'Iawn. Dim problem. Mae Emma a'r efeilliaid yn mynd i'r briodas fawr 'ma, ac mi fydd Em yn troi 'mraich i fynd efo nhw os na fydd gen i esgus da.'

'Mae Denise yn mynd,' meddai McKenna, a'i lygaid yn bŵl y tu cefn i'w sbectol. 'Merch cadeirydd parchus ein hawdurdod heddlu. Y Cynghorydd Williams, CBE.'

'Wn i. Priodas gapel grand, y trimins i gyd.' Tynnodd Jack stumiau. 'Does gen i fawr o gewc at ddiwrnod o'r fath.' Cododd ei ben. 'Dydi Williams ddim wedi cael CBE, nac ydi?'

'Ydi, mae o.' Gwenodd McKenna. 'Ddylech chi fynd i ysgwyd llaw'r dyn, dod yn ffrindiau efo fo. Deud wrtho mor brydferth ydi ei ferch, er ei bod hi fel talcen tas. Allai neud byd o les i'ch gyrfa chi!'

Chwarddodd Jack. 'Sodrodd hynny hi, do? Ei rhoi hi yn ei lle go iawn, siawns gen i!'

' 'Rhen gena cas!' Roedd dagrau yn llygaid Emma drachefn. 'Dim ond ceisio amddiffyn ei hun oedd Denise. Ddwedodd y cyfreithiwr na fyddai hi'n debygol o gael yr un ddimai o arian cynnal a byddai'n rhaid iddi werthu'r tŷ. Dydio ddim yn deg,' tantrodd Emma. 'Dydi o ddim yn *iawn*! *Fo* sy 'di cerdded allan. Nid hi.'

'Be ti'n ddisgwyl iddo fo'i neud?' mynnodd Jack. 'Aros efo'r hen ast wirion, neu treulio gweddill ei fywyd yn gadael iddi hi ei odro fo'n hesb? Fawr o ddewis ddwedwn i.'

'Pa ddewis roddodd o iddi hi?' brathodd Emma. 'A phaid ti â galw Denise yn hen ast. Mae hi'n ffrind i mi.'

'Mae hi'n hen ast, Emma,' meddai Jack. 'Ac wedi ei difetha'n lân.'

'Cadw arno fo rŵan?' Bron nad oedd Emma'n poeri arno. 'Mae'n siŵr ei fod o wedi bod yn lladd arni hi drwy'r dydd.'

'Mae hi'n gneud digon o hynny ar gyfer y ddau ohonyn nhw'n ôl pob sôn!'

'Be ti'n ddisgwyl?' gwaeddodd Emma. 'Mae o wedi tynnu'r mat yn union o dan ei thraed hi. Fydd ganddi hi unman i fyw. Sut medr hi fforddio prynu tŷ arall?'

'Yna fydd yn rhaid iddi hi rentu tŷ fel mae o'n ei neud,' atebodd Jack yn chwyrn. 'A chodi oddi ar ei phen-ôl i chwilio am waith. Bobol bach!' ebychodd. 'A byddai hynny'n wyrth, yn byddai? Denise ni yn baeddu'i dwylo bach del?'

Rhythodd Emma arno. 'Mae o'n symud yn barod? Ble mae o'n mynd?'

'Dwi ddim yn deud wrthat ti, Emma. Dydi o'n ddim o dy fusnes di. Roith o wybod i Denise pan fydd o'n barod i neud hynny.'

'Feddyliais i 'rioed y byddai'r dydd yn dod y byddet ti'n fy nhrin i fel hyn. 'Rioed!' Gorlifodd y dagrau, a sgwriodd ei hwyneb â sbandyn ei chardigan.

'Paid â chrio, cariad,' estynnodd Jack allan, a chamodd hithau'n ôl.

'Paid â 'nghyffwrdd i!' gwaeddodd Emma. 'Gad lonydd i mi! A phaid â meiddio cropian ata i i'r gwely! Waeth gen i os byddi di'n cysgu yn y sièd!'

## Pennod 9

'Be 'tisio, Dewi?' Gyda haul y bore'n pwysleisio'r cysgodion trallod o amgylch ei lygaid, gwenodd McKenna, fel petai ei feddwl ymhell, ar y ditectif ifanc a safai braidd yn anghysurus yn nrws y swyddfa.

'Fyddwn i ddim yn eich poeni chi, syr, ond fod Mr Tuttle fel ci ar gadwyn bore 'ma, yn cyfarth ar unrhyw beth sy'n symud, felly ro'n i'n meddwl fod yn well i chi weld rhain.' Gosododd bentwr o bapurau tenau ar y ddesg. 'Y ffacsys ddaeth i mewn dros nos 'dyn nhw, syr. Ynglŷn â merched ar goll.'

'Unrhyw beth o fudd?'

'Nagoes, syr. Affliw o ddim,' atebodd Dewi. 'Ond mae'n debyg y medren ni edrych arni'r ffordd arall, a deud ein bod ni'n gwybod pwy *nad* ydi'r wraig. Mae hynny'n torri pethau i lawr dipyn.'

'Ddylet ti fod yn alcemydd, Dewi. Troi'r negyddol yn gadarnhaol,' meddai McKenna. 'Faint sy gynnon ni ar ôl?'

'Un a deugain. Dydi Heddlu Iwerddon ddim yn meddwl fod neb sy'n ffitio'r disgrifiad ar goll. Yn ôl pob golwg does dim hanner gymaint o ferched yn mynd ar goll yn Iwerddon.'

'Pa heddlu yn Iwerddon?' gofynnodd McKenna. 'Gogledd neu'r De?'

'Y criw 'na yn Nulyn.'

Gwenodd McKenna arno. 'Wel, paid â synnu os na chlywn ni gan heddlu'r Gogledd . . . er y gallwn ni'n hawdd gael ymateb gan yr Adran Arbennig.'

'Nhw?' Edrychodd Dewi fel petai ar fin poeri.

'Rodden nhw mo'r baw o dan eu hewinedd inni. Waeth inni anghofio Gogledd Iwerddon, felly. Syr, ga i ofyn rhywbeth ichi?'

'Cei siŵr, Dewi.'

'Ddigwyddais i feddwl pan oedden ni'n edrych drwy ffeiliau'r cyfrifiadur . . . ro'n i jest yn meddwl i ble mae'r holl bobl ar goll 'ma'n mynd.'

'Wn i ddim yn iawn,' cyfaddefodd McKenna. 'Ella fod rhai ohonyn nhw'n methu dioddef pethau rhagor, ac yn rhedeg i ffwrdd . . . dianc . . . rhai'n mynd, mae'n debyg, oherwydd y gall eu teulu hawlio arian insiwrans ar ôl saith mlynedd os tybir eu bod nhw wedi marw.' Tawodd am funud cyn dweud, 'Dwi'n rhyw feddwl fod amryw byd yn cael eu llofruddio.'

'Mae fy nain i'n meddwl fod rhai ohonyn nhw'n syrthio oddi ar ymyl y byd,' gwenodd Dewi. 'Mae hi'n dal i wrthod credu nad ydi'r byd ddim yn fflat. Welech chi mo'r gorwel fel arall, meddai hi.'

'Adawodd Dr Roberts neges ichi ddoe.'

'Do, Jack?' gofynnodd McKenna. 'Be oedd o?'

'Ddwedodd o am ddeud wrthoch chi fod Rebekah'n feichiog. Wedi cario am ryw dri mis.'

'O, wela i.' Edrychai Jack yn lluddedig, ac ymylon ei lygaid yn gochion. 'Be sy'n bod?'

Petrusodd Jack am funud cyn ateb. 'Siaradoch chi efo Mrs McKenna neithiwr, syr?'

'Mae hi wedi mynd i aros efo'i chwaer.'

'O.'

'Jack, oni bai fod beth bynnag sy'n eich poeni chi'n hollol breifat, ella y dylech chi ddeud wrtha i.'

'Diawl uffar!' ffrwydrodd Jack. 'Cario clecs o'r ysgol 'di peth fel hyn!' Gwingodd yn ei sedd. 'O, damia!

Ffraeais i efo Emma, a chysgu ar y soffa, a fedra i ddim cofio'r tro dwetha i hynny ddigwydd.'

'Ac mae'n debyg ichi ffraeo ynghylch Denise a fi?'

'Hollol gywir,' cytunodd Jack. 'A p'run ai ddyliwn i ei ddeud o ai peidio,' ychwanegodd, 'dwi'n meddwl ei bod hi'n well arnoch chi wedi cael gwared â hi. Fe aeth hi at gyfreithiwr ddoe, a llusgo Em efo hi i afael yn ei llaw hi, a chael cythraul o sioc pan ddwedodd y cyfreithiwr na fedrai hi ddim disgwyl i chi ei chadw hi am weddill ei hoes. Mae'n ddrwg gen i, wir rŵan, oherwydd fe ddylai hi fod wedi deud wrthoch chi ei hun. O, Dduw!' Claddodd ei ben yn ei ddwylo. 'Am lanast!'

'Wela i,' meddai McKenna'n araf. 'Wel, does neb haws â phoeni, Jack. Fe aiff y llanast yn fwy cyn iddo fynd yn llai.' Taniodd sigarét, gan dynnu'r mwg yn eiddgar i'w sgyfaint. 'Peidiwch â gneud pethau'n waeth drwy ffraeo efo Emma.'

Amser cinio, ffoniodd Meri Ann, eisiau i McKenna fynd i'w gweld hi. Gan feddwl ei bod hi'n siŵr o fod wedi clywed fod Denise ac yntau wedi gwahanu, dywedodd wrth Dewi am ddweud y byddai Jack yn mynd yn hytrach na fo.

'Mae Meri Ann yn deud fod yn rhaid iddi'ch gweld chi, syr.'

'Be mae hi eisio, Dewi?'

'Wn i ddim,' meddai Dewi. 'Ond dydi hi ddim yn nabod Mr Tuttle, ydi hi, ac mae'r hen wragedd 'ma'n od ynghylch siarad efo dieithriaid.'

'Dwi 'di dy gael di yma i siarad yn dy gylch di, 'ngwas i,' meddai Meri Ann, gan gau'r drws y tu cefn i

McKenna. 'Os wyt ti isio deud rhywbeth wrtha i, mi wrandawa i, ond dwi ddim yn un am roi 'mys ym mrywes pobl eraill.'

'Sut 'dach chi?' gofynnodd McKenna.

'Go lew,' meddai hi, gan lywio'i chorff i'w chadair freichiau'n ofalus. 'Gweddol ar y gorau. Fedra i ddim disgwyl fawr mwy ym mhen yma f'oes, fedra i? Ddyliwn i fod yn ddiolchgar 'mod i'n dal i fedru symud o gwmpas.'

Eisteddodd y ddau mewn distawrwydd am dipyn, a'r bloeddiadau o fuarth yr ysgol y tu hwnt i ffenestri agored ei bwthyn yn torri ar draws y tawelwch.

'Rhyfedd, 'ntê, nad ydi'r gwylanod yn dod yma?' sylwodd McKenna.

'Gormod o goed,' atebodd Meri Ann. 'Mae gwylanod yn hoffi llefydd agored. Ond mae 'na ddigon o jacdôs a brain,' ychwanegodd. 'Cannoedd yn y coed ger yr eglwys, a mwy bob blwyddyn . . . yn y brigau uchel 'na'n crawcian ac yn sgrechian ar ei gilydd o fore tan nos . . . mae fel y ffilm 'na weithiau. Dwi'n hanner disgwyl eu gweld nhw'n syrthio i lawr ar bennau 'rhen blant allan yn chwarae, i dynnu'u gwalltiau a phigo'u llygaid allan.'

'Oes 'na lawer o blant yn byw yn y pentre?'

Meddyliodd am funud. 'Wyddost ti be, dwi'n amau nad oes yna fawr y dyddiau yma, fuo 'na 'rioed lawer . . . Roedd fy hogyn i'n arfer crefu arnon ni i symud, ond roedd ei dad yn gweithio ar y stad, a'r bwthyn yn mynd efo'r gwaith.' Oedodd, gan gofio'r amseroedd gynt. 'Bythynnod clwm. Yn clymu'r bobl ynddyn nhw fel caethweision.'

'Oedd 'na ddim disgwyl ichi symud allan pan fu farw'ch gŵr?'

'Yn yr hen ddyddiau, fyddai 'na ddim dewis,' meddai Meri Ann. 'Allai rhywun fod wedi rhewi i farwolaeth mewn cae 'nelo faint roedden nhw yn y castell yn falio . . . Erbyn yr amser y bu Dafydd farw,' aeth ymlaen, 'roedd y rhan fwyaf o'r bythynnod yma wedi cael eu gwerthu, oherwydd doedd 'na fawr o neb yn gweithio ar y stad mwyach. Doedd ganddyn nhw ddim mwy o arian, ti'n gweld. Wedi ei wastraffu ar fyw'n fras a phethau drudfawr. Ddaru un o'r meibion gamblo'r ychydig geiniogau oedd ar ôl. Roedd ganddyn nhw ffortiwn, Michael, ffortiwn . . .' meddai hi'n ddifrifol. 'Ond beth bynnag, dwi'n cael aros yma gyhyd ag 'mod i'n talu'r rhent bob wythnos. Nid 'mod i'n cael llawer amdano fo . . . dim hyd yn oed 'stafell 'molchi. Dwi'n gorfod gneud y tro efo sinc y gegin a'r tŷ bach.'

'Fyddwch chi ddim yn teimlo'n chwerw?' gofynnodd McKenna. 'Meddwl eich bod chi'n cael cam?'

'Gen i do uwch fy mhen gyhyd ag y bydda i ei angen o. Mae'n ddigon. Ar un adeg fyddwn i wedi hoffi cael fy lle fy hun,' meddai Meri Ann. Gwenodd. 'Ro'n i'n arfer rhoi poen mawr yn fy mol i fi fy hun am 'mod i'n teimlo mor wenwynllyd! Gweld y genod ro'n i wedi bod yn 'rysgol efo nhw'n priodi ac yn prynu tŷ yn rhywle braf ym Mangor, yn ei gael yn barod i'r babanod . . . Yna roeddet ti'n eu gweld nhw dipyn yn ddiweddarach,' aeth ymlaen, y wên wedi mynd, 'pan oedd 'na geg neu ddwy i'w bwydo, efo gwallt wedi britho yn bump ar hugain oed, yn poeni ynghylch talu'r benthyciadau ar y tŷ, ac yn chwerw, yn casáu eu gwŷr am nad oedden nhw'n dod â digon o arian i mewn i dalu'r biliau. Welais i fwy nag un briodas yn mynd i'r diawl fel yna.' Straffagliodd ar ei thraed, ac aeth i'r gegin i wneud te. 'Dim cacen heddiw, Michael,' galwodd. 'Ffraeais i efo Beti Gloff . . . dros dro, fel petai.'

'Pam?' gofynnodd McKenna ar ôl ei dilyn i'r gegin, gan bwyso yn erbyn cilbost y drws, a gwylio'r hen wraig yn llusgo o'r sinc at y stôf yn y sièd fechan, dywyll. 'Be naeth hi?' gofynnodd.

'Wel, mae hi'n nôl negeseuau i mi oherwydd fy nghoesau, ac i Mair a Gwladys hefyd,' meddai Meri Ann, gan ddal matsien at y stôf nwy. 'Mae Beti ni wrth ei bodd yn mynd i'r dre, felly dydi o'n ddim c'ledi iddi . . . mae hi'n cael cefnu ar y gŵr di-ddim 'na sy ganddi hi, heblaw ar ddiwrnod pensiwn pan fydd o'n mynd efo hi.' Pwysodd ar y bwrdd, gan aros i'r tecell ferwi. 'Mae hi'n rhyw ffidlan tipyn bach ar yr arian ar y slei, ti'n gweld. Yn ychwanegu hanner can ceiniog yma ac acw ar y biliau, rhoi llai o newid inni, hyd yn oed, er ein bod ni i gyd yn talu iddi am fynd. Dwi'n gw'bod 'i bod hi'n gneud, mae Mair yn gw'bod, a Gwladys yn gw'bod, ac mae Beti'n gw'bod ein bod ni i gyd yn gw'bod, ond bob hyn a hyn dydi o'n gneud dim drwg o gwbl i'w hatgoffa hi, os wyt ti'n deall be 'dwi'n feddwl?'

Chwarddodd yntau. 'Colli fawr ddim, nac 'dach, Meri Ann?'

'Felly dwi'n hoffi meddwl,' meddai hi. 'Nid fel y beth fach druan yna godoch chi'r diwrnod o'r blaen. Rebekah oedd hi?'

'Felly 'dan ni'n meddwl,' nodiodd McKenna.

'Ddwedais i wrth Dewi,' meddai Meri Ann, 'ddylien nhw losgi Bwthyn y Grocbren 'na i'r llawr. Hen le'r diafol ydi o.'

'Gafodd y wraig oedd yn byw 'na ychydig o

flynyddoedd yn ôl neud tipyn o waith adeiladu yno. Unrhyw syniad pwy naeth o iddi hi?'

'Wyddet ti iddi hi dalu am gael ei neud o, hefyd?' meddai Meri Ann. 'Talu rhent drwy'i thrwyn, a thalu am drwsio'r lle yn y fargen. Mae'n rhaid fod angen edrych ar ei phen hi! Nid rhywun lleol naeth y gwaith,' ychwanegodd. 'Welais i'r faniau unwaith neu ddwy. O rywle yng nghyffiniau Manceinion, ond fedrwn i ddim deud ble . . . chymerais i fawr o sylw. Rŵan petawn i'n gwybod ei fod o'n bwysig, 'swn i 'di gneud, ond wnes i ddim, naddo?'

'Sut 'dach chi'n gw'bod mai hi dalodd am neud y gwaith?'

'Sut mae pobl yn gw'bod unrhyw beth?' cododd ei hysgwyddau. 'Dwi'n rhyw feddwl i Prosser ddeud wrth y ficar.'

'Dydi'r ficar ddim yn cofio gweld y wraig o gwbl. Mae'n deud nad oedd hi byth yn mynd i'r eglwys.'

'Fyddai o ddim, na fyddai?' gwawdiodd Meri Ann. 'Mae hynny o frêns fu ganddo fo wedi'u piclo mewn jin, yn tydyn? Mae'n cael trafferth cofio mynd i'r eglwys ei hun ar ddydd Sul yn ôl pob sôn.'

Cydiodd McKenna yn yr hambwrdd te a mynd ag o i'r parlwr. Dilynodd hithau, gan snwffian a sniffian. 'Dim byd i guro tipyn o olchi cyrff, nac oes?' Eisteddodd i lawr drachefn ac ychwanegu, 'Gen i fwy o straes. Dyna pam y gofynnais i ti ddod draw. Roedd Beti eisio deud wrthat ti ei hun, oherwydd mai ei stori hi ydi hi, ond 'mod i'n gwrthod gadael iddi am ei bod hi wedi bod yn hogan ddrwg yn ein twyllo ni o'n ceiniogau. Wn i ddim fydd o o unrhyw fudd iti,' mwydrodd ymlaen, 'a dwi ddim yn siŵr ydi Beti'n deud y gwir, neu ydi hi'n chwilio am dipyn o'r sylw gafodd John Jones am gael hyd i'r corff, ond mae hi'n deud ei bod hi wedi gweld y car roedd y wraig 'na ym Mwthyn y Grocbren yn arfer ei yrru. Yn ddiweddar iawn. O gwmpas Bangor, meddai hi, yn mynd draw at y stad gyngor.' Gwenodd Meri Ann o weld yr olwg ar wyneb McKenna. 'Mae hi'n deud mai dyn oedd yn ei yrru o, ond na fedrai hi ddim gweld ei wyneb.'

'Mae'n siŵr fod 'na filoedd o geir fel yna ar y ffyrdd,' meddai McKenna. 'Sut fyddai Beti'n gw'bod mai dyna'r un iawn?'

'Ofynnais i hynna iddi,' meddai Meri Ann. 'Ddwedais i wrthi hi na fedrai hi ddim gadael i ti gael caff gwag arall. Mae hi'n mynnu mai'r un car ydi o oherwydd fod 'na ryw degan od yr olwg yn hongian yn y ffenest gefn. Fe sylwai hi ar y math yna o beth, ti'n gweld, hyd yn oed os nad oedd ganddi ddim clem fel arall.'

Tywalltodd yntau'r te a chynnig sigarét arall i Meri Ann. ' 'Dach chi'n meddwl y byddai Beti'n fodlon dod i swyddfa'r heddlu i edrych ar luniau tipyn o geir?'

'O, fyddai hi wrth ei bodd efo tipyn o gyffro fel 'na. Dim ond iti anfon car heddlu i'w nôl hi.' Dawnsiai'r difyrrwch yn llygaid Meri Ann.

'Oni bai 'mod i o gwmpas 'y mhethau,' meddai McKenna'n dawel, 'fyddech chi'n f'arwain i ar gyfeiliorn, Meri Ann. Os anfona i gar heddlu am Beti, fe allai hi feddwl ichi sôn wrthon ni am ei thipyn twyllo. Yn gallai? A dyna gyffrous fyddai hynny yntê? Cyffrous iawn!'

Trawodd Meri Ann ei llaw ar ei chlun. 'Mae'n werth rhoi cynnig arni, Michael! Anfona Dewi. Mae ganddo fo 'mynedd sant, ac fe fydd o'i angen o i gael unrhyw synnwyr ganddi hi. Wyddost ti be,' aeth ymlaen, 'fedra i ddim llai na meddwl weithiau nad ydi Beti ddim yn llawn llathen! Mae hi'n dal i fwydro am y Simeon 'na . . . yn mynnu ei bod hi wedi ei weld o yn y coed.'

'Simeon?' ailadroddodd McKenna. Nofiodd yr atgof o'r ffurf annelwig yn ymyl y coed yn y gwyll ddydd Mercher i'r wyneb. 'Sut un ydi o?'

'Wn i ddim na wn?' meddai Meri Ann. 'Welais i 'rioed mohono fo. Ond mae 'na bob amser sôn wedi bod yn y pentre. Straeon wedi'u pasio o'r naill genhedlaeth i'r llall . . . Mae Beti'n deud mae'n rhaid mai Simeon ydi o gan ei bod hi'n 'nabod pawb rownd ffor'ma, ac mae o'n ddiarth, ond fe ddwedais i y gallai o fod yn un o'r sipsiwn 'na o'r safle i lawr y ffordd, yn potshian tipyn.'

'Ydi o'n edrych fel sipsi?'

Nodiodd Meri Ann. 'Gwallt hir, tywyll, yn ôl Beti. Croen tywyll. Tenau, meddai hi, golwg bwyta gwellt ei wely arno.'

'Allwn i fod wedi ei weld o ddydd Mercher pan oedden ni'n codi'r corff. Yn y coed,' meddai McKenna. 'Fe'i gwadnodd hi o'na pan welodd o fi.'

'Dyna fyddai o 'di neud os oedd o ar ryw berwyl drwg, yntê?' eglurodd Meri Ann. 'Os oedd o wrthi'n potshio, y peth olaf yn y byd fasa fo eisio fyddai dod ar draws llond fan o blismyn.'

'Pam na thalwn ni gyflog i Meri Ann a Beti?' meddai Jack yn bigog. 'Mae'n dipyn o warth, wyddoch chi. Meri Ann yn sôn am sipsiwn, felly i ffwrdd â ni nerth ein traed i'r safle. Beti'n gweld car a allai, mae'n rhaid ichi gyfaddef, syr, fod yn unrhyw un o'r miliynau o geir ym Mhrydain, felly 'dan ni'n rhuthro yno i'w gweld hi gyda lluniau. 'Dach chi ddim yn meddwl,' aeth ymlaen, 'fod 'na bosibilrwydd cryf eu bod nhw'n cael hwyl am ein pennau ni?'

'Hyd yn oed os ydyn nhw,' meddai McKenna, 'does 'na ddiawl o ddim fedrwn ni'i neud yn ei gylch o. Be arall sy gynnon ni i ymchwilio iddo? A gyda llaw, Jack, mae'r prif gwnstabl cynorthwyol eisio adroddiad ar y gwaith hyd yn hyn. Felly ro'n i'n meddwl y caech chi ei sgwennu o. Rhoi 'chydig o raff i'r dychymyg 'na!'

'O, diolch yn fawr iawn! Pam fi? Hyfforddiant ar gyfer dyrchafiad?'

'Ymarfer mewn meddwl yn greadigol.'

'Wel,' meddai Jack yn feddylgar, 'os na naiff o ddim byd arall, fe gadwith o fi o dan draed Emma nes bydd hi wedi tawelu rywfaint.'

Teimlodd McKenna ronyn o annifyrrwch yn ei ymysgaroedd. Chredai o ddim am funud y byddai Emma'n tawelu os na chadwai hi'n ddigon pell oddi wrth Denise, a fyddai wrthi'n cynllunio cyrchoedd ymosod ar ei gŵr. Roedd Emma emosiynol, deyrngar yn glai ystwyth yn ei ddwylo . . . Byddai'n rhaid iddo rybuddio Denise. Doedd dim lle yn ei gydwybod i ddifetha priodas arall.

'Be sy'n bod?' gofynnodd Jack.

'Y?'

'Am be 'dach chi'n meddwl?'

'O, hyn a'r llall,' meddai McKenna'n amhendant. 'John Beti'n cael hyd i'r corff pan naeth o, yn un peth. Ydi hynna ddim yn eich taro braidd yn od?'

'Nac ydi,' meddai Jack. 'Pam y dylai o?'

Tynnodd McKenna sigarét o'r paced a orweddai ar ei ddesg. 'Mae John Beti wedi byw yn y coed yna am flynyddoedd. Dwi'n siŵr ei fod o'n adnabod pob modfedd fel cefn ei law. A dwi'n meddwl fod Dewi'n llygad ei le ynglŷn â'r potshio. Mae eogiaid ffres yn dod i fyny'r afon, heb sôn am gwningod aballu yn y coed.'

'Felly?'

'Felly mae braidd yn anodd credu, yn tydi?'

'Be?'

'Nad ydi John Beti ddim,' meddai McKenna, gan danio'r sigarét, 'ddim yn ystod y tair neu bedair blynedd diwetha, erioed wedi tywyllu'r rhan arbennig yna o'r coed. Ac felly, mae'n syndod na chafodd o hyd i'r corff tan yr wythnos ddiwetha.'

'Ella na sylwodd o ddim arno fo o'r blaen,' meddai Jack. 'Doedd o'n fawr mwy na chysgod yn y coed, cofiwch.'

'Ella wir,' meddai McKenna. 'Rydw i'n dal i feddwl ei fod o'n gwybod mwy nag y mae o'n 'i gyfaddef.'

'Fedren ni ei gyf-weld o eto. Troi'r sgriws . . .' Gwenodd Jack. 'Wyddoch chi ddim, ella ei fod o wedi ei lladd hi ei hun. Ella mai hi oedd ei gariad o, a'i bod hi'n bygwth deud wrth Beti. Maen nhw'n deud,' ychwanegodd, 'y dylien ni fynd ar ôl pwy bynnag sy'n cael hyd i'r corff.'

Edrychodd McKenna yn guchiog. 'Os ydi John Beti yn y cawl, mi fydd pethau'n fwy cymhleth. Mae gan y dyn yna bersonoliaeth fel nionyn. Wyddoch chi, mwya'n y byd bliciwch chi ymaith, gwaetha'n y byd ydi'r drewdod. Dwi'n meddwl ei fod o'n blacmelio rhywun.'

'Pwy'n union 'ta?'

'Pwy bynnag laddodd y wraig 'na, wrth gwrs,' meddai McKenna. 'Pwy arall?'

## Pennod 10

Nododd Beti Gloff bedwar ar ddeg o wahanol geir tebygol wrth geisio adnabod yr un a yrrid gan denant Bwthyn y Grocbren, ond haerai y byddai'n adnabod y car ei hun petai'n ei weld o drachefn.

'Ddwedodd hi fod pob car modern yn edrych yr un fath, do?' nodiodd McKenna, pan ddywedodd Jack wrtho.

'Rhamantu mae hi,' meddai Jack. 'Neu o'i cho'n las. A gyda llaw,' ychwanegodd, 'yn ôl Dewi Prys, maen nhw'n deud fod Jamie wrthi'n dwyn go iawn.'

'O, felly?' gofynnodd McKenna. 'Wel, allech chi ddeud mai dwyn ydi ffordd Jamie o fynegi ei hunaniaeth, o fod yn rhywun yn y byd a chael ei ychydig funudau o enwogrwydd. Peidiwch â gadael iddo'ch cynhyrfu chi ormod, Jack.'

Gan gyflawni eu haddewid, anfonodd heddlu Swydd Derby ffacs yn hwyr ddydd Gwener, gan roi cyfeiriad newydd Robert Allsopp, a'r wybodaeth fod Ms R. Cheney, ei gyn-ordderch, wedi symud allan rai blynyddoedd ynghynt, heb air o rybudd na ffarwél. Doedd Mr Allsopp ddim wedi mynegi unrhyw syndod nac edifeirwch, fel petai'r gyfathrach anghyfreithlon yn ddim mwy na threfniant ffwrdd-â-hi, i'w fwynhau dros dro yn unig, ac o fawr o bwys o gwbl ar unrhyw adeg.

Erbyn yn hwyr pnawn Sul, gyrrai McKenna i'r dwyrain tuag at Swydd Derby, a chymylau glaw y gorllewin yn dilyn wrth ei gwt, a'r dydd Sadwrn yn ddiwrnod y bwriadai ei anghofio, i'w wthio i gilfachau pellaf ei isymwybod. Doedd dim byd dramatig wedi digwydd. Yn dawel yr oedd wedi pacio ei eiddo a symud allan o'r cartref priodasol ac o fywyd Denise, allan o ferddwr ei briodas, i ddyfroedd anghyfarwydd, i nofio neu foddi yno, gan wybod wrth wneud hynny y byddai'n haws cerdded yn ôl, dweud ei bod yn ddrwg ganddo, a dioddef pa gosbedigaethau a gwaradwydd bynnag y gallai Denise eu dyfeisio i addurno gweddill ei ddyddiau. Byddai hithau hefyd wedi ei gwthio i ddyfroedd stormus, ond yn ddiau byddai'n llwyddo'n well, a chael ei hachub gan ryw long ar lawn hwyl, ac yntau'n swalpio, gan gydio am ei fywyd yn y darn hwnnw o froc môr a alwai'n hunan-barch.

Dadbaciodd Jack ei ddillad ynghyd â llyfrau a recordiau; cysylltodd y rhwydwaith stereo, gwnaeth y gwely, ac aeth i siopa am fwyd a sigarennau a photelaid o wisgi. Coginiodd sosbenaid o sbageti i swper, ac wedi iddo adael, a hanner nos wedi hen fynd heibio, eisteddodd McKenna wrth y tân yn y parlwr i lawr y grisiau, gan yfed a gwrando ar gerddoriaeth wrth i awel ysgafn sibrwd yn y coed islaw'r ardd. Clywodd gath yn canu y tu allan i'r drws. Y greadures ddu a gwyn a welsai o'r blaen yn eistedd ar ben y llechi yn y cefn, yn rhythu gyda llygaid fflworoleuol, a chilio'n ôl pan ymestynnodd ei law allan. Rhoddodd soseraid o lefrith ar y rhiniog, a chau'r drws. Pan edrychodd drachefn, roedd y soser wedi'i llyfu'n lân, a dim sôn am y gath. Aeth i'r gwely, gan lyncu tabled gysgu ac yfed mygaid o siocled poeth, a gobeithio suddo i ebargofiant fel y wraig yn y coed.

\* \* \* \*

Y tu hwnt i Macclesfield, cychwynnodd ar y dringo hir at y Pennines, gan aros am ginio yn nhafarn y Cat and Fiddle ar grib rhostir uchel, cyn y rhan olaf o'i siwrnai drwy Buxton, ac ymlaen i dref yn llawn strydoedd o resdai Fictoraidd, ger hen felinoedd tal yn sgwâr ac yn dyrrog y tu cefn i waliau uchel. Gweddillion yr heidiau Sacsonaidd goresgynnol oedd ei phreswylwyr, eu lleisiau'n merwino'r clustiau a'u geiriau'n cael eu sarnu gan 'a' fflat a thafodiaith ddirgelaidd. Wedi cael ystafell mewn gwesty bychan wrth droed y Snake Pass, cerddodd ar hyd lonydd culion a llwybrau caregog nes i'r nos gau amdano'n sydyn a chwim, a dim ond synau distaw ei draed ei hun a gwynt gerwin oddi ar y rhostiroedd yn britho'r distawrwydd.

Roedd Robert Allsopp yn byw mewn fflat chwaethus, un o amryw mewn adeilad mawr Edwardaidd o'r enw Howard's End, yr olaf o grŵp o adeiladau mawrion Edwardaidd ar dir Howard Park ar gyrion y dref, a'r tiroedd aeddfed o'u cwmpas yn cael eu cadw fel pìn mewn papur. Uchel-ael iawn, meddyliodd McKenna wrth barcio y tu allan i'r brif fynedfa. O fewn y rhodfa gron roedd yna lawntiau llyfnion o amgylch coeden flodeuog enfawr, a'r eisin o flodau pinc-wyn yn toddi wrth ei throed. Cuddiai rhes fechan o glychau, a cherdyn gydag enw mewn llawysgrifen gain dan bob un, o fewn y cyntedd ffrynt. Rhoddodd McKenna ei fys ar gloch Fflat 4 ac aros. Canodd drachefn, ac aros drachefn, gan wylio'r ffurf niwlog yn tyfu'n fwy ac yn fwy y tu cefn i wydr addurnedig chwareli plwm bychain y drws mewnol.

Fe'i gwahoddwyd i mewn i ystafell eang, foethus,

a chael fod Allsopp yn bwyta'i frecwast wrth y bwrdd ger y ffenest gron a edrychai allan dros gaeau breision; gwelid hefyd amlinelliad annelwig fferm frics-coch gyda thŵr bychan drwy'r glaw a chwythai oddi ar y bryniau.

'Prin 'mod i wedi disgwyl i chi ddod yr holl ffordd yma i 'ngweld i,' sylwodd Allsopp. 'Ga i gynnig coffi i chi?'

Gŵr tua'r un oed â McKenna oedd Allsopp, ond yn fyrrach a chryfach, a chanddo lygaid gleision eithaf treiddgar. Roedd ei ymddangosiad, a gwedd ei fflat, yn awgrymu nad oedd unrhyw brinder arian ac nad oedd y dirwasgiad yn amharu ar ei fywyd trefnus.

'Dwi ddim eisio mynd â gormod o'ch amser, ond mae'n rhaid i mi ofyn rhai cwestiynau i chi.'

'Tân arni!' Daliodd Allsopp ati gyda'i frecwast. Tywalltodd lefrith o jẁg bychan, byr gyda rhes o duswau blodau o amgylch ei ymyl, ar bentwr o fiwsli mewn bowlen o'r un math. Roedd dwy *croissant* ar blât blodeuog. Gwthiodd y siwgr a'r jẁg llefrith tuag at McKenna. 'Helpwch eich hun.'

Yn lladradaidd chwiliodd McKenna am soser lwch, mewn ystafell a edrychai'n ddilychwin, yn nodweddiadol o gartrefi'r rhai nad ydynt yn ysmygu. Felly yr edrychai Allsopp ei hun hefyd.

'Roeddech chi'n byw gyda Ms Cheney am dipyn,' cychwynnodd McKenna. 'Yn eich hen gyfeiriad.'

'Oeddwn.' Cnodd Allsopp ei fiwsli.

'Roedd hi'n byw mewn bwthyn ar osod yng ngogledd Cymru ryw dair blynedd a hanner yn ôl,' aeth McKenna ymlaen.

'Oedd hi?' Cymerodd Allsopp gegaid o goffi,

gwthiodd y fowlen greision o'r neilltu, ac estynnodd am y *croissants*.

'Ddwedodd hi ddim wrthoch chi?'

'Naddo.' Agorwyd y *croissants*, eu tu mewn meddal, burumaidd a'u taenu gyda margarîn isel mewn braster, a jam bricyll, o botyn bychan wedi ei addurno â llun o blasty Chatsworth, ac arfbais.

'Oedd hynna ddim yn rhyfedd braidd? Roeddech chi'n byw efo'ch gilydd.'

'Oedden.' Cymerodd Allsopp lond ceg o'r *croissant*, a llyfu'r jam gludiog oddi ar ei fysedd: bysedd trwchus, cryfion, yn fwy na thebol o glymu cwlwm rhedeg effeithiol. 'Fe adawodd hi fi.' Pa well ffordd o egluro ei diflaniad, meddyliodd McKenna.

'Ddwedodd hi rywbeth cyn iddi fynd?'

'Naddo.' Dilynodd yr ail *croissant* y gyntaf, a llyncwyd ychwaneg o goffi du ar ei hôl.

'Oeddech chi ddim yn poeni?'

'Pam dylwn i? Rhyngddi hi a'i phethau.'

'Mr Allsopp.' Dechreuodd tymer McKenna wneud clymau yn ei stumog. 'Dwi wedi dod o bell i'ch gweld chi. Wir, mae'n hynod o bwysig eich bod chi'n deud popeth fedrwch chi ei ddeud wrtha i am Ms Cheney.'

'Pam?' Hoeliwyd y llygaid gleision yn gadarn arno, yn gryf a digyfaddawd. 'Ei busnes hi ydi be mae hi'n ei neud.'

''Dan ni angen gw'bod; mae 'na ymchwiliad.'

'Pa ymchwiliad?'

'Ymchwiliad i lofruddiaeth.'

'Wela i.' Gorffennodd Allsopp ei goffi, pentyrrodd ei blatiau ar ben ei gilydd. 'Pwy sydd wedi cael ei lofruddio?'

'Wyddon ni ddim. Dyna pam mae'n rhaid i mi siarad efo Ms Cheney.'

Cododd Allsopp ar ei draed, gan hel y llestri budron at ei gilydd. 'Pob dymuniad da, felly. Os dowch chi o hyd iddi, dwedwch wrthi hi am adael i mi gael fy llyfrau'n ôl, newch chi? Fe aeth hi â set o nofelau Dickens, mewn cloriau lledr hardd, a dwi'n eu colli nhw braidd.' Cerddodd allan o'r ystafell, a chlywodd McKenna sŵn dŵr yn rhedeg a llestri'n clindarddach. Daeth Allsopp yn ôl i gael hyd i'w ymwelydd yn sefyll ger y lle tân, yn ysmygu sigarét. Syllodd y ddau ddyn ar ei gilydd. Ochneidiodd Allsopp. ' 'Drychwch, wn i ddim pam 'dach chi'n aros, ond waeth ichi aros o gwmpas y lle 'ma nes bydd hi wedi peidio bwrw glaw mae'n debyg.'

'Mr Allsopp, mae gynnoch chi ddewis.' Trawodd McKenna ludw sigarét i'r grât. 'Gewch chi siarad efo fi yn fan'ma neu gewch chi siarad efo fi yn swyddfa'r heddlu.'

Gwridodd wyneb y dyn. 'Dwi'n dechrau teimlo dan ryw 'chydig bach o bwysau,' meddai. 'Beth yn hollol 'dach chi'n 'i awgrymu fedrwn i fod wedi'i neud?'

'Wn i ddim os 'dach chi wedi gneud unrhyw beth o gwbl,' meddai McKenna'n dawel. ' 'Dach chi ddim yn cydweithredu. Beth bynnag, 'dach chi'n dyst pwysig.'

'Tyst o beth?'

'Dwi wedi deud wrthach chi'n barod: ymchwiliad i lofruddiaeth.'

Rhythodd ar McKenna. Rhythodd McKenna'n ôl, nes i Allsopp eistedd i lawr braidd yn sydyn wrth y bwrdd. 'Nid jôc ydi hyn, 'chi.'

'Does 'na neb yn cellwair,' meddai McKenna. 'Dwi

eisio gw'bod pob un dim fedrwch chi ei ddeud wrtha i am Ms Cheney. Ac fe gewch chi ddechrau drwy ddeud wrtha i beth oedd ei henw hi.'

Edrychai Allsopp fel petai'n ymostwng i'r drefn yn hytrach na'i fod wedi'i drechu; doedd cael ei drechu ddim yn syniad a ganiateid yn ei fywyd. 'Rhowch sigarét i mi, newch chi? Dwi'n ceisio rhoi'r gorau iddi, wedi stopio prynu'r pethau . . . Cheney oedd ei henw morwynol.' Tynnodd ar y sigarét. 'Margaret oedd ei henw hi . . . Madge fel talfyriad. Doedd hi ddim yn meddwl ei fod o'n ei siwtio hi, felly roedd hi'n galw'i hun yn Romy. Ar ôl rhyw gymeriad mewn nofel gan Virginia Woolf.'

'A beth oedd ei henw priodasol? Dowch 'laen!' arthiodd McKenna. 'Rhowch y gorau i neud imi lusgo pob gair allan. Eich amser chi 'dan ni'n ei wastraffu.'

'Bailey. Tom Bailey oedd enw'i gŵr hi.'

'A ble ca i hyd iddo?'

'Dim syniad,' meddai Allsopp. 'Roedd hi wedi'i adael o cyn iddi gyfarfod â fi . . . Dim dal arni, os gofynnwch chi i mi, ond wyddwn i mo hynny ar y pryd. Gwrddon ni mewn parti rhyw bum mlynedd yn ôl, ac fe ddaru ni ryw glicio . . .' Neidio i'r gwely efo'i gilydd, dehonglodd McKenna'n chwerw.

'Yna be?'

'Fe benderfynon ni fyw efo'n gilydd, i weld sut byddai pethau'n gweithio.'

'Ble roedd hi'n byw efo'i gŵr?'

'Rywle yn Swydd Efrog. Nid gwrthod helpu ydw i,' meddai Allsopp. 'Wnâi hi ddim siarad amdano, deud fod y cyfan yn rhy boenus . . . Ddyliwn i ddim tarfu arni, na ddyliwn?'

'Soniodd hi am blant?'

'Plant? Ei phlant hi 'dach chi'n feddwl? O, na, chafodd hi 'rioed blant.'

' 'Dach chi'n siŵr o hynny?' cuchiodd McKenna.

'Wel, fedra i ddim bod yn sicr, fedra i? Ond fyddai hi byth yn sôn am blant, ac mae merched yn gneud fel arfer, yn tydyn?'

Tywalltodd Allsopp goffi o botyn, cafodd hyd i soser lwch, a chrefodd am sigarét arall gan McKenna. 'Wnes i 'rioed sylweddoli o'r blaen,' meddai, 'un mor gyfrinachol oedd hi.'

'Pam, 'dach chi'n meddwl?'

'Wn i ddim. Roedd 'na berthynas ddigon od rhyngon ni . . . doedden ni ddim yn wir yn agos, ac roedd hynny'n fy siwtio i, mae'n debyg. Dwi ddim yn hoffi cael fy lapio mewn pobl eraill. Roedd hi'n mynd ei ffordd ei hun ac ro'n i'n mynd fy ffordd i. Y rhan fwyaf o'r amser.'

'Oedd gynnoch chi gariadon eraill?'

'Ddim tra oedden ni efo'n gilydd. Na hithau, cyn belled ag y gwn i. Ond allwn i fod ymhell o'm lle o ran hynny. Dydi o ddim yn debygol y byddai hi wedi deud wrtha i petai ganddi hi rywun.' Sipiodd ei goffi, a smociodd sigarét McKenna. 'Roddodd hi ddim rhybudd imi, wyddoch chi.' Edrychodd ar McKenna, drwy lygaid glas niwlog. 'Dim ond mynd.'

'Adawodd hi lawer o bethau ar ei hôl?'

'Dipyn o ddillad, ychydig o fanion . . . Rois i nhw i Oxfam pan symudais i. Doedd 'na ddim arwydd ei bod hi am fod eu heisio nhw.'

'Mae'n rhaid ei bod hi wedi mynd â rhai pethau. Sonioch chi am rai llyfrau.'

'Do, fe wnes i, do? Mae'n debyg y dyliwn i fod wedi

sylweddoli beth oedd yn mynd i ddigwydd . . . am beth amser cyn iddi hi adael, roedd hi'n mynd i ffwrdd i fwrw'r Sul, ac ambell ddiwrnod yn ystod yr wythnos. A chyn i chi neidio i lawr fy ngwddw i, wn i ddim i ble. Dwi i ffwrdd dipyn efo 'ngwaith, a chymerais i'n ganiataol ei bod hi wedi laru, a'i bod hi'n mynd i weld ffrindiau. Na!' Daliodd ei law i fyny. 'Petaech chi'n cynnig arian i mi, fedrwn i ddim enwi'r un ffrind iddi. Chymrais i 'rioed gymaint â hynny o sylw.'

'Mae'n ymddangos i chi gadw'n hynod o glir,' sylwodd McKenna.

'Mae pobl yn gneud be sy'n eu siwtio nhw, yn tydyn? Ddwedais i eisoes: roedd o'n fy siwtio i, ac yn ei siwtio hi. Y ddau ohonon ni'n ein hoed a'n hamser, yn atebol i neb.'

'Oedd ei lle hi'n wag wedi iddi fynd?'

Crafodd ei ben. 'Sgynnoch chi sigarét arall? Diolch . . . I ddeud y gwir, ro'n i o'm blydi co! Dyna lle ro'n i, wedi mynd i'r holl strach o brynu tŷ, prynu dodrefn, cael popeth yn barod, ac i beth?' gofynnodd Allsopp. 'Dim byd yn y diwedd. Dyna o'n i'n feddwl wrth ddeud nad oedd dim dal arni. Mae'n debyg iddi neud 'run peth efo'i gŵr a dynion eraill efallai, am hynny wn i. Aros efo nhw nes i'r sglein bylu, yna i ffwrdd â hi i sathru'r glaswellt ar ochr arall y ffens.'

'Un yn manteisio ar bob cyfle.'

'Na, dim ond hunan-ganolog, dwi'n meddwl. Fel finnau.'

'A 'dach chi'n meddwl iddi adael o'i hewyllys ei hun?' gofynnodd McKenna.

'O, ydw.'

'Felly feddylioch chi ddim am hysbysu'r heddlu ei bod hi ar goll?'

'Fyddech chi wedi gneud? Beth petawn i wedi gneud, a'r heddlu wedi dod o hyd iddi mewn nyth bach clyd efo rhyw foi . . . do'n i ddim yn poeni yn ei chylch hi. Dim ond o 'ngho'n las, fel y dwedais i.'

Darllenodd McKenna drwy'i nodiadau, gan lenwi tameidiau i mewn yma ac acw yn y darlun bras iawn a amlinellwyd gan eiriau Allsopp, geiriau a allai fod yn fawr mwy na gwe o gelwyddau, wedi eu hymarfer drosodd a throsodd, rhag ofn i rywun ddod i chwilio am ei gyn-ordderch.

'Faint o amser sydd ers pan adawodd hi?'

'Pedair blynedd i'r Hydref nesa . . . diwedd yr Hydref, bron yn Dachwedd. Rois i'r tŷ ar y farchnad y gwanwyn canlynol ac fe'i gwerthwyd o bron ar unwaith. Ro'n i'n lwcus. Llwyddais i i werthu cyn iddi ddod yn argyfwng ar y farchnad dai.'

'Sut un oedd hi i edrych arni? Faint oedd ei hoed hi?' gofynnodd McKenna.

'Braidd yn dena, ac eitha tal, ychydig yn fyrrach na fi . . . rhyw bum troedfedd ac wyth neu naw modfedd. Gwallt brown cwta, dipyn o felyn potel arno fo. Mae ei phen blwydd hi yn Ionawr, tua'r seithfed neu'r wythfed. Fyddai hi wedi bod yn ddeunaw ar hugain y flwyddyn wedyn.'

'Unrhyw greithiau? Unrhyw arwydd o hen anafiadau? Unrhyw sôn am gael damwain pan oedd hi'n ieuengach?'

'Ddim imi gofio,' meddai Allsopp. 'Roedd hi'n iach iawn . . . syndod felly a deud y gwir, oherwydd fe fyddai hi'n yfed gwin coch fel mae'r rhan fwyaf o bobl yn yfed dŵr . . . roedd hi'n gaeth i'r stwff, ond ddim gwaeth ar ei ôl byth.'

'Soniodd hi 'rioed am gysylltiadau â Gogledd Cymru?'

'Naddo. Dwi'n siŵr o hynny.'

'A ble roedd hi'n gweithio?'

'Gwaith?' Cododd Allsopp ei aeliau. 'Doedd hi ddim yn gweithio. Fi fyddai'n talu am y rhan fwyaf o'r costau tŷ. Roedd gan Romy ei harian ei hun. Gymerais i'n ganiataol mai arian cynhaliaeth ysgariad oedd o.'

'Roedd hi wedi cael ysgariad, felly?'

Rhwbiodd Allsopp ei ddwylo dros ei wyneb. 'Wn i ddim! Ddwedais i wrthoch chi, fyddai hi byth yn siarad am y peth. Gymerais i'n ganiataol ei bod hi.'

'Dwi bron â gorffen,' meddai McKenna. 'Er y bydd disgwyl i chi neud datganiad ffurfiol. Pa fath o gar oedd ganddi hi?'

'Ford Scorpio metalig, llwyd. Mi prynodd hi o yn ystod yr haf . . . Mercedes roddodd hi i mewn — hwnnw, gymerais i'n ganiataol, oedd yr ysbail priodas.'

'Unrhyw obaith ichi gofio'i rif?'

'Ddrwg gen i.' Ysgydwodd Allsopp ei ben. 'Un lleol oedd o . . . ardal Manceinion. Dyna'r cyfan dwi'n ei wybod, wir.' Yn y golau gwyn, dwl a fylchai'r ffenest fawr, edrychai ei wyneb yn llwyd, a'i lygaid yn llwm fel y rhostiroedd pell. ' 'Dach chi'n meddwl ei bod hi wedi marw?' gofynnodd. 'Ai dyna pam 'dach chi'n gofyn yr holl gwestiynau yma?'

'Wn i ddim,' cyfaddefodd McKenna. 'Ychydig ddyddiau'n ôl cafwyd hyd i gorff merch mewn coed trwchus ger Bangor. Wedi bod yno ers cryn amser, yn ôl pob golwg. Ar y funud, does gynnon ni ddim syniad pwy ydi hi. Fe wyddon ni i Romy Cheney fod yn byw mewn bwthyn ar osod ger y coed tua'r adeg y gadawodd hi chi. Felly,' ychwanegodd, 'nes cawn ni hyd iddi hi, fyddwn ni fawr callach.'

'Wela i,' meddai Allsopp yn ddifynegiant. 'Fyddwn i ddim yn hoffi meddwl i hynna ddigwydd iddi hi. Ro'n i'n hoff ohoni.'

Eisteddai McKenna yn ei gar ger y tŷ mawr, gan feddwl tybed a ddylai o ymddiried yn ei reddf a chredu Robert Allsopp a'i stori a ddywedai fwy am hunanoldeb chwantus yn hytrach nag am ryw ddiffyg moesol a fyddai'n nodweddu llofrudd. Dringodd allan o'r car a chanu cloch Allsopp drachefn.

'Be sy rŵan?' Swniai Allsopp yn flinedig iawn, a'r gwynt wedi hen ddiflannu o'i hwyliau.

'Un neu ddau o bethau eraill.' Edrychodd McKenna ar ei lyfr nodiadau. 'Enwau ei doctor a'i deintydd hi. Ym mha fanc roedd ei chyfrif hi, ac o dan ba enw. Ac am ba hyd yn hollol y bu hi'n byw gyda chi?'

'Tri pheth. Dau ddwetsoch chi.' Cyffyrddodd rhith o wên â gwefusau Allsopp. 'Wn i ddim pwy oedd ei deintydd. Dr Kerr ar Stryd Norfolk oedd ei doctor hi. Wn i ddim pa fanc oedd o chwaith. Fe fu hi efo fi am 'chydig dros un mis ar ddeg.' Cychwynnodd gau'r drws.

'Mr Allsopp,' meddai McKenna.

Roedd llinellau gofid, neu efallai alar hyd yn oed, yn ymddangos dros wyneb Allsopp, gan newid ei ansawdd a'i fynegiant. 'Be sy?' gofynnodd.

'Gawson ni hyd i felt ar y corff . . .' meddai McKenna.

'Beth amdano fo?'

'Mae'n ymddangos ei fod o'n felt drud,' meddai McKenna. 'Unrhyw syniadau?'

'Roedd gan Romy lawer o feltiau. I fynd efo'r holl ddilladau oedd ganddi . . .' meddai Allsopp. 'Rhai drud i gyd.'

'Digwydd meddwl,' meddai McKenna. 'Fe wnaed y belt yma o ledr brown trwchus. Plaen iawn. Mae'r bwcl ar goll, felly dydi o'n dda i fawr ddim i ni.'

'Pa mor llydan ydi o?'

'Pa mor llydan ydi be?'

'Y belt, wrth gwrs,' arthiodd Allsopp. 'Am hwnnw 'dach chi'n holi, yntê?'

Taflodd McKenna edrychiad sydyn arno, ac yna chwilota drwy'i lyfr am y nodiadau o adroddiad Eifion Roberts. 'Tair modfedd a hanner,' meddai.

'Lledr trwchus?'

Nodiodd McKenna.

'Brynais i felt iddi yn y Swistir. Gallai fod yn hwnnw. Hynny yw,' petrusodd Allsopp, 'gallai fod . . . fedra i ddim bod yn siŵr.'

'Beth am y bwcl?'

'Os mai'r un belt ydi o — *os* — mi brynais i o oherwydd y bwcl. Digwydd taro fy llygad arno. Brown plaen oedd y belt . . . rhyw fath o liw siocled.'

'A'r bwcl?' Sylweddolodd McKenna ei fod yn dal ei wynt.

'Arian,' meddai Allsopp, gan edrych ymhell y tu hwnt i McKenna i ganol ei gof. 'Arian pur, os oedd y pris o unrhyw arwyddocâd.'

'A beth am ei ddyluniad?' gofynnodd McKenna. 'A'i siâp?'

'Crwn . . . torch o ddail o ryw fath o amgylch yr ymyl . . . wedi eu cerfio, neu beth bynnag 'dach chi'n ei neud efo arian, yn hynod o gain.'

'Ie?' Teimlai McKenna awydd rhoi 'sgytfa i'r dyn.

'Dwi'n trio meddwl,' meddai Allsopp. Crafodd ei ben. 'Roedd o'n edrych fel cerfiad Groegaidd neu Rufeinig . . . beth bynnag, dyn efo dau wyneb oedd o, un yn edrych i'r chwith a'r llall i'r dde.'

'Diolch ichi!' caeodd McKenna'r llyfr nodiadau'n glep. Crensiodd dros y graean at ei gar. 'Gysylltwn ni â chi. Gyda llaw, Janus ydi'r dyn â dau wyneb, duw Rhufeinig drysau.' Oedodd Allsopp dan borth crand y tŷ, a gwylio nes i gar McKenna droi allan i'r ffordd fawr.

Mewn caffi yng nghanol y dref, a'i feddwl ymhell, gwyliodd McKenna'r weinyddes, rhyw fymryn o eneth mewn sgert gwta dynn a sodlau main mor uchel fel mai prin y gallai hi sefyll yn syth. Wrth simsanu heibio, gwenodd yn ddireidus, a gofyn, yn yr acen leol ddychrynllyd yna, oedd yna rywbeth arall fyddai o'n hoffi iddi ei wneud iddo. Meddyliodd am y wraig arall honno, hunanol a llac ei moesau, yn malio dim am y cythrwfl a achosodd hi wrth fynd heibio; bellach, o'r diwedd, roedd cofnodion y meddyg, yn llychlyd a blêr mewn cwpwrdd ffeiliau, gyda llun pelydr-x niwlog a brau o asgwrn ffêr wedi ei hollti, wedi llwyddo i'w henwi.

Bu Romy Cheney yn wir yn feichiog ddwywaith, a chafodd erthyliad ddwywaith: damweiniau anghyfleus natur a gafodd eu datrys gan Ddyn. Doedd gan McKenna ddim cydymdeimlad tuag at Allsopp, dyn prin ei welediad a'i synnwyr, ac yn cael ei reoli gan drachwant. Yr hyn a deimlai McKenna, yn hytrach, oedd gwaradwydd ynghylch Romy Cheney, gwraig heb gywilydd cydwybod, a'i methiant amlwg fel ceidwad moesoldeb yn ôl pob golwg oedd ei chyfraniad mwyaf arwyddocaol at fywyd.

Ffoniodd ef Jack. 'Mae gynnon ni enw i'r wraig.'

'Hen bryd hefyd,' meddai Jack. 'Be 'dach chi eisio i mi neud?'

'Cychwyn y gwaith papur,' meddai McKenna. 'Dwi isio gorchymyn i'r meddyg ryddhau ei chofnodion meddygol hi, trefnu i gael datganiad llawn gan Allsopp, a holi heddlu Swydd Efrog ynghylch ei chyn-ŵr a'i theulu. Mae gen i ychydig o gyfeiriadau gan y meddyg i gychwyn arni. Y peth cyntaf fedrwch chi ei neud, Jack,' ychwanegodd, 'ydi rhoi'r holl enwau ddefnyddiodd hi drwy gyfrifiadur y DVLA. Mae arnon ni angen rhif y car.'

Gallai glywed sŵn beiro Jack yn crafu. 'Unrhyw rai dan amheuaeth bendant?'

'Allsopp, ella?' awgrymodd McKenna. 'Chymerais i ddim ato ryw lawer. Ond ella y bydd gwell lwc gyda'r cyn-ŵr.'

'Go brin y medra i fynd at y cyfrifiadur cyn y bore,' meddai Jack. 'Mae pethau fel petaen nhw wedi stopio'n stond yn fan'ma. Rhoddodd fforensig wybod am staen gwin coch ar y carped.'

'Ddwedodd Allsopp ei bod hi'n yfed llawer o'r stwff,' meddai McKenna. 'Rhowch gynnig ar ddangos llun Ford Scorpio i Beti. A gofynnwch iddi ddisgrifio'r tegan yna welodd hi yn y car . . . ceisiwch weld Beti heno, Jack,' ychwanegodd McKenna. 'Fyddai ceisio godro tipyn o hanes John Beti ohoni ddim yn syniad drwg chwaith . . . does 'na fawr o gariad rhwng y ddau yna. Rhowch gynnig i edrych oes ganddi hi rywbeth i'w ddeud yn ei gylch o'n gwybod fod 'na gorff yn y coed ac yn cau 'i geg.'

'Yrra i Dewi Prys.'

'Naethoch chi'r adroddiad i'r Prif Gwnstabl Cynorthwyol?'

'Do.' Oedodd Jack. 'Ddaeth 'na nodyn o'r pencadlys ynglŷn â chysylltu â nhw cyn gwneud ymholiadau am unrhyw beth cysylltiedig ag Iwerddon, Gogledd neu De.'

'Hynny'n unig?' chwarddodd McKenna. 'Mae'n rhaid nad ydi Mr Jones o'r Adran Arbennig ddim yn rhyw blês iawn. Gyda llaw, be oedd gan y sipsiwn i'w ddeud?'

'Bygwth hysbysu eu cynghorydd dof ein bod ni'n eu hambygio nhw,' meddai Jack wrtho.

Roedd hi wedi nosi a'r sêr yn tywynnu wrth i McKenna fynd i mewn drachefn i faes parcio tafarn y Cat and Fiddle. Chwythai gwynt oer oddi ar y rhostir gan gario arogl oer mawn a grug. Arhosodd yn y dafarn am awr, gan yfed coffi a bwyta brechdanau, a dyheu am gael ymestyn allan ar un o'r meinciau o flaen y tân anferth, a mynd i gysgu.

Ymddangosai'r deng milltir ar hugain olaf o'r siwrnai i Fangor yn hwy na'r lleill i gyd, fel petai'n teithio i ddiwylliant arall, amser arall. Hyd yn oed yn y tywyllwch, sylwodd fel yr oedd arwyddion dadfeilio'n cynyddu gyda phob milltir a âi heibio, gan weld gwir natur y bwystfil o dlodi a drigai o fewn mynyddoedd a llynnoedd a choedwigoedd gogledd Cymru, er holl rith y cefndir hardd. Cyrhaeddodd y ddinas am hanner nos, ac o rym hen arferiad, gyrrodd ar hyd y ffordd tuag at ei gartref priodasol. Arhosodd mewn cilfach y tu hwnt i eglwys Dewi Sant, ac eisteddyn flinedig wedi'i lethu gan anobaith a gofidiau. Ychydig lathenni i fyny'r ffordd, ffurfiai goleuadau'r *takeaway* Tsieineaidd bwll o felyn ar y palmant gwag.

Arhosai'r gath amdano, gan syllu drwy ffenest y parlwr. Agorodd dun o sardîns, a chodi'r pysgod ar blât. Denwyd hithau gan yr arogl, mentrodd i'r gegin, synhwyrodd y plât a dechrau bwyta'n llwglyd, gan lowcio'r tamaid olaf o bysgodyn a'r diferyn olaf o lefrith cyn sleifio ymaith i'r nos. Oedodd am ychydig yn y cefn, gan lyfu a llempian ei blew yn berffaith lân tra gwyliai McKenna. Gadawodd gil y drws ar agor, gan obeithio y deuai'n ôl i mewn, a'i gau'n gyndyn, hydoedd wedi iddi ddiflannu dros wal yr ardd.

## Pennod 11

'Mae'r DVLA yn meddwl y bydd hi'n cymryd drwy'r dydd beth bynnag i roi'r holl enwau drwy'r cyfrifiadur,' meddai Dewi wrth McKenna.

'Does mo'r help. Fydd raid i ni aros.'

'Mae Mr Tuttle yn eich swyddfa chi, yn hel pethau 'dach chi eisio 'di cael eu gneud at ei gilydd.'

'Welaist ti Beti wedyn?'

'Do,' griddfanodd Dewi. 'Gyrru chi'n wallgo i drio cael sgwrs efo hi, syr, oherwydd y ffordd mae hi'n siarad, mae'n blydi caled dilyn be mae hi'n ddeud. Heblaw'r ffaith ei bod hi'n paldareuo gymaint hefyd . . . ddangosais i lun o Ford Scorpio iddi, ond dim ond llun o un du a gwyn oedd gynnon ni, felly'r cwbl ges i ganddi hi oedd ella. Neu, wedyn, ella ddim, mae'n debyg.' Tynnodd stumiau. 'Roedd hi'n dipyn bach mwy o help efo'r tegan. Gonc ydi o, meddai hi. 'Sgynnoch chi unrhyw syniad sut beth ydi peth felly? Oherwydd does gen i ddim, na Mr Tuttle chwaith.'

'Gonc.' Crafodd McKenna ei gof. 'Un o'r teganau erchyll yna efo wyneb hyll dwi'n meddwl.'

'Swnio fel Beti Gloff,' meddai Jack, wrth gerdded i'r ystafell a phentwr o ffolderi yn ei ddwylo. 'Dyna pam y cofiodd hi mae'n debyg.'

Gan gau drws ei swyddfa ei hun, edrychodd McKenna ar wyneb blin ac ymddangosiad blêr ei ddirprwy. 'Sut mae pethau efo chi?' gofynnodd.

'Os ydi raid ichi gael gwybod . . . uffernol!'

'Pam?'

'Wn i ddim pam!' meddai Jack yn swta. 'Mae Emma wedi bod fel y gŵr drwg ei hun ers y penwythnos, ac mae'n bachu ar bob cyfle i'm hatgoffa o bopeth bach dwi 'di'i neud o'i le dros yr un mlynedd ar bymtheg diwetha!'

'Be ddigwyddodd dros y penwythnos?' gofynnodd McKenna.

'I ddechrau,' cychwynnodd Jack, 'wrthodais i fynd i'r blydi briodas 'na. Do'n i ddim eisio mynd, ches i ddim gwahoddiad arbennig, felly wn i ddim pam ddiawl mae hi'n gneud ffŷs . . . ond mae hi'n deud y dyliwn i fod wedi mynd i weld yr efeilliaid yn forynion priodas.'

'Ella y dylech chi.'

'Pam?' cuchiodd Jack. 'Doedd yr efeilliaid ddim eisio imi fod yno.'

'Wyddoch chi'n iawn fod gan famau syniadau gwahanol.'

'Ddylai hi fod wedi deud hynny, yn lle gadael llonydd i mi feddwl nad oedd ots naill ffordd na'r llall. Pam mae merched mor blydi afresymol?'

Taniodd McKenna sigarét, a phwyso ar sil y ffenest. 'Mae'n debyg iddi weld Denise yno, Jack.'

'A dyna beth arall. Mae Emma o'i cho'n las am 'mod i'n gwrthod deud ble ydach chi, iddi hi gael deud wrth Denise.'

Wrth sefyll ar riniog drws Emma Tuttle, meddyliodd McKenna na allai marwolaeth byth fod mor noethlwm a gwag â bywyd. Y tro diwethaf iddo sefyll yma, roedd o a Denise gyda'i gilydd, ac os nad oedden nhw'n hapus, doedd 'na'r un gwir fwriad pendant i ymwahanu. Roedd yntau wedi rhwygo gweddill y briodas oddi wrth ei gilydd yn fwriadol, heb ystyried y canlyniad, efallai'n methu derbyn na thrwsiai rhyw wyrth y tyllau, a thynnu'r carpiau rhwygedig yn ôl at ei gilydd i ryw fath o ffurf wisgadwy am ychydig rhagor o flynyddoedd heb ormod o anghysur. A bu mor sobor o anghywir. Gorweddai'r briodas y tu cefn iddo, yn garpiau truenus wedi eu sathru i'r mwd.

Fu Emma erioed yn gysurus yn ei gwmni yn y gorffennol. Yn awr wyddai hi ddim beth i'w wneud o'r McKenna newydd yma, yr un oedd yn sydyn wedi cefnu ar ei wraig, wedi dangos ei ddannedd gan frathu Denise lle byddai'n ei brifo hi fwyaf.

'Hoffwn i siarad efo chi, Emma,' meddai. 'Dwi ddim yn siŵr o gwbl ydi o'r peth gorau i'w neud, na'r peth iawn chwaith, ond dwi'n meddwl ei fod o'n angenrheidiol.'

'Ydi Jack yn gwybod eich bod chi yma?'

'Nac ydi.'

'O, wel, ddweda i ddim wrtho fo, 'ta.' Gwenodd yn wantan. 'Chaiff o mo'i frifo gan yr hyn na fydd yn ei wybod. Gawsoch chi ginio? Mae'n mynd yn ddigon hwyr.'

'Ydi hi? Naddo, ches i ddim.'

Fe wnaeth hi frechdanau a choffi a rhoi menyn ar sgons yn syth o'r popty, a'u harogl melys yn llenwi'r gegin. Bwytaodd yntau'n ddistaw fel petai ei feddwl ymhell. Arhosodd hithau.

'Dwi wedi bod yn gweld Denise,' meddai wrthi, 'oherwydd ei bod hi a fi fel petaen ni'n achosi helynt i chi a Jack.'

'Be mae Jack wedi'i ddeud?'

'Dim ond eich bod chi wedi anghytuno. Bu bron imi orfod llusgo hynny allan ohono fo,' meddai

McKenna. Llymeitiodd y coffi chwilboeth. 'Mae o'n gofidio. Fedr o ddim deall pam y dylech chi'ch dau fod yn ymladd oherwydd problemau pobl eraill.'

Rhoddodd Emma dro ar ei choffi. ' 'Dan ni 'rioed wedi gneud o'r blaen, er ein bod ni'n gwybod fod pethau'n gwaethygu bob dydd rhyngoch chi a Denise . . . Ond ers yr wythnos ddiwetha, mae Jack fel petai'n dueddol o ochri . . .'

'Ddylai o ddim.' Bwytaodd sgonsen a sychu'i fysedd seimlyd ar un o napcynnau Emma. 'A ddylech chithau ddim chwaith.'

'Wn i,' meddai Emma. 'Ond mae'r pethau 'ma'n digwydd, yn tydyn? Cyn i rywun sylweddoli hynny.'

'Dim ond pan fydd pobl eraill yn gadael iddyn nhw neud, Emma,' meddai McKenna. 'Peidiwch â gadael i Denise eich defnyddio chi a Jack i ddial arna i.' Ymestynnodd allan i wasgu'i llaw, ei law o'n gynnes ac yn gadarn dros ei hun hi. Teimlodd fradwriaeth chwant yn dyrnu drwy'i chorff hi, a chododd. 'Beth am goffi arall?' Safodd wrth y stôf a'i chefn ato, ac meddai, 'Newch chi ddeud wrth Denise ble 'dach chi'n byw?'

'Pan fydd angen iddi wybod. Does 'na ddim brys.'

Trodd Emma. 'Ond fe ddylech chi fynd at gyfreithiwr ar frys. Mae Denise wedi bod.'

'Sut mae'n bosib i neb wybod dim byd o gwbl am y ddynes 'ma?' mynnodd Jack. 'Dim arlliw o'i gŵr hi, dim sôn am rieni na theulu, dim byd am y car.'

'Does 'na ddim cofnod yn y DVLA o unrhyw gar yn perthyn i'r corff sy gynnon ni dan unrhyw un o'r enwau,' cynigiodd Dewi. 'Maen nhw wedi tshecio ddwywaith, wedi rhoi cynnig ar enw'r gŵr ac enw

Allsopp. Dim ond yr un car sy 'di ei gofrestru yn ei enw o, 'di cael ei brynu ychydig o flynyddoedd yn ôl . . . Mae'n rhaid fod ein corff ni wedi gwerthu'r car i rywun. Ac,' ychwanegodd yn ddigalon, 'os na chawn ni hyd i'r rhif cofrestru, 'sgynnon ni ddim gobaith pelen eira yn uffern o gael gwybod pwy sy'n ei yrru ar hyd y lle rŵan.'

Parhâi Romy Cheney yn ddirgelwch, ei henw hyd yn oed yn afreal, wedi ei ddwyn o dudalennau nofel i hybu rhyw ddelwedd breifat o bwys. Beth ddaeth â hi i'r tir estron lle nad oedd dim ond marwolaeth yn ei haros? Pam y gadawodd hi ei gŵr? Pam yr erthylodd blant ddwywaith? Doedd yna neb yn ei cholli hi, heblaw efallai Robert Allsopp, yn ei ffordd ffwrdd-â-hi ei hun. Ymateb difater, dicra bron, fu i'r ymholiadau, oherwydd doedd dim plant dagreuol, na gŵr wyneb-croen-am-yr-asgwrn i apelio'n ddolefus ar y teledu, dim tad cryg ei lais na mam drallodus i falio a fyddai'r llofrudd yn marw'n berson rhydd yn ei wely ci hun, a fyddai corff Romy Cheney yn llanw rhyw gilfach yn y mortiwari tan Ddydd y Farn. Eisoes cuddiwyd ei ffeil hi o dan ffeiliau newydd, o dan adroddiadau am fwrgleriaethau ac ymosodiadau a thwyll honedig. Âi bywyd yn ei flaen, gan anghofio am y wraig oedd wedi galw'i hun yn Romy Cheney, os bu yna ryw lawer o falio o gwbl yn y lle cyntaf.

Gwnaeth McKenna gais am awdurdod gan ben-cadlys yr heddlu i gael gwneud cast pen o'i phenglog, yn argyhoeddedig na fyddai'r cais yn gwneud dim byd ond cythruddo, yna gofynnodd i'r DVLA chwilio o dan yr holl enwau roedd hi wedi eu defnyddio dros y deng mlynedd olaf. Ar y ddesg, daeth o hyd i ddarn wedi ei dorri o'r papur lleol, a darllen bod ficer pentref Salem yn awyddus i roi Rebekah i orffwys ar gost yr eglwys. Gwenodd McKenna braidd, wrth feddwl pa ddialedd y gallai Simeon ei ddyfeisio ar gyfer y rhai hynny a roddai gladdedigaeth Gristnogol i'w wraig, yna rhoddodd y darn papur yn y ffeil, gan gael cipolwg ar ei wats. Llusgai amser ei draed, gan symud yn unig pan oedd o wrthi'n wyllt yn gwneud rhywbeth, a fedrai McKenna ddim dioddef meddwl y gallai'r fath ymddygiad ysbeidiol efallai fod yn nodweddiadol o'i amser am weddill ei ddyddiau.

Yn ôl ffit o fympwy, ffoniodd Prosser.

'O, chi sy 'na?' oedd cyfarchiad Trefor Prosser.

'Ie, Mr Prosser.' Ymdrechodd McKenna i roi gwên yn ei lais. 'Mae'n debyg y medrwch chi helpu i roi pen ar ambell i fwdwl. Pwy gliriodd Bwthyn y Grocbren pan ddaeth tenantiaeth Ms Cheney i ben?'

'Pwy gliriodd y lle?' ymatebodd Prosser yn swta. 'Sut ddiawl y dyliwn i wybod?'

'Wel, pwy ddaeth â'i goriadau hi i mewn?'

'Neb. Ddaeth neb â nhw i mewn, dyna pwy!' meddai Prosser yn bigog. 'Roedd gen i set sbâr yn y swyddfa, felly doedd dim ots.'

'Pan tsiecioch chi'r bwthyn ar ôl iddi hi 'madael, be oedd yno?' gofynnodd McKenna.

'Dim byd.'

'Wel, ymhen faint o amser wedi iddi hi adael yr aethoch chi yno?'

'Wn i ddim!' ebychodd Prosser yn ddiamynedd. 'Wn i ddim pryd y gadawodd hi, wn i? Yn ôl be 'dach chi'n ddeud, roedd hi wedi marw ac wedi mynd ymhell cyn i'r denantiaeth ddod i ben. Dwi ddim yn mynd o gwmpas yn ysbïo ar bobl. Roedd hi wedi talu'i rhent, felly ei busnes hi oedd be oedd hi'n neud.'

'Wyddoch chi be, Mr Prosser? Dwi ddim yn meddwl eich bod chi'n fawr o help i mi.'

'Nac 'dach chi?' Bron na allai McKenna ei weld yn ffromi. 'Wel gadewch chi i mi ddeud wrthach chi be dwi'n ei feddwl ohonoch chi!' gwichiodd Prosser. 'Dwi wedi cael llond bol ar yr helynt 'dach chi'n greu! Heb sôn eich bod chi'n f'hambygio i o fore gwyn tan nos! Fyddai rhywun yn meddwl 'mod i wedi llofruddio'r wraig fy hun! 'Dach chi wedi peri helynt a darn!' gwylltiodd. 'Wyddoch chi hynny? I ddechrau, cael hyd i gorff y gaseg hurt 'na yn y coed, ac wedyn mae'n rhaid i chi gael codi rhyw gorff ddau gant oed! Gohebwyr papur newydd a phobl fusneslyd yn trampio ar hyd y blydi lle dan fy nhraed i am ddyddiau!'

'Naethoch chi, Mr Prosser?' gofynnodd McKenna.

'Wnes i be?'

'Llofruddio Ms Cheney.'

Clywodd McKenna Prosser yn dal ei wynt, yna dyrnwyd y teleffon i lawr a gwnaeth hynny i'w dderbynnydd o'i hun rwnian.

Disgleiriai dagrau yn llygaid Meri Ann wrth iddi gladdu'i hwyneb yn yr ysgub o gennin Pedr a ffresias roddodd McKenna iddi. 'Arwyddion cyntaf y gwanwyn,' meddai wrthi. 'Ro'n i'n meddwl y bydden nhw'n llonni'ch parlwr chi.'

'Fedra i ddim cofio'r tro diwetha i ddyn ddod â blodau i mi.' Gwenodd yn ddagreuol. 'Ti 'di mynd â fi'n ôl flynyddoedd.' Sgleiniai direidi y tu cefn i'r dagrau. 'Doedd fy Nafydd i'n fawr o un am flodau

. . . os cofia i'n iawn, y tro diwetha y ces i flodau gan ddyn oedd cyn inni briodi, pan oedd Dafydd i ffwrdd amser rhyfel, ac fe es i allan am 'chydig efo'i ffrind o. Dyna ddangos iti gyhyd mae o 'di bod.'

Ymestynnodd McKenna ei goesau, a theimlo gwres ei thân nwy yn deifio'i groen drwy ddefnydd ei drowsus.

'Sut mae Beti?'

'Hy!' Tagodd Meri Ann ar y sigarét roedd hi'n ei thanio. 'Mae honna eisio cic dan ei thin! Mae ei hen geg hi'n fwy na thwll y chwarel yna yn y mynydd.'

'Dwi'n clywed iddi weld Simeon,' meddai McKenna. 'Mae Dewi'n deud wrtha i y bydd 'na erthygl amdani hi yn y papur lleol.'

'Dwi 'di deud wrthi hi mai un o'r sipsiwn yna ydi o, ond wrandawith hi ddim!' byrlymodd Meri Ann. 'Mae hi'n gneud ffŵl ohoni'i hun, yn deud rhywbeth-rhywbeth dim ond er mwyn iddi hi gael sylw! Wel,' ychwanegodd, gyda chryn fodlonrwydd, 'dwi 'di deud wrthi hi. Mae pethau bob amser yn dod adref i glwydo, rywffordd neu'i gilydd. Gei di weld 'mod i'n iawn.'

Cyrhaeddodd y gath, a mewian wrth y drws cefn, tra oedd McKenna'n gwrando ar y newyddion hwyr ar y radio. Gorweddai llygoden newydd ei lladd, ei hanrheg hi iddo, ar y rhiniog wrth ei draed. Gwyliodd yntau'n fodlon tra oedd hi'n bwyta'r bwyd a roddodd allan iddi, a dychmygu'r gôt lychlyd yn disgleirio wedi ei hymolchi a'i brwsio. Yn lle gadael, yn ôl ei harfer, archwiliodd y parlwr, gan rwbio cefnau ei chlustiau ar y dodrefn a'r waliau, i osod arogl. Dilynodd hi allan, gwyliodd hi'n ffroeni drwy'r planhigion yn yr ardd fechan, a phenderfynu y treuliai amser yn ystod y penwythnos yn chwynu ac yn tacluso, a thocio'r llwyni oedd wedi gor-dyfu gan straffaglio ar hyd y ffens. Dilynodd hi ef yn ôl i'r tŷ, ac aeth i gysgu o flaen y tân ar ôl glanhau'n falch bob rhan o'i chorff bychan, blêr.

## Pennod 12

Fore dydd Sul, gan deimlo'n awyddus i brofi a oedd yr awyrgylch fodlon a fodolai ers dydd Gwener yn cuddio unrhyw gerrynt twyllodrus yn ei briodas, dywedodd Jack wrth Emma ei fod yn bwriadu ymweld â McKenna.

'Pam na ofynni di iddo ddod draw am bryd heno?' awgrymodd hithau. 'Mae'n debyg ei fod o wedi hen laru ar neud bwyd iddo'i hun.'

'Be?'

'Gofyn iddo ddod draw am bryd o fwyd ddwedais i.'

'Iawn.' Gwyliodd Jack ei hwyneb a'i llygaid, a chael hyd i ddim ond gwên ddiniwed.

Gwyliodd Emma yntau'n bacio'r car o'r garej ac yn troi i'r ffordd. Cyn gynted ag y rhoddai ei draed yn ôl dan y bwrdd lle roedd hi wedi eu cicio nhw'r wythnos ddiwethaf, byddai Jack eisiau eglurhad am ei charedigrwydd anesboniadwy tuag at McKenna, oherwydd byddai unrhywbeth tebyg i bwyll neu gynildeb yn annhebygol o ran ymddygiad Jack. Penderfynodd Emma ddweud ei bod, yn syml, wedi newid ei meddwl, gan ddewis gwrando ar synnwyr cyffredin. Fe allai o beidio â'i choelio hi, ond roedd gan y gorau o briodasau ychydig o gelwyddau gwyn golau yn ymguddio yn y cilfachau tywyll. Meddyliodd, wrth glirio'r bwrdd brecwast, mor rhyfedd oedd fod rhyw ddigwyddiad bach, bach yn medru gwthio person i'ch meddyliau mewn modd mor angerddol fel eich bod yn methu â'i gau allan, gan dreulio'ch dyddiau'n cyflawni'r holl orchwylion dibwys hynny tra bod y meddwl ei hun yn llawn gormodiaeth ffantasi.

Dechreuodd yr efeilliaid ymladd yn eu stafell wely. Aeth Emma i fyny'r grisiau wrth glywed y twrw a'r sgrechian 'Mami!', gan sefyll yn nrws yr ystafell a dymuno mai McKenna oedd yno'n syllu arni, yn aros ac yn chwantu.

Roedd McKenna yn ei byjamas o hyd, ei lygaid yn chwyddedig a'i olwg yn flêr; fe ddilynodd Jack ef i lawr y grisiau. Gorweddai'r gath yn dorch o flaen y tân oer a'i phen o dan ei phawennau; agorodd ei llygaid, dylyfodd ên yn enfawr, ymestynnodd, ac aeth yn ôl i gysgu.

'Edrych fel petai hi wedi dod i fyw atoch chi,' sylwodd Jack. 'Fydd Denise ddim yn hoffi hynna.'

'Fydd dim rhaid i Denise fyw efo hi. Sut mae pethau yn tŷ chi?'

Eisteddodd Jack wrth fwrdd y gegin, gan wylio McKenna yn gwneud tôst, yn sgramblo wy ac yn rhoi'r tecell i ferwi. 'Mae Emma'n hi'i hun. Neu'n debycach iddi hi'i hun. Mae hi'n gofyn fasech chi'n hoffi dod draw am bryd o fwyd heno.'

'Mae hi'n garedig iawn.' Gwnaeth McKenna de, taniodd y cylch bychan ar y stôf nwy, a rhoi'r tebot yn ôl i fwrw'i ffrwyth. 'Dwedwch wrthi y byddwn i wrth fy modd yn dod.'

Gadawodd McKenna i'r gath fynd allan, golchodd y llestri, hwfrodd y tŷ, a threuliodd y pnawn yn fodlon ei fyd yn dadwreiddio chwyn, yn tocio tipyn o lwyni, gan roi'r gorau iddi bob hyn a hyn i syllu ar yr olygfa hardd o'r ddinas wrth i'w choed ddeilio'n gynyddol.

Disgleiriai'r heulwen ar ddyfroedd y Fenai lle symudai cychod pleser yn araf yn ôl ac ymlaen, yn igam-ogam, eu hwyliau'n llac. Crwydrai'r gath yn ôl ac ymlaen, yn dringo coed, yn torheulo ar y wal. Neidiodd cath frech fawr hardd dros y wal i'r ardd, a dechrau rhwbio o amgylch coesau McKenna, cyn gorfod dianc dan sgrechian o gael ei hymlid gan y gath strae ddu a gwyn.

Ar ôl cinio dydd Sul gwael o sosej a thatws stwnsh, gydag arlliw o ddiferion grefi tenau, aeth Beti Gloff allan am ei sgawt bnawn: teirawr iddi'i hun nes byddai'n rhaid iddi wneud te i John Jones cyn gadael yn ddeddfol am y capel. Rai dyddiau, fe grwydrai strydoedd y ddinas; ar ddyddiau eraill, llusgai ar hyd llwybrau'r mynydd gan syllu i lawr ar y strydoedd cefn bychain, ac eiddigedd yn brathu drwy'i chalon. Trigai ar y stad oherwydd fod John Jones yn gwneud mân swyddi i'r perchenogion; roedd ei gybydd-dod yn rhy gryf iddo dalu rhent am dŷ arall ac un ar gael gyda'i gyflog. Ni phoenai'r ffaith nad oedd y tŷ'n fawr gwell na hofel ef o gwbl. Dywedai Meri Ann a'i chriw ymysg ei gilydd fod John Jones yn ormod o gybydd ym mhob ffordd, ac mai dyna'r rheswm pam nad oedd 'run plentyn wedi ychwanegu'i gyfoeth at fodolaeth dlawd Beti. Faliai o ddim am gysur Beti, am y boen a ddioddefai ei chorff anabl ddydd a nos, y naill flwyddyn ar ôl y llall. Câi drochfa wrth y sinc garreg yn y gegin unwaith yr wythnos yn y gaeaf, ddwywaith bob wythnos yn yr haf, safai'n syth yn y tŷ bach bregus ynghudd yn y drain a'r mieri yng ngwaelod eu gardd flêr, a hongiai darnau o bapur newydd wedi eu torri ar fachyn y tu cefn i'r drws. Feddyliodd John Jones erioed, ddim gymaint ag unwaith, yn ystod eu priodas hir, ddiflas, efallai yr hoffai ei wraig dŷ bach yn y tŷ, y gallai hi fod angen bàth cynnes i leddfu ei chorff druan o'i boen.

Y Sul braf hwn, pan oedd gwir haul cyntaf yr haf yn cynhesu ei hesgyrn ceimion ac yn mwytho ei hwyneb garw fel na wnaeth llaw'r un dyn, aeth Beti am dro o amgylch y fynwent cyn ei throi hi am Fangor. Yn hapus o weld y rhai hynny a'r coffa amdanynt wedi ei addurno â blodau newydd, poenai am y lleill wedi eu hanghofio, beddau heb eu trin, yn drist gan chwyn a graean mwsoglyd. Darllenodd drachefn yr ysgrifen ar y garreg fedd farmor gain a warchodai gweddillion marwol y Cynghorydd Hogan: pennill da, meddyliodd, heb ddeall ei ystyr, ond yn dwyn cysur o'r geiriau y bydd 'Popeth yn Dda'. Yn ei gweddïau yn y capel, ceisiai beidio â gofyn i Dduw yn rhy aml pa bryd yn hollol y byddai'r perffeithrwydd hwnnw'n amlygu'i hun.

Crwydrodd i fyny'r Stryd Fawr at Gloc y Dref, ac eistedd i orffwyso'i choesau poenus ar fainc y tu allan i Woolworth, gan wylio'r colomennod yn crafu yn sbwriel nos Sadwrn, a syllu ar lethrau clogwyni Mynydd Bangor yn felyn llachar gan eithin. Fe fyddai yna fwtsias y gog o dan y coed cyn bo hir, meddyliodd, digon i hel tusw i'w rhoi ar sil ei ffenest. Llifodd arogl melys yr eithin a dail gwyrdd ifanc irion ar yr awel, a meddyliodd Beti rywfodd pam na thyfai bwtsias y gog yn y coed o amgylch y pentref, pam yr arhosai ei bwthyn hi'n dywyllwch trwm hyd yn oed ar y diwrnod mwyaf llachar o haf.

Gan ochneidio gan boen a thrueni'r cyfan, cododd, a chychwyn hercian yn ôl yr un ffordd ag y daethai, drwy'r ffyrdd culion y tu cefn i'r Stryd Fawr, lle roedd hi a Meri Ann a genethod dirifedi wedi breuddwydio a chwarae drwy hafau hir a fu. Ysgubwyd y rhesi o dai dwy-stafell-i-fyny, dwy-i-lawr, ymaith i wneud lle i gartrefi brics newydd, o bobtu'r ffyrdd, gan lenwi pob mymryn o le: tai heb erddi, dim ond cowtiau concrit ddigon mawr yn unig i gar droi. Roedd yr adeiladwyr wedi naddu'n ddwfn i lechweddau isaf y mynydd, gan adael ar eu hôl greithiau newydd yn y pridd, a gwreiddiau coed wedi eu dinoethi i'r rhew a'r glawogydd; wrth edrych ar yr Eden fach hon o'r ugeinfed ganrif, teimlai Beti dristwch mor ddwfn a garw fel bod arni eisiau crio.

Ym mhen isaf y Stryd Fawr trodd, ac ar hyd y ffordd hir yn arwain i lawr at y môr disglair yn y pellter, ffordd a elwid unwaith yn Stryd Marjarîn, cofiodd Beti, gan ryw chwerthin braidd ymysg ei dagrau wrth feddwl am y bobl yn ceisio gwella'u hystâd yn y rhesi ffansi drwy dlodi'u hunain er mwyn medru talu'r rhenti uwch. Crwydrodd ymhellach, gan groesi'n ôl ac ymlaen drwy'r warin o hen strydoedd ar draws ei gilydd y tu cefn i Stryd Marjarîn, heibio i geir wedi eu parcio gefn at drwyn lle unwaith y byddai beic yn foethusrwydd. Brifai ei choesau, yn fwy nag arfer, er bod cynhesrwydd y gwanwyn bob amser yn llosgi'n ddwfn i'w hesgyrn, fel petai'r gwres tyner yn chwyddo'r drwg y tu mewn, yn ei dynnu allan, a'i daflu y tu cefn iddi yn y cysgod hir a fyddai, yn nyddiau tywyll y gaeaf, yn symud yn ôl i mewn i'w chorff, gan ymguddio, ynghyd â'r boen a'i hacrwch, a rhedeg gyda'r mêr tenau yn ei hesgyrn. Gorffwysodd am ychydig, a phwyso ar wal rhyw ardd gefn flêr, gardd lle roedd llwyn rhosod heb ei docio, yn bigog a gwantan a llipa, yn ymroi ei holl nerth i ddrain gwyrdd, ciaidd. Tyfai gwair yma ac acw o amgylch y llwyn, ffynnai dant y llew yn y glaswellt, gwthiai'r chwyn yn eu holl ogoniant drwy'r craciau yn y llwybr ffrynt, a llygadodd Beti'r car smart wrth y palmant, a'i baent llwyd yn disgleirio fel y môr pell.

Dan wres haul tanbaid, drewai'r car o enamel trwm a chemegolion ac ymdebygai i ryw anifail peryglus, annifyr, wedi aros i orffwys am ychydig, ond yn cysgu gydag un llygad ar agor, yn barod i neidio a lladd. Llygadodd Beti i mewn iddo, wrth bwyso ychydig bach yn is ar y wal i wneud hynny, a gweld clustogwaith fel swêd llyfn, llwyd. Yn y ffenest gefn, hongiai rhywbeth hyll, blewog, rhywbeth amryliw ar elastig du a melyn, a theimlodd y gwaed yn rhedeg o'i hwyneb mor gyflym fel y disgwyliai ei weld yn rhuthro allan drwy flaenau ei hesgidiau treuliedig yn llyn ar y palmant. Diflannodd pob meddwl am de a chapel, a symudodd i fyny'r ffordd o ochr i ochr, gan aros ar y pen uchaf i ddal ei hanadl yn boenus, ac edrych yn frawychus dros ei hysgwydd grom rhag ofn fod perchennog y car yn gwybod, drwy ryw broses ddirgelaidd, beth oedd wedi digwydd yn y stryd lawn heulwen, a'i fod yn dod hyd yn oed yn awr i gau ei cheg am byth, i wneud iddi hi yr hyn a wnaed i'r wraig yn y coed.

Wrth wrando ar gyngerdd hwyr ar y donfedd glasurol, meddyliodd McKenna am y teulu y bu'n rhannu eu gyda'r nos: yr aelwyd lle roedd straen o dan yr wyneb yn rhedeg fel ffrydiau trymion mewn dŵr, yn gwthio'r llif tua phen y daith, yn wahanol i'r tyndra tynn, ciaidd a redai rhyngddo ef a Denise. Neidiodd y gath ar ei lin, gan wthio'i thrwyn i'w law, a gosod ei hun yno, ei hesgyrn yn fregus a llipa.

## Pennod 13

'Sôn am gael chwalu'ch gobeithion!' ebychodd Jack wrth frasgamu i mewn i swyddfa McKenna. 'Y trywydd cyntaf o werth inni'i gael, a be sy'n digwydd? Da i ddim byd yn y diwedd. Yn union fel popeth arall!'

'Ella ein bod ni'n methu gweld y coed gan breniau,' meddai McKenna. 'Fel John Beti 'rioed wedi sylwi ar y corff cyn hynny . . . hynny ydi, wrth gwrs,' ychwanegodd, 'os medrwn ni gredu John Beti a'i wraig.'

' 'Dach chi'n meddwl y cawn ni'r pres i neud pen ffug?'

'Nac'dw, ond fe edrychith fel petaen ni'n trio os nad dim arall.'

Chwilotodd Jack drwy'r papurau yn ffeil Romy Cheney. 'Well inni gau'n cegau am yr hen wragedd. Naeth Beti inni edrych yn dipyn o ffyliaid.'

'Maen nhw'n deud y bydd ei hanes hi'n y papur lleol yr wythnos yma.'

'Well inni weddïo na ddwedith hi ddim byd am y blydi car 'na, 'ta.'

' 'Dach chi'n meddwl ei bod hi wir yn credu mai'r un un ydi o?' gofynnodd McKenna. 'O hyd?'

'Tyngu ar bob bedd yn yr holl fynwentydd yr ochr yma i Gaer, yn ogystal ag un ei mam,' cyhoeddodd Jack. 'Mae'n rhaid ei bod hi'n anghywir! Brynodd y dyn yn Y Pendist y car gan gymydog rai misoedd yn ôl.'

'Ac o ble daeth y tegan?'

'Fedar o ddim cofio,' meddai Jack. 'Mae o'n meddwl i'w wraig ei brynu i'r plant mewn rhyw orsaf betrol

. . . sylwodd o 'rioed arno, meddai fo, nes i mi ddechrau holi.'

Roedd Meri Ann yn wirioneddol ddeifiol. 'Ddwedais i wrthi!' meddai hi. 'Dro ar ôl tro, a rŵan mae hi wedi gneud be ddwedais i wrthi am beidio. Dy gamarwain di, 'ntê, Michael?'

'Glywsoch chi, felly?'

'Clywed?' ebychodd Meri Ann. 'Fedrwn i ddim peidio, na fedrwn? Ddaeth hi i mewn i fan'ma'n sgrechian neithiwr wedi iddi neud i Dewi fynd i edrych ar y car 'ma, ac eistedd yn lle rwyt ti rŵan, yn chwythu ac yn bustachu, a deud fel roedd hi wedi dychryn drwy'i thin ac allan — ofn y byddai'r dyn yn dod ar ei hôl hi am iddi weld y car oedd gan y wraig 'na. Dwi'n deud wrthat ti, mae'r holl sylw mae hi 'di gael gan ryw ohebwyr aballu wedi mynd i'w phen hi, nid bod fawr o waith gneud hynny. Wedi'r cyfan,' aeth ymlaen, wrth roi mygaid o de i McKenna, 'chafodd hi 'rioed fawr o sylw gan neb o'r blaen, chafodd hi 'rioed unrhyw bleser chwaith, felly fedri di ddim gweld bai arni hi. Ddwedais i wrth Dewi y byddech chi i gyd yn hurt i gymryd sylw ohoni hi. Mae'n paldareuo ddydd a nos am y Simeon 'ma, yn meddwl ei bod hi'n rhy ofnus i gerdded adref ar ei phen ei hun wedi iddi dywyllu oherwydd ei fod o ym mhobman yn y coed, yn rhythu arni hi, os credi di air mae hi'n 'i ddeud.'

' 'Dach chi wedi ei weld o?' gofynnodd McKenna. 'Chi neu rywun arall?'

'Nac'dw siŵr iawn.' Tynnodd Meri Ann ar ei sigarét. 'Un o'r sipsiwn 'na ydi o. Dwi 'di deud hynny wrth Beti, ond wrandewith hi ddim. A rŵan mae hi wedi cael y ficer hyd yn oed i'w chredu hi. Mae'r diawl dwl yna'n sôn am fwrw cythreuliaid allan o amgylch y bwthyn ac yn y coed. Mae cyn waethed â Beti am fod eisio sylw, ond does ganddo fo ddim esgus, oherwydd mae ganddo fo gynulleidfa barhaol bob dydd Sul.' Cuchiodd. 'Mae Beti i'w phitïo yn hytrach na'i chondemnio, mae'n debyg, ond dydi hynny ddim yn ei hesgusodi hi am fod yn niwsans i bawb. Rŵan 'ta, Michael, sut ti'n setlo yn dy dŷ newydd? Dwi'n clywed fod 'na gath strae wedi symud i mewn atat ti.'

Wrth bwyso ar y wal gerrig ger porth-elor eglwys y pentref, yn edrych ar y fynwent, meddyliodd McKenna am farwolaeth — pobl eraill yn ogystal ag ef ei hun. Lai na milltir i lawr y ffordd roedd mynwent fawr y cyngor, a simnai'r amlosgfa, yn bygddu gan fwg, yn torsythu i'r awyr. Weithiau, wrth yrru heibio, dychmygai mai'r mwg llwyd yn cyrlio o'r simnai oedd malurion ei esgyrn a'i gnawd, baich y cafwyd gwared ag o ar y slei gan Denise. Hoffai gael ei gladdu ar lethr bryncyn moel yn edrych dros Fôr Iwerddon, ond doedd neb ond hi i wybod am y dymuniad hwnnw, neb i falio pe ymunai ei ysbryd ag eneidiau aflonydd eraill, yr un mor rhwystredig mewn marwolaeth ag mewn bywyd.

Llosgai'r haul yn gynnes a llachar yn uchel yn yr awyr, ond eto, ymguddiai'r eglwys yng nghysgodion dyfnion y coed, a'r tir o'i hamgylch dan gynfas denau o niwl gwlithog a hwnnw'n tonni'n dyner rhwng y cerrig beddau cam, toredig, wrth i oerfel a thamprwydd ddiferu ohono. Pe cleddid ef yma, meddyliodd McKenna, byddai'n rhaid iddo gyfodi a cherdded; doedd y llecyn hwn yn ddim gwely o gwbl i'r un Cristion. O'i flaen, a'i lygaid yn rhythu'n wag ac yn oer i fyw ei lygaid, taenai angel ei adenydd llydan dros fedd rhywun teilwng anghofiedig, a'r marmor staenedig yn codi o blith y llwyni wedi gor-dyfu.

Crawciai brain yn y brigau uchel, pydrai dail crin o dan draed, sgrialai pethau bychain anweledig yn y tyfiant o'i amgylch wrth iddo gerdded i lawr y llwybr caregog yn glòs wrth wal y fynwent tuag at fwthyn Beti. Cerddai a'i ben i lawr, gan wylio'r ychydig lathenni o ddaear o flaen ei draed ac yn ofni, petai'n codi ei olygon, y gallai edrych i lygaid Simeon yr Iddew.

Swatiai'r bwthyn yn y coed, heb yr un arlliw o fwg yn codi o'i unig simnai, na dim golau bywyd y tu cefn i'r un o'i ffenestri cyfyng. Straffagliodd McKenna i fyny'r llwybr cul rhwng mieri hirion yn ymestyn allan i gipio yn ei drowsus, yn union fel bysedd sgerbwd Rebekah yn crafangio drwy amser. Curodd ar y drws, ac aros. Ddaeth neb i'w ateb, a gadawodd, bron ar redeg, ar hyd yr ychydig lathenni o'r llwybr i'w ben arall. Safodd ar y palmant ger y llidiart, gan frwydro am ei wynt fel petai newydd lwyddo mewn rhyw brawf llym, a cherddodd yr hanner milltir yn ôl i'r fan lle gadawsai'r car.

Roedd gan Wil Jones, ac yntau yr un mor rhwystredig bob dipyn gyda'r mynd a'r dod o amgylch Bwthyn y Grocbren ag roedd Trefor Prosser, gytundeb i gadw ato, a therfyn ar amser wedi ei osod ar ddu a gwyn a gostiai arian gloywon iddo pe methai gyflawni'r amodau, ac ymyrrai'r diddordeb afiach yma mewn corff dau gan mlwydd oed yn ddifrifol â'i waith. A'r ffosydd wedi eu cwblhau, cytunodd Wil i beidio gosod y draeniau yn eu llefydd nes y gorffennai haneswyr o'r brifysgol eu harolwg o fedd Rebekah.

Gan sefyll wrth ffenest llofft, gwyliodd y bobl yn sgyffowla, yn ôl ei feddwl o, yn y ffos. Oherwydd iddynt gael eu gorfodi i aros dan do, dechreuodd Dave ac yntau beintio a phapuro, er y byddai'n well gan Wil adael hynny tan y peth olaf un ac yn ei fyw ni fedrai setlo tra oedd gwaith arall i'w wneud o hyd. Meddyliodd am y dyn tenau, croen tywyll, yn sefyll o fewn ymyl y coed yn gwylio, fel yntau, y gweithgaredd yn y ffos.

Ceisiodd Dewi ddarllen y ffacs fel y dôi oddi ar y peiriant, ond rowliai'n rhy gyflym iddo fedru dal mwy nag un llinell allan o dair neu bedair. Arhosodd yn amyneddgar, yna cafodd gipolwg ar y ddalen gyntaf gan eistedd i lawr i'w darllen. Fo oedd yr unig un yn y swyddfa.

'Mae'r prif arolygydd yng Nghaernarfon,' meddai Jack.

'Ella y dylech chi weld hwn felly, syr.'

Cymerodd Jack y ffacs oddi ar Dewi, darllenodd drwy ei ddwy dudalen, a dweud, 'O, diawl uffern!'

Pan gyrhaeddodd McKenna yn ôl ymhell wedi pump, roedd Jack yn aros yn ei swyddfa. Bu yno am ymhell dros awr, gan feddwl am fawr ddim yn arbennig, ond sylwi fel roedd y llen Fenis fu unwaith yn wyn, a'r waliau fu unwaith yn fagnolia, bellach a gwawr felen arnynt. Fel arfer, roedd yr ystafell braidd yn oer, oherwydd agorai McKenna'r ffenestri haf a gaeaf, gan fynnu bod arogl y mwg sigarét yn annioddefol.

'Ro'n i'n meddwl y byddech chi wedi mynd erbyn hyn, Jack.'

'Meddwl y byddwn i'n aros amdanoch chi,' meddai Jack.

Eisteddodd McKenna ar gornel o'r ddesg a thanio sigarét. 'Mae troseddu'n ffynnu yng Nghaernarfon. Pwl o ddwyn ceir y penwythnos dwetha . . .' meddai. 'Fyddech chi ddim yn meddwl y medrai neb yng Nghaernarfon fforddio car gwerth ei ddwyn, fyddech chi . . .? Rywbeth wedi digwydd yn fan'ma?'

'Ffacs gan heddlu Swydd Efrog.' Rhoddodd Jack y papur iddo.

Darllenodd McKenna'r paragraffau cryno a rhoi'r papur yn ôl ar y ddesg. Crwydrodd draw at y ffenest, ac edrych ar yr olygfa doredig o'r ffordd ac ar y cysgodfannau bws a wal ochr y gyfnewidfa deleffon. 'Wel, dyna ni, felly.'

'Pam?'

'Oherwydd,' meddai McKenna, ' 'mod i wedi dibynnu ar i rywbeth ddod i'r fei i'n cyfeirio ni'r ffordd iawn . . . ond dydi o ddim yn mynd i ddigwydd, nac ydi? Rhieni wedi marw o henaint. Cyn-ŵr wedi ei ladd mewn damwain car, ond nad oedd o ddim yn gyn-ŵr yn hollol, dim ond wedi gwahanu . . . dim brodyr na chwiorydd.' Cododd y ffacs drachefn, a darllen y dudalen olaf. 'Mae Swydd Efrog yn deud "dim perthnasau y gwyddys amdanynt" . . . Felly be sy ar ôl? Dim byd.'

'Ro'n i'n meddwl eich bod chi'n awyddus i bwyso tipyn ar Allsopp?'

'Fedra i ddim, na fedra?' Eisteddodd McKenna. 'Welodd neb olwg ohono fo o gwmpas ffordd yma, a fedrwn ni ddim dechrau mynnu cael gwybod ble roedd o bob munud o bob dydd rhwng tair a phedair blynedd yn ôl.'

'Ella fod ei gŵr hi wedi cael gwared â hi a ffawd wedyn yn ei gosbi'n ôl ei haeddiant.'

'Roedd o wedi marw cyn iddi symud at Allsopp,' meddai McKenna. 'Mae'n rhaid mai dyna ble cafodd hi'i harian. Insiwrans aballu.'

'Dim ond gair Allsopp sy gynnon ni ynghylch pryd y symudodd hi ato.'

' 'Dan ni'n gwybod pryd y rhentodd hi'r bwthyn. Roedd hi'n fyw bryd hynny, ac am dipyn wedyn . . . Na, Jack, dwi ddim yn meddwl ein bod ni'n mynd i lwyddo'r tro yma.'

'Dwi'n meddwl eich bod chi'n edrych ar yr ochr ddu i bethau,' meddai Jack. 'A phwy sy'n mynd i'w chladdu hi?'

'Y cyngor,' meddai McKenna. 'Claddedigaeth tlotyn, fel Mozart. Arch ben-agored a bagaid o galch.'

' 'Rioed!' Roedd Jack wedi arswydo.

'Nage, Jack,' ochneidiodd McKenna. ' 'Dan ni ryw fymryn yn fwy gwâr y dyddiau yma. Gaiff hi ei hamlosgi'n neis ac yn lân. Gewch chi gysylltu â swyddfa'r crwner fory a threfnu i'r cwest gael ei gynnal. Dwi ddim yn meddwl y bydd Eifion Roberts ei hangen hi ddim rhagor.'

# Pennod 14

Pan ddaeth gohebwyr i guro ar eu drws i siarad efo'i wraig, gwrthododd John Jones gael ei gynnwys yn y llun, a dywedodd yn sarrug na wneid dim da i neb o roi wyneb i enw'r dyn a gafodd hyd i'r corff yn y coed. Gan weithredu drwy reddf yn hytrach na rheswm, greddf a borthai'r rhith y byddai ei gorff yn parhau'n ddiogel cyhyd ag y byddai ei wyneb ynghudd, dychmygai John Jones ei hun fel y bydd plentyn yn chwarae cuddio, sef y tybiai na welai'r gwrthwynebydd mohono oni bai ei fod ef yn gweld y gwrthwynebydd. Ond roedd greddf John Jones yn rhy gyntefig oherwydd i ry ychydig o berygl groesi ei lwybr yn y gorffennol.

Gobeithiai y byddai'r llun o Beti yn dangos ei hacrwch yn ei holl ogoniant dychrynllyd, a gweddïai y byddai ei chywilydd yn gwneud iddi guddio drwy weddill ei dyddiau. Roedd y papur yn mynd i'w wely'n fuan, ac ychydig oriau'n unig oedd yn weddill iddo aros cyn y medrai glochdar yn ei hwyneb, mor aflafar ac annifyr â'r brain yng nghoed y fynwent.

Llygadodd Wil Jones yr awyr i'r dwyrain, yna i'r gorllewin; roedd y gwynt wedi newid cyfeiriad yn ystod y nos ac yn codi oddi ar Fôr Iwerddon. Cododd ei drwyn fel anifail, gan arogleuo glaw yn yr aer. Crynai'r dail ar y gwynt, yn llipa o hyd ar ôl newydd ymagor gan droi eu cefnau gwantan i fyny.

Gweithiai Dave yn y ffos, yn gosod ac yn selio'r draen ar gyfer y tanc septig. Crwydrai Wil drwy'r bwthyn, o ystafell i ystafell, yn ceisio penderfynu naill ai i orffen peintio i fyny'r grisiau, neu i ddechrau arni i lawr. Eisteddodd ar focs yn y gegin i ddarllen ei restr, bob amser yn drefnus, gan wybod heb i neb ddweud wrtho y byddai'n rhaid, fel arfer, ailwneud pethau a wnaed, fel y byddai o'n ei ddweud, yn hwff-haff.

Gorffennwyd y grisiau, pob gris wedi ei sgwrio'n lân o'r haen o fudreddi a saim. Ffurfiai styllennod derw yn ffitio'n glòs i'w gilydd lecyn gwaelod y grisiau, a'u graen trwm, bron yn ddu gan oed, yn sgleinio'n loyw ar ôl pedwar can mlynedd. Wrth sefyll yng ngwaelod y grisiau, sylweddolodd Wil, gyda rhyw sgytiad bach rhyfedd ym mhwll ei stumog, fod y bwthyn eisoes yn ddwy ganrif oed pan oedd y greadures druan yna y cafwyd hyd iddi yn y ffos, wedi gollwng, neu efallai wedi lluchio, ei baban bach i lawr y grisiau yna, i'w weld yn marw mewn cawdel o waed ac ymennydd ar y cerrig gwastad, caled ar y gwaelod. Yna meddyliodd Wil am farwolaethau eraill, y gallai'r cof amdanynt fod wedi suddo i waliau trymion Bwthyn y Grocbren.

Wedi gorffen peintio a phapuro, fe rwbiai'r grisiau carreg â pharaffin, i roi sglein arnynt, fel y byddai gwragedd tŷ pentrefi'r mynydd erstalwm yn cwyro rhiniogau a siliau ffenestri llechen, a'r rheini oedd yn rhy dlawd i fforddio paraffin gwerthfawr yn defnyddio llefrith wedi suro, rhag sarnu gweddillion eu balchder gan dlodi.

Ysmygodd getyn, berwodd y tecell ar gyfer paned bore, a phenderfynu gorffen peintio'r llofftydd. Aeth â'i focs twls i fyny, yn barod i hoelio styllen neu ddwy oedd yn rhydd yn y llofft gefn yn ôl i'w lle. Wrth edrych drwy'r ffenest, gwelodd Dave yn ei ddyblau yn y ffos, ei ben-ôl yn yr awyr, a'r dyn llwglyd yr olwg yn gwylio drachefn o'r coed. Wedi llwyr golli amynedd, aeth yn ofalus i lawr y grisiau ac allan drwy'r drws ffrynt ond, erbyn iddo gyrraedd yr ardd, roedd y dyn wedi diflannu.

Yn hwyr bnawn dydd Mawrth, cafodd McKenna alwad ffôn gan gyfreithiwr o Swydd Efrog.

'Fyddwn i wedi cysylltu â chi ddyddiau'n ôl, Brif Arolygydd,' meddai'r cyfreithiwr, 'petawn i 'di sylweddoli mai corff Mrs Bailey y cafwyd hyd iddo yn eich coed chi. Ble ar wyneb y ddaear y daethoch chi o hyd i'r enw yna welais i yn y papurau newydd?'

'Dyna'r enw roedd hi'n ei ddefnyddio,' meddai McKenna. 'Be fedrwch chi ei ddeud wrthon ni amdani hi?'

'Fawr ddim, mae arna i ofn. Ro'n i wrthi'n rhoi trefn ar ei hysgariad pan gafodd Tom ei ladd. Hen fusnes cas.'

'O, ie?' gwelodd Jack aeliau McKenna'n codi. 'Pam, felly?'

'O, wyddoch chi . . . cyhuddiadau o hyn a'r llall.' Swniai'r cyfreithiwr fel petai'n edifar ganddo sôn am y peth o gwbl.

'Cyhuddiadau o beth? Pam roedd hi'n ei ysgaru o?'

'Ddwedais i ddim ei bod hi'n ei ysgaru o, nes i?' meddai'r cyfreithiwr. 'A deud y gwir, fo oedd yn ei hel hi allan.'

'Pam?'

Sibrydodd ochenaid drom. 'Naiff o ddim drwg i ddeud wrthoch chi rŵan mae'n debyg. Maen nhw'n deud fod y meirwon y tu hwnt i gyrraedd, yn tydyn?'

'Tu hwnt i gyrraedd be?' gofynnodd McKenna.

'Popeth, mae'n debyg. Eiddigeddus ohonyn nhw weithiau, 'dach chi?'

' 'Dach chi'n gofyn i mi?' meddai McKenna.

'Dwi ddim yn siŵr iawn, a deud y gwir. Oes 'na rywun 'di medru deud wrthoch chi amdani hi?'

'Deud be wrtha i?'

'Deud sut un oedd hi. Fel person.'

'Nac oes.' Sylwodd Jack fod McKenna'n dechrau crensian ei ddannedd. 'Nac oes. Does dim. Mi fyddai'n help mawr — yn help mawr iawn — petaech chi'n gallu rhoi tipyn o gnawd ar yr esgyrn, fel petai.'

'Wel, wn i ddim fedra i fod rhyw lawer o help i chi, oherwydd do'n i erioed yn ei 'nabod hi'n dda. Ro'n i'n adnabod y ddau'n gymdeithasol, i raddau, ond dim ond fel cydnabod. Ddim be fasech chi'n alw'n ffrindiau.'

'Ac oedd yna reswm penodol am hynny?'

'Am beth? O, wela i! Nac oedd, ddim a deud y gwir. Ddim yn digwydd cymysgu efo'r un bobl oedden ni. Deintydd oedd Tom Bailey, efo practis preifat da. Wrth ei fodd yn gyrru. Ralïau, rasio . . . fo oedd y gyrrwr mwyaf gwallgo a hurt welais i'n fy mywyd. Pawb yn gwybod y byddai'n lladd ei hun neu rywun arall ryw ddiwrnod.' Pesychodd y cyfreithiwr. 'Wel, fe laddodd o'i hun gyntaf, do?'

'Beth am Margaret?'

'Margaret. Ie . . . dynes od, Brif Arolygydd. Anarferol. Gwahanol, os 'dach chi'n gwybod be ydw i'n feddwl.' Oedodd. 'A deud y gwir, ddim y math o wraig i siwtio Tom Bailey pan 'dach chi'n meddwl am y peth. Roedd 'na rywbeth yn ei chylch hi, mae'n debyg, er na fedra i yn fy myw roi 'mys ar y peth. Roedd o'n un o'r bobl sy'n mynd drwy fywyd yn cymryd popeth y medran nhw roi eu pump barus arno, heb roi dim byd yn ôl.'

'Sut roedd hi'n wahanol?'

'Fedra i ddim deud yn iawn, oherwydd wn i ddim yn hollol.' Arhosodd McKenna'n amyneddgar i'r dyn ddal ati. 'Roedd rhywun bob amser yn tueddu i sylwi ar Margaret, hyd yn oed os na fedrech chi ddeud yn hollol pam . . . be ydw i'n feddwl, doedd hi ddim yn edrych yn arbennig o gwbl, doedd hi ddim yn edrych yn wahanol i neb arall, wir, i unrhyw un o'r bobl 'dach chi'n mynd heibio iddyn nhw filwaith yn y stryd . . . yr holl bobl ddi-wyneb yna welwch chi o'ch cwmpas ym mhobman . . .' Tawelodd ei lais.

'Mae hyd yn oed y rheiny,' meddai McKenna, gan geisio procio cof y dyn, 'yn unigolion, yn tydyn? Mae ganddyn nhw nwydau ac ofnau a gobeithion a'u hanobaith eu hunain.'

'Oes, mae'n debyg. Roedd gan Margaret yn sicr ei hanobaith. Roedd hi'n edrych weithiau, Chief Inspector, fel petai'r peth yn ei bwyta hi, fel rhyw gancr, ac y byddai un diwrnod yn ei difa hi'n llwyr. Roedd hi mor ddychrynllyd o boenus o denau, fel petai hi'n methu treulio bwyd soled. Fyddwn i'n arfer ofni y byddai ei hesgyrn hi'n dod allan drwy'i chroen wrth iddi symud. Ac roedd ei llygaid hi'n edrych fel petaen nhw'n syrthio allan o'i phen hi weithiau . . . mae'n debyg mai dyna pam roedd hi'n yfed cymaint. Hynny a phethau eraill.'

'Oedd hi'n alcoholig?'

'Ddim yn hollol. Mae'n siŵr gen i y byddai hi wedi bod petai hi wedi byw dipyn eto.'

'Pam roedd ei gŵr hi'n ei hysgaru hi?'

'Roedd Margaret yn deud ei fod o'n ei churo hi.'

Sylwodd Jack ar McKenna'n rhyw wingo. 'Felly pam doedd hi ddim yn ei ysgaru o?'

'Oherwydd iddo'i churo hi pan gafodd wybod ei bod hi'n cael affêrs efo merched eraill.'

Sgriblai McKenna gylchoedd a phatrymau ar ei bapur. 'Hi oedd yn gyfrifol am ei dinistrio hi'i hun, Jack.'

'Dyna'r cyfan sy gynnoch chi i'w ddeud?'

'Be arall dwi i fod i'w ddeud? Does 'na ddim o hyn yn dod â ni'n nes at gael gwybod pwy laddodd yr ast druan.' Agorodd McKenna ddroriau desg, taflodd ffeiliau a phapurau i mewn, clepiodd y droriau ar gau, a chododd ar ei draed. 'Dwi'n mynd.'

'A be dwi i fod i'w neud?'

'Mynd adref at y wraig ddel 'na sy gynnoch chi os 'dach chi'n chwarter call.'

''Dach chi ddim yn meddwl y dylen ni fod yn chwilio am wraig arall, ar ôl clywed beth ddwedodd y cyfreithiwr 'na? Neu ŵr anfoddog?' Rhythodd Jack ar McKenna, yn methu amgyffred ei ddiffyg diddordeb. 'Mae 'na ddigon o gymhellion yna.' Daliodd ei law i fyny, yn ticio'r eitemau ymaith wrth iddo'u rhestru. 'Yn gyntaf, roedd ei gŵr yn ei hysgaru hi. Yn ail, roedd ei gŵr yn ei churo hi . . . ac ella fod hynny'n egluro'r erthyliadau . . .'

'Wel, chawn ni byth wybod, mae'n debyg,' meddai McKenna'n flinedig. 'Mae hi 'di marw ac mae'i gŵr hi 'di marw.'

'Fedren ni holi ysbytai,' meddai Jack. 'Yn drydydd, mae'r cyfreithiwr yma'n meddwl ei bod hi'n lesbiad, o bob peth. Duw'n unig ŵyr cychwyn beth fedrai hynny fod!'

Eisteddodd McKenna ar ochr ei ddesg. 'Jack, dydi'r ffaith fod rhywun yn deud fod rhywun arall yn rhywbeth neu'i gilydd, ddim o angenrheidrwydd yn golygu ei fod o'n wir.'

'Felly pam ei ddeud?'

'Ella fod Margaret Bailey wedi ei ddeud o ran diawlineb. Neu ella na naeth hi ddim. Gallai rhywun arall fod 'di'i ddeud o . . . Tipyn bach o hel clecs, sibrydion slei yn y glust iawn, a chyn i chi fedru anadlu, mae Margaret Bailey wedi talu'r tâl aelodaeth, yn aelod cyflawn o gymdeithas fawr Sappho.' Tynnodd sigarét o'r paced. 'A Margaret Bailey heb syniad pam mae pobl yn cilio oddi wrthi.'

'Pam 'dach chi mor negyddol?' mynnodd Jack. 'Cyn gynted ag mae 'na drywydd i'w ddilyn 'dach chi'n wawdlyd o'r peth.'

'Oherwydd 'mod i ddim yn meddwl fod hyn i gyd yn berthnasol.'

'Ddim yn berthnasol?' rhythodd Jack. 'Wrth gwrs ei fod o. Mae'n rhaid ei fod o.'

'Pam?' dadleuodd McKenna. 'Hyd yn oed os oedd hi'n lesbiad, be sy gan hynny i'w neud efo hi'n cael ei lladd?'

Ystyriodd Jack y cwestiwn. O'r diwedd dywedodd, 'Wn i ddim.'

'Yn hollol.' Rhoddodd McKenna'r sigarét heb ei thanio yn ei phecyn. 'Wyddoch chi ddim . . . ac os nad 'dach chi'n dyfeisio sgript drama gyda chariad eiddigus, neu *ménage à trois,* neu rywbeth od fel yna, 'dach chi ddim yn debygol o gael gwybod.' Edrychodd ar Jack, gan wenu mymryn. 'Does dim llawer o angerdd yn y Saeson, Jack. Dy'n nhw ddim yn arfer lladd, na chael eu lladd, oherwydd cariad. Maen nhw'n lladd oherwydd trachwant . . . eiddigedd . . . casineb . . . dialedd . . . ofn, neu hyd yn oed i gadw wyneb.'

'Felly 'dach chi'n deud na chafodd hi ei lladd gan rywun lleol?'

'Deud ydw i na chafodd hi ei lladd oherwydd iddi achosi rhyw angerdd mawr. Ond fe allai hi'n hawdd fod wedi achosi ofn neu drachwant neu eiddigedd, ac felly mwy na digon o atgasedd i danio'r ewyllys i ladd,' meddai McKenna. 'Meddylia am y peth.'

Rhwbiodd Jack ei ddwylo dros ei ên. 'Fedra i ddim meddwl yn iawn am fawr ddim ar y funud.' Syllodd ar McKenna. 'Gwir drasiedi dynol ydi hyn, yntê? Digon mawr i ladd Margaret Bailey, digon mawr i ddinistrio bywyd pwy bynnag lofruddiodd hi . . .' Wedi meddwl am funud, ychwanegodd, 'Ac i ddinistrio teulu'r llofrudd.'

'Dyna 'dach chi'n feddwl?' gofynnodd McKenna. ''Dach chi'n meddwl ei fod yn drasiedi dynol dychrynllyd?'

''Dach chi ddim?'

Gwthiodd McKenna ei hun oddi ar y ddesg, gan droi i godi ei ges papurau. 'Dibynnu, yn tydi? Fedrech chi ddadlau fod pob trasiedi dynol yn hollol ddibwys. Wedi'r cyfan,' ychwanegodd, gan sicrhau bod y ces wedi'i gloi, 'pa wahaniaeth mae un trasiedi neu ddeng mil ohonyn nhw yn ei neud i rod y ddaear a'r tymhorau a'r lleuad a'r sêr?'

Wedi'i syfrdanu i graidd ei fod, meddai Jack, 'Sut y medrwch chi ddeud y ffasiwn bethau?'

'Sut y medra i?' gofynnodd McKenna. 'Dim ond deud be sy ar fy meddwl i ydw i.' Edrychodd ar Jack. 'Os ydi o'n eich poeni chi, anghofiwch imi ddeud 'run gair.'

Meddai Jack yn dawel, 'Fedra i ddim, na fedra? Fedr neb ddad-feddwl rhywbeth unwaith iddo ddod, a does dim modd cael gwared â meddwl chwaith wedi i rywun ei roi yn eich pen chi.' Wedi oedi'n hir, ychwanegodd, gan syllu'n galed ar y McKenna distaw, 'A fedrwch chi byth gael gwared ag effaith meddwl, fedrwch chi? Mwy nag y medrwn ni ddad-ddysgu hollti'r atom.'

Clywodd Jack wichiad cwynfanllyd y drws tân ar ben y grisiau yn cau y tu cefn i McKenna cyn iddo ddechrau meddwl am y rhybudd cêl i beidio ag esgeuluso Emma.

'Dwi ddim yn aros i mewn, Denise,' meddai Emma wrth y wraig drallodus ar riniog ei drws. 'Dyma'r tro cyntaf inni fel teulu gael noson allan ers hydoedd.' Yn sicr, yn ôl meddwl Emma, gorweddai ôl creithiau dagrau cyn boethed â gwydr tawdd ar wyneb llwyd Denise. ' 'Drycha, pam na ddoi di efo ni?' awgrymodd. 'Bydd o'n newid i ti. Dim ond mynd i weld ffilm addas i rai pedair ar ddeg oed 'dan ni, a gei di ddod 'nôl i swper.' Cydiodd Emma yn ei braich, gan dynnu Denise i mewn i'r tŷ. 'A wn i ddim ble mae Michael, felly rho'r gorau i boeni, ac ymlacia am ychydig oriau. Wyddost ti ddim, Denise, ella y byddi di'n medru edrych ar bethau o safbwynt gwahanol wedyn.'

Roedden nhw eisoes yn eistedd yn y car pan ddywedodd un o'r efeilliaid wrth Denise, 'Mae'ch gŵr chi'n glên iawn, yn tydi, Mrs McKenna? Ddaeth o draw i swper y noson o'r blaen, a gawson ni andros o hwyl!'

## Pennod 15

Wrth ei waith erbyn 7.30 yn y bore, bu Wil yn gwneud hyn a'r llall am bron i awr cyn i'r lorri a gariai'r tanc septig ddod i lawr y ffordd at Fwthyn y Grocbren. Bu'n bwrw glaw dros nos, a'r pridd ysgafn tywodlyd yn y ffos wedi ei dduo gan byllau tywyll o ddŵr. Gwichiai glaswellt gwlyb yn yr ardd o dan ei esgidiau, ac addurnai mwclis bychan o law fargodion isel y to. Ond i bopeth fod yn iawn, meddai Wil wrtho'i hun, byddai'n gorffen ar amser, dim ond i fwy o gyrff beidio dod allan o orffwysfannau hynafol, dim byd i gymell yr heddlu i dynnu'r lle'n gareiau.

Gadawodd Dave i arolygu dadlwytho'r tanc, yna aeth i fyny'r grisiau i'r llofft gefn, lle roedd styllod y llawr yn rhydd, a phenliniodd i gychwyn eu codi o'u llefydd. Daeth y styllod i fyny gyda chwa bychan o lwch graeanog a sŵn clecian pren yn hollti. Rhoddodd nhw o'r neilltu a gwthio ceg pibell y peiriant sugno llwch i mewn i'r gwagle. Roedd sŵn y peiriant sugno'n ddigon i foddi sŵn peiriant y lorri a chwydai arogleuon disl drewllyd i aer glir y bore wrth i'r tanc gael ei ddadlwytho'n araf a'i roi yn ei le. Gallai glywed llwch a rwbel canrifoedd yn rhuglo i fyny'r bibell, ac yna'r sŵn rhyfedd o rywbeth rhy fawr yn blocio'i cheg. Gan regi o dan ei wynt, cafodd hyd i fwndel o frethynnau budron yn sownd ar y pen. Tynnodd o ymaith, a'i daflu o'r neilltu, yna gwthiodd y bibell i mewn drachefn.

Ffitiodd y styllod yn ardderchog i mewn i'r lle glân. Roedd o wedi eu hoelio'n ôl ar y trawst, wedi llnau'r llawr, wedi hel y peiriant at ei gilydd a chadw'i offer yn y llefydd priodol yn eu bocs cyn iddo edrych ar y bwndel drachefn, ac yna dim ond i daflu cipolwg diofal drosto, cyn cydio ynddo i fynd â fo i lawr y grisiau i'r bin sbwriel. Tarodd y patrwm ei lygaid pan ollyngodd o ar lawr y gegin, a'r carpiau yn gwahanu ychydig. Ar y tu allan roedd y bwndel yn fudr ac wedi colli'i liw, ond roedd y tu mewn yn eitha glân, heblaw am y marciau budron yma a thraw lle cydiodd y glanhawr.

Rhoddodd Wil y tecell i ferwi gan ychwanegu rhagor o ddŵr ar gyfer gyrrwr y lorri. Taniodd ei getyn, ac eistedd ar focs. Cododd y bwndel a'i dynnu oddi wrth ei gilydd, gan ledu allan ar lawr y gegin sgert merch, mewn gwlân llwyd gwan fel arian, a siaced, a'r defnydd yn gyfrodedd o flodau tywyll wedi colli'u lliw ar gefndir i gydweddu â'r sgert. Botymau, unwaith yn llachar ac euraid, ond bellach wedi hen bylu, a gaeai'r siaced.

Wrth eistedd ger y bwrdd mewn cegin wag, yn gwrando ar dawelwch ei dŷ, meddyliodd Jack tybed faint mwy o helynt oedd i ddod o drychineb priodasol McKenna. Doedd o erioed wedi gweld person yn troi fel y gwnaeth Denise neithiwr, fel dynes wedi ei meddiannu gan ddiafoliaid, gan sgrechian a chrafangio'r awyr, a galw Emma'n enwau ffiaidd. Ar ôl cael eu hel i'w hystafell mewn dirgelwch llwyr, daeth annealltwriaeth yr efeilliaid yn ddicter sgrechlyd yr arddegau i'w ychwanegu at oernadau wylofus Denise. Sgrechiodd Emma hefyd, ar Jack, a'i feio am y llanast oherwydd iddo wrthod gadael iddi ddweud wrth yr efeilliaid ynghylch priodas McKenna, gan fynnu nad oedd yn ddim o'u busnes nhw.

Llusgodd neithiwr o'r diwedd i ryw ddiweddglo erchyll, ac amser wedi'i arafu'n annaturiol fel petai profedigaeth wedi bod. Gadawodd Denise — ni chofiai pryd — a'i sgert yn hongian allan o ddrws y car, wrth i'r car droi ar y lawnt a gwibio allan drwy'r giât. Gwrthododd Emma hyd yn oed edrych arno, a'i chloi ei hun i mewn gyda'r efeilliaid, eu lleisiau'n oslefau o sŵn, yn mynd ac yn dod ac yn torri fel môr ar raean, nes llonyddu. Cysgodd Emma yn eu hystafell, gan ddod allan yn llechwraidd, fel anifail yn mentro allan o ddiogelwch ei ffau, i fynd i'r ystafell molchi, lle clywai Jack synau'r tŷ bach a'r gawod yn tasgu am dipyn bach. Gorweddodd yn effro, a dicter yn gwthio adrenalin drwy'i gorff, nes y dechreuodd golau rhosynnaidd liwio'r awyr ddwyreiniol; yna hepiodd yn anesmwyth cyn dihuno'n gwbl effro ymhell cyn i'r cloc larwm ei alw am 7.30.

Ac yntau ar y shifft bnawn, cysgodd Dewi Prys yn drwm nes roedd hi'n hanner awr wedi un ar ddeg, pan dorrodd llais ei fam o'r diwedd ar draws ei freuddwydion. Bwytaodd ei frecwast-cinio, yfodd ddau fygaid o de, darllenodd y papur lleol, gan wenu wrth weld hanes Beti a'i hysbryd, a rhyfeddu ei bod hi'n edrych yn llai hagr o lawer yn y llun nag mewn bywyd go iawn; yna cerddodd i lawr i'r siop i nôl neges i'w fam.

Roedd y briffordd drwy'r stad yn brysur, gyda cheir a bysiau a faniau, genethod ifanc gyda babanod ar eu ffordd o'r clinig mam a'i phlentyn, lle roedd doctoriaid lleol yn cadw llygad ar y rhai ifanc, y rhan fwyaf ohonyn nhw'n dod i'r byd heb y fantais o enw tad ar eu tystysgrif geni. Roedd y tu hwnt i ddirnadaeth Dewi pam roedd genethod prin allan o'u plentyndod eu hunain yn methu aros cyn clymu llyffetheiriau mamolaeth o amgylch eu dyfodol. Cerddodd adref yn araf, gan fynd heibio i fygis a phramiau a genod mewn jîns a siacedi lliwgar, eu gwalltiau'n flêr oherwydd y gwynt a'u hwynebau'n ddisglair o lipstic a cholur llygaid. Sylweddolodd mai'r babanod hyn, lympiau bychan di-enw eisoes yn sboriana oddi ar y wladwriaeth bob briwsionyn a phob diferyn o lefrith a âi dros eu gwefusau, oedd y genhedlaeth nesaf o Jamies a'i fath, crewyr diflastod y dyfodol. Fe dyfai'r bechgyn bach i hau ofn i galonnau rhai'n parchu cyfraith a threfn, a gwthio mwy o fabanod ar y genethod; y dosbarthiadau isaf yn gor-epilio, ac yn gor-bwyso cydbwysedd brau cymdeithas a honno'n simsan fel siso gyda gormod o bwysau ar un pen; gormod ohonynt mewn angen a dim digon i wneud y cyfoeth i'w cadw.

Aeth heibio i eneth dlos, wallt-golau, a ymddangosai'n dal yn ei hesgidiau duon, sodlau uchel; gwisgai jîns denim am ei choesau tenau. Edrychodd Dewi am eiliad ar y plentyn a warchodai yn y goets gadair: babi mawr, ymosodol a rôi'r argraff ei fod eisoes yn ymwybodol fod ar y byd ddyletswydd i roi bywoliaeth iddo, a'i fod eisoes yn dysgu sut i fanteisio ar y ddyled. Heblaw am y plentyn, efallai y byddai Dewi wedi ffansïo'r eneth, a meddyliodd am y dynion na feddyliai ddwywaith am fagu plentyn rhywun arall; dyna'r dynion roedd o'n eu cyfarfod bron yn ddyddiol yn ei waith: dynoliaeth giaidd, hurt ac anifeilaidd.

Bedwar drws yn unig oddi wrth nain Dewi, roedd Jamie Llaw Flewog yn byw. Galwodd Dewi i weld yr hen wraig ar ei ffordd i'w waith, i fynd â phastai gig roedd ei fam wedi ei gwneud iddi. Fel roedd o'n dod allan o dŷ ei nain, gwelodd Jamie yn dod allan ar y palmant ac yn cau drws Ford Scorpio llwyd, disglair.

★   ★   ★   ★

Eisteddai Dewi gyda Jamie yn stafell yr heddlu a hwythau'r unig rai yno. Roedd Jamie yr un mor welw yr olwg ag unrhyw faban o'r stad, a'i lygaid yn gochion a dyfrllyd; tynnai'n galed ar sigarét denau.

'Pryd ti'n cael dy ben blwydd, Jamie?' gofynnodd Dewi. 'Cyn bo hir, 'ntê?'

'Dim o dy blydi busnes di!' chwyrnodd Jamie. Gwyliodd Dewi y dwylo crynedig.

'Ar be wyt ti? Dôp? Sbîd?' gofynnodd Dewi. 'Ti'n edrych yn ofnadwy. Wyddost ti hynny? O'r lle dwi'n eistedd, mae'n edrych y byddi di chwe troedfedd dan glâdd ymhell cyn iti gyrraedd dy ben blwydd nesa.'

Doedd dim ymateb gan Jamie. Eisteddodd yn wyneb-galed gan syllu ar ddarn bychan o'r llawr rhwng bodiau ei esgidiau pêl-fas Nike. Cofiai Dewi eistedd yn yr un ystafell niferoedd dirifedi o weithiau, yn gwylio Jamie yn syllu ar y llawr ac esgidiau Doc Marten ar ei draed. Roedd yr amseroedd yn newid, a ffasiynau'n newid, ond arhosai Jamie a'i debyg yn ddigyfnewid, dim ond bod rhai newydd yn tyfu i ymuno â'r criw bob dydd. Dywedodd McKenna wrth Dewi unwaith fod yn rhaid i'r byd gadw cydbwysedd rhwng y da a'r drwg, bod y naill yn methu bodoli heb y llall, a bod gweithredu cymdeithasol drwgweithredwyr mor hanfodol fel y byddai eu habsenoldeb yn gorfodi i gymdeithas greu deddfau i ddod â nhw i fodolaeth. Wrth syllu ar Jamie, meddyliodd Dewi ym mhle y byddai'r broses honno'n dechrau, ond gwyddai'n union i sicrwydd ym mhle y byddai'n gorffen.

'Pam ti 'di dod â fi i fan'ma?' mynnodd Jamie. 'Dwi'm 'di gneud dim byd.'

Gwenodd Dewi. 'Jamie, ti bob amser 'di gneud

rhywbeth. Fydd 'na res hir o bethau ti 'di gneud yn aros inni gael gwybod amdanyn nhw'n hwyr neu'n hwyrach.'

'Ti bob amser yn malu cachu, Dewi Prys.'

'Eisio gwybod am y car 'dan ni. Dim byd arall.'

'Ddwedais i wrthat ti! Sawl gwaith eto s'isio i mi ddeud wrthat ti? Dwi'n cael ei fenthyg o bob hyn a hyn. Dim byd o'i le yn hynny, felly cau dy blydi ceg!'

Ysgrifennodd Dewi 'Cael benthyg y car bob hyn a hyn,' yn ei lyfr, tra oedd Jamie'n ceisio darllen y geiriau â'u pennau i lawr. 'Gan bwy ti'n cael ei fenthyg o?' mynnodd.

'Mêt.'

Ychwanegodd Dewi 'gan fêt' at ei nodiadau.

'Pam ti'n 'i sgwennu fo i lawr?' mynnodd Jamie.

''Dan ni'n sgwennu popeth i lawr, ti'n gw'bod hynny, Jamie, felly fedri di ddim gwadu iti ddeud beth bynnag ddwedaist ti. A rhag i ti fedru hawlio yn y llys ein bod ni wedi dy guro di i neud iti gyfadde.'

'Dwi'm yn cyfadde dim byd!'

'Ddwedais i dy fod ti?' gwenodd Dewi. 'Beth am inni gael panad?'

'Dwi'm eisio blydi diod! Dwisio mynd allan o fan'ma.'

'Mewn da o bryd. Mi fydd Mr McKenna eisio siarad efo ti ynghylch y car.'

'Pam?'

'Wel, mi fydd yn rhaid iti ofyn hynny iddo fo dy hun. Nid fi ddylai ddeud wrthat ti, nage?'

Neidiodd Jamie ar ei draed. 'Dwi'n mynd!'

''Stedda i lawr, os nad wyt ti isio cael d'arestio,' gorchmynnodd Dewi. Suddodd Jamie i lawr ar y gadair, unwaith eto wedi ei gloi yn y ddefod erchyll, y fo na Dewi'n gallu dianc o ganlyniadau'u rôl mewn bywyd.

Cerddodd Jack i mewn i'r ystafell, a gweld y ddau'n eistedd wrth y bwrdd. 'Be mae o'n ei neud yma?'

'Fi sy 'di dod â fo i siarad efo Mr McKenna, syr.'

'Wel, dydi Mr McKenna ddim yma, felly waeth iti ei yrru fo o'ma.'

'Ella y byddai'n well i chi siarad efo Jamie, 'ta,' meddai Dewi. 'Welais i o efo'r Ford Scorpio, felly ro'n i'n meddwl fod yn well inni neud rhywbeth yn ei gylch o.'

'Y? Be? Ddim y blydi car 'na eto?'

' 'Run car ydi o, syr. Ddylen ni gael gwybod pam mae Jamie'n cael ei fenthyg o. A gan bwy mae o'n cael ei fenthyg o, os 'dach chi'n deall be dwi'n feddwl?'

Edrychodd Jack oddi wrth Jamie at y swyddog heddlu ifanc, a meddwl p'run oedd y ddraenen fwyaf yn ei ystlys. 'Iawn, Prys.' Eisteddodd ar ymyl y bwrdd, a llinell lem plyg ei drowsus wedi ei thynnu'n dynn dros ei gluniau. 'Gan bwy ti'n cael benthyg y car, Jamie?'

'Dwi 'di deud wrtho fo'n barod,' amneidiodd Jamie tuag at Dewi. 'Mae o'n rhy blydi twp i ddeall. Rêl copar, yn tydi?'

'Mae Jamie'n deud ei fod o'n cael benthyg y car gan fêt. Ro'n i ar fin gofyn iddo fo eto pwy ydi ei fêt o.'

'Dwi eisio enw, Jamie. Paid â dal ati i falu cachu.'

Daeth dewrder yn ôl i Jamie. 'Dydi'm yn rhaid i mi ddeud dim byd wrthach chi. Dwi eisio fy nhwrnai.'

'Wyt, wir?' culhaodd llygaid Jack. 'A pham y dylet ti fod eisio rhyw blydi cyfreithiwr bach pitw i gydio yn dy law di? Be wyt ti 'di neud nad wyt ti ddim eisio i ni gael gwybod amdano fo?'

'Dim byd!' poerodd Jamie.

Swniai llais Dewi fel sidan. 'Os nad wyt ti 'di gneud dim byd, Jamie, does gen ti ddim unrhyw reswm dros gael cyfreithiwr. 'Dan ni ddim yn deud iti neud dim byd. 'Dan ni bron yn cytuno efo ti nad wyt ti ddim 'di gneud dim byd. Mae hynna'n iawn, yn tydi, Arolygydd?' meddai. 'Y cyfan 'dan ni eisio ydi i ti ddeud wrthon ni am y car, yna fe gei di gerdded allan o fan'ma, yn gyfreithlon, heb orfodaeth i ddod yn ôl eto.'

Syllodd Jamie ar Dewi, a'i lygaid yn oerion. Meddyliodd Dewi tybed faint o'r babanod yna heddiw allai fod yn ffrwyth lwynau'r dihiryn hwn. Ffrwythau pydredig, fel petai. 'Be sy mor bwysig ynghylch y car beth bynnag?' gofynnodd Jamie.

'Ein busnes ni ydi hynny.' Roedd Jack yn colli'i amynedd. 'Pwy sy'n rhoi ei fenthyg i ti? Pam ma'r *mêt* yma s'gen ti'n barod i roi benthyg car gwerth dros bymtheg mil o bunnau pryd bynnag wyt tisio fo?'

Aeth y tawelwch yn hwy. Teimlai Jamie fel anifail wedi ei gornelu. 'Be sy'n digwydd os dwi ddim eisio deud wrthach chi?' gofynnodd. 'Os dwi'n penderfynu nad ydio'n ddim o'ch ffycin busnes chi?'

Hisiodd Jack, 'Gei di wybod yn y deg eiliad ar hugain nesa.'

Ymyrrodd Dewi. 'Ti'n gneud bywyd yn galed i ti dy hun, Jamie. Wn i ddim pam tisio gneud hynna. Mi fydd yn rhaid i'r Arolygydd d'arestio di os na ddwedi di wrtho fo.'

'Pam?'

Meddai Dewi wrth Jack, 'Y drwg ydi, syr, fod Jamie

wedi arfer peidio deud dim byd wrthon ni, hyd yn oed os nad oes 'na reswm iddo fo beidio gneud . . . dwi ddim yn meddwl ei fod o'n meddwl fod y car yn bwysig, i fod yn onest. Dwi'n iawn, yn tydw, Jamie?'

'Ella. Ella ddim.'

Tarodd Jack ei ddwrn ar y bwrdd. 'Dwi 'di cael llond bol ar hyn. Dos â fo i lawr i'r celloedd!'

'Am be?' Neidiodd Jamie ar ei draed, ei afal breunant yn sboncio i fyny ac i lawr wrth iddo lowcio aer.

'Am blydi rhwystro ymchwiliad i lofruddiaeth yn fwriadol!' Cerddodd Jack ymaith yn ffrom.

'Am be ffwc mae o'n siarad?'

'Yn union be ddwedodd o, Jamie,' ochneidiodd Dewi. 'Felly, wyt ti ddim yn meddwl ei fod o'n syniad da i roi'r gorau i falu blydi awyr?'

## Pennod 16

*Rwy'n adnabod Christopher Stott ers peth amser. Nid wyf yn cofio ble y cyfarfûm ag ef. Mae'n briod ac mae ganddo blentyn, ac mae'n gweithio yng Nghastell Crach fel tywysydd neu rywbeth felly. Ni chymerodd ran mewn unrhyw ddrwgweithredu gyda mi. Cafodd y Ford Scorpio ryw dair blynedd yn ôl. Car ail-law oedd o. Ni wn o ble y cafodd y car. Dywedodd y cawn ei fenthyg weithiau. Rwy'n credu iddo ddweud hyn oherwydd nad oedd yn ei yrru'n aml iawn ei hun. Dywedodd wrthyf nad yw ei wraig yn gwybod sut i yrru. Fe'i gwerthodd i rywun yr haf diwethaf. Cytunodd y perchennog newydd imi ei fenthyg o weithiau. Rwy'n credu mai Chris Stott wnaeth y trefniant yma. Arferai Chris Stott fyw yn Y Pendist. Ni welais ef ers rywbryd llynedd. Dyna'r cyfan wn i. Ni ddefnyddiais y car ar gyfer unrhyw ddrwgweithredu. Ni fu unrhyw bwysau arnaf i wneud y datganiad hwn.*

*Arwyddwyd: James Wright.*

Ailddarllenodd Jack y datganiad, gan geisio deall arwyddocad ei frawddegau byrion, a methu. Anfonwyd Jamie adref. Bu Dewi'n swnian ac yn poeni, eisiau mynd ar ôl y Christopher Stott haelionus. Penderfynodd Jack na wneid dim byd nes y byddai wedi siarad gyda McKenna, gan gofio am y ffaith fod Mr Stott yn gweithio yn y castell.

'Blacmel, Jack. Dyna sydd tu cefn i hyn i gyd,' penderfynodd McKenna. 'Mae gan Jamie ryw afael ar y brawd Stott yma. Pa reswm arall allai fod dros gadw at y trefniant i gael benthyg y car wedi iddo gael ei werthu? Awn ni i siarad efo fo.'

'A chael ein harwain ar gyfeiliorn eto mae'n debyg,' meddai Jack yn chwerw.

'Be sy'n bod arnoch chi?' mynnodd McKenna.

Yn araf, yn gyndyn, ailadroddodd Jack ddigwyddiadau'r noson cynt. Sterics Denise a dicter Emma. 'Ac arna i roedd y bai,' cyfaddefodd. 'Petaen ni 'di deud wrth yr efeilliaid, fyddai dim o hyn wedi digwydd.'

'Dim ots,' meddai McKenna. 'Dŵr dan y bont bellach . . . mi ga i air efo Denise.' Teimlai gywilydd oherwydd ei hymddygiad, a diflastod ei bod hi'n gadael i'w theimladau gyhwfan fel carpiau budron yn cael eu chwythu ar wyntoedd amgylchiadau; teimlai hefyd ddicter ei bod hi wedi creu'r fath broblemau i Jack a'i deulu syrthio iddyn nhw'n ddifeddwl.

'Mr McKenna,' meddai Wil, 'mae hi'n ben set arna i. Waeth gen i os ydi Sgroliau'r Môr Marw dan y lloriau. Dwi isio cael gorffen yn y blydi lle 'na imi gael mynd o'na!'

Byseddodd McKenna'r siaced a'r sgert roedd Wil wedi dod â hwy i swyddfa'r heddlu, a'r llwch yn staenio'i fysedd. 'Ble'n union y cawsoch chi hyd i'r rhain?'

'Dan ryw styllod rhydd yn y llofft gefn. A dim ond am 'mod i bob amser yn llnau twll cyn rhoi prennau'n ôl y ces i hyd iddyn nhw o gwbl. Fydden nhw wedi aros yno nes byddai'r lle'n mynd â'i ben iddo fel arall.' Tynnodd Wil yn galed ar ei getyn. 'A chyn i chi ofyn, does 'na ddim rhagor o styllennod rhydd yn unman. Dwi 'di gofalu am hynny, felly does dim angen i'ch criw chi fynd i dynnu'r bwthyn yn gareiau, yn chwilio am bethau sy ddim yna.'

'Be 'dach chi'n feddwl?' gofynnodd Jack wedi i Wil fynd. 'Ddylen ni alw ar y criw fforensig eto?'

'Os gwnawn ni, fe anfonith y perchennog anferth o fil inni,' meddai McKenna. 'Byddai codi lloriau'n gneud andros o lanast, a'n cyfrifoldeb ni fydd clirio. Beth am inni feddwl dros y peth am dipyn? Ffoniwch Eifion Roberts a deud wrtho fo am ddod â'r ffeil 'na efo labelau dillad inni.'

'A beth am gariad Jamie?'

'Cariad Jamie?'

'Mr Stott.'

Chwarddodd McKenna. 'Dowch 'laen, Jack! Does gan Jamie ddim diddordeb mewn dynion eraill.'

'Fyddai gan Jamie ddiddordeb mewn unrhywbeth a phopeth fedrai fod o fudd iddo fo,' meddai Jack. 'Mab, merch, plentyn neu fwystfil. Does ganddo fo ddim cydwybod; fo ydi'r bastard mwyaf cythreulig imi ei gyfarfod erioed, ac mae o'n codi'r ddincod arna i.'

'Mae Dewi'n deud y lladdith o rywun ryw ddiwrnod.'

'Wel,' meddai Jack, wrth sythu'r siaced, 'am unwaith, dwi'n cytuno efo fo.'

Eisteddai Jack, Dewi a McKenna yn swyddfa McKenna, brechdanau a phot o goffi ar hambwrdd ar y ddesg, y siwt wedi ei phlygu dros gefn cadair. Gwthiodd McKenna'r hambwrdd o'r neilltu, taenodd y sgert allan, ei throi tu wyneb allan, ac yn ôl drachefn, a rhwbio'r defnydd rhwng ei fys a'i fawd, gan deimlo craster y ffibr synthetig wedi ei gyfuno â gwlân. Roedd wedi ei hanner leinio â sidan a gydweddai â'r brethyn, ac roedd ar y leinin a'r defnydd allanol olion ymestyn llym o amgylch y bol a'r cluniau. Bochiai cefn y sgert allan, a gwniadau'r ochrau wedi cael eu tynnu mor dynn fel fod y pwythau'n dangos. Roedd label budr y tu mewn i'r gwasg ynghyd â dwy ddolen dâp i hongian y dilledyn.

'Mae un peth yn sicr,' sylwodd Jack. 'Nid ein gwraig ni yn y coed wisgai honna. Mae'n rhy gwta: fyddai ei phen-ôl hi'n y golwg.'

'Mae'n rhy lydan hefyd. Maint 16 yn ôl y label: 16S. Be mae hynna'n feddwl?' Edrychodd McKenna o'wrth Jack at Dewi.

'Dwi'n meddwl ei fod o'n meddwl *'short'*, ar gyfer rhywun byr,' cynigiodd Dewi. 'Ar gyfer merched byr, syr.'

Edrychodd Jack arno. 'Iawn, Prys, ti 'di egluro digon. Gwraig fer sy piau — oedd piau — hi. *Ergo*, nid Romy Cheney, neu be bynnag oedd ei henw hi.'

'Be ydi ystyr *"ergo"*?' gofynnodd Dewi.

'Mae *"ergo"* yn meddwl "felly", Dewi,' meddai McKenna, cyn i Jack arthio ar y bachgen. 'Lladin ydi o.'

Doedd dim cymaint o ôl gwisgo ar y siaced ag ar y sgert, er bod y defnydd wedi plygu'n drwm ar draws y ffrynt o gwmpas y penelin. Roedd yn ddilledyn bach siapus, gyda choler droi'n ôl ar dro, hem ar dro, a gwasg wedi ei ffurfio'n gynnil, ei defnydd i bob golwg o'r un cyfuniad o wlân a ffibr synthetig â'r sgert, gyda'i leinin yn cydweddu. Roedd yr un enw â'r sgert arni, a gwnïwyd y label sidanaidd i mewn i ddefnydd ochr chwith tu mewn y ffrynt. 'Dim ond maint 16 ydi hon,' meddai McKenna. 'Defnydd del, braidd yn anghyffredin.' Daeth darlun o Denise yn ddigymell i'w feddwl. Fe edrychai hi'n dda yn y siwt hon a'r sgert yn gorwedd yn llyfn dros ei chluniau.

Gwthiodd Eifion Roberts ddrws y swyddfa ar agor, cerddodd i mewn a gollwng ffeil ddu drom ar ben y sgert. ' 'Dach chi'n edrych fel rhyw griw o bethau gwyrdröedig yn eistedd yn fan'na efo'r dillad 'na,' gwenodd. 'Lladron lein ddillad. Gawsoch chi'r dillad isa hefyd?'

'Naddo, Eifion,' gwenodd McKenna. 'Ddrwg gynnon ni'ch siomi chi.'

Byseddodd Dr Roberts y dillad. 'Fawr i'w ddangos am yr holl waith heddlu dwys yma, nac ydi? Unrhyw-beth newydd wedi codi ers pan siaradon ni o'r blaen?'

'Ddwedais i wrthoch chi am y cyfreithiwr, do?' meddai McKenna. 'Wil, yr adeiladydd, gafodd hyd i'r siwt wedi ei stwffio dan styllod y llawr yn un o'r llofftydd ym Mwthyn y Grocbren.'

Pesychodd Dewi. 'Y — be am Jamie a'r car, syr?'

'Paid â sôn am y blydi Jamie 'na!' rhuodd Jack. 'A phaid â sôn am y blydi car chwaith!'

Edrychodd Dr Roberts yn gam ar Jack. 'Well i chi fynd at rywun i gael edrych eich pwysedd gwaed. Mae'ch wyneb chi'n ddigon piws.' Trodd at McKenna. 'Be 'di hyn ynghylch car?'

Ochneidiodd McKenna. 'Welodd Dewi Jamie efo'r car heddiw a dod â fo i mewn yma. Dyma'r datganiad.'

'Ydi'r tegan hurt yna'n dal ar y ffenest gefn o hyd?' holodd Dr Roberts.

'Wn i ddim,' cyfaddefodd McKenna. 'Ydi o, Dewi?'

'Nac ydi, a deud y gwir. Nabod y rhif nes i.'

'Dyna chi, 'ta.' Gollyngodd Dr Roberts ddatganiad Jamie yn ôl ar y ddesg. 'Mae hynna'n arwyddocaol iawn.'

'Be?' gofynnodd Jack.

'Symud y tegan 'na,' eglurodd y patholegydd. 'Mae rhywun yn amlwg wedi cynhyrfu. Dyna sut yr adnabu Beti Gloff y car yn y lle cynta, 'ntê?'

'Ie, ond ar ôl i'r cono yn Y Pendist gael y car y prynwyd y tegan,' meddai Jack. 'Mae Jamie wedi bod yn cael bethyg y car drwy'r adeg.'

'Sut gwyddoch chi hynny? Dim ond gair y dyn sy gynnoch chi.' Agorodd Dr Roberts y ffeil, gan droi'r tudalennau drosodd. 'Mae'n fy nharo eich bod chi bobl yn hynod o araf, o ystyried faint 'dan ni'n 'i dalu ichi. Fe welodd Beti yr un car yn cael ei yrru gan ein corff ni ac fe welodd hi rywun arall yn ei yrru ers hynny,' aeth ymlaen. 'Fe ddaru Beti nabod y car yn Y Pendist, nid oherwydd ei liw na'i siâp na'i wneuthuriad na 'run o'r rhesymau arferol, ond oherwydd y tegan gwirion 'na yn y ffenest gefn. *Ergo,* mae'n rhaid fod y tegan yna pan welodd Beti o'r tro cyntaf. Hynny yw, pan oedd Romy ni'n ei yrru. QED.'

Hyll-dremodd Jack ar Dewi. 'Paid ti â meiddio gofyn be mae QED yn ei feddwl!'

'Wn i be mae o'n ei feddwl,' meddai Dewi. 'Ddysgon ni hynna'n 'rysgol: "Yr hyn sydd wedi cael ei brofi".'

Gwenodd Dr Roberts. 'Yn hollol! Well ichi siarad efo Beti eto. Ble byddech chi hebddi hi, y?'

'Ddim gymaint yn y tywyllwch yn hollol ag 'dan ni ar y funud,' ymatebodd McKenna. 'Be fedrwch chi'i ddeud wrthon ni ynghylch y dillad?'

'Fydden nhw ddim yn ffitio Romy Cheney, i ddechrau.'

'Roedden ni 'di sylweddoli hynny'n barod.'

'Amheus gen i fydden nhw wedi ffitio Rebekah

chwaith . . . Mae 'na dipyn o strach o'i herwydd hi, 'chi.' Gosododd Dr Roberts ei hun yn fwy cysurus. 'Fe ddarllenodd y Rabbi yma ei hanes hi yn y *Daily Post,* felly ddaeth o i 'ngweld i, yn twt-twtian dipyn ac yn deud y dylai hi gael angladd Iddewig, a bod y fynwent agosaf yn Lerpwl. Ddwedais i wrtho fo nad oedd modd deud oedd hi'n Iddewes ai peidio. Ond pe bawn i,' ychwanegodd, 'wedi cael ei gŵr hi ar y bwrdd, fyddwn i wedi medru deud oddi wrth be dorrwyd oddi arno fo, byddwn?'

Gwingodd Jack. Meddai McKenna. 'Nid ar ôl dau ganmlynedd.'

'Peidiwch â bod yn gymaint o lanc, McKenna,' meddai Dr Roberts. 'Rois i ryw fath o drefn ar Romy ni, do? Beth bynnag, yrrais i'r Rabbi i weld y ficer ym mhentref Salem, ac maen nhw wrthi'n cega, oherwydd fod y ficer yn meddwl ei bod hi'n rhan o hanes lleol, ac mae o'n gwrthod yn bendant â gadael iddyn nhw fynd â hi i Lerpwl.'

'Ydi lawer o ots, Eifion?' gofynnodd McKenna. 'Mae hi 'di hen farw ac fe fydd ei henaid hi 'di mynd i'r lle iawn.'

Cododd Dr Roberts ei ysgwyddau. 'Pwy dwi i ddeud ydi ots? Mae'r eneidiau crefyddol 'ma o'r naill duedd neu'r llall yn meddwl bod ots, a thra maen nhw'n dadlau, mae hi'n mynd â lle yn fy nghwpwrdd oer i, a dwi ddim yn siŵr o gwbl beth all ddigwydd. Mae'n debyg y bydd hi'n chwalu, troi'n llwch, yna fe gawn ni ei sgubo hi at ei gilydd a'i rhoi hi mewn wrn, ac fe gaiff hi ei dyfarnu'n wobr, fel Oscar. Blwyddyn i'r Iddewon, blwyddyn i'r Eglwys. Yn ôl ac ymlaen hyd dragwyddoldeb.'

'Pam na wyddoch chi ddim fydd hi'n troi'n llwch ai peidio?' gofynnodd Dewi.

'Dwi ddim yn dod ar draws cyrff wedi eu mwmeiddio'n aml iawn, Dewi,' meddai Dr Roberts. ' 'Dan ni naill ai'n cael rhai neis, ffres, neu rhai neis cynrhonllyd. Mae'r ddau fath yn cadw'n ddigon da fyth, os 'dach chi'n edrych ar eu holau nhw. Fel bydd eich mam yn gneud pan fydd hi'n rhoi'r cig Sul yn y rhewgell. Rŵan,' ychwanegodd, 'dowch inni gael golwg ar y dillad 'ma. Rhyw unwaith neu ddwywaith y gwisgwyd nhw, fyddwn i'n ddeud. Dim ôl chwys . . . ac arlliw o bersawr anarferol iawn ar y siaced 'ma. Synhwyrwch hi.' Gwthiodd y siaced dan drwyn McKenna, yna un Jack, yna un Dewi. 'Eich atgoffa chi o rywbeth?' gofynnodd.

'Carnêsiyns,' meddai Dewi. 'Sych braidd, arogl mwsg.'

'A does 'na ddim ond un persawr yn y byd sy'n arogleuo fel carnêsiyns go iawn, ac yn cadw'i arogl.' Oedodd Dr Roberts, gan syllu i le gwag. 'Roedd 'na arogl sych, rhyfedd ar ddillad y sgerbwd. Roedd yn f'atgoffa i o farwolaeth.'

'Am faint mae o'n cadw'r arogl yna?' gofynnodd Dewi.

'Yn ddi-ddiwedd. *Incarnat* ydi ei enw fo, hen air Ffrangeg am carnêsiyn . . . ystyr arall ydi lliw'r cnawd, os oes gen ti ddiddordeb yn y math yna o beth. Mae'r persawr yn cael ei neud gan Corday yn Grasse, ac mae'n amheus gen i fedrech chi 'i brynu o'r ochr yma i Gaer. O Debenhams y daeth y dillad, gyda llaw, eu label nhw'u hunain . . .' Edrychodd Dr Roberts ar y siwt, a rhyw guwch bychan yn rhychu ei dalcen a'r croen o amgylch ei lygaid. 'Mae braidd yn od, o feddwl am y peth, oherwydd gyda phob dyledus barch i Debenhams, fyddwn i ddim yn disgwyl i wraig sy'n prynu'i dillad yno i ddefnyddio'r persawr yma. Fe fyddai potelaid fechan ohono'n costio ddeg gwaith pris y siwt yma.'

Cyffyrddodd McKenna'r siaced. 'Wn i ddim. Mae'n cydweddu â'r siaced, mewn ffordd. Cydweddu â'r patrwm . . . rhyw batrwm gwannaidd a blodeuog.'

' 'Dyn nhw ddim yn mynd efo'i gilydd,' dadleuodd Dr Roberts. 'O ran pris na phersonoliaeth. Fedra i ddychmygu'r wraig a wisgai'r siwt yma . . . tua'r canol oed, o ran ei meddwl os nad o ran ei chorff. Dipyn bach yn falch efallai. Dim crebwyll o steil, oherwydd roedd y sgert yn amlwg yn rhy dynn o amgylch ei thin hi. Ella dipyn bach yn ddiolwg a hen-ffash hefyd.'

'Hyd yn oed os 'dach chi'n iawn, er na fedra i yn fy myw ddeall sut y medrwch chi ddirnad hynna i gyd o siaced a sgert,' gwrthwynebodd McKenna, 'be sy 'na i ddeud na wariodd hi ar bersawr newydd i fynd efo'i dillad newydd?'

'Nid y persawr cywir ydi o,' meddai Dr Roberts. 'Mae'n anodd cael gafael arno i'w brynu o, a hefyd fyddai merch ddim yn gwisgo'r persawr 'ma oni bai ei bod hi'n wirioneddol hoff ohono. Mae'n bersawr anarferol iawn, un cwbl unigryw. Ddim yn ffasiynol o gwbl, nid y math o bersawr sy'n cael ei hysbysebu mewn cylchgronau merched, nid y math y mae llawer o ferched yn gwybod amdano.'

Cododd Dewi ar ei draed. 'Beth am i mi fynd i Debenhams cyn iddyn nhw gau, syr?' gofynnodd i McKenna. 'I gael gwybod pryd fuon nhw'n gwerthu'r dillad hyn?'

'Gofyn am y persawr hefyd. Be 'di 'i enw fo, Eifion?'

Ysgrifennodd Dr Roberts enw'r persawr yn llyfr nodiadau Dewi. Gan roi'r llyfr yn ei boced, meddai Dewi wrth McKenna, 'Digwydd meddwl, syr, mae llawer o ferched yn defnyddio persawr eu ffrind, yn tydyn? Yn chwistrellu tipyn arnyn nhw'u hunain i weld ydyn nhw'n ei hoffi o. Allai'r wraig yma fod wedi gneud hynny, yn gallai? Ella fod Romy'n hoffi carnêsiyns.'

## Pennod 17

Deialodd McKenna rif cartref Robert Allsopp. Canodd y teleffon dair gwaith ar hugain cyn i Allsopp ymateb.

'Faint rhagor o hyn sydd raid i mi ei ddiodde?' hawliodd.

'Hyn, Mr Allsopp?'

'Cael f'erlid gynnoch chi! Dwi 'di cael llond bol!'

' 'Dan ni ddim yn eich erlid chi. Fe ddwedais i y byddai arnon ni angen datganiad ffurfiol.'

'Sawl blydi datganiad ffurfiol 'dach chi'i angen i neud 'ch gwaith?' gwaeddodd Allsopp. 'Y? Hi i ddechrau, yna'r car, yna'i gŵr hi, yna'r blydi car unwaith eto! Be nesa?'

'Fawr mwy, gobeithio. Dibynnu a fyddwch chi'n fodlon ateb ychydig o gwestiynau rŵan.'

Ochneidiodd Allsopp. 'Be 'dach chi isio wybod?'

'Pa fath o bersawr fyddai Madge — Romy — yn ei ddefnyddio?'

'Pa fath? Sut 'dach chi'n disgwyl i mi wybod hynny? Y math sy'n arogleuo!'

'Ie, Mr Allsopp,' meddai McKenna. 'Mae 'na arogl ar bersawr fel arfer, neu fel arall fyddai 'na fawr o bwynt ei ddefnyddio fo. Arogl beth oedd arno fo?'

'Iesu Grist! Rhyw fath o bethau blodeuog.'

'Pa flodau? Unrhyw rai yn arbennig?'

'O, Dduw! 'Dach chi fel blydi daeargi efo asgwrn! Fedra i ddim cofio.'

Clywai Jack lais Allsopp yn codi a gostwng, a thinc o anobaith ynddo. 'Meddyliwch,' meddai McKenna. 'Meddyliwch yn ôl. Ceisiwch feddwl am y poteli persawr, ble roedd hi'n eu cadw nhw, faint ohonyn nhw oedd 'na. Yna ceisiwch gofio'u hogla nhw. Oedd yn well gynnoch chi un na'r llall? Oeddech chi'n casáu unrhyw rai ohonyn nhw? Cymerwch eich amser. Oeddech chi'n cysylltu persawr arbennig gyda'r dillad fyddai hi'n eu gwisgo, neu'r llefydd fyddech chi'n mynd iddyn nhw efo'ch gilydd . . . pethau bach fel yna.' Taniodd sigarét o stwmp yr un roedd eisoes wedi'i smocio, a throelli ei gadair yn ôl ac ymlaen.

' 'Dach chi'n dal yna?'

'Dwi'n dal yma, Mr Allsopp.'

'Dwi'n dal i gofio un o hyd . . . oherwydd 'mod i'n ei gasáu o, a hithau'n mynnu'i ddefnyddio fo oherwydd ei bod hi'n deud ei bod hi'n ei hoffi o. A deud y gwir, byddai'n deud ei bod hi'n arbennig o hoff ohono fo am ei fod o'n gneud iddi deimlo'n arbennig.'

'Pam oeddech chi'n ei gasáu o?'

'Roedd o'n mynd i fyny 'nhrwyn i. Yn llythrennol! Gneud i mi gael ffitiau o disian a gneud i'm llygaid redeg.'

'Wyddoch chi be oedd ei enw fo?'

'Rhyw enw Ffrangeg . . . enwau Ffrangeg sy arnyn nhw i gyd, 'ntê?'

'Wel, sut fath o ogla oedd o felly?'

'Yn wironeddol gryf. Fel anasthetig efo blodau, os gwyddoch chi be dwi'n feddwl. Byddai Romy'n defnyddio gormod ohono, a'i chwistrellu drosti i gyd, er imi ddeud wrthi ei fod o'n gryf iawn. Fedrech chi ddim eistedd yn y car efo hi.'

'Unrhyw obaith ichi fedru adnabod y blodyn?'

'Dwi'm yn dda iawn ar y math yna o beth . . . anodd iawn deud . . . na fedrwn wir.'

'Shit!' ebychodd McKenna.

'Mae'n ddrwg gen i? Ddwetsoch chi rywbeth?'

'Mr Allsopp, mae hyn yn eithriadol bwysig. Dwi'n gwybod 'ch bod chi wedi syrffedu gweld plismyn, ond tybed fedrech chi neud ffafr â ni?'

'Mae'n debyg. Unrhyw beth i gael gwared â chi.'

'Anfona i rywun draw atoch chi cyn gynted â phosib gyda phersawr arbennig i chi ei synhwyro. Y cyfan hoffwn i wybod ydi ai hwnnw ydi'r un oeddech chi ddim yn ei hoffi.'

Chwarddodd Allsopp. 'Aros am ryw blydi fflat wadan efo potel o bersawr, felly?'

Dychwelodd Dewi ar ôl iddi hen droi chwech o'r gloch, wedi gadael y siwt gyda Dr Roberts. 'Gas gen i'r siopau dillad merched 'na,' cyhoeddodd, wrth suddo i gadair gyferbyn â desg McKenna. 'Maen nhw'n drewi o bersawr. Fedrwch chi ei arogleuo allan ar y stryd. Ddigon i godi pwys ar rywun.'

'Roedd Mr Allsopp yn deud fod un persawr oedd gan Romy yn gneud iddo fo disian. Ond, wrth gwrs, fedrai o ddim cofio p'run. Mae heddlu Swydd Derby yn cael potel o'r *Incarnat* yma iddo fo'i arogleuo.'

'Bydd yn rhaid iddyn nhw gael gafael arno fo i ddechrau, yn bydd? Doedd y genod yn Debenhams 'rioed wedi clywed amdano fo, geision nhw werthu Estee Lauder imi yn ei le o. Driais i yn Boots a'r fferyllwyr eraill, ond does 'na neb ym Mangor yn ei gadw fo. Beth bynnag, y siwt.' Agorodd ei lyfr nodiadau. 'Mae'r llyfr yma bron yn llawn, syr. Efo clecs hen ferched ran fwyaf.' Llaciodd ei dei. 'Dipyn cynhesach heno nag mae hi 'di bod hyd yn hyn. Ella fod 'na dipyn o haul go iawn ar y ffordd . . . Roedd Debenhams yn help mawr yn y pen draw. Dwedodd y prynwr mai rhyw dair blynedd yn ôl roedd y siwt ganddyn nhw; am un cyfnod yn unig fuon nhw'n eu gwerthu, a gwerthwyd rhai ohonyn nhw mewn sêl. Ugain siaced: tair maint 10, saith maint 12, chwech maint 14 — 12 a 14 oedd y rhai mwyaf poblogaidd — a phedair maint 16. Cyn i chi ddechrau gobeithio gormod, syr, fe ddywedodd y brynwraig nad oedd dim i ddangos i'r siaced gael ei phrynu ym Mangor. Mae hi'n meddwl eu bod nhw ar gael dros y wlad i gyd, ond fe holith hi'r brif swyddfa ble a phryd oedd y siaced yn cael ei gwerthu, a faint ohonyn nhw oedd ar gael.'

'A faint o help fydd hynny?'

'Mi fedrai gyfyngu ar y maes inni, syr.'

'Does gynnon ni ddim maes!' chwyrnodd McKenna. 'Does gynnon ni ddim byd ond llond sach o hen straeon, siwt merch, dau gorff, a blydi Jamie Llaw Flewog a'i gar benthyg!'

''Dach chi eisio i mi fynd i weld y Mr Stott 'na?'

'Dwi ddim wedi penderfynu beth i'w wneud efo fo eto. Rwyt ti'n gweithio'n hwyr heddiw, yn dwyt?'

'Ydw, syr. Tan ddeg.'

'Well iti fynd am dy de rŵan. Dwi'n mynd adref i fwydo'r gath.'

Roedd y gath yn ei chwman yn y gegin, yn bwyta'n fodlon uwch plataid o benfras ffres, tra arhosai McKenna i *lasagne* wedi'i rewi gynhesu, gan feddwl ar yr un pryd y dylai brynu llyfr coginio. Dylai ffonio Denise, ond penderfynodd petai'n gwneud hynny'n awr, efallai y byddai'r *lasagne* yn llosgi, a phe arhosai nes y byddai wedi bwyta, byddai'n cael ei gadw rhag dychwelyd i'w waith. Roedd arno angen amser i feddwl, i benderfynu beth i'w wneud, beth i'w ddweud, ac eisteddodd i fwyta'i bryd yn fecanyddol, heb gael fawr o flas, gan feddwl am ferched yn gyffredinol, yr hil ddirgelaidd, a Denise a Romy Cheney yn benodol. Eisteddodd y gath wrth ei draed, ac ymolchi'i hun yn lân. Roedd ei llygaid eisoes yn fwy bywiog, a'i chôt yn datblygu sglein.

'Mae Meri Ann eisio i chi fynd i'w gweld hi, syr,' cyfarchodd Dewi ef.

'Pam?'

'Deud y bydd 'na lofruddiaeth arall yn y pentre os nad ewch chi,' gwenodd Dewi. 'Rhywbeth ynglŷn â Beti Gloff, ond dim ond hanner y stori ges i oherwydd fod Meri Ann yn sibrwd i'r teleffon am fod Beti yn yr ystafell nesa.'

'O, Haleliwia!' rhedodd McKenna ei ddwylo drwy'i wallt. 'Be nesa, Dewi? Be nesa?'

'Maen nhw'n deud fod Beti'n gandryll o'i cho, syr, yn sôn am gymryd cyllell at ei gŵr. Rhywbeth ynglŷn â'r erthygl amdani hi yn y papur lleol heddiw, er na wn i ddim beth.'

'Well inni fynd i'w gweld hi felly. Ac ar y ffordd 'nôl, fe alwn ni i weld mêt Jamie.'

Canodd y teleffon wrth i McKenna gau drws y swyddfa. Swniai Allsopp yn flinedig. 'Nac'dw, dwi ddim wedi cael ymweliad gan unrhyw fflat wadan efo persawr, Mr McKenna. Gofiais i ar fy mhen fy hun heb unrhyw help gan neb, oherwydd dwi ddim wedi medru peidio meddwl ers pan ffonioch chi ac mae'r blydi ogla 'na wedi bod yn aros dan fy nhrwyn fel petai blydi ysbryd Romy'n cerdded o gwmpas wrth f'ochr i. A ga i ddeud pam wrthoch chi, Mr McKenna? Dwi'n siŵr 'ch bod chi eisio gwybod. Mae gen i ffiol o flodau yn f'ystafell fyw, ar y silff ben tân, a dwi 'di cynnau tân am fod Swydd Derby yn lle blydi oer ym mis Ebrill, ac mae gwres y tân yn tynnu arogl allan o'r blodau, er mai rhai wedi eu tyfu mewn tŷ gwydr ydyn nhw a heb fawr o ogla arnyn nhw. Blodau pinc a gwyn ydyn nhw, rhai del iawn, ond bod y gwres yn gneud i'r petalau droi'n frown braidd. Carnêsiyns ydyn nhw, Mr McKenna. Dyna ogla'r persawr. Carnêsiyns.'

Cododd McKenna'r ffôn, yn orfoleddus bron, a ffonio Jack, gan ei ddeffro o ganol cyntun o flaen y teledu. ' 'Dach chi'n sylweddoli be mae hyn yn 'i olygu? Nid yn unig mae gynnon ni'r siwt, cliw hollol bendant, ond fe fedrwn ni'n awr ei chysylltu hi'n syth â Romy Cheney. Be 'dach chi'n feddwl o hynna? Da, neu be?'

'Mae'n siŵr gen i . . . ddim llawer o fudd os na chawn ni hyd i wraig i ffitio'r siwt, ydi o? A pham y stwffiodd hi o dan y llawr?' Swniai Jack yn ddigalon. 'Dwi newydd feddwl am rywbeth.'

'Be?'

'Beth os nad y wraig wisgodd y siwt guddiodd hi?'

'Be 'dach chi'n feddwl?'

'Wel, beth petai hi'n dyst i'r hyn ddigwyddodd i Romy, a bod rhaid cael gwared â hithau hefyd felly, a'r llofrudd wedyn wedi stwffio'i dillad hi o dan y llawr. Allai'r wraig yma fod wedi cael ei chrogi hefyd. Allai hi fod yn hongian oddi ar goeden yn y coed, neu goeden mewn rhyw goedwig arall. Allai hi hyd yn oed fod wedi ei chladdu o dan y llawr pridd yn y gegin allan.'

'Wela i,' meddai McKenna'n araf. 'Pam na newch chi ddod draw i daflu bwcedaid o ddŵr oer yn fy wyneb i? Be dwi i fod i'w neud, y? Tynnu Bwthyn y Grocbren i lawr garreg wrth garreg, yna palu pob modfedd o stad Castell Crach i chwilio am gyrff allai fod yno neu beidio?'

'Does dim eisio bod fel'na!' cwynodd Jack. 'Dim ond syniad oedd o!'

'Allai fod gan Mr Tuttle bwynt, syr,' cynigiodd Dewi, wrth iddyn nhw yrru allan i bentref Salem.

'Wn i ella fod ganddo fo bwynt.' Roedd McKenna wedi dechrau crensian ei ddanned, sylwodd Dewi. 'Dyna pam fydd Wil Jones yn gweld pobl wrthi'n palu ger Bwthyn y Grocbren bore fory, a thithe ac amryw o bobl yn treulio'r diwrnod yn dyrnu'ch ffordd drwy'r coed yn chwilio am gyrff sydd ddim yn bod, mae'n siŵr.'

'Dim ots gen i, syr. Dwi'n hoffi bod allan yn yr awyr iach.'

Stopiodd McKenna ger gatiau'r ysgol, oedd bellach ar gau dros nos, a throi i edrych ar y swyddog ifanc wrth ei ochr. 'Weithiau fydda i'n meddwl nad wyt ti ddim yn rhyw ffel iawn, Dewi Prys. Dyna pam rwyt ti'n gyrru Jack Tuttle yn wallgo ar brydiau. Wel, mae hi'n mynd i fwrw glaw fory. Fedrwn i glywed y trenau'n glir pan o'n i'n cael te, a dim ond pan fydd glaw ar y ffordd y medra i neud hynny. Felly dwi'n gobeithio dy fod ti'n mwynhau tipyn o ddŵr efo dy awyr iach.'

'Rhyfedd ichi ddeud hynna, syr. Ro'n i'n meddwl mai dim ond hen bobol fel fy nain oedd yn gwybod eich bod chi'n clywed ymhellach pan fydd glaw o gwmpas. Mae hi'n deud ei bod hi'n gallu clywed cloc yr eglwys gadeiriol os bydd hi am ei thywallt hi, ac mae hwnnw o leiaf filltir i ffwrdd fel mae'r frân yn hedfan.'

'A sôn am frain,' meddai McKenna wrth iddo gloi'r

car, 'edrych ar yr holl frain 'na i fyny'n fan'na.' Roedd ffurfiau duon yn eu cwman ar hyd canghennau estynedig y coed uchel, yn edrych i lawr ar y bythynnod, yr eglwys, y fynwent a'r ddau ddyn, gan dywyllu'r awyr oedd eisoes yn brudd.

'Ac ar y gwifrau trydan. 'Sgwn i am be maen nhw'n aros?'

Crynodd McKenna. 'Dwi ddim yn hoffi'r lle 'ma. Ddois i yma'r diwrnod o'r blaen mewn heulwen lachar, a doedd hi'n ddim gwell yma nag ydi hi heddiw.'

'Mae Nain yn deud mai tir drygioni ydi o. Pobl yn deud i'r eglwys gael ei chodi yma i gadw'r drwg dan reolaeth.'

'Dydi o ddim fel petai'n gweithio'n rhy dda, nac ydi?'

Eisteddai Beti a Meri Ann yn ffenest ddi-lenni Meri Ann, un bob ochr i fwrdd bychan, fel dau jereniym mewn potyn, meddyliodd McKenna, wrth edrych arnyn nhw. 'Estyn gadeiriau i ti a Mr McKenna, Dewi,' meddai Meri Ann. 'Sgwrs o amgylch bwrdd ddylai hon fod.' Safai tebot dan orchudd gweu wedi'i staenio ar drybedd yng nghanol y bwrdd, a phlataid o fisgedi cwstard hufen a jam wrth ei ochr.

'Mae 'na helynt 'di bod,' meddai Meri Ann wrthyn nhw, 'rhyngddo fo a Beti, oherwydd fod Beti wedi cael ei llun yn y papur a phobl efo digon o feddwl o beth roedd hi'n 'i ddeud i'w roi o mewn print. Gwenwynllyd ddychrynllyd ydi o, oherwydd fod pobl y papur newydd yn meddwl fod Beti a Simeon o fwy o ddiddordeb na fo'n cael hyd i gorff druan a phawb yn gwybod ei fod o yno i unrhyw ffŵl ddod o hyd iddo.'

'Be mae o 'di neud, felly?' gofynnodd Dewi, gan gymryd y fisgeden jam olaf.

Agorodd Beti ei cheg i siarad. Cododd Meri Ann ei llaw. 'Gad ti lonydd i mi ddeud hyn, inni ei gael o'n iawn. Rŵan 'ta. Ynglŷn â gŵr Beti.'

'Oes gan John Jones ddim enw rhagor?' gofynnodd McKenna.

'Oes wrth gwrs! Ond dydi o ddim yn haeddu inni ei ddefnyddio fo ar ôl be wnaeth o heddiw. Ddaeth y papur lleol bore 'ma tra oedd Beti'n gneud ei negeseuau'n gynnar. Roedd y llipryn yna'n dal yn y tŷ, ac mae Beti'n deud nad oedd o ddim hyd yn oed wedi clirio'r llestri brecwast, heb sôn am eu golchi nhw.'

'Felly,' meddai Dewi. 'Pam mae Beti eisio rhoi'r gyllell fara yn ei berfedd o?'

Gwyliodd McKenna Beti. Eisteddai fel petai wedi cyffio, mor anhyblyg ag un o'r angylion marmor yn y fynwent, a dim ond ei llygaid yn dangos arwydd o fywyd, gan sgleinio o ddagrau heb eu colli yng ngolau'r lampau o barlwr Meri Ann.

'Ddechreuodd o arni hi, do?' meddai Meri Ann. 'Yn ei ffordd erchyll, sur, giaidd ei hun. Ei galw hi'n bob enw dan haul a deud nad oedd hi ddim ffit i fod yn wraig i unrhyw enaid parchus.' Cymerodd Meri Ann y sigarét gynigiodd McKenna. 'Pan ddwedodd Beti wrtho be oedd hi'n feddwl ohono fo, fe'i tarodd hi. Ar draws ei cheg.' Llymeitiodd ei the, a'i bys bach yn gam. 'Wn i nad ydi o ddim 'di gneud dim byd o'i le lle 'dach chi yn y cwestiwn, ond mae o 'di gneud rhywbeth i bechu yn erbyn y Bod Mawr, ac unrhyw berson agos i'w le.'

'Frifodd o chi, Beti?' gofynnodd McKenna i'r hen wraig.

Trodd hithau tuag ato, gan edrych drwy'r un llygad y medrai hi ei hoelio arno. Gwasgodd dagrau allan a llithro heb eu hatal i lawr y gruddiau crebachlyd, gan redeg i'r crychiadau dyfnion o bobtu'i cheg, a diferu oddi ar ei gên fechan, fain. Gwelodd McKenna ddüwch cleisio o dan y croen a faeddwyd gan oed, ac ôl clwy gwelw uwchben coler rhacslyd ei blows. Gwasgodd Dewi ei dwylo, a rhwbio'r cnawd oedd cyn deneued â phapur wrth sibrwd cysuron. Chwythodd Meri Ann fwg tua'r nenfwd. 'Chaiff hi ddim mynd yn ôl yno heno. Ond dwi'n poeni y daw o i chwilio amdani hi — mae o bownd o fod yn gwybod mai yma y bydd hi fwy na thebyg, ac wn i ddim be allai ddigwydd os daw o. Dwi'n poeni'n ofnadwy.'

'A be mae Beti'n mynd i'w neud yn y tymor hir, Meri Ann?' gofynnodd McKenna, gan ei holi'i hun pam roedden nhw'n siarad ynghylch Beti fel petai hi'n anghyfrifol.

'Wn i ddim,' cyfaddefodd Meri Ann. 'Nid dyma'r tro cynta iddo fo neud pethau creulon iddi hi . . . ond dyma'r tro cynta i Beti godi oddi ar ei phen-ôl, os 'dach chi'n deall be dwi'n feddwl, a ddim wedi diodde popeth yn ddistaw.'

'Gwell hwyr na hwyrach, yntê Beti?' Tynnodd Dewi hances wedi ei phlygu o'i boced, ei hysgwyd ar agor, a'i rhoi iddi. 'Sychwch eich llygaid, 'mach i. Aiff Mr McKenna a fi i gael gair efo John Jones.'

Cododd McKenna ar ei draed. 'Ddwedwn ni wrtho fo am gadw draw nes byddwch chi wedi penderfynu be 'dach chi am 'i neud. Os digwyddith rhywbeth, ffoniwch y swyddfa. Drefna i i rywun ddod draw'r munud hwnnnw.'

Crynodd ceg Beti gyda chysgod gwên.

Yn y car, cydiodd McKenna yn y teleffon a dyrnu rhif allan, 'Pwy 'dach chi'n ffonio, syr?' gofynnodd Dewi. 'Y Gwasanaethau Cymdeithasol?'

'Dim blydi ffiars o beryg!' chwyrnodd McKenna. 'Be ti'n feddwl fydden nhw'n 'i neud efo hi, y? Aen nhw â hi i Ward Gwynfryn, a'i rhoi hi o dan glo am ei bod hi'n bygwth brifo'r cena di-ddim yna.'

Tra oedd McKenna'n siarad ar y teleffon, eisteddodd Dewi'n ddistaw, gan syllu drwy'r ffenest flaen ar yr awyr yn tywyllu uwchben twr yr eglwys, a hanner gwrando, hanner peidio.

'Fedrwch chi neud hynna, syr?' gofynnodd. 'Ydi o ddim yn groes i reolau? Fedrwn ni ddim yn hawdd iawn arestio John Beti oherwydd y corff yna dim ond am iddo roi clustan i'w wraig.'

Cerddodd y ddau ddyn i lawr y llwybr tuag at fwthyn Beti, a Dewi yn sgleinio golau'r fflachlamp ar foncyffion coed yn llewyrchu'n arian drwy'r cyfnos, gan ddychryn anifeiliaid bychain yn y llwyni.

'Chaiff John Jones mo'i arestio os bydd o'n cadw'i ddwylo iddo fo'i hun ac yn cau ei hen geg front,' meddai McKenna. 'A gan na fydd neb ond ti a fi a'r cyrff yn y fynwent yn gwybod amdano fo mewn unrhyw ffordd, does dim ots nad ydi o ar ddu a gwyn yn y Beibl Cysegr-Lân na fedrir ei neud, nac ydi?'

Segurai John Jones yn yr ystafell oedd yn barlwr a chegin iddo fo a Beti, a chan o gwrw yn ei law a gweddillion brecwast, cinio a the ar y bwrdd. Gorlifai llestri budron yn y sinc. Drewai'r ystafell o ddim byd yn arbennig heblaw bod dynol budr, arogl rhywun heb ymolchi a dillad heb eu golchi, gwallt chwyslyd a thyllau ceseiliau surion.

'Be tisio, Dewi ffycin Prys?' gofynnodd, wrth i Dewi a McKenna gerdded i mewn.

'Ddaethon ni i ddeud wrthoch chi am gadw draw oddi wrth Beti,' meddai McKenna'n gwrtais.

Crechwenodd gŵr Beti. 'Gyrru'r glas ar f'ôl i rŵan, ydi hi? Dipyn o newid o'r hen wrach 'na i fyny'r ffordd, debyg. A be dwi i fod 'di neud iddi hi?'

'Ei gwawdio hi,' meddai McKenna, wrth bwyso dros y dyn. 'A'i tharo hi.'

'Felly ydi hynny'n drosedd rŵan, ydi o? Chaiff dyn ddim cadw'i wraig mewn trefn y dyddiau 'ma?'

Pwysodd Dewi ar gilbost y drws. 'Dibynnu be sy'n digwydd. Dibynnu be mae o'n neud iddi hi, John Jones.'

'Pam nad ei di i ffycio dy hun?'

'Pam na chaewch chi'ch ceg a rhoi cyfle i dwll 'ch tin, 'rhen ddyn?' gofynnodd Dewi. 'Gwrandewch ar y Prif Arolygydd yn fan'ma. Mae o'n deud wrthoch chi am adael llonydd i Beti.'

'Felly pam na ffyciwch chi'ch dau yn ôl i ble daethoch chi? Fydd dim rhaid i mi gwyno wedyn wrth y Cynghorydd Williams ynglŷn â fel dwi'n cael poen gan y ffycin glas am neud dim byd ond cael hyd i gorff maen nhw'n rhy ffycin ara deg i gael hyd iddo'u hunain. Fasa'r Cynghorydd Williams ddim yn hoffi clywed hynna. Ddim o gwbl.'

Camodd Dewi ymlaen ymhellach. 'Wel, 'rhen ddyn, os 'dach chi'n mynd i gwyno wrth y Cynghorydd

Williams, waeth ichi gael rhywbeth i gwyno yn ei gylch ddim.'

'Dewi!' rhybuddiodd McKenna.

'O, dowch 'laen, syr! Mae o'n gneud i mi fod eisio chwydu! Mae ganddo fo'r blydi *cheek* i ddeud pethau sbeitlyd am Beti, a 'drychwch arno fo! Fawr o bictiwr, nac ydi? A'r drewdod sy arno fo!' Edrychodd Dewi i fyny ac i lawr ar John Jones. 'Gen i biti dros Beti, oes wir! Meddyliwch am weld hwnna'n gorwedd wrth eich ymyl chi'n y nos!'

Neidiodd yr hen ddyn ar ei draed, yn cythru am Dewi. 'Hwrgi!' poerodd.

Cydiodd Dewi yn ei wddf. 'Does 'na neb yn cael 'ngalw i'n hynna!' Rhoddodd sgytfa i John Jones, gan wneud i'w ben siglo'n ôl a blaen ar ei wddw tenau.

Gwahanodd McKenna hwy, gan wthio gŵr Beti, yn gandryll fel ceiliog twrci, yn ôl i'w gadair, a dal Dewi hyd braich. 'Rhowch y gorau iddi! Y ddau ohonoch chi!' Llusgodd Dewi tuag at y drws. 'Aros tu allan!' Wrth yr hen ddyn, chwyrnodd McKenna, 'Ewch chi o fewn canllath i Beti, ac mi ro i chi o dan glo. 'Dach chi'n deall? A dim ots gen i faint o helynt fydd yna efo chi na'ch blydi ffrindiau ffansi.'

Clepiodd y drws ar gau'n hegar y tu cefn iddo, a gwthiodd Dewi i lawr y llwybr. 'Ti'n blydi ffŵl, Dewi Prys! Paid ti â meiddio ymddwyn fel yna eto! Ti'n deall? Dydi fy swyddogion i ddim yn ymddwyn fel blydi daeargwn mewn ffau llwynog.'

Safodd Dewi yn nhywyllwch y llwybr ger y fynwent, a'i wyneb yn ystyfnig yng ngolau'i fflachlamp. 'Dim ots gen i!' chwyrnodd. 'Roedd y blydi bastard yn gofyn amdani! Ddylai o fod yn crogi ar ryw goeden efo rhaff rownd ei hen wddw hyll! Sut gallai unrhyw un fod mor erchyll efo Beti?'

'Dewi, Dewi!' ochneidiodd McKenna. 'Maen nhw wedi priodi'i gilydd yn tydyn? Wyddost ti ddim be sy'n digwydd rhyngddyn nhw. Ŵyr neb be sy'n digwydd ym mhriodasau pobl.' Cerddodd y ddau yn araf i fyny'r lwybr. 'Ochraist ti efo un, a ddylien ni ddim gneud hynny. Nid dyna'n gwaith ni.'

Stopiodd Dewi'n stond. Edrychai'n hynod o gas. 'Dwi bob amser wedi'ch parchu chi, Mr McKenna. Os nad ydi o'n waith i ni ochri efo rhywun, pam 'dan ni yma heno?'

'Rhwystro trosedd.'

'Wel!' Brasgamodd Dewi ymaith. 'Fe fyddai'n cyfri fel rhwystro trosedd petawn i'n dyrnu ei hen ben cachlyd o i mewn i'r wal, felly, yn byddai? Syr!'

Pwysodd McKenna yn erbyn y wal, gan chwilota ym mhoced ei siaced am sigarennau a thaniwr. Wrth chwythu mwg i aer glòs y nos, a hwnnw'n aros i loetran uwch ei ben fel ectoplasm yn hidlo o fedd cyfagos, meddyliodd am natur y Celt, pwnc y traethai Jack yn huawdl arno o bryd i'w gilydd, gan ei fod o'r farn ei fod yn byw ymysg llwythau cwerylgar, terfysglyd. Ni fedrai Jack amgyffred y ddeuoliaeth a lechai yng nghalonnau'r Cymry. Ni ddeallai'r chwerwder a etifeddwyd ganddynt a'r diffyg ymddiriedaeth a adawyd gan ganrifoedd o ormes ac anghyfiawnder, ac ni fedrai weld pam fod yr hen etifeddiaeth yna'n drech na'r haen denau o ymddygiad gwareiddiedig. Ni ddeallai'r dial chwim a etifeddwyd gan un genhedlaeth ar ôl y llall a dynion fel McKenna neu Dewi'n etifeddu'r un nodwedd. Ni welai chwaith ddim byd o'i le yn y ffaith mai eu gwaith nhw oedd cadw a gorfodi cyfraith llywodraeth estron. Gorffennodd McKenna ei sigarét, a diffodd y stwmp golau mewn pentwr o ddail pydredig. Wrth gerdded i fyny'r llwybr dan amdo'r nos, a chael cip yn unig ar ychydig sêr rhwng cysgod y coed, meddyliodd tybed faint fyddai hi cyn i drallodion Ulster wreiddio yn enaid toreithiog Cymru.

Roedd coed yn siffrwd o'i amgylch; gwelodd ffurf welw tylluan yn hedfan drwy'r brigau, teimlodd guriad ei hadenydd anferth ar yr awyr. Y tu hwnt i'r wal, dawnsiai cannwyll corff yn y fynwent. Jacolantarn, meddyliodd McKenna, neu efallai eneidiau plant marw-anedig, yn gaeth i'r ddaear ac yn hofran drwy dragwyddoldeb rhwng Nef ac Uffern. Dilynodd ei gysgod ôl ei draed, fel petai'n dod yn fyw ac yn sibrwd y tu cefn iddo. Teimlai wallt ei ben yn codi, arhosai am anadl oer ar gefn ei wddf, ac am y bysedd rhewllyd yn cyffwrdd â'i wyneb. Cerddodd yn bwyllog, gan wrthod edrych y tu cefn iddo, a gwrthod rhedeg. Dawnsiodd llewyrch fflachlamp Dewi o flaen ei draed. 'Meddwl 'ch bod chi 'di mynd ar goll, syr,' meddai'r bachgen, gan arwain y ffordd yn ôl at gar McKenna. Wrth iddyn nhw gau'r gwregysau, ymddiheurodd. 'Ddrwg gen i i mi wylltio'n fan'na, syr. 'Rhen ddyn 'na 'ngneud i'n wallgo.' Wrth edrych drwy ffenest gefn y car a McKenna'n gyrru allan o'r pentref, ychwanegodd, 'Wyddoch chi be, syr, allwn i dyngu fod 'na rywun tu cefn i chi ar y llwybr gynna.'

## Pennod 18

'*Cui bono.*' Hamddenai Eifion Roberts yn swyddfa McKenna, a golau haul llachar y bore y tu cefn i'r bleinds Fenis yn taflu rhesi ar y waliau, y lloriau a'r dodrefn.

'Be ddwetsoch chi?' gofynnodd McKenna.

'*Cui bono.* Ei ystyr ydi . . .'

'Wn i be ydi ei ystyr o!' meddai McKenna'n bigog. 'Newch chi roi'r gorau i siglo'n ôl ac ymlaen ar y gadair 'na? 'Dach chi'n rhy dew. Be dwi i fod i'w ddeud wrth y pencadlys os torrwch chi'r coesau?'

'Tydan ni mewn tymer ddrwg bore 'ma? Wedi codi o'r ochr chwith i'r gwely?'

'Meindiwch 'ch busnes 'ch hun.'

Cydiodd Dr Roberts yn ei fygaid te. 'Helynt merched, McKenna.'

'Dwi'n blydi gwybod hynny!'

'Be oeddwn i'n feddwl oedd, 'dach chi ddim yn cael dim,' chwarddodd y patholegydd. 'Neb i gael eich coes drosti.'

'Ydi'n rhaid i chi fod mor afiach o goman?' chwyrnodd McKenna.

'Rhyw ydi rhyw ydi rhyw, Michael, pa iaith ffansi bynnag wisgwch chi amdano. Beth bynnag,' cilwenodd, 'mae'n ffaith feddygol wybyddus iawn fod gormod o hadau heb eu gollwng yn anfon corff yn lloerig bost mewn nesa peth i ddim o amser. Dyna pam nad oedd Onan yn y Beibl ddim cyn belled oddi ar y marc ag roedd Duw yn hawlio'i fod o. Gwell allan nag i mewn, fel maen nhw'n deud.' Dewisodd fisgeden arall oddi ar y plât ar ddesg McKenna. 'Roedd 'na achos yn Llanrwst neu Ruthun pan oedd Cwin Vic yn teyrnasu dros y tir 'ma. Fe lofruddiodd bachgen eneth oherwydd ei fod o dros ei ben a'i glustiau mewn cariad â hi a hithau'n mynd i briodi rhywun arall. Hacio'i phen hi'r ffordd hyn a'r ffordd arall nes bu bron i'w phen hi syrthio, yna i ffwrdd â fo i gyfaddef i'r plismon lleol.'

'Be wedyn?'

'Chafodd o mo'i grogi,' meddai Dr Roberts. 'Fe dystiodd yr holl feddygon amlwg 'ma yn y prawf ei fod o'n dioddef o'r un peth yn union â chi ac fe'u gyrron nhw fo i Broadmoor.'

'Wela i.' Symudodd McKenna'r papurau ar ei ddesg. 'Ac o be dwi'n diodde?' gofynnodd. 'Pa berlau o ddoethineb meddygol sydd ar fin glafoerio a slotian dros eich gwefusau bach tewion chi? Pam na ddywedwch chi? Yna gewch chi 'i blydi gwadnu hi i mi gael heddwch i neud tipyn o waith.'

Chwarddodd Roberts. 'Fedrwch chi fod mor annymunol, Michael, bron nad ydi'n bleser gwrando arnoch chi! Gwawdiwch os mynnwch chi. Gewch chi watwar hynny fynnwch chi. Ond gnewch rywbeth ynglŷn ag o, a gewch chi weld gymaint gwell fyddwch chi'n teimlo wedyn. Hynny yw, wrth gwrs,' edrychodd yn slei a maleisus i gyfeiriad McKenna, 'os medrwch chi gael hyd i rywun yn fodlon 'ch cymryd chi. Beth am yr heddferch fach landeg yna symudoch chi o Gaergybi? Ganddi hi din fach ddel. Wnâi o fyd o les ichi ddatod eich staes moesol, fel petai. 'Dach chi'n crwydro o gwmpas fel gwyryf Fictoraidd yn cael pwl o sictod pan fydd rhywun yn sôn am ryw.' Gwenodd. 'RH-Y-W, Michael McKenna. Fel popeth, mewn cymedroldeb, fe all fod yn llesol ichi.' Difrifolodd yn sydyn ac ychwanegu, 'Dwedwch wrtha i am beidio busnesu, ond ai dyna beth aeth o'i le rhyngoch chi a Denise? Fedra i ddim peidio'ch gweld chi'n llawn euogrwydd Pabyddol ynglŷn â materion y cnawd.'

Gwingodd McKenna. 'Dwi ddim eisio siarad am Denise. Mae hi'n dod draw heno, a does gen i ddim syniad be i'w ddeud wrthi.'

'Gadewch iddi hi siarad, felly. Dwi wedi sylweddoli mai dyna'r ffordd orau efo merched bob amser . . . 'Dach chi ddim wedi ateb 'y nghwestiwn i.'

'A deud y gwir, Eifion,' meddai McKenna, 'dwi eisoes wedi ymbellhau oddi wrth y gwallgofddyn arbennig yna.'

'Pa wallgofddyn?'

'Mae Socrates wedi deud fod yr ysfa rywiol ddynol fel bod ynghlwm wrth wallgofddyn.'

'Ddaru o?' Rhythodd Dr Roberts ar McKenna. 'Mae ganddo fo lawer i fod yn atebol drosto, yn does? Bron gymaint â'r hen dwyllwr o seicoddadansoddwr yna o Fiena. Mae'n rhaid mai dyna ble cafodd yr holl bobl sanctaidd y syniad o ddefnyddio euogrwydd fel pastwn i gadw trefn ar yr holl odinebwyr a gwallgofion yn ein cymdeithas. A pham y cafodd Betty Prout fach a'i thebyg eu hel o'i phentref oherwydd ei bod hi'n disgwyl, a dim modrwy ar ei bys . . . Fe daflodd hi ei babi i lawr i bydew yn y diwedd, i gael gwared â'r euogrwydd a'r gwarth, ac os mai dyna ydi'r gorau fedr Duw ei neud i bobl, ddylai fod ganddo Fo gywilydd.'

'Fawr o dro'n ôl, fyddech chi 'di cael eich llosgi fel heretic.'

'Wedi 'nghofnodi mewn hanes,' cytunodd y patholegydd. 'Wedi 'nghrogi fel y Tad Pabyddol

William Davies. Fetia i na ddysgoch chi amdano fo yn yr eglwys, naddo? Dim ond merthyr o Gymro oedd o. Ddim yn hollol 'run fath â merthyr o Sais.'

'Be naeth o?'

'Pechu yn erbyn Ei Mawrhydi Hollalluog Elisabeth y Cyntaf o Loegr drwy fod yn Babydd ac yn falch o hynny. Fe'u crogon nhw fo yng nghastell Biwmares yn 1593 a gwrthododd pawb lleol fod yn grogwr, na gadael iddyn nhw gael coed i godi crocbren, felly fe ddaethon nhw â'r pren o Gaer. Fe dorron nhw'r creadur bach i lawr, ei gerfio fo'n bedwar darn taclus, ac arddangos chwarter yng Nghaernarfon, Llwydlo, Conwy a Biwmares. Does dim rhaid deud,' ychwanegodd gan wenu'n gam, 'does gan William Davies ddim bedd! A sôn am bobl yn pydru yng ngolwg pawb, beth am y cyrff yn crogi ar groesffyrdd, a brain yn hedfan dros 'ch pen efo llygaid rhywun wedi eu gwasgu yn eu pigau . . . fyddai Romy ni 'di teimlo'i bod hi mewn cwmni da, yn byddai?' Yfodd y gegaid olaf o'i de, sychodd ei geg â hances bapur o'r bocs ar ddesg McKenna. 'A deud y gwir, dod yma i siarad am Romy wnes i.'

'Beth amdani hi?' gofynnodd McKenna. 'Rhywbeth ynglŷn â'r siwt?'

'Na, gawsoch chi'ch tipyn o lwc efo honno. Rŵan, mi fydd yn rhaid i chi ddod o hyd i rywun efo tuedd i ddwyn persawr pobl eraill i ffitio i mewn iddi,' meddai'r patholegydd. 'Ac, wrth gwrs, os gnewch chi, ella y dysgwch chi i'r wraig dwchu neu deneuo yn ystod yr ychydig fisoedd olaf . . . Daliwch i gredu, Michael. Ddaw o i gyd i ben ryw ddiwrnod.'

'Be mae hynna i fod i'w feddwl? Ydw i i fod i edrych

ymlaen at farw, oherwydd nad oes 'na ddiawl o ddim byd arall i edrych ymlaen ato?'

' 'Dan ni i gyd yn yr un cwch, yn tydan? Aros i groesi'r afon Stycs cyn gynted ag y bydd Charon yn nodio'i ben . . . Sut 'dach chi'n bwriadu cael gwybod pwy ddathlodd ar gorn Romy?'

'Dwi'n aros i Owen Griffiths benderfynu 'dan ni am gychwyn codi'r lloriau ym Mwthyn y Grocbren ai peidio a chribinio'r blydi coed 'na. Gafodd Jack Tuttle y syniad lloerig fod perchennog y siwt yn pydru yn rhywle fel ei mêt Romy.'

'Pam?'

'Oherwydd ella'i bod hi wedi gweld pwy bynnag laddodd Romy ac felly fod rhaid cael gwared â hi.'

'Ddim yn ffitio, rywfodd, a pheidiwch â gofyn imi pam, 'chos wn i ddim. Dwi ddim yn meddwl mai gwaith merched ydi hyn,' meddai Dr Roberts. 'Mae 'na ryw deimlad mai merched sydd wrth wraidd y cyfan, a'r dynion ddim yn cyfri . . . Mae Allsopp fel rhyw dderyn brith, yn yr ystyr fod Romy wedi hedfan heibio iddo a'i adael o ar ôl gollwng tipyn o gachu ar ei ben. Ar ôl cael gwared â'i gŵr mewn damwain car, yn eitha cyfiawn efallai. Mae Simeon, os medrwch chi lyncu'r straeon, yn ymlwybro drwy'r canrifoedd fel rhyw fachgen gwallgo yn ei arddegau yn chwilio am ei fusus, a honno, fwy na thebyg, wedi lluchio'u plentyn bach nhw i lawr y grisiau. Yna mae'r hen ferched yna yn y pentref efo'u straeon . . . mae'r dynion yn cael gormod o fai i allu gneud fawr ddim.'

'Dial?' awgrymodd McKenna.

'Be ddwedais i o'r blaen. *Cui bono*? Y cymhelliad hynaf o'r cyfan.'

'Wn i ddim,' cyfaddefodd McKenna. 'Pwy sydd ar

ei ennill o farwolaeth Romy . . .? Soniodd y cyfreithiwr 'run gair am ewyllys.'

'Yna 'swn i'n meddwl mai pwy bynnag fydd yn medru cael eu pump budron ar beth bynnag oedd ganddi hi. Biti na fedrai'i chyfreithiwr hi ddeud wrthoch chi lle roedd ei chyfri banc hi, 'ntê? Oedd hi'n talu iddo fo mewn arian parod fel roedd hi'n talu'r rhent?' Cododd Dr Roberts ar ei draed. 'Well i mi fynd.' Brwsiodd friwsion bisgedi oddi ar labedau ei siaced. 'Dwi'n disgwyl i'r esgob ei hun, neb llai, i ddeud wrtha i be sy'n mynd i ddigwydd i Rebekah.'

' 'Di hi ddim 'di troi'n llwch felly?'

'Naddo.' Gwenodd y patholegydd. 'Fedrwn i ei chwarteru hi, medrwn? Rhoi darn neu ddau bob un iddyn nhw . . . ond ffrwgwd fyddai yna o hyd, 'ntê?' Ochneidiodd. 'Mwy na thebyg fe fydden nhw'n ffraeo ynglŷn â hyn hyd dragwyddoldeb.'

Cymerodd Jack arno ei fod yn siomedig i'w awgrym gael ei droi heibio. 'Does gynnon ni ddim sail i feddwl fod y wraig arall yma wedi marw, Jack,' meddai McKenna. 'Wnaiff y pencadlys ddim rhoi sêl bendith ar y gost na'r defnydd o ddynion i dyllu na chwilio mwy os na fedrwn ni ddangos rheswm da dros neud hynny. A fedrwn ni ddim.'

'Dyna'r esboniad mwyaf tebygol.'

'Nage, a deud y gwir, syr,' cynigiodd Dewi. 'Mae'n fwy na thebyg fod y wraig yma wedi lladd Romy a chuddio'r siwt oherwydd bod rhywun 'di ei gweld hi'n ei gwisgo hi pan oedd hi efo Romy, ac mae'n eithaf arbennig oherwydd fe wyddon ni mai dim ond ugain o siacedi fel yna oedd gan Debenhams ar gyfer Gogledd Cymru i gyd o Bwllheli i Gaer.'

'CAU DY GEG!' rhuodd Jack. 'CAU DY BLYDI CEG!'

'Allai Dewi fod yn iawn, Jack.'

'Drwy lygad plismon!' ffrwydrodd Jack. 'Wn i ddim sut 'dach chi'n ei ddiodde fo. Mae'n mynd ar fy blydi nerfau i!'

Dyrnodd McKenna'i fysedd ar lyw'r car, ac aros i'r tryc cymalog symud i Ffordd Glynne, ac i fyny at archfarchnad Kwik Save. 'Mae hynny'n berffaith amlwg, ond wir does dim rhaid ichi fod mor arw hefo'r hogyn. Mae ganddo fo rai syniadau da.' Edrychodd ar Jack. 'Rhowch newid bach ar yr wyneb 'na, Jack! Mae golwg y fall arnoch chi!'

'Ella fod Dewi Prys yn glyfar, ond mae o'r un mor gegog ac yn dangos ei hun gymaint bob dipyn â Jamie Llaw Flewog. Maen nhw fel rhyw fath o blydi efeilliaid, un bob ochr i'r gyfraith . . . pam nad ydi Jamie ddim yn siarad Cymraeg? Dim ond 'chydig ddrysau sy rhwng cartrefi'r ddau.'

Cododd McKenna'i ysgwyddau. ' 'Run rheswm pam nad ydi hanner y Cymry yng Ngogledd Cymru ddim yn siarad Cymraeg, mae'n debyg. 'Dach chi'n mynd i ddechrau dysgu?'

Gwnaeth Jack wyneb. ' 'Sgen i'm llawer o ddewis mae'n debyg os dwisio aros o gwmpas fan'ma. Mae gynnon ni ddigon i'w neud yn ceisio cadw trefn yn lleol heb orfod dysgu Cymraeg.'

'Polisi, Jack,' meddai McKenna. 'Dydi'r pŵerau fry ddim yn meiddio cynhyrfu Cymdeithas yr Iaith, ac maen nhw eisio i bawb yng Nghymru siarad Cymraeg. Ac mae croeso i bawb sy ddim yn hoffi'r syniad i'w gwadnu hi dros y ffin.'

'Popeth wedi mynd yn boliticaidd galed, yn tydi? Ddigon agos i fod yn ffasgaidd, os gofynnwch chi i mi . . . Fasa dim ots gen i petai Cymraeg ddim mor blydi anodd. Dwi ddim yn gwybod sut 'dach chi'n cael 'ch tafod rownd rhai o'r geiriau. Dydi Owen Griffiths ddim yn siarad Cymraeg, nac ydi? Chlywais i 'rioed am neb yn trio'i orfodi o i ddysgu.'

'Naddo, Jack, ond mae o'n arolygwr.' Cliriodd y ffordd o'u blaenau o'r diwedd, a chyflymodd McKenna heibio i'r pwll nofio. 'Beth bynnag, dydi o ddim mor anodd â Saesneg. Wyddet ti fod 'na fongols a rhai isnormal yn ddwyieithog? Gneud ichi feddwl, yn tydi?'

' 'Dach chi ddim i fod i ddeud mongols a rhai isnormal. Mae hynna'n anghywir iawn yn boliticaidd.'

'Be arall 'dach chi i fod i'w galw nhw?'

'Wn i ddim,' cyfaddefodd Jack. 'Pobl ag anawsterau dysgu?' awgrymodd. 'Ble 'dan ni'n mynd?'

'I weld Mr Stott.'

'Wel, 'dach chi wedi mynd heibio'r fynedfa i'r Pendist.'

'Fydd o yn ei waith, yn bydd. Yn dangos gogoniannau Castell Crach i ymwelwyr.'

Codai holrwth anferth y castell i fyny i awyr las lachar, a'r garreg lwyd a'r llwybrau cysgodol a'r addurniadau mewn cysgod dwfn galarus. Pwysodd McKenna ei freichiau ar ddrws y car, a'r heulwen yn taro goleuadau euraid yn ei wallt. 'Mae'r lle yma, Jack, wedi ei godi ar waed. Chollwn i 'run deigryn petai terfysgwyr ein gwlad yn ei sarnu'n bentwr o adfeilion a lludw.'

'Hynna'n ddeud treisgar iawn. Be arall oedd y bobl

leol i fod i'w neud heblaw gweithio i arglwydd y castell? Llwgu?'

'Roedd y Cymry'n llwgu beth bynnag. Ond heb unrhyw urddas.'

'Dwi ddim yn meddwl,' sylwodd Jack, 'fod 'na byth unrhyw urddas mewn tlodi a llwgu. 'Dach chi? Dowch 'laen. Dwisio cael golwg ar gariad Jamie.'

Wrth aros am Christopher Stott mewn ystafell fawr uchel yn edrych dros gefn tir y castell, lle porai mamogiaid ac ŵyn ar gaeau'n tonni tuag at y môr yn y pellter, syllodd Jack ar y darluniau olew tywyll, yn eu fframiau euraid wedi pylu, yn hongian ar y waliau cerrig llwm. Sychodd ei fys ar draws y dodrefn derw trymion, y pren yn dywyll o henaint a chŵyr, a'i draed yn gwneud trywydd ar drwch melfedaidd y carped o wal i wal. 'Sut mae'r hanner arall yn byw, 'ntê?' meddai. 'Fetia i fod y lle 'ma'n oerach na mortiwari Eifion Roberts yn y gaeaf.'

'Ddim mor gynnes ar y funud, chwaith, nac ydi?' Crynodd McKenna ryw ychydig wrth syllu allan drwy'r ffenest. 'Golygfa fendigedig o fan'ma, Jack. Fedrwch chi weld y rhododendrons.'

Llithrodd dyn tal, tenau efo locsyn bychan i'r ystafell. 'Roeddech chi eisio 'ngweld i?' gofynnodd, gan edrych o'wrth Jack at McKenna.

'Chi ydi Christopher Stott?' gofynnodd McKenna.

Nodiodd y dyn, a'i gorff yn siglo o ochr i ochr gyda symudiad ei ben, fel glasbren yn y gwynt. Edrychai'n wantan a gwelw, fel petai wedi cael ei gadw mewn cwpwrdd tywyll am flynyddoedd lawer, a'i gorff wedi ymestyn: coesyn planhigyn yn chwilio am lygedyn o olau. Roedd golwg nychlyd rhywun yn byw dan straen cyson wedi pylu ei lygaid a thynnu'r lliw o'i groen.

'Be 'dach chi eisio?' gofynnodd. 'Dydi fy mhennaeth i ddim yn hoffi i'r staff gael ymwelwyr.' Gosododd ei hun yn ofalus ar ymyl un o'r cadeiriau trwchus, ei bengliniau'n dynn at ei gilydd, a'i ddwylo'n ddyrnau tynn ar ei lin. Syllodd McKenna, tra oedd Jack yn sôn am geir ac ymholiadau, a meddwl tybed nad oedd Jack yn iawn fod Christopher Stott yn gariad i rywun, os nad i Jamie.

'Mr Stott,' meddai McKenna, ' 'dan ni ar ddeall ichi werthu'ch car i gymydog yn ddiweddar. 'Dan ni hefyd ar ddeall y byddech chi'n arfer gadael i rywun gael benthyg y car, a bod y trefniant yma'n para o hyd.' Clywai McKenna ei hun yn swnio'n rhwysgfawr. 'Ella yr hoffech chi ddeud wrthon ni pam.'

'Pam be?' Edrychodd Stott drachefn o'r naill i'r llall, a chuwch yn torri i mewn i'r croen sych yr olwg ar ei dalcen.

'Pam ichi roi benthyg y car i Jamie Llaw Flewog!' chwyrnodd Jack. 'Be ydi'ch dyled chi iddo fo?'

'Jamie Llaw Flewog?' Cododd Stott ei aeliau. 'Jamie Wright 'dach chi'n feddwl? Dydi hynna ddim yn ffordd glên iawn o gyfeirio ato, nac ydi?'

Roedd y dyn yn fursennaidd. Fedrai McKenna ddim meddwl am air arall i'w ddisgrifio. 'Mae Jamie YN blydi lleidr!' gwaeddodd Jack. 'Dyna sut y cafodd o'i enw.'

Torrodd McKenna ar ei draws. 'Mr Stott, mae mater y car wedi codi yng nghwrs ymholiadau eraill. Ac mae'n rhaid i ni egluro unrhyw ymholiadau ynglŷn â'r cerbyd yma.'

'O.' Cymerodd Stott amser i lyncu'r geiriau. 'Pa ymholiadau 'dach chi'n eu gneud?'

'Dwi newydd ddeud wrthach chi, do?' Swniai Jack

wedi'i gythruddo. 'Pam ddaru chi roi ei fenthyg o i Jamie?'

'Pam lai? Do'n i ddim yn ymwybodol ei fod o'n drosedd i roi benthyg car i ffrind.' Sylwodd McKenna ar y grechwen ar y gwefusau tenau y tu cefn i'r locsyn bach tila, wrth i Stott ateb.

Pesychodd McKenna. 'Be hoffen ni wybod, Mr Stott, ydi pam fod Jamie yn ffrind i chi?'

'Wir!' Cuchiodd y geg denau mewn diflastod. 'Am gwestiwn! Ac am wastraff ar amser prin yr heddlu, heb sôn am f'amser i, i ddod yma i ofyn y fath gwestiwn.' Ffromodd Christopher Stott mewn dicter. O'i wylio, gwelodd McKenna ofn y tu cefn i'r bygwth. Eisteddodd, a phwyso ymlaen.

'Mae'n fy mhoeni i braidd, Mr Stott,' meddai, 'fod person ufudd i'r gyfraith, hyd y gwyddon ni, yn gymaint o ffrindiau efo rhywun o gefndir Jamie ac yn rhoi bethyg car drud iawn i rywun fath â fo. Ac,' ychwanegodd, gan wylio llygaid Stott, 'mae'n fy mhoeni i fwy fyth bod y cerbyd yma'n dal i gael ei roi ar fenthyg, hyd yn oed wedi i'r car gael perchennog newydd.'

Ymlaciodd Stott. 'Os ydi Jamie'n dal i gael benthyg y car, does 'nelo fo ddim byd â fi. Pam na ofynnwch chi i'r perchennog newydd?'

'O, fe nawn ni,' meddai McKenna. 'Ond y munud yma, 'dan ni'n gofyn i chi.'

'Dwi eisoes wedi deud na fedra i mo'ch helpu chi. Y cyfan 'nes i oedd gadael i'r hogyn gael benthyg y car unwaith neu ddwy, rai blynyddoedd yn ôl.'

'Sawl blwyddyn yn ôl?' mynnodd Jack. 'A pham?'

'Dwy, dair blynedd yn ôl . . .' meddai Stott. 'Werthais i o'r llynedd fel 'dach chi'n gwybod, mae'n siŵr. Ac,' ochneidiodd, 'os ydi'n rhaid i chi gael gwybod, cafodd Jamie ei fenthyg o oherwydd iddo roi help llaw i mi neud hyn a'r llall yn yr ardd . . . yn lle tâl.'

'Fedrwch chi ddim gneud eich garddio'ch hun?'

'Medra. Os dwi'n dewis. Ac os nad ydw i'n rhy brysur.'

'Ble ddaru chi gyfarfod Jamie?' gofynnodd McKenna.

'Ble ddaru mi ei gyfarfod o? Sut ar wyneb y ddaear 'dach chi'n disgwyl i mi gofio? Dwi'n 'i nabod o ers blynyddoedd.'

'Rhyfedd,' sylwodd Jack. 'Fyddwn i ddim wedi meddwl y byddai'ch llwybrau chi wedi croesi mor rhwydd â hynny.'

'Wel, mae'n amlwg, 'dach chi ddim yn dod o'r ardal yma, ydach chi? Mae rhywun yn nabod pawb bron, 'ran 'u gweld, ac yn nabod y rhan fwyaf i siarad efo nhw. Lle bychan ydi o . . . neu sylwoch chi ddim?' Daeth y grechwen yn ôl. Roedd McKenna'n argyhoeddedig i'r cwestiynau anghywir gael eu gofyn, ond doedd ganddo mo'r syniad lleiaf beth oedd y rhai cywir chwaith. Edrychodd ar Stott, gan feddwl yr hoffai yn syml fedru cerdded allan o'r ystafell, a dileu pob meddwl am Romy Cheney a'i gorffennol o'i feddwl. Mynnai greddf fod trysor yma, petai'n taro'r man iawn.

'Pryd cawsoch chi'r car?' gofynnodd.

'Fedra i ddim cofio'n iawn. Ryw bedair blynedd yn ôl. Pam?'

'Ei gyfnewid o am un arall naethoch chi?' Tro Jack oedd hi'n awr.

'Nage.'

'Pam gwerthoch chi o?'

'Nifer o resymau.'

'Enwch rai ohonyn nhw.'

'Pam y dylwn i?'

'Oherwydd 'mod i'n blisman, a 'mod i'n disgwyl i bobl ateb fy nghwestiynau i.'

'Ella'ch bod chi'n blisman, ond dwi'n dechrau meddwl eich bod chi'n fwli yn ogystal.'

Gwenodd Jack yn gyfrwys. ' 'Dach chi'n rhy groendenau, Mr Stott. Ofynnais i gwestiwn cwbl resymol, a dyma chi'n protestio am ddim byd.'

'Dwedwch wrthon ni,' ochneidiodd McKenna, 'pam y gwerthoch chi'r car.'

'Wir, dydi o'n ddim o'ch busnes chi!' cyhoeddodd Stott. 'Os ydi'n rhaid i chi gael gwybod, roedd o'n costio gormod i'w redeg; do'n i ddim yn ei ddefnyddio fo'n aml iawn, ac ro'n i'n meddwl y byddai rhywun yn siŵr o'i ddwyn o neu ei fandaleiddio petai'n cael ei adael ar ochr y ffordd. 'Dach chi'n fodlon ar hynna?'

'Trueni mawr na feddylioch chi am hynna cyn ichi ei brynu o,' sylwodd Jack.

Cododd Stott ar ei draed, a dicter yn ysgwyd ei gorff main. 'Bwli 'dach chi!' Tarodd ei droed ar y carped. 'Dwi rhwng dau feddwl i gwyno amdanoch chi!'

'Mi fydd y Cynghorydd Williams yn fwy na bodlon i glywed gynnoch chi,' gwenodd Jack. Trodd Stott ar ei sawdl, a llamu tua'r drws. 'Mr Stott,' galwodd McKenna.

'Be sy'n bod rŵan?'

'Oedd 'na gonc yn y car pan oedd o gynnoch chi?'

Tynnodd anadl i mewn yn gyflym. Ni fedrai McKenna ddirnad ai sioc oedd y gwelwder yn wyneb Stott ynteu'r cysgodion yng nghilfach ddofn y drws.

'Oedd 'na be?'

Taflodd Jack edrychiad rhyfedd ar McKenna.

'Gonc, Mr Stott,' meddai McKenna. 'Tegan lliwgar, blewog 'dach chi'n ei hongian ar ffenest gefn car.'

Ffrwydrodd chwerthin histeraidd bron o geg agored Stott, wrth iddo doddi i gysgod tywyllwch y cyntedd. 'Does gen i ddim syniad am be 'dach chi'n sôn.'

'Doedd hynna'n dda i affliw o ddim,' meddai Jack. Yn ei gwman uwchben llyw'r car, gan syllu drwy'r ffenest ar ymwelwyr cynnar yn crwydro o amgylch beili'r castell, tynnai McKenna'n wyllt ar yr ail sigarét ers gadael Stott. Agorodd Jack y drws i adael y mwg allan. 'Ddwedais i mai cariad Jamie oedd o. Mae'n debyg bod y cymydog yn gariad arall . . . tipyn o foi garw.'

'Dydi Jamie ddim yn od,' meddai McKenna. 'Ond mae Stott yn fater gwahanol.'

'Dydi "od" ddim yn derm cywir yn boliticaidd. Hoyw 'dach chi i fod i ddeud.' Gwelodd Jack guwch yn crychu'r croen uwch trwyn hir McKenna.

'A be sy gan wrywgydwyr i fod yn hapus yn ei gylch?' chwyrnodd McKenna. 'Caewch eich ceg a meddyliwch!'

'Am beth?'

'Stott . . . Jamie . . . y car. Blacmel.'

'Mae Jamie'n gwybod fod gan Stott gariad gwryw, felly mae'n troi'r sgriw arno.'

'Dydi o ddim yn anghyfreithlon.' Culhaodd llygaid McKenna yn erbyn sglein yr haul canol dydd a dasgai oddi ar fonet y car. 'Gallai Stott gael miloedd o gariadon gwryw, heb dorri'r gyfraith.'

'Wel, wn i ddim, na wn?' meddai Jack yn bigog. 'Ella 'i fod o'n ei neud o am arian. Dydi'r swydd sy gynno fo ddim yn talu'n dda iawn, ac mae ganddo fo wraig a phlentyn i'w cadw. Dydi ei ddillad o ddim o ansawdd da iawn.'

'Os ydi o, chawn ni byth wybod,' meddai McKenna. ''Dach chi'n iawn ynghylch ei ddillad, ond dydi'r rhan fwyaf o bobl ddim yn gwisgo'n grand i fynd i'w gwaith. Fydden ni hefyd yn edrych yn ddigon gwachul 'taen ni ddim yn cael lwfans. Meddyliwch am yr olwg sy ar rai o'r sgwad gyffuriau.'

'Maen nhw i fod i ymdoddi i'r cefndir . . . Ella fod Stott yn hoffi hogiau bach.'

'Ella,' cytunodd McKenna. 'A sut 'dan ni i fod i gael gwybod os ydi o? Stopio'r holl hogiau ym Mangor a gofyn, "Hei, 'ngwas i, ydi Mr Stott yn ei roi o iti bob hyn a hyn?"'

''Dach chi'n ddigon coman weithiau, syr. Beth bynnag,' chwarddodd Jack, 'does 'na neb yn gneud y math yna o beth oherwydd cariad, nac oes? Maen nhw eisio cildwrn go dda am eu trafferth, ac arian am gadw'n ddistaw.'

Dyrnodd McKenna'r llyw. 'Dyna ni, yntê! Arian! Ble cafodd Stott yr arian i brynu'r car yna?'

'Prynu ar goel, fel y gweddill ohonon ni, 'swn i'n feddwl. Ac mi fetia i iddo'i werthu am na fedrai o ddim dal ati i dalu. Ond fe allai fod wedi bod yn anrheg gan edmygydd, mae'n debyg.'

Taniodd McKenna'r peiriant. 'Ydan ni'n mynd i siarad efo Jamie eto?' gofynnodd Jack.

'Ddim am dipyn bach.' Trodd McKenna'n sydyn i'r ochr i osgoi bws llawn ymwelwyr, a mynd i fyny'r ffordd gul, droellog. 'Ddim eisio rhoi achos i bobl ein cyhuddo ni o'u hambygio nhw, ydan ni? Mae 'na ormod yn cerdded y llwybr at ddrws y Cynghorydd

Williams fel ag y mae hi. Beth bynnag, fedra i ddim gweld Jamie'n gollwng ei hun yn y cach.'

Pwysodd Jack tuag at y ffenest agored, yn mwynhau gwres yr haul a'r gwynt yn ei wyneb. 'Ella y medren ni gael y ddau i achwyn ar ei gilydd . . .' Tynnodd ei ben i mewn wrth i gwmwl o fwg disl o bibell ôl y bws lygru'r awyr. 'Mae Eifion Roberts yn meddwl mai arian ydi gwraidd popeth, yn tydi? Pwy sy'n cael miliynau Romy? *Cherchez la cache.*'

'Wyddwn i ddim eich bod chi'n siarad Ffrangeg.'

'Dim ond rhyw dipyn bach sydd ar ôl yn 'y mhen ers adeg ysgol. Ro'n i'n meddwl am *cherchez la femme.* wyddoch chi, chwiliwch am y ferch.'

' 'Dan ni wedi cael hyd iddi hi'n barod,' meddai McKenna. 'Ac un arall er mwyn bod yn berffaith saff, rhag inni ddigwydd colli'r gyntaf. Ai *le cache* neu *la cache* ydi o?'

'Sut gwn i? Dim ots beth bynnag, oherwydd efo'n record ni, 'dan ni ddim yn mynd i gael hyd iddo, nac 'dan? Wyddon ni ddim pwy aeth â'i dodrefn na'i dillad na'i phethau personol i gyd o Fwthyn y Grocbren; wyddon ni ddim ble mae'r cyfan; wyddon ni ddim ble mae'i harian hi, er inni gysylltu â phob banc a chymdeithas adeiladu drwy'r wlad.'

Trodd McKenna i'r buarth yng nghefn swyddfa'r heddlu a pharcio'r car. 'Cyfri banc yn y Swistir?' awgrymodd. 'Liechenstein? Y Bahamas? Wyddon ni ddim hyd yn oed a oedd ganddi hi gyfreithiwr, oherwydd fe dalodd hi'r llall mewn arian parod cyn diflannu.' Clepiodd ddrws y car ar gau. 'Dowch 'laen, gadewch i ni neud rhywbeth!'

'Be?' Dilynodd Jack ef ar duth.

'Wn i ddim, wn i?' chwyrnodd McKenna. 'Codi oddi ar ein penolau a *cherchez la femme* yn y siwt i gychwyn arni!'

## Pennod 19

' 'Dach chi'n siŵr eich bod chi wedi chwilio yn y llefydd iawn?' gofynnodd Owen Griffiths. ' 'Dach chi 'di archwilio pob tebygolrwydd? 'Dan ni'n cael gormod o feirniadaeth fel mae hi, a dwi ddim eisio clywed cyhuddiadau o esgeulustod ynghylch y wraig yma.'

'Y wasg ar 'ch cefn chi?' gofynnodd McKenna.

'A'r dirprwy bennaeth. Pawb eisio gwybod pryd 'dan ni'n mynd i arestio rhywun.' Rhwbiodd yr arolygwr ei ên. 'Byth, mae'n debyg, ydi'r ateb i hynna, ond fedra i ddim yn hawdd iawn deud hynny, na fedra? Tapiodd ei bensel ar y ddesg. ' 'Dach chi'n siŵr nad oedd hi ddim yn gysylltiedig â'r terfysgwyr?'

'Wela i ddim sut. Mae 'na anferth o wahaniaeth rhwng llosgi ambell dŷ haf a lladd mewn gwaed oer.'

'Mae'n digwydd drwy'r adeg yn Iwerddon.'

'Ydi, wn i. Ac mi ddigwyddith yma'n hwyr neu'n hwyrach . . . Beth bynnag, fyddai'r Adran Arbennig wedi bachu'r ymchwiliad petaen nhw wedi synhwyro hyd yn oed y mymryn lleia o gysylltiad terfysgol.'

'Mi fydden nhw, yn bydden?' cytunodd Griffiths. 'Yn arbennig ar ôl i chi gynhyrfu'r dyfroedd drwy yrru ffacsys dros Fôr Iwerddon. Ydan ni wedi clirio'r dyn gafodd hyd i'r corff?'

'John Jones?' gofynnodd McKenna. 'Ddim o angenrheidrwydd.'

'Sut felly?'

'Dim rheswm yn arbennig, heblaw ei fod o'n hen ddiawl bach ciaidd a dwi ddim yn hoffi ei wyneb na'i geg.' Diffoddodd McKenna ei sigarét, gan sgriwio'r stwmp fel petai'n wyneb John Jones.

'Dydi hynny'n ddim sail i weithio arno, Michael, ydi o?'

Meddai Dewi wrth McKenna yn eithaf hwyliog fyth, 'Mi fydd y pencadlys yn crio pan welan nhw'n bil ffôn ni. 'Dan ni wedi anfon cannoedd o ffacsys, ac wedi bod ar y ffôn am oriau.'

'A be sy gynnon ni i'w ddangos am yr holl helynt a'r arian yna?'

'Diawl o ddim, syr. Ac mae hynny,' meddai Dewi, 'yn golygu nad oes neb swyddogol wedi symud dim byd o Fwthyn y Grocbren, ac nad ydi arian Romy Cheney ddim mewn unrhyw fanc. Mae pwy bynnag laddodd hi wedi symud popeth eu hunain, ac wedi mwynhau eu hunain efo'i harian. Fyddai'r wraig yn y siwt wedi bod angen help i symud dodrefn. A fan. 'Dan ni wedi tsiecio pob cwmni llogi o fewn chwe mis o bobtu'r adeg roedd Dr Roberts yn deud i Romy gael ei lladd. Sero anferth arall.'

'Byddai pwy bynnag sy'n defnyddio'r arian angen ffugio'i llofnod hi. Pa enw bynnag roedd Romy yn ei ddefnyddio.'

'Dydi hynny ddim yn rhy anodd. Dydi'r banciau ddim yn tsiecio hanner yr amser.'

Diffoddodd McKenna ei sigarét. 'Fe ddaliwn ni ati, ar hyn o bryd. Gei di fynd â'r llyfrau cyfrifon yna'n ôl i Prosser fory, a gofala ei fod o'n arwyddo amdanyn nhw.'

'Fe alwodd Dr Roberts. Deud wrtha i am ddeud wrthoch chi fod Rebekah i gael ei rhoi ym mynwent y pentref, gyda'r ysgrifen mewn Hebraeg ar ei charreg fedd. Mae o'n meddwl y bydd 'na syrcas gyfryngau yn ei ch'nebrwng hi. Ac mae o eisio gwybod am ba hyd eto mae Romy'n mynd i gael ei gadael yn ei fortiwari "wedi ei lapio mewn cynfas wen", fel mae o'n deud, "yn dalp oer a neb ei heisiau hi".'

Ffoniodd y brynwraig o Debenhams swyddfa'r heddlu ychydig cyn i'r siop gau, gan adael neges wrth y switsfwrdd i rywun ei galw hi'n ôl cyn gynted â phosib.

Eisteddodd McKenna ar riniog ei ddrws cefn nes iddi nosi'n llwyr, gan wylio'r gath yn chwarae yn yr ardd fechan, a theimlo gwres y dydd yn treiddio drwy'i ddillad o'r llechen oddi tano. Tynnodd ei grysau a'i ddillad isaf oddi ar y lein, gan arogli'r glendid a'r ffresni arnynt, ac edrych allan i'r pellter ar Ynys Seiriol, dywyll, grom, fel ffurf morfil mewn môr lliw inc, a golau Goleudy Penmon yn fflachio bob trigain eiliad yn rhybudd o ddannedd miniog y graig o dan y dŵr llonydd. Meddyliodd tybed a fyddai o yma yn y gaeaf, i weld y ddinas islaw drwy rwydwaith o frigau moelion, a'r rheiny efallai dan orchudd o eira wedi marchogaeth ar gefn gwynt y dwyrain.

Gorweddodd yn ddi-gwsg tan yr oriau mân, yr amser hwnnw cyn y wawr pan fydd y gwaed yn llifo ar ei wannaf, pan gynhelir bywyd gan yr edau deneuaf. Meddyliodd am Denise. Bu yn ei chwmni am ddwyawr y noson honno, ond ni lechai arlliw o chwant amdani yn ei galon o gwbl a gwnâi hynny iddo fod eisiau crio drachefn. Meddyliodd tybed a gâi'r cyfle i chwerthin gymaint drannoeth â'r dagrau a gollwyd heno. Cysgodd o'r diwedd, wrth i wylan unig godi ar ei hadain, gan alw ar ei chymheiriaid i ddeffro.

* * * *

Daeth y bore â mwy o awyr glir a heulwen i euro'r eira olaf ar ystlysau Tryfan a'r Ysgolion Duon. Cyrhaeddodd Dewi i'w waith yn gynnar, a chael McKenna yn ei swyddfa, yn gogrwn yn ddiamynedd drwy'r galwadau allbrint gan geisio eu paru â'r cofnodion mewn llawysgrifen yn y ffeil.

'Pam nad oes yna ddim cysylltiad rhwng y ddwy set o bapur yma a'i gilydd, Cwnstabl?' cuchiodd McKenna.

'Does dim rhaid bod 'na 'run cyswllt, syr.'

'Felly be 'di eu pwrpas nhw?'

Gan sefyll yn ufudd o flaen y ddesg, meddyliodd Dewi tybed a fydden nhw i gyd wedi dioddef blas tafod McKenna cyn diwedd y dydd. 'Mae'r allbrint yn gofnod otomatig o'r holl alwadau drwy'r cyfrifiadur o'r pencadlys. Yn honna,' ychwanegodd gan gyfeirio at y ffeil, 'y mae'r cofnodion o'r galwadau wedi eu hateb ble gallai yna fod cŵyn yn codi, syr.'

Chwalodd McKenna drwy'r papurau. 'Ydi'r cofnodion yn gyflawn?' mynnodd. 'Ydyn nhw'n gywir?'

'Wn i ddim, syr.'

'Wel, ddylet ti fod yn gwybod! Sut ar y ddaear y medrwn ni ddatrys troseddau os na fyddwn hyd yn oed yn gwybod pa droseddau sydd wedi cael eu cyflawni?' Clepiodd McKenna'r ffeil ar gau, a lluchiodd hi ar y llawr. 'Pam 'dach chi'n aros, Cwnstabl?'

Saliwtiodd Dewi a cherdded o'r ystafell. Wrth gerdded ar hyd y coridor i ystafell y criw, cyfarfu Eifion Roberts. ''Dach chi'n chwilio am Mr McKenna? gofynnodd.

'Ydw wir. Ydi o i mewn?'

'Wel, mae o i mewn, ond does fawr o hwyl arno hyd y gwela i.'

'Does 'na byth, nac oes, Dewi?'

'Mae'n beth gwael dod â phroblemau cartre i'r gwaith, Michael.' Eisteddai Dr Roberts yn ei hoff gadair, gan bwyso'n ôl nes i'r coesau blaen godi oddi ar y llawr.

'Caewch eich ceg a chadwch 'ch trwyn o 'musnes i!'

'Hen ddiawl sur 'dach chi, McKenna. Pan ddaw'r amser imi'ch torri chi'n ddarnau, mae'n debyg y ca i hyd i finegr yn eich gwythiennau chi yn lle gwaed. Roedd Dewi druan 'di cynhyrfu am 'ch bod chi 'di bod mor annifyr.'

'Dwi ddim 'di bod yn annifyr efo fo.'

' 'Dach chi ddim 'di bod yn glên efo fo, nac 'dach? Fedrwch chi ddim chwythu'n boeth ac yn oer efo pobl fel 'dach chi wrthi. Mae'n rhaid ichi fod yn gyson. Dwi'n cymryd ichi weld Denise neithiwr?'

Ddywedodd McKenna ddim byd. Taniodd sigarét o stwmp yr un flaenorol wedi hanner ei hysmygu, a chuddio y tu cefn i len o fwg.

'A, wel. Fydd neb ddim callach ymhen can mlynedd, fel maen nhw'n deud.'

'Ffurf arall ydi hynna ar eich pregeth fach chi y daw popeth i ben un diwrnod?'

'Ella.' Cododd Dr Roberts ei ysgwyddau. 'Ella ddim. Mae pawb arall wedi 'laru hefyd, 'chi. Mae bywyd yna inni fod wedi 'laru arno fo.'

'Pam na sgwennwch chi draethawd athronyddol, i bawb gael manteisio ar eich mawr ddoethineb?'

'Fel eich ffrind Socrates?'

'Os mynnwch chi.'

'Dwi wedi bod yn darllen am Socrates, yn tydw? Yn ceisio darganfod be sgwennodd o am ysfa rywiol a dynion gwallgo. A wyddoch chi beth ddysgais i?'

' 'Dach chi'n siŵr o ddeud wrtha i.'

'Sgwennodd Socrates 'run gair.'

'Digon posib. Ond fe'i dwedodd o, do? Ar lafar mae llawer o'r pethau 'ma.'

'Newch chi byth gyfadde y gallech chi fod yn anghywir, na newch? Sut gwyddoch chi nad Aristotle neu Plato neu ryw wop arall oedd o?'

'Dim ots pwy ddwedodd o. Y syniad sy'n bwysig.'

'Ella wir.' Edrychodd Dr Roberts ar McKenna, a sylwi ar y cysgodion tywyll o dan y llygaid hardd, a'r olwg suddedig o amgylch y llygaid ac esgyrn y gruddiau. Meddai, a'i lais yn dynerach, 'Wyddoch chi, Michael, gallai'r helynt fod oherwydd nad ydi Denise ddim wedi dod yn rhydd oddi wrth ei gwallgofddyn hi. Mae merched a rhyw yn ddrygioni nerthol, grymus iawn, os 'dyn nhw'n gadael iddo'u trechu nhw naill ffordd neu'r llall.'

Daeth Dewi o hyd i'r neges o Debenhams o dan bentwr blêr o negeseuau teleffon a anfonwyd i swyddfa'r CID i'w ffeilio gan y switsfwrdd, a phenderfynodd ddweud wrth McKenna, beth bynnag fyddai'r ymateb, fod blerwch fel hyn yn gyrru drwgweithredu ar chwâl. Deialodd rif y storfa, a gofyn am y brynwraig, a dywedodd hithau wrtho, mewn acen Lerpwl gref, 'Mae gan gyfrifon y brif swyddfa gofnodion o dri gwerthiant o'r siaced mewn maint 16 ar gardiau credyd neu stôr, ond fe fydd yn rhaid i chi ofyn yn swyddogol am yr enwau. Gofynnwch am y prif gyfrifydd.' Gan y dyn hwnnw, dioddefodd Dewi ddarlith am gyfrinachedd, am breifatrwydd cwsmer a'r angenrheidrwydd o gadw at reolau o'r fath, ac arhosodd yn amyneddgar am y cyfle i ofyn am yr wybodaeth roedd o'i hangen.

Dychmygodd ddyn bychan, tew mewn siwt bin-streip a choler galed, yn clwydo ar stôl uchel o flaen desg ar oledd wedi ei gorchuddio gan lyfrau cofnodion mewn lledr, yna sylweddolodd y byddai'r cyfrifydd, fel fo'i hun, yn gaethwas i swnian uned reoli electroneg.

'Efallai y medrwch chi roi enwau pwy bynnag brynodd y siaced, syr, yna fe fedra i ddeud a oes gynnon ni unrhyw ddiddordeb ynddyn nhw.'

'Fedra i ddim rhoi enwau'n cwsmeriaid ni allan rywsut-rywsut, hyd yn oed i'r heddlu. Wyddoch chi ddim am bwy 'dach chi'n chwilio?'

'Mae'n rhaid inni fod yn ofalus nad 'dan ni ddim yn awgrymu unrhywbeth i bobl. Peidio arwain pobl i ble 'dan ni eisio iddyn nhw fynd.'

' 'Dach chi'n deall pethau'n well na fi mae'n siŵr ... Dyma'r boneddigesau a brynodd gynllun rhif H766453291 mewn maint UK rhif 16, maint Euro 42. Sgriblodd Dewi yn wyllt â'i feiro. 'Rhif un.' Dychmygodd y byddai Prif Gyfrifydd yn cysgu hefo rhifau, yn caru'i wraig drwy rifau. 'E-L-E-R-I M. Jones. Sut 'dach chi'n deud hynna? Cerdyn stôr ddefnyddiodd hi. Rhif dau: Margaret S. Jones.' Neidiodd calon Dewi am eiliad. 'Fe ddefnyddiodd hi Visa. Llawer o Jonesiaid o gwmpas ffor'cw, yn toes? Rhif tri: M. Bailey. Fe ddefnyddiodd o neu hi gerdyn Visa hefyd.'

Syllodd Dewi ar yr enw roedd o newydd ei ysgrifennu. 'Sut mae sillafu'r enw olaf, syr?'

'B-A-I-L-E-Y.'

Cymerodd Dewi ei wynt. 'Syr, fedrech chi roi'r manylion am M. Bailey, os gwelwch yn dda? Dyddiad pwrcasu, rhif cerdyn, a banc?'

'Fe brynodd hi sgert yn yr un maint yn ogystal. Ar

Hydref 26 dair — nage, bedair — blynedd yn ôl i'r Hydref yma. O, ac fe brynodd hi dri phâr o deits, a sgarff . . .'

'Fydd angen gorchymyn llys arnon ni,' meddai Jack. 'Mae'n gyfri byw.'

'Sut y medar o fod yn fyw a'r perchennog wedi marw?' chwyrnodd McKenna.

'Wel, mae'n cael ei ddefnyddio gan rywun,' oedd ateb parod Jack. 'Tydi'r banc newydd ddeud? Beth bynnag, pwy sydd i ddeud fod y wraig iawn a'r banc iawn gynnon ni? A hyd yn oed os mai hi ydi hi, be mae hi'n ei neud yn prynu dillad sydd ddim yn ei ffitio hi?'

'Eu prynu nhw i rywun arall naeth hi, 'ntê? Anrheg neu rywbeth.' Tynnodd McKenna ei sbectol a rhwbio'i lygaid. 'A'r Margaret Bailey iawn ydi hi. Y tro olaf yr ysgrifennodd y banc ati oedd diwedd Chwefror. Fe anfonon nhw'r llythyr i Fwthyn y Grocbren.'

'Fyddai Wil Jones wedi deud petai 'na lythyrau wedi dod iddi hi.'

'Felly mae'r post yn cael ei ailgyfeirio, er ei fod o'n amser hir i'r swyddfa ddosbarthu i ailgyfeirio heb ofyn cwestiynau, er mae'n debyg os 'di rhywun yn dal i dalu am gyfarwyddiadau ailgyfeirio . . .'

'I ble 'dach chi'n meddwl maen nhw'n cael eu hailgyfeirio?'

'Blydi Timbuktu, o wybod ein lwc ni. Yn bendant fe fydd arnon ni angen gorchymyn llys i gael gwybodaeth o'r swyddfa ddosbarthu oherwydd mae eu holl fusnes nhw'n cael ei reoli gan y Ddeddf Gyfrinachau Swyddogol. Tra dwi'n mynd i weld Wil

Jones, gaiff rhywun fynd â llyfrau cyfrifon gwerthfawr Prosser yn ôl. Dwi wedi llungopïo popeth 'dan ni ei angen am rŵan.'

Gadawodd McKenna y car ar ben y lôn drol, a cherdded i lawr at y bwthyn, gan fynd trwy gylchoedd o olau llachar a chysgodion dwfn lle torrai'r haul drwy'r coed trwchus. Fel arfer, roedd y coed yn ddistaw, heblaw am haid o frain yn clindarddach godi i hedfan a'i bresenoldeb yntau'n cynhyrfu eu clwydo yn un o'r coed tal, tenau. Doedd 'run sŵn arall ond sŵn ei draed ar y ddaear fwsoglyd i gynhyrfu'r tawelwch llethol. O weld bod y bwthyn yn wag safodd, a'i ddwylo yn ei boced, ar fin yr ardd lle cyfarfyddai â'r môr, gan wylio dyfroedd y llanw yn sugno ar sbardun isel y graig, ac arogleuo'r gwymon ac aer meddwol y môr, a theimlo ar ei ruddiau gynhesrwydd y gwynt gorllewinol oddi ar y Fenai. Yna gwelodd nhw, dau ben uwchben y tanc septig oedd newydd ei osod yn ei le draw ar y dde. Cerddodd at ymyl y tanc, ac edrych i lawr ar Wil a Dave, yn chwysu yn yr heulwen gynnes.

Cododd Wil ei ben. 'Helô. Ddim yn disgwyl 'ch gweld chi heddiw.' Cuchiodd. 'Dim helynt, nac oes? 'Dach chi'm yn dod i dynnu'r lle'n gareiau, 'dach chi?'

'Nac ydw, Wil. Dim ond eisio gofyn rhywbeth ichi.'

'Iawn, felly. Ddo i allan.' Dringodd i fyny'r ysgol fechan a bwysai yn erbyn ochr y tanc.

'Be 'dach chi'n neud i mewn yn fan'na?' gofynnodd McKenna.

'Selio'r ymylon inni gael rhoi'r caead yn ôl. Yn yr hen ddyddiau fe fydden ni wedi gorfod adeiladu'r peth, fricsen wrth fricsen. Mae 'na rywbeth i'w ddeud dros gynnydd.' Cerddodd Wil yn ôl tua'r bwthyn, a'i welingtons yn sugno'r glaswellt gwlithog. Wrth edrych i lawr, gwelai McKenna gylch o wlybaniaeth o amgylch gwaelodion ei drowsus ei hun.

'Sut byddech chi'n gwybod petai o'n llawn?' gofynnodd McKenna'n chwilfrydig.

Chwarddodd Wil. 'Y tŷ bach yn gorlifo! Cofiwch chi, fedra i ddeall pam roedd y cyngor yn mynnu cael tanc. Petae'ch draeniau chi'n mynd yn syth allan i'r môr, fydden nhw'n llenwi'n ôl bob tro y byddai'r môr yn dod i mewn.'

'A be fyddwch chi'n ei neud pan fydd o'n llawn?'

Edrychodd Wil ar McKenna yn feddylgar. 'Deall fawr, nac 'dach?' sylwodd. 'Galw'r Cyngor neu'r Bwrdd Dŵr, ac maen nhw'n anfon tryc i'w sugno fo i gyd allan i chi gael dechrau ei lenwi wedyn.'

Wedi tynnu ei welingtons wrth y drws cefn, cerddodd Wil yn nhraed ei sanau at y stôf primus, i roi'r tecell arni. 'Be 'dach chi eisio'i ofyn imi?'

' 'Dan ni newydd gael gwybod y gallai 'na lythyrau fod wedi dod yma, wedi eu cyfeirio at Margaret Bailey, neu M. Bailey.'

'O.' Eisteddodd Wil ar ei focs a thanio'i getyn. 'Ei henw iawn hi, ie? Ro'n i bob amser yn meddwl fod y llall dipyn bach yn ffansi, hyd yn oed i Saesnes.' Chwythodd gylchoedd o fwg. Gwyliodd McKenna nhw'n arnofio'n araf i fyny tuag at drawstiau duon-gan-fwg y nenfwd, wedi eu gwanu gan saeth o oleuni drwy'r ffenest lychlyd.

'Naddo,' aeth Wil ymlaen. 'Welais i ddim llythyrau o gwbl. Ddim hyd yn oed y sothach arferol 'na sy'n dod. Pam na ofynnwch chi i'w fawrhydi yn swyddfa'r stad?'

' 'Na i . . . mewn da bryd. 'Dach chi bron wedi gorffen yma?'

'Bron iawn, dim ond i bobl adael llonydd inni, a dwi'm yn golygu chi,' meddai Wil. 'Mae pobl wedi clywed am Rebekah . . . blydi twristiaid, eisio inni ddangos ble cawson ni hyd iddi. Americanwyr rhan fwyaf, ddyliwn i ychwanegu, mwydro ynghylch hanes.' Curodd ei getyn ar y llawr teils. 'Wedi blydi gwirioni efo hanes, yr Iancs.'

'Welwch chi fawr o fai arnyn nhw, Wil. Does ganddyn nhw ddim byd gwerth sôn amdano fo'u hunain . . . well imi ei throi hi.'

' 'Rhoswch am baned. Mae'r tecell bron â berwi.' Rhoddodd Wil goffi mewn tri mỳg, gan sefyll ac edrych drwy'r ffenest, a'i gefn at McKenna, wrth aros i'r tecell chwibanu. 'Ddweda i rywbeth na fedrwch chi ddim rhoi eich bys yn hollol arno,' meddai. 'Dwi'n gweld y boi 'ma o hyd yn llercian o amgylch ymyl y coed, a dwi'n dechrau meddwl fod 'na rywbeth yn y straeon 'ma wedi'r cyfan. Mae Dave wedi ei weld o hefyd. Dyn gwallt tywyll mewn crys gwyn, efo wyneb gwelw fel ysbryd a llygaid oerion.'

Cofiodd McKenna am y cysgod a ddilynai ôl ei draed nos Fercher. 'Mae Meri Ann yn y pentref yn deud mai sipsi ydi o.'

'O, ydi hi? Nid dyna oedden nhw'n ddeud ym mhapur dydd Mercher, chwaith.' Tynnodd Wil y tecell oddi ar y stôf a thywallt dŵr berwedig i mewn i'r mygiau. 'Mae'n rhaid mai fo ydi'r sipsi cyntaf mewn hanes i fedru diflannu tra 'dach chi'n syllu i'w wyneb.'

Stopiodd Dewi y tu allan i swyddfa'r stad, cododd y llyfrau cofnodion trymion yn ei hafflau, gan wthio drws y car ar gau â'i droed, a cherdded i mewn i'r swyddfa. Eisteddai merch fechan, mewn sbectol heb ymyl, y tu cefn i ddesg Prosser.

'Fedra i'ch helpu chi?' gofynnodd.

'O'r heddlu dw i,' eglurodd Dewi. 'Dwi 'di dod â'r rhain yn ôl.' Rhoddodd y llyfrau ar ben cwpwrdd ffeiliau. 'Ym . . . ble mae Mr Prosser, felly?'

'O, mae o wastad i ffwrdd yn sâl yr adeg yma o'r flwyddyn. Mae o'n cael clefyd y gwair yn drwm iawn. Oedd gynnoch chi ddim angen ei weld o, nac oedd?'

'Well, ella y bydd fy ngiaffar i. Pa mor hir fydd o i ffwrdd fel arfer?'

'Wythnos. Deg diwrnod, ella. Mae'r doctor yn ei lenwi fo efo cyffuriau a fedar o ddim dreifio na dim byd tra mae o'n eu cymryd nhw. Fi sy'n arfer gneud ei waith o.'

' 'Dach chi'n delio efo popeth tra mae Mr P. i ffwrdd, felly? Llythyrau aballu?'

'O ydw, gen i'r hawl i ddelio efo popeth.'

'Mae'n rhaid ei fod o'n ddiddorol iawn. Fetia i fod y cyrff yma wedi achosi tipyn o strach.'

'O, do! 'Dach chi'n mynd i arestio rhywun cyn bo hir?'

Tapiodd Dewi ei drwyn â'i fys cyntaf. 'Fedra i ddim deud, na fedra? Ond gwnewch yn siŵr eich bod chi'n dal ati i wylio'r newyddion. Mae wedi bod yn braf siarad efo chi, Mrs . . .?'

'Miss Hughes. A chi hefyd. Cofiwch alw eto.'

Roedd Dewi wedi cyrraedd at y drws pan ddywedodd, fel petai ar hap, 'Gyda llaw, fyddwch chi'n cael llythyrau ar gyfer Bwthyn y Grocbren? Yn y swyddfa yma felly?'

'Llythyrau ar gyfer Bwthyn y Grocbren? Wel, ddim yn aml iawn. Mae'n wag, yn tydi?'

''Mond meddwl be fyddai'n digwydd i lythyrau petaen nhw'n cyrraedd wedi i bobl adael. Wyddoch chi, pwy oedd yn eu hanfon ymlaen?'

'A deud y gwir, roedd 'na un neu ddau o lythyrau yma i rywun o'r enw — Bradley, oedd o? Beth amser yn ôl, ond dwi'n cofio'u gweld nhw . . . Nid Bradley oedd o, chwaith . . . rhyw enw Saesneg arall yn dechrau efo B.'

'O, ie?' Croesodd Dewi ei fysedd y tu ôl i'w gefn. 'Ddaeth 'na rywun i gasglu'r llythyrau o'r bwthyn?'

'Casglu'r llythyrau? Naddo, ddaeth y post â nhw yma. Gymerodd Mr Prosser nhw. Mae'n rhaid fod ganddo gyfeiriad i'w hanfon ymlaen, ond fyddech chi'n disgwyl hynny, yn byddech?'

'Wyt ti'n berffaith siŵr?' gofynnodd McKenna. 'Fedrwn ni ddim mynd ar ôl Prosser dim ond am inni glywed ryw si.'

'Nid dim ond si ydi o, syr,' mynnodd Dewi. 'Dyna beth ddwedodd hi, yn glir fel cloch. Gymerodd Mr Prosser y llythyrau ar gyfer Bwthyn y Grocbren.'

'Ie, ond,' torrodd Jack ar ei draws, 'nid llythyrau ar gyfer Bailey oedden nhw, nage? Does dim rheswm pam na ddylai Prosser anfon llythyrau ymlaen. Dydi o ddim yn drosedd.'

'Ond,' cydiodd McKenna yn y sgwrs, 'os dwedwn ni wrth Prosser: "Pam na ddwetsoch chi wrthon ni eich bod chi'n anfon llythyrau ymlaen at y wraig fu farw?'' mi fyddwn ni'n ei gyhuddo fo o rywbeth y gallai o fod heb ei neud. Weli di fy mhwynt i, Dewi?'

'Na wela, wela i ddim. Gyda phob dyledus barch, syr, os mai'r cyfan mae Prosser 'di'i neud ydi anfon y llythyrau ymlaen at rywun fu'n aros yn y bwthyn rywdro, fydd dim ots ganddo ein bod ni'n gofyn, na fydd? Ac os mai llythyrau ar gyfer Romy mae o 'di bod yn eu gyrru, yna mae gynnon ni hawl i syrthio arno fel tunnell o frics.'

'Mae'r hogyn yn iawn, wir,' meddai Jack.

'Awn ni i ymweld â Mr Prosser, felly,' penderfynodd McKenna. 'Ymweliad cyfeillgar. Dim pwyso o gwbl. Deall?'

## Pennod 20

Mewn bwthyn hynafol, hardd ger pen uchaf Rating Row ym Miwmares roedd Trefor Prosser yn byw. Safai ei Volvo llyfn ger y palmant, yn disgleirio yn yr heulwen. Parciodd McKenna y tu cefn i'r car, ac edrych ar y bwthyn, a'i ffenestri bychain mewn amdo o lenni lês gwyn fel yr eira. 'Mae'r llefydd yma'n werth ffortiwn,' sylwodd. 'Tai y mae galw mawr amdanyn nhw yn un o'r llefydd mwyaf poblogaidd yng ngogledd Cymru.'

'Mae eisio edrych pennau pobl, yn fy marn i,' meddai Dewi. 'Ar gyfer pysgotwyr a phobl felly y cawson nhw'u codi.'

'Ie, Dewi,' cytunodd McKenna. 'Bryd hynny oedd hynny, a dyma fel mae hi rŵan. Ty'd 'laen i wynebu'r llew yn ei ffau, a dim rhuo.'

Agorai drysau ffrynt y tai yn syth ar balmant cul, yn union fel y gwnaen nhw yn stryd McKenna, ond mewn cymhariaeth, mewn slym y trigai McKenna. Roedd cnociwr pres ar ffurf pen llew ar ddrws tŷ Prosser, drws a beintiwyd yn las dwfn, sgleiniog. Rhedodd McKenna ei law dros y paent. 'Lliw tlws. Be fyddech chi'n 'i alw fo, Jack?'

'Glas ponslyd,' gwawdiodd Jack.

'A deud y gwir, syr,' cynigiodd Dewi, '*French Navy* maen nhw'n ei alw fo. Fe ddefnyddiodd ein cymydog ni o ar ei dŷ llynedd. Fedrwch chi ei brynu o yn B&Q.'

'Dwi ddim yn meddwl fod y prif arolygydd eisio gwybod, Prys,' chwyrnodd Jack.

'Dim ond trio helpu oeddwn i,' protestiodd Dewi.

'Am hynny wyddon ni, ella fod Mr McKenna'n meddwl dechrau trin tipyn ar y tŷ a'r tywydd yn dechrau gwella 'chydig.'

'Newch chi'ch dau gau'ch cegau? Curwch ar y drws, Jack. Dowch inni neud be ddaethon ni yma i neud.'

Unig ganlyniad clec dannedd y llew ar y pren y tro cyntaf oedd tawelwch. Curodd Jack yn galetach, gan gael ymateb sibrwd gwan slipars ar garped. Agorwyd y drws yn araf, a Prosser yn rhyw sbecian o'r tu ôl iddo gan syllu, ar Jack i ddechrau, yna ar McKenna a Dewi. Roedd ei lygaid yn gochion, ei ruddiau'n welwon, a blaen ei drwyn yn goch fel tomato.

'Dwi'n sâl . . . fel y gwelwch chi,' cwynodd.

'Dim ond gair neu ddau, Mr Prosser. Fydden ni ddim yn eich poeni chi oni bai fod rhaid. Wyddoch chi hynny.'

'Ynghylch be?' Cydiodd Prosser yn ymyl y drws, a'i gorff yn crynu.

'Gawn ni ddod i mewn am ychydig funudau, os gwelwch chi'n dda?' gofynnodd McKenna. 'Dydi o ddim yn syniad da i sefyll allan ar y stryd, nac 'di?'

Llithrodd y drws ar agor ddigon i adael iddyn nhw fynd i mewn y naill ar ôl y llall. Sathrodd McKenna ar garped mor drwchus y medrai fod wedi cysgu arno'n gysurus, ac fe'u tywyswyd ar hyd lobi gul yn llawn arogleuon melys cŵyr gwenyn a *pot pourri*, a Prosser yn llusgo o'u blaenau, ac i ystafell gefn yn edrych allan ar ardd hir, lawntiog. Siglai coed ceirios yn llawn blodau gogoneddus yn y gwynt, a'u petalau'n syrthio'n gawodydd i'r ddaear.

Gan ei osod ei hun mewn cadair freichiau o ledr gwyrdd esmwyth, chwifiodd Prosser ei fraich at y tri swyddog heddlu. 'Chwiliwch am le i eistedd,' gwahoddodd, ei lais yn fyglyd, ac annwyd pen yn cau'r sinysau. Eisteddodd McKenna gyferbyn ar soffa debyg, Jack wrth ei ochr, a Dewi yn pwyso yn erbyn wal ger y drws. O amgylch y ffenestri hongiai llenni sidan, dan draed roedd carped trwchus melfedaidd, ac ar y sil ffenest a'r silff ben tân roedd tsieni hynafol yn cael ei arddangos. Yng nghilfach y simnai roedd cist hynafol o dderw hen iawn ac uwchben, ar y silffoedd gwydr wedi eu goleuo, safai ych ifori yn cael ei dywys gan fachgen ifanc, gyda bywyd ym mhob llinell o'r cerfio cain. Roedd yr ystafell yn berffaith lân, yn arogleuo'n beraidd fel y lobi. Tynnodd Prosser hances o boced ei drowsus, a sychodd ei lygaid dyfrllyd.

'Be sy o gymaint o blydi brys fel na fedr o ddisgwyl?' mynnodd. 'Pam mae angen i dri ohonoch chi ddod? Ofn y byddwn i'n ymosod arnoch chi?' Gwisgai slipars, trowsus gwlanen llwyd, a siwmper sidan wddw crwn; rhedodd ei fysedd y tu mewn i'r goler, a'i lacio o'i wddf, sychodd ei lygaid drachefn, a chydio yn yr hances yn belen yn ei law chwith.

''Dan ni fawr nes i'r lan gyda'r ymchwiliad i farwolaeth Ms Cheney,' cychwynnodd McKenna. 'Ond 'dan ni'n dilyn aml i drywydd.'

'Fyddwn i'n blydi gobeithio hynny hefyd! Dyna pam 'dach chi'n cael eich talu, 'ntê?'

'Un o'r pethau 'dan ni'n ymchwilio iddo fo,' aeth McKenna ymlaen, 'ydi'r mater o'r post gyrhaeddodd Fwthyn y Grocbren yn eitha diweddar.'

'Post?' Sychodd Prosser ei lygaid unwaith eto, gan guddio'r wedd ar ei wyneb y tu cefn i'r hances. 'Pa bost?'

'Post wedi'i gyfeirio at rywun y mae'r enw yn

dechrau efo B. 'Dan ni ar ddeall iddo gael ei yrru i swyddfa'r stad.'

'Wel dyna fyddai wedi digwydd 'ntê, os nad oedden nhw yno mwyach?' Swniai llais Prosser yn sur.

'Mae Miss Hughes fel petai'n meddwl ichi ei gymryd o i'w anfon o ymlaen.'

'Mae Miss Hughes yn iawn mae'n debyg felly, yn tydi? Rhan o'r gwaith.' Sniffiodd Prosser yn uchel.

'Fyddech chi efallai yn cofio'r llythyrau, Mr Prosser?' gofynnodd McKenna. 'Fedrech chi gofio at bwy y cyfeiriwyd nhw? Wedi'r cyfan, mae'n rhaid eich bod chi'n gwybod pwy fu ym Mwthyn y Grocbren.'

'Wrth gwrs fedra i ddim cofio!' gwylltiodd Prosser. 'Pam 'dach chi'n gofyn cwestiwn mor blydi stiwpid? Ai dyna pam 'dach chi wedi dod yma i 'mhoenydio i? Ie? Pam ddiawl na fedrech chi ddefnyddio'ch synnwyr cyffredin ac edrych yn y llyfrau cofnod 'na sy gen i roeddech chi mor awyddus i fynd â nhw?' Roedd o ar ei draed, yn crynu o gynddaredd. 'Ewch o'ma! Ewch! A pheidiwch â meddwl mai dyma'r tro olaf y clywch chi am hyn, oherwydd mi glywch chi eto.'

Cododd Jack a McKenna ar eu traed. Stampiodd Prosser tua'r drws, ac aros. Ochneidiodd McKenna. ''Dach chi 'di gneud eich pwynt, Mr Prosser. Ond mae'n rhaid imi eich rhybuddio chi, os 'dan ni'n dod i wybod ichi gelu gwybodaeth, fydd yr holl gwynion yn y byd ddim yn gneud pwt o wahaniaeth.'

Roedd gweld corff bychan, tew Prosser yng nghysgod y drws yn atgoffa McKenna o gorff tenau Christopher Stott yng nghysgod bwlch anferthol drws Castell Crach. Rhythodd ar Prosser. ''Dach chi'n gweld, Mr Prosser, fedrwn ni ddim diystyru'r posibilrwydd 'ch bod chi'n gwybod mwy am Ms

Cheney nag 'dach chi 'di'i ddeud wrthon ni . . . ei henw iawn hi, er enghraifft.'

'Wn i ddim am be 'dach chi'n sôn.'

'Ella na wyddoch chi ddim,' meddai McKenna'n feddylgar. 'Fe wyddon ni fod post, yn ei henw iawn hi, Bailey, wedi cael ei anfon i Fwthyn y Grocbren ym mis Chwefror . . . a'i ailgyfeirio i rywle. 'Dan ni ddim 'di llwyddo i ddarganfod i ble, hyd yn hyn, ond fe nawn ni. Ellwch chi fod yn berffaith siŵr o hynny.'

Trodd Prosser ar ei sawdl a cherdded i lawr y lobi. Clywsant y drws ffrynt yn agor. Dilynodd McKenna ef, a Jack a Dewi yn llusgo y tu cefn iddo, gan ddisgwyl gweld Prosser wrth y drws yn barod i ddangos y ffordd allan iddyn nhw. Ond yn hytrach, fe welson nhw fo, yn fychan fel plentyn, y tu cefn i lyw'r Volvo, a'r peiriant yn troi. Rhuthrodd allan i'r stryd wrth weld y car yn rhuo ymaith i fyny'r allt.

Ffrwydrodd Dewi o'r drws ffrynt. 'Mae Prosser yn llawn cyffuriau!' gwaeddodd. 'Dyna pam nad ydi o ddim yn ei waith. Dydi o ddim i fod i ddreifio!'

Jack, y gyrrwr gorau, gythrodd i lyw car McKenna, a dilyn Prosser, i fyny'r allt ac o dan hen bont y rheilffordd i'r gyffordd gyntaf ar y ffordd yn croesi'r ucheldir. 'I ble rŵan?' gofynnodd, wrth sglefrio stopio yn ymyl mynegbost. 'Llanddona neu Bentraeth neu'r Borth?'

'Sut ddiawl gwn i i ble mae'r blydi ffŵl wedi mynd?' chwyrnodd McKenna. 'Mae'r dyn o'i go'n las!'

'Euog, mwya tebyg,' mwmiodd Jack, wrth droi i'r ffordd dyllog am Landdona, rhuthro drwy'r pentref, heibio i'r ddau fast teledu ar y ddau fryncyn, ac ymlaen nes roedd y ffordd yn mynd yn ddim ar hyd y rhostir tywodlyd yn edrych dros Draeth Coch. 'Wel, dydi o ddim yma, nac 'di?' sylwodd. 'Os nad ydi o wedi gyrru i mewn i'r môr.'

'Dyna be dwi ofn,' poenodd McKenna. 'Pam naeth o hynna? Be ddwedais i?'

'Wn i ddim.' Trodd Jack y car, gan yrru ymlaen ar dir pori heb ei ffensio a gwartheg brown golau a llwyni o eithin melyn yn frith arno. Crensiai tywod hallt o dan yr olwynion. 'Well inni roi cynnig ar y ffordd arall.'

'P'run?'

'Pentraeth. Ella iddo fynd y ffordd honno.'

'Be 'dan ni haws? Ble bynnag 'raeth o, mae o filltiroedd o'n blaenau ni.' Cododd McKenna'r teleffon i alw swyddfa'r heddlu yn Llangefni. Gyrrodd Jack yn ôl at y groesffordd, a throi i fyny ffordd Pentraeth.

'Dwi isio mynd yn ôl i'r tŷ,' meddai McKenna, wrth gydio yn y teleffon. 'Gaiff yr heddlu lleol roi trefn arno, a deud wrthon ni pan ddaw o'n ôl.'

'Ie, wel, beth os na ddaw o?' gofynnodd Jack, wrth i'r car sglefrio o amgylch tro siarp.

'O, gadewch lonydd iddo, newch chi? Wn i ddim sut, ond 'dan ni newydd neud affliw o smonach!'

' 'Dach chi wedi gneud, 'dach chi'n feddwl!' gwridodd wyneb Jack. 'Chi oedd yr un wnaeth y siarad i gyd.' Cyflymodd ar hyd y ffordd a droellai drwy dir pori bryniog, wedi'i goroni yma ac acw â lleiniau o goed yn eu dail newydd sbon. Ymdawelodd McKenna, a phryder yn cnoi ei ymysgaroedd, a'r rhagweledigaeth Celtaidd dychrynllyd hwnnw fel petai'n rhagfynegi trychineb.

Daethant o hyd i Prosser chwarter awr yn ddiweddarach, ar y ffordd gul y tu allan i bentref Llansadwrn, a'r Volvo wedi taro'n galed yn erbyn y wal chwith, a cherrig trymion llwyd wedi eu gwthio allan o'r canol ac wedi syrthio ar ei beiriant gan y gwrthdaro. Roedd bws mini coch, gwyrdd a gwyn Crosville, gyda draig goch lachar yn addurno'i ochrau, ar draws yr ochr bellaf dolciog, a'i ychydig deithwyr ynghyd â'r gyrrwr yn crwydro o amgylch y ffordd fel defaid, gan symud y ffordd yma a'r ffordd acw, tuag at y Volvo ac yna draw oddi wrtho. Eisteddodd gyrrwr y bws i lawr yn sydyn yng nghanol y ffordd, a sychu ei law dros ei ben. Pan welodd y gwaed yn rhedeg i lawr rhwng ei fysedd, syrthiodd wysg ei gefn mewn llewyg. Rhuthrodd McKenna allan o'r car cyn iddo stopio ac at y Volvo. Galwodd Jack am ambiwlans ac injan-dân cyn ei ddilyn.

Gallai Trefor Prosser yn hawdd beidio byth fwynhau cysur ei gartref moethus drachefn, meddyliodd Jack, nac unrhyw bleser bydol arall, oherwydd roedd o wedi anwybyddu pob cyngor, a heb wisgo'i wregys diogelwch. Hongiai dros y llyw, a'r bochau tin bychan tewion hynny yn y trowsus gwlanen llwyd i fyny yn yr awyr, ei freichiau ar led, a'i ben yn dynn yn erbyn y ffenest flaen doredig. Rhoddodd McKenna ei law ar y wythïen fawr yng ngwddf Prosser gan ddal ei wynt.

'Mae o'n dal yn fyw.'

'Dwi wedi ffonio. Ddylien nhw fod yma'n fuan. Well inni edrych ar y lleill. Mae gyrrwr y bws yn edrych yn bethma.'

'Shit! Shit! SHIT!' byrlymodd McKenna. 'Pam roedd yn rhaid i hyn ddigwydd?' Cydiodd yn nrws y Volvo. 'Mae'n rhaid inni ei gael o allan! 'Llasa'r car fynd ar dân!'

'Gadwch lonydd iddo!' gorchmynnodd Jack. 'Wyddoch chi ddim y medrech chi neud mwy o ddrwg fel'na?' Symudodd o amgylch, gan synhwyro am arogl petrol. 'Beth bynnag, pryd oedd y tro dwetha ichi glywed am Volvo'n mynd ar dân? Does 'na ddim chwiff o ogla petrol. Mae'r rhain wedi eu hadeiladu fel tanciau.' Edrychodd ar Prosser. 'A phetai'r diawl dwl yna 'di cau ei wregys, mi fyddai o'n ei gwadnu hi ar draws y caeau erbyn hyn.'

Gorweddai Prosser yn yr ambiwlans ar y gwely gyferbyn â gyrrwr y bws, yn cael ei wylio'n ofalus gan y parafeddygon, un ohonyn nhw'n archwilio'i glustiau a'i ffroenau yn ddyfal am arwyddion o waed a hylif yn gollwng o benglog wedi cracio. Wrth wylio wyneb gwelw Prosser a'i gorff llonydd, roedd McKenna wedi teimlo euogrwydd mawr yn syrthio ar ei ysgwyddau, gyda holl rym Duw y tu cefn iddo.

Rhwng pyliau o gyfogi'n boenus ddifrifol i gynhwysydd hirgrwn a wnaed o rywbeth tebyg i hen focsys wyau, disgrifiodd y gyrrwr bws i McKenna sut y gwibiai Prosser ar hyd y ffordd gul yn y car mawr, coch, ac fel roedd o a Prosser wedi gogwyddo'n sydyn i'r ochr i geisio osgoi'i gilydd, a char Prosser yn taro yn erbyn y wal gan grensian mewn modd y byddai'r gyrrwr, meddai o, yn ei gofio hyd ddydd ei farwolaeth.

Gyrrodd Jack a Dewi gar McKenna i Fangor, ar ôl sicrhau bod cartref Prosser yn ddiogel, a bod y Volvo'n cael ei dynnu ymaith yn barod i'w archwilio am wendidau mecanyddol petai Prosser yn marw.

Roedd Owen Griffiths yn aros amdanynt. 'Dyna hen dro,' meddai. 'Be ar wyneb y ddaear ddigwyddodd?'

'Mae'n rhaid fod rhywbeth wedi dychryn Prosser, ac fe'i gwadnodd hi,' atebodd Jack.

'Doedd o ddim i fod i yrru, syr,' ychwanegodd Dewi.

'Fe wyddai Mr Prosser hynny. Dyna'r rheswm pam nad oedd o wrth ei waith.'

'Ond beth ddwetsoch chi?' gofynnodd yr arolygwr. 'O, Dduw mawr!' Gwelwodd ei wyneb. 'Roeddech chi'n ei erlid o pan grashiodd o, yn toeddech?'

'Nac oedden, syr,' meddai Jack. 'Welson ni ddim golwg ohono fo o gwbl nes cawson ni hyd iddo fo tu allan i Lansadwrn, ac roedd o eisoes wedi crashio erbyn hynny.'

'Mae'n debyg y dylen ni fod yn ddiolchgar am hynny o leiaf.' Edrychai Griffiths yn flinedig. 'Ewch i baratoi eich adroddiadau, yna dowch â nhw i mi.'

'Does 'na ddim pwrpas i chi aros yma, wir, Brif Arolygydd,' meddai'r cofrestrydd. 'Mae penglog eich ffrind wedi torri a suddo, ac mae nifer o'i 'sennau wedi torri. Mae'n dal yn anymwybodol, a gallai aros felly am ddyddiau.'

'Wnaiff o fyw?' Edrychai wyneb McKenna fel petai'n ddim ond cnawd am yr esgyrn.

'O, gwnaiff. Wel, os ewyllys Duw a wneler, fel byddwn ni bob amser yn 'i ddeud, er 'mod i wedi gweld rhai llawer gwaeth na fo yn codi ac yn cerdded allan o fan'ma.'

'Ga i 'i weld o? Dim ond am funud neu ddau?'

'Ddim ar y funud. 'Dan ni'n ei baratoi o ar gyfer y theatr. Ffoniwch yn hwyrach. Gadwch o am ychydig oriau, iawn? I ni gael cyfle i'w roi o at ei gilydd.'

Parhaodd McKenna i grafu-sgrifennu â'i feiro, gan lenwi tudalennau o bapur â llawysgrifen flêr, lac, a thaniodd sigarét arall, y bumed yn ôl cyfri'r arolygwr ers iddo ddechrau ysgrifennu'i adroddiad am y ddamwain.

'Ddylen ni ddim cael trafferth oherwydd hyn,' sylwodd Owen Griffiths. 'Mae'n ddigon amlwg bod Prosser yn euog, a'n bod ni'n cael digon o strach efo fo. Arno fo'i hun y mae'r bai ei fod o'n gorwedd yn yr ysbyty 'na.'

Rhoddodd McKenna ei feiro i lawr. 'Euog o be? Fedrwch chi ddim cymryd hynny'n ganiataol oherwydd iddo'i gwadnu hi. Roedd o wedi dychryn. Ac . . .' — cydiodd McKenna yn ei feiro a chychwyn ysgrifennu drachefn — '. . . mae'n debyg fod yr holl gyffuriau clefyd gwair yna 'di'i fwydro fo.'

'Mae o'n euog o rywbeth, Michael,' meddai Griffiths. 'Ac am ein bod ni wedi colli cymaint o amser yn barod ar yr ymchwiliad yma, fe alwais i'r swyddfa ddidol yn lle aros am orchymyn llys. Mae post Margaret Bailey wedi bod yn cael ei ailgyfeirio i swyddfa'r stad ers dros dair blynedd.'

'Wel, felly, cyn gynted ag y bydd Mr Prosser yn medru rhoi dau air at ei gilydd, fe ofynnwn ni iddo fo be mae o'n ei neud efo fo,' meddai McKenna. 'Pwy sy'n anfon y cyfarwyddiadau ailgyfeirio i mewn?'

'Margaret Bailey, wrth gwrs.'

'Pwy arall?' meddai McKenna. 'Pwy arall?'

# Pennod 21

'Mae'r cwmni siwrans yn gwrthod talu'r un geiniog,' meddai Jack.

'Pa gwmni siwrans?' gofynnodd McKenna.

'Ydi'ch brêns chi wedi rhydu neu rywbeth?' Swniai llais Jack yn bigog. 'Un Prosser, wrth gwrs. Dyna mae'r ffŵl yn ei haeddu hefyd! Fydd raid iddo dalu o'i boced ei hun i gael ei gar ffansi yn ôl ar y ffordd. 'Dan ni'n mynd i'w gyhuddo fo?'

'O beth?'

'Gyrru'n beryglus, wrth gwrs. Gyrru dan ddylanwad cyffuriau. Heb wregys diogelwch.'

'Nac 'dan, Jack, dydan ni ddim.' Swniai McKenna'n ddigalon. ' 'Dach chi ddim yn meddwl 'n bod ni wedi gneud digon o ddrwg iddo fo?'

'Ni? Gneud drwg iddo fo? Os 'dach chi'n meddwl 'mod i'n mynd i ddiodda cael 'y ngheryddu am i'r hen gena bach yna gael dyrnu ei ben i mewn, gewch chi ailfeddwl!'

'Wyddon ni ddim ydi o'n hen gena bach. Fyddai'n dda gen i petaech chi ddim yn neidio i gasgliadau.'

'Mae'n rhaid i rywun neud, yn toes?' meddai Jack yn chwerw. 'Tra 'dach chi'n boddi mewn euogrwydd, mae o â'i draed yn rhydd. Mae o 'nghanol hyn hyd at ei hen wddw bach, tew. Allai o hyd yn oed fod 'di llofruddio Romy Cheney ei hun.'

'Pam ddylai o fod eisio cael gwared â hi?'

Cerddodd Jack yn ôl ac ymlaen ar lawr y swyddfa. 'Wn i ddim, wn i? Wn i ddim pam fyddai neb eisio cael gwared â hi, ond fe naeth rhywun.' Eisteddodd yn sydyn ar gadair. 'Dduw mawr, dwi 'di cael llond bol.'

'Fe waethygodd damwain Prosser bopeth. Mae bai arna i oherwydd ddyliwn i fod 'di'i rag-weld o.'

'Sut? Galluoedd seicig, 'dach chi'n feddwl?'

'O, peidiwch â bod yn wamal! Ddyliwn i wybod digon am bobl i wybod be maen nhw'n debygol o'i neud.' Rhythodd McKenna ar Jack heb weld dim byd, meddyliodd Jack, ond y ddamwain o flaen ei lygaid.

'Be 'dan ni'n mynd i'w neud nesa?' torrodd Jack ar draws y synfyfyrdod.

'Fawr ddim y medrwn i 'i neud nes daw Prosser ato'i hun, ac yn ôl yr ysbyty, gallai fod yn ddyddiau cyn i hynny ddigwydd . . . Wythnosau, o wybod am ein lwc ni.'

'Pam na fedrwn ni gael gwarant chwilio i fynd drwy'i dŷ?'

'Ar ba sail?'

'Pa sail? Y llythyrau, wrth gwrs.'

'O! Rhowch y gorau i ailadrodd popeth dwi'n ddeud! Mae o'n ddigon i neud rhywun yn wallgo!' Edrychodd McKenna'n filain ar ei ddirprwy. 'Beth bynnag, pam 'dach chi yma? 'Dach chi i fod i gael diwrnod rhydd heddiw.'

'Os 'di'n rhaid ichi gael gwybod,' meddai Jack yn bwdlyd, 'mae hi'n ben blwydd yr efeilliaid, ac mae'n well gen i gadw draw cyhyd ag y medra i. 'Sgynnoch chi unrhyw wrthwynebiad?'

'Faint ydi'u hoed nhw? Pymtheg? Be maen nhw'n gael yn anrhegion?'

'Be bynnag mae genod yn eu harddegau eisio'r dyddiau yma. CDs, dillad, mwy o CDs . . .'

'Ydyn nhw'n cael parti?'

'Maen nhw'n rhy hen i barti. Dydi merched pymtheg oed ddim yn cael parti. Neu, o leiaf, nid rhai derbyniol gan eu rhieni. Ond 'dan ni'n mynd â nhw allan am bryd o fwyd.'

'Bydd hynny'n braf ichi i gyd,' sylwodd McKenna.

'Bod yn goeglyd 'dach chi?' ffromodd Jack. 'Oherwydd os ydach chi, does dim galw amdano. Gawson nhw barti'r llynedd, a doedd dim byd ond helynt o'r dechrau i'r diwedd. Roedden nhw'n dal i blydi cwffio am hanner nos!'

'Do'n i ddim yn bod yn goeglyd! Pam mae'n rhaid i chi fod mor blydi croendenau? Ddwedodd Eifion Roberts wrtha i ddoe am beidio dod â phroblemau cartre i 'ngwaith.'

'Iawn iddo fo siarad, yn tydi? Y plant wedi hedfan o'r nyth, a'i wraig o'n dal i feddwl fod yr haul yn tw'nnu o'i din o!' Hyll-dremodd Jack ar McKenna. 'I ble arall dwi i fod i fynd â 'mhroblemau cartre 'ta?'

'Dim ond deud be ddwedodd o ydw i. Dim ots gen i os 'dach chi'n cwyno bob hyn a hyn.'

' 'Dach chi'n glên iawn.'

'Rŵan 'dach chi'n goeglyd.' Diffoddodd McKenna'r sigarét ar hanner ei hysmygu. 'Ble mae Dewi Prys?'

'Wedi gorfod mynd i helpu yn y gêm bêl-droed. Bangor yn erbyn Caernarfon.'

'Yna os oes gynnoch chi rywfaint o synnwyr, ewch adref cyn i'r celloedd ddechrau llenwi.' Gwenodd McKenna. 'Fedar hyd yn oed yr efeilliaid ddim bod cynddrwg â chefnogwyr pêl-droed afreolus.'

' 'Dach chi isio bet?' meddai Jack yn ddigalon. 'Eglurwch i mi pam na fedrwn ni gael gwarant ar Prosser.'

'Does dim tystiolaeth ei fod o'n cymryd llythyrau

wedi eu cyfeirio i Fwthyn y Grocbren ar gyfer Margaret Bailey. 'Runig beth wyddon ni ydi fod y llythyrau'n mynd i swyddfa'r stad.'

'Mae'n debyg eich bod chi'n iawn. Beth am orchymyn llys i edrych ar ei chyfri banc?'

'Fyddai o ddim yn deud dim na wyddon ni'n barod, ac fe allai rybuddio pwy bynnag sy'n ei ddefnyddio. Fedrwn ni ddim ymddiried ym mhawb mewn banc i gadw'n ddistaw . . .' Ystumiodd McKenna glip papur i ryw ffurf gwirion. 'Ar y funud hon mewn amser, fel maen nhw'n deud, 'dan ni'n mynd i aros i weld be sy'n digwydd.'

'Be sy'n digwydd pryd?'

'Pan gawn ni'r llyfrau cyfrifon yna'n ôl o swyddfa'r stad, a chael sgwrs fach arall efo'r wraig sgwrslyd yno. Gaiff Dewi siarad efo hi. Mae o'n dda am gael gwybodaeth gan ferched . . . Fyddai ots gynnoch chi ac Emma petawn i'n prynu rhywbeth i'r genod?'

'Y . . . na. Wrth gwrs.'

'Iawn. Wela i chi i gyd yn nes ymlaen.'

'Fedra i ddim gneud iawn am fy mhechodau, na fedra?' berwodd Jack.

'O, rho'r gorau i gwyno!' chwyrnodd Emma, gan roi cic i'w goesau o'r neilltu i fynd heibio. 'Ella y dylet ti fod 'di meddwl gofyn iddo ddod i ginio.'

'A sut gwyddwn i fyddai'r efeilliaid eisio dod?' mynnodd Jack.

'Gofyn, 'ntê?' meddai Emma. 'Defnyddio dy ddychymyg am unwaith. Ti'n gwybod eu bod nhw'n hoff ohono fo.'

'Wel, biti garw! Fydd raid iddyn nhw fodloni ar gael anrhegion ganddo fo.'

'Ac fe allai o fod wedi mwynhau'r cwmni. Dydi o ddim yn edrych yn hanner da, ac mae o wedi colli peth mwdradd o bwysau'n ddiweddar. Nid dy fod ti'n debygol o fod wedi sylwi,' ychwanegodd yn ddeifiol, '. . . ond dwi'n meddwl ei fod o'n diodde o iselder.'

'Mae o bob amser yn isel neu rywbeth. Welais i 'rioed neb mor oriog ag o.'

Syllodd Emma ar ei gŵr, a'i llygaid yn disgleirio o ddicter. 'Sut fedri di fod mor hurt? Wyt ti ddim yn sylweddoli be ydw i'n ddeud? Dwi'n meddwl y gallai o geisio gneud amdano'i hun! A fyddet ti ddim mymryn callach, na fyddet, nes caet ti hyd i'w gorff o yn rhywle?'

'Dydi Eifion Roberts ddim yn meddwl hynny. Ddwedodd o gymaint â hynny dro'n ôl, ac fe ddylai o wybod.'

'O, wela i.' Eisteddodd Emma, a'i hysgwyddau'n suddo. 'Wela i . . . mae'n rhaid fod Eifion Roberts wedi meddwl am hynny, felly? Neu pam fyddai o wedi sôn am y peth?'

Roedd McKenna'n troi a throsi'n ddi-gwsg yn ei wely, y gath wrth ei draed, a'i choler newydd fflworoleuol yn disgleirio bob hyn a hyn wrth iddi hithau hefyd droi a throsi i osod ei hun yn gysurus. Gwenodd ychydig wrth gofio cyfarchiad brwd yr efeilliaid, a'r cusanau cynnes, arogleuog yn dyner ar ei ruddiau wrth iddo roddi tusw o flodau yr un iddynt. Cofiodd hefyd am Emma, ei hwyneb yn olau o ryw deimlad a'i llygaid yn pefrio, a chofio'r ias o gyffro a deimlai drwy'i gorff wrth edrych i'r llygaid hynny. Trodd ar ei ochr, gan ennyn protest fiawllyd gan y gath, a chlywed cwynfan y gwynt drwy'r bibell ddŵr doredig ar y wal y tu allan i'w ffenest wrth iddi daro'n faleisus dro ar ôl tro yn erbyn y ffenest agored.

Daeth teipydd â llythyr i swyddfa McKenna yn gynnar fore Llun. Agorodd yr amlen a thynnu allan ddalen o bapur a llun:

*Gwn imi ddweud nad oedd gen i lun o Madge,* meddai'r llythyr, a mynd ymlaen: *ond cefais hyd i hwn y diwrnod o'r blaen pan oeddwn yn rhoi trefn ar ychydig o bethau a meddwl y byddai gennych chi ddiddordeb. Peidiwch â thrafferthu i'w anfon yn ôl.* Roedd llofnod Robert Allsopp yn sgribl blêr ar draws gwaelod y papur trwchus drudfawr.

Doedd dim dyddiad nac ysgrifen ar gefn y llun. Edrychai Margaret Bailey ar McKenna fel petai'n dal i fyw ac anadlu a charu a galaru; roedd rhyw hanner gwên drist ar ei gwefusau, a'i gwallt golau cwta'n cael ei chwythu gan wyntoedd yn sgubo'r rhostiroedd y tu cefn iddi. Ni fedrai weld lliw ei llygaid, dim ond pwt o heulwen yn taro ar esgyrn ei gruddiau a'i gên. Doedd hi ddim yn ddynes hardd, ond roedd yn dal ac yn drawiadol, gyda chysgodion yn ei hwyneb, hwyrach olion o dristwch ac o wersi caled wedi eu dysgu. Edrychai'n hŷn yn y llun na phan gyfarfu â'i marwolaeth, ac yn flinedig, fel petai'r bywiogrwydd wedi ei guro ohoni. Dangosai'r golau filoedd o grychiadau bychain drwy'r croen tenau ar lawnder ei gruddiau, fel y craciau mân ar hen lestri tsieni. Yng nghornel chwith y llun gellid gweld pen blaen car, prin yn y golwg, a'i liw wedi ei dywyllu gan ei gysgod ei hun. Syllodd McKenna ar y wraig a'r car, ei feddwl bellteroedd i ffwrdd ar y rhostir llwm. Wrth gerdded i mewn heb dderbyn unrhyw ymateb i'w gnoc ar y drws, cafodd Jack hyd iddo, ei ddwylo wedi eu lledu ar dop y ddesg a'i lygaid wedi eu mesmereiddio.

'Be 'di hwnna?' gofynnodd.

'Romy Cheney.' Trodd McKenna'r llun fel ei bod hi'n awr yn edrych i fyny ar Jack. 'Neu Margaret Bailey. Allsopp yrrodd o.' Swniai ei lais yn hollol ddifynegiant.

Llygadodd Jack McKenna'n llechwraidd, a phryder Emma yn ei gylch yn gwrthod gollwng ei afael. 'Be 'na i efo fo?'

'Cael copïau lliw ac anfon pobl allan i ofyn cwestiynau.'

'Iawn. Be arall 'dach chi eisio inni'i neud?' gofynnodd i'r tawelwch hir.

'Dwi ddim 'di penderfynu.'

'Wel, ella y bydd Beti Gloff yn medru deud ai hon oedd y ddynes welodd hi yn y car.'

'Ella.' Swniai llais McKenna'n ddifywyd. 'Hyd yn oed os bydd hi, fedra i ddim gweld unrhyw lys yn cymryd fawr o sylw ohoni hi.'

'Pam lai? Fe welodd hi'r gyrrwr, roedd hi'n 'nabod y car.'

'A sut mae nain Dewi yn ei disgrifio hi? Un llygad yn edrych at Fethesda, un at Gaernarfon! 'Dach chi'n meddwl y bydd barnwr a rheithgor yn debygol o gredu ei bod hi'n medru gweld unrhyw beth yn iawn?'

'O, wela i be 'dach chi'n feddwl.' Gan deimlo'n hynod o annifyr, cymerodd Jack anadl ddofn a phlymio i mewn i ddyfroedd lleidiog bywyd personol McKenna, o ddyletswydd at Emma, ac oherwydd ei fod yn gweld drosto'i hun mor gynhyrfus roedd y dyfroedd hynny bellach. 'Ydi popeth yn iawn, syr? Efo chi, dwi'n feddwl?'

Eisteddodd McKenna'n llonydd iawn a'i freichiau

ar y ddesg. 'Does affliw o ddim yn iawn, Jack, a does gen i na'r ewyllys na'r wybodaeth i'w gywiro.'

'O, wela i.'

'Welwch chi? 'Dach chi'n glyfrach na fi, felly.'

'Mae Emma'n deud,' mentrodd Jack, 'ei fod o'n gyffredin i bobl fod yn isel wedi argyfwng personol . . . yna mae rhywun yn gwella, yn debyg i rywun yn cael ei nerth yn ôl ar ôl bod yn wael. Hynny yw, mae'n debyg, os nad 'dach chi wedi methu, fel petai . . . 'dach chi'n meddwl ichi neud camgymeriad wrth adael Denise?'

'Wn i ddim.' Chwilotodd McKenna yn ei bocedi am sigarennau a thaniwr. 'Doeddwn i ddim yn hapus efo hi, dwi'n ddim hapusach hebddi hi. A be sy'n gneud pethau'n waeth,' aeth ymlaen, gan dynnu'n eiddgar ar y sigarét, 'ydi'r hunanoldeb. Be dwi eisio, neu be dwi ddim eisio, ydi'r cyfan sy'n cyfri. Byth yn meddwl am Denise yn gynta, byth.'

'Ond fe fedrech chi ddeud . . .' ymdrechodd Jack i gael hyd i'r geiriau i fynegi'r hyn a ddaeth i'w feddwl. 'Fe fedrech chi ddeud pe byddai'ch priodas chi'n iawn, fyddai dim rhaid ichi feddwl amdani o gwbl. Ac os na fyddai'n rhaid ichi feddwl amdanoch chi a Denise, fyddech chi ddim wedi gorfod gneud unrhyw benderfyniadau ynglŷn ag aros neu adael . . . os 'dach chi'n deall be dwi'n feddwl.' Tawodd, yna ychwanegodd, 'Be dwi'n feddwl ydi nad oes dim angen imi ofyn i mi fy hun os dwi'n hapus efo Em. Mae'r cyfan fel petai o yna . . . byth ers ichi adael Denise dwi wedi bod yn meddwl am briodasau ac Emma a fi, a fedra i ddim dychmygu bywyd hebddi hi.'

Teimlodd McKenna eiddigedd mor rymus fel y disgwyliai i Jack arogleuo ei ddrewdod, yn afiach a hunanol a myglyd. Llifodd anobaith yn ei sgil gan ddeud wrtho na fyddai byth yn adnabod bodlonrwydd mor syml, oherwydd ei fod o'n ddiffygiol o'r synnwyr i wybod ei werth.

Gorweddai Trefor Prosser yn swrth yn ei wely ysbyty, a rhwymau'n drwch o amgylch ei benglog a thiwbiau wedi eu cyplysu i'w ffroenau a chefn ei law. Caniatawyd i McKenna edrych arno, a dywedwyd wrtho y gelwid arno cyn gynted ag y byddai ymwybyddiaeth yn dychwelyd, am ba hyd bynnag.

'Ddylien ni adael cwnstabl i eistedd efo fo?' gofynnodd Jack, wrth iddyn nhw yrru o'r ysbyty. 'Rhag ofn y daw o ato'i hun yn sydyn?'

'Fedren ni ddim cyfiawnhau'r gost,' meddai McKenna. 'Fydd dim angen erlid Prosser, hyd yn oed pan fydd o'n ymwybodol.' Arhosodd ger croesfan droed ar Ffordd y Traeth i hen wreigan â throli siopa rowlio'i ffordd o'r naill ochr i'r llall. 'Does 'na'r un cyfeiriad ailgyfeirio ar gyfer Margaret Bailey yn llyfrau'r stad. Ddwedodd Dewi wrthoch chi?'

'Do.' Gwyliodd Jack long wedi angori yn yr hen borthladd yn dadlwytho mwy o dywod ar y pyramid anferth ar ben y doc, ei pheiriant yn dyrnu, a'r cadwynau cludo'n rhuglo. 'Dyna pam y gofynnais i ynghylch Prosser, oherwydd does 'na neb arall yn debygol o ddeud dim wrthon ni, nac oes?'

'Wyddon ni ddim nes gofynnwn ni, na wyddon ni? Ddaethoch chi â'r llun i'w ddangos i gymydog Stott?'

'Do. Beth am Jamie?'

'Popeth mewn da bryd, Jack. Caewch y ffenest, newch chi? Mae'r drewdod yna oddi ar y môr yn troi fy stumog i.'

\* \* \* \*

Roedd cymydog Christopher Stott wedi dod adref i ginio. Eisteddai'n sarrug wrth fwrdd mewn cegin glòs, ddi-raen, yn bwyta 'sgodyn a tships, ac yn slochian lager o gan. Roedd o ar ei ben ei hun yn y tŷ, ei wraig wedi mynd allan, ac unrhyw blant y gallen nhw fod wedi eu cenhedlu yn rhywle arall. 'Ddwedais i bopeth oedd 'na i'w ddeud wrth y Dewi Prys 'na.' Gwthiodd tships i'w geg. 'Felly pam na newch chi'ch dau ei gwadnu hi i'r diawl?'

Achosai'r arogleuon tships seimlyd, y gegin fudr, a'r ddiod, gyfog i godi yng ngwddf McKenna. 'Dwi isio gwybod pam 'dach chi'n rhoi benthyg y car i Jamie Llaw Flewog.' Agorodd y drws cefn. Cymerodd y dyn lond ceg o'r pysgodyn, a gwasgodd fwy o sglodion i'w geg. 'Mae Jamie'n rhoi help llaw i mi,' meddai, a'r geiriau'n slotian allan drwy'r bwyd. 'Mae'n cael benthyg y car yn lle tâl.'

Gan syllu allan ar ardd ddi-raen, gweddillion beics a darnau o blastig rhychlyd o ryw sièd neu dŷ gwydr wedi hen syrthio, meddai McKenna, 'Dydi o ddim yn gneud rhyw lawer o arddio. Be mae o'n ei neud?'

'Hyn a'r llall.' Sychodd y dyn ei fysedd ar y papur tships, ac yfodd fwy o lager.

'Fedr Jamie neud dim byd ond helynt,' meddai Jack. 'Fedar o ddim gneud gwaith plymar nac adeiladydd na dim byd defnyddiol. Fedr o neud dim byd y byddech chi angen talu iddo am ei neud.'

'Gwybod y cyfan, 'dach chi?'

Pwysodd McKenna yn erbyn cilbost y drws cefn, gan deimlo awydd i danio sigarét i ladd yr arogleuon ond gan wybod hefyd y byddai'n chwydu'i berfedd allan petai'n rhoi fflam ar faco. 'Fe wyddon ni fod

Jamie'n ymhél â chyffuriau. Ella'i fod o'n eich helpu chi yn y cyfeiriad yna?'

Neidiodd y dyn o'i gadair. 'Peidiwch trio tric fel'na!' Gan edrych o Jack i McKenna, cerddodd wysg ei gefn tua'r drws i'r lobi, a dyfalodd McKenna a fyddai'n rhedeg at y drws ffrynt, neidio i'r car mawr, sgleiniog yna oedd yn gymaint o ddirgelwch, a gyrru i mewn i wal gan wasgu'i ben yn seitan. Meddyliodd y dylai symud i'w atal, ond doedd ganddo ddim nerth; teimlai ei goesau'n drwm ac yn wan fel petai'n cerdded drwy ddŵr, neu'n ceisio dianc rhag perygl mewn breuddwyd.

Gan sylwi ar McKenna a'r gwelwder melyn ar ei groen, cyrchodd Jack am berchennog y Scorpio, a chydio yn ei fraich. 'Dwi'n meddwl y byddai noson yn y celloedd yn llacio'ch tafod chi.'

Pwysodd y dyn yn erbyn y wal. 'Gadewch lonydd i mi!' cwynodd. 'Gwneud ffafr â Stott o'n i. Dyna i gyd. Ei gadw fo allan o'r cachu.' Chwarddodd yn sbeitlyd. 'Gachodd o ar ei riniog ei hun, Stott, heb help gan neb!'

Gyrrodd Jack McKenna adref a gwrandawodd ar synau chwydu o'r ystafell molchi wrth ffonio'r feddygfa. Pan gyrhaeddodd y meddyg, roedd McKenna yn ei gwman ar y soffa, yn cydio yn ei stumog ac yn griddfan mewn poen. Ac yntau'n noeth heblaw am ei drôns, gadawodd i'r doctor fyseddu a phrocio'i ymysgaroedd.

'Mae o mewn poen,' meddai Jack yn amddiffynnol, gan syllu'n agored ar McKenna, ei asennau esgyrniog i'w gweld yn blaen, a gewynnau'r stumog wedi'u gwasgu'n dynn.

'Poen ydi ffordd y corff o ddeud wrthon ni nad ydi popeth ddim yn iawn,' sylwodd y doctor.

'Be sy'n bod arno fo?' gofynnodd Jack.

'Wn i ddim eto, wn i?' Tynnodd y doctor amrant isaf llygad McKenna i lawr, a syllu ar y gwythiennau cochion yn rhedeg drwy'r cnawd mewnol. Cododd y ddwy law i fyny, pwyso ar yr ewinedd, ac archwilio'r croen tenau. ''Dach chi'n yfed?' gofynnodd i McKenna.

'Fawr ddim.'

'Faint ydi "fawr ddim"?'

'Yn union be mae o'n ddeud!' mynnodd Jack. 'Fydd o byth bron yn yfed.'

'Dim ond meddwl. Allai o fod yn sirosis yr iau. Llawer ohono o gwmpas.' Trodd at McKenna. 'Wedi bod yn pasio gwaed neu slafan?'

'O ble?'

'Naill ben neu'r llall.'

Gwridodd McKenna. 'Wn i ddim. Ddim pan oeddwn i'n cyfogi.'

Ochneidiodd y doctor. 'Ac mae'n siŵr eich bod chi'n rhy gwrtais i edrych i mewn yn y tŷ bach. Mae carthion yn faromedr da o iechyd, 'chi.' Dychwelodd ei stethosgôp i'w fag. 'Dwi'n meddwl fod yn well inni chwarae'n saff a'ch anfon chi i'r ysbyty. Rhaid parchu arweiniad natur, wyddoch chi.'

Ymdrechodd McKenna i godi. 'Na!'

Eisteddodd y meddyg i lawr wrth ei ochr. 'Fuoch chi ddim ar gyfyl y feddygfa ers pan gawsoch chi'r ffliw 'na ychydig flynyddoedd yn ôl. Wn i ddim be sy o'i le efo chi, a does 'na ddim yn 'ch hanes meddygol chi i roi unrhyw gliw imi.'

Gofynnodd Jack, 'Beth allai o fod?'

'Clwy melyn. Llid yr ymennydd. Cychwyn rhyw helynt perfedd . . . Nid *appendicitis* ydi o oherwydd does ganddo fo ddim 'pendics. Allai fod yn wenwyn bwyd. Neu ella gormod o dabledi cysgu. Mae pobl weithiau'n cymryd mwy nag y dylien nhw, er mwyn cael noson dda o gwsg, tipyn bach o heddwch . . .'

Aeth ambiwlans â McKenna ymaith, a'i byjamas ac ati wedi eu gwthio i fag. Paciodd Jack fwyd cath o gypyrddau'r gegin, bowlenni glân a brws, a'u rhoi nhw yn y car; aeth yn ôl i'r tŷ i ddiffodd y gwres canolog a'r prif dap dŵr ac i gloi. Yn olaf, cododd y gath, hithau'n amheus a gwyliadwrus, a'i chario hi i fyny'r grisiau ac allan. Swatiodd ar y sedd gefn drwy gydol y daith, mewn penbleth digalon ac yn edrych yn amddifad iawn.

'Dwi'n mynd i'r ysbyty,' cyhoeddodd Emma. 'Rho di gynnig ar gael gafael ar Denise eto a dal ati nes cei di afael arni.'

'Fydd o eisio'i gweld hi?'

'Na fydd mae'n debyg. Ond dwi isio iddi wybod, dyna'r cyfan. Allai neud iddi deimlo'n edifar.'

'Pam y dylai hi deimlo felly? Fo adawodd hi.'

'Yn hollol, a pham? Os na fydda i'n ôl erbyn amser te, gewch chi i gyd 'sgodyn a tships.'

# Pennod 22

'Dyna pam roedd 'na gymaint o strach, syr?' gofynnodd Dewi.

'Yn ôl pob golwg,' meddai Jack wrtho. 'Cariad Mr Prosser ydi Mr Stott. Ac mae Jamie'n cael benthyg y car am beidio â dweud am 'run o'r ddau wrth neb — eu mêts, cyflogwyr, gwragedd na'r capel.' Gwnaeth ystum o ddiflastod. 'Cyfoglyd yn tydi? Meddwl am y ddau yna efo'i gilydd.'

'A deud y gwir, syr, dwi'n meddwl fod Jamie a'i flacmel yn llawer mwy cyfoglyd na dau ddyn yn ffansïo'i gilydd. Be 'dan ni'n mynd i'w neud iddo fo?'

'Fyddwn i ddim wedi meddwl fod gen ti fawr i'w ddeud wrth Prosser a Stott a'u tebyg.'

'Gen i lai i'w ddeud wrth Jamie a'i fath, oherwydd dwi ddim yn meddwl bod Stott na Prosser wedi meddwl fawr am eu perthynas nes i Jamie dynnu'u sylw nhw ato fo, fel petai, a'u perswadio nhw 'i fod o'n werth mynd i'w pocedi er mwyn tawelwch. Sut roedd o'n gwybod, beth bynnag?'

'Wn i ddim. Wyddai'r sawl ddywedodd wrthon ni ddim o'r manylion.'

'Be 'dan ni'n mynd i'w neud efo Jamie?'

'Rho'r gorau i swnian! Nes byddwn ni'n gwybod am faint y bydd Mr McKenna i ffwrdd, dwi ddim yn tynnu dim yn fy mhen. Fydd raid i ti ffrwyno d'eiddgarwch.'

'Wela i ddim pam. Mi fydd Jamie'n gwybod, yn bydd?'

'Dim os bydd gan ein ffrind yn Y Pendist unrhyw synnwyr.' Ffidlodd Jack efo beiro McKenna. 'Braidd yn od, ti'n gwybod. Mae gan Stott wraig a phlentyn.'

' 'Dach chi ddim yn gwybod rhyw lawer, nac 'dach chi, syr? Dydi ffansïo dynion eraill ddim yn rhwystro neb rhag mynd efo merched a chael plant. Deurywiol maen nhw'n galw rhai tebyg iddo fo. Mae bod yn briod yn glogyn da beth bynnag.'

'Wyt ti 'di dangos y llun yna o amgylch y pentref?'

'Maen nhw'n claddu'r Rebekah yna heddiw, felly doedd dim cyfle i siarad efo'r un enaid. Roedd hanner Bangor o gwmpas yr eglwys, yn busnesu, yn stwffio eu hunain o flaen camera teledu. Waeth inni ei adael tan fory ddim.'

'Fory! Mae popeth yn cael ei adael am ryw reswm neu'i gilydd! Dydi fory byth yn dod, neu wyddost ti mo hynny yn y rhan yma o ben draw'r byd?'

'O, wn i ddim, syr. Fwy fel Duw yn codi'i fawd ar bethau, yn tydi? Cael McKenna'n sâl ydi'r peth olaf 'dan ni ei angen. Be sy'n bod arno fo? Oes 'na rywun yn gwybod bellach? Dwi'n gobeithio nad ydi o ddim yn ddrwg iawn. 'Dach chi?'

Un funud gobeithiai Emma y byddai Denise yn rhuthro i mewn, yn wrid, yn bryder, ac yn anhrefn i gyd, a'r nesaf, gweddïai am ei hanwybodaeth barhaol o gyflwr McKenna. A hithau'n clwydo ar ymyl cadair wedi ei gorchuddio â phlastig mewn ystafell y tu allan i un o'r wardiau meddygol, gofynnodd Emma iddi'i hun beth fwriadai hi ei ddweud wrth McKenna pan gâi hi ei weld o, gan wybod y gallai hi ddweud fod y tŷ dan glo, y gwres a'r dŵr wedi eu troi ymaith, a'r gath yn ddiogel yn ei gofal hi. Gallai eistedd ger erchwyn ei wely a gwenu a phaldareuo a chysuro, ac os edrychai o arni eto gyda'r golau yna a dywynnodd mor fyr yn ei lygaid y diwrnod o'r blaen, gallai ei hesgusodi ei hun petai hi'n mwytho'r gwallt cochlyd oddi ar ei dalcen a chynhesu ei law oer, denau â'i llaw ei hun. Meddyliodd am gyffyrddiad corfforol ganddo, a thrywanwyd ei chorff â dyhead ofnadwy, gan ei gadael wedi'i hysgytio, yn wannach na'r dyn yr arhosai i'w weld.

'Mae'r diawl dwl 'di cael gastro-enteritis.' Clwydai Eifion Roberts ar gornel desg McKenna.

'Dim syndod o gwbl i mi,' meddai Dewi. 'Meddwl am rai o'r llefydd lle 'dan ni 'di bod yn ddiweddar . . . mae'n debyg iddo'i godi wrth i John Beti anadlu i'w wyneb.'

'O, cau dy geg, Prys!' chwyrnodd Jack. Wrth y patholegydd, dywedodd, 'Faint fydd o yn yr ysbyty?'

'O, fawr ddim o gwbl, gyhyd ag na fydd ei gorff o'n colli gormod o hylif efo'r holl gyfogi yna a'r ddolur rhydd. Wnân nhw ddim gadael iddo aros i mewn heblaw ei fod o'n marw.' Collodd Dr Roberts bob diddordeb yn McKenna a throi'r stori. 'Be sy'n digwydd?'

Ar ôl clywed hanes Prosser a Stott, meddai Dr Roberts, ' 'Dach chi braidd yn ddiniwed os 'dach chi'n meddwl mai dyna'r cyfan sy 'na.'

'Be arall fedrai fod?'

'Sut gwn i? Ella fod pethau wedi cychwyn fel'na, ond fedra i ddim ei weld o'n dal ati. Pan ddaw hi i'r pen draw, gaiff Jamie ddeud beth fyd fynn o, ond mae'n amheus gen i fedrai o'i brofi o. A hyd yn oed pe medrai, dydyn nhw ddim 'di bod yn gneud dim byd anghyfreithlon nad ydi hanner y boblogaeth wrywaidd ddim yn ei neud rywbryd neu'i gilydd.'

' 'Dw i ddim yn gneud y math yna o beth,' meddai Jack.

'Nac 'dach chi? Ddim hyd yn oed pan oeddech chi yn eich arddegau? Bobol bach! Yn ôl rhai pobl, 'dach chi ddim yn normal.'

'Peidiwch chi â dechrau 'mhryfocio i oherwydd fod McKenna allan o'ch gafael chi am dipyn!'

'Mae 'na gorff o ymchwil gyfreithlon a pharchus sy'n dadlau fod y rhan fwyaf o ddynion yn mynd drwy gyfnod gwrywgydiol yn ystod eu harddegau, a'i fod yn hollol normal. Mae 'na ymchwil arall sy'n awgrymu fod gan y rheini sydd ddim yn tyfu allan ohono naill ai anhrefn gromosomaidd neu ryw abnormaledd. Dwi'n rhyw ffafrio hynny braidd fy hun. Wyddoch chi, y syndrom trydydd rhyw. Does gan y creaduriaid bach ddim help, wedi'u carcharu gan eu genynnau'u hunain.' Ochneidiodd. 'Ella y ca i at wraidd y peth ryw ddiwrnod, wedi imi gael tipyn mwy o wrywgydwyr dan fy nghyllell. Duw a ŵyr, mae 'na ddigon ohonyn nhw o gwmpas y lle 'ma i neud faint fynner o waith ymchwil.'

'Mae Stott a Prosser yn garcharorion meddylfryd capel,' meddai Dewi. 'Gwarchod yr holl barchusrwydd dydd Sul yna, doed a ddelo.'

Drylliodd geiriau'r meddyg freuddwyd Emma o nyrsio McKenna drwy salwch difrifol, gan fynnu fod bywyd ac iechyd yn dod yn ôl iddo, ac yna medi'r wobr. Hen salwch ddi-ramant oedd gastro-enteritis, heb fod yn hardd nac yn arwrol o gwbl. Ac mae'n debyg mai arno fo'i hun roedd y bai, meddyliodd yn chwerw, wrth ddilyn côt wen y doctor yn cyhwfan y tu cefn iddo i'r ward lle bu McKenna dros nos.

Edrychai'n felyn, yn sâl, yn welw ac ar goll yn lân, wrth wenu'r wên gam braidd a aeth at ei chalon. Daliodd ei law allan.

'Mae'n wir ddrwg gen i, Emma,' ymddiheurodd, 'am beri cymaint o drafferth i chi a Jack o hyd.'

Safodd Emma uwch ei ben, a'i law yntau'n gorffwys yn ysgafn yn ei hun hi. 'Rhaid ichi beidio â phoeni. Oes ganddyn nhw ryw syniad be naeth chi'n sâl?'

'Rhywbeth dwi wedi'i fwyta, medden nhw . . .'

'Ddylech chi fod gartre'n fuan.' Gwenodd Emma. Gorffwysai ei law yn ei llaw hi o hyd, yn llonydd ac yn fodlon. Ymwthiai dymuniad i'w meddwl, gan roi rhywbeth yn y berthynas nad oedd ganddo hawl i fod yno. Teimlai benbleth a chywilydd am ei dychymyg ei hun. Gwasgodd yntau ei llaw a'i gollwng.

'Ydi Denise yn gwybod 'mod i yma?'

'Nac ydi, heblaw bod Jack wedi llwyddo i gysylltu â hi. Wna i'n siŵr y caiff hi wybod gynted ag sydd bosib.'

'Fyddai'n well gen i 'taech chi'n peidio, Emma.'

'Pam?'

'Dim ond nad dwi ddim o'i heisio hi yma.' Roedd ei lygaid yn llwm iawn. 'Beth bynnag, dydi o ddim yn werth ei phoeni hi, wir.'

'Mae'n debyg nad ydi ymweld â'r claf ddim yn un o'i chryfderau hi, ydi o? Fyddwch chi ddim yn unig?'

Suddodd yn ôl ar y gobenyddion. Syllodd arni, ond ni fedrai ddehongli'r edrychiad yn ei lygaid. 'Ddowch chi eto? Os nad ydi o'n ormod o drafferth, fyddwn i'n falch o'ch gweld chi.'

Gadawodd heb ofyn oedd o eisio gweld Jack hefyd. Meddyliodd efallai y byddai'n caniatáu iddi'i hun ychydig o oriau'n ychwaneg gyda'r freuddwyd fel aur coeth yn ei chalon, cyn y byddai'n rhaid iddi adael i oerfel marwol synnwyr cyffredin drechu'r addewid oedd ynddi, a rhwygo'r defnydd brau, tryloyw'n garpiau.

Segurai Jamie mewn cadair freichiau yn ystafell ddi-wres tŷ cyngor ei fam, a'i goesau yn syth allan o'i flaen.

'Faint gostiodd y bwtsias yna?' holodd Jack.

'Be ydi o i chi?'

'Wŷr Jamie ddim faint gostion nhw gan mai rhai wedi eu dwyn ydyn nhw,' cynigiodd Dewi. 'Gollodd y siop chwaraeon ar y Stryd Fawr nifer o barau fel yna dro'n ôl.' Syllodd y tri ar draed Jamie, mewn *Nubuck* du yn fflachio gyda choch, arian a gwyrdd.

'Tybed fedren nhw adnabod 'rhain petaen ni'n mynd â nhw i mewn?' gofynnodd Jack yn feddylgar.

'Siŵr iawn, syr.' Gwenodd Dewi ar Jamie. Rhythodd Jamie yn ôl, a'i wyneb yn ddifynegiant.

'Wel, Jamie?' Trodd Jack at y llefnyn.

'Wel be?'

'Be sy gen ti 'i ddeud wrthon ni?'

Taniodd Jamie sigarét, gan chwythu'r mwg i'r aer oer, lle ymffurfiodd yn stribedi bob siâp.

'Y cyfan sy gen i i'w ddeud ydi os na rowch chi'r gorau i 'mhoeni i, dwi'n mynd i gwyno.' Tynnodd yn hir, a gadael i fwg dreiglo o'i ffroenau a'i geg. 'Es i i weld y Cynghorydd Williams y diwrnod o'r blaen. Dydi o ddim yn rhyw fodlon iawn ar eich criw chi, nac ydi?'

'Gaiff y Cynghorydd Williams fynd i'r diawl,' meddai Jack yn ddistaw.

'Twt, twt!' meddai Jamie. 'Dwi'n clywed ei fod o'n

llawiach garw efo gwraig posh 'ch giaffar chi. Fe aeth hi i briodas ei ferch. Wyddech chi hynny?'

'Dwi ddim yn meddwl fod Mr Tuttle na Mr McKenna yn malio'r un botwm corn am neb sy'n llawiach garw efo'r Cynghorydd Williams, Jamie,' meddai Dewi. 'Does ganddyn nhw fawr i'w ddeud wrth y Cynghorydd Williams a'i fath sy'n busnesu ac yn ein rhwystro ni rhag gneud ein gwaith yn iawn. Ti'n gwybod ein bod ni i gyd yn cymryd llw i neud ein gwaith heb falais na ffafr. Ydw i'n iawn, Mr Tuttle?'

'Wrth gwrs.' Crechwenodd Jack ar Jamie. 'Wyt ti'n gwybod rhywbeth am y Cynghorydd a'i gyfeillion?'

Syllodd Jamie ar y nenfwd. 'Wn i ddim am be 'dach chi'n sôn.'

'Ella, syr,' meddai Dewi, 'fod y Cynghorydd Williams neu rai o'i ffrindiau'n perthyn i'r hanner cant y cant roedd Dr Roberts yn sôn amdanyn nhw.'

Pan wawriodd dealltwriaeth wedi ychydig eiliadau o benbleth, chwarddodd Jack. 'Allet ti'n hawdd fod yn iawn, Dewi. Beth amdani hi, Jamie?'

'Be am be?' gwingodd Jamie. ' 'Dach chi'ch dau'n mynd dan fy ffycin croen i! 'Dach chi fel Laurel a blydi Hardy!'

Gwyliodd Jack y chwys yn cychwyn ffurfio fel mwclis ar dalcen Jamie. Sylwodd ar y bysedd wedi melynu gan nicotîn, a'r llygaid cochion a'r dwylo crynedig. 'Pa fudreddi wyt ti'n ei roi yn dy gorff rŵan?' gofynnodd. 'Heblaw ffags a chwrw?'

'Wn i'm am be 'dach chi'n sôn,' meddai Jamie drachefn.

'Gawn ni wybod. Pan fyddwn ni'n barod . . .' ymatebodd Jack. 'Ar y funud mae gynnon ni fwy o ddiddordeb mewn rhywbeth arall. Hoffet ti wybod be ydi hwnnw?'

Ochneidiodd Jamie. 'Ddim a deud y gwir, ond dwi'n siŵr y dwedwch chi wrtha i.'

Ffliciodd Dewi ei lyfr nodiadau ar agor. 'Y car 'ma, Jamie. Y Scorpio. 'Dan ni'n methu dod i'r afael ag o.'

'Hwnna eto?'

'Ia, mae'n rhaid mynd i wraidd pethau. Gawson ni sgwrs arall efo'r perchennog newydd. Wel, o leiaf, mi gafodd Mr Tuttle a Mr McKenna.'

'Felly?' Taniodd Jamie sigarét arall o stwmp yr hen un. 'Sgynnoch chi ddim byd gwell i'w neud? 'Dach chi i fod i chwilio am lofrudd, yn tydach? Cymryd digon o amser, yn tydi? Wyddoch chi fod pobl yn siarad? Deud nad ydyn nhw ddim yn saff yn eu gwelyau, ac na fedrai'ch criw chi ddim trefnu coelcerth yn uffern heb sôn am ddal llofrudd.'

'Honna'n araith hir iawn gen ti, Jamie,' sylwodd Dewi. 'Dydi pobl ddim yn ddiogel yn eu gwelyau efo ti â'th draed yn rhydd, ydan nhw? Oes gen ti ryw gof iti gael d'arestio yn ystod oriau mân y bore efo dy bocedi mor llawn o ddarnau hanner can ceiniog o'r holl fitars roeddet ti wedi eu gwagio fel mai prin y medret ti symud?' Trodd at Jack. 'Mae Jamie'n medru cyrraedd at lefydd na fedr dŵr ddim cyrraedd, syr.'

'Dwi 'di bod i mewn am hynna. Deuddeg blydi mis i mewn. Byth yn gadael i bobl anghofio dim byd, nac 'dach?'

'Rhai pobl, nac 'dan. Oherwydd fod rhai pobl yn mynd o ddrwg i waeth yn tydyn? O ddwyn arian o fitars gefn nos i flacmel, ac ella gwaeth na hynny.'

'Blacmel?' Chwarddodd Jamie. 'Ti'n drysu, Dewi Prys.'

Torrodd Jack ar ei draws. 'Fe glywson ni o le da iawn dy fod ti'n cael benthyg y car swel 'na oherwydd i rywun o'r enw Christopher Stott gael ei fygwth gan beth allet ti ei ddeud amdano.'

Ddywedodd Jamie ddim byd.

'Gest ti yrru Volvo mawr, coch erioed, Jamie?' gofynnodd Dewi yn ddidaro.

Datgymalodd Jamie ei gorff o'r gadair, cerdded at y ffenest ac edrych allan drwy'r llenni rhwyd budron. Sgrialai pacedi creision gweigion a thameidiau o gardfwrdd ar hyd y stryd, a'r gwynt yn eu hymlid. Llusgai plentyn bochgoch a'i drwyn yn rhedeg, feic tair olwyn gyda dwy olwyn yn unig ar hyd y palmant, ei lusgo i'r ffordd, a cheisio pedlo ymaith. Trodd Jamie i wynebu'r ystafell, a'i wyneb yn y cysgod. 'Pam na ddwedwch chi be 'sach chi'n hoffi ei feio arna i, ac yna gewch chi ei gwadnu hi, cewch?'

'Does neb yn trio dy feio di,' meddai Dewi. 'Y peth ydi, mae'r bobl eraill yma'n deud pethau wrthon ni, ti'n gweld. Nhw sy'n rhoi'r holl syniadau yma yn ein pennau ni. Dwyt ti ddim yn garddio na dim arall i Mr Stott, a wnest ti 'rioed chwaith. Ti'n cael y car yn lle arian oherwydd, mae'n debyg, na fedar o ddim fforddio talu iti am gau dy geg.'

'Cau 'ngheg am be?'

'Paid ag esgus bod yn ddiniwed!' chwyrnodd Dewi. 'Dydi o ddim yn dy siwtio di.'

'Gad inni gredu'r gorau amdano fo, Dewi,' meddai Jack. ''Dan ni i fod i ddeud pan 'dan ni'n arestio rhywun.' Rhythodd ar Jamie. 'Ti wedi bod yn blacmelio Mr Stott. Yn ei orfodi o i roi benthyg y car 'na iti, hyd yn oed wedi iddo fo'i werthu, er mwyn iti gadw dy geg ar gau am ei gyfathrach fach braidd yn fudr o gyda Trefor Prosser. Dydi blacmel ddim yn beth neis iawn, Jamie, ac mae'r llysoedd yn gallu bod yn llym iawn. Maen nhw'n debygol o dy roi di dan glo am o leiaf bum mlynedd.'

Treuliodd Jamie funud yn gadael i eiriau Jack sugno i'w gyfansoddiad. Yna, rhoddodd floedd o chwerthin. 'Dyna'r cyfan 'sgynnoch chi i'w ddeud?'

'Digon, yn tydi?'

'Gynnoch chi ddatganiad gan Chris Stott, oes? Wedi cwyno, ydi o?' Eisteddodd Jamie i lawr drachefn gan ymestyn yn ddiog. 'Ro'n i'n amau nad oedd o. Gadewch i mi roi tipyn bach o gyngor ichi, iawn? Ewch allan drwy'r drws ffrynt 'na ac i mewn i'ch car bach cops ac ewch i weld Chris Stott. Ac yna,' ychwanegodd, gyda dicter a malais yn sgleinio mewn llygaid cyn oered â niwl y mynydd yn y gaeaf, 'gawn ni weld fyddwch chi'n meiddio dangos eich hen wynebau hurt yn fan'ma eto!'

Dewi oedd yn gyrru. 'Lle 'dan ni'n mynd rŵan, syr?'

'Ar ein pennau i ddifancoll mae'n debyg. Tocyn unffordd.'

'Mae'n rhaid inni fethu yn rhywle. Doedd ar Jamie ddim ofn o gwbl.'

Syllodd Jack drwy'r ffenest flaen. 'Ti'n ei 'nabod o. Fyddai arno fo ofn? Ydi o'n malio? Mae o 'di bod yn y carchar yn ddigon aml — wnaiff un cyfnod arall ddim brifo. Beth bynnag, mae carchar yn ffordd o fyw i Jamie a'i debyg.'

'Fyddai Jamie ddim yn awyddus i fynd dan glo eto. Tolcio'i falchder a thorri'i 'denydd. Fyddai pum mlynedd yn ei yrru'n wallgo.'

'Dim ond deud pum mlynedd wnes i. 'Sgen i ddim

syniad faint fasa fo'n 'i gael. Cria di i mewn i hances boced o flaen rhyw hen farnwr methedig y dyddiau yma, a gei di wasanaeth cymdeithasol am falu pen rhywun yn sitrwns. Be ydi gwerth pardduo rhyw ddau foi od? Rhyw gelpen fach ar gefn dy law?'

'Ond roedd ar Jamie ofn am dipyn.' Trodd Dewi i'r buarth y tu cefn i swyddfa'r heddlu. 'Nes iddo ddeall yn iawn am be roeddan ni'n sôn.' Diffoddodd y peiriant a datod ei wregys diogelwch. 'Ella'n bod ni 'di gofyn y cwestiynau anghywir.'

Dringodd Jack allan o'r car. 'Wyddost ti be ydi'r blydi cwestiynau iawn? Achos wn i ddim!'

## Pennod 23

Llefydd dychrynllyd o swnllyd oedd ysbytai a charchardai, meddyliodd McKenna. Pob un â'i sŵn arbennig ei hun, pob un â'i arogl arbennig ei hun, a hwnnw'n glynu ar groen a dillad a cheg yn hir wedi i rywun ymadael. Yma clywid clec a sgrech y metel ar ddrws carchar ac allweddi a lloriau yn lle siffrwd traed a gwichian olwynion rwber ar linolewm; arogleuon metel a chwys ac anobaith yn lle diheintydd a gwaed a charthion a gwaeledd.

Deffrôdd yn oriau mân y bore, wedi ei ddihuno gan leisiau tawel, brysiog, gwichian olwynion di-olew wrth i droli rowlio i lawr y ward; a'r freuddwyd honno, o gerdded ar draeth du lle roedd miloedd ar filoedd o benglogau dynol yn crensian o dan draed wedi ei serio ar ei gof, a blas ei farwolaeth ei hun yn sych a thrwm yng nghefn ei wddf ac ar ei wefusau a'i dafod. Cododd ar un penelin, gan deimlo pwysau'r drip wedi ei gysylltu i gefn ei law, ac o fewn munudau o gyrraedd, gadawodd meddyg Asiaidd a throli yn ei ddilyn, ei llwyth wedi ei guddio gan gynfas a'i hem yn cyhwfan yn araf yn nrafft y drysau agored. Agorwyd y llenni ar wely moel, gwag, a nyrs ifanc ar fin codi sach blastig fawr gyda'r geiriau 'Defnyddiau Llygredig' yn amlwg ar ei hochr.

Gorweddai McKenna yn ôl, gan feddwl a oedd enaid ei gydymaith ymadawedig yn dal i hofran yn rhywle uwch ei ben, yn chwilio am ffordd i hedfan allan, ar ôl cael ei ryddhau o blisgyn corff oedd yn fethedig o henaint a llesgedd marwol. A'i lygaid wedi eu cau'n dynn rhag yr ychydig oleuni hwnt ac yma, teimlodd law glaear yn hel ymaith y dagrau na allai eu hatal.

'Ddaru ni'ch deffro chi?' sibrydodd llais. 'Mae'n wir ddrwg gen i.'

Safai merch ifanc wrth ochr ei wely. Edrychai ei hwyneb yn rhy dlws, yn rhy ifanc i salwch a marwolaeth faeddu ei hieuenctid â'i bawennau budron.

' 'Dach chi eisio rhywbeth?' gofynnodd. ' 'Dan ni'n gneud paned o de os 'dach chi eisio un.'

Crafangiodd yn araf o'r gwely, gan sylweddoli fod ei goesau'n grynedig a gwan. Datododd y nyrs y drip, caeodd y tap, a dweud wrtho am roi ei fraich o amgylch ei hysgwyddau. Llusgodd fel hen ŵr i gegin y ward, a suddo i gadair.

'Dwi'n siŵr y byddwch chi'n falch o gael mynd adref, yn byddwch?' meddai ei angel gwarcheidiol, gan dywallt dŵr berwedig i mewn i debot. 'Dwi'n siŵr y bydd eich gwraig yn falch hefyd. Smart ydi hi 'ntê?'

Wedi ei galw gan Jack, roedd Denise wedi cyrraedd yn ystod y gyda'r nos cynnar, ychydig cyn i Emma ddod yn ôl. Bu hi a Denise yn sgwrsio drosto, ac o boptu iddo gan drafod pytiau o hanesion hyn ac arall, rhyw fwrlwm o sgwrs merched, a pha ddicter bynnag a fu rhyngddyn nhw wedi ei ohirio gan briodoldeb yn wyneb salwch. Daeth Denise â blodau, tusw fel pob tusw arall a addurnai'r loceri o bobtu'r ward; blodau wedi eu tyfu'n arbennig ar gyfer cleifion ysbyty oedd y rhain, heb ddim ystyriaeth o dymor.

Emma adawodd gyntaf, fel roedd yn iawn, meddyliodd, gydag ychydig eiriau ynglŷn â'r gath, a chofion gorau'r teulu. Oedodd Denise, gan wingo, edrych ar y cloc ar y wal ac yna ar ei wats, a gwylio am ymwelwyr eraill yn paratoi i adael.

'Does dim rhaid iti aros,' meddai wrthi.

Gwenodd, braidd yn nawddoglyd, a meddyliodd yntau a gredai hi iddo wanio, a'i fod yn ei wendid yn agored i ba argraff bynnag y dewisai hi ei chreu. Dechreuodd ei ymysgaroedd gorddi, a chyfogodd drachefn, rhyw ychydig yn unig, oherwydd fod ei stumog yn wag. Gan ddweud y dychwelai yn y bore, gadawodd Denise. Syllodd ar ei hôl hi, gan ofyn iddo'i hun pam nad oedd unrhyw garthiad meddwl cyn gyflymed a chyn lwyred ag oedd wedi digwydd i'w gorff.

Gosododd y nyrs ifanc fygaid o de wrth ei ymyl. Pwysodd ar y cwpwrdd a llymeitian ei phaned ei hun, yn barod i fod yn ddistaw neu ynteu i siarad, yn ôl ei ddewis o.

'Be ddigwyddodd gynna?' gofynnodd iddi, ar ôl yfed mymryn o de, gan deimlo'r gwres chwilboeth yn mynd i lawr ei wddw ac i'w stumog.

'Fe aeth Mr Jones o'r diwedd, druan bach. 'Dan ni 'di bod yn ei ddisgwyl o am ddyddiau. Roedd o'n saith deg wyth! Fedrwch chi ddychmygu bod mor hen?' Ysgydwodd ei phen at dristwch a rhyfeddod y cyfan.

'Be oedd yn bod arno?' Yfodd McKenna ragor o de, yn wyliadwrus rhag i'w du mewn ei rybuddio ei fod ar fin bod yn sâl eto.

'Henaint.' Gwenodd ei gwên dlos. 'Roedd clefyd y siwgr arno, a deud y gwir, ac wedi gorfod cael torri ei ddwy goes i ffwrdd oherwydd madredd. Gormod o sioc i'w gyfansoddiad.'

Crynodd McKenna drwyddo, a marwoldeb yn sgrechian drwy bob cymal o'i eiddo. 'O, 'dach chi'n oer!' Rhuthrodd i roi blanced o amgylch ei ysgwyddau. 'Ella na ddyliwn i ddim bod wedi gadael ichi ddod o'r gwely.' Gwgodd fel petai'n flin wrth ei hurtrwydd ei hun.

'Dwi'n iawn, wir . . . Yr hen ŵr . . .'

Safodd uwch ei ben gan guchio o hyd. 'Ddyliwn i ddim bod wedi deud wrthoch chi, ddyliwn i? 'Dan ni'n ddifeddwl weithiau. Yfwch eich te,' gorchmynnodd. 'Doedd 'na ddim ellid ei neud iddo fo, 'chi.'

Ar ôl cael ei ddanfon yn ôl i'w wely, a chael gorchymyn i wasgu'r gloch os oedd o angen rhywbeth, syrthiodd McKenna i gwsg anesmwyth wrth i'r wawr dorri dros y mynyddoedd yn y dwyrain, gan deimlo chwant bwyd yn ymbalfalu yn ei stumog.

Gwelai Dewi eisiau McKenna ac roedd y swyddfa wag i lawr y coridor yn tanlinellu absenoldeb ei deiliad; ef oedd pen y gadwyn a welai Dewi yn rhedeg yn syth rhyngddo a McKenna. Rhyw ddolen lac yn y gadwyn honno, fyddai'n cael ei thynhau cyn bo hir gobeithio, oedd Jack. Roedd o wedi rhuthro drwy'r swyddfa ynghynt, gan gyfarth cyfarwyddiadau ynglŷn â dangos y llun yn y pentref, cyn gadael i fynd i Lys yr Ynadon. Gweddïai Dewi y câi ei gadw yno drwy'r dydd.

Wrth alw'r ysbyty i holi sut oedd McKenna, dywedwyd wrth Dewi yn syml fod y prif arolygydd yn 'gysurus'. Pan drosglwyddwyd yr alwad i ward Prosser, dywedwyd wrtho nad oedd newid o gwbl. Teimlai Dewi hefyd euogrwydd, nid cyn gryfed â McKenna, ond digon i brocio'i gydwybod i anesmwythder. Tynnodd lun Romy Cheney o'r ffeil, syllodd i'w llygaid, yna rhoddodd y llun mewn amlen blastig glir.

Hyrddiai glaw o gyfeiriad y môr yn erbyn ffenest

flaen y car, gan adael haenen denau o halen yn erbyn ymylon y ffenestri, wrth i Dewi droi ar y ffordd drol at Fwthyn y Grocbren, a gyrru'n araf yn ei flaen wrth i fwd dasgu i fyny ochrau'r car. Swatiai'r bwthyn yn isel yn yr aer niwlog, fel petai'n awchu, meddyliodd Dewi, am wraig arall i derfynu ei bywyd a rhaff o amgylch ei gwddw. Eisteddodd yn y car, a chanodd y corn. Ddaeth neb, symudodd dim byd, wthiodd 'run cysgod ei ffordd drwy'r glaw mân. Canodd y corn drachefn, cyn troi ar gylch araf, gan adael creithiau dwfn yn y glaswellt soeglyd.

Wrth barcio ger porth yr elor yn yr eglwys, gwisgodd gôt oel wedi ei phrynu o siop gêr-môr Dickie's, a chychwyn o dŷ i dŷ, gan guro ar ddrysau, dangos cerdyn gwarant a llun, a holi cwestiynau heb dderbyn atebion. Symudodd Meri Ann a Beti y llun y ffordd yma a'r ffordd acw, ei godi at y golau dydd pyglyd gan fwmian dan eu gwynt, troi gwefusau ac ysgwyd pen yn ofidus. Yfodd Dewi ei de a'i obaith yn diflannu yn yr un modd ag y diflannai'r te wrth i'r dail ymddangos ar waelod y cwpan. Fedrai Beti ddim dweud ai'r ddynes welodd hi yn y car oedd hi, nac ychwaith ai hwn oedd y car a welwyd ganddi yn Y Pendist. Roedd gan Meri Ann fwy o ddiddordeb yn McKenna. 'Ac ydi'r Prosser yna'n dal yn anymwybodol?'

Wrth edrych o'r naill i'r llall, gan feddwl tybed a gâi ei geryddu am ofyn y fath gwestiwn, meddai, ' 'Dan ni wedi bod yn clywed straeon am Mr Prosser, Meri Ann.'

'O, do?' Roedd ei llygaid yn finiog. 'Sut fath o straeon?'

'Wel, mae 'na sôn ei fod o'n ffrindiau yn y ffordd anghywir, fel petai, efo dyn arall.'

Crechwenodd Beti. ' 'Rhen sgert 'na sy'n gweithio'n swyddfa'r castell ti'n feddwl? Pawb yn gwybod amdanyn nhw'u dau.'

Rhythodd Dewi arni. 'Pam na fasach chi'n deud wrthon ni? 'Dan ni wedi bod yn rhedeg o gwmpas fel geifr ar daranau ar ôl hyn a'r llall!'

'Wydden ni ddim fod gynnoch chi ddiddordeb, wydden ni?' gwgodd Beti, ddigon i godi arswyd ar unrhyw un.

'Be sy gan Prosser a'r llall i'w neud efo'r lladd yma, beth bynnag?' gofynnodd Meri Ann.

'Wel, dim byd, hyd y gwyddon ni.'

'Dyna ti, felly,' cyhoeddodd Beti. 'Doedd dim angen inni ddeud wrthoch chi, oedd 'na?'

Llygadodd Dewi hi, gan wylio gwên fechan, hunanfodlon yn rhoi tro ar ei gwefusuau. 'Ond gallai fod 'nelo Prosser rhywbeth â fo?'

'Be?' gofynnodd Meri Ann.

'Ella ei fod o'n digwydd gwybod rhywbeth 'dan ni angen ei wybod, a fedrwn ni ddim gofyn iddo fo rŵan, fedrwn ni?'

Smociodd Meri Ann ei sigarét. Rhoddodd Beti y mygiau ar hambwrdd a hercian i'r gegin, fel petai'n forwyn. Temtiwyd Dewi i ofyn a wyddai hi nad oedd fawr gwell arni yma nag efo'i gŵr. Cododd ar ei draed i ymadael, yn ymwybodol iawn mai arwynebol oedd hynawsedd clên yr hen wragedd a bod awyrgylch o ddrygioni yn ogystal â pheth malais i'w synhwyro o dan yr wyneb.

'Pam na ofynnwch chi be na fedrwch chi mo'i ofyn i Prosser i beth bynnag ydi 'i enw fo i fyny yn y castell 'na, felly?' awgrymodd Meri Ann.

\* \* \* \*

Edrychai McKenna yn ddifrifol, a chroen llwyd sych ei wyneb fel petai'n fwgwd marwolaeth ar ysgwyddau'r byw.

'Sut 'dach chi, syr?' gofynnodd Dewi.

Gwenodd McKenna yn wantan. 'Dal yn fyw. Unrhyw newydd?'

'Dim byd cyffrous, heblaw 'mod i'n rhyw feddwl weithiau fod Meri Ann a'i ffrindiau yn cael hwyl am ein pennau ni.' Petrusodd Dewi. 'Unrhyw amcan pryd byddwch chi'n ôl wrth eich gwaith, syr?'

'Maen nhw'n gadael i mi fynd o'r ysbyty heddiw, medden nhw.'

'I ble byddwch chi'n mynd, syr?'

Gydag edrychiad llym ar y cwnstabl ifanc, meddai McKenna, 'Adref wrth gwrs. Ble arall?'

'Ydi Mrs McKenna'n dod i'ch nôl chi, felly?'

'Mrs McKenna? Nac ydi, dydi hi ddim. Dwi'n mynd i 'nghartre fy hun, Dewi.'

Gwridodd Dewi hyd at fôn ei glustiau. Teimlai'n annifyr iawn. Cododd ar ei draed. 'Mi a' i felly, syr. Gobeithio y byddwch chi'n well cyn bo hir.'

'Dewi?' galwodd McKenna ar ei ôl ac yntau'n prysur ddiflannu. 'Wyt ti'n meddwl y medret ti ddod draw tua'r pump i fy nôl i? Dydi 'nghar i ddim yma.'

'Dim problem, syr. Fyddwch chi ddim yn teimlo'n ddigon da i yrru, beth bynnag, a wnâi o mo'r tro i fentro diweddu fel Mr Prosser, na wnâi?'

Roedd Trefor Prosser yn stwyrian yn ei wely ysbyty, a'i amrannau'n ymdrechu'n grynedig i agor fel adenydd glöyn byw yn rhy wan i ymadael â'i chwiler. Y tu cefn i'r croen crynedig, roedd atgof yn deffro, a theimladau dwys o anobaith ac ofn yn torri ar wyneb tawel yr anymwybyddiaeth. Griddfanodd, a throi ychydig ar un ochr. Gwyliodd y nyrs yng ngofal yr ICU y monitor, gan sylwi ar y tonnau ymennydd yn sydyn yn neidio i guriad ffrantig, cyn suddo'n ôl i lif cyson o fryniau a chafnau, a meddwl tybed beth a gynhyrfai'r dyn bach druan, pa ofnau allai lercian yn nos yr ymennydd. Gwyddai nad Trefor Prosser fyddai'r enaid dynol cyntaf i fod yn awyddus i gyfnewid y byd caled, llachar am gysur breichiau anymwybyddiaeth. Cerddodd yn araf i lawr y ward fechan at y gwely lle y gorweddai drachefn ar ei gefn, a dagrau'n disgleirio ar gnawd llwyd ei ruddiau.

'Wela i ddim sut medrwn ni osgoi siarad efo Stott, syr.' Swniai Jack yn bendant.

' 'Dach chi ar dir peryglus.' Swniai Owen Griffiths yr un mor bendant. 'Fedrwn ni ddim gofyn iddo fo'n hawdd iawn a 'di o'n cael ei flacmelio, fedrwn ni?'

'Beth am y blydi car 'na?'

'Does 'na ddim tystiolaeth fod y car yn gysylltiedig â marwolaeth y ddynes 'ma, oes 'na?'

'Nac oes, ond mae'n gysylltiedig â Jamie, ac mae beth bynnag mae o'n rhoi ei bump budr yn agos ato fel arfer yn newyddion drwg iawn i rywun.'

Edrychai Griffiths yn anghyffordus. ' 'Dan ni fawr nes i'r lan, nac 'dan? Ac mae'n amheus gen i oes gan McKenna fwy o syniadau na s'gynnoch chi.' Gorffwysodd ei ddau benelin ar y ddesg a'i ên ar ei ddwylo. 'Dwi'n meddwl y dylien ni roi'r gorau iddi, Jack. Mae 'na bwysau arnon ni oddi uchod, tipyn go lew ohono fo oherwydd fod cynghorydd arbennig yn meddwl ein bod ni'n hambygio pobl ddiniwed, heb sôn am wastraffu amser drudfawr yr heddlu.'

'Ac mae pawb yn gwybod pwy 'di o, yn tydyn?'

'Fedrwn ni ddim fforddio mwy o gyhoeddusrwydd gwael. Dwi ddim yn hoffi ymhél â gwleidyddiaeth mwy na chithau, ond mae'n rhaid inni gofio fod 'na feirniadaeth o'r dde a'r chwith a'r canol ynglŷn â chostau ac effeithiolrwydd.'

'Mae'n debyg mai dyna pam 'dan ni'n cael ein gyrru i swyddfeydd didol i gasglu pecynnau amheus, ie?' gofynnodd Jack.

Ochneidiodd Griffiths. 'Roedden ni 'di galw'r sgwad fomiau allan dair gwaith yn barod ac mae'n costio mwy na chyflog blwyddyn i chi a fi bob tro maen nhw'n dangos eu hwynebau.'

'Gyhyd ag yr arbedwn ni dipyn o arian, mae'n iawn i ryw blisman druan yrru drwy Fangor efo bom yn ei gar, ac mae'n iawn inni eistedd yn fan'ma efo unrhyw nifer o fomiau yn yr adeilad, gyhyd ag inni beidio rhoi cynnig ar agor yr amlenni.'

'Edrych felly,' cytunodd Griffiths. ' 'Dach chi'n deall be sy gen i? Dwi'n gwybod fod hyn i gyd yn mynd yn groes i'r graen, ond 'dan ni ddim nes at roi enw i bwy bynnag laddodd y ddynes 'ma, ac yn gwbl onest, does neb fel petaen nhw'n rhyw boeni amdani o gwbl beth bynnag. Y cyfan 'dan ni wedi'i neud ydi cynhyrfu tipyn o bobl sy'n ddiniwed mae'n debyg. A ddylien ni ddim anghofio be ddigwyddodd i Prosser chwaith.'

'Ydi hynna'n orchymyn, syr? Fydd Mr McKenna ddim yn rhyw fodlon iawn.'

'Fydd 'na ddigon i'w gadw fo'n brysur pan ddaw o'n ôl. Ac ydi, mae o'n orchymyn, felly ewch i gael tystysgrif wared o swyddfa'r crwner, a gofynnwch ydi'r dyn yna oedd yn ffrindiau efo hi'n fodlon talu cost yr angladd. Os nad ydi o, gaiff y cyngor dalu. Ond mae'n debyg fod 'na ddigon yn ei chyfri banc hi i neud.'

'A sut medar y cyngor gael at y cyfri banc i dalu am angladd perchennog y cyfri, a'r cyfri ei hun yn cael ei ddefnyddio o hyd, yn ôl pob golwg, gan ei wir berchennog?'

'Wn i ddim, na wn? Gaiff McKenna roi trefn ar hynny! A gewch chi sychu'r olwg fulaidd yna oddi ar eich gwep! Ddylech chi fod wedi dysgu bellach mai gofyn "Pa mor uchel" ydi'r unig beth i'w neud pan fydd rhai pobl yn deud wrthoch chi am neidio!'

Gan gnoi brechdan ar ei ben ei hun yn swyddfa'r CID, meddyliodd Dewi, wrth siffrwd drwy'r papurau a gasglwyd adeg marwolaeth y ddynes, mai defnyddio'r enwau a wnâi, nid fel datganiad o hunaniaeth, ond fel dyfeisiadau i guddio y tu ôl iddyn nhw. Meddyliai amdani'n syml fel priodferch Simeon, enw addas iawn i ddisgrifio'i thynged, o ystyried yr unigrwydd a'r anobaith a'r arswyd roedd hi'n sicr o fod wedi ei deimlo yn y coed tywyll yna yn ystod eiliadau olaf ei bywyd. Meddyliodd hefyd tybed sut y pechodd hi yn erbyn Duw neu ddyn i sicrhau'r fath gosb.

Y darn olaf o bapur i fynd i mewn i'r ffeil oedd copi ffacs at y cyngor yn cadarnhau rhyddhau ei chorff. Gan deimlo rhyw angen nas deallai o gwbl, ffoniodd Dewi Dr Roberts gartref.

'Paid â deud wrtha i,' griddfanodd Roberts. ' 'Dach chi 'di cael hyd i ddynes arall yn crogi yn y coed.'

'Naddo, syr, dim byd fel'na. Fe ddywedwyd wrthon ni am ryddhau'r corff. Mae'r dystysgrif yma eisoes.'

'Haleliwia! Wyddoch chi pwy laddodd hi, felly?'

'Na wyddom, mae arna i ofn, syr. Gawson ni orchymyn i roi'r gorau i chwilio.'

'Fedra i ddim deud 'mod i'n synnu. Gwleidyddiaeth, 'ngwas i. Ac arian, wrth gwrs. Mae'n effeithio ar blydi popeth y dyddiau yma. Ond wyddost ti byth beth all ddigwydd yn annisgwyl. Sut mae'r giaffar?'

'Mae o allan o'r ysbyty, syr. Fe aethon ni â fo adref pnawn 'ma.'

'I ble? Yr hofel 'na mae o'n ei rentu? Oedd o'n ddigon da i gael ei adael ar ei ben ei hun?'

'Dwi'n meddwl. Ddwedodd Mr Tuttle y câi o aros efo nhw am dipyn, ond gwrthod wnaeth o. Beth bynnag, fe gyrhaeddodd Mrs Tuttle yn fuan efo'r gath, oherwydd ei bod hi 'di bod yn hiraethu am Mr McKenna. Yna cyrhaeddodd Mrs McKenna, a dechrau cega am ei fod o'n gwrthod mynd yn ôl efo hi.'

Chwarddodd Dr Roberts. 'Merched yn ymladd drosto, felly?'

'Doedden nhw ddim yn ymladd, syr.'

'Ddim tra oeddet ti yno, mae'n siŵr gen i, ond does dim dal am be ddigwyddodd wedyn. Beth bynnag, 'ngwas i, pam oeddet ti'n fy ffonio i?'

'Wel . . . ro'n i'n rhyw feddwl beth ddigwyddith i Mrs Bailey.'

'Pwy sy'n claddu?'

'Y cyngor.' Mynegai llais Dewi y tristwch a deimlai. 'Roedd ei chyn-gariad yn llawn esgusodion gwan, a'r cyfan yn berwi i lawr i'r ffaith nad ydi o ddim eisio'r strach na'r gost, heb sicrwydd y caiff o'i arian yn ôl, felly mae'n siŵr na welwch chi ddim llawer o fai arno.'

'Wel, felly mae hi, yntê? Ei hamlosgi hi wnân nhw. Mae'n rhatach ac mae'n arbed tir gwerthfawr. Gad imi wybod pryd bydd y cynhebrwng, Dewi.' Roedd Dr

Roberts yn dawel am funud, yna meddai, 'Mae pobl yn gneud rhywun yn sâl weithiau. Yr holl sioe efo'r llall, a neb yn malio'r un botwm corn am y greadures fach yma.'

Gorweddai'r llun a anfonwyd gan Robert Allsopp ar ben copi ffacs at y cyngor. Safai Romy Cheney, fel y galwai ei hun bryd hynny, ar ei phen ei hun ar rostiroedd llwm gogledd Lloegr, a chymylau duon yn ysgubo'r awyr y tu cefn iddi. Edrychai'n oer, yn ei chwman y tu mewn i siaced frown yr olwg gyda sgarff liwgar o amgylch ei gwddf, a'r pennau hirion yn llifo yn y gwynt. Astudiodd Dewi hi, gan feddwl tybed hyd yn oed bryd hynny, a gribiniai marwolaeth y rhostiroedd amdani, o wybod y teimlid cyn lleied o gariad tuag ati yn ystod ei bywyd â thuag at ei chorff erbyn hyn. Cydiodd yn y llun, gadawodd i'w lygaid grwydro'n ôl ac ymlaen, o'r ddynes at y car, ei hanner blaen yn unig wedi ei ddal yn llygad y camera, wedi'i barcio ar ongl, a'r olwyn ffrynt yn ddwfn mewn pridd du, mawnllyd.

Wrth aros i McKenna agor y drws ffrynt, edrychodd i fyny ac i lawr y stryd drist, a gwylio ci yn sgyffowla mewn bagiau plastig duon wedi eu gadael allan i'r dynion lludw. Daeth i synhwyro o amgylch ei fferau, a'i gorff tenau, chweinllyd yn druenus yr olwg yng ngolau'r lleuad. Diflannodd pan agorodd McKenna'r drws.

'Ddrwg gen i'ch poeni chi, syr.' Gwisgai McKenna ŵn gwisgo, a gwaelod ei byjamas yn y golwg o dan yr hem. 'Do'n i ddim yn bwriadu'ch codi chi o'r gwely.'

'Wnest ti ddim. Ty'd i mewn.'

' 'Dach chi'n iawn, syr?' gofynnodd Dewi, wrth

eistedd ar ymyl y *chesterfield* a McKenna yntau'n gyfforddus mewn cadair freichiau.

'Dwi isio bwyd yn ofnadwy'n aml, felly mae'n rhaid fy mod i, yn tydw? Tisio coffi?'

Llymeitiodd Dewi ei ddiod, gan syllu i fflamau poerllyd y tân nwy, ac edrych i fyny i weld llygaid McKenna, yn dywyll ac ymholgar, ar ei wyneb.

'Be sy'n bod, Dewi?'

'Roedd y llun yrrodd Allsopp yn dangos rhan o gar. Dwi'n gwybod na fedrwn ni ddim deud pa fath. Mae'n rhy fach, gormod yn y cysgod . . . ond mae'r bonet a'r rheiddiadur a'r olwyn flaen yn y golwg. Ddangosais i'r llun i Beti, ond mae hi'n waeth nag anobeithiol. Fedrai hi ddim deud ie na nage.'

'Ac?'

'Ac ro'n i'n meddwl tybed a fedren ni chwyddo'r llun, i weld a ddaw'r rhif i'r golwg.'

'Mae'n debyg mai car Allsopp ydi o. Hyd yn oed os na fedar o gofio.'

'Wn i. Ond mae'r blydi Scorpio yna'n mynd dan fy nghroen i! Dwi hyd yn oed yn breuddwydio amdano fo. Chafwyd mo hyd i un o'r plant yna lofruddiodd Brady a Hindley wrth archwilio lluniau o bobl a cheir a rhostiroedd?'

'Do. Ti'n iawn. Deud wrth Mr Tuttle am anfon y llun i'r lab fory, a deud wrtho fo am gau'i geg ynglŷn ag o.'

## Pennod 24

Dechreuodd Trefor Prosser stwyrian drachefn yn ystod oriau mân y bore, gan gynhyrfu sylw'i warchodwyr cyn suddo'n ôl i goma. Astudiodd y cofrestrydd meddygol ar ddyletswydd nos y monitorau o amgylch y gwely, cymerodd y pyls a'r tymheredd, treuliodd rai munudau yn edrych yn feddylgar i lawr ar y ffurf lonydd o dan y cynfasau, cyn mynd ymlaen i forol fod preswylwyr eraill yr uned yn iawn, mewn penbleth o hyd ynglŷn â'r dyn yng ngafael anymwybyddiaeth didostur. Doedd niweidiau pen Prosser ddim yn ddrwg iawn; roedd yr arwyddion hanfodol i gyd yn foddhaol, ac wedi iddo adennill ymwybyddiaeth, dylai ddal ati i wella'n gyson. Ysgrifennodd y cofrestrydd ar y ffeil y dylid ymgynghori â'r cofrestrydd niwrolegol yn fuan.

Aeth Wil Jones i'w waith yn gynnar, yn gyndyn ac yn ofnus gan anelu at gwblhau'r gwaith ym Mwthyn y Grocbren a dianc oddi yno. Roedd y lle, wrth ildio darnau o hanes, wedi cynhyrfu ei ganol llonydd, a'i arwain i feddwl am fydoedd eraill y tu hwnt i'r terfynau roedd o'n gyfarwydd â hwy. Gan fod Dave wedi cymryd gwyliau cynnar i fynd i weld ei deulu yn Lloegr, roedd Wil hefyd wedi cymryd diwrnod o orffwys. A diwrnod arall yn ychwanegol, wedi methu dychwelyd ar ei ben ei hun i Fwthyn y Grocbren ar ôl cael hyd i'r dyn hwnnw, yn llwyd ei wedd ac yn llwglyd yr olwg, yn ddistaw a llonydd fel y bedd, ar waelod y grisiau wrth i Wil ddod i lawr o beintio'r llofft gefn am ei baned ganol bore. Stopiodd hanner y ffordd i lawr y grisiau, a dweud ychydig eiriau. Ni chofiai beth ddywedodd, dim ond bod y synau rywfodd wedi glynu yn ei wddf, wedi eu dal yno wrth i'w galon neidio o'i lle wrth weld y dyn yn ei ddillad hynafol. Diflannodd y dyn o'r golwg wrth iddo'i wylio, gan anweddu fel haenen o niwl môr oddi ar y Fenai, a gadael yr un oerfel llaith i gripiad i fyny'r grisiau a llyfu o amgylch ei fferau.

Ffoniodd Christopher Stott yr ysbyty, fel y gwnâi ddwywaith y dydd ers yr wythnos flaenorol, i holi ynghylch Prosser, a derbyn yr un ymateb di-ffrwt ag roedd o wedi ei gael bob tro cyn hynny. Teimlai ofn a phryder yn ei gynhyrfu; ofn amdano'i hun, a phryder am Prosser. Gwyddai ei fod mewn magl, a bod y dannedd yn closio at ei gilydd. Bellach doedd dim dianc heblaw am yr un ffordd honno a'i temtiai ac a fyddai'n rhyddhad mor wych; edrychai ar gysgod tywyll y rhyddhad hwnnw gyda rhywbeth tebyg i groeso.

Roedd gor-hyder gorchestol Jamie Llaw Flewog yn llawn o'r un pryder a boenydiai Christopher Stott; holai ei hun a ddylai'n wir bryderu am yr heddlu. Gwyddai mai Dewi Prys yn unig oedd angen ei ofni. Dewi Prys a'i ddychymyg byw fu'n lliwio eu chwarae gyda hud a lledrith pan oedden nhw'n blant yn cadw reiat gyda'i gilydd ar y strydoedd, i lawr yn y coed, ar hyd y rheilffordd ac o dan y bont ym mhen draw'r stad gyngor. Roeddynt yn bennaf ffrindiau nes y daliwyd Jamie ar ei antur gyntaf ar ochr chwith y gyfraith. Wedi ei garcharu wedyn gan ei nain yng nghawell parchusrwydd, ni fedrai Dewi wneud dim ond syllu drwy ffenestri ei dŷ cyngor tra crwydrai Jamie o amgylch y strydoedd ar ei ben ei hun, a chaledwch yn tyfu yn ei lygaid ac oerni yn ei galon. Weithiau dyfalai Jamie sut fyddai ei fywyd ei hun wedi bod petai heb ddyheu am gyffro lladrata, petai o heb ddysgu mor gynnar yn ei oes y gellid yn wir gywain rhywbeth o ddim byd. Eisteddodd yng nghegin ei fam, a phenderfynu y byddai ei absenoli'i hun yn beth doeth am ychydig. Paciodd fag gyda jîns a chrysau chwys a thrêners a dillad isaf; cododd styllen o lawr ei lofft. Estynnodd yr hyn oedd yn weddill o enillion ei drip olaf i Fanceinion yn y Scorpio am ddanfon pecyn a roddwyd iddo gan beilot cwch bychan wedi ei angori ym Mae Benllech. Aeth o'r tŷ, heb yr un nodyn i'w fam, na'r un awgrym a ddychwelai'r wythnos honno ynteu'r flwyddyn nesaf ynteu byth. Cerddodd at y briffordd i ddal bws i fynd ag ef at y garafán fechan honno y tu cefn i'r hen fythynnod rheilffordd digysur yng nghysgod Chwarel Dorabela, lle gwyddai y gallai guddio'n ddiogel, rhag Dewi Prys beth bynnag, gyhyd ag roedd yn angenrheidiol.

Daeth y postman ag un llythyr i McKenna, a gollyngodd yntau ef ar fwrdd y gegin, heb ei agor. Teimlai ychydig yn well, ar ôl cysgu'n dda a bwyta brecwast iawn. Gwnaeth goffi, ac eistedd yn y parlwr, y llythyr ar ei lin, yn meddwl am Denise, oedd yn pellhau gyda phob dydd a âi heibio, yn rhy bell hyd yn oed i hiraeth ei chyrraedd. Meddyliodd tybed sut y treuliai hi weddill ei bywyd; fe'i gwelai hi bellach yn unig fel darn dau ddeimensiwn wedi ei dorri allan a'i lynu ar fwrdd ei atgofion, heb unrhyw rym i'w phresenoldeb i wneud argraff ar ei fywyd ei hun. Meddyliodd hefyd am Emma Tuttle, a theimlo ias o ryw deimlad llai dymunol islaw'r cynhesrwydd a gynheuwyd gan ei feddyliau. Roedd fel petai'n sefyll ar lan llyn o ddŵr ac wyneb y dŵr hwnnw'n adlewyrchu gwres llachar rhyw haul a guddiai ddyfnderoedd peryglus diddiwedd; gwyddai, petai'n cyffwrdd cymaint â phen un bys ar y drych tawel hwnnw, y byddai'n syrthio i'r dyfnderoedd gan adael i'r gwres gynhesu'r gwaed oer a redai drwy'i wythiennau.

Agorodd y drws cefn i'r gath, gwyliodd hi'n cerdded o amgylch y darn bychan o bridd cyn neidio dros y wal a diflannu. Aeth i fyny'r grisiau i wisgo amdano, gan feddwl y byddai'n ddymunol mynd am dro, er gwaethaf y cwmwl tywyll a fygythiai law y tu cefn i adeilad y brifysgol. Dangosai ei adlewyrchiad yn y drych yn nrws y cwpwrdd dillad fod lliw yn dychwelyd i'w ruddiau gwelwon, a bywyd i'w lygaid. Meiddiai obeithio y câi iechyd corfforol o'r newydd a gyda'r iechyd hwnnw gyflawnder bywyd; teimlai i'w fywyd fel unigolyn gael ei erydu drwy'r cyd-fyw mewn priodas anghymharus.

Aethpwyd â ffurf welw, lonydd Trefor Prosser ymaith am sgan ymennydd a phelydr-x penglog, er y gwyddai'r cofrestrydd niwrolegol, o brofiad, y dychwelai dioddefwyr coma i'r byd ar yr adeg y dymunen nhw wneud hynny os yn wir y dymunent hynny. Amheuai y byddai'n well gan y dyn hwn heddwch cysurus anymwybyddiaeth, ac y byddai'n osgoi gyhyd â phosib yr erchyllta a'i gorfododd i'w gar ac i mewn i wal ar drigain milltir yr awr. Wedi gweld adroddiad yr heddlu ar y ddamwain, a darllen gyda diddordeb arbennig ddatganiad gyrrwr y bws, roedd y cofrestrydd yn argyhoeddedig fod Prosser wedi rhoi cynnig ar ei ladd ei hun. Nid yn unig y byddai cof yn dychwelyd gydag ymwybyddiaeth, ond dôi hefyd y peryg iddo gynnig rhoi diwedd buan arno'i hun drachefn. Enaid colledig arall oedd Trefor Prosser, un a ddymunai ollwng pob rheolaeth dros ei fywyd mewn gweithred o ddarostyngiad yn hytrach na gweithred ac iddi ystyr herfeiddiol; y weithred hon oedd yr ymddiheuriad olaf a mwyaf truenus am feiddio byw.

Tybiai Jack y gallai lenwi'r bwlch yn ei waith drwy aros gartref am ychydig, a meddyliodd tybed fyddai Emma yn gwrthwynebu'n arw petai'n gofyn am gael ei symud, oherwydd yn ddwfn yng nghraidd ei fod teimlai mai doeth fyddai ei symud hi cyn belled oddi wrth McKenna ag oedd bosib. Wrth weithio'n ofalus drwy restr o droseddau, a'u dosbarthu yn ôl eu brys a'r tebygolrwydd o'u datrys, sylweddolodd fod ei sylw'n cael ei dynnu gan faterion eraill, gan feddyliau gofidus ynghylch Emma a Michael McKenna, y ffordd roedd hi wedi edrych ar McKenna ddoe, yr olwg ar wyneb Denise pan sylwodd ar yr edrychiad, a'r brath o ddicter a roddodd dro ar geg Emma pan hebryngodd Dewi Prys Denise i lawr y grisiau i barlwr McKenna.

Aeth McKenna am dro, a dychwelyd i gael hyd i'r gath a Denise, y ddwy yn aros ar ei riniog ffrynt. Gobeithiai mai'r unig resymau dros flerwch ymddangosiadol Denise oedd effaith y gwynt a'r glaw ar ei gwallt ac ar ei hwyneb. Cynigiodd goffi iddi, a chinio, a theimlo ysgafnder mawr pan adawodd hi, heb ddweud fawr ddim o gwbl a dim byd o bwys, ar ôl treulio'r rhan fwyaf o'r ymweliad yn syllu'n syn drwy ffenest y parlwr ar adeilad y brifysgol ar y bryn gyferbyn, a'i amlinell yn niwlog dan y glaw a sgubai i lawr y dyffryn. Wrth iddi sefyll ger y drws ffrynt, gan godi ei hambarél, sylwodd ar y staeniau nicotîn ar y farnais bylchog ar ei bysedd, ei hewinedd, ac ar y croen patshlyd o ganlyniad i goluro'n ddiofal. Dyna greulon oedd golau'r diwrnod hwnnw wrthi; pwysleisiai linellau a chysgodion oedran gan ddangos arwyddion dadfeilio, a bygythiad diofalwch. Dywedodd wrthi am gymryd gofal ohoni'i hun, a throdd hithau, gan synnu at ei difaterwch ei hun, i weld y drws yn cau y tu cefn iddi, a ffurf McKenna'n cerdded ymaith y tu cefn i'r chwareli gwydr.

Wrth eistedd ar wal gerllaw'r briffordd, a'i wallt golau pigog wedi ei dywyllu gan y glaw a chwythai o'r gorllewin, gwyliodd Jamie fws Purple Motors ar ei daith tua phentrefi'r mynydd, yn dod o amgylch y tro sydyn ger mynedfa Porth Penrhyn, gan ruthro heibio, a'r dŵr yn tasgu o'i olwynion wrth siffrwd ar y tarmac. Nid edrychodd y gyrrwr i'w gyfeiriad o gwbl; fyddai o ddim, pe gofynnid iddo gan unrhyw un yn ceisio rhoi symudiadau Jamie'r diwrnod hwnnw at ei gilydd, hyd yn oed yn medru cofio'r cymeriad di-liw, di-enw ar ochr y ffordd.

Meddyliodd Jamie pam y dylai drafferthu dal yr hen fws hwn, ac yna gerdded bron i filltir yn y glaw trwm i'r garafán, pan oedd pobl i lawr y ffordd ac arnyn nhw ddyled iddo, a'r ddyled honno heb unrhyw derfyn dyddiad. Efallai i'w gydwybod gael ei erthylu fel ffetws yn ei flynyddoedd cynnar, oherwydd ni phoenai o gwbl am ei ddyledion ef ei hun. Cipiai beth bynnag fedrai o ble bynnag fedrai, ar y sail — na wrthbrofwyd mohono erioed yn ei dyb ef — nad oedd gan y byd unrhyw amheuon cydwybod ynghylch ei ddinoethi yntau o'r hawliau mwyaf sylfaenol, a'r breuddwydion mwyaf gostyngedig.

Cydiodd yn ei fag, cychwynnodd gerdded tua'r ddinas, i lawr Ffordd y Traeth, heibio i Dafarn y Nelson, y bistro a fu unwaith yn barlwr claddu ac a aflonyddid bellach gan ysbryd, ac yna troi i'r dde i rwydwaith o strydoedd culion. Bu'r tai hyn unwaith yn gartrefi i forwyr a docwyr, a'u gwaith yn cadw llongau mawrion yn brysur yn cario llechi o'r chwarel i borthladdoedd dros y byd i gyd. Wynebai'r bythynnod dwy-stafell-i-fyny dwy-i-lawr ei gilydd o bobtu stribedi caregog gyda tharmac du wedi ei lafoerio drostynt. Ar y gwynt clywid arogleuon y môr, yn hallt o arogl pysgod. Trodd Jamie i'r Pendist, a cherddodd i fyny rhes fechan o risiau concrit o dan gyntedd blaen un o'r tai newydd, tai bychain tlodaidd yr olwg, mor grintach â'r hen fythynnod ond heb ddim o swyn y rheiny. Edrychai plastr y waliau'n ddi-raen, gydag ôl halen yn creithio'r paent a holl nodweddion slymiau eisoes i'w gweld ar y tai.

Agorodd y drws ffrynt. 'Dydi o ddim yma. Mae o yn ei waith,' meddai'r ddynes, a chychwyn cau'r drws yn wyneb Jamie.

'Wn i.' Ni ddangosai wyneb Jamie unrhyw deimlad o gwbl. 'Dyna pam dwi yma.'

Rhythodd y ddynes arno. 'Well i ti ddod i mewn, felly,' oedd y cyfan ddywedodd hi, gan agor y drws ychydig bach yn lletach.

'Pam 'dan ni i gyd yn colli'n hamser rhydd fory, syr?' gofynnodd Dewi.

Cododd Jack ei olygon oddi ar gylchlythyr undeb yr heddlu a ddarllenai. 'Be ddwedaist ti, Prys?'

'Pam 'dan ni'n colli'n amser rhydd?'

'Y briodas 'na, dyna pam.'

'Pa briodas?'

'Dwi'n trio darllen,' cyfarthodd Jack. 'Petait ti'n gwrando ar be sy'n cael ei ddeud yn y cyfarfodydd, fyddai dim angen iti ofyn cwestiynau hurt! Oes gen ti ddim byd i'w neud?'

'Oes, syr.'

'Felly dos i'w blydi neud o!' Cythrodd Jack gylchlythyr oddi ar y ddesg cyn taranu allan.

Rhoddai cofnod dwy dudalen yn y ffeil o Bencadlys yr Adran rybudd o'r briodas ddwbl o blith 'pobl deithiol Prydain', gyda rhyw chwe chant o westeion tebygol. Dethlid y briodas ddwbl yn eglwys Babyddol y ddinas ac yna yng nghlwb nos yr Octagon, a gobeithiai Dewi y byddai'r glaw yn chwythu allan i'r môr cyn y bore, oherwydd fyddai'r un person normal eisiau priodi ar y fath ddiwrnod annifyr, a doedd dim byd i'w ddweud na theimlai sipsiwn yn wahanol. Meddyliodd hefyd tybed a fyddai'r dyn a grwydrai'r coed o amgylch Castell Crach ymysg y chwe chant.

Gwisgodd ei gôt law ac aeth i grwydro i lawr y Stryd Fawr, gan drampio i mewn ac allan o siopau, wrth chwilio am waith y Diafol ar strydoedd gwlybion oedd bron yn wag.

Roedd McKenna yn hepian o flaen y tân, a'r gath yn ei hyd ar draws ei lin; deffrôdd yn hwyr y pnawn, a'r parlwr yn dywyll ac yn llawn arogl tamprwydd. Gan symud yr anifail llipa'n ofalus, rhoddodd y goleuadau ymlaen, ac aeth i'r gegin i wneud tebotaid o de a brechdan, gan gario'r plât a'r mŷg yn ôl at y tân. Yn ddiog o gorff ac yn anniddig ei feddwl, roedd ei feddyliau'n rhai cythryblus, ac yn tresmasu i derynasoedd nad oedd modd eu mesur na threiddio iddynt. Yn ei blentyndod, fe dreuliai oriau'n syllu drwy ffenest ei lofft ar noson serennog, yn dychmygu'r awyr yn ddefnydd melfed wedi ei bwytho â gemau, yna'n we rhwyllog a'r gemau hynny'n disgleirio'n dyner, cyn gweld yr awyr fel cychwyn tragwyddoldeb, heb ddim y medrai'r ymennydd dynol ei amgyffred y tu hwnt iddi.

Roedd oed yn pylu cyffro'r haniaethol. Yn ei le dôi'r syniad dinistriol fod pob bywyd yn ofer, ac mai unig ddiben yr holl weithgareddau oedd llenwi Amser cyn i farwolaeth ddod heibio. Gwelai'r hyn a orweddai y tu hwnt i'r digwyddiad hwnnw fel perthynas i'r diddymdra y tu hwnt i dragwyddoldeb; byddai'r cyflwr gras y dywedai ei grefydd wrtho am chwilio amdano heb ddweud wrtho ble i chwilio, yn cyfri dim. Ochneidiodd McKenna, fel y gwnâi yn llawer rhy aml, ynghylch dim byd yn benodol ond y rhan fwyaf o bethau'n gyffredinol, a phenderfynu cael set deledu, er mwyn cael un cymhelliad cwsg hyd yn oed os oedd y llall o ddim help o gwbl.

Cerddodd Dewi i fyny ac i lawr y Stryd Fawr rhwng sinema'r Plaza a Iard Jewsons', milltir bob ffordd, a chwmwl du yn bygwth y tu cefn i Fynydd Bangor. Ciciai sbwriel ar y palmant, gan deimlo'n bigog a syrffedus, eisiau bod yn rhan o'r rhyfel mawr rhwng y da a'r drwg roedd sôn amdano'n feunyddiol yn y papurau newydd. Eto, wrth fynd i mewn ac allan o Woolworth ddwywaith, methodd gael hyd i unrhyw un yn dwyn, ni chafodd hyd i'r un cerbyd wedi ei barcio'n anghyfreithlon na heb ei drethu. Doedd 'run crwt drygionus yn cribo'r strydoedd yn dwyn o bocedi, dim fandaliaid yn torri ffenestri, dim dinasyddion oedrannus yn eistedd yn syfrdan ac yn ymlafnio am eu hanadl ar ôl cael eu curo a cholli'u heiddo. Yr unig beth a welodd oedd cefnder pell i Jamie, braidd yn fregus dan ddylanwad y ddiod, yn symud yn simsan hanner ar y palmant a hanner oddi arno ar waelod y Stryd Fawr. Gan gysgodi wrth giât Jewsons', gwyliodd nes y trodd y dyn i fyny Penybryn a diflannu o'r golwg, a meddwl tybed oedd o'n wir, fel y dywedai'r hen rai, mai tywydd drwg oedd y plisman gorau oll; os felly, gobeithiai am heulwen a chynhyrfu gwaed eto drannoeth.

Gan ddwrdio'i hun am fod yn gelwyddog yn ogystal â sbeitlyd, dywedodd Emma wrth yr efeilliaid y byddai pryd arall o 'sgodyn a tships yn gwaethygu'r sbotiau ar eu hwynebau, ac mai ei chasarol hi oedd eu hunig ddewis arall, hyd yn oed os oedd o'n ddiflas. A'r genethod yn edrych yn anghrediniol y naill ar y llall, dywedodd Emma fod miliynau o bobl drwy'r byd i gyd yn llwgu bob diwrnod, ac y bydden nhw'n falch o'r fath bryd. Meddai un o'r efeilliaid, yn ddiofn a herfeiddiol, 'Pam na rowch chi'r hen botes erchyll 'na mewn parsel a'i yrru o i'r Groes Goch, felly?' A hithau'n pwdu yn y gegin, rhoddodd Emma dro ar y stwff wrth iddo dewychu yn ei phadell botes gopr fawr; potes oedd o, cyfaddefodd, ond byddai wedi bod yn llai derbyniol fyth oni bai am y gwin coch ynddo.

Pryd bwyd distaw oedd y te; nid distawrwydd dymunol, ond sarrug, gyda phosibiliadau ffrwydrol. Oedodd Jack bob hyn a hyn wrth lwyeidio bwyd i'w geg i edrych arni'n ddryslyd, a phob edrychiad yn berwi o gwestiynau na fedrai eu ffurfio.

'Wnest ti rywbeth diddorol heddiw, Em?' gofynnodd unwaith.

'Naddo. Wnest ti?'

'Dim llawer.' Gorffennodd ei gasarol, gan sychu'r plât â chwlffyn o fara. 'Wnest ti rywbeth, mae'n siŵr.'

'Dibynnu be wyt ti'n ei alw'n ddiddorol,' atebodd Emma. 'Newidiais i'r gwelyau a llnau'r llofftydd bore 'ma. Yna fe es i i Safeways i nôl bwyd. Wedyn fe ddois i'n ôl a phlicio'r llysiau a thorri'r cig a'u rhoi nhw i gyd i goginio. Wedyn fe wnes i dipyn o'r smwddio. O, ac fe ges i frechdan ac ambell i baned o de.'

'Fasa Mam wedi medru arbed yr holl drafferth 'na iddi'i hun petai wedi gadael inni gael 'sgodyn a tships fel roeddan ni eisio.'

'Mae Mam mewn tymer ddrwg,' meddai'r efaill arall wrth Jack. 'Ddwedodd hi fod gynnon ni wynebau sbotlyd a dydi o ddim yn wir.'

Edrychodd Jack ar groen glân ei ferched. 'Pam dwedaist ti hynna wrth y genod, Em? Dydi o ddim yn deg eu cynhyrfu nhw.'

'Ddwedais i ddim fod ganddyn nhw sbotiau.'

'Do, naethoch chi, Mam.'

'Wel,' meddai Jack, gan edrych o'i wraig i'r plant, 'ella eich bod chi wedi camddeall. 'Sgynnoch chi ddim sbotiau, felly dim ots.'

'Mae hi bron yn amser o'r mis ar Mam eto,' meddai un o'r genod gydag awdurdod. ' 'Dach chi'n gwybod sut mae hi'n mynd yn sur ac yn sbeitlyd.'

'Ella fod y *menopause* 'na 'di ei chyrraedd hi,' sylwodd y llall. 'Ydi o, Mam? Ydach chi'n dioddef pyliau poethion?'

A'i hwyneb yn cochi o ddicter, neidiodd Emma ar ei thraed, gan gipio'r platiau oddi ar y bwrdd, rhuthro i'r gegin, a chau'r drws yn glep y tu cefn iddi.

'O, Dduw!' cwynodd Jack. 'Drychwch be 'dach chi wedi neud rŵan.'

'Ddechreuodd Mam arnon ni pan ddaethon ni adref o'r ysgol.'

'Wel, does dim angen i chi'ch dwy ddal ati i dynnu arni, nac oes? Cliriwch y bwrdd, ac ewch i gynnig golchi'r llestri. Y ddwy ohonoch chi.'

' 'Dan ni ddim wedi cael ein pwdin eto.'

'A naiff hi ddim byd ond gweiddi os awn ni fan'na. Pam y dylien ni fod yn glên efo hi a hithau'n gas efo ni?' Plethodd yr efaill arall ei breichiau, a'i chwaer yn dilyn ei hesiampl. Syllodd y ddwy ar eu tad wrth i'r gwrthryfel flodeuo yn y llygaid brown, tlws.

Dilynodd Jack ei wraig. Daeth o hyd iddi'n pwyso yn erbyn y sinc, yn syllu ar yr ardd niwlog, soeglyd gan y glaw. 'Be sy'n bod, Em?' gofynnodd.

Cadwodd ei chefn tuag ato. 'Dim byd.'

'O, ty'd 'laen, Em. Dwyt ti ddim yn arfer bod fel'ma!'

Wrth iddo ddynesu, symudodd hi ymaith i'r ochr tua'r cownter gan ddechrau symud platiau. 'Gad lonydd imi. A rho'r gorau i 'ngalw i'n Em. Emma ydi f'enw i.'

Aeth Jack allan o'r ystafell, unwaith eto ar drugaredd y meddwl benywaidd a'i gyfnewidiadau hinsoddol, unwaith eto heb ddewis ond marchogaeth y storm gystal ag y medrai. Ac yntau'n eistedd ar ei ben ei hun o flaen y teledu, a'r sŵn wedi ei droi i lawr a phobl yn prancio drwy ryw sioe gêm, planwyd hedyn o amheuaeth yng nghanol y rhosyn y credai i'w briodas fod, gan gario dadfeiliad a dinistr.

Troi a throsi yn ei wely cul a wnâi Jamie, yn methu cysgu gan dawelwch croch cefn gwlad liw nos yn cnoi drwy'i nerfau. Roedd tu mewn tenau cragen y garafán yn fwll, heb ei hawyru, ac arogl lleithder y ddaear wleb islaw yn codi i fyny ac i gefn ei wddf.

Parhâi Prosser yn anymwybodol, a byddai Jamie, petai'n meddwl fod gan Dduw unrhyw ddiddordeb o fath yn y byd yn ei ddiolchgarwch neu fel arall, wedi diolch i Dduw am hynny. Prosser oedd y ddolen wan, a allai dorri a gyrru'r gadwyn dynn i neidio a gwingo i lindagu o amgylch eu gyddfau. Roedd Christopher Stott yn wan hefyd, yn ysbrydol yn ogystal â chorfforol, a'i wraig yn sylweddoli hynny ac yn ei ffrwyno. Hi a Jamie oedd y caledwch yn yr haearn, y ddau ohonyn nhw â'u rhesymau eu hunain dros gadw'n driw i'r bargeinion a drawyd a'r oblygiadau a dderbyniwyd. Yn oer ac aflonydd, crafangodd Jamie o'r gwely ac agor un o'r pacedi gwerthfawr a dapiwyd oddi tano. Rowliodd sigarét, agorodd gan o lager, a gorweddodd yn ôl ar y gobennydd, gan lymeitian ei ddiod nes gwagio'r can, a gwylio llewyrch blaen y sigarét yn gwreichioni ac yn gwelwi yn y tywyllwch o'i amgylch nes roedd y sigarét yn bentwr bychan o ludw aroglus. Llithrodd ei gorff i lesgedd. Cymylodd ei feddwl. Yna cysgodd.

# Pennod 25

Rhoddodd Emma fygaid o goffi du ar y bwrdd gerllaw Denise, gan grychu'i thrwyn wrth i arogl chwerw mwg y sigarét ddifetha awyrgylch lanwaith ei hystafell ffrynt. Ymladdai Denise am wynt braidd, wrth bwffian chwaon bychain o arogleuon bwydydd sbeislyd a gwin rhad.

'Does gen i ddim cydymdeimlad â chdi,' cyhoeddodd Emma. 'Felly paid â thrafferthu cwyno wrtha i. Mae pobl yn mygu i farwolaeth ar eu chwŷd eu hunain pan fyddan nhw mor feddw â hynna. Ddylet ti ystyried dy hun yn lwcus nad oes gen ti ddim byd ond anferth o gur yn dy ben. Hyd yn oed os nad oes gen ti unrhyw barch atat ti dy hun, ddylet ti fod efo mwy o ystyriaeth am Michael. Mae ganddo fo ei enw da i'w ystyried, a dwi'n siŵr na fydd o ddim yn cymryd o gwbl at y ffaith fod ei wraig o'n meddwi'n chwil ulw beipen.'

Cydiodd Denise yn y coffi, a'i dwylo'n grynedig iawn. Llifai heulwen wannaidd drwy'r ffenest, gan olchi'i hwyneb a'i chorff mewn golau clir, creulon.

'A phaid â cholli'r un diferyn,' cyfarwyddodd Emma. 'Dduw! Ti fel plentyn wedi'i ddifetha! Wyddet ti ddim ei bod hi'n dda arnat ti, na wyddet?' Edrychodd Emma ar y ddynes flêr ddiobaith yn ei chwman ar ymyl y soffa. Roedd y sglein i gyd wedi pylu; bellach roedd Denise fel darn o addurn a wnaed o fetel cyffredin a'i euro i dwyllo'r llygad. Roedd gwreiddiau ei gwallt chwyslyd yn dywyll, ei chnawd yn batshlyd ac yn groen gŵydd drosto, ei dilladau drudfawr o'i hamgylch fel carpiau ar fwgan brain, a gwlân main ei sgert yn frith o grychion a phlygiadau. 'Wyddost ti, Denise,' meddai hi'n feddylgar, 'rwyt ti ar y llwybr llithrig. Ond dwyt ti rioed wedi sylweddoli hynna cyn hyn, wyt ti? Roeddet ti'n meddwl ei bod hi'n iawn i wawdio a gneud sylwadau sbeitlyd am ferched eraill pan oedd eu gwŷr yn eu gadael, yn doeddet? Iawn i'w beio nhw am y cyfan, iawn i ddeud eu bod nhw'n ei haeddu o.' Yna ychwanegodd yn ddidostur, 'Fuest ti'n ddigon huawdl ynghylch merched yn cael eu taflu'n ôl ar domen budreddi ac anobaith lle maen nhw'n perthyn, a marw o'r salwch hwnnw nad oes gwella ohono — tlodi ac unigrwydd. Yn do? Welais i chdi'n croesi'r stryd yn hytrach na deud helô wrth ferched fyddai'n arfer bod yn ffrindiau iti cyn i'w gwŷr godi'u pac a'i heglu hi. Wel,' aeth ymlaen, 'mae'n rhaid dy fod di wedi dal beth bynnag oedd arnyn nhw, oherwydd mae'n edrych i mi fel petait ti'n mynd yr un ffordd. Dy ddiwedd di fydd llusgo o ddydd i ddydd ar Valium a thabledi cysgu a llusgo dy hun o ddyn i ddyn am dipyn o gwmpeini neu ddiod am ddim. Ac fe fydd pob dyn gymeri di yn fwy o slob na'r un cynt, ac fe daflan nhw i gyd di'n ôl ar y domen 'na, a fydd neb eisiau baeddu'i ddwylo arnat ti erbyn y diwedd. Faswn i ddim yn meddwl y bydd Michael yn rhuthro i d'achub di, oherwydd mae ganddo fo'i fywyd ei hun i'w fyw, yn does? Dy gyfrifoldeb di ydi be ti'n neud efo d'un di, fel inni i gyd. Gei di nofio neu suddo, ac ar y funud, ddwedwn i nad wyt ti ddim yn bell o foddi mewn hunandosturi.'

Daeth McKenna i ymwybyddiaeth yn hwyr ar y bore gyda'r haul a dywynnai drwy ffenest ddi-lenni'r llofft yn ei annog i ddod allan o'r gwely, i hoelio gobaith diwrnod newydd cyn iddo ddianc, fel mae'r fath deimlad, ar ôl cael ei ddeor yng nghynhesrwydd y nos, yn dueddol i'w wneud yng ngolau deffro. Ymestynnodd i lawr i fwytho'r gath, a brathwyd ei law'n ddioglyd am ei drafferth. Cyn gynted ag y cododd o, ymestynnodd hithau, neidio oddi ar y gwely, a ffit-ffatian i lawr y grisiau ar ei ôl, gan grafangio gwaelodion ei byjamas gyda phob cam a gymerai. Wrth aros i'r tecell ferwi a'i dôst frownio, darllenodd y papur newydd ac agor y post, a'r gath hithau'n bwyta'i brecwast ei hun. Mewiodd i gael ei gollwng allan wrth i seiniau main cloc y dref daro un ar ddeg. Teimlai McKenna'n llawer gwell; teimlai'n eitha cyfan a glân a gwag y tu mewn, fel petai ei salwch yn wir wedi ei garthu'n llwyr o fwy na'r gwenwynau corfforol. Wrth sefyll ger y drws cefn, yn sawru gwir gynhesrwydd cyntaf y flwyddyn a'r pleser a ddôi gydag o, meddyliodd ai'r ffurf symla ar ynni oedd gobaith ac nad oedd yn ddihysbydd a bod ei obaith ef, felly, yn golygu anobaith i rywun arall.

Safai Jack a Dewi ymysg eu cyd-weithwyr ar y palmant y tu allan i Ardd y Beibl, yn gwylio'r dynion o'r gynulleidfa anferth o sipsiwn yn pwyso a mesur drostynt eu hunain y rhesi a'r grwpiau o swyddogion yr heddlu o'u hamgylch fel cŵn yn barod i hel diadell o ddefaid. Gwelid bygwth y llygaid caled, duon, yn fach y tu cefn i'r amrannau oedd bron ar gau'n barhaol i ddarllen pellteroedd; roedd un cipolwg ar eu rhan yn ddigon. Pobl arw yr olwg, meddyliodd Dewi, eu gwalltiau syth, du wedi ei daro ymaith yn hytrach na'i dorri, eu dwylo mawr brown yn gorniog o lafur, a'u merched yr un mor arw yr olwg, yn codi'r un mymryn llai o fraw.

Doedd heulwen lachar pnawn o Ebrill ddim yn ddigon i gynhesu Jack; teimlai ei ysbryd gymylau stormus yn crynhoi'n waneifiau o amgylch ei deulu, fel petai rhyw goeden enfawr yn aros i follt o fellten hollti ei boncyff pydredig. Ochneidiodd, gan ennyn edrychiad ymholgar gan Dewi, a ddywedodd, 'Dwi'n falch iddi stopio bwrw. 'Dach chi ddim, syr? Does neb eisio glaw i'w gwlychu pan maen nhw'n priodi.'

'Fe briodon nhw mewn eglwys,' meddai Jack. 'Ddim yn debygol o gael eu gwlychu yn fan'no os nad ydi'r offeiriad yn methu fforddio cael trwsio'r to, ydyn nhw?'

'Wela i mo'r dyn 'na o bentref Salem. Welwch chi, syr?'

'Sut medrwn i os na wn i sut un ydi o i edrych arno?' chwyrnodd Jack. 'Wyddost tithau ddim chwaith, felly wn i ddim pam ti'n deud pethau mor hurt!'

'Dim ond trio bod yn gwrtais, syr.'

'Ddylet ti ddim bod angen "trio" bod yn gwrtais efo swyddogion hŷn, Prys. Ddylai o ddod yn reddfol.' Hyll-dremiodd Jack. 'Pam ti'n chwerthin?'

'Do'n i ddim yn chwerthin fel y cyfryw,' atebodd Dewi'n dawel. 'Dim ond gwenu, syr. Mae'n ddiwrnod braf, a sipsiwn neu beidio, mae'n sioe dda, yn tydi?'

Drwy resi sylweddol o goed castanwydden y meirch, eurai'r heulwen gan hidlo rhwng y dail irion a'r canhwyllau o flodau pinc a lliw hufen dros yr wynebau a'r dillad crand a ffrogiau gwynion bochiog y ddwy briodferch. Parciwyd Rolls Royce gwyn anferth wrth y palmant ger y giât i'r Gerddi, a thuswo rosynnau sidan lliw hufen wedi eu taflu ar y sedd gefn. Rhedodd dwy forwyn briodas ifanc ymaith oddi wrth y criw, gan ruthro heibio i Dewi tuag at y car. Roedd eu hwynebau wedi eu paentio'n llachar, gormod o golur ar eu llygaid, eu gwefusau'n rhy gochion, a gwisgent sidan gwyn fel yr eira, gyda rhosynnau o sidan coch fel gwaed wedi eu pwytho i blygiadau'r sgert ac o gwmpas siôl fechan driongl y gwddw; roedd y lliwiau'n symbol o dynged gudd y wyry o briodferch. Syllodd ar eu holau, wedi ei fesmereiddio gan eu dieithrwch a'r iaith estron a siaradent. Plannodd penelin Jack yn galed i'w asennau.

' 'Drycha draw fan'cw,' meddai, 'ger Neuadd y Dref. Dyna Christopher Stott.'

Yn dal ac yn eiddil fel coeden ifanc, ei wyneb toeswyn y tu cefn i'r locsyn bychan, pwysai Stott yn erbyn wal, yn gwylio'r dyrfa. Gerllaw iddo safai merch, dipyn byrrach nag ef, yn llawer mwy real, dwmpan soled, fel petai ei chnawd yn cael ei gadw dan reolaeth yn unig gan y dillad tynn a wisgai. Cerddodd Dewi yn araf tuag at y ddau, gan aros pan welai hi'n eglur. Safai hi a'i chorff ar hanner tro, a'i llaw chwith yn gorffwys ar frethyn garw siaced Stott, fel petai i'w gadw rhag bod yn afreolus. Roedd yn anodd dweud ei hoedran; doedd ei gwallt ddim wedi britho nac ychwaith yn frown, doedd ei llygaid ddim yn las nac yn wyrdd, a doedd ei chorff ddim yn erchyll o dew nac ar y llaw arall yn ofnadwy o denau. Gwisgai siwt o ryw ddeunydd llwydfelyn, y sgert yn dangos cefnau pengliniau lympiog, a'r siaced mor dynn fel bod lympiau'r cnawd a'r dillad isaf oddi tani i'w gweld yn blaen. Yn ei llaw dde daliai fag plastig gwyn a logo lliwiau golau Debenhams ar ei ochr, ac yn sydyn dychmygodd hi'n gwisgo llwyd, y sgert yn blaen, a siaced dlws gyda stribedi deiliog ymysg rhosynnau gwantan a meddal, yn hytrach na'r coch gwaedlyd fel y rheiny a addurnai gwisgoedd y morynion priodas. Meddyliodd tybed a fyddai arogl cryf carnêsiyn yn dod tuag ato pe symudai'n nes.

'Wyt ti wedi anghofio?' mynnodd Jack. 'Mae'r ymchwiliad drosodd.'

'Nid dyna'n hollol ddywedodd yr arolygwr,' dadleuodd Dewi, gan sylwi ar yr olwg biwis ar geg Jack. ''Dan ni i fod i ddilyn unrhyw beth sy'n codi'i ben.'

'Dydi chdi yn paldaruo am sut y byddai'r siwt yna gafodd Wil Jones yn edrych yn dda ar ddynes sydd efallai'n byw efo Stott, ddim yn rhywbeth sy'n codi'i ben. Dy ddychymyg di'n mynd dros ben llestri eto ydi o.'

'Dwi'n dal i ddeud does 'na ddim drwg mewn holi. Ac fe allai rhywbeth ddod 'nôl am y car yn y llun.'

'Holi pwy? Pwy wyt ti am ei holi? A gei di gau dy geg am y llun. Ddylien ni ddim bod wedi gneud hynna.'

'Mrs Stott, syr.'

'O, ie? Rwyt ti'n bwriadu mynd i guro ar ei drws hi, wyt ti, gyda'r siwt wedi ei phlygu'n ddel mewn bag plastig? Yna mae'n debyg y byddet ti'n ei llusgo allan fel cwningen allan o blydi het a deud, "Mae gynnon ni reswm i gredu i Romy Cheney brynu'r siwt yma i chi, ac ichi ei stwffio hi o dan y llawr ym Mwthyn y Grocbren oherwydd i rywun eich gweld chi'n ei gwisgo hi pan laddoch chi hi." Dyna wyt ti am ei ddeud wrthi hi, Dewi Prys?'

'Wel, wyddoch chi byth, syr. Be fyddai ei hymateb hi, dwi'n feddwl.'

'Ddweda i wrthat ti be fydda ei hymateb hi! Fyddai hi'n gofyn iti fynd i mewn i'r tŷ, ac yn codi'r ffôn, ac yn galw'r Cynghorydd blydi Williams, yna fe fyddai o'n galw'r Prif Gwnstabl, ac fe fyddet ti'n hwylio'n braf i fyny'r Afon Gachu, ac mi fyddwn i ar y cwch efo ti! Na, Prys, dwyt ti ddim yn mynd i unman. Wyt ti'n deall?'

Cododd Dewi ei ysgwyddau. 'Os 'dach chi'n deud, syr.'

'Dwi yn deud. A dyna ben ar y mater.'

Drwy ofal cynnes a gofalus meddygon a nyrsys, dechreuodd anymwybyddiaeth Trefor Prosser anweddu, fel tarth y bore dros y Fenai'n cael ei losgi ymaith gan wres yr haul. Torrodd goleuni drwy'r cymylau yn ei feddwl, gan brocio bysedd busneslyd i gorneli tywyll, a phryfocio cyfrinachau ofnadwy ac ofnau cyfrinachol o'r cysgodion lle roedd o wedi eu cuddio nhw. Ymladdodd i aros mewn tywyllwch, i guddio o dan ei orchudd diogel, a'r blipian a'r llinellau ar y monitorau'n rhoi gwybod am yr ymdrech fawr honno. Fflicrodd ei lygaid ar agor, a gwelodd wyneb y cofrestrydd niwrolegol yn gwenu'n ddewr i lawr arno, yn pwyso ac yn mesur. Caeodd ei lygaid drachefn, ond sylweddolai na fedrai gau ei glustiau i'r lleisiau a'r synau fu'n pryfocio fel gwynt ar y gorchudd o gwmwl ymhell cyn i'r golau dorri trwodd yn derfynol.

'Hen bryd,' meddai'r cofrestrydd, gan wylio'r amrannau crynedig yn bradychu sglein y llygaid oddi tanynt. 'Welais i 'rioed neb mor awyddus i gadw 'nghwsg gyhyd!'

Cerddodd draw, gan drafod yn ddifrifol gyda'r nyrs. 'Cadwch o wedi ei gyplysu â'r monitorau am heno. Does dim gwir angen, ond dwi ddim eisio iddo fo feddwl ei fod yn ddigon da i godi o'r gwely. Wyddoch chi byth beth naiff ei deip o.'

'Mae'r heddlu eisio siarad efo fo. 'Dan ni i fod i roi gwybod iddyn nhw'r munud y daw o ato'i hun.'

'Gân nhw aros. Dwi isio i'r seiciatrydd ei weld o i ddechrau. Beryg i Prosser neud amdano'i hun, a dwi ddim yn bwriadu peryglu 'nyfodol drwy adael i'r heddlu ei ddychryn o ddigon i hel ei draed i orffen yr hyn gychwynnodd o.'

Ffoniodd Jack Emma, i brofi'r dyfroedd.

'Pryd byddi di gartre?' gofynnodd.

'Ddyliwn i ddim bod yn hwyr. Dwi ddim yn rhagweld unrhyw broblemau. Mae'r sipsiwn fel petaen nhw'n byhafio'u hunain.'

Chwarddodd Emma. 'Ella na fyddan nhw ddim wedi iddyn nhw lyncu tipyn o ddiod.'

Roedd y chwerthin yn arwydd bod yr hwyliau'n go dda, meddyliodd. 'Be ti'n neud i de?'

'Dim byd! Dwi wedi laru gneud bwyd.' Swniai ei llais yn llym.

'Ddo i â *takeaway* efo fi felly?'

'Gwna di be bynnag 'tisio. Mae'r genod yn cael 'sgodyn a tships.'

'Be amdanon ni?'

'Dwi'n mynd allan.'

'Allan? I ble?'

'Allan! Bwyta allan. Fydd raid iti neud drosot dy hun.'

'Efo pwy?'

'Rhywun sy eisio siarad am bethau heblaw plant yn eu harddegau a gwaith heddlu a gneud bwyd.' Clywodd Jack y derbynnydd yn cael ei roi'n ôl yn ei grud, yna swnian llinell wag, a theimlodd chwaon oerion anferth o arswyd yn sgubo drosto.

Rhoddodd y cwnstabl ifanc, oedd newydd ymuno â'r Adran Drafnidiaeth, y ffeil olaf i gadw, ar ôl llwyddo i ddod o hyd i'r lle iawn ar gyfer bron y cyfan o'r holl ddarnau papur roedd yr arolygydd wedi eu gollwng ar ddesg y sarjant. Syrthiodd ychydig o ddalennau rhydd yn yr awel a ddôi drwy'r ffenestr agored, pob un ond un i bob golwg yn gylchlythyrau o ryw fath neu'i gilydd. O ddiffyg unrhyw beth gwell, cyplysodd y cwnstabl y cyfan gyda'i gilydd a'u gosod ar gornel dde isaf yr hysbysfwrdd. Roedd y llall, dalen denau oddi ar y peiriant ffacs gydag ymylon danheddog ar bob pen, ac arni restr o enwau a dyddiadau, pob un dan gofnod cofrestriadau car. Bu'r papur yn teithio'r swyddfa am ddyddiau, wedi ei yrru ymlaen oddi wrth y naill berson at y llall, yn chwilio am un a geisiai'r wybodaeth. I bob golwg doedd neb ei eisiau, ond, yn anfodlon i ddinistrio darn o bapur er iddo gael ei esgeuluso gymaint, cariodd y cwnstabl o ar hyd y coridor i swyddfa wag y CID, a'i adael ar ddesg o dan fŷg coffi budr.

Atebodd McKenna mo'r drws er i Jack ganu a chanu'r gloch. Chwiliodd Jack ar hyd ffrynt y rhes am ffordd o amgylch i'r cefn, er mwyn iddo fedru sbecian i mewn drwy ffenest parlwr McKenna, i weld ai McKenna oedd lleidr ei ddychymyg, yn dwyn Emma o undonedd ymenyddol ei phriodas gan ladrata cariad ei fywyd oddi ar ei gŵr.

Gan sefyll unwaith yn rhagor ar y rhiniog llechen, a'i fys drachefn ar y gloch, clywodd ddrws ffrynt y drws gyferbyn yn llusgo agor. 'Chwilio am Mr M. 'dach chi?' gofynnodd llais crynedig, hen.

'Wyddoch chi ble mae o?' gofynnodd Jack i'r hen wraig yn ffrâm ei drws pydredig.

'Aeth o allan dipyn yn ôl.' Gwenodd y wraig wên ddi-ddannedd, a'i gwefusau wedi eu hymestyn dros gnawd crebachlyd y deintgig. 'Ddaeth y ddynes 'na yn ei char.'

'Pa ddynes?'

'Yr un sy'n dod yn aml,' meddai hi. Caewyd y drws, a gadawodd Jack i gerdded distawrwydd y stryd, ac eco ôl ei draed yn dod o waliau'r tŷ. Edrychodd am y tro olaf drwy ddrws ffrynt McKenna a gweld y gath, ei hwyneb wedi ei anffurfio gan y gwydr patrymog, yn rhythu'n ôl arno.

## Pennod 26

Wedi codï'n fore, paratôdd Emma frecwast wedi ei goginio i'w gŵr a'i phlant cyn iddyn nhw ddeffro. Roedd ganddi ychydig o gur yn ei phen ar ôl y noson cynt, atgof o oriau dymunol, bywiog, atgyfnerthol i ffwrdd oddi wrth ei theulu. Yn ôl eu harfer, arhosodd yr efeilliaid yn eu gwelyau gyhyd â phosib cyn taranu i lawr y grisiau, cydio mewn tôst oddi ar y bwrdd a gadael am yr ysgol. Heb ddweud 'run gair wrth ei wraig na'i ferched, bwytaodd Jack yn ddygn greision ŷd a bacwn ac wy a sosej a thôst a marmalêd, ac Emma hithau'n sylwi ar y dryswch yn dilyn pryder ar draws ei wyneb.

'Gest ti dy alw allan neithiwr?' gofynnodd, gan aillenwi ei gwpan de.

'Naddo.'

'Gest ti noson dawel, felly?'

'Do.'

'Da iawn. Dim problem efo'r genod?'

'Nac oedd.' Cnodd ddarn arall o dôst, gan lyncu'n galed a'i afal breunant yn neidio'n uchel yn ei wddf.

'Fedret ti neud yn iawn efo nhw ar dy ben dy hun felly?'

'Medrwn.' Roedd wedi ateb cyn iddo ddeall. Cododd ei ben yn sydyn a gofyn, 'Be ti'n feddwl?'

Disgleiriai ofn amlwg yn ei lygaid, gan dynnu ei geg yn dynn. Eisteddodd Emma. 'Mae Denise a fi'n meddwl mynd ar wyliau efo'n gilydd.'

'Denise?'

'Ie. Denise.'

'Pryd fuost ti'n siarad efo hi?'

'Neithiwr, wrth gwrs. Aethon ni am ryw swae fach efo'n gilydd. Efo pwy oeddet ti'n meddwl oeddwn i?'

Gan deimlo'n chwithig iawn, syllodd yn ôl.

'Wn i ddim be oeddet ti'n feddwl oeddwn i'n neud, ond yn amlwg doeddet ti ddim yn iawn, nac oeddet?'

Yn anfodlon i ollwng gafael, y daeargi ynddo'n benderfynol o godi'r sglodyn olaf o asgwrn ond heb feddwl y gallai ei finiogrwydd dynnu gwaed, meddai Jack, 'Roeddwn i'n meddwl fod Denise allan efo'i gŵr — neu ei chyn-ŵr fel y bydd o'n fuan.'

'Efo fi oedd hi. Aethon ni am bryd o fwyd, ac yna gyrru o amgylch Ynys Môn.'

'I ble?'

'I ble be?'

'Ble cawsoch chi bryd?'

'Fel hyn rwyt ti'n croes-holi rheini sy i fod dan amheuaeth, Jack? Be dwi i fod wedi'i neud?'

Rhoddodd fenyn ar dafell arall o dôst, a slotian marmalêd ar ben y menyn. 'Ti'n wirion.'

'Dwi ddim yn wirion!' brathodd Emma. 'Ti 'di bod mor ddrwg dy hwyl yn ddiweddar, ac yn llawn amheuon. Be wyt ti'n feddwl dwi'n neud? Neu'n hytrach, efo pwy ti'n feddwl y gallwn i fod yn 'i neud o?'

'Wn i ddim, wn i?' Gollyngodd Jack ei gyllell ar y plât. Sbonciodd i ffwrdd, gan rwbio menyn a marmalêd ar y lliain bwrdd. 'A ti'n un dda i sôn am dymer!'

'Wela i. Wel, mae pawb yn gwybod faint o helynt sy 'na efo gwragedd, yn tydyn? Yn arbennig gwragedd sy'n gorfod dioddef hen ddiawl annifyr o ŵr a phâr o ferched yn eu harddegau sy'n boendod i bawb ddydd ar ôl dydd. Heb sôn am wragedd heb ddim byd arall i edrych ymlaen ato ond mwy o'r un peth a blydi gwaith tŷ hefyd!'

Disgleiriai ei llygaid â dicter heb arlliw o ddagrau o gwbl. Meddyliai Jack ei bod hi'n edrych yn wych, ac y dylai addurno pen blaen llong ar lawn hwyl, ei bronnau balch yn torri drwy donnau anferth y moroedd, a'r golau yn ei llygaid yn fwy llachar na lantern unrhyw forwr. Ond, meddyliodd, byddai perygl i Emma lywio'i llong i drobwll Baalseffon a chwerthin wrth iddi daro creigiau Pihahiroth a phawb yn colli eu bywydau.

'Wel?' mynnodd. 'Deud rywbeth!'

'Be dwi i fod i'w ddeud? Mae Denise yn dy neud di'n anfodlon. Mae hi'n ddylanwad drwg ar bobl.'

'Paid â bod yn hurt! Weli di ddim 'mod i mewn rhigol?'

' 'Dan ni i gyd mewn rhigol. Dyna be ydi bywyd y rhan fwyaf o'r amser.'

'O, ie? Pawb yn dawel fach yn agor ei gwys ei hun nes byddan nhw farw? Ella fod hynny'n dy siwtio di, ond yn sicr ddigon dydi o ddim yn fy siwtio i.'

'O! Er mwyn popeth! Dyna'r math o sylw fydd McKenna yn ei neud, a dyna be ddrylliodd ei briodas. Hiraethu am rywbeth delfrydol sy ddim yn bodoli mewn bywyd go iawn.'

'Ella fod Denise yn dechrau gweld ei safbwynt o. Ella ei bod hi'n deall be wnaeth hi o'i le hefyd. Be ti'n feddwl o hynna?'

'Dwi'n meddwl,' meddai Jack, yn flinedig ac ofnus, wedi ei lwyr lethu gan yr angen i chwilio am gysur ei chorff, 'y dylien ni roi'r gorau i ymladd. Dwi ddim yn deall pam mae hyn yn digwydd.'

Ochneidiodd Emma. 'Dyna hanner yr helynt, yntê?

Does 'na ddim llawer i'w ddeall. Dwi wedi cael llond bol, fel mae pawb bob hyn a hyn.' Dechreuodd glirio'r bwrdd. 'Syniad Denise oedd y gwyliau. Mae hi 'di bod drwy'r felin yr wythnosau diwetha 'ma, a dydi pethau ddim drosodd eto o bell ffordd. Mi fydd yn hydoedd nes y daw hi ati'i hun, ond mae hi 'di cychwyn arni beth bynnag, felly fydd dim rhaid i fi boeni gymaint yn ei chylch. Pan fydd merched yn rhoi'r gorau i falio ynghylch eu hunain, maen nhw'n mynd i lawr yr allt yn gyflymach na thryc a'i frêcs wedi torri.'

'Dim poeni gymaint? Ro'n i'n meddwl dy fod ti wedi ffraeo efo hi?'

' 'Dan ni'n ôl fel roedden ni, hyd yn oed os 'di pethau eraill wedi newid. Ond fel 'na mae pethau, 'ntê?'

'Ble roeddech chi'n meddwl mynd ar wyliau?'

'Rhywle braf, heulog. Gwlad Groeg neu Rhodes, efallai. Fydd hi ddim yn rhy brysur yr adeg hon o'r flwyddyn.'

'Yna be?'

'Fydd Denise yn mudo. Mae hi wedi rhentu fflat ar y marina yn Y Felinheli. Fe aeth hi a Michael i'w weld o neithiwr.'

'Be amdanat ti oeddwn i'n feddwl?'

'Fi? Be amdana i?'

'Ddoi di adre? Neu fyddi di fel y cymeriad 'na, Shirley Valentine, yn rhedeg i ffwrdd o dy fywyd diflas a dy ŵr diflas a'th deulu? Ydi merched yn breuddwydio am hynna, Em? Rhamant a chyffro o dan awyr heulog?'

Gollyngodd hi blatiau a mygiau a chyllyll a ffyrc i mewn i'r ddysgl olchi llestri, chwistrellodd hylif golchi llestri drostynt a rhedeg dŵr poeth. Syllodd Jack ar ei chefn llydan a'i chluniau crynion bendigedig. 'Ydi'n rhaid i ti fod yn dy waith yn fuan?' gofynnodd iddo.

'Ddim yn arbennig. Pam?'

Tynnodd Emma y menig rwber pinc roedd hi newydd eu gwisgo. 'Gad inni adael i'r llestri socian am dipyn, felly.'

Wrth aros i'r tecell ferwi ar gyfer coffi ganol bore, digwyddodd Dewi ddarllen y papur ffacs rhacslyd, gyda mwy o ddiddordeb yn y rheswm posibl am amhrydlondeb anarferol Jack nag yng nghynnwys y neges. Wrth redeg ei lygad dros hanner y ffordd i lawr y dudalen, yn ôl ei arfer, methodd ddeall ei arwyddocad nes iddo, fel y dywedodd wrth Jack wedyn, edrych ar y pennawd.

'Ble ddiawl mae o 'di bod?' mynnodd Jack. 'Mae o wedi'i ddyddio dros wythnos yn ôl.'

'Wn i ddim, syr. Mae'n debyg y cawn ni wybod cyn bo hir. Fydd 'na rywun yn 'i chael hi, yn bydd? Be 'dan ni'n mynd i'w neud?'

'Dwi'n mynd i weld yr arolygwr.'

Ffoniodd Dewi McKenna. ' 'Dach chi'n dod yn ôl i'r gwaith heddiw, syr?'

'Fyddai o'n werth imi ddod, Dewi? Neu fyddai'n well imi fod yn trin yr ardd?'

'Wel, syr, 'lasech chi ddod o hyd i lawer mwy o bryfed genwair yma.'

'Sut felly?'

'Fedrech chi ddeud inni gael tipyn o lwc. Fawr o lwc i un person chwaith . . .


Roedd yna gadw cefn mewnol yn ogystal ag allanol ymhlith yr heddlu, meddyliodd Owen Griffiths, oherwydd doedd y swyddogion hynaf ddim i'w gweld mewn golau da iawn pan oedd hi'n fater o weld bai a disgyblu. Wnâi'r un o'i gyd-weithwyr, beth bynnag ei swydd, gyfaddef hyd yn oed i weld y ffacs o DVLA. Dychwelodd i'w swyddfa, gan wybod y byddai pregethu rhagor yn ofer; dim ond llid a dicter a ddeilliai o'r peth a byddai'n siŵr o daro'n ôl ato yntau pan fyddai ar ei fwyaf diamddiffyn. Byddai peidio mynd â'r mater ymhellach yn dibynnu ar ymateb McKenna, ac ar yr elfen o gyfiawnder a deimlai. Gweddïai Owen Griffiths am drugaredd gan McKenna oherwydd roedd yn cydnabod na ddylai camgymeriad dynol achosi cwymp adeiladwaith cyfraith a threfn.

Ac yntau'n seguran wrth far y Douglas Arms ym Methesda a mesur mawr o wisgi o'i flaen, teimlai Wil Jones yn euog nad oedd yn ei waith; teimlai hefyd ofn. Daeth ddoe, gyda'i hoe rhag y stormydd Arctig ciaidd oedd mor gyffredin yn y gwanwyn, ag oerfel gwahanol, a hwnnw'n ddigon i ddifetha unrhyw heddwch neu orffwys, a'i orfodi i chwysu a chrynu yn ystod y cwsg lludded a ddaeth iddo o'r diwedd yn ystod oriau mân y bore.

Roedd y dyn wedi aros yn y bwthyn, y tu cefn i ddrws roedd Wil wedi ei ddatgloi, ac nid oedd wedi diflannu, nac anweddu, ond pwyso'n hytrach yn erbyn wal y gegin gan wneud dim byd ond gwylio. Nid pwyso'n hollol yn erbyn y wal, penderfynodd Wil, a wisgi'n rhedeg yn gynnes drwy'i ymysgaroedd, ond rhyw fath o bwyso. Ie hynny, meddyliodd, oherwydd gwelai blaster toredig y wal heb ei pheintio drwy ffurf y dyn, a hynny a'i gyrrodd dan faglu dros ei draed ei hun o'r gegin i'r bwthyn, ac ofn yn parlysu'i enaid. Heb aros i gloi drws y bwthyn, roedd wedi rhuthro i'w fan a sgrialu i fyny'r lôn cyn gyflymed fyth ag y gallai, a'r olwynion yn llithro ac yn sboncio dros gerrig a thwmpathau o roncwellt garw.

Roedd o eisiau sôn am ei ddychryn, ond ofnai gael ei alw'n ffŵl a gwaeth. Yfodd fwy o wisgi, a llithro ymhellach yn erbyn y bar, a phan ddaeth amser cau, fe'i gosodwyd i orwedd gan y tafarnwr ar fainc i chwyrnu ei fedd-dod ymaith.

Roedd Meri Ann yn mwynhau ei phŵer, fel petai'r rheini y dylanwadai arnyn nhw'n bypedau, i'w cadw y tu ôl i lenni ei theatr fechan nes y dymunai hi blycio llinyn neu ddau, i wylio'r ffurfiau'n clecian ac yn neidio i'w thiwn hi. Roedd Michael McKenna wedi dawnsio i lawr y llwybr i ddychryn y pyped na fedrai Beti Gloff ei drin drosti'i hun, oherwydd ni fedrai Beti Gloff ond hercian y ffordd yma neu'r ffordd acw ar ei choesau ceimion cloff, a chanddo ormod o barchedig ofn at Meri Ann i gynllunio ei hamgylchiadau ei hun.

I John Jones, nid meistres bypedau oedd Meri Ann, ond uchel offeiriades cynulliad mawr o wrachod, a'r ddynes yn y coed a'r llall yn eu plith, ac roedd ei ofn yn drech na'i holl wawd a'i gasineb. Gallai feio Meri Ann am y telerau osodwyd cyn y dychwelai Beti ato, y telerau caeth hynny y cytunwyd arnynt, gwyddai i sicrwydd, gan Meri Ann a'i chriw uwch teboteidiau o de a chacennau gludiog afiach ym mharlwr mwll ei bwthyn. Ond gwaith rhywun arall oedd y rhaib arno: rhywun a feddiannai bob cam o'i eiddo, hyd yn oed ar hyd llwybr blêr yr ardd i lawr i'r tŷ bach. Fe'i dilynid gan y sipsi â'r llygaid yn rhythu a'r wyneb lludw-lwyd, yr wyneb hwnnw a lewyrchai hyd yn oed ar y noson dywyllaf a Duw wedi cloi'r lleuad islaw'r gorwel. A gallai'r un arall yna, pe esgeulusai John Jones ei wyliadwriaeth am y mymryn lleiaf un o amser, wneud iddo fedi'r hyn fu'n ceisio'i blannu.

'Pam mae hi yma?' gofynnodd Jack, wrth ddychwelyd i swyddfa'r CID. Hyll-dremodd Nel arno â llygaid mochyn bychain, tywyll o ganol y plygiadau croen llac o'u hamgylch.

'Mae hi wedi cael ei harestio, syr,' atebodd Dewi'n dawel.

'Pam? Dwyn eto?'

'Y . . . nage. Hel dynion.'

'Hel dynion? Ti'n tynnu 'nghoes i!'

'Yn y Cwari. Gafodd y tafarnwr lond bol a'n galw ni. 'Dan ni'n aros am heddferch i eistedd efo hi.'

Rhythodd Jack yn ddigywilydd ar y slebog ddrewllyd, dew, a'i dillad yn dynn o amgylch ei bol a'i chluniau, gan ddangos pengliniau cnawdol a choesau llawn gwythiennau gleision. Roedd ganddi draed hyll, tew rhywun oedd wedi arfer cerdded y stryd, a meddyliodd tybed gafodd hi ei geni felly a bod ei thynged wedi ei bennu gan ffurf ei chorff. 'Iesu Grist! Sut medrai neb fynd efo hi?'

Cododd Dewi ei ysgwyddau. 'Maen nhw'n deud fod dŵr budr yn diffodd tân gystal bob tipyn. Be ddwedodd yr arolygwr ynghylch y car?'

'Y?'

'Y car, syr.'

'O, ie. Y car. 'Dan ni'n ceisio mynd ar ôl y peth. Ro'n i'n meddwl y byddwn i'n ffonio'r prif arolygydd cyn inni neud dim byd.'

'Mae o'n dod i'r swyddfa.'

'Ydi o? Sut gwyddost ti hynny, Prys?'

'Roedd o ar y ffôn, syr. Ac mae o'n deud fod Mr Prosser 'di dod ato'i hun, felly fydd raid i rywun fynd i'w weld o.'

Cuchiodd y seiciatrydd a phwyso'n ôl yn ei gadair, gan achosi rhyw wichiadau ac ocheneidiau distaw i godi ohoni. 'Chewch chi ddim siarad efo 'nghlaf i heddiw, Inspector.'

'Pam, Dr Rankilor?'

Dyrnodd Dr Rankilor ei fysedd yn dawel ar ymyl y ddesg. 'Dydi Mr Prosser,' llafarganodd, 'ddim hanner da. A dweud y gwir, mae o ymhell iawn o fod yn dda.'

'Roeddwn i'n meddwl fod y niwed i'r pen yn gwella.'

'Y niwed corfforol, efallai. Mae fy niddordeb i, fodd bynnag, yn y niweidiau i'r ego, y meddwl ymwybodol a'r isymwybod, nid i'r cnawd yn unig.'

'Yn fy mhrofiad i, mae niweidiau i'r cnawd yn unig yn llawer mwy tebygol o brofi'n angheuol na'r math arall.'

'Lleygwr 'dach chi. 'Dach chi ddim yn deall sut y gall niwed difrifol i'r ymennydd achosi person i wneud niwed marwol i'r corff.'

' 'Dach chi'n meddwl fod Trefor Prosser yn debygol o neud amdano'i hun?'

'Pam fod arnoch chi angen gofyn? Fe yrrodd o'i gar yn fwriadol i mewn i wal.'

'Fe yrrodd o i wal i osgoi mynd ar ei ben i fws.'

'Oblygiadau ei weithred sy'n bwysig i mi.'

'Be mae o 'di 'i ddeud wrthach chi?'

'Ychydig iawn. Dydi o ddim yn dymuno cyfathrebu

na meddwl. Ond mae ei drallod seicig yn amlwg ym mhob rhan o'i gyfansoddiad.'

' 'Dach chi ddim yn meddwl eich bod chi'n gorddweud allan o bob rheswm?' meddai Jack yn bigog. 'Hoffwn i ofyn un peth iddo fo.'

'Ac ella y bydd yr un peth hwnnw yn arwain at un arall ac un arall, ac yna at weithred ddifaol yn erbyn ei berson ei hun, oherwydd dyna 'di natur hunanladdiad wedi'r cyfan.'

'Mae Trefor Prosser yn dyst allweddol mewn ymchwiliad llofruddiaeth. Dwi'n mynnu cael siarad efo fo.'

'Felly mae'n rhaid inni ystyried cais i'r llysoedd i amddiffyn fy nghlaf i. Dydi Mr Prosser ddim eisio'ch gweld chi, a does ganddo fo ddim byd i'w ddeud wrthoch chi.'

Cerddai dicter ar ruddiau Jack. 'Rwy'n deall ond yn rhy dda pam 'di o ddim eisio 'ngweld i! Ddwedodd o wrthoch chi mai dim ond crashio'i blydi car naeth o am ei fod o'n dianc o'n blaenau ni?' Edrychodd gydag atgasedd ar y seiciatrydd. ' 'Dach chi'n gadael iddo fo lechu tu cefn i'ch côt wen a'ch straeon tylwyth teg Ffreudaidd ddiawl!'

'Os aethoch chi ato fo gyda'r un agwedd ag 'dach chi'n ei arddangos i mi, dwi ddim yn synnu iddo ddianc o'ch blaen chi, Arolygydd. Mae gynnoch chi Brydeinwyr ryw ddihareb, yn does, ynglŷn â chael y gras i weld eich hunain fel mae eraill yn eich gweld chi. Ddylech chi ystyried hynny tra 'dach chi'n taranu yn erbyn 'ngwrthwynebiad i.'

Roedd y tŷ yn Y Pendist yn wag, yn ddistaw a budr yr olwg yn haul hwyr y bore. Ar ôl gwthio drwy'r giât bren gul a ddrewai o greosôt, a mynd i lawr y llwybr cul rhwng y tŷ a'r un drws nesa, safodd Dewi ar flaenau'i draed i sbecian i mewn i'r ystafell yng nghefn y tŷ. Cuddiai llenni ei olygfa, rhai llwyd-wyn wedi eu dolennu i'r canol a'u hymylon yn ffrils i gyd, fel hwren, meddyliodd, yn codi'i sgert i ddangos ei dillad isaf carpiog.

'Does 'na neb gartre, syr,' meddai wrth McKenna, wrth lithro'n ôl i'r car. 'Be nawn ni rŵan? Mynd i'r castell a chwifio'r ffacs 'na dan drwyn Stott?'

'Wn i ddim, Dewi. Dydi pethau ddim mor rwydd ag maen nhw'n ymddangos.' Taniodd McKenna sigarét. ''Dan ni'n gwybod mai Romy Cheney, neu Margaret Bailey fel mae'n cael ei henwi yma, oedd biau'r Scorpio, ond does 'na ddim sôn am Stott. Y perchennog nesaf i'w restru 'di ein ffrind drewllyd i lawr y ffordd.' Trodd i chwilio am y cerbyd llyfn, llwyd, a gweld lle parcio gwag heblaw am y gath goch yn ei chwman ar ei choesau ôl.

'Ond fe gyfaddefodd i Stott werthu'r car iddo,' mynnodd Dewi. 'Sut mae o'n mynd i wingo'i ffordd allan o hynna?' Chwaraeodd â dwrn y drws. 'Wyddon ni ddim os na ofynnwn i iddo fo, na wyddon, syr?'

Pwysai Christopher Stott yn erbyn wal coridor troellog Castell Crach, a'i wedd yn wantan yn y llwyd-dywyll.

''Dach chi ddim wedi achosi digon o helynt yn barod?' gofynnodd i McKenna. 'Mae Trefor Prosser yn yr ysbyty o'ch herwydd chi.'

'Mae o yn yr ysbyty oherwydd iddo ruthro i yrru ei gar pan oedd o'n llawn dop o gyffuriau!' brathodd Dewi.

Torrodd McKenna ar ei draws. 'Mr Stott, mae

gynnon ni reswm dros gredu 'ch bod chi'n fwriadol wedi celu gwybodaeth berthnasol i ymchwiliad o lofruddiaeth. 'Dan ni eisio siarad efo chi.'

' 'Dach chi yn siarad efo fi. 'Dach chi 'di siarad efo fi cyn hyn. 'Dach chi'n ymyrryd â 'ngwaith i, ac mae'r giaffar eisio gwybod pam mae'r heddlu ar f'ôl i.'

'Felly, fyddai'n well ichi beidio creu stŵr ynglŷn â dod i swyddfa'r heddlu, wedyn fydd neb fawr callach.'

'A be os dwi ddim eisio dod?' Cododd Stott ei ben, yn sydyn, fel petai gewynnau ei wddf yn dynn a chnotiog.

'Yna fe fydda i'n eich arestio chi, Mr Stott.'

A'r golau coch yn fflachio'n gyson, dôi rhyw swnian uchel o'r recordydd tâp. Roedd y gorchudd plastig a dynnwyd oddi am y casetiau yn rhyw symud yn y bin sbwriel metel llwyd. Boddai anadlu llafurus Stott sŵn meddal, ymwthiol y peiriannau. 'Be 'dach chi eisio'i wybod?' gofynnodd i McKenna, a'i lygaid yn wyllt, fel anifail wedi ei gornelu. Treiglai'r chwys fel mwclis i lawr ei wyneb llwydwelw, o flaen ei glustiau.

'Does dim rhaid i chi ddeud dim byd, Mr Stott,' cynghorodd y cyfreithiwr.

'Byddai'n well petai o'n gneud,' meddai McKenna. 'Hyd yn ddiweddar, roedd gan Mr Stott gar yn eiddo i Margaret Bailey, y ddynes y cafwyd hyd iddi wedi marw rai wythnosau'n ôl ar Stad Castell Crach. Gwerthodd Mr Stott y car i gymydog.' Rhoddodd y ffacs i'r cyfreithiwr.

'Wela i ddim fod enw Mr Stott yma.'

'Mae Mr Stott eisoes wedi cadarnhau gwerthu'r car arbennig yna, ac mae gynnon ni ddatganiad llawn gan y prynwr.'

Trodd y cyfreithiwr at Stott. 'Fel y dywedais i, does dim rhaid ichi ddeud dim byd.'

'Be ddigwyddith os na wna i?'

'Wel,' meddai'r cyfreithiwr, gan roi ei law dros ei geg i guddio dylyfu gên, 'fe ddwedwn i fod gan yr heddlu ddigon i'ch cadw chi p'run a fyddwch chi'n siarad ai peidio.'

Cerddai Jack yn ôl ac ymlaen yn swyddfa McKenna. 'Dwi ddim yn synnu fod y llywodraeth wedi rhwystro'r blydi Gwyddelod rhag cael yr hawl i fod yn ddistaw!'

'Gwyddel ydi Mr McKenna yn y bôn, syr, felly ddylech chi ddim bod mor anghwrtais,' meddai Dewi.

'Cau dy geg!' Trodd Jack at McKenna. 'Fedrwch chi ddim cael hyd i rywbeth iddo fo'i neud?'

'Fedrwch chi'ch dau ddim ymddwyn fel oedolion?' brathodd McKenna. 'Pam na hogwch chi'ch meddyliau yn lle agor 'ch cegau? Gewch chi ddeud wrtha i be i'w neud nesa. Fedrwn ni ddim siarad efo Prosser gan fod y blydi seiciatrydd 'na'n gwrthod gadael inni neud, a fedrwn ni ddim siarad efo Stott am ei fod o'n cuddio tu cefn i amodau caredig Deddf yr Heddlu a Thystiolaeth Droseddol.' Taniodd sigarét. 'Heb anghofio Jamie, wrth gwrs, sydd fel petai wedi'i heglu hi. Unrhyw sôn o gwmpas y dre ynghylch ble allai o fod, Dewi?'

'Nac oes, syr. Neb yn deud 'run gair.'

Meddai Jack yn bwdlyd, 'Ella y newidith Stott ei feddwl.'

'Dim gobaith!' meddai Dewi.

'Sgen ti unrhyw syniad gwell, Prys?'

'Ella fod gen i, ond fyddwn i ddim yn deud wrthach chi petai gen i.'

Neidiodd McKenna ar ei draed, gan achosi i'w gadair daro yn erbyn y wal. 'Bydd ddistaw! Paid ti â meiddio ymddwyn fel hyn!'

Edrychodd Jack o McKenna at Dewi a cherdded allan o'r ystafell, gan glepian y drws yn ddigon caled i wneud i'r waliau ruglo.

'Ddrwg gen i, syr,' cynigiodd Dewi. 'Mae Mr Tuttle yn codi 'ngwrychyn i ar brydiau.' Eisteddodd yn ddistaw, gan groesi ei goesau a phlethu ei ddwylo ar ei lin, ac aros i'r storm fynd heibio. 'Ddylai rhywun ddeud wrth Mrs Stott am ei gŵr,' meddai yn y tawelwch hir. 'Ddwedodd Mr Tuttle wrthoch chi inni ei gweld hi ddoe? Dyna lle roedd hi'n gwylio priodas y sipsiwn efo pawb arall. Ddwedais i wrth Mr Tuttle y byddai'r siwt yna y cafodd Wil Jones hyd iddi yn ei ffitio hi fel maneg.'

## Pennod 27

Syllai Gwendoline Stott yn ddifynegiant ar McKenna a'r heddferch mewn lifrai a eisteddai ar y soffa glustoglyd, efaill ei sedd ei hun, yn yr ystafell honno oedd yn rhy gul ac yn rhy isel i'r dodrefn a'i gorlenwai. Gwisgai esgidiau sodlau uchel duon gyda'r blaenau'n troi i fyny, a phrin y cyffyrddai ei thraed y carped. Wrth ei hochr segurai geneth yn ei harddegau cynnar, a siwt gragen lelog a phinc amdani ac esgidiau pêl-fasged, rhai gwyn a drud. Tynnodd ei thraed o dani, gan ennyn cuwch gan ei mam. 'Tynn dy draed oddi ar y soffa, Jennifer.' Edrychodd yr eneth yn sorllyd iawn, lluchiodd ei phen yn ôl, gan chwipio'r gynffon o wallt wedi ei euro ar draws ei hwyneb. Ufuddhaodd, a throelli blaenau ei bwtsias i mewn i'r carped.

Roedd y waliau'n wynion ac yn blaen, a hen garped blêr, hyll ar y llawr gyda chylchoedd o oren a choch a brown budr yn chwyrlïo drwyddo, o amgylch y dodrefn drud a orchuddiwyd â defnydd William Morris; yr un defnydd oedd i'r llenni, oedd yn rhy hir o lawer ar gyfer y ffenestri bychain. Sylwodd McKenna ar uned silffoedd simsan yn llawn llestri henffasiwn, jygiau crochenwaith slip urddasol, a rhai llyfrau clawr lledr ymhlith y cloriau meddal a'r cyfeiriaduron ffôn a'r catalogau archebion post. Uwchben tân trydan mewn aelwyd ffug, adlewyrchai drych bychan gorun Gwen Stott, rhan o'i hysgwyddau, a'r ffiol wag ar y sil ffenest y tu cefn iddi. Caewyd yr ystafell rhag awelon iach y môr a heulwen y gwanwyn gan achosi awyrgylch fwll a thrymaidd.

Rhyw deimlad tebyg oedd i'r wraig, nad oedd iddi gynhesrwydd unrhyw nwyd, nac ychwaith gynnwrf unrhyw wynt bywus yn y gagendor dwfn o enaid. Meddyliodd McKenna tybed pa fath esiampl i'r ferch ifanc oedd i'w gribinio o dirwedd moel tŷ ei mam. Chynigiodd y fam na'r ferch mo'r cysgod lleiaf o wên i'w hymwelwyr: roedd o wedi gweld y wraig yn cuchio a'r ferch yn gwgu, a meddyliodd mai dyna hynny o ymdrech a wnaen nhw.

'Mae'n rhaid imi ddeud wrthoch chi, Mrs Stott, i'ch gŵr gael ei arestio, a'i gadw yn y ddalfa,' meddai McKenna.

Syllodd yr eneth ar ei thraed, gan ddal i geisio sgwrio tyllau yn y carped hyll. Doedd dim ymateb gan y wraig.

'Hoffech chi wybod pam?' gofynnodd McKenna.

'Mae'n debyg eich bod chi'n siŵr o ddeud wrtha i.'

Cythruddwyd McKenna gan yr anghwrteisi a hogwyd, mae'n amlwg, o hir brofiad.

'Byddai'r rhan fwyaf o ferched ond yn rhy awyddus i gael gwybod.'

'Does gan y rhan fwyaf o ferched,' chwyrnodd hithau, 'mo'i fath o yn ŵr.'

Cododd yr eneth ei phen. ' 'Dach chi'n deud pethau cas am Dad o hyd,' meddai hi. 'A dydi o na fi ddim yn gw'bod pam.'

'Nac ydi o?' hawliodd Gwen Stott.

Gan ddyfalu natur y pechodau hynny gan Stott a barodd iddi ddioddef y canlyniadau, meddai McKenna, 'Arestiwyd Mr Stott oherwydd gwerthiant car.'

'Dyna i gyd? Baswn i'n deall yn well petaech chi 'di ei arestio fo oherwydd Trefor Prosser.'

'Basach?' gofynnodd McKenna. ' 'Dan ni ddim yn

ymwybodol fod Mr Prosser a'ch gŵr yn ymhél â dim anghyfreithlon.'

'Trueni mawr, yntê. Trueni mawr nad ydi o ddim yn anghyfreithlon.'

'Fedra i ddim gneud unrhyw sylw ar hynna.' Cododd McKenna ar ei draed, a'r heddferch yn dilyn ei esiampl. 'Fe fydd eich gŵr o flaen yr ynadon 'mhen ychydig ddyddiau. Fedra i ddim deud fyddwn ni'n gwrthwynebu mechnïaeth ai peidio. Mae hynny'n dibynnu ar ba wybodaeth ddaw i'r amlwg.'

Edrychodd yr eneth ar ei mam, a dagrau'n disgleirio yn ei llygaid. 'Mam!' Cydiodd yn llawes ei mam, a phlyciodd y wraig yn rhydd. 'Mam! Mae Dad yn y carchar! Be 'nawn ni?'

'Dim byd!' Brathodd y geiriau'r awyr, gan foddi'r synau tawel a ddôi o wddf yr eneth. Safodd y ddynes yn erbyn y golau, a'i chorff byr, trwm yn taflu mantell o gysgod. Ceisiodd McKenna ei dychmygu wedi ei gwisgo yn y siwt dlos a godwyd o Fwthyn y Grocbren, ac, yn wahanol i Dewi, methodd.

'Os byddwch chi angen cynhaliaeth neu gymorth,' meddai, 'fe allwn ni gysylltu â'r Gwasanaethau Cymdeithasol. Neu unrhyw un arall hoffech chi ei awgrymu.'

'Fydda i'n berffaith iawn.'

'A'r ferch?' gofynnodd McKenna, gan edrych arni a'i hwyneb eisoes yn hyll ac yn hen gan drallod.

'Be amdani hi?'

'Mae hi'n poeni braidd.'

'Ddaw hi drosto fo, yn daw? Mae hi'n ferch i'w thad wedi'r cyfan.'

'Be mae o 'di neud?' llefodd yr eneth. 'Pam na ddywedith rhywun wrtha i?'

'Wyddwn i y byddai'r blydi car yna'n peri helynt. Ddwedais i hynny'n ddigon aml, ond does neb yn gwrando arna i, oes 'na?'

'Sut gwyddech chi y byddai o'n peri helynt?'

'Gofynnwch iddo fo.' Cerddodd at y drws a'i dynnu ar agor. 'Wnewch chi adael?'

'Mi fydd Mr Stott yn Swyddfa'r Heddlu nes bydd o'n mynd i'r llys,' meddai McKenna. 'Gewch chi ymweld ag o os mynnwch chi. A'ch merch hefyd, wrth gwrs. Os 'dach chi angen cymorth ariannol, cysylltwch â'r DSS.'

' 'Dach chi ddim yn gwrando chwaith, nac 'dach? Fedra i neud yn iawn.'

Plyciodd yr eneth drachefn ar lawes ei mam. 'Gawn ni fynd i'w weld o? Plîs!'

'Na!' Trodd Gwen Stott ar ei merch. 'Na, na, NA!'

A'i dymer wedi oeri, hamddenai Jack yn swyddfa McKenna.

'Gen i biti dros y dyn 'na,' sylwodd McKenna. 'Beth bynnag ydi o, dydi o ddim yn ei haeddu hi. Mae hi'n ddynes oer, Jack. Yn galed fel haearn.'

'Ella mai byw efo fo sydd wedi ei gneud hi fel'na. Os ydi o 'di bod yn canlyn Trefor Prosser, fedar o ddim fod wedi gneud llawer o les i'w hunan-barch hi.'

'Wel, os ydi o, fedra i ddim deud 'mod i'n gweld bai arno fo. Fyddai'n well gen i glosio at Trefor Prosser na Gwen Stott unrhyw ddydd.'

' 'Dan ni'n mynd i'w chyf-weld hi? Mae'n swnio fel petai hi'n ffynhonnell wych o wybodaeth.'

'Na, fyddai hi ddim. Wnâi hi ddim byd ond cecru a chwyno a gwawdio a lladd ar ei gŵr a'i merch. Carreg oer sy gan y ddynes yna lle mae gan bobl eraill galon,

Jack. Ceisiwch ddychmygu sut y byddai'ch genod chi'n teimlo petaen ni'n cyrraedd acw'n gwbl annisgwyl, yn deud eich bod chi yn y carchar ac yn debygol o aros yno. Ella'n wir y dylwn i ddeud wrth y Gwasanaethau Cymdeithasol am roi eu pig i mewn.'

'Pam?'

'Rhag ofn iddi hi ddechrau dial ar y ferch rŵan a'r gŵr ddim yno i fod yn gocyn hitio iddi.'

Safai Dewi Prys wrth ddrws un o'r celloedd carchar yn y seler, gan anadlu'r arogl metalig, oer, fel arogl gwaed. Stott oedd yr unig un dan glo, a'i gyflwr yr hyn a ddisgwylid gan bob carcharor: dioddef o sioc ac yn oer, mewn anobaith ac wedi ei fychanu. Meddyliodd Dewi tybed ai'r weithred o amddifadu rhywun o'i ryddid, am ba gyfnod byr bynnag, â pha awdurdod bynnag, oedd y weithred fwyaf ddiraddiol y gallai un bod dynol ei gyflawni yn erbyn un arall, heblaw am gymryd bywyd ei hun.

''Dach chi wedi cael te, Mr Stott?'

'Dwi'm eisio dim byd.'

'Ella y cymerwch chi rywbeth yn nes ymlaen.'

'Ella.' Rhythai'r llygaid anesmwyth arno, a'u hymylon yn gochion mewn cylchoedd o gysgod tywyll. 'Ydi . . .' daliodd Stott ei wynt, fel petai ar fin mygu. 'Ydi 'ngwraig wedi cael gw'bod?'

Eisteddodd Dewi ar yr unig gadair, gyferbyn â'r gwely lle roedd Stott yn ei gwman. 'Fe aeth y Prif Arolygydd i'w gweld hi.'

Bu Stott yn dawel yn hir. 'Dwi'm yn meddwl y daw hi i 'ngweld i, ddaw hi?' gofynnodd o'r diwedd.

'Wn i ddim, syr. Gewch chi ymwelwyr unrhyw adeg.

Wel, unrhyw adeg resymol. Nid am hanner nos, er enghraifft.'

Gwenodd Stott yn wantan. 'Wna i ddim gobeithio gormod, cwnstabl. Gâi fy merch ddod?'

'Fydden ni angen heddferch i aros yma efo hi oherwydd fod eich merch mor ifanc. Faint ydi ei hoed hi?'

'Bron yn bymtheg.' Syllodd y dyn heb weld. 'Diolch i Dduw nad babi ydi hi . . . wn i ddim sut y gwnaiff hi ymdopi fel mae hi . . . A dwi'm yn meddwl y bydd ei mam yn unrhyw help.' Troellai chwerwedd ei wefusau, gan wreichioni ei lygaid. Hoeliodd ei lygaid ar Dewi, ac meddai, 'Be ydi'r cyhuddiad yn f'erbyn i?'

'Wn i ddim yn iawn, syr. Mae pethau wedi cael eu cymhlethu braidd gan na ddwetsoch chi ddim byd yn y cyfweliad, 'chi.'

'Ddwedodd y cyfreithiwr wrtha i am beidio.'

'Nid beirniadu ydw i, syr. Dim ond ei fod yn gneud pethau'n fwy anodd. Be dwi'n feddwl ydi, 'dan ni'n gwybod rhai pethau ynghylch y car 'na, ond gan na ddwedwch chi'r gweddill wrthon ni, mae'n rhaid inni chwilota am wybodaeth mewn llefydd eraill.'

'Wela i.'

Arhosodd Dewi, ond chynigiwyd dim. 'Well imi fynd. Oes 'na rywbeth hoffech chi ar y funud?'

Edrychodd Stott i lawr ar ei ddwylo. 'Ga i molchi? Does gen i ddim sebon na lliain na dim. Na phyjamas.' Edrychodd i fyny, a'i lygaid yn llawn dagrau. 'Fydd raid imi gysgu yn fy nillad?'

'Na fydd.' Yn sydyn, casâi Dewi ei hun a'r gwaith a wnâi. 'Mi a' i ynghylch pethau i chi rŵan. Hoffech chi gael rhywbeth i'w ddarllen?'

'Os gwelwch chi'n dda.' Doedd y geiriau'n fawr mwy

na sibrwd. 'Cwnstabl? Fedrech chi neud rhywbeth arall i mi, os medrwch chi? Mae gen i chwaer yn Y Rhyl. Fedrech chi weld a gaiff Jenny — fy merch — fynd i aros efo hi?'

'Be wyt ti'n neud, Prys?' cyfarchodd Jack Dewi, a'i dymer yn cynhesu y tu hwnt i'w reolaeth, wedi ei danio'n syml gan olwg y *bête noire* o lanc, wrth i hwnnw ddarllen rhifau teleffon oddi ar gefn ei law a'u dyrnu hwy ar y teleffon.

'Gneud galwad ffôn, syr.'
'Wela i hynny! Rho'r gorau i fod yn glyfar, Prys. Pwy ti'n ffonio?'
'Chwaer Stott.'
'Pam?'
'Fo ofynnodd imi neud.'
'Fo ofynnodd iti neud? Be wyt ti, blydi nyrs?'
'Mae o'n poeni ynghylch ei ferch.'
'Poeni ynghylch ei eneth fach, ydi o? Ddylai o fod 'di meddwl am hynny cyn ymhél â lladd a blacmel a lladrata!'

Rhoddodd Dewi y derbynnydd yn ei grud. ' 'Dan ni ddim yn hollol siŵr ydi o'n ymhél â dim byd. Mae pobl i fod yn ddieuog nes cân nhw eu profi'n euog.'

'Iesu! Nid chdi hefyd!'
'Nid fi'n ogystal â phwy arall, felly?'
'Paid ti â meiddio siarad efo fi fel yna neu fe ga i di ar gyhuddiad disgyblaeth! Ffefryn bach McKenna ai peidio.'

Gan wenu wrtho'i hun, cododd Dewi y teleffon drachefn. 'Dwi ddim yn meddwl 'mod i'n ffefryn bach i neb, syr. Ond ella fod Mr McKenna a fi yn gweld lygad yn llygad ar lawer o bethau.'

'Ti'n hen ddiawl bach ffroenuchel!'

'Ydw, syr,' cytunodd Dewi. 'Os 'dach chi'n deud, syr,' ychwanegodd, yna trodd draw, i siarad efo'r ddynes a atebodd ei alwad.

Hepiodd Christopher Stott am ysbeidiau yn ei gell, a'r synau rhyfedd yn ymwthio arno, ac arogl y dillad gwely, y llawr, y waliau a'i gorff ei hun yn afiach yn ei wddf a'i ffroenau. Clywai synau achlysurol o'r adeilad: clep drws, llais wedi codi mewn dicter neu firi, a'r cyfan wedi'i farweiddio gan bellter a thrwch waliau a drws ei gell. Rhuodd tryc neu fws hwyr i lawr y briffordd a'i sŵn yn atsain drwy'r coridorau dan y ddaear a'r celloedd gan achosi dirgrynu a gadael drewdod chwerw dîsl i gymysgu gyda'r arogleuon eraill. Rhythodd i fyny ar y nenfwd, ar y golau gwantan yn ei gawell gwifren, ac ar y waliau chwyslyd wedi eu cerfio gydag enwau a dyddiadau a geiriau a chreithiau amharchus, gan deimlo ei gorff wedi cyffio ac yn oer yn ei wely bychan. Meddyliodd am ei wraig a'i ferch a Threfor Prosser; roedd wedi archwilio'r meddyliau hyn mor aml fel nad oedd unrhyw newydd-deb i'w diriogaeth, nac unrhyw addewid heblaw caethiwed parhaol. Yna gwelodd y dieithriaid a wthiodd i mewn i'r diriogaeth hon, drwy giât na sylwodd arni erioed o'r blaen, a meddwl tybed a oedd ganddynt hwy'r cryfder a'r nerth oedd mor ddiffygiol ynddo ef ei hun i gael gwared â'r angenfilod o'r diriogaeth.

Aeth McKenna i lawr y grisiau wrth i gloc y dref daro dau o'r gloch, gyda chloch yr eglwys gadeiriol yn ychwanegu ei thinc mwy soniarus. Eisteddodd yn y gegin, a mygaid o de ar y bwrdd a sigarét yn ei law, gan archwilio'i feddyliau ailadroddus ei hun, a'r rheiny wedi eu caethiwo gymaint yn eu cawell bychan fel na ddeuent â dim ond trymder undonedd yn cropian i'w esgyrn fel salwch terfynol. Byrlymai Denise, oedd wedi galw i'w weld dipyn ynghynt, o straeon: am ei gwyliau'r wythnos wedyn, ei chynlluniau i symud, i gael gwared mewn arwerthiant garej yr hyn na ddymunai hi nac yntau eu cadw, ac am Jack Tuttle, yn rhuthro yma ac acw wrth i'w wraig, a safai ar ymyl rhyddid bychan, blycio ar y rhaffau cryfion a glymai ei phriodas wrth ei gilydd.

Taniodd sigarét newydd o stwmp yr hen un, gan feddwl tybed beth fyddai ei dynged ef ymhen ugain mlynedd, neu ddeng mlynedd ar hugain, neu ddeugain mlynedd. Dychwelodd i'r gwely ymhell wedi i'r wawr gochi'r awyr ddwyreiniol, gan syrthio i gysgu yng nghanol sgrechian y gwylanod a chlegar y ddau sgrech y coed a nythai yn y coed islaw ei ffenest. Breuddwydiodd ei fod yn hen ddyn, yn chwerw a thenau ac wedi ei lapio mewn cnawd fel papur, mor simsan â'r gadair y swatiai ynddi o flaen y mymryn o dân crintach, gan chwalu meddyliau am Denise, a'r hen fflam yn fflicran yng nghoridorau amser wrth ddisgwyl am Farwolaeth, yr unig ymwelydd a fyddai'n debygol o alw.

Wrth gerdded yn ôl o Safeways yn hwyr ar fore Sul, a bag plastig o nwyddau a bwyd cath ym mhob llaw, gwelai McKenna gwmwl storm yn dynesu o'r dwyrain, yn symud yn araf yn sgil y gwynt oer a godai o'r tu cefn i Fynydd Bangor. Disgleiriai eithin melyn ar y copa, a'r coed newydd flodeuo yn plygu a gwingo wrth i'r gwynt eu pwyo. Tasgai dafnau o law ar y palmant o flaen ei draed gan droi'n ddilyw o gawod, a'r dŵr yn ffrydio i lawr y dyffryn, ymhell cyn iddo frwydro i fyny'r allt i'w dŷ. Wrth i'r taranau drybowndian y tu cefn i'r mynydd, meddyliodd McKenna am Dduw, yn sarhaus; am Mr Duw a Mrs Duw mewn gwewyr anghytgord priodasol, yn rhwygo'u plasty yn yr awyr yn ddarnau, gan rannu ysbail y cariad a chwalwyd. Fflachiodd mellt gan gracio uwch y toeau wrth iddo frysio tuag adref yn fyr ei wynt, gan deimlo'r trydan yn yr awyr yn mynd i'w gorff ac ystumio'i gydbwysedd.

Ffoniodd Dewi yn hwyr yn y pnawn, a'r dydd wedi syrthio i gyfnos, gan adael McKenna a'r llefydd hynny yn y ddinas a welai o'i ffenest wedi boddi mewn porffor-lwyd prudd, wedi eu gwlychu'n wlyb domen gan law, a'u tanio gan fflachiadau o ddisgleirdeb wrth i'r storm lifo'n ôl a blaen o'r tir i'r môr fel llanw.

'Ydi'ch trydan chi 'di diffodd hefyd, syr?' gofynnodd Dewi.

'Dwi'n mawr obeithio nad wyt ti ddim wedi galw dim ond i ofyn hynny imi?'

'Naddo, syr, dim ond meddwl, dyna i gyd. Mae 'na rywun eisio'ch gweld chi.'

'Pwy?'

'Mrs Kimberley. Chwaer-yng-nghyfraith Mrs Stott.'

'Be sy 'nelo hi â'r achos?'

'Chwaer Mr Stott ydi hi, syr. Ddwedais i.'

'Ddwedaist ti mai chwaer-yng-nghyfraith Mrs Stott oedd hi.'

' 'Run gwahaniaeth, syr. 'Dach chi'n dod?'

'Ydi o'n bwysig?' Edrychodd McKenna allan ar y storm, wrth iddi gronni y tu cefn i bwynt mwyaf dwyreiniol Ynys Môn yn barod am hyrddiad arall, ac Ynys Seiriol bron o'r golwg mewn tywyllwch annaearol lle collai'r awyr a'r tir eu hunaniaeth. 'Pam na fedri di siarad efo hi?'

'Mae hi 'di bod i weld ei brawd. Ddaeth hi â'r hogan efo hi. Mae'r beth fach yn edrych fel petai hi heb stopio crio ers inni arestio Stott. A deud y gwir, gofyn am y swyddog hŷn oedd ar gael wnaeth Mrs Kimberley.'

'Dydi'r Arolygwr Griffiths ddim yna?'

'Ydi, ond dydi o ddim yn gwybod am y peth tu chwith ac allan fel chi, ydi o, syr?'

'Dydi o ddim yn edrych fel petai gen i ryw lawer o ddewis, nac'di?' Dychwelodd y trydan wrth iddo fynd i fyny'r grisiau i chwilio am y gath, oedd wedi cuddio rhag y storm o dan ei wely gan wrthod cael ei denu oddi yno.

'Y peth gwaetha ynghylch fy mrawd ydi ei fod o'n medru bod yn wan. Mae'n hawdd dylanwadu arno, ac mae'n hawdd ei ddychryn, a Duw a ŵyr y gallai'r wraig 'na sy ganddo fo ddychryn y Diafol ei hun!' Heblaw am ei thaldra, prin iawn oedd y tebygrwydd rhwng Serena Kimberley a'i brawd; roedd ei chorff yn gryf a chyhyrog, ei phersonoliaeth yn fwy amlwg, a'i hagwedd yn llawer mwy pendant. 'Sgynnoch chi ddim syniad be mae'r ddynes 'na wedi gneud iddo'i ddioddef, a rŵan mae'n piwsio Jenny hefyd.'

Doedd Jenny ddim yn gweld nac yn clywed oherwydd roedd hi yn y cantîn gyda heddferch a Dewi Prys.

'Dydi 'mrawd ddim wedi gneud dim byd, 'chi,' ychwanegodd Serena, a meddyliodd McKenna y gallai Christopher Stott fod wedi treulio ei holl fywyd yn cael ei amddiffyn a'i reoli gan ferched; gan ei fam, ei chwaer, ei wraig, ac o bosib gan Romy Cheney: yn cael ei reoli'n anfodlon, ond dyna bris ei amddiffyniad rhag y byd. Ac yn awr roedd y Diafol wedi anfon y beilïaid i mewn.

'Mrs Kimberley, dwi'n deall 'ch sefyllfa chi,' meddai. 'Ond mae'n siŵr fod Mr Stott wedi rhoi gwybod pam y cafodd o'i arestio.'

' 'Dach chi ddim wedi ei gyhuddo fo o ddim byd hyd yn hyn.'

'Ddim hyd yn hyn, ond fe wnawn ni.'

'Y car?'

'Mae'n debyg. A phethau eraill.'

'Ymwneud â marwolaeth y ddynes 'na mae'r pethau eraill?'

'Roedd ei char hi gan Mr Stott am beth amser wedi iddi hi farw. O bosib cyn iddi farw. Ddywedith o ddim wrthon ni.'

'Ga i smocio?' Tynnodd Serena sigarennau a thaniwr o boced ei siaced. ' 'Drychwch, Chief Inspector, fyddwn i'n deud celwydd petawn i'n deud 'mod i'n gwybod be fu'n digwydd. Dwi'n gweld fawr ddim ar Chris, oherwydd a' i ddim ar gyfyl y tŷ, a dydi o'n cael fawr o gyfle i ddod i 'ngweld i. Mae Gwen yn gwrthwynebu. Mae'n gwrthwynebu i Jenny aros efo fi, ond dyna'r unig adeg mae'r hogan yn cael gwyliau. Mae Gwen yn gwrthwynebu'r rhan fwyaf o bethau sy'n rhoi tipyn o bleser i bobl oherwydd ei bod hi'n hen ast sorllyd. Mae hi fel marwolaeth, yn torri pawb a phopeth i lawr i'r maint lleiaf un.'

'Be mae hi wedi'i neud i chi?'

'I mi? Dim byd. Roddwn i ddim cyfle iddi. Na'r bodlonrwydd.' Ysmygodd, gan fwynhau'r baco yn ei 'sgyfaint. 'Dwi 'di 'i gweld hi'n gneud digon o niwed i Chris, a Jenny rŵan . . . does dim llawenydd yng nghalon Gwen, 'chi. Os oedd ganddi hi 'rioed enaid ar y cychwyn, mae o wedi crino erstalwm, ac mae hi'n llusgo pobl eraill i'w diflastod.'

'Wyddech chi unrhywbeth ynghylch Mrs Cheney?'

'Ddim tan y penwythnos yma.' Diffoddodd ei sigarét, a thanio un arall ar unwaith. 'Fe alwodd y dyn ifanc, clên yna sy efo Jenny rŵan fi ddydd Gwener, ac fe ddois i draw'r munud hwnnw, a chael andros o ffrae efo Gwen. Ddywedodd hi'r pethau mwyaf dychrynllyd fedrwch chi feddwl amdanyn nhw, ac roedd Jenny bron yn wallgo, felly rois i bethau'r ferch mewn bag a mynd â hi adre efo fi.'

'Oedd dim ots gan ei mam hi?'

'Oedd.' Edrychodd Serena ym myw llygaid McKenna. 'Roedd ots mawr iawn ganddi. Roedd hi'n bygwth deud wrth yr heddlu 'mod i'n cipio'i phlentyn hi, felly ddwedais i wrthi hi y dylai hi gael ei harestio am greulondeb. Roedd hi wedi bod yn curo Jenny, am fod Jenny'n mynnu gofyn ynghylch Chris.'

Trawyd McKenna gan hunangasineb, oherwydd iddo adael y ferch ar ei phen ei hun gyda'i mam a'r holl arwyddion yno i unrhyw ffŵl eu darllen.

'Mae Jenny dipyn bach yn dawelach,' ychwanegodd Serena. 'Fe roddodd ein doctor ni rywbeth iddi i'w thawelu nos Wener. Roedd hi'n mynnu mynd i weld Chris, er nad dwi ddim yn meddwl ei fod o'n syniad da i ferch weld ei thad mewn cell yn swyddfa'r heddlu.'

'Mae'n well na pheidio'i weld o o gwbl.'

'Am faint 'dach chi'n bwriadu'i gadw fo dan glo?' Curodd Serena ludw oddi ar ei sigarét i soser lwch orlawn ar y ddesg. 'Mae o'n poeni'n ofnadwy ynghylch Jenny, wyddoch chi. Hi ydi'r unig reswm pam mae o 'di aros yn y ffug-briodas erchyll 'na.'

'Wn i ichi ddeud i Mrs Stott guro ei merch ddydd Gwener, ond fyddwn i'n dychmygu fod y ddwy dan straen aruthrol ar y pryd.'

'Pwy 'dach chi'n geisio'i wyngalchu, Brif Arolygydd? Dwi'n meddwl fod Gwen wedi drysu, a'i bod hi'n wallgo, yng ngwir ystyr y gair, a'i bod hi'n ymddangos yn syrffedus o gall, fel petai gwallgofrwydd yn fath o gylch. Dwi'n meddwl ei bod hi'n blydi peryglus, a dwi'n meddwl fod ei gŵr a'i phlentyn ei hofn hi drwy waed eu calonnau.'

'Ond wyddoch chi ddim pam?'

'Ro'n i'n gobeithio y byddech chi'n dod i wybod pam.' Taniodd sigarét arall, edrych ar ei blaen golau, a'i diffodd. 'Dwi'n smocio gormod, beth bynnag, heb sôn am pan dwi dan straen. Gafodd Chris a Jenny sgwrs hir, a dwedodd Chris fod Jenny eisio siarad efo chi oherwydd y byddech chi'n deall. Peidiwch â'i siomi hi, Mr McKenna. Mae ei thad a'i mam, y ddau yn eu ffyrdd eu hunain, eisoes wedi'i siomi hi, a dyna be sy'n ysu y tu mewn i Chris fel asid. Dw innau ddim yn gannaid wyn chwaith. Chi ydi'r unig obaith sy ar ôl i'r ferch rŵan.'

## Pennod 28

Eisteddai Jennifer Stott ar bigau'r drain ar ymyl cadair yn swyddfa McKenna, yn rhag-weld y byddai'n rhaid iddi ddioddef un peth yn rhagor cyn cael rhyddhad o ba boenedigaeth bynnag fu eisoes. Gwelodd McKenna ei swyddfa'n troi'n gyffesgell, a gweddïodd y gallai gynnig i'r eneth rywbeth gwell na rhyw faddeuant ystrydebol. Gwisgai jîns a chrys chwys gwyn, ei gwallt yn rhydd ac yn hardd o amgylch wyneb lle gallai ieuenctid o hyd fod yn drech na thristwch.

'Roedd fy mam yn 'nabod Mrs Cheney,' meddai Jenny. 'Roedd hi'n arfer mynd i Fwthyn y Grocbren. Es i efo hi unwaith, am i Mrs Cheney fy ngwadd i, ac fe ddwedodd Mam fod yn rhaid i mi fynd er nad oeddwn i ddim eisio mynd.' Oedodd, gan rwbio marc oddi ar flaen ei bwtsias gwyn. 'Do'n i ddim yn hoffi'r bwthyn. Hen le yn codi ych a wew ydi o.'

Rhoddodd Serena broc ymlaen iddi. 'Paid â gadael pethau yn fan'na, Jenny. Deud bopeth ti'n gofio wrth Mr McKenna.'

'Fyddai Mam a Dad yn ffraeo'n ofnadwy ynghylch Mrs Cheney.'

'Fydden nhw?' anogodd McKenna. 'Pam?'

'Doedd Dad ddim yn ei hoffi hi. Roedd o'n deud ei bod hi'n ddylanwad drwg, yn gneud Mam yn anfodlon efo popeth.'

'Ble roedd dy fam wedi cyfarfod Mrs Cheney?'

'Yn y castell. Fe aeth hi i barti efo Dad, ac roedd Mrs Cheney yno. Ac wedyn roedd Mrs Cheney yn ffonio Mam o hyd ac yn ei gwadd hi i fynd allan a phethau felly . . . Yn deud y dyliwn i ei galw hi'n Romy, ond wnawn i ddim am ei bod hi wedi tyfu i fyny a bron mor hen â Mam. Doedd o ddim yn iawn i'w galw hi'n Anti Romy meddai Mam am nad oedd hi ddim yn fodryb imi.'

'Mae'n rhaid ichi gofio, Brif Arolygydd,' meddai Serena, 'mai dim ond deg neu un ar ddeg oedd Jenny ar y pryd.'

'Ie,' meddai McKenna, a'i ddwylo'n chwarae efo'r papurau ar ei ddesg.

'Dim ots gen i os 'dach chi'n smocio,' meddai Jenny wrtho. Edrychodd McKenna ar y llygaid a syllai'n ddifrifol arno, llygaid, yn wahanol i rai ei mam, ac ynddynt oleuni bywyd a thywyllwch poen.

'Deud wrtha i, Jenny,' meddai, 'wyt ti'n cofio unrhywbeth ynghylch y car? Y car Scorpio llwyd?'

'Car Mrs Cheney oedd o. Roedd hi'n arfer ei yrru'n gyflym iawn.'

'Fyddai dy fam yn arfer ei yrru?'

'Fedar hi ddim gyrru.'

'Dy dad?'

'Aetha' fo ddim ar ei gyfyl o. Fydden nhw'n ffraeo'n ofnadwy ynghylch hynny hefyd.'

'Wyt ti'n cofio rhywbeth yn arbennig ynghylch tu mewn y car?'

Edrychodd tuag at y ffenest, ac ar olion y glaw ar wal y gyfnewidfa deleffon. Roedd McKenna wedi agor y bleind Fenis gan adael i gymaint fyth o olau naturiol ag oedd bosib ddod i mewn. 'Roedd o'n drewi braidd. Sigaréts a garlleg. Roedd Mrs Cheney wastad yn bwyta pethau efo garlleg ynddyn nhw.'

'Dim digon i gadw Gwen draw chwaith,' meddai Serena dan ei gwynt.

Aeth llais Jenny ymlaen yn undonog fel petai ei modryb heb ddweud dim byd. 'Roedd o'n flêr iawn tu mewn. Roedd Mam yn deud o hyd fod Mrs Cheney yn slebog. Roedd yn rhaid i mi ei edrych o i fyny yn fy ngeiriadur. Roedd 'na lot o ôl bysedd afiach, am fod Mrs Cheney yn darllen y papurau newydd mawr 'na sydd â'u print yn dod i ffwrdd, a byth yn golchi'i dwylo wedyn, meddai Mam. Rhoddodd Mrs Cheney fy anrheg i yn y car. Ddwedodd Mam y dyliwn i roi rhywbeth iddi hi am fy ngwadd i i'r bwthyn, felly prynais degan blewog iddi hi, ac fe hongiodd hi o ar y ffenest gefn. Roedd Mam yn sbeitlyd iawn ac yn deud ei fod o'n edrych yn blydi gwirion.'

'Sut un oedd y tegan?'

'Coch a gwyrdd a chrwn a ddim yn edrych fel dim byd go iawn yn wir. Fedrwn i dynnu ei lun o os 'dach chi eisio.'

'Mae Jenny'n dda iawn am dynnu lluniau,' meddai Serena. 'Yn dwyt, cariad?'

Gwibiodd gwên ar draws wyneb yr eneth. Syllodd ar McKenna, ei llygaid yn dywyll.

'Wyt ti'n 'nabod Mr Prosser?' gofynnodd.

'Yncl Trefor o swyddfa'r stad?' Nodiodd. 'Ydw.'

'Fydd o'n arfer dod i'ch tŷ chi weithiau?'

Crebachodd ei hwyneb mewn gofid. 'Mae Dad a Mam yn ffraeo'n waeth yn ei gylch o nag y gnaethon nhw erioed ynghylch Mrs Cheney, ac wn i ddim pam. Mae o'n glên.'

Chwaraeodd McKenna gyda'i daniwr a'r sigarét heb ei thanio.

'Roeddech chi'n sôn am y car,' atgoffodd Jenny o.

'Wyt ti'n cofio rhywbeth arall yn ei gylch o?'

'Dwi'n meddwl i Mam ei ddwyn o oddi ar Mrs Cheney.'

'Wyt ti?' Roedd McKenna mewn penbleth. 'Pam y gwnâi hi hynny? Fedar dy fam ddim gyrru.'

'Wel, fe ddwynodd hi bopeth arall, do?' Edrychodd yr eneth arno fel petai'n ffŵl. 'Mrs Cheney oedd biau'r rhan fwyaf o'r dodrefn a'r stwff yn ein tŷ ni.' Oedodd. 'Roedd 'na ffrae arall ynghylch hynny hefyd. O, mae 'na ffraeo mor ddychrynllyd wedi bod!' Cuddiodd ei hwyneb â'i dwylo, a chrynodd ei hysgwyddau. 'Bai'r Mrs Cheney yna ydi o i gyd.' Swniai ei llais, wrth gael ei fygu gan ei dwylo, yn doredig a phlentynnaidd a chwynfannus. ' 'Sa'n dda gen i petai Mam 'rioed wedi ei chyfarfod hi.'

Cofleidiodd Serena ei nith gan ei siglo'n dyner yn ôl ac ymlaen. Wrth wylio'r wraig a'r eneth, teimlai McKenna ei fod y tu allan i'w gorff, y tu allan i'r ystafell hon, yn gwylio'r ddrama fel rhyw dduw bychan yn llywyddu dros ddinistr teulu a phlentyndod.

Rhwbiodd Jenny ei hwyneb â'i dwrn, a chydiodd yn llaw ei modryb. 'Dwi'n iawn.' Swniai ei llais yn flinedig. 'Be arall 'dach chi eisio wybod?'

'Ynghylch dy fam yn dwyn pethau Mrs Cheney?'

'Ddwedodd hi wrtha i fod Mrs Cheney wedi mynd i ffwrdd. Roedd hi'n mynd i ffwrdd yn aml beth bynnag. Dim ond aros yn y bwthyn am ychydig o benwythnosau oedd hi, ac roedd Mam yn deud ei fod o'n bechod gadael yr holl ddodrefn drud yna a'r carpedi a'r llyfrau a'r ornaments i gael eu dwyn neu eu difetha gan damprwydd.' Cododd Jenny ei llygaid at McKenna. 'Wyddwn i ddim ei bod hi wedi marw, Mr McKenna. Wir yr! Wyddwn i ddim! Wyddwn i ddim nes y gwelais i'r papur yr wythnos o'r blaen.'

Mwythodd Serena ei gwallt. 'Wrth gwrs wyddet ti ddim. Mae Mr McKenna'n gwybod hynny.'

'Ond ro'n i'n gwybod mai wedi dwyn pethau Mrs Cheney oedd Mam. Be 'dach chi'n mynd i'w neud i mi?' sibrydodd.

Meddyliodd McKenna y byddai'r plentyn yma'n byw weddill ei hoes yng nghysgod ofn ac wedi ei hamgylchynu ganddo, a'r gair neu'r digwyddiad lleiaf neu'r atgof mwyaf diniwed yn ei atgyfodi. 'Wnaiff neb ddim byd iti. Dwyt ti ddim 'di gneud dim byd o'i le. Wyt ti'n deall hynna, Jenny?'

'Gadwais i gyfrinach Mam,' meddai hi wrtho, a doedd dim ateb i hynny. 'Roedd car Mrs Cheney tu allan i'r tŷ un diwrnod pan ddois i'n ôl o'r ysgol, ac roedd hynny'n rhyfedd oherwydd dim ond ar benwythnosau fyddai hi'n dod, a doedd hi 'rioed wedi dod ar nos Wener cyn hynny. Ond y Jamie Llaw Flewog afiach 'na o'r stad gyngor oedd yna, nid hi, ac fe aeth Mam efo fo yn y car ac roedd yn rhaid i mi neud fy nhe fy hun. A'r diwrnod wedyn, pan ddois i'n ôl o'r ysgol, roedd yr holl ddodrefn 'ma yn y tŷ, ac roedd Mam wedi rhoi'r pethau roedd Dad wedi eu prynu yn yr ardd gefn i'w taflu. Roedd 'na garpedi hefyd, ac fe dorrodd Mam nhw i neud iddyn nhw ffitio. Roedd hi'n sôn ac yn sôn fel tiwn gron am garped fyddai 'di ffitio yn yr ystafell fyw, meddai hi, heblaw i Mrs Cheney fod yn slebog fel arfer a cholli lot o win a hyd yn oed wedi diffodd sigarennau arno fo, ac roedd o'n newydd sbon. Roedd Dad 'di cynhyrfu gymaint, roedd o'n crio, ac roedd popeth yn ddychrynllyd, ac fe chwarddodd Mam yn ei wyneb o, ac eistedd ar y soffas, yn bownsio i fyny ac i lawr ac yn sgrechian ynghylch sut roedden nhw'r fath newid o sbrings wedi torri, sef y cyfan fedrai o ei roi iddi . . . Do'n i ddim yn deall am be roedd hi'n sôn, ond ro'n i'n gwybod ei fod o'n ofnadwy. Orfododd Mam fi i gael pethau o Fwthyn y Grocbren yn fy llofft. Dwi'm yn eu licio nhw, er eu bod nhw'n ddel iawn, oherwydd nid fi piau nhw.'

Eisteddai McKenna yn ei swyddfa, a'r goleuadau wedi eu diffodd, a'r taranau'n dal i ruo'n ysbeidiol yn y pellter, gan deimlo'n lluddedig ac yn drist o galon. Arhosodd i'r cyfnos ddyfnhau bron yn nos cyn gofyn am ddod â Christopher Stott o'r celloedd.

'Dwedwch y gweddill wrtha i,' meddai wrth y dyn a eisteddai lle roedd yr eneth wedi tywallt allan ei hanes o gyfrinachau a thrachwant a gwawd a breuder dynol. 'Does dim pwrpas cadw'n dawel mwyach.'

'Be ddwedodd Jenny?' gofynnodd Stott. Ar ôl deuddydd roedd y locsyn yn tyfu'n denau o amgylch wyneb a edrychai bellach fel wyneb celanedd.

'Digon.'

'Ble mae hi?' Gwnâi'r ofn yn Stott i'w lais fod yn fwy miniog.

'Mae Dewi Prys yn mynd â hi'n ôl i'r Rhyl efo'ch chwaer,' meddai McKenna, gan wylio'r dyn yn ymlacio mewn rhyddhad. 'Hoffwn i wybod ynghylch y car. Ac ynghylch Mrs Cheney a'ch gwraig. Ac yn fwy na dim, ynghylch Jamie.'

Lledaenodd Stott ei ddwylo, a'r cledrau'n uchaf. 'Ble cychwynna i?'

'Rhowch gynnig ar y cychwyn.' Yn ei flinder, swniai McKenna'n bigog. 'Ble cyfarfu'ch gwraig â Mrs Cheney?'

'Yn fuan wedi i Mrs Cheney rentu'r hofel bwthyn

yna a dechrau gwario arian fel petai'n tyfu ar goed. Fe gydiodd hi yn Gwen . . . fel cysgod . . . a hyd y dydd heddiw, wn i ddim pam.' Rhythodd ar ddim byd. 'Ro'n i'n falch fod gan Gwen ffrind, oherwydd doedd hi rioed wedi cael merch arall yn ffrind iawn o'r blaen, ond fedrwn i ddim cymryd at Romy Cheney. Ro'n i'n meddwl mai twyllreg oedd hi. Twyll oedd ei henw hi hyd yn oed: wedi ei ddwyn o'r llyfr 'na gan Vita Sackville-West . . . Roedd hi'n yfed gormod hefyd. Feddyliais i'n aml tybed oedd hi'n ceisio yfed ei hun i fedd cynnar.'

'Gafodd hi hyd i fedd cynnar y naill ffordd neu'r llall, yn do? Ella mai dim ond chwilio am ebargofiant oedd hi.'

'Wn i ddim am be roedd hi'n chwilio.' Ar goll yn ei feddyliau, ymlaciodd wyneb Stott. 'Beth bynnag oedd o, mae'n amheus gen i gafodd hi hyd iddo gyda 'ngwraig i.' Chwarddodd, yn chwerw ac yn galed. 'Doedd hi'n ddim mymryn gwell ar Romy Cheney nag ar y gweddill ohonon ni lle roedd Gwen yn y cwestiwn. Ro'n i'n arfer ei chlywed hi'n crio ar y ffôn, yn crefu ar Gwen i fynd draw yno, a dyna lle byddai Gwen yn edrych arna i ac yn gwenu'n sbeitlyd, gan ddeud wrth Romy Cheney na wyddai hi a fyddwn i'n gadael iddi fynd, a doedd hynny ddim yn wir oherwydd ro'n i'n falch o gael ei chefn hi.' Oedodd Stott. 'Ac, wrth gwrs, fedrai hi ddim mynd gan nad oedd o'n ddiogel i adael Jenny ar ei phen ei hun efo fi.'

'Pam?'

Fel y gwnaeth ei ferch, rhwbiodd Christopher Stott ei lygaid â'i ddwrn. 'Ro'n i'n cam-drin y plentyn, mae'n debyg, Mr McKenna. Ei cham-drin hi'n rhywiol. Ac yn gadael i Trefor Prosser neud 'run peth. Fyddai

Gwen yn arfer dod â Romy Cheney i'r tŷ, ac fe fydden nhw'n eistedd ar y soffa, y ddwy ohonyn nhw, a fyddai Gwen yn bownsio i fyny ac i lawr, a dweud, "Wps!", a fyddai Romy Cheney yn chwerthin ac yn deud, "Sbrings 'di torri!" yna fe fydden nhw'u dwy yn dechrau sgrechian a chwerthin. Ddwedodd Gwen wrtha i i Romy wario mwy ar un o'i soffas nag ro'n i'n ei ennill mewn mis.' Chwarddodd yn ddirmygus. 'Wel, mae dwy soffa grand Romy ganddi hi rŵan, yn tydyn? Ella i chi sylwi arnyn nhw.'

'Be ddwedson nhw ynghylch eich merch?'

'Roedden nhw'n arfer holi Jenny'n dwll ynghylch Trefor Prosser a pha mor aml fyddai o'n dod draw, a be fyddai o'n ei neud, a be fyddwn i'n ei neud . . . ac yna fe fydden nhw'n cael tipyn bach mwy o hwyl efo fi. Roedden nhw'n bâr rhyfedd iawn efo'i gilydd,' ychwanegodd Stott. 'Fedrwn i byth ddyfalu pwy fyddai'n arwain pwy. Roedd 'na rywbeth afiach ynghylch y cyfan, er na wn i ddim pam na beth . . . Pam na sgwennwch chi rywbeth i lawr?'

'Mae'n rhaid inni gofnodi datganiadau, a dwi ddim yn sicr be ydw i am ei gofnodi eto. Mae'n rhaid imi ofyn,' meddai McKenna, 'ynghylch eich perthynas â Trefor Prosser, a'r cyhuddiadau wnaed gan eich gwraig.'

'Rhaid i chi ofyn i Jenny eich hun, Mr McKenna.'

'A Trefor Prosser?'

'Ffrind ydi o. Ffrind agos. Fo gafodd waith i mi yn y castell, ac mi fydda i'n dragwyddol ddiolchgar iddo fo am hynny. Does gen i ddim cymwysterau o fath yn y byd.'

'Mae yna awgrym fod eich perthynas ag o'n un rywiol.'

'Oes, mae'n siŵr, ond dydi hynny ddim yn wir. Mae'n amheus gen i fyddai'r un ohonon ni'n dau yn ddigon dewr, hyd yn oed petaen ni'n dymuno hynny.'

'Yna pam y cadwodd Prosser y post ar gyfer Bwthyn y Grocbren? Be naeth o efo fo? A pham y rhedodd o i ffwrdd a chrashio'i gar ar ôl i ni ei holi yn ei gylch?'

'Cadw'r post oedd rhan Trefor o'r fargen. Cadw'n ddistaw ynghylch Jenny oedd rhan Gwen.' Gwenodd Stott yn addfwyn. 'Wyddoch chi 'mod i'n deud pethau wrthoch chi ro'n i'n meddwl y byddai'n rhaid imi eu cadw i mi fy hun hyd ddiwedd f'oes?'

'Teimlo'n well, 'dach chi?'

'Yn well? Nac'dw, a deud y gwir. Hyd yn oed os gwyddoch chi eich bod chi'n wan ac yn hurt, dydi o ddim yn ddymunol iawn pan fydd eich pechodau chi'n dod i'r amlwg, ydi o? Wnes i ddim byd a ddwedais i ddim byd, a rown i'n meddwl y medrwn i neud i bethau fynd i ffwrdd drwy smalio nad oedden nhw ddim yna. Dydi o ddim yn gweithio, nac ydi? Unwaith y cafodd Gwen flas ar bŵer, roedd yn rhaid iddi gael mwy a mwy.'

'Pam ddaru chi ei phriodi hi?'

Chwarddodd Stott wedyn, chwerthiniad o ddifyrrwch pur. 'Pam 'dach chi'n meddwl? Roedd hi'n disgwyl, a dwi 'di meddwl yn aml faint gostiodd y funud o angerdd styfnig hwnnw i mi. Mae bod yn briod â Gwen braidd fel dal rhyw salwch nad oes modd ei wella, AIDS ysbrydol o ryw fath . . . ond wedyn, mae'n siŵr y gallech chi ddeud ein bod ni'n haeddu'n gilydd.'

'Soniwch am Mrs Cheney wrtha i.'

'Dwi 'di deud wrthach chi. Ro'n i'n meddwl mai twyll oedd hi i gyd, felly chymrais i rioed fawr o sylw ohoni.' Tawodd, gan gofio llwybrau tywyll ei orffennol.

'Roedd hi'n anwadal ac yn niwrotig. Ella yn fyrbwyll . . . be mae'r seicolegwyr yn ei alw yn dueddol i ymddygiad ansefydlog. Mae merched fel hi'n greaduriaid hurt, hunanol. Bwydo oddi ar ei gilydd oedd Gwen a hithau, mewn ffordd, fel parasitiaid, yn dynwared ei gilydd, felly fedrech chi byth ddeud ble roedd un yn gorffen a'r llall yn cychwyn . . . y naill yn tynnu'r gwaethaf allan o'r llall. Roedd hi'n efelychu meddyliau Gwen a'i hymddygiad a Gwen yn dynwared ei dillad hi, a'r yfed, a'r smocio. Byddai Romy hyd yn oed yn prynu dillad iddi hi.'

'Sut ddillad?'

'Sgarffiau sidan ffansi, dillad isaf. Brynodd hi siwt hefyd, un lwyd efo siaced batrymog. Roedd hi'n rhy dynn, ond mae Gwen bob amser yn gwisgo'i dillad yn rhy dynn am ei bod hi'n meddwl ei bod hi'n edrych yn deneuach felly.'

'Ydi'r siwt ganddi hi o hyd?'

'Ydi, mae'n debyg.'

'Beth ddigwyddodd i'r arian o werthu'r Scorpio?'

'Gafodd Gwen o. Ganddi hi mae'r pres i gyd. Dwi'n cadw rhyw ugain punt yr wythnos ar gyfer bws a manion felly.'

'Be naeth hi efo fo?'

'Ei gadw fo ar gyfer diwrnod glawog; byddai digon o'r rheini tra oedd hi'n briod efo fi, meddai hi.'

''Dach chi'n fy rhyfeddu i, Mr Stott. Pam ar y ddaear 'dach chi wedi aros yn briod â'ch gilydd?'

'Cwestiwn da.' Gwenai Stott. 'Mae'n debyg ein bod ni'n aros gyda'n gilydd am ein bod ni'n gwybod na fyddai neb arall ein heisio ni. Ella inni ddod yn arferiad y naill i'r llall, arferiad drwg iawn fel ysmygu neu bod yn ddibynnol ar heroin.'

'Dowch inni siarad am yr adeg bu farw Mrs Cheney.'

'Wn i ddim pryd bu hi farw. Wyddwn i ddim ei bod hi wedi marw nes cawsoch chi hyd i'r corff.'

' 'Dach chi'n disgwyl i mi gredu hynny?'

Cododd Stott ei ysgwyddau. 'Ddwedodd Gwen fod Romy 'di mynd yn ôl i Loegr pan orffennodd y les ar y bwthyn. Fedrai hi ddim mynd i'r drafferth o symud y dodrefn allan, felly rhoddodd hi nhw i Gwen.'

'A'r car?'

'Anrheg oedd o, meddai Gwen.'

'Pam ddylai hi roi car i'ch gwraig a hithau'n methu gyrru? A hwnnw'n gar drud iawn at hynny. 'Dach chi mor ddiniwed â hynny? 'Dach chi wir yn meddwl fy mod i?'

'Mr McKenna, dwi'n deud wrthoch chi beth ddwedodd fy ngwraig, a dydi ddim ots o gwbl os 'dach chi neu fi yn ei choelio hi. Os 'di Gwen yn deud mai felly mae rhywbeth, yna felly mae o, cyn belled ag y mae hi neu unrhyw un arall yn y cwestiwn. Ac mae'n rhaid i chi gofio nad oedd 'na ddim byd yn anarferol yn Romy Cheney'n diflannu am wythnosau bwy'i gilydd. Amheus gen i dreuliodd hi fis yn y bwthyn yna gydol yr amser.' Oedodd Stott. 'Be fyddech chi 'di'i neud yn fy sefyllfa i, Mr McKenna? Sut y byddech chi wedi cychwyn profi fod Gwen yn gelwyddog a llaw flewog? A pham? Pa bwrpas fyddai 'na?'

'Be naeth hi efo'r post?'

'Wn i ddim. Pam na ofynnwch chi iddi hi?'

'Wyddech chi ddim fod Mrs Cheney wedi marw, wir?'

'Na, wyddwn i ddim, ac mae Gwen yn dal i siarad fel petai'n disgwyl iddi ddod i'r fei yn hwyr neu'n hwyrach. Mae arni hi hiraeth amdani hi, ac mae'n deud fod Romy eisio iddi 'ngadael i a mynd i fyw efo hi . . .'

'A Jamie?'

'Roedd Jamie'n 'nabod Romy. Byddai'n cael benthyg y car, a dwedodd Gwen fod Romy eisio iddo fo ddal ati i'w ddefnyddio. Synnwn i ddim petai Jamie'n caru efo hi ar y slei.'

# Pennod 29

'Chlywais i 'rioed y fath botes o stori. Ceisio'ch twyllo chi mae o.' Hamddenai Jack ar soffa hynafol McKenna, a gwydraid o wisgi yn ei law. 'A dwi'n synnu ichi eistedd yn gwrando arno fo gyhyd. A dim ond ei ochr o o'r stori glywsoch chi. Arhoswch chi i'w fusus o roi ei phig i mewn.'

Anwybyddodd McKenna y gwawd. 'Beth am y stori ddwedodd yr eneth?'

'Doedd hi ddim yn gwybod rhyw lawer, oedd hi?'

'Roedd hi'n gwybod am y dodrefn.'

'Felly?'

'Ac roedd hi'n gwybod am Jamie.'

'Oedd, ond dydi hi ddim yn gwybod dim byd gwerth ei wybod, nac ydi?' mynnodd Jack. 'Dim byd o fudd i ni.'

Llyncodd McKenna ei wisgi yntau. 'Mi fydd pan gawn ni'n dwylo ar Jamie.'

'Gawsoch chi warant ar ei gyfer o?'

'Do, a gwarant archwilio ar gyfer tŷ Stott.'

'Gewch chi atafaelu'r car?'

'Caf.'

'Gawn ni ddiwrnod prysur fory felly?'

'Llai o'r gwamalu 'na!' cyfarthodd McKenna. 'Dwi 'di blino.'

'Be 'dan ni'n ei neud efo Stott?'

'Ei gadw heb ei gyhuddo am wyth awr a deugain yn rhagor.'

'Ddylai hynny ei blesio fo a'i dwrnai.' Gorffennodd Jack ei ddiod a dechrau paratoi at ymadael. 'Mi a' i.

Dwi'n ceisio ymlacio gymaint fyth â phosib cyn i Emma fynd i ffwrdd i jolihoetio efo'ch Denise chi.' Oedodd wrth droed y grisiau. 'Dwi'n hidio fawr am y syniad, 'chi.'

'Pam?'

'Dwi ddim yn meddwl ei fod o'n syniad da iddyn nhw fynd i ffwrdd gyda'i gilydd fel'na. Pam na fedren nhw dreulio rhyw ddiwrnod neu ddau yn Llundain, neu o leiaf rhywle nes na Rhodes?'

'Oherwydd nad ydi Llundain ddim yn braf ac yn gynnes gyda môr glas a thraethau euraid.'

'Wel, fydda i ddim yn fodlon nes y byddan nhw'n ôl yn ddiogel.'

'Pam? 'Dach chi ofn i Emma redeg i ffwrdd efo rhyw bishyn o Roegiad ifanc, golygus?'

Wrth ddychwelyd o'r Rhyl, trodd Dewi i bentref Salem a pharcio yn y lôn ger tŷ Meri Ann. Llewyrchai golau gwan y tu cefn i lenni caeedig ffenest ei pharlwr, a gwelid ei adlewyrchiad ysgafn ar y tarmac gwlyb. Diferai'r glaw ar ei ben wrth iddo aros wrth y drws ffrynt.

'Pwy sy 'na?' Doedd ei llais ddim yn glir.

'Dewi Plisman, Meri Ann.'

Yn y parlwr bach mwll gor-gynnes, clwydai Beti Gloff ar ymyl y soffa, a'i choes stiff yn syth allan ar y mat o flaen y tân.

'Sut mae pethau efo ti?' gofynnodd Meri Ann.

'Gweddol fach,' meddai Dewi. 'A chi?'

'Mae'r tywydd yn chwarae hafoc efo 'nghoes i. Prin y medrwn i godi o'r gwely bore 'ma.'

'Wellith hi cyn bo hir. Fydd hi'n fis Mai yn fuan.'

'Dwi 'di gweld eira ar y mynyddoedd uwchben

Bethesda yng Ngorffennaf cyn hyn,' meddai Meri Ann. 'Does dim disgwyl gwyrthiau gan y tywydd pan wyt ti'n hen fel fi.'

'Sut mae John Jones, Beti? Unrhyw drafferth pellach?'

'Mae o'n cadw ar y llwybr cul ar y funud,' atebodd Meri Ann drosti. 'Ddwedwn ni wrthat ti pan gamith o oddi arno fo. A be sy'n dod â chdi yma'r adeg hyn o'r dydd, Dewi Prys?'

'Cadw llygad arnoch chi'ch dwy. A chwilio am Jamie.'

'Jamie Llaw Flewog?' byrlymodd Beti. 'Mae o gartre.'

'Nac'di, dydi o ddim,' meddai Dewi. 'Fe ddiflannodd o ychydig ddyddiau'n ôl, a does neb 'di ei weld o wedyn.'

'Fydd o yn y garafán, felly,' cynigiodd Beti.

'Pa garafán?'

'Y garafán yn y coed tu cefn i hen dai'r rheilffordd wrth ymyl y chwarel,' meddai Meri Ann. 'Dwi'n iawn, yn tydw, Beti?'

'Sut 'dach chi'n gwybod?'

'Yno mae o'n mynd bob amser pan 'dach chi'r glas ar ei ôl o, 'ntê?'

Gwelid arlliw olaf golau dydd yn yr awyr yn y gorllewin pell, a'r nos eisoes yn drwm yng nghilfachau clogwyni serth yr Ysgolion Duon, wrth i Dewi droi'r car i gyfeiriad Bangor a thŷ McKenna.

'Wyddost ti faint o'r gloch 'di hi?' gofynnodd McKenna. 'Fedar beth bynnag ydi o ddim aros?'

'Wn i ddim, syr. Ro'n i'n meddwl fod yn well i mi ofyn hynny i chi.'

'Wyt ti isio diod?'

'Faswn i ddim yn gwrthod paned.' Dilynodd McKenna i'r gegin, ac eistedd gan gnoi ewin ei fawd tra oedd hwnnw'n gneud y te a'i roi i fwrw'i ffrwyth ar y stôf.

'Unrhyw broblemau gyda Jenny a'i modryb?'

'Nac oedd, syr. Roedd Jenny'n cysgu'r rhan fwyaf o'r amser.'

'Dwi ddim yn synnu. Ddwedodd y fodryb rywbeth?'

'Hyn a'r llall ynghylch y teulu. Mae ei mab hi yn y brifysgol yn Lerpwl. Ges i'r argraff ei bod hi wedi cael llond bol ar ei brawd a'i wraig. Dau ryfedd, yn ôl pob sôn.' Tywalltodd Dewi lefrith i ddau fŷg, cododd y tebot oddi ar y stôf, rhoddodd dro ar ei gynnwys a thywallt.

'Mae Gwen Stott wedi bod yn cadw Prosser dan y fawd drwy fygwth honni ei fod 'di bod yn ymyrryd â'i merch. Roedd hi hefyd yn honni ei bod hi 'di deud wrth Romy Cheney fod Stott yn gneud yr un peth.' Cydiodd McKenna yn ei de.

'Ddwedodd Stott hynna wrthoch chi, do?' Llymeitiodd Dewi ei de, gan chwythu ar draws yr wyneb i oeri'r hylif berwedig. 'A chymryd yn ganiataol ei fod o'n deud y gwir, dydi o ddim yn deud llawer amdani hi, nac ydi? Gadael i'r peth fynd ymlaen a gneud dim byd i'w rhwystro nhw. Fyddai'n rhaid iddi fod yn hurt iawn i beidio sylweddoli ei bod hi'n gollwng ei hun i mewn efo nhw, a dwi ddim yn meddwl ei bod hi — yn hurt, dwi'n feddwl. Cofiwch chi, mae'n rhaid fod Stott a Prosser yn hollol hurt i adael llonydd iddi.'

'Ella mai'r gwir ydi fod arnyn nhw ofn. Unwaith y mae mwd fel yna wedi cael ei luchio at rywun, mae'n glynu. Mae'n well ei osgoi o.'

'Ddwedwch chi wrth y Gwasanaethau Cymdeithasol?' gofynnodd Dewi.

'Dim ond os bydd raid imi. Fydden nhw'n mynd â Jenny a'i rhoi hi mewn gofal. A dwi ddim yn credu y byddai bod mewn cartref plant yn gneud fawr o les iddi.'

Llyncodd Dewi ei de. 'Mae hi'n ddiogel ar y funud, beth bynnag. Dod i'ch gweld chi ynghylch Jamie wnes i, syr, oherwydd ella 'mod i'n gwybod ble mae o.'

'A sut wyt ti ella yn gwybod?'

'Es i i weld Meri Ann ar fy ffordd yn ôl. Mae hi a Beti yn meddwl ei fod o yn y garafán wrth ymyl chwarel Dorabela. Maen nhw'n deud mai yno y bydd o'n dianc i guddio.'

'Pam na ddwedan nhw'r pethau yma wrthon ni? Fydden nhw wedi medru arbed llawer o strach inni.'

''Run rheswm ag y mae'r rhan fwyaf o bobl yn cadw'n dawel,' gwenodd Dewi. 'Ydan ni am fynd i'w nôl o?'

'Mae'n hwyr, Dewi. A dwi 'di blino.'

'Do, ond ella na fydd o ddim yno yn y bore.'

Gyrrodd Dewi, a McKenna wrth ei ochr yn y sedd flaen yn ymladd yn erbyn yr awydd i gysgu.

'Fawr o drafnidiaeth o gwmpas, syr,' sylwodd Dewi.

'Mae'n debyg oherwydd fod gan y rhan fwyaf o bobl ddigon o synnwyr i fod dan do ar nos Sul yng nghanol y glaw.'

A'r car yn siffrwd mynd ar hyd y ffordd wleb, a'r peiriant yn rhedeg yn llyfn, meddai Dewi, 'Fetia i y byddai tipyn go lew o bobl yn newid lle efo ni'r munud yma.'

'Pam fydden nhw eisiau gneud hynny?'

'Oherwydd y cyffro.'

'Ti'n galw hyn yn gyffrous, wyt ti?'

Chwarddodd Dewi. 'Mi fydd o pan gawn ni afael ar Jamie! Dyna'r cyffro mwyaf fydd o wedi ei gael ers tro byd.'

Roedd y bont a gariai, ar un adeg, reilffordd o Chwarel Dorabela i'r porthladd, wedi dadfeilio i bydredd diwydiannol gan adael dim ond ychydig droedfeddi o'r rhychwant ar bob pen i'r rhagfuriau wyneb-llechen. Ar fin y ffordd o dan yr hen bont, yn hyll ac yn anghymesur, roedd bythynnod brics coch a'u ffenestri'n dywyll. Parciodd Dewi y car ar ymyl y ffordd. 'Dwi ddim yn siŵr ble mae'r garafán, ac wn i ddim sut y medrwn ni fynd ati hi, ond ddylien ni ddim gorfod deffro pobl.'

'Ella na fydd raid inni,' meddai McKenna. 'Does dim dal ar beth all Jamie 'i neud. Hynny yw, os ydi o yna.'

Caeodd Dewi'r drws gyda chlic tawel. 'Fyddwn ni fawr o dro'n cael gwybod, fyddwn ni.' Cyfeiriodd lafn golau'r fflachlamp ar y daear, ar ddiferion o law wrth waelod coesau'r glaswellt, a gwlithen fawr ddu yn disgleirio wrth ei droed. 'Ych a fi! Gas gen i nhw. Chewch chi byth y slafen yna oddi ar eich esgid wedi ichi eu sathru nhw.'

'Gefynnau'n barod, Dewi?' gofynnodd McKenna, gan wylio malwen a'i chartref ar ei chefn yn llusgo ar ôl y wlithen.

'Ydyn, syr.'

Pwysodd McKenna ar y car, gan godi coler ei gôt yn erbyn crafangau'r niwl a'r tamprwydd. 'Ddweda i wrthat ti be sy ddim gynnon ni — y warant.'

'Wel . . . rhywbeth i ni 'di hynny. Sut caiff o wybod 'dwch? Ddweda i ddim wrtho fo!'

Gan gerdded yn gyflym ac yn ddistaw ar hyd yr ymyl glaswelltog, chwiliodd Dewi am dwll neu le gwag yn y gwrych dreiniog. 'Mae'n rhaid mai yn y coed yna mae'r garafán.' Cyfeiriodd at ddarn tywyllach yn erbyn awyr ddu'r nos.

'I'r cae, felly,' meddai McKenna. 'Gei di fynd gyntaf. Does gen i ddim dillad addas.'

Gwthiodd Dewi i'r gwrych, gan wahanu'r brigau i wneud ffordd i McKenna. Stopiodd i ryddhau ei gôt oddi ar ddraenen, a chlywed chwibanu a siffrwd yn llifo tuag ato. 'Llygod mawr yn mudo, Dewi,' rhybuddiodd. 'Cadw'n llonydd.'

Golchodd y llanw o lygod mawr i lawr y ffordd, a'u cotiau'n sgleinio'n ddwl fel dŵr ac olew arno, ac yna llifo'n ddilyw i'r düwch ar yr ochr arall. 'Mae'n rhaid fod y cyngor yn cael gwared â sbwriel fory,' meddai McKenna, wrth wylio'r olaf o'r llanw'n tonni o'r golwg.

Gan ddringo ochr gynyddol serth y cae tuag at y llwyn coed, meddai Dewi, wedi colli'i wynt braidd, 'Sut maen nhw'n gwybod? Y llygod mawr dwi'n feddwl. Sut maen nhw'n gwybod ble i fynd i sgyffowla?'

'Run fath ag y mae'r llygoden fawr 'dan ni ar ei hôl yn gwybod ble i edrych,' sylwodd McKenna. 'Mae Jamie bob amser yn gwybod ble i sgyffowla'n broffidiol, lle mae 'na dipyn o drueni dynol er ei fantais o. Fyddai'n ddim syndod i mi,' ychwanegodd, wrth faglu dros dwmpath o wair, 'petai o wedi lladd Romy Cheney.'

'Pam gwnâi o hynny?'

'Elw, wrth gwrs. Y car, yr arian, beth bynnag oedd ganddi hi roedd o ei eisio.'

'Ond chafodd o mo'r car. Does yna ddim golwg i Jamie gael dim byd, a wnâi o o bawb ddim bodloni ar ddim byd.'

Roedd McKenna yn bigog. 'Wyddon ni ddim be gafodd o. Ella y dywedith o wrthon ni pan gawn ni hyd iddo.'

'Ddywedodd o 'rioed wrthon ni o'r blaen. Dydi o ddim yn debygol o newid arferion oes rŵan, ydi o?'

Daethant ar draws y goedlan yn annisgwyl, a'r cysgodion yn drwm uwch eu pennau. Safodd y ddau ger coeden dderwen, ei boncyff cnotiog yn llysnafedd o fwsog, a glaw yn diferu'n oer i lawr coler McKenna. Tyllwyd y tawelwch gan synau sibrwd y nos a phitran-patran y diferion yn syrthio o'r coed i'r ddaear; teimlai'r aer yn y goedlan yn drwm a llonydd. Dangosodd llafn golau'r fflachlamp gysgodion y coed a tharo ar sglein metel y tu hwnt iddynt. Safai'r garafán, a beintiwyd yn las a gwyn unwaith, ond a oedd bellach yn ddi-raen a rhydlyd, ar bentyrrau bychain o frics. Yn y tywyllwch dudew, gydag un ffenest ddi-lenni yn fudr a sglefrllyd, meddyliodd McKenna ei bod yn edrych fel petai'n wag, heb neb yn byw ynddi. Ceisiodd agor y drws, a bu bron iddo syrthio wrth i'r drws agor tuag allan, yn gam ar ei golfachau. Llifodd arogl fudr allan, yn gymysg ag arogleuon eraill.

'Syr?' Torrodd llais Dewi yn sibrwd cras ar draws y llonyddwch.

'Paid â chyffwrdd dim byd.' Camodd McKenna i mewn i'r garafán, ac achosi iddi siglo a simsanu braidd o dan ei bwysau. Cydiodd yn y fflachlamp gan Dewi a goleuo'r lle cul â'r golau cryf. Roedd Dewi'n dynn ar ei sodlau, a'i anadlu trwm yn dyrnu yng nghlust McKenna.

Welodd McKenna ddim byd heblaw'r lluniau yn ei ben, fel petaent yn fodelau mewn arddangosfa o drasiedi dynol. Romy Cheney, yn siglo o gangen, yn hir ac yn denau ac yn droellog yn y gwynt, a'r dillad duon yn gorchuddio'i ffurf Modigliani. Beti Gloff, yn greulon o hyll, fel petai wedi dianc o gynfas yr arlunydd Breughel ac wedi goroesi drwy'r canrifoedd. Jamie yn urddasol ac yn ddistaw, ei gnawd wedi marmori a'i lygaid yn wyn yng ngolau'r fflachlamp, un llaw a'i bysedd hir yn pwyso ar fat budr wrth ochr y gwely, a'r llall yn gorffwys ar ei frest, fel y bardd Chatterton, ond wedi marw mewn carafán fochynnaidd yng ngogledd Cymru yn hytrach nag mewn atig fudr yn Gray's Inn; marwolaeth wedi ei daro, heb eto fod yn weladwy, a dim ond aflendid ei amgylchiadau i ddangos y ffordd ymlaen.

Eisteddai Eifion Roberts, yn dawel dan bwysau'r nos a blinder, wrth ochr McKenna yn y car. Ffrydiai goleuadau llachar glaswyn i mewn i'r goedlan, a gellid gweld goleuadau lantern yn fflicran i mewn ac allan drwy'r canghennau, a chysgodion yn gwibio y tu cefn iddynt ac o'u blaen. Syrthiai'r glaw yn drwm, gan ddyrnu ar do'r car, a golchi'n ffrydiau i lawr y ffenest flaen.

'Does dim llawer iawn o amser ers pan fu o farw, Michael,' meddai'r patholegydd. 'Ddim mwy na rhyw ddeuddeg awr. Dydi o ddim hyd yn oed wedi oeri.' Gwenodd ychydig. 'Y corff cynta o unrhyw werth ges i gynnoch chi ers tro byd.'

'Be oedd o? Hunanladdiad?'

'Amheus gen i. Diofalwch, efallai . . . fydda i ddim yn gwybod nes y ca i o dan y gyllell, ond mae holl arwyddion gor-ddos o gyffur yma.' Rhwbiodd y patholegydd ei ddwylo ynghyd. 'Hen noson blydi annifyr, yn tydi? Ella fod yna beth cleisio o amgylch y wyneb a'r gwddw, ond mae'n anodd deud efo'r goleuadau yna. Maen nhw'n gneud gormod o gysgodion. Os oes yna gleisio, fyddai o ddim mor anarferol â hynny gyda gor-ddos o gyffur.'

'Mae o wedi bod ar gyffuriau ers blynyddoedd.' Taniodd McKenna sigarét. Pesychodd y patholegydd. 'Rhyfedd hefyd. Cyn belled ag y gwyddon ni, dim ond gwerthu'r stwff caled fyddai o. Roedd yn well ganddo gymryd rhywbeth mwy diogel ei hun.'

' 'Dach chi'n fy synnu i,' meddai Dr Roberts gyda thinc o'i lymder arferol. 'O rywun yn eich sefyllfa chi, 'dach chi'n siarad llwyth o lol ar brydiau. Does 'na ddim cyffuriau *diogel*. Dydi marijuana ddim, na sbîd, nac ecstasi, nac alcohol, ac yn sicr ddim y sothach 'na 'dach chi'n llenwi eich sgyfaint eich hun efo fo. 'Dach chi'n ffŵl eich hun, McKenna. Bedd cynnar fydd eich diwedd chi.' Dringodd allan o'r car, ac ymsythu'n raddol. 'Dwi'n mynd i 'ngwely. Fe a' i at 'rhen Jamie yn y bore.'

'Ond fydd o byth bellach, na fydd?' meddai McKenna.

'Be?'

'Yn hen . . . thyfith o byth i fod yn hen.'

' 'Dach chi 'di ei dal hi braidd? Mae'n siŵr gen i y gallai'r byd fod yn well lle heb Jamie a'i fath yn heneiddio ynddo. Dydi o ddim yn wir be maen nhw'n ddeud am y da yn marw'n ifanc, oherwydd yn sicr doedd o ddim. Mae hwnna wedi ei eni'n ddrwg, wedi ei lygru yn y groth . . . alwa i chi fory.' Symudodd ychydig gamau tuag at ei gar ei hun, gan bwyso'n ôl i siarad efo McKenna.

'Os cymerwch chi 'nghyngor i, fel un sy'n gwybod am y pethau yma, fe ewch chithau i'ch gwely hefyd. 'Dach chi'n edrych fel petaech chi'n barod i fynd i'r mortiwari. Mae gan y llanc yna yn y garafán fwy o liw yn ei ruddiau nag sy gynnoch chi.'

Cododd McKenna ei ysgwyddau.

'Petaech chi heb fod mor isel rhwng y naill beth a'r llall, fyddech chi ddim 'di bod yn sâl yn y lle cyntaf.' Llithrodd yn ôl i'r car. 'Ddylech chi ddim bod yn eich gwaith. Prin allan o'r ysbyty, a dyma chi, allan ar noson fel heno.'

'Dwi'n iawn.'

'Ydach chi? Be ddwedodd y seiciatrydd yna ynghylch Prosser? Rhywbeth am "drallod seicic", 'ntê?'

'Felly?'

'Felly mae'n debyg ei fod o'n dda o beth na fedar o mo'ch gweld chi rŵan.' Symudodd Dr Roberts ei gorff trwm i geisio bod yn fwy cyfforddus. 'Mae pobl wedi bod yn bryderus iawn yn eich cylch chi yn ystod yr wythnosau diwetha.'

'Pam? Pwy?'

'Ddyweda i ddim pwy. Dim ond pobl agos atoch chi. Maen nhw wedi bod yn poeni y gallech chi, fel maen nhw'n deud, neud rhywbeth hurt. Mae mwy nag un person wedi bod yn poeni y gallech chi ddiweddu wyneb i waered yn y cach ar waelod y Fenai.'

'Wela i.'

'Welwch chi ddim o gwbl,' meddai Eifion Roberts. ' 'Dach chi'n meddwl y dylai pobl gadw'u bysedd yn eu brywes eu hunain, 'dach chi'n meddwl nad oes ganddyn nhw ddim hawl i ddeud dim byd. Ond mae rhai pobl yn malio yn eich cylch chi, hyd yn oed os nad 'dach chi'n malio'r un botwm corn am neb heblaw chi'ch hun a'r gath strae yna'n cynhesu'ch gwely lle dylai merch fod. A phetaech chi,' daliodd ati'n ddidostur, 'ddim wedi boddi yn yr holl baldaruo 'na a'r syllu ar 'ch bogail 'dach chi mor hoff ohono, efallai y byddech chi'n gneud eich gwaith yn iawn, ac efallai na fydden ni ddim yn crwydro o gwmpas heno yng nghanol y blydi glaw yn llusgo corff y llencyn yna o'r twll llygod mawr lle bu o farw.'

Arhosodd McKenna yn y car, gan grynu o damprwydd ac oerfel a blinder pur, a'r twymwr wedi ei droi ar ei uchaf, a'r peiriant yn hymian yn ysgafn ac yn chwythu ffrydiau o fwg o'r bibell gefn i daenu fel haen o niwl gwlithog dros y ffordd. Syrthiodd i gysgu, a deffro i weld wyneb Dewi wedi ei wasgu ar y ffenest. Wrth agor y drws, daeth Dewi ag arogleuon y nos yn gymysg â glaw gydag o, ac arogl mwll marwolaeth.

' 'Drychwch ar rhain, syr.' Tynnodd ddyrnaid o fagiau tystiolaeth seliedig, clir o bocedi ei gôt law. 'Pedwar paced o gyffuriau, heroin neu gôcen mae'n debyg, tri chant a saith deg o bunnoedd mewn papurau decpunt, a llyfrau sieciau, a fu gan Jamie erioed gyfri banc yn ei fywyd. Yr unig broblem ydi nad oes 'na ddim sieciau ar ôl a dydi'r bonion ddim wedi cael eu llenwi.'

Ymdrechodd McKenna i beidio ag agor ei geg. 'Fydd yn rhaid iti ofyn i'r banc yn y bore. Beth arall ddoist ti o hyd iddo?'

'Diawl o ddim a deud y gwir. Ychydig ddilladau sy angen eu golchi, tameidiau o fwyd, tua thunnell o ganiau lager gwag, ffags . . . allech chi ddeud fod Jamie yn teithio'n ysgafn.'

'Fyddwn i'n dychmygu fod ei bechodau'n pwyso mwy na digon i'w gario o gwmpas.'

'Wn i nad oes gynnon ni ddim gair da i'w ddeud amdano fo, ac nad oes ganddo fo neb ond fo'i hun i'w feio, ond mae hi'n ddigon truenus i mewn yn fan'na. Mae'n fudr ac yn damp . . . hen le annifyr i farw; tlawd a diraddiol, os 'dach chi'n dallt be dwi'n feddwl.'

'Fyddai rhai yn deud iddo gael ei haeddiant.'

'Fyddech chi ddim, na fyddech, syr?'

'Na fyddwn, a dwi'n gobeithio na fyddi di byth yn dod i feddwl fel yna ynghylch pobl.' Cymerodd McKenna sigarét o'r pecyn, ac yna ei gwthio'n ôl heb ei thanio. 'Dwi'n meddwl y dyliwn i adael i'r lleill ddal ati a chael tipyn o gwsg. Mae 'na lawer i'w neud fory.'

'Beth am fam Jamie?'

'Ddylien ni ddeud wrthi, dylien?' meddai McKenna. 'A pha dda ddaw o'i chynhyrfu hi yng nghanol nos, Dewi? Mae Jamie wedi marw. Fydd o'n dal wedi marw yn y bore, ddim mwy felly a dim llai nag y mae o rŵan . . . Gad hi mewn anwybodaeth am dipyn hwy, iawn?'

'Ond beth os clywith hi inni fod yma gefn nos? Fedrwch chi ddim cael cachiad o gwmpas fan'ma heb fod yr holl fyd yn gwybod am ba hyd y buoch chi'n eistedd ar y tŷ bach.'

'Yrra i rywun i ddeud wrthi mor gynnar fyth ag fydd bosib. Does yna ddim byd i'w ddeud wrthi eto, heblaw ei fod o 'di marw.'

' 'Dach chi'n meddwl iddo'i ladd ei hun?'

'Mae Dr Roberts yn meddwl iddo gymryd gormod ar ddamwain. Thrawodd Jamie fi erioed fel y math i neud amdano'i hun. Lladd, ie. Nid hunan-ladd.'

Syllodd Dewi drwy'r ffenest flaen heb weld dim byd. 'Dwi 'di ei 'nabod o gydol fy mywyd,' meddai. 'Roedden ni'n chwarae efo'n gilydd pan oedden ni'n blant bach. A rŵan mae o 'di mynd, 'di diffodd fel'na. Dim ond hen bobol ro'n i'n 'nabod sy 'di marw o'r blaen, heblaw Barri Jones bach, a phlentyn bach mongol oedd o, felly roedden ni i gyd yn gwybod na fyddai o ddim yn byw'n hen ... Dwi'n teimlo fel petai rhan ohonof i wedi mynd efo Jamie. Fydd ei fam ddim yn malio, wyddoch chi, syr. Naeth hi erioed. Mae Nain yn deud mai dyna pam y trodd o allan fel ag y gnaeth o. Mae'n debyg na naiff hi hyd yn oed mo'i gladdu o'n iawn.'

Rhoddodd McKenna ei law ar fraich Dewi. 'Ella na fedar hi ddim fforddio cynhebrwng parchus. Fedri di ddim beio pobl am bethau nad oes ganddyn nhw mo'r help. Fedri di ond beirniadu pobl wrth be maen nhw'n fedru neu fethu ei neud, nid be maen nhw yn ei neud neu ddim yn ei neud.'

Trodd Dewi, a meddyliodd McKenna fod dagrau yn ei lygaid. 'Na fedrwch? Ar bwy mae'r bai, felly? Pam y dylai rhai fynd â'u traed yn rhydd heb gael eu beio o gwbl? Dydi o ddim yn deg. Ble mae'r cyfiawnder yn hynna?'

## Pennod 30

Erbyn 8.30 ar fore Llun, roedd McKenna wedi cyfarwyddo tîm o swyddogion i ddefnyddio'r warant archwilio ar dŷ Stott yn Y Pendist. Cymerwyd y car Scorpio oddi ar y perchennog cegog yn fuan wedi iddi ddyddio, a'i gadw mewn garej yn adran y pencadlys nes y byddai ei angen yn dystiolaeth.

'Tystiolaeth o beth?' grwgnachodd Jack. 'Ein diffygion ni? A pham na alwyd arna i allan neithiwr? Dwi'n rhyw deimlo nad 'dach chi ddim eisio i mi wybod be sy'n digwydd.'

'Dwi 'di deud wrthoch chi pam yn barod. Fe ddwetsoch chi 'ch bod chi eisiau ymlacio gymaint fyth ag oedd bosib.' Edrychodd McKenna ar wyneb surbwch ei ddirprwy. 'Fawr o bwrpas i ni'n dau fod yn rhy flinedig i sefyll ar ein traed, nac oes? Dwi eisio i chi arolygu'r archwilio. Fe wyddoch chi am beth i edrych.'

'Pam?'

'Oherwydd 'mod i'n deud.'

'Dwi'n synnu nad ydach chi'n gofyn i'r ffefryn 'na s'gynnoch chi.'

'Mae gan Dewi Prys bethau eraill i'w gneud.'

'O, wyddoch chi pwy dwi'n feddwl, felly?'

'Mae'ch agwedd chi'n ymylu ar anufudd-dod.'

'Be ydi'r ots? 'Dach chi'n malio'r un botwm corn am ddisgyblaeth! Adawech chi i'r rhech bach yna neud unrhyw beth ar fy nhraul i.'

'Os oes gynnoch chi broblemau gyda'ch perthynas

hi â chydweithwyr, dwi'n awgrymu'ch bod yn holi'ch hun pam.'

Daeth lliw cynddaredd i wyneb Jack. 'O, fy mai i ydi o, ie? Beth am ei ffafrio fo? Sut 'dach chi'n meddwl mae hynny'n edrych? Y? Ddweda i wrthoch chi sut. Mae'n gneud imi edrych yn blydi ffŵl.'

'Mae Dewi Prys yn dangos addewid i fod yn dditectif rhagorol. Ond mae o'n ifanc. Fedra i ddioddef tipyn o ddigywilydd-dra bob hyn a hyn, tra mae o'n gneud ei waith gystal ag y mae o.'

'O! Wela i!' rhuodd Jack. ' 'Dach chi'n deud nad dwi ddim yn gneud fy ngwaith i gystal, ydach chi?'

Troellodd McKenna ei feiro, gan syllu ar y wal y tu cefn i Jack. ' 'Dach chi'n arolygydd. Cwnstabl ydi Dewi.' Hoeliodd ei lygaid ar Jack. 'Ddylech chi wybod yn well nag ymddwyn fel hyn, a ddylech chi fod wedi dysgu peidio cynhyrfu o achos rhyw dipyn o gega.'

'Mae hynna'n blydi annheg, a 'dach chi'n gwybod hynny!'

'Ond nid y chi sy'n cael y gwaetha o'r blydi ffraeo rhyngoch chi a fo, naci? Dwi wedi cael llond bol arno fo! A dwi'n eich beio chi oherwydd 'dach chi'n gorymateb y rhan fwya o'r adeg.' Oedodd McKenna, a dal ei law i fyny wrth i Jack agor ei geg i siarad. 'A pheidiwch â deud wrtha i nad oes gen i ddim diddordeb mewn disgyblaeth. Ro'n i dan yr argraff eich bod chi o leiaf yn oedolyn aeddfed, ac na ddylai disgyblaeth fel y cyfryw ddim bod yn bwnc dadl ac, yn sicr, ddim yn ddadl fyddai'n ymyrryd â chwrs unrhyw ymchwiliad.'

' 'Dach chi 'di gorffen?' chwyrnodd Jack.

'Naddo, dwi ddim. Ddim yn hollol.' Taniodd McKenna sigarét. 'Dwi'n meddwl ella fod 'ch bywyd personol chi'n effeithio ar eich gallu i wneud penderfyniadau, a dwi'n meddwl y dylech chi ystyried yr holl sefyllfa. A deud y gwir, gallai fod yn ddefnyddiol i chi gymryd ychydig o ddyddiau o wyliau tra mae Emma i ffwrdd.'

'Ydi hynna'n orchymyn?'

'Ddim ar y funud. Mater i chi ydi o os daw o i hynny.'

'A beth yn hollol mae hynny i fod i'w olygu?'

'Yn union yr hyn ddywedais i.'

Gwelodd Jack. ' 'Dach chi'n ceisio cael gwared ohonof i, yn tydach, oherwydd nad dwi ddim yn ffitio i mewn gyda'ch clîc bach cysurus chi! Oherwydd nad dwi ddim yn fêts efo'r arolygwr a ddim yn crafu efo'r blydi cynghorwyr! Wel, dwi'n derbyn y neges! 'Dach chi ddim eisiau i mi fod yma, ond does gynnoch chi ddim digon o blwc i ddweud wrtha i yn fy ngwyneb!' Rhwygodd y drws ar agor.

Clywodd McKenna ef yn taranu ei ffordd i lawr y coridor, ac yna'r glep wrth iddo gau'r drws tân ym mhen pella'r coridor. Caeodd ei ddrws ei hun, a sefyll wrth y ffenest wrth aros i'r criw-archwilio yrru allan o swyddfa'r heddlu. Sylwodd fod y goeden onnen a dyfai y tu allan i'w ffenest yn dechrau atal y golau rhag llifo i mewn. Sgrechiodd car Jack yn sydyn o'r fynedfa, gan lwyddo o drwch blewyn yn unig i osgoi bws Purple Motors a'i gargo o siopwyr cynnar. Syllodd McKenna ar wal y gyfnewidfa deleffon, ac ar y goeden geirios ar y lawnt o'i blaen yn gollwng blodau pinc ar y glaswellt oedd yn ganiau diod a phapurau tships a phacedi creision drosto, a gofynnodd iddo'i hun pam roedd o'n fwriadol wedi cychwyn brifo Jack. Pa groesineb, pa falais, roddodd y geiriau yn ei geg?

Geiriau, meddyliodd. Dim ond geiriau, heb bwrpas na bwriad ar eu pennau eu hunain, dim ond casgliad o symbolau. Ond unwaith y caent eu hynganu, unwaith y rhoddid iddynt fywyd, gallai geiriau mor ddiniwed fagu nerth i ymladd, a gwrthdaro â'i gilydd, a neidio o awgrym i ystyr a dod yn gyfrwng ynddyn nhw'u hunain. Efallai ei fod yn ceisio ymddihatru oddi wrth yr holl bobl hynny oedd yn hawlio'u ffordd i'w ymwybyddiaeth, oedd ag arwyddocâd yn ei fywyd, ac oedd, felly, yn ei glymu, a'i rwymo â chadwynau cyfeillgarwch a chariad. I ddechrau, Denise, yn awr Jack, oherwydd roedd Jack wedi ei glymu wrth Emma, ac Emma wrth Denise, a'r cyfan ohonyn nhw'n nyddu rhaffau a chlymau o amgylch enaid McKenna, fel petai'r enaid hwnnw yn fedwen fai, ac ofnai y byddai ei rubanau troellog, hardd yn ei grogi.

'Ble ddiawl 'r aeth McKenna?' gofynnodd Eifion Roberts.

'Wn i ddim,' atebodd Dewi. 'Roedd o wedi mynd erbyn i mi ddod 'nôl. 'Dach chi eisio i mi chwilio amdano fo?'

'Dim ots. Deuda wrtho fo 'mod i'n gneud y post-mortem ar Jamie. Ffonia i o eto.'

'Ddylai rhywun ddod i lawr?'

'I be? O, i eistedd yma ti'n feddwl.' Chwarddodd. 'Mae 'na blisman ifanc druan yn eistedd reit wrth f'ochr i, Dewi, yn paratoi i weld ei gorff cynta dan y gyllell!'

Rhoddodd Dewi y derbynnydd i lawr. Roedd y pecynnau cyffuriau ar eu ffordd i'r labordy i gael eu dadansoddi, ynghyd â samplau eraill wedi eu codi o'r garafán ac oddi amgylch iddi, a chastiau o olion traed y cafwyd hyd iddynt yn y ddaear fwdlyd o dan goed diferol y goedlan. Tynnodd Dewi y llyfr sieciau o'i amlen blastig, ac edrych ar y clawr budr. Ar ôl cael gwybod nad oedd y llyfr wedi dod o adran leol y banc, gofynnodd Dewi i reolwr banc Romy Cheney yn Leeds ai o'r fan honno y daethai'r llyfr yn y lle cyntaf. Arhosodd wrth i'r rheolwr betruso a dadlau, ac o'r diwedd gydsynio na fyddai'n torri unrhyw ymddiriedaeth werthfawr drwy ateb y cwestiwn, gan addo galw'n ôl.

Roedd wrthi'n rhoi'r llyfr sieciau yn ôl yn ei orchudd amddiffynnol pan sylweddolodd mai Jamie, mae'n debyg, oedd yr un olaf i gydio ynddo, a hwnnw bellach yn farw ac yn oer ac yn stiffhau, ar ei gefn o dan scalpel y pathologydd, a'i ysgyfaint a'i iau, a'i arennau a'i galon wedi eu plycio o'r lle tywyll, cyfrinachol lle buon nhw ers munud beichiogi, ac yn cael eu dinoethi dan olau creulon a llygaid archwiliol, eu pwyo gan ddwylo garw, a'u torri'n dafellau a sglodion gan gyllyll wedi eu hogi i finiogrwydd ysgeler. Teimlodd Dewi ysictod yn ei fol wrth feddwl am hyn oll. Eisteddodd wrth ei ddesg, yn anymwybodol o amser ac o sŵn trafnidiaeth ar y ffordd y tu hwnt i'w ffenest, a meddwl pa liw fyddai ei galon yntau pe tynnid hi allan, a'r gwythiennau gleision yn waed llysnafeddog wrth wingo mewn gwewyr marwolaeth. Marw. Pe bai ei galon yn farw, fe fyddai yntau hefyd yn farw. A sut deimlad oedd marw? Meddyliodd am Romy Cheney a'r ofnadwyaeth yn ei henaid pan glymodd y sawl a'i lladdodd ei dwylo a gosod y cwlwm rhedeg o amgylch ei gwddf a Romy'n gwybod na fyddai yna ddim dianc. A phan oedd llofrudd Romy wedi edrych ar waith ei ddwylo, a gwybod i'r galon stopio ac i'r anadl olaf fynd o'i hysgyfaint, ac i'r meddwl olaf farweiddio yn ei hymennydd, gan ddeall, yr union funud hwnnw, nad oedd dim troi'n ôl, ddim bryd hynny, ddim byth, o'r drygioni a wnaed ganddo, a oedd y llofrudd, gofynnodd Dewi iddo'i hun, wedi deall anferthedd annychmygadwy yr hyn oedd wedi digwydd? Sut y medrai person ddal ati i fyw, meddyliodd, gyda'r fath faich yn y galon, y meddwl a'r enaid, ac yn gwasgu pob gronyn o'i fodolaeth? A beth fyddai rhywun yn ei wneud ar ôl lladd person arall, meddyliodd? Mynd adref, gwneud paned o de neu ddiod o goffi, bwyta pryd, mynd i siopa, mynd i'r gwaith, gwylio'r teledu, darllen llyfr, mynd i'r dafarn, caru, cysgu, breuddwydio, deffro, llyncu aspirin at gur yn y pen, ffonio ffrindiau, ysgrifennu llythyr . . .? Cydiodd igian crio yn ei anadl, a gweddïodd fod Duw am unwaith wedi bod yn drugarog, gan fynd â Jamie yn ei gwsg.

Agorodd Jack ddrws y swyddfa a chael Dewi ar ei eistedd a'i ben yn pwyso ar ei freichiau pleth ar y ddesg.

'Ble mae McKenna?' cyfarthodd.

Cododd Dewi ei ben yn araf. O dan bentwr o wallt cyrliog du, doedd ei wyneb yn ddim ond cnawd am yr esgyrn, a meddyliodd Jack ei fod yn gweld dagrau yn llenwi'r llygaid gleision.

'Be sy'n bod arnat ti, Prys?'

'Dim byd, syr,' mwngliodd Dewi.

Teimlai Jack ryddhad o'r tyndra — nad oedd wedi sylweddoli ei fod yno ar y pryd — yn sgil yr ymdrech ddwys wrth chwilio tŷ Stott; teimlai bellach yn dawel, bron yn galon-ysgafn. 'McKenna 'di bod yn dy ben dithau hefyd?' gofynnodd. 'Does fawr o hwyl arno bore 'ma.'

'Meddwl am Jamie oeddwn i, syr. Dyna'r cyfan,' meddai Dewi. 'Roedden ni'n arfer bod efo'n gilydd drwy'r adeg pan oedden ni'n blant nes i Nain roi ei phig i mewn pan ddechreuodd o ddwyn. Ond roedden ni'n ffrindiau o hyd. Fydden ni'n mynd at y siglenni ger yr afon ar y slei, ac yn gwahanu cyn mynd adref.'

'Pam rwyt ti'n sôn am dy nain mor aml? Hi fagodd di?'

'Mam a Dad fagodd ni, ond Nain sydd fwy neu lai'n penderfynu pethau, os 'dach chi'n deall be dwi'n feddwl. Penderfynu be sy'n iawn a be sy ddim. Am ei bod hi'n hen.'

'Fyddai dy rieni ddim yn gwrthwynebu?'

'Fedrai Mam ddeud fawr ddim, na fedrai?' meddai Dewi. 'Ei mam hi ydi Nain. Ac roedd Dad yn gwybod pryd i gau'i geg, oherwydd ei fam o oedd ffrind gorau Nain.' Gwenodd. 'Fyddai'r hen wragedd yna'n ffraeo'n ddychrynllyd weithiau, am hyn a'r llall . . . y naill yn gwrthod siarad efo'r llall am wythnosau, weithia misoedd.' Ciliodd y wên. 'Griodd Nain am wythnosau wedi i'r hen wreigan farw. Mae hi'n dal i fynd â blodau i'r fynwent bob pnawn Sul.'

'Ddylai pawb gael rhywun i alaru ar eu holau nhw, mae'n siŵr. Hyd yn oed Jamies y byd hwn. Ella na fyddai o ddim lle mae o rŵan petai ei Nain wedi cadw llygad arno fo.'

'Wyddai o ddim hyd yn oed pwy oedd ei dad iawn o,' meddai Dewi yn chwerw. 'A ddwedai neb wrtho fo, ddim hyd yn oed ei fam. Roedd hi'n meddwl iddi lyncu pry ar ôl rhyw nos Sadwrn allan. Fe ddwedodd hi wrtho fo iddi fod efo'r dyn yma yn erbyn wal yng nghefn y Tair Coron, a dyna sut gwnaed Jamie, a'r ddau wedi meddwi, ei fam a'r dyn yma . . . Pan oedd o'n fach, fyddai o'n arfer crio am nad oedd ganddo fo ddim tad, a chrwydro o amgylch y stad yn gofyn i blant efo tadau gâi o fynd i fyw efo nhw, er mwyn iddo fo gael tad. Ac roedd pobl yn ei alw fo'n fastard bach ac yn deud wrtho am fynd i'r diawl at ei hwren o fam. Ac weithiau bydden nhw'n deud wrth y plant eraill am luchio cerrig ato fo, fel petai o'n hen gi chweinllyd . . .' Syllodd Dewi ar Jack, a'i lygaid yn disgleirio. 'A rŵan maen nhw'n meddwl iddo gael ei haeddiant. Glywais i ryw hen wrach yn y siop y bore 'ma yn deud y dylai pwy bynnag gafodd wared ag o gael medal.'

'Wyddon ni ddim i neb gael gwared ag o,' meddai Jack. 'A 'dan ni i gyd yn teimlo'n euog pan fydd rhywun yn marw, oherwydd 'dan ni'n cofio dim ond y pethau da yn eu cylch nhw, a'r pethau drwg naethon ni neu ddwetson ni. Ddoi di drosto fo. Hoffwn i gael dy help di i restru'r stwff o le Stott.'

'Be gawsoch chi?'

'Popeth, fwy neu lai, oherwydd roedd Mrs Stott mor awyddus i'w dangos inni. Dodrefn, dillad, dillad isaf, dyddlyfr, gemau — stwff drudfawr yn ôl pob golwg — ornaments — dim lluniau; dwi'n cymryd nad oedd Mrs Cheney yn rhy hoff o luniau — llyfrau, y llyfrau y soniodd Allsopp wrth y Prif Arolygydd amdanyn nhw, gydag enw Allsopp yn berffaith blaen tu mewn, ac fe fydden nhw 'di cael eu dychwelyd oherwydd dydi Gwen ni ddim yn cymryd at Dickens, ond wyddai hi ddim ble i'w hanfon nhw. Chredet ti ddim yn y fath ddigywilydd-dra, na wnaet? Ac fe gawson ni hyd i ffiol o'r persawr yna, bron yn wag. Yn drewi o garnêsiyns.'

'Oedd yna lythyrau? Neu lyfr banc neu gardiau credyd?'

'Nac oedd. Ddim yn ei henw hi nac yn enw Stott.

A dim arian gwerth sôn amdano, ar wahân i arian cadw tŷ, meddai hi, yn ei phwrs.' Dylyfodd Jack ei ên. 'Wn i ddim be amdanat ti, ond mae'r cychwyn cynnar 'ma'n deud arna i. Mae'n rhaid dy fod tithau 'di bod ar dy draed hanner y nos.'

Cododd Dewi ei ysgwyddau. 'Fedrwn ni mo'i harestio hi ac archwilio'i chorff? Heblaw ei bod hi wedi taflu popeth fyddai'n ei damnio hi, fel y bwcl yna y soniodd Allsopp amdano wrth Mr McKenna, mae'n rhaid ei bod hi'n cario cerdyn credyd, beth bynnag.'

'Am be fedrwn ni ei harestio hi? Nid am ladrad oherwydd does dim i brofi na roddwyd yr holl bethau yma iddi, fel mae hi'n honni, ac mae'r unig berson fedrai ddeud wrthon ni wedi marw erstalwm.'

' 'Dan ni wedi arestio'i gŵr. Pam lai hi?'

'Dydi o ddim 'di cael ei gyhuddo, ac mi fydd yn rhaid inni ei ryddhau cyn bo hir.' Cododd Jack ar ei draed. 'Dwi'n mynd am goffi. 'Tisio paned?'

Cyfyngodd y rheolwr banc o Leeds ei hun i gyn lleied fyth o eiriau ag y gallai. 'Diawl dwl!' Dyrnodd Jack y ffôn i lawr, a llyncu ei goffi. 'Fedar o ddim deud hyn wrthon ni a fedar o ddim deud y llall. Fedar o ddeud diawl o ddim oherwydd fod busnes ei gwsmer yn gyfrinachol, a nawn ni roi'r gorau i'w hambygio fo oherwydd iddo ddeud mwy nag a ddylai o'n barod ac os daw'r peth allan fe gollith ei swydd. Mae o'n haeddu 'i cholli ddweda i!'

'Ei llyfr siec hi oedd o, felly?' gofynnodd Dewi.

'Chlywaist ti ddim? Fedar o ddim deud wrthon ni.'

'Os na fedar o ddeud wrthon ni oherwydd fod busnes ei gwsmer yn gyfrinachol, mae'n rhaid fod y llyfr siec

343

yn perthyn i un o'i gwsmeriaid. A'r unig un debygol ydi Romy Cheney.'

Gwenodd Jack. 'Wel, mae hynna'n mynd â ni gam ymlaen, yn tydi? Yn ddigon pell i gael gorchymyn i edrych ar y cyfrif. Unrhyw beth gan Dr Roberts erbyn hyn?'

'Ffoniodd o ynghynt. Ddwedodd o y byddai'n rhoi gwybod inni.'

'Cyntaf yn y byd, gorau'n y byd. 'Dan ni angen gwybod be laddodd Jamie.' Cododd Jack y mygiau coffi gwag. 'Os lladdodd rhywun o, 'dan ni'n gwybod pwy na 'naeth: Stott yn un a Prosser yn un arall, ond o wybod am fywyd Jamie, gallai unrhyw ddrwgweithredwr fod wedi gneud. Roedd ganddo fo ffrindiau mewn llefydd amheus iawn.'

' 'Sgwn i ble roedd hi ddoe?'

'Pwy?'

'Mrs Stott.'

'Dim syniad. Yn eistedd ar un o soffas moethus Romy a'i thraed i fyny yn llowcio siocled, mae'n debyg, ac yn gwylio'r teli ac yn cael pinnau bach yn ei thin fawr . . . sylwais i ar soser teledu lloeren ar y wal gefn.'

'Ofynnoch chi iddi hi am y siwt gafodd Wil hyd iddi ym Mwthyn y Grocbren?'

'Fyddai'n dda ar fy nghalon gen i petait ti'n cau dy geg ynghylch y blydi siwt 'na! Mwy na thebyg mai ei gŵr, ac nid hi, biau hi.'

## Pennod 31

Mewn tafarn dawel gerllaw gorsaf y Rhyl, roedd McKenna wrthi'n pigo bwyta brechdan cyw iâr. Gwthiodd hi draw, heb ei gorffen, taniodd sigarét, a gofyn i'r weinyddes am wydraid o wisgi. Gan yfed yr hylif ar un llwnc, talodd ei fìl ac aeth allan. Chwyrlïai gwynt oer yn y stryd, gan dasgu glaw ar ei wyneb a'i gôt wrth iddo ddatgloi ei gar.

Gyrrodd i'r chwith oddi ar y promenâd, tuag at y maestrefi: cannoedd ar gannoedd o fyngalos to coch yn ffurfio strydoedd cam y tu cefn i'r rhostir tywodlyd yn ymyl yr amddiffyniadau rhag y môr. Cwynai a chwibanai'r gwynt heibio i'r ffenest agored, gan lenwi'r car â blas hallt gydag arogleuon glaw yn yr aer.

Ni ellid gwahaniaethu rhwng y byngalo lle roedd Serena Kimberley yn byw a chartrefi'r cymdogion: pob un ar ei ben ei hun, pob un wedi ei osod yn ei ddarn bach o dir, pob un â darn o lawnt ffrynt gydag ymyl gul o flodau, giatiau haearn bwrw yn agor ar lwybrau bychain a golygfa gyfyng o erddi cefn gyda siglenni a leiniau dillad a chipolwg o reilffordd Caergybi-Llundain. Doedd dim byd arbennig i ddal y llygad, dim gwahaniaethau, heblaw'r gwahaniaeth weithiau o ddrws ffrynt coch, neu un glas, ond pob un wedi ei addurno ag olwyn trol o wydr lliw mewn ffrâm o blwm a phob ffenest fwa o bobtu i bob drws ffrynt wedi ei gwisgo mewn llenni-rhwyd patrymog, a'r rheini wedi eu dolennu a'u gwaneifio, gan guddio bywyd oddi mewn rhag llygaid busneslyd o'r tu allan.

'Ddylech chi fod 'di ffonio,' meddai Serena.

Tynnai'r wên unrhyw frath o'r geiriau. 'Dowch i mewn. Mae Jenny yma. Tywydd dychrynllyd, 'ntê?' Gwelodd fasged ddillad blastig, binc ar lawr y gegin. 'Fu'r dillad ddim allan ddeng munud cyn iddi ddechrau bwrw glaw.' Gwenodd. 'Ro'n i wedi anghofio gymaint o waith golchi sy 'na efo rhywun yn ei arddegau rŵan fod y mab 'di gadael cartre.'

'Sut mae Jenny?' gofynnodd McKenna.

'Iawn, ac ystyried popeth.' Arweiniodd ef i'r ystafell â'r ffenest fwa, a thanio'r tân nwy. 'Mae'r ystafelloedd yma'n oeri'n fuan iawn. Ffenest rhy fawr, mae'n debyg, yn ogystal â bod y tŷ islaw lefel y môr. 'Steddwch i lawr tra bydda i'n gneud diod.'

Wedi dychwelyd gyda photaid o goffi a mygiau tsieni ar hambwrdd, gwthiodd soser lwch tuag at McKenna. 'Mae Jenny i fyny'r grisiau ar y funud. Dwedwch pan fyddwch chi'n barod i'w gweld hi. 'Dach chi'n gwybod,' meddai, 'fod pobl yn deud fod plant yn wydn, ond dwi 'rioed wedi credu hynny. Dwi'n meddwl eu bod nhw'n cuddio llawer o'u teimladau, a mwya'n y byd ydi'r teimladau, mwya'n y byd maen nhw'n cael eu cuddio. Yn arbennig y rhai gwirioneddol boenus na wyddan nhw ddim sut i ddelio â nhw. Dyna maen nhw'n neud rhag i'w rhieni a'u teulu gael eu brifo. Dwi'n dal i gofio rhai o'r poenau yr es i drwyddyn nhw, a hynny oherwydd dim byd pwysicach na hogiau.' Gwenodd. 'Wyddoch chi, ydi o'n 'ngharu i? Naiff o 'mhriodi i? Wyddoch chi be mae genod yn ei neud? Maen nhw'n sgwennu enwau yn eu llyfrau yn lle gneud eu gwaith cartref.'

'Pa enwau?'

'Wel,' meddai hi, gan dynnu ar y sigarét roedd McKenna wedi ei chynnig iddi, 'petawn i'n ffansïo bachgen o'r enw Jimmy Martin, er enghraifft, fe sgwennwn i "Serena Martin" a'i ddeud o'n uchel nifer o weithiau, i weld oedd o'n swnio fel rhywun oeddwn i eisio bod. A phan fyddai 'mhengliniau i'n rhoi oddi tana i a iasau'n cerdded asgwrn fy nghefn i oherwydd rhyw hogyn arall, fe wnawn i'r un fath efo'i enw fo.'

'A ddaru chi rioed ffansïo bod yn Serena Martin?'

Chwarddodd. 'Wnes i gyfarfod fy ngŵr yn yr ysgol gynradd, ond rwystrodd hynny 'rioed fi rhag chwilio yn rhywle arall, rhag ofn!'

Roedd yn anodd credu, meddyliodd McKenna, fod y wraig nwyfus, lawen hon o'r un gwehelyth â'i brawd; hi yn llawn ynni, yntau'n hollol i'r gwrthwyneb.

'Tybed oedd Romy Cheney'n ysgrifennu enwau mewn llyfrau cyn cael hyd i un roedd hi'n gysurus efo fo?' meddai McKenna.

'Romy Cheney?' ailadroddodd Serena. 'Hen enw hurt ydi o yntê? Hollol afreal. Fel petai hi'n methu penderfynu be oedd hi a be oedd hi ddim . . . Mae'n swnio fel anagram, neu hyd yn oed rywbeth wedi ei greu wrth chwarae Scrabble os oedd gan rywun ormod o lythrennau Y a dim digon o lafariaid.'

'Ddwedodd eich brawd ei fod o'n meddwl mai twyllreg oedd hi.'

'Wel, gydag enw fel yna, synnwn i ddim. Fe gafodd o ymateb gweddol normal am unwaith.'

Helpodd McKenna ei hun i fwy o goffi, ei wddf yn dal yn sych ar ôl y wisgi. 'Fydd o ddim yn ymateb yn normal yn aml?'

Ochneidiodd Serena. 'Mae o bob amser yn ansicr beth i'w neud. Diffyg hyder, mae'n debyg, dim byd anarferol ynddo'i hun, ond os 'dach chi'n byw efo rhywun tebyg i Gwen am unrhyw hyd o amser, a ddim yn sicr nac yn hyderus i gychwyn arni, mae unrhyw obaith oedd gynnoch chi o ymateb yn normal, o weld rhywbeth mewn ffordd syml, yn diflannu drwy'r ffenest.' Cymerodd fisged, a dechrau'i bwyta. 'Dwi 'rioed yn fy mywyd wedi dod ar draws neb mor dröedig, sy'n llwyddo i droi unrhyw beth a phopeth yn rhywbeth annifyr. Heb fath o reswm heblaw ei bod hi'n hoffi creu helynt.'

'Ddaru'ch brawd neu Jenny siarad efo chi ynghylch Romy Cheney 'rioed?'

'Ddim mewn unrhyw fanylder. I Gwen yn unig roedd hi'n bwysig, a hynny'n bell yn ôl beth bynnag.'

'Pam nad ydi Mrs Stott yn gweithio? Dwi'n deall y byddai hi'n cwyno'n aml ei bod hi'n fyr o arian.'

Chwarddodd Serena. 'Wnâi Gwen ddim gweithio! Does ganddi hi ddim cymwysterau i neud dim byd, a fyddai hi byth yn iselhau ei hun drwy neud rhyw waith ceiniog-a-dime. Beth bynnag, petai hi'n mynd i weithio ac yn cymryd unrhyw gyfrifoldeb dros ochr ariannol y teulu, fe fyddai hi'n colli'r pastwn mwyaf sydd ganddi hi i ddyrnu Chris dros ei ben efo fo.' Cynigiodd Serena sigarét iddo, a gofyn, ' 'Di dod i weld Jenny 'dach chi 'ntê? Alwa i arni hi.'

'Ddim am funud.' Cododd McKenna ar ei draed i edrych drwy'r ffenest, gan hel ei feddyliau ynghyd, a cheisio chwarae am amser gan deimlo fel petai wedi ei rwydo mewn niwl môr ac yn ymbalfalu ei ffordd ar hyd llwybr ar ben clogwyn. Un cam gwag a byddai ar goll. Gwyddai bron i sicrwydd fod Gwen wedi lladd Romy Cheney, a Jamie hefyd, oherwydd trachwant neu eiddigedd neu ofn, neu'n syml oherwydd iddynt ei chroesi mewn ffordd na allai neb ond hi ei esbonio a'i ddeall, ond gwyddai na allai brofi dim o hynny, ac roedd yr ymchwiliad bellach, ynghyd â'r holl ddiflastod ynglŷn ag ef, yn pwyso'n drwm arno.

'Ddwedodd eich brawd wrtha i fod Mrs Stott wedi gneud nifer o gyhuddiadau yn ei erbyn.'

'Pa gyhuddiadau? Wrth bwy?'

'Wrth Romy Cheney. Efallai wrth eraill.' Atebodd McKenna ei hail gwestiwn.

'Be ddwedodd hi?'

'Fe ddwedodd hi ei fod o 'di cam-drin Jenny'n rhywiol.' Gwyliodd McKenna ei hwyneb, ei llygaid. 'Fe ddwedodd hi hefyd ei fod o 'di gadael i ffrind iddo ymyrryd â'r ferch.'

Pwysodd Serena yn ôl yn ei chadair, gan rythu ar McKenna. ''Dach chi ddim o ddifri!'

'Ydw, yn anffodus. Ac mae'n rhaid i mi drafod yr honiadau gyda Jenny. Does gen i ddim dewis.' Daliai Serena i rythu, a'r lliw wedi diflannu o'i hwyneb, a'i llygaid yn llydan agored. 'Fe fyddai'n well gen i,' aeth McKenna ymlaen, 'i siarad efo hi a chi'n bresennol, er nad ydi'r fath drefn o weithredu ddim yn hollol gywir oherwydd gellid dadlau na allwch chi fod yn ddiduedd oherwydd eich bod yn perthyn i Mr Stott.' Tawodd, wrth glywed ei eiriau'n rhwysgfawr, rhywbeth digon arferol pan fyddai dan bwysau neu wedi cynhyrfu.

'A beth fyddai'r drefn gywir?'

'Oedolyn diduedd, gweithiwr cymdeithasol fel arfer, yn bresennol efo Jenny. Heddferch, ac efallai cyfreithiwr.'

Taniodd Serena sigarét newydd o stwmp yr hen un. ''Dach chi wedi rhoi gwybod i'r gwasanaethau cymdeithasol?'

'Dwi ddim yn awyddus i asiantaethau eraill fod yn gysylltiedig â'r achos oni bai fod rhaid. A dwi ddim yn meddwl y dylai Jenny gael ei rhwydo gan y diwydiant asiantaethau.' Eisteddodd. 'Mae'r diwydiant ym maes dioddefwyr yn tyfu yn ein cyfnod dirwasgedig ni, a llu o bobl yn hoelio'u sylw ar ddioddefwyr ymyrraeth honedig; cynnig cynhaliaeth a chyngor maen nhw, mae'n debyg.'

'A be sy mor ddychrynllyd ynghylch hynny?'

'Dim byd ar yr olwg gyntaf,' cyfaddefodd McKenna. 'Ond mae'n rhaid i'r dioddefwyr chwarae'u rhan i gadw'r diwydiant i fynd ac, er mwyn gneud hynny, mae'n rhaid iddyn nhw aros, fel petai, wedi'u cloi yn y cyfnod o amser y digwyddodd y cam-drin. Go brin fod hynny'n llesol i unrhyw broses o iacháu, 'ntê?' Gwyliodd wyneb Serena. 'Dwi ddim yn meddwl y gwnaiff o unrhyw les i iechyd emosiynol na seicolegol Jenny os bydd yn rhaid iddi hi adrodd ac ailadrodd beth ddigwyddodd iddi — hynny yw, os digwyddodd unrhyw beth — a phobl eraill wedyn yn archwilio ac yn ailarchwilio, yn dadansoddi ac yn ailddadansoddi wrth ystyried y trawma a'r trallod i'r manylyn eithaf. A dwi ddim yn meddwl y dylid gorfodi Jenny, ar y funud beth bynnag, i ystyried y posibilrwydd o orfod rhoi tystiolaeth mewn llys yn erbyn ei thad ei hun.'

Ysgydwodd Serena ei phen. 'Fedra i ddim deall hyn o gwbl. Na fedra wir! 'Dach chi'n deud mai Chris ddwedodd wrthoch chi fod Gwen yn gneud yr honiadau yma?'

' 'Dan ni'n dod ar draws honiadau ffug, 'chi. A'r honiadau o gam-drin rhywiol ydi'r caletaf bob amser i ddelio â nhw, oherwydd os nad oes tystiolaeth fforensig hollol glir, fel mewn trais; mae'n rhaid inni ddibynnu ar dystiolaeth gan eraill. Mae'n hawdd iawn gneud honiadau o ymosod rhywiol amhenodol, ond mae'n anodd iawn, iawn eu profi nhw neu eu gwrthbrofi.'

Diffoddodd y sigarét wedi hanner ei hysmygu, gan symud y stwmp crebachlyd rownd a rownd yn y soser lwch, a gwneud patrymau yn y lludw llwyd. 'Wyddoch chi be feddyliais i cyn gynted ag roedd y geiriau allan o'ch ceg chi? Feddyliais i: dyma ffordd Chris o neud yn siŵr nad aiff Jenny byth yn ôl i'r tŷ yna. Nac at ei mam!' Gwelodd McKenna ddagrau yn llenwi ei llygaid. 'Rŵan 'dach chi'n deall be dwi'n feddwl am feddwl tröedig?'

Roedd cymylau glaw, yn dywyll a thrwm, wedi crynhoi uwchben y ddinas, ac yn gwanhau'r golau dydd. 'Rhowch y golau ymlaen, newch chi, Jack? Mae hi fel ogof yn fan'ma,' meddai Owen Griffiths. 'Be fedra i ei neud i chi?'

'Mae arnon ni angen gorchymyn i archwilio cyfri banc Mrs Cheney. Mwy na thebyg mai hi oedd biau'r llyfr sieciau gafwyd hyd iddo ar gorff Jamie, ond mae'r rheolwr banc yn gwrthwynebu.'

'Pryd 'dach chi'n mynd i ddarganfod pwy laddodd y wraig? A pham na fedrai Jamie fod 'di ei lladd hi cyn lladd ei hun? Fyddai hynny'n daclus ac yn ddel.'

'Wela i ddim pam y dylai o fod wedi penderfynu gneud amdano'i hun yn sydyn,' meddai Jack. 'Ddim wedi'r holl amser 'ma.'

'Allai fod wedi bod yn ddamweiniol. Beth bynnag oedd o, 'dach chi ddim yn mynd yn bell iawn, nac 'dach? Mae popeth yn "gallai fod" ac "efallai" a "hwyrach" ac "os hyn" ac "os arall". Edrychwch ar bethau o'm safbwynt i, Jack. Mae gynnoch chi bobl yn cyhuddo'i gilydd o bob gwyrdroad gwybyddus dan haul, a dim pwt o dystiolaeth gadarn y naill ffordd na'r llall i brofi dim byd. Rŵan 'dach chi eisio llys i fynd i fusnesu yng nghyfri banc rhywun.'

'Be hoffech chi inni ei neud, syr?' gofynnodd Jack. 'Fedrwn ni ddim gneud brics heb wellt. Mae gynnon ni ddigon o wellt, ond y math anghywir ydi o . . . dydi o'n gneud dim byd ond chwythu ar hyd y lle.'

'Peidiwch â gofyn i mi. 'Dach chi a McKenna a'r hogyn Prys yna i fod yn dditectifs.'

'Chi sydd i fod i ofalu am bopeth, yntê? Cadw golwg ar bethau, gneud yn siŵr nad 'dan ni ddim yn gwastraffu amser gwerthfawr yr heddlu, a ddim yn cynhyrfu'r cyhoedd sensitif, nac yn gneud ffyliaid gwirion ohonon ni'n hunain!'

Rhythodd Owen Griffiths. 'McKenna 'di'ch cynhyrfu chi, ydi o? Mae o'n dda iawn am neud hynny . . . Oes o arfer, fyddwn i ddim yn synnu. Ddylech chi ddim gadael iddo fo fynd dan eich croen chi. Mae llawer o bobl yn gneud y camgymeriad yna. Mae'n well o lawer er mwyn pawb ichi anwybyddu rhai o'i sylwadau. Dydi o ddim yn rhyw ddyn hapus iawn.'

'Fo ddim yn hapus? Mae o'n gneud yn blydi siŵr nad ydi neb arall chwaith!'

'Ie, wel, ella mai felly mae hi. Ond dwi'n berffaith sicr y medrwch chi ofalu amdanoch 'ch hun. 'Dach chi'n gweithio'n dda gyda'ch gilydd y rhan fwyaf o'r amser, yn tydach? 'Dan ni ddim eisio gadael i ryw ffrae fach ddifetha partneriaeth dda. Fe chwythith drosodd, cyn sicred ag y bydd storm o'r gorllewin yn chwythu'i hun yn ddim.'

Gan barhau â'r siarad ffigurol — rhywbeth prin yn ei achos ef — meddai Jack, 'A chyn gynted ag y bydd un storm wedi chwythu'i hun yn ddim, mae yna un arall allan ar y môr yn barod i'ch dyrnu chi.'

'Yn hollol! Felly 'dach chi'n cyweirio'ch hwyliau, yn tydach? Fe all teimladau pobl eraill fynd â ni i ddyfroedd stormus . . . dyfroedd hynod beryglus. Os 'dach chi eisio treulio'ch dyddiau yn rhyw symud yn igam-ogam ar hyd yr arfordir, yn neis a thawel a diogel, ddylech chi ddim mynd i hwylio efo nhw yn y lle cyntaf.'

Wrth weithio'n drefnus drwy'r ffeiliau ar farwolaeth Romy Cheney, cafodd Dewi wared â'r cyfan heblaw'r deunydd hollol berthnasol, fel y bydd pysgotwr yn cael gwared o helfa'r noson unrhyw bysgod nad oes modd eu gwerthu. Taflodd o'r neilltu fusnes y car llwyd sgleiniog a yrrwyd i mewn ac allan o'r ymchwiliad gan dyllu a rhwygo'r patrwm heb fod modd ddehongli'n foddhaol. Arian a thrachwant yn unig oedd yr ystyriaethau bellach, a dywedodd wrth y rheolwr banc yn Leeds y byddai gorchymyn llys i archwilio'r cyfri yn peri llawer iawn o anhwylustod i'r banc a'r heddlu. 'Ac wn i ddim yn iawn, syr,' ychwanegodd, 'ond gallai eich prif swyddfa gynhyrfu digon yn ei gylch, a gofyn pam na fyddech chi wedi deud wrthon ni be 'dan ni eisio'i wybod yn lle creu'r holl ffwdan 'ma.'

'Be 'dach chi eisio'i wybod?'

'Faint o arian sy'n weddill yn y cyfri.'

'Un bunt a dwy geiniog ar bymtheg ar hugain.'

'Pryd y codwyd arian ddiwetha?'

'Dydd Gwener yr wythnos diwetha.'

'Faint godwyd?'

'Chwe chan punt.'

'Arian parod neu drosglwyddiad i gyfri arall yn rhywle?'

'Arian parod. O beiriant.'

'Unrhyw gyfrif cadw yn yr un enw? Gyda chi neu unrhyw fanc arall?'

'Ddim i mi fod yn gwybod.'

'Pa beiriant ddefnyddiwyd?'

'Ein cangen ni ym Mangor.'

Gwenodd Dewi ar ei adlewyrchiad yn sgrin y cyfrifiadur. ' 'Dach chi 'di bod o help mawr, syr. Fedra i ddim diolch digon i chi. Un peth arall yn unig. Mae arnon ni angen sieciau ganslwyd er mwyn dadansoddi llawysgrifen. Fyddech chi ddim eisio inni neud camgymeriad drwy feddwl fod rhywun wedi cael at gyfri ichi a nhwtha ddim 'di gneud. Mae pobl eisiau sicrwydd na wnaiff y banciau ddim gadael i unrhyw Dic, Siôn neu Harriet wagio cyfri heb forol fod yr arian yn mynd i'r person iawn, yn tydyn? Felly, fyddwn ni'n disgwyl yr holl sieciau ganslwyd dros y pedair blynedd diwethaf. A chopïau o'r datganiadau, a chofnodion o'r gorchmynion parhaol. Ddylech chi fedru dal y post heddiw. Mewn amlen ar gyfer y Prif Arolygydd McKenna, os gwelwch yn dda.'

' 'Dan ni ddim yn cadw sieciau cyn belled yn ôl â hynna. Ac mae'r cyfrifon ar y databas.'

'Fe wnaiff copïau *microfiche* o'r sieciau yn iawn, syr.'

Clywodd Dewi'r dyn yn anadlu'n gyflym a thrwm, fel petai wedi rhedeg ras. 'Cyn i chi roi'r ffôn i lawr, syr.'

'Ie?' Swniai'r dyn fel petai'n cnoi gwydr.

' 'Dach chi'n cadw ffeiliau data unigol ar eich cwsmeriaid, yn tydach? Manylion personol yn ogystal â manylion y cyfri? Felly, fe gymerwn ni gopïau disg o bopeth i roi darlun cywir, cyflawn inni.'

# Pennod 32

Doedd Jenny ddim fel petai'n ymwybodol o wyneb tynn, pryderus ei modryb nac ychwaith o'r tyndra yn ystafell ffrynt fechan y byngalo; ymddangosai'n wir fel petai wedi ymlacio, a hyd yn oed yn hapus. Oni bai, meddyliodd McKenna, mai dim ond cuddio'i theimladau oedd hi, fel roedd Serena'n dweud y bydd plant yn ei wneud.

'Ydi Dad yn iawn?' gofynnodd.

'Ydi.' Ceisiodd McKenna wenu. 'Ydi, mae o'n eitha da.'

'Iawn.' Cododd ei thraed o dan ei phen-ôl.

Ewyllysiodd McKenna iddi beidio â gofyn ynghylch ei mam; o leiaf, ddim ar y funud. 'Sut wyt ti?'

'Dwi'n iawn. Ddyliwn i fod yn yr ysgol a deud y gwir, ond drefnodd Anti Serena i mi gael aros gartre.'

Wrth wenu'n ôl ar y plentyn, teimlai McKenna oerfel ym mhwll ei stumog, gan wybod y gallai ddifa popeth oedd yn annwyl iddi hi, popeth a glymai ei byd ynghyd. Ni wnaeth daro'i feddwl y gallai hi fod eisiau iddo dorri'r rhwymau, oherwydd gwelai ei hun fel personoliaeth ddifaol, mor ddistrywgar â'i mam hi, a chwerwder ei thad yn gwenwyno beth bynnag a gyffyrddai. Hidlai golau dydd niwlog drwy'r llenni rhwyd ar ffenest fwa Serena, ond roedd y golau a welai McKenna arno'i hun yn galed a llachar.

Syllodd Jenny, gan aros iddo siarad. Cododd Serena yn sydyn, gan ddweud, 'Wna i ddiod arall,' cyn cydio yn yr hambwrdd a brysio o'r ystafell.

'Welsoch chi fy mam i?' holodd Jenny.

'Ddim ers y diwrnod o'r blaen.'

'Ro'n i'n meddwl tybed oedd hi wedi mynd i ffwrdd, ond fedra i ddim meddwl i ble byddai hi'n mynd.'

'Beth naeth iti feddwl hynny?'

'Doedd hi ddim yna, nac oedd?'

'Ddim ym mhle?'

'Gartre, wrth gwrs.' Roedd ei llais braidd yn bigog, fel petai'n tybied ei fod o'n hurt. 'Es i yno ddoe efo Anti Serena am 'mod i eisio mwy o ddillad a fy nyddlyfr a phetha. Doedd 'na neb yno.'

Gwyliodd McKenna hi. 'Aethoch chi i'r tŷ?'

'Do siŵr iawn. Rhoddodd Dad oriad i mi hydoedd yn ôl.'

'Ella fod dy fam yn siopa yn Safeways. Maen nhw'n agor ar ddydd Sul.'

'Roedd y tŷ'n oer iawn, felly dwi ddim yn meddwl fod y gwres wedi bod ymlaen o gwbl.' Rhoddodd ei thraed i lawr ac ymestyn i rwbio gewynnau'i choesau. 'Beth bynnag, doedd dim ots gan fod gen i oriad.'

'Pryd oedd hyn, Jenny?'

Cuchiodd. 'Wn i ddim yn iawn. Cyn inni weld Dad. Aethon ni yno'n syth o'r swyddfa.'

Dychwelodd Serena gyda hambwrdd o ddiodydd a brechdanau a chacen. 'Faint o'r gloch aethon ni adref ddoe?' gofynnodd Jenny iddi. 'Ro'n i'n deud wrth Mr McKenna fod Mam allan.'

'Wn i ddim, cariad.' Rhoddodd Serena'r hambwrdd i lawr. 'Un o'r gloch? Hanner awr wedi? Rywdro o gwmpas hynny.' Gan bwyso dros y bwrdd coffi, edrychodd ar McKenna. 'Nid eisio sôn am fynd a dod Gwen 'dach chi?' gofynnodd.

'Nage.' Trodd at Jenny. Dechreuodd pryder ymestyn dros ei hwyneb, gan lurgunio'i hieuenctid a'i serenedd. Edrychodd ar ei modryb a gweld yr un difrifoldeb yno. 'Be sy?' llefodd. 'Be sy 'di digwydd? Oes rhywbeth 'di digwydd i Mam?'

'Nac oes,' meddai McKenna. 'Nac i dy dad.'

'Pam 'dach chi'ch dau yn edrych arna i fel yna?'

Rhoddodd Serena ei llaw ar fraich McKenna. Roedd yntau'n ymwybodol o'i nerth a'i meddalwch. 'Gadewch hyn i mi,' meddai. Cadwodd Jenny ei llygaid ar wyneb McKenna, ar ôl deall mai ganddo fo roedd y neges, er y gallai Serena fod yn negesydd.

'Mae Mr McKenna wedi clywed rhywbeth, Jenny, ac mae'n rhaid iddo dy holi di.'

'Pam?'

Pam roedd plant bob amser yn gofyn 'pam', meddyliodd McKenna.

'Oherwydd mai ti ydi'r unig un fedr ddeud wrtho ydi o'n wir ai peidio,' meddai Serena.

'O.' Pwysodd Jenny yn ôl. 'Wela i,' meddai hi. Yna, gan edrych ar McKenna o hyd, cywirodd ei hun. 'Na, wela i ddim.'

Taniodd McKenna sigarét, yna cynigiodd un i Serena. Ysgydwodd hithau ei phen. 'Jenny . . .' cychwynnodd. 'Jenny, fe ddywedwyd wrtha i y gallet ti fod wedi cael dy gam-drin.'

'Be 'dach chi'n feddwl?' Dychwelodd y cuwch, a ffurfio dwy linell fechan rhwng ei haeliau. 'Sut gamdrin? Rhywun yn rhoi clustan imi? Cega arna i?'

'Nage.' Teimlai McKenna ei hun yn bustachu, tra yng nghefn ei feddwl, mynnai llais bychan ofyn a allai geneth o'r oed yma fod mor ddiniwed, neu oedd o'n fwy tebygol ei bod hi'n chwarae am amser? 'Fe ddywedwyd wrtha i y gallet ti fod wedi dioddef camdriniaeth rywiol.'

Rhythodd arno'n hurt. Torrodd Serena ar draws. 'I'w roi o'n blaen, cariad, er nad dwi ddim yn awyddus o gwbl i'w ddeud o, fe ddywedwyd wrth Mr McKenna y gallai rhywun wedi bod yn ymyrryd â chdi. Cyffwrdd dy rannau preifat. Hyd yn oed ceisio cael cyfathrach rywiol efo ti.' Estynnodd am sigarét o baced agored McKenna. Sylwodd ef ar y bysedd hirion yn crynu ac yn ymbalfalu. 'Mae'n gas gynnon ni orfod gofyn iti, Jenny, ond does 'na ddim dewis.'

Dechreuodd Jenny grynu ac ysgwyd: ei hysgwyddau, ei dwylo, a'i chorff i gyd. Lapiodd ei breichiau o'i hamgylch ei hunan. 'Na!' Sibrydodd ei llais, a'r sibrwd fel petai'n atseinio o amgylch yr ystafell. '*NA!*' sgrechiodd. 'Dydi o ddim yn wir!'

'Taw!' Cododd Serena ei llais. 'Taw'r munud yma!'

'Dydi o ddim yn *wir!*' Llifodd dagrau i lawr gruddiau Jenny, fel petai afon o ofid o'r diwedd wedi gorlifo dros y dorlan. 'Celwydd ydi o. Celwydd mawr!'

Gadawodd McKenna i'r oerfel yn ei galon gael ei ffordd gyda'i deimladau, gan achosi i'r ychydig ddynoliaeth ar ôl yno grebachu a chrino. 'Wyt ti wedi cael dy gam-drin mewn unrhyw ffordd? Yn y ffordd yr awgrymodd dy fodryb, neu mewn unrhyw ffordd arall? Dy guro? Dy lwgu? Dy gadw'n oer? Unrhyw beth?'

'Naddo!' Edrychodd yr eneth arno fel petai ef y creadur mwyaf atgas i anadlu erioed. 'Naddo! Naddo! *Naddo!*'

'Byhafia dy hun, Jenny!' rhybuddiodd Serena. 'Mae'n rhaid i Mr McKenna neud 'i waith, a dydi o ddim mymryn haws iddo fo nag ydi o i ti. Mae plant yn cael eu cam-drin. Maen nhw'n cael eu treisio a'u curo a'u llwgu, a hyd yn oed eu lladd, ac mae'n rhaid i'r heddlu ddelio efo fo. Dwi'n disgwyl i ti helpu, nid rhwystro.'

'Dwi'n gwybod,' meddai Jenny. 'Dwi'n gwybod be sy'n digwydd i blant. 'Dach chi'n darllen amdano fo o hyd . . . roedd 'na eneth yn yr ysgol oedd wedi cael ei hanfon i gartre plant am fod ei thad wedi ei threisio hi.'

'Yn hollol.' Taniodd Serena y sigarét fu yn ei llaw. 'Felly fe wyddost ti'n iawn am be 'dan ni'n sôn, a does dim angen yr holl berfformans yma. Na bod mor swil.' Trodd at McKenna. 'Does 'na ddim pwynt mewn trin Jenny fel blodyn bach tyner. Dim ond rhag hyn a hyn y medrwch chi amddiffyn pobl. Dwi bob amser 'di meddwl fod Chris 'di cael ei or-amddiffyn. Roedd pawb yn rhy neis efo fo, a 'drychwch be sy 'di digwydd inni i gyd.'

'Os wyt ti'n gwybod am be dwi'n sôn, Jenny,' gofynnodd McKenna, 'pam wyt ti'n ymateb mor ffyrnig? Pam smalio nad oeddet ti ddim yn gwybod?'

Edrychodd yr eneth oddi arno fo ar ei modryb, fel anifail wedi ei gornelu. Meddyliodd McKenna pa mor hir fyddai hi nes i Serena fynd yn ôl ar ei geiriau olaf, a dweud wrtho am roi'r gorau i boenydio. Yn hytrach, meddai hi, 'Waeth iti ddeud wrthon ni ddim, cariad. Dwi ddim yn meddwl y byddi di'n deud dim nad ydi Mr McKenna yn ei wybod yn barod. Ond mae'n rhaid iddo ddod oddi wrtha ti. Dydi o'n dda i ddim yn dod o unman arall.'

Tynnodd Jenny bentwr o hancesi papur claerwyn o'i llawes, a sychodd ei hwyneb, yn araf a gofalus. 'Pwy ddwedodd wrthoch chi?' gofynnodd i McKenna. 'Mam?'

'Nage.'

'Pwy felly?'

'Oes ots pwy?' gofynnodd Serena. 'Be sy'n bwysig ydi oes yna unrhyw wir ynddo fo.'

'Mae gen i hawl i wybod!' Gwridodd wyneb yr eneth. 'Mae gen i hawl i wybod pwy sy'n deud pethau fel yna amdana i. 'Sgynnoch chi unrhyw syniad be mae pobl yn ei ddeud am genod sy'n cael eu treisio? Maen nhw'n eu galw nhw'n slags neu'n hwrod, a dwi ddim!'

'Does 'na neb yn dy alw di'n ddim byd.' Swniai llais Serena yn gadarn, yn llym hyd yn oed. 'Wnei di roi'r gorau i ddeud anwiredd, ac ateb Mr McKenna?'

Ymyrrodd McKenna. 'Dy dad ddywedodd wrtha i ddoe. Fe ddywedodd bod dy fam wedi gneud honiadau yn ei gylch o wrth Mrs Cheney.'

'Iawn, felly.' Llifodd ton o ryddhad dros ei hwyneb, a diflannodd y tinc cras o'i llais.

'Iawn? Sut medar o fod yn iawn? Paid â bod yn hurt, eneth!' Roedd Serena wedi ei syfrdanu.

'Ddwedodd Mam bob math o gelwyddau hurt wrth Romy Cheney ynghylch Dad a Mr Prosser.' Oedodd, wrth hel ei meddyliau at ei gilydd. 'Doeddwn i ddim yn deall, ond ro'n i'n gwybod fod Mam yn deud pethau ofnadwy ynghylch Dad. Heblaw . . .'

'Heblaw be?' prociodd McKenna.

Cymerodd anadl ddofn. 'Roedd rhain rywsut yn fwy ofnadwy, os 'dach chi'n deall be dwi'n feddwl. Ac yna . . .' Diflannodd ei llais drachefn. Arhosodd McKenna, gan wylio Serena yn rhythu'n syth ar yr eneth. Cymerodd Jenny anadl arall, a chlywodd McKenna rhyw igian crio'n cydio yn ei gwddf. 'Ddwedodd Mam y celwyddau 'ma, yna fe gafodd Mrs Cheney fi ar fy mhen fy hun yn y bwthyn. Dyna pam yr es i yno. Aeth Mam i fyny'r grisiau, ac fe ddechreuodd Mrs Cheney fy holi i ynghylch Dad a Mr Prosser, ac ro'n i'n dal i ddeud "Na" wrthi hi ac yn deud nad oeddwn i ddim yn deall.' Tawodd eto, a'i hanadlu tynn, llafurus yn torri ar draws y tawelwch bob hyn a hyn. 'Ddwedodd Mrs Cheney os nad oeddwn i'n deall fod yn rhaid iddi egluro imi. Dywedodd hi y gallai Dad a Mr Prosser fynd i'r carchar am byth, ac os na fyddwn i'n deud y gwir wrthi hi, fyddai rhywun yn dod a mynd â fi i ffwrdd a 'nghloi i mewn cartre plant nes y byddwn i'n siarad. Roedd . . .' tawodd Jenny, gan edrych ar McKenna a her yn disgleirio yn ei llygaid. 'Dangosodd Mrs Cheney imi yn union am beth roedd hi'n sôn, Mr McKenna. Cyffyrddodd fi, gofyn imi a fyddai Dad neu Mr Prosser yn gneud 'run fath. Eglurodd ynghylch rhyw, yn glir iawn. Hyd yn oed dangos cylchgrawn gyda lluniau ynddo fo fel 'mod i'n deall yn iawn. A thrwy'r adeg, ro'n i'n clywed Mam yn crwydro'n ôl a blaen i fyny'r grisiau, yn cerdded o'r naill ystafell i'r llall yn agor ac yn cau drôrs a chypyrddau. Dywedodd Mrs Cheney wrtha i fod cam-drin plant yn beth dychrynllyd, a sut na fyddai'r un dyn yn syrthio mewn cariad efo fi os na fedrai fod yn sicr na ches i mo 'nhreisio gan Dad neu Mr Prosser. Ac ro'n i'n ei chasáu hi am iddi neud i mi deimlo mor fudr. Doedd ganddi hi ddim hawl i neud hynny, a dwi'n falch ei bod hi wedi marw oherwydd fedar hi byth ei neud o i rywun arall. Ac fe adawodd fy mam lonydd iddi hi neud. Fe adawodd fy mam i Romy Cheney neud hynna i mi, a 'na i byth, byth, bythoedd, faddau iddi hi am hynny.'

Cerddodd McKenna i mewn i'w swyddfa a chael Owen Griffiths yn eistedd y tu cefn i'r ddesg.

'Dwi 'di bod yn aros amdanoch chi, Michael. Ble buoch chi?'

Gollyngodd McKenna ei friffcês ar y ddesg. 'Yn y Rhyl.' Swniai'n gwta.

'Ie. Wn i ichi fynd i'r Rhyl. Pam?'

'I weld Jenny Stott a'i modryb.'

'Wela i.' Chwaraeodd yr arolygwr â phensel. 'Ydw i'n cael gwybod y canlyniad?'

'Dim byd y mae angen i chi boeni amdano.'

Cododd Griffiths ar ei draed, ei wyneb yn troi'n wyn. 'Dwi wedi cael hen ddigon arnoch chi a'r blydi ymchwiliad yma! Mae Jack Tuttle ar fin gofyn am gael ei symud oherwydd eich bod chi wedi bod yn ei ddefnyddio fel cocyn hitio, ac mae Dewi Prys yn ffrwydro i bob cyfeiriad fel gwn efo'r trigar yn sownd!'

'Be mae Dewi 'di'i neud?'

'Dim ond wedi troi'r sgriws ar ryw reolwr banc pwysig yn Leeds. A doedd dim angen o gwbl. Roedden ni'n gofyn am orchymyn llys.'

'Efallai ei fod o 'di laru gymaint ag 'dach chi wrth ddisgwyl am rywbeth i ddigwydd,' meddai McKenna. 'Fe ddyweda i wrtho am ffrwyno'i frwdfrydedd os bydda i'n meddwl fod hynny'n angenrheidiol.' Taniodd sigarét. 'Be arall hoffech chi i mi ei neud?'

'Ddwedodd Jenny wrth ei thad be oedd Romy Cheney a Gwen Stott wedi ei gynllwynio rhyngddyn nhw y bwrw Sul y digwyddodd o. Roedd gan Stott reswm gwell na neb i ladd y ddynes,' meddai McKenna. 'A deud y gwir, fe ddwedwn i mai fo ydi'r unig berson efo rheswm da.'

'Hyd y gwyddon ni, syr,' meddai Dewi. 'Mae 'mhres i ar y wraig 'na sy ganddo fo, er na fedra i ddim deall pam nad oes 'na neb wedi ei lladd hi. Mae hi'n beryg fel gwn.'

'O leia mae gynnon ni reswm i'w holi hi. Wyddost ti ddim beth adewith hi i lithro allan. Ond beth wnawn ni efo'i gŵr hi? Ei adael o yn lle mae o ar hyn o bryd, dwi'n meddwl. Mae o'n llai tebygol o gael niwed felly.'

'Does gynnon ni affliw o ddim ond pobl yn deud pethau am ei gilydd. Ac mae pobl yn deud celwyddau.'

'Tystiolaeth anuniongyrchol. Ond mae'n cynyddu'n ddel iawn, a dwi'n meddwl y bydd yn rhaid inni ddibynnu ar hwnnw yn y pen draw. Does neb yn mynd i gyfaddef, ac mae pwy bynnag sydd 'di bod yn gorchuddio ôl eu traed hyd yn hyn 'di gneud joban blydi da ohoni. Pryd bydd Eifion Roberts yn gwybod ynghylch Jamie?'

'Yn hwyrach heddiw, medda fo.'

'A ble mae'r Arolygydd Tuttle?'

'Wn i ddim, syr. Dwi ddim yn meddwl ei fod o yn yr adeilad.'

'Dwi isio Gwen Stott yma i gael ei holi y peth cyntaf yn y bore. Dan rybudd, gyda heddferch a chyfreithiwr yn bresennol.'

'Be ofynnwn ni iddi hi?'

'Yn benodol, ynghylch y stori ddwedodd hi wrth Romy Cheney am ei gŵr a Trefor Prosser, ynghylch gadael i'r ddynes gam-drin Jenny, ac ynghylch ble roedd hi pnawn ddoe. Heblaw hynny, dwi'n siŵr y llwyddi di i'w holi hi ynghylch ychydig o bethau eraill, gwnei?'

# Pennod 33

Gwnâi arogl yr ysbyty McKenna yn sâl, wrth i'w gof ymateb i'r synnwyr cryf hwn. Arogleuai swyddfa Dr Rankilor, lle'r oedd yn disgwyl am y seiciatrydd a Trefor Prosser, o bersawr eillio, a charped newydd, a'r cyfuniad yn sychu'i gorn gwddw'n grimp.

Ymlusgai Prosser y tu ôl i'w warchodwr fel tamaid o froc môr ar ôl llong, yn edrych yn sâl, ac fel petai'n llai o ran corffolaeth, a'r croen a fu unwaith yn sgleiniog ac yn llawn bellach yn grebachlyd a llac o gwmpas ei esgyrn. Roedd ei ben mewn rhwymyn o hyd; snwffiai a snochiai, ac edrychai ei lygaid yn ddyfrllyd ac yn bŵl.

'Sut 'dach chi, Mr Prosser?' gofynnodd McKenna. 'Diolch ichi am gytuno i 'ngweld i.'

Suddodd Prosser i gadair, gan edrych yn ofalus i wneud yn siŵr ei fod yn y lle iawn, fel petai ei esgyrn yn anystwyth a'i gorff yn annibynadwy. Sylweddolodd McKenna ei fod, mae'n debyg, yn drwm dan ddylanwad tawelyddion. 'Wyddwn i y byddech chi'n dod,' sibrydodd Prosser. 'Wyddwn i y byddech chi'n cyrraedd ata i'n hwyr neu'n hwyrach.' Siaradai fel petai cosbedigaeth wedi dod yn rhith McKenna. 'Fedra i ddim dianc rhagor. Dwi'n rhy flinedig.'

'Cofiwch fy rhybudd i,' meddai Dr Rankilor, wrth iddo adael yr ystafell. 'Peidiwch â chynhyrfu 'nghlaf i o gwbl.'

Gwenodd Prosser yn wantan. 'Maen nhw'n argyhoeddedig imi geisio gneud amdana fy hun. Dwi'n deud ac yn deud mai damwain oedd hi, ond does neb yn fy nghredu i.' Ochneidiodd. 'Mae'n debyg ei fod o'n ateb eu pwrpas nhw, yn tydi? Sicrhau fod ganddyn nhw ddigon o waith . . .'

Eisteddodd McKenna. 'Damwain oedd hi?'

'Ie, a 'mai i oedd o i gyd . . . fy mai hurt i. Dwi ddim yn ddigon dewr i ladd fy hun . . . Dwi ddim yn ddigon dewr i lawer o bethau . . . mae'n debyg mai dyna pam bu 'na gymaint o helynt. Dwi 'di cael llawer o amser i feddwl yn fan'ma . . . does 'na ddiawl o ddim arall i'w neud efo'ch amser . . .' Tawodd. Arhosodd McKenna tan i'r meddyliau crwydrol gael eu lleisio.

Gwenodd Prosser. 'Fyddwch chi'n meddwl 'mod i'n wirioneddol lloerig os dyweda i 'mod i'n falch eich bod chi yma, yn byddwch?'

'Pam ddylech chi fod yn falch?'

'Oherwydd fe allwch chi 'ngollwng i'n rhydd . . . felly dwi'n ei gweld hi rŵan. 'Dach chi wedi cynnig ffordd ymwared i mi.'

'Rhag beth?'

Doedd yr ateb ddim yn uniongyrchol. 'Pan fydd seiciatryddion yn penderfynu eich bod chi ar fin cyflawni hunanladdiad, mae'n rhaid i chi feddwl am y peth. Felly fe 'nes i. Fel y dywedais, fe fu 'na ddigon o amser i wneud hynny.' Roedd ei lais yn cryfhau, yn sicrach ohono'i hun. 'A Duw a ŵyr, mwyaf yn y byd ro'n i'n meddwl, mwyaf yn y byd o syndod i mi oedd o nad oeddwn i wedi rhoi cynnig arni, os 'dach chi'n fy neall i. 'Dach chi'n gweld,' meddai Prosser wedyn, 'dwi'n un o'r bobl hynny sy'n teimlo, yng nghraidd fy mod, y daw Duw neu rywun heibio yn hwyr neu'n hwyrach os bydd pethau'n wirioneddol ddychrynllyd, a gneud tipyn o le i anadlu. Felly fe fedrwch chi fagu nerth unwaith eto yn barod ar gyfer y cyrch nesaf.'

'Pa gyrch?'

'Bywyd, Mr McKenna. Mae'n frwydr i rai ohonon ni, yn tydi? Bob amser efo rhywbeth i fyny'i lawes i'w ddefnyddio i roi clustan annisgwyl i chi, rhywbeth i'w ymladd os 'dach chi eisio goroesi . . . a dwi'n enaid bychan diniwed, ofn y byd, ofn cynnig unrhyw sialens i fywyd, ceisio cadw 'mhen i lawr fel petai . . . peidio rhoi cyfle i bobl saethu ata i. Dyna pam dwi'n hoffi 'ngwaith. Fedra i guddio yn fy swyddfa fach tu cefn i furiau'r castell, yn gwthio tameidiau o bapur yma ac acw, yn ddiogel a chlyd, cyn mynd i 'nghar a gyrru adref, a rhoi clo ar fy nrws ffrynt rhag y tu allan anferthol peryglus.'

'A phwy darfodd ar eich byd bach diogel? Pwy gododd warchae yn 'ch erbyn?' Pwysodd McKenna ymlaen, ac arogl gwrthseptig dillad Prosser yn siarp yn ei ffroenau. 'Christopher Stott oedd o?'

'Christopher Stott? O, nage, Mr McKenna. Mae Chris 'di bod yn cuddio tu cefn i'r rhagfur efo fi am amser hir iawn. Mae'n debyg,' meddai, bron â chwerthin, 'y gallech chi ddweud ein bod ni'n dau yn yr un cwch, yn methu nofio. Nid Chris oedd o. Does bosib na wyddech chi hynny?'

'Dwi ddim yn siŵr ydw i'n gwybod fawr ddim.'

'Ella nad 'dach chi ddim. Ella'ch bod chi'n symud o gwmpas yn y tywyllwch gymaint â fi, ddim yn gwybod pa ffordd i droi er mwyn mynd allan . . . y drws yn cael ei gau yn 'ch wyneb bob tro 'dach chi'n gweld llygedyn o olau . . .'

Gwyliodd McKenna y dyn arall, wrth feddwl ai dychmygu yn unig roedd o, ynteu a oedd Prosser yn wir yn tyfu o flaen ei lygaid, a'i groen yn ail-lenwi wrth iddo'i ailfeddiannu ei hun fel petai.

'Ydach chi wedi gwella'n llwyr? Glywais i eu bod nhw wedi dod â chi i mewn yma.'

'Ydw, dwi'n well. Diolch am ofyn. Wyddoch chi pryd cewch chi fynd o'ma?'

'Pan fedra i eu hargyhoeddi nhw nad ydw i ddim yn beryg i mi fy hun, mae'n debyg.' Cododd y dyn bychan i sefyll a'i gefn at McKenna, ac edrych drwy ffenest ar gowt wedi ei balmantu lle plygai dyn mewn oed uwch gwely blodau, gan grafu yn y pridd, a chwilio am rywbeth na fedrai gael hyd iddo, a chrio wrtho'i hun mewn trallod. 'Cyn imi fynd fel y truan bach yna allan yn fan'na, dwi'n gobeithio.' Trodd Prosser. 'Glywais i hefyd fod Chris yn y ddalfa gynnoch chi. 'Dach chi wedi ei gyhuddo o rywbeth?'

'Naddo.'

'Ofynna i ddim fyddwch chi'n gneud, gan na wyddoch chi ddim mae'n debyg. Ddim mwy na wyddoch chi fyddwch chi'n fy nghyhuddo i o ddim heblaw gyrru dan ddylanwad cyffuriau a heb fod yn gwisgo gwregys diogelwch.'

'Chewch chi mo'ch cyhuddo mewn cysylltiad â'r ddamwain.'

'Na chaf? Dwi'n gwerthfawrogi hynny'n fawr iawn, cofiwch.' Eisteddodd. 'Un llwyth oddi ar fy meddwl i, beth bynnag.' Syllodd ar McKenna, yn gadarn. 'Os 'dach chi eisio fy marn i, 'nelo hynny o werth ydi o, dwi'n meddwl y dylech chi gadw Chris dan glo nes byddwch chi'n rhoi ei annwyl wraig yn rhywle lle na fedr hi neud mwy o ddrwg. Duw a ŵyr, mae hi 'di gneud mwy na gweddill y giwed gyda'i gilydd!'

'Dwi 'di bod yn siarad yn eitha hir efo Jenny. Mae hi'n aros efo'i modryb.'

'Ydach chi?' Disgleiriodd gwên Prosser. 'Yna 'dach

chi wedi agor y drws imi ddianc yn barod, yn tydach? Ac i Jenny a Chris.' Diflannodd y wên, fel haul y tu cefn i gwmwl. Bron nad oedd yn sibrwd siarad. 'Mae'n ffordd ni'n glir bellach . . . ar ôl yr holl amser yma . . .'

'Dwedwch wrtha i, Mr Prosser . . .'

'Does fawr ddim fydd o werth i'w ddeud. Trasiedi bychan yn unig . . . dau ddyn gwan wedi eu taro gan eu gwendid eu hunain, gallech chi ei ddeud. Ond y plentyn . . . dyna'r drasiedi fawr, a wn i ddim sut medr Duw na dyn neud iawn.' Crafai ei anadlu cras drwy'r tawelwch. 'Roedd Gwen Stott yn fy mlacmelio i, yn blacmelio Chris, ac yn croeshoelio ei phlentyn ei hun,' meddai o'r diwedd. 'Ac fe adawson ni lonydd iddi hi. O, do. Does dim amheuaeth o gwbl ynghylch hynny. Adawson ni iddi hi oherwydd ein bod ni cyn wanned ac mor ofnus ag y mae hi'n anfoesol a phechadurus. Os byth y byddwch chi eisio gwybod am bechod a drygioni, Mr McKenna, gofynnwch i ferch. Mae gan ferched y dychymyg ar ei gyfer. Ac yn bwysicach fyth, mae ganddyn nhw'r stumog.'

'Be naethoch chi iddi hi?'

'Derbyn y post ar gyfer y ddynes yna ym Mwthyn y Grocbren a'i roi i Gwen.'

'A beth naeth ei gŵr?'

'Wnaeth Chris ddim byd, Mr McKenna. Wnaeth o ddim byd a ddwedodd o ddim byd. Dyna oedd ei bechod.'

'Pam na ddaethoch chi aton ni a deud eich bod yn cael eich blacmelio? Pam nad aeth ei gŵr â'r plentyn i ffwrdd?'

'Oherwydd y byddai Gwen wedi cyhoeddi ein bod ni nid yn unig yn wrywgydwyr, ond ein bod yn camdrin plant yn ogystal. Ac yna beth fyddai wedi digwydd?' gofynnodd Prosser. 'Wyddoch chi cystal â minnau, yn gwyddoch? Ein harestio, a rhoi Jenny mewn cartref plant i bydru . . . neu waeth: gallai fod wedi cael ei gadael efo Gwen, ei hun, yn gyfan gwbl ac yn hollol ar ei thrugaredd.' Syllodd, gan herio McKenna. 'Beth fyddech chi wedi ei neud, o wybod beth ddigwyddai i Jenny? Nid hel esgus drosof fy hun ydw i, oherwydd does 'na ddim rhaid, ac mae'n rhaid i mi fyw efo hynny. Ond meddwl oedden ni, Chris a fi, fod gadael i Gwen gael ei ffordd ei hun ynghylch y post a'r dodrefn ac ati yn llai dieflig na llawer o bethau.'

'Oedd Jamie yn eich blacmelio chi hefyd?'

'Jamie Llaw Flewog? Nac oedd, siŵr. Pam 'dach chi'n meddwl y byddai o?'

'Y car?'

'Y cyfan wnaeth Chris efo'r blydi car oedd gneud esgus dros Gwen. Adawodd hi i Jamie ei ddefnyddio fo . . . 'Sgwn i pam? Pam na ofynnwch chi iddo fo? Ella y byddai o'n deud wrthoch chi. Ddywedith o'r gwir sy'n fater arall, 'ntê? Fydd Jamie byth yn deud y gwir pan naiff celwydd y tro. Wnaethoch chi ddim meddwl, Mr McKenna, y gallai o fod yn blacmelio Gwen?'

Ac yntau ar fin dweud wrth Prosser am farwolaeth Jamie, newidiodd McKenna ei feddwl, wedi ymlâdd yn sydyn, o ddiffyg cwsg, ac o ddiffyg unrhyw ewyllys i siarad na meddwl na theimlo, fel petai'r ynni a ddychwelai i Trefor Prosser wedi cael ei ddwyn o'i gorff ei hunan. 'Beth am Romy Cheney?'

Caledodd wyneb Prosser. 'Beth amdani?'

'Wyddoch chi unrhyw beth ynghylch ei marwolaeth hi?' Bradychai llais McKenna ei flinder.

'Dim ond,' meddai Prosser, a'i lygaid yn oerion, 'petai rhywun heb gael gafael ar yr ast ddiawledig o 'mlaen i, fyddwn i wedi ei lladd hi fy hun yn hwyr neu'n hwyrach. Petai Gwen heb 'rioed ei chyfarfod hi, fyddai dim o hyn wedi digwydd.'

'Sut y gwyddoch chi?'

'Yn fy nghalon!' Gwthiodd Prosser ei ddwrn i'w frest. 'Y greadures ddieflig yna oedd cychwyn y distryw. Hi ddaeth â ffantasïau Gwen yn fyw. Mae Gwen mor wan ac annigonol â'r gweddill ohonon ni.' Gwenodd yn chwerw. 'Wyddoch chi be fydda i'n galw Gwen Stott, Mr McKenna? Brenhines y Nos, ar ôl y cymeriad yn *Ffliwt Hud* Mozart. Roedd sarff yn byw ar ei thafod hithau hefyd.'

'Faint o gwsg gawsoch chi neithiwr?' gofynnodd Eifion Roberts.

'Awr neu ddwy, mae'n debyg,' atebodd McKenna.

'Hollol amlwg. 'Dach chi'n blydi ffŵl.'

'Felly byddwch chi'n mynnu deud wrtha i.'

'Gwastraffu 'ngwynt dwi yntê? Wrandawsoch chi 'rioed ar neb: rhieni, athrawon, offeiriad y plwyf . . . bob amser wedi mynd 'ch ffordd fach eich hun.'

Taniodd McKenna sigarét, a phesychu wrth i'r mwg lifo drwy wddf oedd eisoes yn dioddef gan ormod o rai eraill. Nododd Eifion Roberts â diddordeb clinigol yr arwyddion o nychdod a welai yn sugno'r bywyd o McKenna. 'Fedra i ddim eistedd yn gwylio ffrind yn mynd o ddrwg i waeth o flaen fy llygaid. Ddylech chi weld meddyg.'

'Pam? Amheus gen i oes 'na ryw glefyd marwol wedi cydio ynof fi'n sydyn.'

'Ella mai nid clefyd marwol fydd yn mynd â chi i'ch

bedd, Michael. Mae pobl yn medru marw o dor-calon, 'chi.'

'Amheus gen i oes gen i galon i'w thorri. Dwi'n clywed am holl ddiflastod ac anobaith pobl, a gweld eu hofnau'n codi o 'mlaen i fel angenfilod, a dwi'n gofyn i mi fy hun ydw i'n malio go iawn.' Pwysodd yn erbyn y sil ffenest, ei gysgod ar y llen. Syrthiodd lludw o'r sigarét gan luwchio ar y llawr. 'Dwi cyn waced â Jamie Llaw Flewog. Dim cydwybod, dim calon, dim cariad, dim dealltwriaeth . . . ffugio tosturi oherwydd 'mod i'n gallu fforddio gneud ydw i. Does dim angen i mi ymladd a sgyffowla i fodoli, nac oes?' Suddodd i'w gadair. ' 'Drychwch be dwi wedi'i neud i Denise. A pham? Pam ddyliwn i fod angen gneud hynna?'

' 'Dach chi eisio gwybod pam mae'ch priodas chi wedi mynd yn ffliwt?' gofynnodd Dr Roberts. 'Oherwydd na ddylech chi a Denise ddim bod wedi dod at eich gilydd yn y lle cyntaf. Tân ac olew oeddech chi, dyna'r gwir plaen. Ond mae'n siŵr gen i fod taflu un darn o bren marw allan o'ch bywyd yn well na dim.'

Trodd McKenna ei ben draw. Dyrnodd Eifion Roberts ei ddwrn ar y ddesg. 'Fedrwn i gicio'ch tin chi i Gaer ac yn ôl! Fedrwch chi ddim gweld yn glir am 'ch bod chi 'di suddo i'r gors o drueni 'dach chi 'di'ch lluchio'ch hun iddi! 'Dach chi'n meddwl am funud fod Denise yn eistedd ar ei phen-ôl bach del yn ymdrybaeddu mewn tristwch? Dydi hi ddim, nac ydi? Mae Denise ni wrthi'n brysur yn pacio eli haul a'i bicini a'i dillad ffansi a'i dillad isaf ffril i hel ei thraed i fwynhau ei hun yng Ngwlad Groeg. Ella nad oes gen i fawr o feddwl ohoni hi, ond mae ganddi hi fwy o blydi synnwyr na fydd gynnoch chi byth!'

Tynnodd McKenna sigarét o'r paced oedd bron yn wag, edrychodd arni, a'i rhoi hi'n ôl. Cododd ei lygaid, ac edrych ar y patholegydd yn ochelgar bron. 'Orffensoch chi'r post-mortem ar Jamie?'

'Orffennais i ei agor os mai dyna 'dach chi'n feddwl. Dwi ddim 'di darganfod beth laddodd o. Fydda i'n gwybod hynny pan fydda i'n gwybod, ac fe ddweda i wrthoch chi pan fydda i'n gwybod.' Cododd Dr Roberts ar ei draed, a gwthio'i gadair yn ôl. 'Ddylech chi ddim gosod eich hun ar wahân i'r giwed gyffredin, Michael. Mae balchder yn bechod yn eich eglwys chi. Fe wyddon ni i gyd fod y byd yn lle atgas, ond dydi pobol fel chi sy'n meddwl fod ganddyn nhw'r hawl i atgoffa pobl eraill ddim yn gneud pethau fymryn yn well. Ac fe ddyweda i rywbeth arall wrthoch chi. Calon fel un pawb arall ohonon ni oedd calon Jamie. Wn i oherwydd fe'i torrais hi allan ohono, ei dal hi yn fy nwylo, teimlo pwysau marwolaeth ynddi hi . . . ac am hynny wyddon ni, allai fod ganddo gydwybod i gydfynd â hi. Nid ei fai o oedd o na wyddai o ddim ble i edrych, nage?' Cerddodd at y drws. ''Dan ni i gyd yn marw 'chi. Yr hyn 'dan ni'n ei neud wrth aros am farwolaeth sy'n brifo, neu ddim yn brifo, fel bo'r achos.' Tynnodd y drws ar agor. Wrth sefyll yn y lle gwag, edrychodd yn ôl ar McKenna, ac ochneidiodd. 'Ac mae'n siŵr na cha i 'run gair am geiniog gynnoch chi am wythnosau rŵan? Fyddwch chi'n f'osgoi i fel pla, oherwydd imi weld drwyddoch chi, a 'mod i'n ddigon digywilydd i ddeud nad dwi ddim yn hoffi be welais i. A phan na fedrwch chi f'osgoi i ddim rhagor, fe wisgwch chi'r wyneb ffroenuchel a'r llais rhewllyd a'r agwedd ffroenuchel 'dach chi mor hoff ohonyn nhw.' Cerddodd i'r coridor. Clywodd McKenna ef yn dweud, 'Wel, gewch chi blesio chi'ch blydi hun!' cyn i'r drws gau y tu cefn iddo, gan adael McKenna i'r nos.

## Pennod 34

Y tu hwnt i ffenest swyddfa Owen Griffiths, symudai trafnidiaeth gynnar y bore i lawr y ffordd yn araf. Pwysodd McKenna yn erbyn y sil ffenest, a blinder yn pylu ei lygaid.

'Pryd bydd Eifion Roberts yn gwybod sut y bu farw Jamie?' gofynnodd Owen Griffiths.

Cododd McKenna ei ysgwyddau. 'Does gen i ddim syniad. Pam na ofynnwch chi iddo?'

'Eich blydi gwaith chi 'di hynny! Mae Stott dan glo mewn un gell gynnoch chi a'i fusus yn cael ei holi dan rybudd mewn un arall. Be 'dach chi'n fwriadu'i neud efo nhw os na wyddoch chi oedd 'nelo nhw unrhyw beth â Jamie Llaw Flewog?'

Taniodd McKenna sigarét arall, y drydedd, cyfrodd Jack, ers cychwyn y cyfarfod. Gwyliodd Jack ef, gan sylwi ar y croen crebachlyd o dan ei lygaid, a'r gruddiau pantiog.

'Pam nad ydyn nhw'n rhannu cyfreithiwr?' ychwanegodd Griffiths. 'Pam fod un gan Stott ac un arall gan ei wraig? Mae'r cyfan yn ychwanegu at y costau.'

'Mae 'na wrthdaro rhyngddyn nhw. Fe ddisgwylir i Stott roi tystiolaeth yn ei herbyn hi.'

'Wnaiff o? Be fydd y cyhuddiad yn ei herbyn hi?'

''Dwi'n bwriadu cyhuddo Gwendolen Stott o hawlio arian yn anghyfreithlon, gwyrdroi llwybr cyfiawnder, defnyddio rhywun dan oed i bwrpas anllad, a chaniatáu ymyrraeth â'r un dan oed. A phetai Jamie a'r ddynes Cheney yna ar gael, mi fyddwn i'n ei chyhuddo hi o gynllwynio, yn ogystal.'

''Dach chi ddim yn meddwl y byddai'n syniad da i neud yn siŵr na naeth Prosser na thad yr eneth ymyrryd â hi cyn i chi ein cychwyn ni ar y daith arbennig yna?'

'Dwi'n sicr na naethon nhw ddim.'

'Sut? Dw i ddim. Does gynnon ni ddim cymhwyster i ymdrin yn briodol â honiadau o gam-drin rhywiol, heb sôn am neud penderfyniadau. Gwaith y gweithwyr cymdeithasol ac Erlidwyr y Goron ydi hynny.'

'Does neb wedi gneud honiadau o'r fath. Hyd yn oed Jenny Stott ei hun.'

'Ydi, mae hi,' dadleuodd Griffiths. 'Fe ddwedodd hi bod y ddynes Cheney 'di ei chyffwrdd hi mewn llefydd na ddylai hi ddim fod wedi gneud. Ond roedd hynny ar ôl i chi godi'r pwnc efo hi. Welwch chi ddim mor gyfleus y rhoddwyd popeth at ei gilydd? Stott yn deud wrthoch chi i ddechrau, cyn i'w wraig sôn am ddim byd wyddai hi. Yna mae'r eneth yn cael sterics wrth gael 'i holi ynghylch y peth, ac yn rhoi rheswm da ichi dros beidio gneud y cyhuddiad. Yn ffodus i'r ddwy ohonyn nhw, dydi Romy Cheney ddim ar gael i gadarnhau neu wadu dim byd.'

'Pa reswm roddodd Jenny?'

'Soniodd hi am agwedd pobl eraill tuag at enethod yn dioddef ymyrraeth gan eu tad. Mae hynny'n ddigon i gau ceg unrhyw eneth yn dynnach o lawer na'i choesau, yn tydi?'

Lledodd ton o ddiflastod i suro wyneb McKenna. ''Dach chi'n credu beth 'dach chi'n 'i ddeud? Neu 'dach chi'n deud hynna i geisio profi nad ydi o ddim yn iawn?'

' 'Run o'r ddau. Egluro sut y mae'n rhaid inni edrych ar y llanast yma dwi. Mae'n rhaid ichi ystyried pob agwedd. Dwedwch, er mwyn dadl, fod Stott wedi ymyrryd â hi, Prosser hefyd ella. Be sy'n digwydd wedyn? Gwen Stott yn cael gwybod rywfodd, yn deud wrth ei mêt Romy, gan ofyn ei chyngor. Mae Romy yn herio Stott, yn deud wrtho am adael llonydd i'r ferch. Ac yna mae Stott yn cael traed oer, yn lladd Romy, ac yn codi'r sgwarnog fawr yma.'

'A be mae Gwen Stott yn ei neud?' gofynnodd McKenna. 'A Jenny?'

'Maen nhw'n cytuno. Wyddoch chi gystal â minnau, McKenna, fel mae teuluoedd yn cuddio pethau. Maen nhw'n closio at ei gilydd, oherwydd maen nhw'n meddwl fod llai i'w golli felly.'

Diffoddodd McKenna ei sigarét yn y soser lwch, a thanio un arall y munud hwnnw. 'Petai Stott ddim wedi deud wrtha i, fydden ni ddim wedi cael gwybod o gwbl.'

'Fedrwch chi ddim deud hynny oherwydd 'sgynnoch chi ddim syniad beth fyddai ei wraig wedi ei ddeud.'

'Dydi hi ddim wedi deud dim hyd yn hyn,' dadleuodd McKenna.

'Dydi hynny ddim yn deud na naiff hi. Beth bynnag, dwi'n cael yr argraff nad ydi Jenny Stott ddim yn rhy hoff o'i mam, felly dydi hi ddim yn debygol o ollwng ei thad yn y cachu, hyd yn oed os mai dyna'i le fo. A hyd y gwyddon ni, allai hi fod eisio dial ar ei mam am rywbeth.'

' 'Dach chi wir yn meddwl y byddai'r eneth neu ei modryb yn amddiffyn y tad petai o wedi cam-drin yr eneth?'

'Deud dwi,' meddai Griffiths gan swnio'n fwy

diamynedd bob eiliad, 'na wyddon ni ddim. A dydi rhyw chwarae fel hyn, a neidio i gasgliadau dim ond oherwydd eu bod nhw'n ein siwtio ni, ddim yn mynd i helpu. Mae'n rhaid inni weithredu yn y dull priodol a rhoi gwybod i'r Gwasanaethau Cymdeithasol, oherwydd ganddyn nhw mae'r profiad i ddelio â chamdrin plant, ac mae'n rhaid archwilio Jenny Stott yn feddygol.'

'Na,' meddai McKenna. Tynnodd yn giaidd ar y sigarét. ' 'Dach chi ddim yn deall bod hyn i gyd wedi digwydd i amddiffyn y plentyn yn y lle cyntaf?'

' 'Dach chi'n gadael i'ch teimladrwydd ymyrryd â'ch gwaith, McKenna. Heb sôn am gamliwio'ch barn. Dim ond archwiliad meddygol sydyn a chyflym sydd ei angen i gael gwybod ydi Jenny Stott yn dal yn wyryf.'

'Archwiliad meddygol cyflym a syml,' meddai McKenna. 'Dyna beth ydi o i chi? Popeth drosodd mewn ychydig funudau, a dim byd wedyn? Fyddai dim ots gynnoch chi, felly,' aeth ymlaen, gan syllu ar yr arolygwr, 'petai un o'ch merched chi yn cael "archwiliad meddygol cyflym a syml" i weld ydi hi'n *virgo intacta*?' Trodd at Jack. 'Fyddai ots gynnoch chi? Fyddai ots gynnoch chi? Fyddai Emma yn hapus i un o'r efeilliaid ddioddef ymyrraeth fel yna dan y fath amgylchiadau? Gall archwiliadau meddygol fel rhain fod yn gymaint o gam-drin â'r llall, a'r canlyniadau yr un mor erchyll. 'Drychwch ar beth ddigwyddodd yn Cleveland ac mewn llefydd eraill. A 'dach chi,' ychwanegodd wrth wynebu'r arolygwr, 'ddim fel petaech chi'n gwybod rhyw lawer ynghylch genethod. Os ydi meddyg yn chwilio am dystiolaeth o ymyrraeth ddigwyddodd rai blynyddoedd yn ôl, y cyfan y medr o obeithio cael hyd iddo ydi hymen gyfan. A fydd gan llawer o enethod o oed Jenny a rhai ieuengach ddim hymen gyfan beth bynnag, yn syml oherwydd eu bod nhw'n cymryd rhan mewn chwaraeon fel gymnasteg. Ac os bu hi ar gefn ceffyl 'rioed, yr un fyddai'r canlyniad.'

' 'Dach chi'n hoffi creu problemau, yn tydach?' gofynnodd Griffiths.

'Ceisio dangos beth sy'n debygol o ddigwydd ydw i. Allen ni achosi trawma erchyll i Jenny, heb reswm dilys o gwbl, heb fod 'run mymryn callach ar y diwedd . . . allen ni ddifetha'i bywyd hi, neu beth sy'n weddill i'w ddifetha wedi i'w mam orffen efo hi. Mae gan Jenny Stott hawliau. Nid pos ditectif mohoni, na chwaith rhyw achos i'r gweithwyr cymdeithasol. Mae hi'n gwadu'n bendant i'w thad na Prosser ei chyffwrdd hi 'rioed. Mae ganddi hawl i ystyriaeth ddifrifol.'

'A ble mae hynny'n ein gadael ni?'

'Lle roedden ni. Bydd raid cyhuddo Gwen Stott, ac fe gaiff hi bob cyfle i bledio'i hachos.'

'Dim ond gobeithio y llwyddwch chi i neud i'r achos ddal dŵr,' meddai Griffiths. 'A gobeithio na ffrwydrith y cyfan ddim yn ein hwynebau ni.'

'Os gwnaiff o, dyna fo; dwi'n barod i fentro hynny.'

'Beth am y dodrefn aeth ar goll? Y car? Ella arian yn ogystal?'

'Fedrwn ni didm profi lladrad, felly does dim pwrpas dilyn y trywydd 'na.'

'Wela i. Wel, yr unig beth bach sydd ar ôl ydi llofruddiaeth, yntê? Neu ddau ella,' meddai'n ddigon llym. 'A phwy 'dach chi'n bwriadu ei gyhuddo o hynny?'

'Pwy fyddech chi'n ei awgrymu?'

\*   \*   \*   \*

Eisteddai McKenna yn ei swyddfa, a'r bore cymylog yn lledaenu cysgodion o gwmpas yr ystafell. Tasgai glaw ar y ffenest, a dail y goeden onnen oedd wedi gordyfu yn disgleirio'n ir, gan sgubo yn erbyn y gwydr wrth i'r gwynt chwythu'r canghennau.

Roedd Gwen Stott yn ddinistriol fel salwch terfynol, meddyliodd McKenna; byddai'n rhaid iddo ddatod ei feddwl, ei ffantasïau drygionus. Byddai ei merch, meddyliodd, yn aros weddill ei hoes am faddeuant: nid maddeuant i'w mam, ond iddi'i hun a'r gwaed yn llifo drwy'i gwythiennau hithau, yn cario'r un clefyd. Meddyliodd sut y byddai Jenny yn dianc rhag ei hetifeddiaeth, heblaw mewn byd arall o ffantasi lawn mor ddinistriol ag un ei mam.

Gorweddai dyddlyfr Romy Cheney ynghau ar y ddesg. Teimlai iddo gael ei lychwino gan fysedd tenau fu'n gadael olion diniweidrwydd coll Jenny Stott fel llwybrau malwen dros ledr glas, cain y rhwymiad a'r papur lliw hufen, trwchus oddi mewn. Gwthiodd ef o'r neilltu, a cherdded at y ffenest, gan syllu drwy ganghennau'r onnen, gwylio dafnau glaw yn llithro i lawr y dail i syrthio ar y ddaear fel dagrau. Gwyddai fod Jack yn ei osgoi, ac y byddai Eifion Roberts mor ochelgar â charw ym mhresenoldeb llew am amser hir i ddod. Gwyddai fod Denise wedi rhoi cynnig ar gysylltu ag o deirgwaith y noson cynt, ac nad oedd unrhyw reswm dros atal y cwrteisi o ymateb. Yn fuan, gwyddai, fyddai neb ar ôl i fod eisiau ei gwmni, a byddai hynny'n ei siwtio'n iawn.

'Dwi ddim yn bwriadu trafod McKenna,' meddai Owen Griffiths. 'Mae o 'di bod yn sâl ac yn siŵr o fod yn ddigalon ynghylch Denise. Dydi hynny ddim yn golygu y gellir caniatáu i bethau fynd ar chwâl yn ddi-ben-draw. Mae'n debyg ei fod o'n codi'r ddincod arnoch chi gymaint â neb, ond mae pobl fel fo yn hawlio pris ar y gorau. Dwi'n disgwyl i chi gau'r bwlch, nid ei neud yn lletach, felly mae'n rhaid ichi ymddwyn fel petai dim byd o'i le. Cymryd arnoch os bydd raid ichi. Ddaw McKenna at ei goed yn hwyr neu'n hwyrach. Rŵan, sut 'dach chi'n dod ymlaen efo Mrs Stott? Mae Dewi Prys yn ei galw hi'n "Gwenni Gwen". Deud ei fod o'n ymadrodd lleol am fod yn ddi-liw a dwl a henffasiwn. Siwtio hi'n iawn, cytuno?'

'Nac ydw, ddim heddiw,' meddai Jack. 'Welsoch chi mohoni hi. Mae hi'n swel i gyd mewn dillad crand newydd, mae hi'n drwch o golur dros ei hwyneb, ac mae persawr yn drewi'r ystafell.'

'Pa bersawr? Carnêsiyns?'

'Nage . . . Gyda llaw, mi wnes i gyf-weld mam Jamie ddoe. Mae hi'n honni na ŵyr hi ddim byd, a deud ei fod o wedi bod yn mynd ei ffordd ei hun heb ofyn dim i neb er pan oedd o'n ddim o beth, a dydi hi ddim yn wir eisio gwybod ar ba berwyl oedd o oherwydd fydd o ddim ond yn arwain at fwy o helynt iddi hi rywfodd neu'i gilydd.'

'Mae'n swnio fel petai'n falch o gael ei gefn o. Gneud i rywun feddwl oes gan rai pobl deimladau o gwbl, yn tydi? Ond wedyn, dim ond hyn a hyn fedr pobl ei ddal . . . Be sy gan Mrs Stott i'w ddeud ynghylch Jamie?'

'Fawr ddim. Deud fod ganddi hi biti drosto, digon i roi help llaw iddo fo bob hyn a hyn gyda phumpunt neu ddwy . . . mae hi'n meddwl iddo gael ei goes dros Romy.'

'Beth amdano fo'n marw'n sydyn?'

'Cymerodd arni fod wedi dychryn a deud mae'n

rhaid ei fod o wedi pechu yn erbyn rhyw giang o Loegr, fel roedd o'n deud ar y newyddion ar y teledu. Yna fe fwmiodd hi dipyn ynghylch cyflog pechod nes y dywedodd ei chyfreithiwr wrthi hi am gau'i cheg.'

'Be sy ganddi hi i'w ddeud am y ddynes oedd yn ffrind iddi?'

'Mae'n dal i fynnu na wyddai hi ddim fod Romy wedi marw, ond gan ei bod hi, mae hi'n meddwl mae'n rhaid mai Christopher Stott a Trefor Prosser sy'n gyfrifol.'

'Mae'r ddau yna'n swnio fel dau fwch dihangol hwylus. Ond hoffwn i ddim i McKenna 'nghlywed i'n deud hynna. Ble roedd Gwen Stott pnawn ddoe?'

'Dwi ddim wedi gofyn iddi eto, er mae'n debyg y bydd hi'n deud wrtha ei bod wedi mynd am dro neu fynd ar y bws i B&Q i edrych ar bapur wal ar gyfer y llofft neu i sêl cist car neu i eistedd ar y pier yn gwylio'r cychod, a Shani Sipsi wedi deud ei ffortiwn wrthi yn un o'r bythod.' Gwenodd Jack. 'Dwi ddim yn meddwl ei bod hi'n mynd i ddeud ei bod hi i fyny yn Chwarel Dorabela yn cael gwared o Jamie, 'dach chi?'

'Wyddoch chi byth, Jack. Allech chi fod yn lwcus unwaith yn y pedwar amser.' Oedodd Griffiths, gan gnoi ei feiro. 'Dwi'n dal mewn penbleth go iawn uwch yr honiad cam-drin yma. Mae gen i deimlad annifyr nad 'dan ni ddim yn trin y peth yn iawn . . . ein bod ni'n gadael i rywun luchio llwch i'n llygaid ni hyd yn oed, ella . . . Y broblem ydi, mae gen i ryw deimlad mwy annifyr fyth y gallen ni neud pethau'n waeth. Mi naeth sylwadau McKenna ynghylch archwiliadau meddygol i mi feddwl o ddifri.'

'Dyna'r gwir plaen. Does neb ar ei ennill mewn

sefyllfa fel'na. Os na chredwn ni Jenny, a'i bod hi'n deud y gwir, 'dan ni'n difetha ei bywyd hi go iawn. Os credwn ni hi a hithau ddim yn deud y gwir, mae o leiaf un ymyrrwr plant yn cael ei draed yn rhydd.'

' 'Dan ni'n ei gadael hi mewn mwy o beryg os na weithredwn ni? Dyna sy'n fy mhoeni i. Ddylen ni alw ar y gweithwyr cymdeithasol?'

'Mae hi'n ddiogel rhag ei dau riant a Prosser ar y funud. Rhyw feddwl ydw i y dylen ni adael llonydd i bethau nes byddwn ni'n gwybod ychydig mwy ynghylch Gwen Stott. Hi ydi'r gwraidd yn hyn i gyd, ffordd bynnag 'dach chi'n edrych ar bethau.'

Amser cinio daeth Christopher Stott o'r celloedd i olau dydd diflas gan agor a chau ei lygaid cochion, fel anifail ofnus wedi ei ollwng o'i garchar, ac aeth adref. Gwrthododd gael ei gario a cherddodd yn araf ac yn igam-ogam braidd tua chanol y ddinas, fel petai gewynnau ei goesau, o'u hamddifadu o olau ac ocsigen, wedi llesgáu yn y gell fwll.

'Wrth y prif arolygydd y dylech chi fod yn deud, Dr Roberts,' meddai Jack ar y teleffon.

Sniffiodd Eifion Roberts. 'Dwi'n deud wrthoch chi, yn tydw. Gewch chi ddeud wrth McKenna.'

Ochneidiodd Jack. Doedd ganddo fawr o ddewis ond cario'r neges. 'A beth ddyweda i wrtho?'

' 'Sgynnoch chi feiro wrth law?'

'Wrth gwrs.' Tynnodd Jack bad sgwennu tuag ato a chododd feiro felen o'r potyn ar ei ddesg.

'I ddechrau, y crafion dan yr ewinedd. Olion dillad a chroen, er nad ydi'r canlyniadau i gyd ddim yn ôl eto. Ges i hyd i dipyn o groen a gwaed a ffibrau dan ewinedd Jamie . . . roedd ei ewinedd yn eitha hir, llawer rhy hir i ddyn. Beth bynnag, nid ei groen a'i waed o ydyn nhw.'

'Wedi bod mewn cwffas, oedd o?'

'Allech chi ddeud hynny mae'n siŵr . . .'

'Be arall?'

'Amser marwolaeth, fel y dywedais i wrth McKenna nos Sul. Rhwng hanner dydd a thri yn y pnawn dydd Sul, mae'n debyg yn nes at dri.'

'Wyddoch chi bellach sut y bu o farw?'

Anwybyddodd Dr Roberts y cwestiwn. 'Mae yna ychydig o ôl cleisio ar ei wddw a'i wyneb, a marciau mwy pendant ar ei 'sennau a'i frest, fel petai rhywun wedi ei ddyrnu. A sgriffinio ar ei fferau . . . ac ychydig o farciau ar ei addyrnau.'

'Ella fod rhywun wedi ei gicio.'

'Ella.'

'Achos marwolaeth?' Arhosodd Jack, a'i feiro'n barod.

'Mae holl arwyddion camddefnyddio alcohol yn gyson yn ei system, a gweddillion rhywbeth arall — crac, o bosib.'

'A dyna laddodd o?'

'Nage,' meddai Dr Roberts. 'Na, laddodd hynny mohono fo. Allech chi ddeud iddo gyfarfod ei fatsh. Eisteddodd rhywun ar ei frest a'i fygu i farwolaeth.'

' 'Dach chi'n siŵr?'

'Mae 'na ddigon o lenyddiaeth ar y pwnc yn ein maes ni, Jack. ''Burkio'' oedden nhw'n ei alw fo oherwydd roedd Burke a Hare yn bleidiol iddo rhag i'r cyrff roedden nhw'n eu gwerthu i'r meddygon fod yn dangos gormod o ôl dyrnu.'

'Wela i.' Ysgrifennodd Jack 'burkio' ar ei bapur, a 'mygu' mewn cromfachau wrth ei ochr. 'Beth am y gwffas gafodd o?'

'Ymladd efo'r Diafol fuo fo, yntê?'

'O, dowch 'laen! Mae hynna'n debycach i ffordd McKenna o siarad.'

'Nid sôn am Lwsiffer ydw i, ond sôn am y diafol a'i lladdodd o. Credwch chi fi, mae pwy bynnag laddodd Jamie Llaw Flewog yn ellyll erchyll, rhywun sy'n gwir fwynhau lladd.'

Teimlai McKenna yn bell o'r byd, cyn waced o deimlad â Jamie Llaw Flewog, a orweddai ar fwrdd mortiwari gyda lliain dros ei wyneb a'i barthau preifat, a chraith enfawr yn pwytho'i ffordd o'r glun i'r gwddf ac o asgwrn ei frest i'r ysgwydd, ôl gwaith scalpel Eifion Roberts wrth iddo droi'r bachgen tu wyneb allan. Meddyliodd yn ddioglyd beth roedd Eifion Roberts wedi ei ddefnyddio i stwffio'r twll ble bu calon Jamie yn curo a dyrnu, y galon bu Roberts yn teimlo'i phwysau ar ei ddwylo.

'Ddaeth dim byd o bwys wrth holi o dŷ i dŷ ym mhentref y chwarel,' meddai Jack. 'Chlywson ni ddim gan yr holl yrwyr bws ar y shifft bnawn Sul eto, na'r bobl tacsis. Cyn belled ag y gwelwn ni, syr, mae'n ymddangos fod y rhan fwyaf o Fangor yn gwybod fod Jamie yn y garafán. Heblaw ni, wrth gwrs.' Swniai ei lais yn chwerw, meddyliodd McKenna. 'Ni ydi'r rhai ola i gael gwybod dim byd yn y diawl lle 'ma.'

'Twll llygoden fawr oedd carafán Jamie.'

'Addas iddo felly, yn toedd?'

'Pa mor fawr fyddai angen i'r person yma fod? Y

person a eisteddodd arno a gwasgu'r bywyd allan ohono? Pa mor drwm? Pa mor gryf? Oedd ei ddwylo wedi eu clymu?'

'Ddywedodd Dr Roberts ddim byd am unrhyw farciau. Mae o'n meddwl fod pwy bynnag laddodd o wedi gwir fwynhau gneud. Dwi'n cael hynny'n anodd iawn i'w gredu, a deud y gwir. Fedrai neb gerdded i ffwrdd ar ôl lladd rhywun heb sylweddoli iddyn nhw gyflawni'r drosedd eitha.'

'Ddim o angenrheidrwydd. Mae'n debyg na theimlodd llofrudd Jamie ddim byd ond angen angerddol i gau'i geg, a theimlad anferthol o ryddhad wedi cyflawni'r gorchwyl. Beth bynnag, fyddech chi ddim yn gwybod. 'Dach chi ddim yn llofrudd.' Trodd i dynnu pacedaid newydd o sigarennau o boced ei gôt. 'Fydd Gwen Stott ddim yn lladd neb arall am dipyn. Dyna un cysur.'

' 'Dach chi'n sicr mai hi naeth? Beth am y troseddwyr o'r tu draw i'r ffin? Y gwthwyr cyffuriau, y cyflenwyr?'

'Beth amdanyn nhw? Doedd o ddim yn eu byd nhw. Dim ond blaen cynffon y llygoden fawr oedd o.'

'Dwi'n dal i gredu y dylech chi fod yn ofalus rhag 'stumio'r ffeithiau i siwtio'ch damcaniaeth.'

'Ydach chi? Dwi ddim yn meddwl fod unrhyw beryg o hynny. Does gen i ddim blydi ffeithiau i'w 'stumio.'

Aeth McKenna adref i fwydo'r gath. Arhosai amdano y tu ôl i'r drws ffrynt, gan lapio'i chorff o amgylch ei fferau wrth iddo groesi'r rhiniog. Crafangodd hi goes ei drowsus i gael ei chodi. Eisteddodd McKenna yn y gegin tra oedd hi'n bwyta, yna o flaen tân y parlwr, a mygaid o de wrth ei ochr a'r gath ar ei lin; syrthiodd i gysgu, gan ddeffro i dywyllwch yn dawnsio yng ngolau'r tân, a sŵn caled y teleffon. Wrth wrando ar lais y swyddog gwarchod, meddyliodd am Jamie, fu'n cerdded yn ei freuddwyd.

'Dwi'n meddwl y dylen ni gael doctor i weld eich carcharor yn y ddalfa, syr.'

'Pam? Ydi Mrs Stott yn sâl?'

'Nac ydi, syr. Mae yna farciau arni hi, ac mae'r eneth sydd ar ddyletswydd yn poeni rhag ofn i un ohonon ni gael ein cyhuddo o'i dyrnu hi.'

'Ddwedodd Mr Tuttle ddim byd ynghylch marciau.'

'Fyddai o ddim 'di eu gweld nhw, syr. Roedd hi'n golur drosti nes cafodd hi gawod dipyn yn ôl. Gymerodd hi dipyn o sgwrio i'w gael i ffwrdd, medden nhw wrtha i.'

Wrth aros yn ei swyddfa i Gwen Stott gael ei dychwelyd o'r ysbyty lle roedd hi wedi mynd i gael ei harchwilio, edrychodd McKenna drwy'r dogfennau a argraffwyd gan Dewi Prys o'r disgiau hyblyg a gyrhaeddodd yn y post bore o Leeds: tudalen ar dudalen o bapur, wedi eu gorchuddio â ffigurau a chodau, rhy gymysglyd, rhy gyfrinachol iddo ef eu dehongli.

Cerddodd Eifion Roberts i'r ystafell am chwarter i ddeg, nodiodd ar McKenna, ac eisteddodd. 'Es i i'r tŷ i ddechrau. Meddwl y byddech chi gartre bellach.'

'Pam?'

'Pam be?'

'Pam 'dach chi eisio 'ngweld i?'

'Ddim i edrych ar eich wyneb del chi! Nac i wrando ar fwy o'ch sothach hunan-ymchwiliol hurt. Dwi isio rhoi gwybodaeth i chi, McKenna,' meddai Dr Roberts yn bwyllog. 'Yn rhinwedd fy swydd fel patholegydd.'

'Fedrai o ddim aros tan fory? Fyddai'n gas gen i greu helynt ichi.'

'Ro'n i'n meddwl amdanoch chi neithiwr pan oeddwn i'n methu cysgu, ac fe ddes i i'r casgliad y dylech chi brynu sachliain a fflangell. Mae'n debyg fod gan offeiriad y plwy gatalog o bethau o'r fath er mwyn fflangellu'r enaid Pabyddol cyfeiliornus. Mae'ch eglwys chi'n dysgu masochistiaeth ynghyd â'r holwyddoreg, yn tydi?'

'Pam na ddwedwch chi beth bynnag ddaethoch chi i'w ddeud, yna'i heglu hi'n ôl i'r mortiwari. Fedrwch chi neud fawr o ddrwg yn fan'no.'

'Wnaiff f'osgoi i am imi weld gormod o'ch munudau gwan chi 'run mymryn o wahaniaeth. Gynnoch chi angen cydio ynoch eich hun, newid eich ffyrdd o edrych ar y byd. Fedr neb ei neud o ichi, a dyna pam nad ydi gweithwyr cymdeithasol yn poitsio gyda phobl fel Jamie byth yn gneud rhithyn o les. Lwyddwch chi ddim i gadw'n fyw os na wnewch chi, Michael. Ddim yn y byd hwn beth bynnag, a does 'run ohonon ni'n gwybod oes yna un arall.'

'Fydd Jamie'n gwybod, erbyn hyn.'

'Bydd, fe fydd o,' cytunodd y patholegydd. 'Ddois i yma i ddeud wrthoch chi pwy anfonodd o yno.'

'Wn i.'

'Mae hi'n gripiadau a sgriffiadau drosti: wyneb, breichiau, ochr ei gwddw . . . ac amryw o gleisiau. Y cyfan wedi'i neud ers rhyw ddeuddydd.'

'Roedd hi'n blastar o golur pan ddaethon ni â hi i mewn.'

'Ymladdodd Jamie'n galed am ei fywyd, mor wael bynnag oedd ei fywyd o.'

'A'i golli, yntê?'

Cododd y patholegydd ar ei draed gan ymestyn ei freichiau. 'Fe wrthododd Gwendolen roi samplau meinwe croen a gwaed i ni, ac fe fu bron i'r ffŵl yna o lawfeddyg heddlu gael ffit pan ddwedais i wrtho am gymryd gwaed beth bynnag.'

'Wyddoch chi'n iawn na fyddai wiw inni neud hynny. Gawn ni orchmynion llys yn y bore.'

'Cofiwch, Michael, dydi Gwen Stott ddim yn ffŵl. Er gwaetha'r diffygion moesol.'

'Meddwl y bydd hi'n ceisio pledio diffyg cyfrifoldeb 'dach chi?'

Cododd Eifion Roberts ei ysgwyddau. 'Lloerig neu beidio, gaiff hi aros dan glo am amser hir iawn. Mae'n rhaid i'r Jenny fach yna fyw efo'r ffaith i'w mam ladd, ac ella y byddai'n haws iddi gredu nad oedd Gwen yn ei llawn bwyll.' Ochneidiodd. 'Os gall y beth fach gredu hynny . . . mae hi'n gwybod hyd a lled Gwen yn well nag y bydd yr un ohonon ni byth.'

# Pennod 35

Rhoddodd Dewi Prys ei fŷg coffi ar ymyl desg McKenna. 'Felly dim ond Romy sydd ar ôl.'

'Sut felly?' gofynnodd Jack.

'Wyddon ni pwy laddodd Jamie,' meddai Dewi. 'Felly, does dim byd arall i'w neud ond cael hyd i bwy bynnag laddodd y llall.'

'Wyddon ni ddim, Prys!' cyfarthodd Jack. ' 'Dan ni ddim wedi ei brofi mewn llys barn.'

'Dim ond mater o amser,' meddai Dewi. 'Yntê, syr?' gofynnodd i McKenna.

'Ddim o angenrheidrwydd,' meddai McKenna. 'Ymhell bo i mi droi tipyn o grafiadau a sgriffiadau'n dystiolaeth sy'n ffitio damcaniaeth. Mae Mrs Stott yn deud wrthon ni iddi gael cwffas arall eto efo Mr Stott, sydd, bob hyn a hyn, meddai hi, yn cael math o sterics hynod anaddas i oedolyn, ac yn ei dyrnu hi pan fydd o ddim yn cael ei ffordd ei hun. Dim ond amddiffyn ei hun oedd hi!'

'Roedd Stott yn y ddalfa ymhell cyn iddi hi gael ei chripio a'i chleisio,' meddai Jack, gan ffrwyno'i dymer rhag herian McKenna a haerllugrwydd Dewi Prys.

'Wyddon ni mo hynny,' meddai McKenna. 'Sgynnon ni ddim ond barn ynghylch oed yr anafiadau, a dydi hi ddim yn farn arbenigol. Mae'n rhaid i Gwen Stott gael ei harchwilio'n iawn heddiw gan ddau feddyg annibynnol er mwyn cael barn arbenigol fydd yn sefyll fel tystiolaeth.'

'Wel, fedr hi ddim deud wrthon ni ble roedd hi

bnawn dydd Sul,' mynnodd Dewi. 'Pwy sy'n mynd i gredu nad ydi hi ddim yn cofio?'

'A fedri di gofio'n union be roeddet ti'n ei neud dydd Sul a phryd roeddet ti'n ei neud o?' gofynnodd McKenna. 'Wrth gwrs fedri di ddim, oherwydd mae'n berffaith normal i beidio cofio. Mae hi'n deud iddi fynd am dro o amgylch y dref. Fedrwn ni ddim profi na naeth hi ddim.'

' 'Dan ni'n holi pawb o fewn cylch o ddwy filltir i'r garafán unwaith eto,' meddai Jack. 'Mae'n rhaid fod rhywun wedi ei gweld hi. Prin ei bod hi'n anweladwy.'

'Os oedd hi yno,' meddai McKenna.

'Does bosib fod llawer o bobl o gwmpas ar y Sul,' ychwanegodd Dewi. 'Roedd yn rhaid iddi gyrraedd y garafán i ddechrau, yn toedd, a fedra i ddim ei gweld hi'n cerdded. Mae'n bum milltir o fan'ma.'

'Yn hytrach na chipio syniadau o'r gwynt i ffitio dy ddamcaniaethau,' meddai McKenna, 'byddai'n well lloffa pa bynnag ffeithiau sydd ar gael.' Gwthiodd y dogfennau a'r disgiau hyblyg tuag at Dewi. 'Efallai y medret ti orffen y gwaith yma tra mae'r Arolygydd Tuttle yn trefnu archwiliad meddygol ar gyfer Mrs Stott. Dylai'r Arolygwr Griffiths fod 'di cael y gorchmynion llys erbyn hyn.'

Rhwbiodd Dewi ei lygaid. 'Hawdd cael llygaid croes wrth syllu ar y cyfrifiaduron 'ma, syr.' Gwenodd. 'Well imi fod yn ofalus rhag imi fod fel Beti Gloff. Hoffwn i gael rhywbeth gwell na'r ffurf fenywaidd o John Beti i rannu 'ngwely!'

'Gen ti hen dafod parod, Dewi Prys,' meddai McKenna. Wrth fyseddu drwy'r pentwr allbrint wedi ei bentyrru wrth ymyl y cyfrifiadur, gofynnodd, 'Be mae hwn yn ddeud wrthon ni?'

'Wn i ddim, syr. Dwi ddim wedi gorffen eto. 'Dach chi'n mynd i weld Mrs Stott? Mae angen siarad efo hi, yn toes? Mae angen ei holi'n iawn ynghylch Jamie.'

'Fyddai'n well gen i aros nes y bydd gen i 'chydig o ffeithiau i'w dal o flaen ei llygaid.' Taniodd McKenna sigarét. 'Dwi ddim yn rhy awyddus i adael iddi wneud ffŵl ohona i.'

'Nac 'dach, debyg. Petawn i'n chi, fyddwn i ddim eisio gorfod siarad efo hi beth bynnag. Dwi ddim yn meddwl y byddwn i eisio anadlu'r un aer â hi ar ôl be naeth hi i Jamie.' Edrychodd yn gam braidd ar McKenna ac ychwanegu, 'Os clywith y pencadlys byth ichi fod yn smocio wrth y peiriant, syr, fyddan nhw'n eich rhoi chi'n ôl mewn lifrai. Yn ôl ar y rownd. Fel cwnstabl. Neu waeth ella.'

'Ti'n mynd yn debyg i Jack Tuttle.'

' 'Dach chi wedi deud yn aml y gallwn i wneud yn waeth, yn tydach? Dwi ddim yn swnian, ond pam 'dach chi'n meddwl eu bod nhw wedi glynu'r arwydd mawr "Dim Ysmygu" 'na ar y wal yn fan'cw?'

'Be wn i? Oherwydd fod ysmygu yn sydyn wedi dod yn annerbyniol yn boliticaidd? Am eu bod nhw'n hen ddiawliaid annifyr?'

'Ella wir, syr. Neu, ella y gallai o fod oherwydd fod smocio'n gneud drwg i gyfrifiaduron.'

Cydiodd McKenna yn ei becyn sigarennau a'i ollwng ar y ddesg o dan drwyn Dewi. 'A lle mae o'n deud hynny?'

Cododd Dewi'r paced, a darllen yn ofalus y rhybudd wedi ei ysgrifennu mewn llythrennau aur, bras. 'Mae'n deud *"Smoking seriously damages health"* a,' ychwanegodd, gan droi'r paced drosodd, ' *"Smoking when pregnant harms your baby"*.'

Cipiodd McKenna y paced o'i ddwylo. 'Well imi ffonio'r pencadlys, felly, Prys?' ffrwydrodd. 'A deud wrthyn nhw fod gynnon ni gyfrifiadur beichiog efo canser yr ysgyfaint ac emphysemia o leiaf, ac arna i mae'r blydi bai!'

'Ble mae'r prif arolygydd?' gofynnodd Jack, wrth edrych dros ysgwydd Dewi ar y colofnau rhifau a nodiadau ar sgrin y cyfrifiadur.

'Yn cael sterics.'

'Be? Be ddwedaist ti?'

'Cael pwl o sterics,' meddai Dewi wedyn. 'Am imi ddeud na ddylai o smocio wrth ymyl y cyfrifiadur.'

'O, wela i.' Arhosodd Dewi am yr araith am ddigywilydd-dra a haerllugrwydd ac anufudd-dod. Eisteddodd Jack yn y sedd roedd McKenna newydd ei gadael. 'Dwi 'di deud yr un peth fy hun, ond fydd o byth yn cymryd 'run taten o sylw. Mae'n rhaid na fedar o ddim gneud hebddyn nhw. Dyna'r broblem. Yn fy marn fach i, mae smocwyr yr un mor gaeth â'r ffyliaid sy'n gwthio heroin i'w gwythiennau.' Ffliciodd ymyl yr allbrint â phensel ffelt. 'Oes yna unrhyw beth o werth inni fan hyn?'

Roedd McKenna yn mynd yn ôl i'w gar pan agorodd Christopher Stott gil drws ffrynt ei dŷ bychan, tlodaidd, gan rwbio cwsg a thristwch o'i lygaid.

'Ro'n i'n meddwl nad oeddech chi ddim gartre,' meddai McKenna. 'Dwi wedi bod yn canu'r gloch am bum munud o leiaf.'

Daliodd Stott y drws ar agor. 'Dowch i mewn, Mr McKenna.' Ymlusgodd i'r ystafell â'r soffas anferth a'r carped hyll. 'Cysgu oeddwn i. Ceisio gorffwyso.' Gwenodd rhyw fymryn. 'Dydi'ch celloedd chi ddim yn gwahodd cwsg trwm, esmwyth yn hollol. Eisteddwch. Ga' i estyn diod i chi?'

Hyd yn oed yng nghanol argyfwng mwyaf arwyddocaol ei fywyd reit siŵr, roedd Stott yn reddfol yn dal mor gwrtais ag erioed. Hyd yn oed ar ôl bod yn briod â Gwen Stott mor hir, meddyliodd McKenna. 'Byddai paned yn dderbyniol iawn.'

'Smociwch os 'dach chi eisio,' gwahoddodd Stott wrth fynd i'r gegin. Yn ei byjamas a'i slipars, edrychai fel rhyw hen begor yn crwydro drwy ystafelloedd a choridorau cartref henoed, heb ddim arall i'w wneud ond aros i Farwolaeth alw wrth y drws.

'Ble roeddech chi'n meddwl oeddwn i?' Pwysodd i lawr i osod mygaid o de ar y carped wrth draed McKenna, a surni cwsg yn ei wallt ac ar ei anadl.

'Wn i ddim.'

'Na, wn innau ddim chwaith.' Tynnodd gwên wantan unrhyw frath o'r geiriau. 'Fedra i ddim meddwl am unman lle gellid bod f'angen ar y funud.'

'Gyda'ch chwaer?'

'Dwi ddim yn meddwl. Mae'n well i Jenny 'mod i ddim yno ar hyn o bryd.'

'Ar hyn o bryd?'

'Mae'n debyg,' daeth yr ateb, 'nes byddwn ni'n gwybod be sy'n digwydd.'

'Ie, wela i,' meddai McKenna. Llymeitiodd y te poeth. 'Wyddoch chi pryd y bydd Mr Prosser yn dod o'r ysbyty?'

'Siaradais i efo fo neithiwr. Mae'n swnio'n well o

lawer, diolch am hynny. Ond doedd o'n canmol fawr ar yr ysbyty. Braidd yn annheg, dwi'n meddwl. Does dim amheuaeth iddyn nhw achub ei fywyd o.'

'Rhai o'r staff, nid yr ysbyty ei hun, sydd dan y lach.'

'Y seiciatrydd 'dach chi'n feddwl? Mae Trefor yn meddwl na ddylai o ddim bod y tu ôl i'r bariau.'

'Wel, gadewch inni obeithio y caiff o fynd adref cyn bo hir.'

'Ie . . .'

'Gewch chi fynd yn ôl i'r gwaith?' gofynnodd McKenna ymhen ysbaid.

'Ydw i wedi cael 'y nghardiau 'dach chi'n feddwl? Naddo, er na fedra i yn fy myw feddwl pam.'

'Does ganddyn nhw ddim unrhyw reswm dros neud. 'Dach chi ddim wedi gneud dim byd o'i le.'

Gwingodd Stott, fel petai'r geiriau'n nodwyddau yn gwanu ei gorff. ' 'Dach chi ddim yn meddwl y dyliwn i fod wedi gneud rhywbeth? Ymhell cyn bod sôn am y ddynes Cheney yna. Petawn i,' ychwanegodd, a'i lais yn gras, 'fyddai diniweidrwydd Jenny ddim wedi ei ddinistrio, a gallai Jamie fod yn fyw o hyd.'

'Fedrwch chi byth rwystro pobol eraill rhag gneud beth maen nhw eisio, beth bynnag wnewch chi i'w rhwystro.'

'Ond wnes i ddim byd i geisio'u rhwystro nhw.' Swniai'r geiriau'n chwerw. 'Wir rŵan, dwi'n meddwl ei fod o'n rhyfedd iawn eich bod chi'n ceisio f'argyhoeddi i y dyliwn i beidio beio fy hun.'

'Mae'r hyn sydd wedi ei neud, wedi ei neud, yn tydi? Fyddwch chi'n fawr o help i Jenny os treuliwch chi weddill eich dyddiau yn ymdrybaeddu mewn tristwch. Petai a phetasai ydi'r cyfan.' Meddyliodd y byddai'n fyd o les iddo wrando ar ei eiriau ei hun. 'Ddylech chi a Jenny drafod beth ddigwyddodd mor ddiffwdan ag y medrwch chi, trafod pam a sut, a'i roi dan glo a dal ati i fyw . . . ei gadw o'r golwg, nes bydd o'n peidio brifo, nes iddo golli'i rym. Fe wnaiff o, o gael amser. Fe allwch chi fod yn sicr o hynny beth bynnag.'

'Dwi'n mynd i weld Jenny yn hwyrach. Beth ddyliwn i ei ddeud wrthi ynghylch ei mam?'

Doedd Stott ddim mwyach yn cyfeirio at Gwen fel ei wraig, fel petai eisoes wedi ei hysgaru, mewn ysbryd os nad mewn ffaith. Meddyliodd McKenna tybed sut yr edrychai Jenny ar ei mam. Tybed oedd hi wedi cychwyn cuddio wyneb hyll realedd creulon â gwe rhamant?

'Cyhuddir Mrs Stott o lofruddio Jamie Wright.'

'Dim ond y fo? Beth am y llall?'

' 'Sgynnon ni ddim tystiolaeth. Dim o gwbl.'

'Does gen innau ddim chwaith, yn anffodus,' atebodd Stott. 'A chredwch chi fi, petai gen i, fe gaech chi wybod.'

'Mae gan Mrs Stott nifer o grafiadau a chleisiau ar ei hwyneb a rhan uchaf ei chorff. Mae hi'n honni mai canlyniad ymladd efo chi ddiwedd yr wythnos ddiwethaf ydyn nhw.'

'Ydi hi? Fûm i ddim yn ymladd efo hi, Mr McKenna. Fedra i ddim profi hynny, wrth gwrs.' Gwenodd. 'Ond wedyn, fedar hi mo'i wrth-brofi o chwaith . . . Pethau fel'na ydi priodasau yntê? Wna i ddatganiad i chi, hynny o werth fydd o i chi.'

'Fydd raid i mi gael datganiad gan Jenny. Yn anffodus, mae hi'n dyst allweddol. Mae hi'n gwybod nad oedd ei mam yn y tŷ ar yr adeg y bu Jamie Wright farw. Ac, wrth gwrs, materion eraill . . .'

'Ie,' nodiodd Stott. 'Rhoi popeth dan glo, meddech

chi. Ond tra oedd Jenny'n ymweld â mi ddydd Sul, a fi'n siarad efo chi, a chi'n siarad efo Jenny a Serena, a finnau'n eistedd yn y gell yna yn meddwl fod y gwaetha yn siŵr o fod drosodd inni i gyd, roedd Gwen allan yn fan'na'n llofruddio'r dyn ifanc yna, a doedd y peth gwaethaf naeth o 'rioed yn ddim byd i'w gymharu â'r hyn gychwynnodd hi. Sut 'dach chi'n rhoi peth fel yna dan glo, Mr McKenna? Sawl blwyddyn aiff heibio cyn i'r math yna o beth golli'i rym?'

'Wn i ddim,' meddai McKenna. 'Wn i ddim be ddyliwn i ei ddeud wrthoch chi, neu be ddyliwn i ddim ei ddeud. Wn i ddim ddyliwn i ddeud wrthoch chi ein bod ni wedi gorfod ystyried a ddylid edrych ar Jenny fel un allai fod wedi dioddef ymyrraeth rywiol gynnoch chi a Mr Prosser, ac ystyried trefnu felly i'w harchwilio'n feddygol. Wn i ddim ddyliwn i ddeud wrthoch chi 'mod i'n ei chredu hi, yn credu na naethoch chi na Mr Prosser gyffwrdd blaen eich bys â hi, oherwydd gallwn fod yn camgymryd. Wn i ddim be dwi'n gredu mwyach, oherwydd mae cymaint o gelwyddau, cymaint o bethau annhebygol, cymaint o dwyll, fel nad oes neb yn gwybod, a does gen i ddim canllawiau ond fy ngreddfau.'

'Dwi'n credu,' sibrydodd Stott, 'fod Gwen wedi bwriadu rhwygo'n teulu ni'n gareiau.' Rhythodd ar y carped, a symud blaen ei sliper rownd a rownd tro oren llachar yn y patrwm. 'Fe lwyddodd hefyd. Dwi ddim yn meddwl iddi fwriadu bod yn y lle mae hi ar y funud. Meddwl dwi iddi freuddwydio am gael byw efo Romy Cheney gyda llwch cyfaredd y ddynes yna yn lluwchio drosti . . . Ella iddi ei lladd hi oherwydd nad oedd Romy ei heisio hi. Wn i ddim. Wn i ddim ble bydd Gwen yr adeg yma'r flwyddyn nesaf. Ond fe wn i gymaint â hyn: fe fydd Jenny a finnau'n byw gyda'n gilydd eto.' Cydiodd yn ei fŷg te a'i godi at ei geg â dwylo crynedig. 'Mae mwd yn glynu, Mr McKenna. Mi lynith arna i ac mi lynith ar Jenny. Ac er na nawn i ddim byd i frifo fy mhlentyn, fe allai hi ddechrau dyfalu, galla? Fe allai hi ddechrau meddwl, fel y bydd merched yn gneud — y ffordd arteithiol, ddychrynllyd yma — i Gwen neud be naeth hi oherwydd iddi weld, gyda'i greddfau benywaidd, ei greddfau mamol, beth orweddai yn 'y nghalon; gweld beth ro'n i wir eisio, er na wyddwn i hynny fy hun.'

'Ddylech chi ddim bod wedi ffrwydro pan ddwedodd Dewi Prys wrthoch chi am beidio ysmygu ger y cyfrifiaduron,' meddai Jack. 'Wn i ddim be newch chi pan fydd ysmygu wedi ei wahardd drwy'r holl adeilad. Pam na rowch chi gynnig ar roi'r gorau iddi?'

'Pam na rowch chi gynnig ar beidio bod yn hen ferch?' chwyrnodd McKenna. 'A dylech chi roi cynnig ar feindio'ch blydi busnes eich hun ar yr un pryd!'

'Mae o'n fusnes i mi. Beth am effaith y mwg? Mae'n debyg 'mod i'n smocio ugain y dydd dim ond drwy fod yn yr un ystafell â chi.'

'Wyddoch chi'n iawn sut i ddelio â'r perygl arbennig yna i iechyd, gwyddoch? Drwy fynd â chi'ch hun a'ch 'sgyfaint bach delicet a'ch blydi dandwn tendans i rywle arall!' Dangosodd McKenna ei ddannedd. 'Dduw mawr, 'dach chi'n siŵr o gael medal am gywirdeb politicaidd, yn tydach? Aeth y prif gwnstabl â chi o'r neilltu yng nghyfarfod olaf y Gyfrinfa ac addo un ichi?'

'Dwi ddim yn perthyn i unrhyw Gyfrinfa!' gwaeddodd Jack. 'Dwi ddim yn perthyn i ddiawl o ddim byd!' Ysgubodd allan o'r ystafell, a bron â llorio Dewi Prys wrth i hwnnw ddod drwy'r drws wysg ei ochr â llwythi o bapur cyfrifiadur. Gosododd hwy ar y ddesg, a gollwng y bwndel o ddisgiau hyblyg ar eu pennau. 'Dwi 'di gorffen y cribinio cyntaf, syr,' meddai. 'Ac mae'n dda gen i ddeud na orffennodd y cyfrifiadur ddim drwy besychu'i enaid allan, a roddodd o ddim genedigaeth, er ei fod mewn tipyn o wewyr erbyn imi orffen.'

Edrychodd McKenna ar yr wyneb llyfn, diniwed a'r llygaid didwyll. 'Peryg i bobl fod yn rhy glyfar, Dewi Prys,' meddai. 'A beth gynhyrchodd y cyfrifiadur iti? Oedd o'n werth y drafferth?'

Gwenodd Dewi. 'Oedd, syr,' meddai. 'Yn werth o bob mymryn.' Estynnodd gadair. 'Dwi wedi gneud nodiadau i arbed mynd drwy bob manylyn bychan.'

Gan fygu dylyfu gên, teimlodd McKenna flinder oedran o'i fewn, oedran a ddaeth cyn ei amser. Meddyliodd am eiliad am wyliau, treulio dyddiau yng nghwmni Denise ar ynys yn y Môr Egeaidd, y ddau ohonyn nhw eu hunain gyda'i gilydd yn eu diflastod o hir adnabyddiaeth, ac yna meddyliodd am fod ar ei ben ei hun gydag Emma Tuttle ar nosweithiau poethion, tywyll ar ynys fil o filltiroedd i ffwrdd.

'Y canlyniad ydi,' meddai Dewi, 'fod cyfrif Margaret Bailey ar y deuddegfed o Ragfyr bedair blynedd yn ôl i'r Rhagfyr sydd i ddod, yn cychwyn talu allan symiau rheolaidd o arian drwy orchymyn parhaol i gyfrif cadw yn yr un banc. Mae yno swm sylweddol ac fe enillodd log bach del. Agorwyd cyfrif arall ar yr un diwrnod. Mae 'na arian wedi bod yn mynd i mewn ac allan o hwnnw, arian parod i mewn, yn cyfateb i'r arian parod allan o gyfrif cyfredol Margaret Bailey, yna arian parod

allan, y rhan fwyaf o beiriannau ym Mangor a Chaer.'
Ffliciodd drwy'i nodiadau. 'Roedd y taliad olaf i'r cyfrif cyfredol newydd yn £500 mewn arian parod yr wythnos ddiwethaf. Mae'r cyfrif yn enw Margaret Bailey bron yn wag oherwydd fod yr arian wedi mynd i'r lleill 'ma.'

'Ym mha enw y mae'r cyfrifon? Stott?'

'O, nage, syr.' Gwenodd Dewi. 'Mae'r ddau ohonyn nhw'n perthyn i Romy Cheney, yn ôl y cofnodion. Dwi'n meddwl y bydd Gwen ni yn cadw'r seicolegwyr yn brysur am flynyddoedd yn egluro pam iddi ddwyn enw nid yn unig oddi ar ddynes wedi marw, ond oddi ar ddynes mae'n debyg iddi ei lladd yn y lle cynta. Yn arbennig gan nad enw iawn Romy Cheney oedd o, ac mae'n rhaid fod Gwen yn gwybod hynny.' Oedodd. 'Mae'r rheolwr banc wedi bod yn amharod iawn i helpu. Dim byd ond blydi rhwystr o'r dechrau i'r diwedd, yn gneud ffỳs anferthol am gyfrinachedd pan ofynnon ni ychydig o gwestiynau cyfreithlon. Dwi ddim yn meddwl yr hoffwn i fod yn ei esgidiau o pan glyw ei benaethiaid mor ddiofal fuo fo efo arian Margaret Bailey. Ac o feddwl am y peth, ella na fyddai Jamie ddim wedi cael ei ladd petaen ni'n gwybod am yr arian ynghynt. Hen lyfr yn perthyn i Margaret Bailey ydi'r llyfr sieciau, gyda llaw. Wedi ei roi allan cyn iddi farw.'

'Sgwn i sut cafodd Jamie afael arno?'

'Wn i ddim, syr. Ella iddo ei ddwyn o oddi ar Gwen Stott, rhyw fath o sicrwydd o bosib. Dim ots, a deud y gwir, oherwydd mae'r llyfr sieciau yn ei hoelio fo wrth Gwen Stott yn braf.'

'Mae'n ei hoelio fo wrth Romy Cheney,' meddai McKenna. 'A'r cyfan fedrwn ni ei ddeud ydi na laddodd hi mohono fo. Dydi Gwen Stott ddim yn y dilyniant arbennig yna, felly waeth inni gael gwared â'r llyfr sieciau fel tystiolaeth.'

'Pa ddilyniant, syr?'

'Y ddawns 'dan ni'n ei dawnsio i fiwsig Gwen Stott. Miniwét: dau gam ymlaen ac un yn ôl.'

## Pennod 36

Safai McKenna wrth ei ffenest fwa, lydan ar lawr canol ei dŷ, a'r gath yn ei freichiau, wrth iddo wylio gwawr ogoneddus yn torri yn y dwyrain gan ddod â Chalan Mai gyda hi.

Y tu hwnt i grib goediog Mynydd Bangor, lledaenai'r awyr lachar grychiadau pinc ac aur dros ddŵr y Fenai. Troellai gwylanod uwchben y ddinas, a'u hadenydd yn flaenllym o olau, gan glwydo ar gribau'r toeau a dechrau galw a sgrechian, a deffro'r gath gysglyd. Yn uchel yn yr awyr roedd ffrwd pibell-fwg awyren yn troi'n rubanau pinc blêr wrth gael eu chwalu gan y gwynt.

Deuai'r haf cyn bo hir i bylu disgleirdeb irder gwanwyn ar y coed, ac ar y gweiriau newydd yn y parciau ac ar lechwedd mawr y bryncyn islaw hen adeilad y brifysgol. O dan y coed yno, taflai bwtsias y gog niwl porffor ar y ddaear, ac ar y mynydd gyferbyn disgleiriai eithin llachar melyn drwy'r rhedyn. Carai McKenna fisoedd cynnar y flwyddyn, hyd yn oed Chwefror, pan sgrechiai gwynt cïaidd y dwyrain ac eira'n marchogaeth ar ei gefn a sawr tiroedd pell ar ei anadl. Codai ei ysbryd fel y codai'r nodd yn nhyfiant y gwanwyn, a syrthio'n ysglyfaeth cyn gyflymed i bydredd yr hydref a llesgedd y gaeaf, wrth i salwch a blinder gribinio'r tir i'r Pladurwr Mawr, gan glustnodi eneidiau ar gyfer y cynhaeaf.

Gobeithiai gael marw ar fore braf o wanwyn fel hyn, a digon o nerth gan ei enaid i esgyn i'r nefoedd; gwyddai, heb ddealltwriaeth o feidroldeb, na allai fod llawenydd o gwbl mewn bywyd. Gyda phob wythnos neu fis a âi heibio, ymddangosai fel petai ei amser yn diflannu'n gyflymach, a dyddiau cyfan yn diflannu mewn amrantiad. Dydd Iau oedd hi heddiw, ond teimlai fel petai'n ddim amser o gwbl er pan safai, a Dewi Prys wrth ei ochr, yn nhristwch carafán Jamie, yn edrych ar Farwolaeth unwaith yn rhagor. Cynyddai'r dyhead am anfarwoldeb fel yr heneiddiai; doedd dim plentyn i gario'i etifeddiaeth i'r dyfodol, dim gwraig i alaru ar ei ôl, a dim ond ychydig o ffrindiau i ofidio. Wedi syrffedu, yn llwglyd am ei brecwast ac awyr iach y bore, ymdrechodd y gath i gael ei gollwng yn rhydd. Rhoddodd hi ar y llawr, a dilyn ei chynffon sbonclyd i lawr y grisiau, gan feddwl mai digon oedd ei fod wedi byw a marw.

'Blydi papur!' cwynodd McKenna. ' 'Drychwch arno fo. Mae'n syn gen i nad 'dan ni'n diflannu o'r golwg o dano fo.'

'Roedd cyfrifiaduron i fod i rwystro'r byd rhag cael ei fygu gan bapur,' meddai McKenna. 'Ac arbed rhai o'r coed.'

'Felly pam na naethon nhw? Pam mae 'na fwy o blydi papur nag erioed o'r blaen?'

Roedd Dewi wrthi'n didol ac yn dewis. Edrychodd ar Jack a McKenna. 'Cynhyrchu papur mae cyfrifiaduron a deud y gwir. Ddysgodd pobl y ffordd anodd.'

'Dysgu be?' gofynnodd Jack.

'Mae gwybodaeth yn mynd ar goll mewn cyfrifiaduron, syr. Data yn cymysgu gyda thoriadau trydan a diffygion cof electroneg a beiau meicrosglodion. Ac os 'dach chi ddim wedi gneud allbrint, waeth ichi ffarwelio ag o i gyd. Be 'na i efo'r gorchmynion llys 'ma?'

'Faint ohonyn nhw sy 'na?'

'Samplau meinwe gwaed a chnawd gan Mrs Stott.' Rhoddodd Dewi un dudalen ar ddesg McKenna. 'Enghreifftiau o lawysgrifen.' Disgynnodd tudalen arall i lawr ar ben y gyntaf. 'A'r banc yn Leeds.'

'Naiff Mr Tuttle ddelio efo Mrs Stott,' meddai McKenna. 'Gei di gymryd datganiad gan y gyrrwr tacsi ollyngodd hi ger y garafán bnawn dydd Sul.'

'Pa yrrwr tacsi?' gofynnodd Jack.

' 'Run ddaeth i mewn neithiwr wedi i'w giaffar o ddeud wrtho ein bod ni eisio gwybodaeth ynghylch merched yn mynd ar dripiau dydd Sul,' meddai McKenna. 'Mae o wedi deud ei fod o wedi'i hadnabod hi'n barod.'

'Ddwedodd neb hynny wrtha i,' cwynodd Jack.

'Doeddech chi ddim yma, mae'n debyg.'

'Mae gan rai ohonon ni gartrefi i fynd iddyn nhw.'

'Wyddon ni sut y daeth Gwen Stott yn ôl?' holodd Dewi.

'O, ar gefn ysgub, mae'n debyg,' meddai Jack. 'Pryd 'dan ni'n ei chyf-weld hi eto? Mae angen gofyn llawer o gwestiynau.'

'A dim sicrwydd y cawn ni unrhyw atebion,' meddai Dewi.

'Does 'na byth,' meddai Jack. 'Dyna fel mae yn y gwaith yma. Ddylai hynny ddim gneud inni roi'r gorau i ofyn, chwaith.

'A siarad drosof fy hun,' ychwanegodd Dewi. 'Fedra i ddim deud fod arna i hyd yn oed eisiau edrych ar y ddynes yna byth eto, heb sôn am siarad efo hi.'

'Iawn, Prys,' meddai Jack. 'Mae gan bawb hawl i'w

deimladau, ond fedrwn ni ddim gadael iddyn nhw ymyrryd â'r gwaith.' Cododd ar ei draed, gan dynnu ei stumog i mewn, a meddyliodd McKenna tybed fyddai o'n colli rhywfaint o bwysau tra oedd Emma ar ei gwyliau yn yr haul, yn amddifadu ei gŵr o gysuron gwely a bwyd. 'Gychwynna i arni,' meddai Jack gan gydio yn y gorchmynion llys. 'Cael gafael ar y samplau 'dan ni eisio.'

'Beth os gwrthodith hi gydweithredu?' gofynnodd Dewi.

'Paid â bod yn hurt, Prys. Caiff hi ei chyhuddo o ddirmyg llys os na wnaiff hi.'

'Fedra i ddim gweld hynny'n ei phoeni hi. Mae hi dan glo'n barod ac yn debygol o aros felly. Fydd rhyw ychydig fisoedd ychwanegol am ddirmyg yn ddim caledi iddi hi.'

Disgleiriai waliau newydd eu peintio Bwthyn y Grocbren yn yr heulwen, a gweddillion niwl cynnar y bore o amgylch ei odre ac yn llyfu o gwmpas fferau McKenna. Roedd y tir yn wlyb domen o'r glawogydd o hyd, ac yn soeglyd o dan draed; safai McKenna lle roedd y lôn yn troi'n ardd, gan wrando ar y tawelwch heb ddim i dorri ar ei draws ond cloncian y peiriannau ym Mhorthladd Penrhyn yn y pellter, a'r sibrwd yn y coed y tu cefn iddo. Eginai glaswellt newydd eisoes ar hyd ymyl y ffos lle bu gweddillion Rebekah yn dihoeni cyhyd, gan nyddu carped o wyrddni llachar uwchben y tanc septig. O fewn ychydig wythnosau, fyddai dim arlliw i Wil fod yno, a byddai ymwelwyr haf yn chwilio'n ofer am orffwysfan drist Rebekah.

'Dod i edrych ar yr olygfa naethoch chi, neu oeddech

chi eisio rhywbeth arall?' Safai Wil yng nghysgod y drws, ei ben ar un ochr braidd.

Cerddodd McKenna i lawr y llechwedd bychan tuag ato, gan deimlo oerfel llaith y ddaear yn suddo i'w draed er gwaethaf yr holl gynhesrwydd yn yr awyr uwchben. 'Dim ond meddwl y byddwn i'n galw i ofyn sut hwyl?'

'Sut hwyl, felly?' gwenodd Wil. Tywyllodd ei lygaid. 'Feddyliais i am funud mai'r llall oedd yna, nes i mi weld pwy oeddech chi.'

'Llall?'

'Un o'r sipsiwn, meddai rhai. Ond wn i'n iawn nad ydi o ddim.'

'Sut gwyddoch chi?' Cofiodd McKenna y noson ar y llwybr gerllaw mynwent y pentref, yr oerfel ar gefn ei war a'r ofn yn gwasgu ei galon.

Edrychodd Wil arno'n fanwl, yn ansicr, yn gyndyn o wneud ei hun i edrych yn ffŵl. Cyffyrddodd McKenna y cerfio uwchben y drws, a'r paent newydd yn llyfn a thrwchus ar dri phen y ci.

'Wela i eich bod chi wedi peintio hwn. Peth rhyfedd i'w gael uwchben drws eich tŷ, 'dach chi ddim yn meddwl? Fedra i ddim meddwl pam y byddai neb ei eisio fo yna.'

'Pam? Be 'di o i fod? Heblaw ei fod o'n blydi hyll, felly.'

Dilynodd McKenna ef i mewn. ' 'Runig gi triphen y clywais i amdano ydi Cerberus. Yn ôl y chwedl mae o'n gwarchod y fynedfa i Annwn, trigfan y meirw.'

Symudodd Wil focs i McKenna eistedd arno, yna rhoddodd y tecell i ferwi ar y Primus. 'Hynna'n gneud synnwyr yn tydi? Yr union beth ar gyfer y lle tywyll yma.' Pwysodd yn erbyn yr unedau cegin newydd eu gosod, a stwffio baco i'w getyn. 'Mae'n rhaid mai dyna o ble mae'r sipsi sy ddim yn sipsi yn dod felly,' meddai, wrth gil-edrych ar McKenna. Er gwaethaf ei baent newydd a'i ffenestri disglair, yr heulwen felen lachar oddi allan, roedd y bwthyn yn oer ac yn llawn cysgodion fel petai ei hanes trist wedi ei garcharu o fewn y waliau cerrig trwchus, ac yn cadw'r byw allan.

'Fydd o'n dod yma'n aml?'

O'r tu cefn i gymylau o fwg melys, meddai Wil, 'Fyddai unwaith yn blydi gormod gyda'i fath o, yn byddai?' Trodd draw, a rhoi ei law ar y tecell i brofi'r gwres. 'Wyddoch chi am bwy dwi'n sôn, gwyddoch?'

'Gwn.'

Trodd Wil yn ôl, ei wyneb yn ddifrifol. 'Gneud i wallt eich pen chi godi, yn tydi?'

'Ydi.'

'A, wel.' Rhoddodd Wil dri mỳg mewn rhes, a llond dwrn o fagiau te mewn tebot metel llawn staeniau. 'Mae'n gysur eich clywed chi'n deud mai nid fi sy'n drysu.' Cwynodd y tecell i gyrraedd y berw. Gwnaeth Wil y te, rhoddodd y tebot yn ôl ar fflam isel i fwrw'i ffrwyth am dipyn. 'Ddim y math o beth 'dach chi eisio sôn amdano fo efo'r rhan fwyaf o bobl.' Diflannodd i fyny'r grisiau a dod yn ôl efo Dave.

'Mae croeso i'r blydi Saeson a'r holl blydi fforinyrs eraill i'r lle. A phopeth ynddo fo.' Tywalltodd y te a rhannu'r mygiau. 'Dwi'n gweld ichi ddatrys un llofruddiaeth, felly. Wyddoch chi pwy grogodd honna yn y coed bellach?'

'Be ddigwyddith os gwrthoda i?'

Edrychodd Jack o Gwen Stott ar ei chyfreithiwr, y tri ohonyn nhw'n llenwi'r ystafell gyf-weld fwll, ddiflas lle roedd y recordydd tâp yn wincian a chwyno. Y tu hwnt i'r drws agored, pwysai heddferch ifanc yn erbyn y wal, yn syllu i lawr ar ei hesgidiau treuliedig.

'Chewch chi ddim gwrthod, Mrs Stott,' meddai'r cyfreithiwr. 'Mae gan yr heddlu orchmynion llys.'

'Gen i hawl!' mynnodd Gwen Stott.

'Os gwrthodwch chi, gewch chi'ch cyhuddo o ddirmyg.'

'Be ddigwyddith wedyn?'

'Gewch chi'ch anfon i'r carchar.'

' 'Dach chi'n siŵr?' Tynnodd amheuaeth, ansicrwydd bychan, guwch i'w hwyneb.

'Yn berffaith siŵr. Am sbelan go lew fel rheol. Mae dirmyg yn cael ei ystyried yn beth difrifol — fel y dylai o.'

'A 'dach chi'n mynd i'r carchar bob amser?'

'Siŵr iawn! Ble arall 'dach chi'n meddwl 'ch bod chi'n debygol o fynd? Butlins?'

'Wel, mae 'na lawer yn y papurau am ieuenctid yn cael gwyliau ffansi pan fyddan nhw wedi bod yn dwyn ac yn mygio, yn toes?' Pwysodd yn ôl yn ei chadair, a'i phwysau'n achosi gwichian o'r gragen blastig. Gorlifai plygiadau braster o amgylch ei chluniau dros yr ymylon, a gorweddai defnydd tywyll ei sgert yn flêr o dan ei ffolennau. Yn llygad ei feddwl, ceisiodd Jack ei gwisgo yn siwt Bwthyn y Grocbren, a methu rhoi'r llun at ei gilydd. Rhythodd heb gywilydd, wrth chwilio am arwyddion gweladwy o'r person oedd yn byw y tu mewn i'r corff amhrydferth, y tu cefn i'r wyneb plaen, tew; chwilio am yr un oedd â'i bryd ar lofruddio Jamie Llaw Flewog ac a aeth i'w garafán, ymladd ag o, teimlo'i ewinedd yn tynnu gwaed, a gwasgu'r anadl a'r bywyd o'i gorff. Nawr, a'i hwyneb wedi ei sgwrio o golur, gwelodd Jack y cripiadau'n eglur, y llinellau brown danheddog yn marweiddio ar ei chroen gwelw, a bellach wedi cleisio ychydig o amgylch eu hymylon, fel petaent wedi cael eu gwneud gan blentyn â chreion blêr yn ei law.

A chwiliodd am yr ewyllys a'r penderfyniad oedd eu hangen i drin a thrafod arian a phobl ac amser, y cyfrwystra a guddiodd olion ei thraed drwy lwybrau a choedydd Castell Crach, a'r drygioni mae'n debyg a glymodd y cwlwm rhedeg o amgylch gwddf Romy Cheney a chrogi ei chorff o gangen wichlyd, ond ni chafodd hyd i ddim a chwiliai amdano; ni fedrai ddychmygu dim o'r hyn oedd wedi digwydd. Un gyffredin oedd hi, person yr âi rhywun heibio iddi ar y stryd heb edrych arni ddwywaith na meddwl amdani chwaith, person heb wir faintioli na sylwedd na phresenoldeb, fel petai wedi cael ei thorri allan o bapur yn unig. Mor gwbl gyffredin, meddyliodd; ystrydebol bron. Gwelai hi'n unig drwy gysgod ei ragfarnau ei hun, heb fod yn ymwybodol fod anfadrwydd, fel pob cyflwr dynol arall, yn gwisgo'r un wyneb cyffredin.

'Ydw,' meddai McKenna. 'Dwi'n gwybod fod yn rhaid imi ei chyf-weld hi.'

'Pryd 'dach chi'n mynd i neud?'

'Pan fydd gynnon ni samplau o'r meinwe gwaed a'r cnawd yn cydweddu.'

'Wel mae bron yn wyrth inni eu cael nhw. Welais i 'rioed ffasiwn helynt.'

'Ddwedodd Eifion Roberts nad ydi hi ddim yn ffŵl o bell ffordd.'

'Fe ddwetsoch chithau iddo fo ddeud ei bod hi'n

wan ei meddwl yn foesol,' meddai Jack. 'Be 'dach chi'n ei feddwl roedd o'n ei feddwl?'

'Blydi seicopath 'di hi! Be 'dach chi'n ei feddwl oedd o'n ei feddwl?'

'Wn i ddim, wn i? Dwi'n gwybod iddi chwalu pentwr anferthol o gachu dros bobl.'

'Ac mae o'n syrthio arnon ni.' Taniodd McKenna sigarét. 'Fel yr holl gachu oddi ar bopeth arall sy'n syrthio arnon ni. A Duw a ŵyr pa effaith gaiff o yn y pen draw.' Syllodd ar Jack, wrth i'r mwg nadreddu tua'r nenfwd. 'Mae'n debyg ei fod o i gyd yn cynyddu fel bil anferth archfarchnad na fedrwch chi ddim fforddio'i dalu, neu ddyled gan fenthycwr arian . . . Hoffwn i dagu'r ast. Ond 'na i ddim. Siarada i'n glên efo hi a chymryd datganiad ganddi hi, a gneud fy ngwaith yn iawn, a siarad efo'i merch hi eto, a throi'r gyllell ym mherfedd y ferch iddi gael arfer â'r teimlad.'

' 'Sgynnoch chi luniau yn eich meddwl? Dyna pam 'dach chi'n siarad fel'na?'

' "Siarad fel'na." Be 'dach chi'n feddwl?'

'Dwi ddim yn siŵr. Yn bendant dwi ddim yn hoffi'r lluniau 'dach chi'n neud yn fy mhen i.'

# Pennod 37

Ac yntau wedi suddo i'w gadair, gwyliai McKenna fwg y baco yn troelli tua nenfwd y swyddfa lle roedd y lliw yno wedi newid yn rhyfeddol lle denai'r gwres o'r golau fwyaf o fwg. A'r swyddfa heddlu heb ei haddurno ers blynyddoedd rhy niferus i'w cofio, roedd yr awyrgylch o ddirywiad ynghylch y lle yn arwydd o ddiffyg ewyllys mor nodweddiadol o ymddygiad dynol mewn amseroedd caled, a llefydd a phobl yn ddi-wahân wedi eu marcio ag anobaith, lliwiau llwydion, a bryntni tlodi. Sgubai'r goeden onnen y tu allan ei changhennau yn erbyn y ffenest, gan wasgaru'r budreddi o'r llwch a'r glaw a mwg y drafnidiaeth. Hongiai bag plastig Woolworth yn ei changhennau a hwnnw'n llawn hyd at hollti o ddŵr glaw.

Wrth chwilio am rywbeth i'w wneud, gwyliai'r mwg yn troi a throelli a chydnabu'r diffyg arwahanrwydd proffesiynol a'i cadwai draw oddi wrth Gwen Stott, a phenderfynu nad oedd yn afresymol, ond yn unig yn ymateb normal, dynol i amgylchiadau abnormal. Meddyliodd am y lluniau a gâi eu darganfod ym meddwl Gwen Stott gan seiciatryddion a chwnselwyr proffesiynol, a'r portread ohoni a gâi ei gyflwyno i'r bobl a niweidiwyd ganddi. Hwyrach mai trawma o'i phlentyndod ei hun a gâi ei dynnu i olau dydd i'w archwilio a'i roi dan chwydd-wydr, i'w dynnu allan a'i resymoli, ac a gâi wedyn fod yn fachyn i hongian arno ei holl euogrwydd. Dychmygodd hi fel chwiler wedi ei lapio gan yr holl resymau a'r holl gyfiawnhau, ac yn dod allan yn ddi-fai fel pryfyn brau, a'i hunig euogrwydd fyddai ei bod wedi dioddef cam gan eraill. Roedd tynnu urddas cyfrifoldeb unigol oddi ar bobl yn ffolineb, meddyliodd, oherwydd roedd cyfrifoldeb yn rhywbeth i'w rannu, ac o'i rannu'n annheg fe allai'r holl drefn gymdeithasol syrthio fel rhes o ddominos, dan rym momentwm y trosglwyddo bai.

Rywle yn yr adeilad roedd Jack yn siffrwd papur, yn rhoi trefn ar bobl, yn paratoi dogfennau ar gyfer erlidwyr y goron. Gadawodd McKenna i'w feddyliau grwydro drachefn i Ynysoedd Gwlad Groeg a'r heulwen ddigon poeth i gynhyrfu'r gwaed, y nosweithiau cynnes, peraroglus o flodau estron, ac at nwyd a Denise, ei chorff gwelw, gwych a'r gwallt euraid. Meddyliodd eto am Emma Tuttle, a chododd yn sydyn, yn anniddig, wedi ei gyffwrdd gan ymdeimlad o golled anniffinadwy, o alaru am rywbeth gymaint y tu hwnt i'w gyrraedd â phetai heb fod erioed, neu wedi marw'n barod.

Edrychodd Gwen Stott ar ei chyfreithiwr, yna ar McKenna, a'i hwyneb a'i llygaid yn bradychu dim y tu hwnt i'w diflastod a'i hanniddigrwydd. Llewyrchai golau'r recordydd tâp fel llygad Seiclops yn yr ystafell ddiflas, gan aros i recordio beth bynnag allai hi ei ddweud, neu'n syml, ei distawrwydd, sef yr amddiffyniad gorau iddi hi, efallai, meddyliodd McKenna; ni fyddai'n rhoi cyfle i feddyliau busneslyd ennill mynediad i'w hofnau a'i gwendidau, i'w drygioni pitw a'i chyfrinachau cywilyddus, nac i'w hunanddelwedd yr oedd yn well ganddi ladd er mwyn ei chadw yn hytrach na chaniatáu ei difa. Yna gofynnodd iddo'i hun a oedd y ddynes yma yn gwybod beth oedd ofn neu gywilydd, ynteu a oedd hi wedi lladd yn syml oherwydd ei fod yn gyfleus i wneud hynny, ac nad oedd y bywyd a gymerodd yn ddim mwy o bwys iddi na bywyd y pryfyn y gallai hi ei sathru wrth droedio'r strydoedd.

'Dwi'n dymuno trafod gyda'ch cyflogydd ynghylch ei pherthynas â Mrs Margaret Bailey,' meddai McKenna wrth y cyfreithiwr. 'A marwolaeth Mrs Bailey.'

'Dwi ddim yn 'nabod neb o'r enw Margaret Bailey.' Roedd llais Gwen Stott yn llonydd, heb oslef.

'Yna fe gyfeiriwn ni at Mrs Bailey fel Romy Cheney,' meddai McKenna. 'Fel y gwyddoch chi, cafwyd hyd i gorff Romy Cheney rai wythnosau'n ôl yng nghoed y Castell, ac ers hynny profwyd yn bendant o gofnodion meddygol a deintyddol mai corff Margaret Bailey oedd o.'

Gwyliai Gwen Stott McKenna drwy'r adeg wrth iddo siarad am Fwthyn y Grocbren, ei gyn-denant a'i dodrefn a'i heiddo, ei char a'i chyfrif banc, am y manylion cyfrifiadurol a gafodd eu datrys yn ofalus gan Dewi Prys, am Christopher Stott a Trefor Prosser a Jenny, am Jamie Llaw Flewog a'r gyrrwr tacsi.

'Beth fedrwch chi ei ddeud wrtha i ynghylch Romy Cheney?' meddai o'r diwedd.

Crechwenodd y wraig. 'Digon. Dim byd da.'

'Felly gnewch, os gwelwch chi'n dda.'

'Wel,' cychwynnodd Gwen Stott, a'i llygaid yn gwibio o McKenna at ei chyfreithiwr, 'roedd hi'n yfed yn drwm, ac yn smocio'n drwm, ac yn fy nghymell i i yfed a smocio er ei bod hi'n gwybod nad oeddwn i'n hoffi gneud. Ac roedd hi'n cymryd tabledi.'

'Pa fath o dabledi?'

'Tabledi ar gyfer iselder. Tabledi i fynd i gysgu.

Tabledi i'w chadw'n effro. Roedd hi bob amser yn cwyno ynghylch bod yn ddigalon ac yn isel ac yn deud nad oedd neb ei heisio hi.' Crechwenodd Gwen Stott drachefn. 'Dydi o'n ddim syndod i mi iddi neud amdani'i hun yn y diwedd. Fyddai hi'n sôn am neud yn ddigon aml.'

'Nid gneud amdani'i hun naeth Romy Cheney, fel y gwyddoch chi dwi'n siŵr. Fe fu yna ddigon o gyhoeddusrwydd ynghylch y ffaith fod ei dwylo wedi eu clymu tu cefn iddi. Dydi hynna ddim yn gyson â hunan-laddiad.'

Cododd Gwen Stott ei hysgwyddau. 'Wn i ddim byd am hynny.'

'Ble ddaru chi ei chyfarfod hi?'

'Mewn rhyw achlysur yn y Castell. Es i i rwystro fy ngŵr rhag gneud ffŵl ohono'i hun yn gyhoeddus, ond fe naeth o beth bynnag.' Anffurfiwyd ei hwyneb gan ddicter am eiliad. 'Fe gyflwynodd rhywun ni i Romy, ac yn lle dweud "Helô" fel pobl normal, roedd yn rhaid iddo fo ddangos ei hun, yn toedd?' Daeth golwg bell i'w llygaid, fel petai hi ddim mwyach yn gweld McKenna a'i chyfreithiwr a waliau di-liw yr ystafell gyf-weld, ond yn edrych yn hytrach ar ffilm o'i bywyd. Cychwynnodd ar ymson, a dangos yr un ffilm i McKenna, a'i bobl yn symud yn herciog drwy amser ymhell yn ôl mewn delweddau cras, unlliw. Ceisiodd o dorri ar ei thraws, i ofyn cwestiynau. Fe anwybyddodd hi o, nes i'r cyfreithiwr atal y llif geiriau.

'Mrs Stott!' gwaeddodd.

'Beth?' Trodd ei llygaid yn araf a breuddwydiol.

'Fy ngwaith i, Mrs Stott, ydi amddiffyn eich hawliau tra mae'r heddlu yn eich holi chi. 'Dan ni wedi bod yma' — stopiodd i edrych ar yr oriawr ddrud ar ei addwrn — 'am dros awr, ac i bob golwg 'dan ni ddim mymryn nes ymlaen nag roedden ni pan gychwynnon ni.'

'Fe ofynnodd o i mi ynghylch Romy Cheney.' Nodiodd ei phen i gyfeiriad McKenna. 'Felly dwi 'di bod yn deud wrtho.' Cliciodd y teclyn cyfri ar y peiriant tâp i lawr i naw munud ar hugain. 'A hi ddwedodd fod Jenny yn ymddwyn yn od.'

'Ymddwyn yn od?' meddai McKenna.

'Fe ddwedodd Romy Cheney fod Jenny yn ymddwyn yn od, a gofyn a wyddwn i sut un oedd y Trefor Prosser 'na. Fe ddwedodd hi nad oedd o ddim yn ddiogel efo plant.'

'A?'

Cododd y wraig ei hysgwyddau drachefn. 'Dyna'r cyfan. Roedd hi'n meddwl y dylid cadw Jenny draw oddi wrtho fo.'

'Ai dyna pam aethoch chi â'ch merch i Fwthyn y Grocbren, Mrs Stott?'

'Pam beth?'

'Pam wnaethoch chi ganiatáu i Romy Cheney holi'ch merch ynghylch Mr Prosser a'ch gŵr?' meddai McKenna. 'Pam wnaethoch chi gyd-gynllwynio gyda hi yn yr ymosodiad rhywiol ar eich merch?'

'Am be 'dach chi'n sôn?' Doedd wyneb Gwen Stott yn bradychu dim ond bwrlwm diamynedd.

'Mae gynnon ni ddatganiad gan eich merch. Fe ymosododd Romy Cheney arni'n rhywiol, wrth honni dangos i'r plentyn, oedd ond yn ddeg oed ar y pryd, natur fanwl y fath ymosodiad.'

'Naeth hi? Wn i ddim byd ynghylch hynny.'

'Na wyddoch chi?' mynnodd McKenna. 'Mae'ch gŵr a'ch merch yn deud yn wahanol. Mae'ch merch yn deud eich bod chi yn y bwthyn tra oedd yr ymosodiad yn digwydd. Ddwedodd hi ei bod hi'n eich clywed chi'n cerdded o gwmpas i fyny'r grisiau.'

'Wel, wyddwn i ddim beth oedd yn mynd ymlaen, felly, wyddwn i?' Edrychodd ar y cyfreithiwr am gefnogaeth. 'Os ydi'r plentyn yna yn deud 'mod i'n gwybod ynghylch y peth pan oeddwn i i fyny'r grisiau ar y pryd, dim ond ei gair hi sydd gynnoch chi, yntê? Ddylech chi wybod sut rai ydi genod.'

' 'Dan ni'n sôn am eich plentyn chi'ch hun, Mrs Stott.'

'Felly?'

'Pam aethoch chi â dodrefn Romy Cheney a'i heiddo personol hi o'r bwthyn? Pam aethoch chi â'i char hi?'

'Roedd hi wedi mynd. Doedd hi ddim yn eu defnyddio nhw mwyach. Roedd popeth yn cael ei wastraffu. Dwi 'di deud wrthoch chi faint dalodd hi am y dodrefn a'r carpedi.'

'Ble roedd hi 'di mynd?'

'Sut y dyliwn i wybod? Roedd hi'n mynd i ffwrdd i rywle byth a hefyd. Fedrech chi ddim dibynnu arni o gwbl.'

'Ddwedodd hi y caech chi fynd â'i phethau hi? Wnaeth o ddim croesi'ch meddwl chi y gallai hi fod eu heisio nhw?'

'O, wir!' Gwingodd yn y gadair, gan groesi a datgroesi ei choesau heb eu heillio, a'r blewiach tywyll yn flêr o dan y sanau golau. 'Am gwestiwn hurt! Petai hi eisio nhw'n ôl, doedd raid iddi neud dim byd ond gofyn, nac oedd? Ond,' aeth ymlaen, wrth hyll-dremu ar McKenna, 'naeth hi erioed.'

'Dydi hynny'n ddim syndod. Roedd y ddynes 'di marw.'

'Os 'dach chi'n deud.'

'Be wyddoch chi am Robert Allsopp?'

'Pwy ydi o?'

'Pryd gwelsoch chi Romy Cheney ddiwetha? Pryd siaradoch chi efo hi ddiwetha?'

Trodd Gwen Stott at ei chyfreithiwr. 'Ydi'n rhaid i mi ateb hynna?'

'Fyddai'n well petaech chi'n gneud.'

'Wel, fedra i ddim, na fedra?'

'Pam?' gofynnodd McKenna.

'Oherwydd nad ydw i ddim yn cofio!' meddai hi'n frathog. 'Dydi'r rhan fwyaf o bobl ddim yn cofio dyddiadau ac amseroedd manwl, yn enwedig rhai blynyddoedd yn ôl.'

'Oeddech chi'n disgwyl ei gweld hi wedyn? Oeddech chi wedi gneud unrhyw drefniadau efo hi?'

'Fydden ni byth yn gneud cynlluniau fel yna. Dwi wedi deud wrthoch chi'n barod. 'Dach chi ddim yn gwrando, 'dach chi? Fyddai hi'n arfer ffonio pan fyddai hi'n dod.'

'Wela i.'

' 'Dach chi wedi gorffen, Brif Arolygydd?' gofynnodd y cyfreithiwr.

Anwybyddodd McKenna ef. 'Oeddech chi'n hoffi Romy Cheney?' gofynnodd i Gwen Stott.

'Oeddwn, i ddechrau. Roedd yna ryw swyn o'i chwmpas hi. Rhywbeth gwahanol a rhyw gyffro . . . ac yn llawer mwy diddorol na'r rhan fwyaf o bobl.'

'Ac yn ddiweddarach?'

'Wel, roedd fy ngŵr yn deud ei bod hi'n ddylanwad drwg, yn 'y ngwneud i'n anfodlon, oedd ddim yn syndod gyda'r math o fywyd dwi'n gorfod ei fyw efo fo . . . fedrwn i ddim penderfynu oedd o'n iawn, neu oedd o'n bod yn sbeitlyd ac yn gul, ac yn ofni y byddai hi'n dangos i mi be ro'n i'n 'i golli.'

'Roedd eich gŵr yn meddwl mai twyll oedd hi.'

Dechreuodd gnoi ei gwefus isaf gan edrych yn filain. 'Ella ei fod o'n iawn yn ei chylch hi'n ddylanwad drwg. Fe wnâi hi bethau na feiddiai pobl eraill neud dim byd ond breuddwydio yn eu cylch . . . pethau y byddai gan lawer o bobl ormod o ofn meddwl yn eu cylch, heb sôn am eu gneud . . . Roedd Romy Cheney yn twyllo pobl,' meddai hi. O gornel ei lygaid gwyliodd McKenna rifau'r tâp yn symud tuag at sero. 'Roedd pobl yn cael eu twyllo ganddi hi, yn gneud beth roedd hi'n ei awgrymu, ac yn coelio'r hyn roedd hi'n ei ddeud . . . yna roedd hi'n cael gwared ohonoch chi fel sachaid o sbwriel. Roddodd hi'r gorau i ddyn yn union fel yna cyn iddi symud yma. Fyddai hi'n cydio mewn pobl, yn chwarae efo nhw, yn eu defnyddio nhw i gyd, yna yn eu gollwng nhw.' Gwelid atgof yn chwerwi'i hwyneb, ac yn cynnau golau yn ei llygaid. 'Fyddai hi'n eich codi chi i fyny, fel petaech chi'n bodio ar ochr y ffordd, a hithau'n dod heibio yn ei char mawr crand i fynd â chi am dro . . . yn gyflym ac yn gyffrous ac yn beryglus. Yna fyddai hi'n agor y drws ac yn eich gwthio chi allan ar y ffordd, a does gynnoch chi unman i fynd ond ymhellach i lawr y ffordd lle gadawodd hi chi, oherwydd wyddoch chi mo'r ffordd yn ôl a chitha ar dân eisiau dal i fyny efo hi wedyn i fodio lifft arall . . .'

'Laddoch chi Romy Cheney?' gofynnodd McKenna.

'Phrofwch chi byth imi neud.' Collodd ei hwyneb ei holl fywiogrwydd. 'Ddywedith neb wrthoch chi.'

'A fedrwch chi ddim profi na naethoch chi ddim.

Beth oedd y pethau yma wnâi hi na feiddiai neb arall hyd yn oed freuddwydio yn eu cylch?'

Chwarddodd Gwen Stott. 'Fyddech chi ddim yn deall pe bawn i'n dweud wrthoch chi. *Fedrech* chi ddim deall. Fyddai'n rhaid i mi ddangos i chi, a newch chi ddim gadael i mi, newch chi?'

'Na, wna i ddim. Wna i ddim bodio lifft gynnoch chi i unman.' Gwyliodd hi'n ffidlan â hem ei sgert, ac yn ei thynnu dros ei phengliniau. Gwelodd ei hun fel Alypiws ym Mrwydr y Cleddyfwyr, yn fwy cïaidd a chreulon, wedi ei ddarostwng ac yn farus oherwydd iddo'n unig fod yn ei chwmni, mewn perygl o fod wedi meddwi gan yr un chwantau meddwol.

Trodd ar ei chyfreithiwr yn sydyn. 'Ddylech chi ddim gadael iddo ddeud na alla i brofi na 'nes i mo'i lladd hi,' cyhuddodd. 'Ei waith o 'di profi i mi neud.' Cliciodd y tâp i ben, a'r peiriant yn cwynfan anadlu mewn tawelwch.

## Pennod 38

'Dyna,' meddai Dewi Prys, 'ydi'r sothach mwya glywais i erioed yn 'y mywyd.' Trodd at McKenna. 'Sut medroch chi eistedd a gwrando arni'n malu awyr, syr? Fedrwn i ddim!'

'Sylwais i ddim ar y cyfreithiwr yn cwyno,' meddai Jack. 'Pres yn ei boced o, yn tydi?'

'Ofynnoch chi ddim iddi ynghylch y pres, syr?' ychwanegodd Dewi.

'Ofynnodd o ddim iddi ynghylch y car, chwaith. Na Jamie Llaw Flewog,' meddai Jack.

'Mae'n rhyfeddol sut y medr person siarad cymaint a deud dim byd wrthoch chi,' sylwodd Dewi.

'Wel, ddwedodd hi fod ei gŵr yn dda i ddim,' meddai Jack. 'Nid nad oedden ni wedi dod i'r casgliad hwnnw ein hunain heb ei help hi. Ac fe ddwedodd hi fod ei phriodas yn drychineb, felly fe wyddon ni sut mae hi'n teimlo ynghylch hynny, ond does dim o unrhyw fudd cyn belled ag y mae Romy Cheney yn y cwestiwn.'

'Allai fod,' meddai Dewi. 'Gallai gwybod sut mae Mrs Stott yn edrych ar fywyd egluro pam mae hi'n lladd pobl.'

' 'Dan ni ddim angen rwtsh seicolegol fel yna, Prys.'

'Wyddoch chi ddim ai rwtsh ydi o,' atebodd Dewi. 'Wyddoch chi ddim pam y gnaeth Mrs Stott beth bynnag naeth hi.'

Gwenodd Jack, braidd yn nawddoglyd. 'Cymer fy ngair i. Pan ddown ni at wraidd hyn, os down ni byth, fe gawn ni hyd i'r un rheswm â 'dan ni'n cael hyd iddo bob amser.'

'A beth allai hwnnw fod?' gofynnodd Dewi.

'Trachwant,' meddai Jack. 'Trachwant pur. Gei di ei wisgo yn y geiriau crandiaf y medri di feddwl amdanyn nhw, ond dyna fydd o.'

'Fedrwn ni ddim deud iddi ladd Jamie oherwydd trachwant,' meddai Dewi.

'Naeth hi ddim,' cytunodd Jack. 'Ei ladd o i gau ei geg naeth hi. Ond os na fydd hi'n cael ei holi yn ei gylch, chawn ni byth wybod, na chawn?'

Taniodd McKenna sigarét arall. Edrychodd Jack yn feirniadol arno. Meddai Dewi, 'Gawsoch chi'r argraff ei bod hi'n rhy barod ei thafod, syr? Bron fel petai hi wedi ymarfer pob gair.'

Nodiodd Jack. 'Fel ei gŵr. Stori fawr hir a dim byd y medrwch chi afael ynddo fo. Ond wedyn, mae hi wedi cael digon o amser i feddwl am stori petai rhywun yn digwydd gofyn, yn tydi? Bron i bedair blynedd.'

'Ond,' meddai Dewi, 'fe naeth hi dipyn o ladd ar bobl. Ei gŵr, Trefor Prosser, Romy . . . hyd yn oed ei phlentyn ei hun, os medrwch chi goelio hynny. Os 'dach chi'n credu'r ddynes, mae Christopher Stott yn wyrdröedig, fel ei ffrind Prosser.'

'Tynnu'r sylw oddi arni hi, yn tydi?' meddai Jack. 'Ac yn rhoi esgus iddi petaen ni drwy ryw ryfedd wyrth yn llwyddo i neud i unrhyw beth ddal dŵr.'

Chwarddodd Dewi. 'Dynes blastig!'

'Fedrai Gwen Stott roi gwersi i'r rhan fwyaf o'r drwgweithredwyr dwi'n eu nabod ar gadw'r heddlu'n brysur,' meddai Jack. 'Be 'dan ni ei angen rŵan ydi tystiolaeth gadarn i syrthio allan o'r awyr, i glymu popeth gyda'i gilydd yn dynn, fel roedden nhw'n arfer ei gael mewn dramâu Groegaidd.'

' 'Runig beth sy'n debygol o syrthio arnon ni ydi llwyth arall o gachu,' meddai Dewi. 'Mae'n edrych yn debyg mai dyna ydi'r unig beth 'dan ni'n gael allan o fywyd, yn tydi?'

Diffoddodd McKenna sigarét ar hanner ei hysmygu. ' 'Dach chi'ch dau wedi llwyr orffen? Os felly, ella na fyddech chi'n malio gneud 'chydig o waith.' Cododd y tâp recordio a'i roi mewn amlen, a rhoi'r amlen yn y sêff, a chlepio'r drws ar gau.

'Be 'dach chi eisio inni'i neud, syr?' gofynnodd Dewi.

'Beth bynnag roeddech chi wrthi'n ei neud.'

'Orffennais i.'

Cododd Jack ar ei draed, gan ymestyn. 'Dwi'n mynd adref os nad oes 'na rywbeth pwysig iawn. 'Dach chi ddim wedi anghofio na fydda i yma fory, nac 'dach?'

'Na fyddwch?' canolbwyntiodd McKenna ei lygaid. 'Pam?'

'Dwi'n mynd ag Emma a Mrs McKenna i'r maes awyr.'

'O,' meddai McKenna.

'Wel, felly . . .' Cerddodd Jack at y drws. 'Ddweda i nos da.' Gwnaeth Dewi osgo i'w ddilyn.

'Aros di lle rwyt ti, Dewi Prys,' gorchmynnodd McKenna.

'Syr?' safodd Dewi'n ufudd a chefnsyth o flaen desg McKenna.

Chwaraeodd McKenna â'i daniwr, gan gynnau'r fflam a'i diffodd. 'Dydi Gwen Stott ddim yn ffŵl.'

'Nac ydi, syr.'

'Ac felly rhaid inni beidio gadael iddi neud ffyliaid ohonon ni.'

'Rhaid, syr,' cydsyniodd Dewi.

'Felly, 'dan ni ddim yn gwario gormod o'n hamser gwerthfawr yn gofyn hyn a'r llall iddi. Ac yn cael pa ateb bynnag sy'n ei siwtio hi.'

'Nac 'dan, syr.'

'Felly, i ddechrau, fe benderfynwn ni beth mae'n rhaid i'r atebion hynny fod. Sy'n golygu penderfynu be ydi'r cwestiynau.'

'Ie, syr.'

'Mae'r cwestiynau 'dan ni angen atebion iddyn nhw'n ymwneud â dau beth: marwolaeth Romy Cheney a marwolaeth Jamie Llaw Flewog.' Rhoddodd McKenna ei daniwr ar y ddesg. 'Ymylol ydi popeth arall. Ac,' ychwanegodd, gyda thipyn o fin yn ei lais, 'petaen ni 'di treulio llai o amser yn ymlid cysgodion blydi ceir, efallai na fydden ni ddim yn eistedd yn fan'ma rŵan yn dal i ofyn yr un blydi cwestiynau roedden ni'n eu gofyn wythnosau'n ôl. A gallai Jamie fod yn fyw o hyd.'

Eisteddodd Dewi. 'Gawn ni hi am ladd Jamie. Mae 'na dystiolaeth fforensig, y gyrrwr tacsi, Jenny yn deud nad oedd hi ddim gartre pan ddigwyddodd o . . . Wela i ddim sut y medrwn ni byth brofi iddi ladd y llall . . . Hyd yn oed gyda'r holl dystiolaeth anuniongyrchol yn y byd, y cyfan fedrwn ni ei ddeud ydi iddi ddwyn dodrefn y ddynes, a'r car a'r arian.'

'Dwyt ti ddim yn gwrando, nac wyt?'

'Ar beth, syr?'

'Ar beth yn union ddwedodd Gwen Stott.' Edrychodd McKenna ar dudalen o bapur ar y ddesg. 'Pan ofynnais i oedd hi wedi lladd y ddynes, fe ddwedodd hi, a dwi'n dyfynnu: "Phrofwch chi byth imi neud. Ddwedith neb wrthoch chi." Deud di wrtha i, be wyt ti'n ei gasglu o'r gosodiad yna?'

' 'I bod hi 'di lladd Romy Cheney a bod rhywun arall yn gwybod hynny.'

'Yn hollol. Dwi'n meddwl mai'r rhan allweddol ydi ei defnydd o'r gair "dweud". Does dim awgrym fod y person neu'r personau sy'n gwybod ddim yn medru deud wrthon ni, felly doedd hi ddim yn golygu Jamie, oherwydd ddywedith o ddim byd wrth neb byth eto.'

'Ella mai dim ond di-ofal ynghylch y ffordd mae hi'n siarad ydi hi.'

'Ie, ella.' Llygadodd McKenna Dewi, ac awgrym o anobaith yn ei lygaid. 'Ond gan nad oes gynnon ni affliw o ddewis arall, waeth inni edrych ydi'r person yna mewn bod.'

'A ble cychwynnwn ni?'

'Gei di siarad efo Meri Ann, ac fe siarada i efo Stott eto. A Prosser, am ei bod hi'n ei gasáu o. Mae hi bron â phoeri gwenwyn 'mond clywed ei enw.'

'Mae hi'n casáu ei gŵr hefyd.'

'Nac ydi, Dewi. Dim ond ei ddirmygu o mae hi.'

Eiddigedd. Casineb. Dirmyg. Gyrrodd Dewi o gefn swyddfa'r heddlu, gan feddwl ynghylch y teimladau cryf sy'n achosi rhywun i ladd, teimladau nad oedd ganddo unrhyw brofiad personol ohonyn nhw, ac y gobeithiai na fyddai ganddo byth chwaith. Cysgodai Gwen Stott, ar dystiolaeth ei datganiad, greulondeb anobaith ac annigonolrwydd yn ei chalon. Teimlai'n ddig wrth ei merch, dirmygai ei gŵr, a chafodd ei drysu gan eiddigedd o Romy Cheney a'i phethau drudfawr. Neu a oedd hi'n syml wedi cael yn Romy Cheney rywbeth teilwng o'r cariad a wrthodwyd gan ei gŵr a'i merch, meddyliodd Dewi, ac wedi lladd pan watwarwyd a dirmygwyd y rhodd fwyaf gwerthfawr honno?

Roedd perthynas yn hawlio cost ddrud gan bobl. Fedrai rhai ddim fforddio talu, ac eraill yn anghofio darllen y print mân ar y cytundeb: Jack Tuttle mewn dyled i bryder oherwydd 1'w wraig gynllunio gwyliau diniwed; McKenna ar ei hôl hi o ran ei gyfraniad emosiynol i'w briodas a'i wraig hithau'n esgeulus o'i dyledion ei hun i'w gwreiddiau; cyfeillgarwch Jack Tuttle a McKenna yn agos i fethdaliad oherwydd cyfeillgarwch y ddwy wraig. Ochneidiodd Dewi wrth feddwl am yr esgeulustod noeth ym mywydau pobl, munud o fod yn ddifeddwl neu hurtrwydd yn creu hafoc am flynyddoedd i ddod, fel y bu yn achos mam Jamie wrth iddi fentro, pan na fedrai fforddio hynny, yn erbyn wal tafarn gyda'i chariad. Cyflog pechod, meddyliodd, a rhyw oedd gwraidd y cyfan: dim mwy a dim llai.

Wrth droi i mewn i Ffordd y Traeth, a bron cael ei ddallu gan yr heulwen a ddisgleiriai oddi ar y môr llonydd, dywedodd wrtho'i hun nad oedd yn iawn beirniadu wrth edrych yn ôl, ond gwyddai na fedrai o byth faddau petai McKenna, fu'n dioddef gan ei wraig, wedi bod yn rhy brysur gyda'i bryderon ei hun i sicrhau na fyddai neb yn twyllo Jamic. A fyddai Jamie'n dal yn fyw petai Denise McKenna'n wraig fwy cariadus, ac yn gwybod ei lle yng nghynllun pethau ac yn fodlon ar ei byd? Roedd hynny'n ormod i'w ddisgwyl, meddyliodd yn chwerw, gan y Mrs McKenna ffroenuchel, a gychwynnodd ei bywyd mewn tŷ cyngor yn y cwm, ond oedd eisiau dringo i'r plasty yn y mynyddoedd heb gynffon o blant a chyfrifoldebau, ac a ddefnyddiodd ei holl amser a'r rhan fwyaf o arian ei gŵr i'w helpu i ddringo'n uchel.

Tynnodd y teclyn haul i lawr a chydio yn ei sbectol Rayban o'r lle cadw menig. Ar y chwith, sgleiniai'r môr, a chrychiadau ar y dŵr yn torri'n oleuni diemwnt llachar. Roedd gwaed bywyd Jamie bellach yn llanw a thrai y môr hwn, wedi ei olchi oddi ar y bwrdd postmortem, i mewn i'r carthffosydd, ac yn ewynnu i ddyfroedd y Fenai gyda gweddill carthion y ddinas: gwarth o beth y dyddiau yma fod carthion dynol yn rhedeg ar hyd y llanw, condoms wedi eu defnyddio a stribedi o bapur tŷ bach ar y traeth yn cael eu gadael islaw i Bont Britannia ar lanw mawr. Sgyffowliai llygod mawr y ddinas drwy'r tomennydd sbwriel a bwydent hefyd ar lannau'r Fenai cyn llithro'n ôl i'r dyfroedd ac i fyny cegau'r gwterydd. Meddyliodd Dewi am waedlif bywyd Jamie yn mynd yn ôl ac ymlaen ar y llanw, diferyn yma, diferyn acw, yn cael ei gipio gan greadur môr llwglyd, a'i lyncu i'r gadwyn fwyd, a genynnau Jamie'n cael eu haileni'n ddi-ddiwedd yng nghyrff y pysgod a'r llygod mawr a'r dyn a'r ddynes; a gwyddai na fwytâi drachefn o haelioni'r môr.

Cynyddodd ei gyflymder wrth yrru ar hyd y ffordd newydd allan o Fangor, a ffenestri'r car i lawr, a'r heulwen yn disgleirio oddi ar y bonet, gan syllu ar y mynyddoedd pell, a'u glas niwlog yn addo tywydd braf. Gyda lwc, câi benwythnos rhydd o'i waith, a bwriadai ofyn i eneth dlos iawn ar y til yn yr archfarchnad ddod allan gydag o yn y car ddydd Sul. Gwyliodd fys y cloc cyflymder yn codi dros y terfyn, a thyngodd iddo'i hun i beidio â gwneud llanast o'i berthynas â phobl, i ddewis a dethol yn ddoeth, a breuddwydiodd am bnawn braf o wanwyn yn y mynyddoedd tarthlyd a noswaith yn y cyfnos glas dwfn a thawelwch mynydd yn canu, geneth felynwallt dlos wrth ei ochr ac arogl ei chroen ar ei ddwylo.

Wedi troi i mewn i bentref Salem, parciodd y tu hwnt i gatiau'r ysgol a cherdded tuag at fwthyn Meri Ann gan synhwyro'r aer. Yn gymysg ag arogl y blodau yn yr haul cynnes yng ngerddi'r bythynnod a chwenc ffres y môr, fe oedai yno o hyd yr arogl yna o bydredd, o rywbeth drwg yng nghalon y pentref. Curodd ar ddrws ffrynt Meri Ann, ac aros, a churo drachefn cyn sbecian drwy ffenestri ei pharlwr a gweld ffurfiau annelwig, llonydd yn y gwyll y tu cefn i'w llenni rhwyd. Arhosodd ychydig yn hwy, rhag ofn iddi ddod i mewn o'r tŷ bach ym mhen draw'r ardd, a churodd unwaith yn rhagor cyn crwydro ymaith i lawr y ffordd gul.

Roedd y gatiau haearn bwrw o dan borth yr elor wedi eu cau â chadwyn a chlo; roedd hyn, meddyliodd Dewi, yn gondemniad trist o'r drefn gymdeithasol pan wrthodid seintwar i'r anghenus. Pwysodd yn erbyn y gatiau am ychydig, a chydio ynddynt fel plentyn wrth sbecian i fyny'r llwybr rhwng y coed yw agos at ei gilydd, a'u brigau'n cloi uwchben i ffurfio twnnel tywyll tuag at gyntedd y gorllewin. Ni fedrai gofio am 'run briodas na bedydd diweddar yn yr eglwys hon; i bob golwg lle ydoedd bellach ar gyfer claddedigaeth y meirwon, lle o oerfel tywyll galar heb arlliw o londer dynol na gobaith. Gollyngodd y bariau haearn tyllog a cherdded yn araf i lawr y llwybr gerllaw'r fynwent, a'r tawelwch yn tyfu gyda phob cam a gymerai, a hyd yn oed crawcian y brain yn tawelu. Clywai eco pob cam o'i draed yn uchel yn ei ben, a chlec brigyn yn torri o dan draed yn atseinio fel gwn drwy'r llonyddwch. Ni welodd yr un enaid byw ac ni chlywodd ddim ond ei anadl ei hun a sang ei droed.

Safai John Jones ymysg y chwyn a'r glaswellt hir a'r dail poethion ar ei ddarn tir. 'Be ffwc tisio?' mynnodd.

'Nid bod yn agos at eich drewdod chi, John Beti. Mae hynny'n sicr.'

'Ydi dy giaffar Padi di'n gwybod dy fod ti allan ar dy ben dy hun, felly?' glaswenodd John Jones.

'O, caewch eich ceg! 'Dach chi'n codi'r blydi dincod arna i.'

'Ydw i wir?' Stwffiodd John Jones ei fodiau i'w wregys, ei goesau ar led.

'Ble mae Beti?'

'Allan.'

'Ble mae Meri Ann, felly?'

'Sut ffwc dyliwn i wybod? Nid fi ydi ei ffycin cipar hi.'

'Gynnoch chi dafod budr, John Jones.'

'Be ti'n mynd i neud yn ei gylch o? Dwrn yn 'y ngheg i fel gwnest di drio o'r blaen?'

Edrychodd Dewi i fyny ac i lawr y llwybr, gan obeithio gweld cysgod cam Beti yn dod o'i blaen hi, a chlywed ei thraed trymion yn neidio dod o dywarchen i dywarchen, ond roedd y byd yn dal yn wag o bopeth ond ef ei hun a John Jones a'r brain distaw wedi bachu ar y brigau uchel uwch eu pennau.

'Be tisio efo Beti Gloff?' mynnodd John Jones.

'Dim byd ddwedwn i rywbeth yn ei gylch wrthoch chi.'

'Wel, ta, Mr Plisman, well iti ffycio hi'n ôl o ble doist ti, yn tydi?'

Edrychodd Dewi ar y ffurf wencïaidd ymysg y dail

poethion, wrth i'r haul sgleinio ar fwcl belt lledr, tywyll o amgylch ei ganol. A'i fodiau'n sownd yn y belt, a'i fysedd cnotiog, budr fel y gweddill ohono wedi eu lledu o bobtu, rhythodd yn ôl. Ac yntau ar fin troi draw, teimlodd Dewi rywbeth yn ei ddal yn ôl, rhywbeth bychan bach yn symud yn ei gof. Dechreuodd John Jones wingo o dan ei archwiliad.

'Ddysgodd dy fam ddim iti fod o ddim yn boleit i rythu, Dewi Prys?'

Ymaflodd Dewi â'r mymryn bach o feddwl a chwaraeai yn ei ben fel llygoden o dan sgyrtin. Prociodd John Jones ei fysedd miniog i frest Dewi. 'Gwadna hi, Prys. Ti'n mynd ar fy ffycin nerfau i.'

'Ddo i'n ôl.'

'O, ie? Chdi a byddin pwy?'

'Dwedwch wrth Beti 'mod i eisio'i gweld hi,' meddai Dewi gan gerdded heibio i giât wedi pydru, yn gam ar ei cholfachau, ymaith oddi wrth John Jones a themtasiwn. Trodd, ac edrych drachefn. 'Wyddoch chi be hoffwn i i chi'i gael?'

'Mwy o'r ffycin bywyd ofnadwy sy gen i'n barod, mae'n debyg.'

Chwarddodd Dewi. 'Pidlan ll'goden fawr, John Beti, dyna be hoffwn i i chi'i gael!' Gan chwerthin o hyd, cerddodd i fyny'r llwybr, a llais John Jones a'i felltithion anllad yn atseinio drwy'r coed y tu cefn iddo.

## Pennod 39

'Alwais i i ddymuno'n dda iti ar gyfer y gwyliau, nid i gael fy nghroes-holi. Ac os oes gen ti gwestiynau fel yna i'w gofyn imi, dwi'n awgrymu dy fod ti'n eu gofyn nhw pan na fedr Jack ac Emma Tuttle a'r merched dy glywed di!' Cyrhaeddodd geiriau blin McKenna, wedi eu mygu'n rhannol y tu cefn i ddrws y swyddfa, at Dewi wrth iddo sefyll yn y coridor. Arhosodd nes i'r teleffon ruglo i'w grud, yna curodd ar y drws.

'Welais i mo Meri Ann, syr. Roedd hi allan.'

'Yna mae'n well iti eistedd ar riniog ei drws nes daw hi'n ôl. Dwi isio iddi gael ei chyf-weld heno.'

'Welais i John Beti.'

'Felly be tisio? Medal?'

'Nage, syr. Ro'n i'n meddwl y byddech chi eisio gwybod.'

'Does gen i ddim diddordeb yn John Beti. Diddordeb yn yr hyn sy gan Meri Ann i'w ddeud sy gen i. Felly dos yn ôl i'r pentref i holi.'

Cyrhaeddodd Dewi yr archfarchnad wrth i fys cloc y dref ruthro tuag at 5.30. Gwthiodd heibio i lencyn tew mewn oferôls glas ar fin cloi'r drysau gwydr trwchus, rhuthrodd at y cownter talu, lle'r eisteddai'r eneth benfelen y tu ôl i'w thil, yn rhoi trefn ar arian y dydd. Pan wenodd hi, neidiodd ei galon i'w wddw, gan dorri'r geiriau ymaith, oherwydd yn sydyn roedd hi'n hardd iawn. Fel ei henw, meddyliodd, wrth gerdded ar y cymylau yn ôl i'r maes parcio y tu cefn i swyddfa'r heddlu, goriadau ac arian yn tincian yn ei boced.

Arianwen oedd ei henw, ac roedd hi eisiau treulio dydd Sul, drwy'r dydd, efo fo.

Doedd dim golau yn llewyrchu y tu cefn i ffenestri bwthyn Meri Ann, dim mwg yn codi o'r simnai i las tywyll cyfnos Mai. Poenai Dewi braidd rhag ofn ei bod hi wedi cael damwain, ac aeth i'r ardd yng nghefn y rhes, gan sgleinio'i fflachlamp drwy ffenestri'r gegin ochr a'r parlwr cefn cyn crwydro ar hyd y lôn ac i lawr y llwybr tuag at fwthyn Beti, a golau'i fflachlamp yn dawnsio o'i flaen, a phryfetach yn codi ac yn chwyrlïo o dan y coed. Gwichiai brigau gan glecian dan bwysau'r brain a'r ydfrain wrth iddynt baratoi i glwydo, a chlywodd dylluan yn galw'n dawel yn y pellter. Y tu hwnt i'r wal, codai tarth rhwng cerrig ceimion y beddau a'r coed troellog, gan chwythu i fyny a chwyrlïo drwy'r deiliach a'r brigau, a gwneud mwy o ysbrydion i darfu ar noson y pentref.

Wrth sefyll ger y giât flêr ar waelod gardd Beti Gloff, meddyliodd Dewi am ei phreswylfan fel bwthyn tylwyth teg, ynghudd yn y coed, yn cuddio pob math o hunllef a hud dychrynllyd. Llosgai golau gwan y tu cefn i'r llenni carpiog, codai mwg crintachlyd o'r simnai, a thrwy'r llonyddwch, clywodd gwynfan a chipial gwan anifail mewn poen. Cipiai drain a dail poethion cordeddog ar goesau ei drowsus, ac aeth yn llechwraidd wysg ei ochr ar hyd y llwybr at y drws ffrynt; roedd yn ddigon agos i deimlo arogl yr haul poeth yn ymdroi yn yr hen bren. Gwrandawodd ar anadl gaeth a gwichian rheolaidd gydag isleisiau geirwon llais merch yn dweud geiriau hyll, cydiodd ym mwlyn y drws, a baglu i mewn i'r ystafell wrth i'r drws agor dan ei bwysau.

Gorweddai llestri budron, gweddillion pryd, ar fwrdd y gegin a phapurau newydd wedi eu staenio â marciau seimllyd a jam wedi eu plygu'n ddi-ofal ymysg briwsion a chrystiau bara sychion. Trywanai cyllell lwmpyn o fenyn meddal mewn dysgl graclyd, cropiai pryf i fyny ac i lawr cwlffyn o gaws melyn gan hopian ar y menyn. Hongiai pry copyn â'i ben i lawr o'r lamp uwchben y bwrdd, ei goesau wedi eu cyrlio o dan ei gorff, gan daflu cysgod anferth dros y bwrdd a'r llawr a'r ddau ffurf a symudai fel anifeiliaid yng nghysgod y bwrdd. Penliniai Beti Gloff ar gerrig geirwon y llawr, ei dwylo wedi ei lledu allan o'i blaen, ei bysedd yn crafangio yn y baw, wedi ei chlymu wrth ei gwddf wrth goes bwrdd, ei dillad wedi eu taflu dros ei chefn crwm a'i hwyneb gwrthun, a'i gŵr, fel ci ar gefn ast, ar ei chefn; cwynfan ei gyffro ef oedd wedi dod â Dewi at eu drws. Plyciai a llaciai'r tennyn gyda phob dirgryniad o gorff yr hen wraig: lledr tywyll, seimlyd yn cordeddu a neidio, y bwcl yn tincian ac yn crafu ar y cerrig. Rhythodd Dewi ar y bwcl, wedi'i fesmereiddio a'i frawychu, gan fethu cau llygaid na chlustiau i'r cyplu anifeilaidd.

'Ydi Beti 'di gneud cŵyn swyddogol?' gofynnodd McKenna.

'Naddo, syr,' mwngliodd Dewi.

'Beth ddwedodd hi?'

'Ddwedodd hi ddim byd.' Chwaraeodd Dewi â'i lyfr nodiadau. 'Fe arhosodd hi nes roedd 'rhen sglyfaeth budr wedi gorffen efo hi, codi ei throwsus i fyny a thynnu ei sgert i lawr, cyn rhyddhau ei hun a mynd i eistedd wrth y tân.' Crynodd. ' 'Drychodd hi ddim arna i. Fel petawn i ddim yno.'

'Be arall fedrai'r hen greadures ei neud?' meddai McKenna. 'Fedra i ddeall pam roeddet ti'n poeni, ond ddylet ti ddim bod wedi mynd i mewn.'

'Roedd y llenni ar gau, syr. Ro'n i wir yn meddwl fod 'na anifail wedi brifo . . . y tro olaf y clywais i'r sŵn 'na oedd pan aeth 'na gar dros gi tu allan i'n tŷ ni, ac fe fu o yn y gwter yn crio nes ei fod o'n marw.'

'Mae pobl yn ei alw fo'n farwolaeth fechan,' meddai McKenna. 'Mae'n debyg ei fod o i ddyn . . .' Prociodd feiro at y dorch o ddail llawryf arian o amgylch pen celfydd Ianws. 'Ac mae'n debyg fod yn rhaid i ti adrodd sut y cest ti hyd i'r belt yma.'

'Fydd pawb yn gwybod am Beti a'r bastard yna os gwna i, syr. Cha i ddim deud imi sylwi arno 'nghynt?'

'Mae'n debyg fod pawb ond ni'n gwybod yn barod,' meddai McKenna. 'A fedri di ddim fforddio atal y ffeithiau i arbed teimladau, dy rai dy hun na'i rhai hi.' Gwthiodd y bwcl drachefn â'i feiro. 'Wn i ddim sut y cafodd John Jones ei ddwylo ar hwn, ond yn sicr doedd o ddim yn anrheg gan Robert Allsopp, ac mae'n debyg y byddwn ni'n hir yn ceisio cael gwybod, oherwydd dwi ddim yn meddwl ei fod o'n mynd i roi pennod ac adnod inni'n sydyn.'

'Na!' gwaeddodd Jack i'r teleffon. ' 'Dach chi ddim yn torri ar draws fy mhryd bwyd i. Dwi ddim yn cael pryd, ydw i? Os na wna i fwyd fy hun?'

'Ydi . . . y . . . 'ngwraig i yna o hyd?' gofynnodd McKenna.

'Nac ydi, dydi hi ddim. Na 'ngwraig i chwaith,' byrlymodd Jack. 'Maen nhw wedi mynd allan am lymed. I be mae'r byd yn dod? Chredech chi ddim sut mae'ch bywyd chi'n syrthio'n ddarnau o flaen eich llygaid. Tŷ fel petai blydi bom wedi syrthio arno fo efo'r holl stwff mae'ch Denise chi wedi dod ag o i'r sêl garej 'ma maen nhw'n mynd i'w neud ar ôl y gwyliau; cesys, llyfrau, dillad isaf, siwtiau 'drochi ymhobman. Enwch chi nhw ac maen nhw yma yn rhywle, a'r unig beth fedra i ddim cael hyd iddo ydi rhywle i fwyta.'

'Ddaw pethau i drefn, Jack. Siŵr gen i fod Emma wedi gor-gynhyrfu braidd. Dowch i rannu cinio cantîn efo fi,' cynigiodd McKenna. 'Ella y medrwn ni gynnig rhyw gabare bach ar ôl y pryd.'

'Sut felly?'

'O, na!' Baglodd John Jones o'i gadair yn yr ystafell gyf-weld, wag gan afael yn dynn yng ngwasg ei drowsus. 'Dwi ddim yn siarad i mewn i unrhyw ffycin peiriant! Gwaith y Diafol, dyna ydyn nhw! Dwyn eich llais chi fel mae lluniau'n dwyn 'ch wyneb chi.' Eisteddodd drachefn, heb unman arall i fynd yn yr ystafell orlawn o swyddogion heddlu a'r cyfreithwyr ar alwad nos. Poerodd ar y llawr. 'Wyddoch chi'r glas ddim byd am ffycin ddim byd!'

'Ofergoel, yntê?' Pwysai Dewi yn erbyn y wal, a'i ddwylo yn ei bocedi. 'Fyddwn i ddim yn meddwl y byddai'r Diafol eisiau hyd yn oed eich arogl chi, John Beti, heb sôn am eich llais. Dydi hi ddim mor ddrwg â hynny arno.'

Glaswenodd John Jones. 'Ddysgi di'r bastard! Dysgu'r ffordd anodd be mae rhai pobl yn ei wybod yn barod. A dyna ti'n ffycin haeddu!' Trodd ar y cyfreithiwr, a chwyrnu, 'A gei di ffycio'n ôl i ble bynnag doist ti. Dwyt ti ddim yn cael dy ddwylo barus ar 'y mhres i!'

'O, rhowch gorau iddi!' meddai Dewi. 'Nid dyma'r

tro cyntaf i chi fod yma am neud rhyw ddrwg, a 'dach chi'n gwybod yn iawn fod y cyfreithiwr yn rhad ac am ddim.'

'Oes gan fy nghleient i record?' gofynnodd y cyfreithiwr.

'Am botsio eog o'r afon, ffesants o Stad y Faenol, a dwyn hanner tunnell o lo o iard y rheilffordd. Y rhai gwyddon ni amdanyn nhw ydi'r rheina,' meddai Dewi.

'Doedd gen i ddim ffycin pres am fwyd na glo, nac oedd? Be mae rhywun i fod i neud, felly, Mr Gwybod-pob-peth? Llwgu? Gadael i'w wraig gripil fynd yn oer a llwglyd?'

'Mae 'nghalon i'n gwaedu,' meddai Dewi. 'Fe werthoch chi'r eog a'r ffesants a'r glo, a gwario'r rhan fwya o'r arian i lawr yn y Tair Coron ac ar y cŵn.' Syllodd ar John Jones. 'Biti nad 'dach chi ddim yn meddwl am eich gwraig gripil a'i lles yn amlach, yn tydi?'

'Ffycin bastard yn sticio dy drwyn i mewn pan does gen ti ddim hawl!' gwylltiodd John Jones. Trodd ar McKenna. 'Pam wyt ti'n gadael iddo fo fy mwlio i? Meddwl nad dwi'n ddim ond cachu, yn twyt?'

'Be arall 'dach chi, felly?' mynnodd Dewi. 'Dwi'n meddwl mai chi ydi'r lwmp mwyaf o gachu tu allan i'r pwll carthffosiaeth mwyaf yng Nghymru.'

Dyrnodd McKenna ei ddwrn ar y bwrdd. 'Dyna ddigon! Cadw dy geg ar gau, Dewi Prys, os nad oes gen ti rywbeth gwerth ei ddeud. A chi, John Jones, gewch chi roi'r gorau i actio'r ffŵl!' Trodd y recordydd tâp ymlaen, a dal y belt gyda'i fwcl i John Jones a'i gyfreithiwr ei weld. 'Mae'r bwcl anghyffredin yma'n ffitio'r disgrifiad o'r bwcl oedd, mae'n debyg, ar y belt a glymai ddwylo Margaret Bailey. Ella y byddai Mr Jones yn hoffi deud sut y daeth o i'w feddiant.'

'Ddim o dy ffycin busnes di!'

'Ga i'ch atgoffa chi,' meddai McKenna, 'y gellir defnyddio'r recordiad tâp hwn fel tystiolaeth. Ga i felly awgrymu, Mr Jones, eich bod chi'n cymedroli'ch iaith?'

'Deud wrthoch chi am beidio rhegi mae Mr McKenna, John Beti,' ychwanegodd Dewi.

'A glywais i o'n deud wrthat ti am gau dy ffycin trap, Dewi Prys! Felly pam na nei di?'

'Mr Jones, newch chi, os gwelwch yn dda, ateb y cwestiynau a ofynnir i chi,' ymyrrodd y cyfreithiwr. 'Er eich lles eich hun.' Cododd y belt ac archwilio'r bwcl. 'Fyddwn i ddim yn dychmygu y byddai yna fwcl arall fel hyn yn unman yng Nghymru gyfan, felly heb achub y blaen ar unrhyw archwiliad na chyfaddawdu'r cyfweliad, os gwrthodwch chi ateb, wela i ddim fod gan yr heddlu unrhyw ddewis ond i'ch cyhuddo chi o lofruddio Margaret Bailey.'

Trodd wyneb John Jones yn fwgwd llwyd, afiach. 'Wnes i mo'i lladd hi! Ges i hyd i'w chorff.'

'Fe wyddon ni hynny,' meddai McKenna. 'Ddaethoch chi i ddeud wrthon ni, 'ndo? Dwedwch wrtha i, pryd cawsoch chi hyd i'w chorff hi gyntaf? Pryd y gwyddech chi gyntaf ei bod hi'n farw yn y coed?'

## Pennod 40

'Roedd ei dwylo wedi eu clymu â'r belt. Dorrais i'r bwcl i ffwrdd. A dyna'r cyfan 'nes i.' Rhythodd ar y llawr. 'Dda i ddim iddi hi, oedd o?'

'Pryd torroch chi o i ffwrdd?' gofynnodd McKenna.

'Pan ges i hyd iddi hi, 'ntê?'

'A pryd cawsoch chi hyd iddi?'

'Os dweda i wrthoch chi, be fyddwch chi'n neud imi?'

'Pam na ddwedwch chi wrthon ni i ddechrau, ac fe gawn ni weld ynghylch hynny wedyn,' perswadiodd McKenna.

A'i lais yn druenus, meddai John Jones. 'Ga i ffag? Dwi bron â thagu.'

Rhoddodd McKenna un o'i sigarennau ei hun i'r carcharor.

'Y ffycin ast yna oedd hi, yntê? Tynnodd lond ei frest o fwg i mewn.

'Pwy?'

'Honna sy gynnoch chi yn y celloedd.'

'Be naeth hi?'

'Lladd honno o Fwthyn y Grocbren, 'ntê?'

'Sut 'dach chi'n gwybod?'

'Mi ffycin gwelis hi, do?' poerodd, a gwlybaniaeth yn sboncio ar y bwrdd. 'Sut ffwc arall?'

'Wn i ddim,' meddai McKenna. 'Dwedwch chi wrtha i.'

'Roedden nhw'n ffraeo. Y tri ohonyn nhw.'

'Pa dri?'

'Hi o'r bwthyn, yr ast Stott 'na a Jamie Llaw Flewog.'

'Ffraeo ynghylch be?'

'Be wn i?'

'O, dwi'n meddwl eich bod chi'n gwybod, Mr Jones,' meddai McKenna. 'Mae'n siŵr eich bod chi'n gwrando . . . fyddwn i'n meddwl.'

'Be os oeddwn i? Dim ffycin deddf ynghylch gwrando ar bobl yn ffraeo, oes 'na?'

'Ddim i mi fod yn gwybod.' Bron nad oedd McKenna'n gwenu. 'Felly ynghylch beth oedd y ffrae?'

'Pres, 'ntê?'

'A phwy oedd yn ffraeo ynghylch pres?'

'Roedd yr ast Stott 'na yn chwarae'r diawl am fod y llall yn gwrthod rhoi pres iddi am rywbeth neu'i gilydd. Roedden nhw wedi bod wrthi hi ymhell cyn imi gyrraedd yno.'

'A Jamie?'

'Be amdano fo?'

'Be oedd o'n ei neud yno?'

Cymerodd John Jones sigarét arall o baced McKenna ar y bwrdd. 'Be 'dach chi'n feddwl oedd o'n ei neud yno? Hel ffycin llygad y dydd?'

Tynnodd McKenna'r sigarét allan o'i geg. 'Gwrandewch arna i, John Jones. Atebwch 'y nghwestiynau i pan dwi'n eu gofyn nhw. Pam roedd Jamie yno? Pa amser o'r dydd oedd y ffrae yma? Ynghylch be oedd y ffrae?'

'Roedden nhw'n ffraeo am bres. Ddwedais i.' Llygadodd John Jones y sigarét oedd yn dal i fod rhwng bysedd McKenna. 'Yn y bore oedd hi. Yn gynnar.'

'Pa mor gynnar?'

'Tua naw o'r gloch . . . ychydig yn hwyrach, ella. Es i heibio i'r bwthyn i'r coed am fod y giaffar wedi deud wrtha i am glirio tipyn o goed wedi pydru.' Poerodd John Jones. 'Ffycin Sais yn gneud imi gario coed fel petawn i'n blydi mul!'

'Does 'na ddim byd diraddiol mewn cario coed,' meddai McKenna. 'Wedi'r cyfan, gorfod i'n Gwaredwr lusgo'i groes ei hun i Golgotha, yn do? Pam roedd Jamie yno?'

'Iesu! 'Dach chi eisio ffycin llun? Roedd o yn y bwthyn y rhan fwyaf o nosweithiau roedd hi yno. Roedd o'n ei ffycio hi, yn toedd?'

'A Mrs Stott?'

'Dal bws cynnar mae'n debyg, neu gerdded. Wn i ddim, wn i? 'Rhosais i ddim i ofyn.' Crechwenodd. 'Ella fod y tri wrthi hi.'

Rhoddodd McKenna'r sigarét i lawr. 'Pryd oedd hyn? Faint yn ôl?'

'Blynyddoedd, yntê? Bron i bedair . . . Tachwedd . . . Ffycin oer ac yn piso bwrw fel arfer.'

'Dechrau Tachwedd? Canol? Diwedd?'

'Cyn noson Tân Gwyllt. Roedd y Clwb Rygbi'n casglu'r coed crin ar gyfer y goelcerth.'

'Iawn.' Cynigiodd McKenna dân. ''Drychwch faint fedrwch chi ei gofio pan 'dach chi'n trio. Be ddigwyddodd wedyn?'

'Gawson nhw gwffas.'

'Pwy?'

'Yr ast Stott a'r Saesnes.' Oedodd John Jones, gan sawru blas y baco. 'Roedd Jamie'n sgrechian arnyn nhw i roi'r gorau iddi, a chymeron nhw affliw o ddim sylw . . . mynd ymlaen ac ymlaen. Glywais i'r llall yn galw'r ast Stott yn enwau drwg, yn deud ei bod hi 'di gneud y gŵr ponslyd yn odiach nag oedd o'n barod ac yn troi ei phlentyn yn slwt gyda'r holl bethau roedd hi'n neud . . .' Oedodd drachefn. 'Fedrwn i ddim gneud ffycin sens allan ohono, heblaw'r Saesnes yn deud na roddai hi mo'r baw o dan ei hewinedd i Stott ar ôl be roedd hi wedi'i ddeud a'i neud. Dwedodd hi wrth Stott am godi 'ddiar ei thin dew, hyll a mynd i weithio, oherwydd doedd hi ddim yn mynd i gael mwy o bres ganddi hi.'

'Ac wedyn?'

'Ac wedyn roedd 'na sgrech erchyll ac fe aeth pobman yn ddistaw . . .' Edrychodd i lygaid McKenna, a'i lygaid ei hun yn dywyll gan boen. 'Rhuthrodd Jamie allan, yn wyn fel ffycin ysbryd, a chwydu'i berfedd ar lwybr yr ardd.'

Dechreuodd y recordydd tâp wichian. Arhosodd McKenna i Jack adnewyddu'r tâp, gan wrando ar anadl John Jones yn rhuglo yn ei frest denau. 'Ddylech chi roi'r gorau i'r 'smygu.'

Anwybyddodd John Jones ef. 'Mae Stott yn dod ar ôl Jamie a chydio yn ei wddw fel petai hi'n mynd i'w dagu o, ac mae o'n sgrechian ac yn ceisio ymladd efo hi . . . ei gwthio hi draw . . . fe ddwedodd hi os na fyddai o'n ei helpu hi, fe fyddai hi'n deud wrth eich criw chi mai fo laddodd y llall.'

'Wydden nhw eich bod chi yno?'

'Y? Wn i'm . . . Ro'n i yn y coed . . . Jamie yn mynd yn ôl i mewn, a dod allan wedyn, a baglu o gwmpas fel petai o wedi meddwi . . . i'r cefn yna ac allan yn gwthio berfa, a Stott yn gwylio o'r drws.'

'Yna be?'

'Maen nhw'n diflannu i mewn i'r bwthyn . . . ac yn dod allan wedyn . . . ac mae Jamie'n gwthio'r ferfa, a'r ast Stott yn ei wthio fo i lawr y llwybr, fel ffycin ci yn ymlid defaid.'

'Be oedd yn y ferfa?' gofynnodd McKenna yn dawel.

'Y Saesnes . . . yn fwndel fel bagiad o hen sbwriel, ei llaw yn llusgo ar y cerrig a'i phen yn dyrnu ac yn sboncio ar y llwybr, a'i gwallt yn maeddu i gyd . . .' Crynodd yn arswydus. 'Fedra i ei glywed o'r munud yma, medra!' sibrydodd. 'Dwi'n ffycin breuddwydio am y peth! Dwmp! Dwmp! Chredech chi byth y sŵn oedd 'na.'

'Oedd hi wedi marw?'

Syllodd John Jones ar McKenna. Gwlychodd ei wefusau a llyncu, a syllu drachefn. 'Nac oedd,' meddai wedi saib hir.

'Sut gwyddoch chi?'

'Fe ddeffrôdd hi, do?' mwngliodd.

'Newch chi ailadrodd hynna, os gwelwch chi'n dda?' gofynnodd McKenna. 'Yn uwch, er mwyn i'r recordydd tâp gael ei godi o'n iawn.'

'Ddwedais i,' chwyrnodd John Jones, 'ddeffrôdd hi!'

'Pryd?'

'Pan oedd Jamie Llaw Flewog yn ei gwthio hi i'r coed . . . roedd hi'n straffaglio ac yn gweiddi ac yn sgrechian,' meddai John Jones, a'i lais yn llawn ofn. 'Roedd hi'n gwybod be oedd yn digwydd, yn toedd?'

'Be wedyn?'

'Gwthiodd yr ast Stott Jamie allan o'r ffordd, a chychwyn ymladd efo hi . . .' Diflannodd ei lais. 'Fedrwn i ddim bod 'di gneud dim byd. Fedrwn i mo'u rhwystro nhw.'

'Rhwystro be?'

'Y cwffio . . . a'r gweddill ohono fo . . .' Llyncodd yr hen ŵr ar ei sigarét. 'Roedd Stott yn gwthio ac yn hyrddio, yn sgrechian am i'r llall gau ei ffycin geg, yn ei dyrnu hi . . . yn peltio ei hwyneb dro ar ôl tro, yn curo'i phen y ffordd yma a'r ffordd arall . . . cyrff dros bob ffycin man, a'r sgrechian a'r holl ffycin brain yn y coed yn gwylio'r cyfan . . .'

'Be arall welsoch chi, John Jones?' gofynnodd McKenna.

'Wn i'm . . .' Syllodd yn ymbilgar ar McKenna. 'Wn i'm.'

'Dwi'n meddwl ichi weld rhywbeth arall. Be naeth Mrs Stott?'

Ochneidiodd ochenaid flinedig. 'Pwyso ar y llall, ei gwthio hi'n ôl i'r ferfa. Mae gynni hi freichiau fel ffycin bonyn coeden, ac mae hi'n mynd yn goch yn ei hwyneb efo'r holl ymdrech. Aeth y llall yn ddistaw, a sgrechiodd Jamie, ac fe ddyrnodd Stott o yn ei wyneb mor galed fel y syrthiodd o . . .'

'Beth am y belt?'

'Orfododd hi Jamie Llaw Flewog i neud hynny. Dynnodd hi'r belt oddi am y Saesnes, a'i dal hi i lawr tra oedd Jamie yn clymu ei dwylo . . .' Oedodd, gan dapio'r lludw'n araf o flaen ei sigarét. 'Yna, fe gydiodd hi mewn dyrnaid o faw a dail marw oddi ar y ddaear, a'u stwffio nhw i geg y llall i'w thagu hi a'i rhwystro hi rhag sgrechian . . . Welais i ddim mwy, a dyna'r gwir.'

'Pryd gawsoch chi hyd i'r corff?'

'Dau, tri diwrnod wedyn,' mwngliodd John Jones. Gorlifai'r soser lwch gyda stwmpiau sigarennau, a drewdod y mwg yn llenwi'r ystafell glòs, gan suddo i ddilladau, a'i nyddu ei hun i mewn i walltiau.

'Oeddech chi 'di bod yn chwilio?'

'Wn i'm yn iawn. Ro'n i'n meddwl y bydden nhw

wedi ei thaflu hi i'r afon neu wedi ei chladdu hi . . . ges i hyd iddi ar fore dydd Sul pan oeddwn i allan. Mae Beti'n mynd i'r capel ar fore Sul.'

'Dwedwch wrtha i pam roeddech chi allan,' meddai McKenna. 'Inni gael gwybod y cyfan.'

'Ro'n i'n gosod trapiau cwningod, os 'di'n rhaid ichi gael gwybod. A 'nes i ddim ffycin dal 'run, felly fedrwch chi mo 'nghael i am hynny.'

'Ble roedd hi?'

'Yn hongian oddi ar y ffycin goeden lle gawsoch chi hyd iddi! Ble 'dach chi'n meddwl oedd hi?'

'A phryd aethoch chi â'r bwcl?'

'Beth amser wedyn.'

'Pam?'

'Pam? Dwi 'di deud! Dda i ddim iddi hi, oedd o?'

'Ac ym mha gyflwr oedd y corff?'

'Iesu! Wyddoch chi ddim byd?'

'Dwi'n gofyn ichi ddeud wrtha i.'

'Roedden nhw'n crafangio drosti hi, am ei bod hi'n crogi fel ffycin ffesant, a syrthiodd y blydi cynhron drosta i pan dynnais i'r bwcl. Roedd ei llygaid hi wedi mynd erbyn hynny . . . brain neu biod, mae'n debyg. Wn i'm p'run.'

'Aethoch chi ag unrhyw beth arall?' gofynnodd McKenna. 'Aethoch chi i Fwthyn y Grocbren ar unrhyw adeg, a dwyn rhywbeth?'

'Ella.' Syllodd John Jones ar y bwrdd. 'Ella ddim.'

'Do neu naddo?'

'Es i draw i'r lle wedi i'r ast glirio popeth allan. Iesu! Ddylech chi fod wedi ei gweld hi'n gwthio stwff i gefn y fan fel ffycin Tarzan, a Jamie Llaw Flewog yn sefyll yno efo'i geg ar agor.'

'Be gymeroch chi?'

'Rhyw siaced ffansi a sgert roedd hi wedi eu gadael ar y llawr. Ro'n i'n meddwl y bydden nhw'n dda i rywbeth i rywun, felly es i â nhw i Beti.'

'A beth naeth hi efo nhw?'

'Eu rhoi nhw i'r wrach 'na, Meri Ann, am ei bod hi'n dewach.'

'Ac yna?' prociodd McKenna.

'Ac fe aeth y Meri Ann yna o'i cho, yn do?' cyhoeddodd John Jones. 'Deud y daw anlwc am ddwyn oddi ar y marw, a'u taflu nhw'n ôl i Beti.' Cymerodd sigarét arall. 'Orfododd Beti imi fynd â nhw'n ôl i'r bwthyn 'na, felly stwffiais i nhw o dan y llawr i fyny'r grisiau . . . roedden nhw'n drewi, fel y corff yn y coed.'

' 'Dach chi'n deud wrtha i,' gofynnodd McKenna, 'fod Meri Ann a Beti yn gwybod am y corff drwy'r adeg?'

Chwarddodd John Jones yn sbeitlyd. 'Roedd yr holl ffycin pentre'n gwybod, heblaw hwnna yn 'reglwys.'

'Felly pam na ddwedodd rhywun wrthon ni?'

'Deud wrthoch chi? Pam? Roedd hi wedi marw, yn toedd? Fyddai deud wrth bobl ddim wedi gneud unrhyw wahaniaeth. Beth bynnag, ffycin fforinar oedd hi, a dyna pam ddigwyddodd pethau, dwi'n meddwl. Dydi pobl ddim eisio bod yn rhan o beth fel'na achos fyddan nhw byth yn gwybod ble bydd o'n gorffan. Drychwch ar yr holl helynt rŵan, dim ond am imi ddeud wrthach chi.' Oedodd, yna cododd ei ben yn sydyn. 'Ddyliwn i fod wedi cau fy ffycin ceg stiwpid, dyliwn? Doedd y corff yn gneud dim drwg i neb.'

'Pam ddwetsoch chi wrthon ni felly, John Jones?'

Crynodd yr hen ŵr. 'Hy! Dwi'n meddwl iddi 'ngweld i yn y coed, neu roedd y Jamie Llaw Flewog 'na 'di gneud, yna 'di deud. Yrrodd hi'r sipsi 'na ar f'ôl i, bob man dwi'n blydi mynd, dydd a ffycin nos! A wn i ddim be mae hi wedi ddeud wrtho fo am ei neud. Drychwch be sy wedi digwydd i Jamie Llaw Flewog.' Diffoddodd y sigarét. 'Ddim yn ffansïo crogi oddi ar ryw ffycin coeden fel y llall, oeddwn i?'

'Petaech chi wedi deud wrthon ni ynghynt,' meddai McKenna'n dawel, 'gallai Jamie fod yn fyw o hyd.'

'A be os byddai o?'

'Fedrech chi fod wedi ei achub o.'

'I be? Ers pryd y mae Jamie a'i fath yn werth eu hachub i ddim byd?'

'Wel, Jack,' meddai McKenna, 'mae dy *deus ex machina* wedi troi i fyny yn union ar amser. Ddim yn hollol yn y ffurf roeddet ti'n ei ddychmygu, mae'n debyg.'

'Do hefyd?' Agorodd ei geg. 'Fydd Emma am fy ngwaed i. Welsoch chi faint ydi hi o'r gloch?' Gan wenu, meddai, 'Gafodd 'rhen Dewi fwy o lond llygad nag roedd o'n ei ddisgwyl yn y bwthyn 'na, do? Ddylai ei neud o'n boblogaidd tu hwnt yn y cantîn am fisoedd i ddod.'

'Dwi ddim yn meddwl y bydd o eisio'i drafod o,' meddai McKenna. 'Roedd o eisio ei adael allan o'i adroddiad, yn gymaint i arbed ei wyneb ei hun ag un yr hen wraig . . . Rywfodd fedra i mo'i dychmygu hi a John Beti yn ei neud o, fedrwch chi?'

'Fedrwch chi ddim dychmygu llawer o bobl yn cael cyfathrach rywiol,' meddai Jack. 'Ac nid oherwydd eu bod nhw mor blydi hyll â'r ddau yna. O, wel . . . o leiaf 'dan ni 'di darganfod pwy naeth beth i bwy, er bod argyhoeddi rheithgor yn beth gwahanol.'

'Mae hynny'n wir bob amser. Pryd 'dach chi'n mynd ag Emma a Denise i'r maes awyr fory?'

'Mae'r awyren yn gadael am hanner dydd, ac maen nhw'n meddwl bod yn Rhodes i gael noson allan.' Gwingodd Jack. 'Fedra i yn fy myw beidio poeni yn eu cylch nhw, wyddoch chi. 'Dach chi'n clywed am bethau dychrynllyd yn digwydd ar y cyfandir, yn tydach?'

'Mae 'na bethau dychrynllyd yn digwydd ym mhobman. Ddylen ni wybod hynny'n well na neb.'

'Cysur mawr 'dach chi, 'ntê?'

'Mae'ch gwraig chi'n eneth fawr rŵan. A f'un i hefyd. Dwi'n siŵr eu bod nhw'n fwy na tebol i edrych ar eu holau eu hunain.'

'Dwi'n gwybod hynny,' meddai Jack yn boenus. 'Ond beth petai Em ddim eisio gneud hynny? Mae pawb yn gwybod beth mae haul poeth a diferyn o ddiod yn ei neud i'r bwriadau gorau.'

'Petai Emma yn gwybod be 'dach chi'n ei feddwl, fe fyddai hi'n cael ei brifo'n ofnadwy,' meddai McKenna. 'Ac nid heb reswm.'

'Ro'n i'n meddwl y byddech chi wedi mynd adref erbyn hyn, syr,' meddai Dewi. 'Welais i'r Arolygydd Tuttle yn gadael dro byd yn ôl.' Eisteddodd wrth ochr desg McKenna. 'Mae'r ddau 'na yn y celloedd wedi cael eu bwydo a'u dyfrio a'u cloi dros nos.'

'Ydi Beti Gloff wedi cael gwybod ein bod ni'n cadw'i gŵr?'

'Ydi, syr. Ydan ni'n mynd i wneud rhywbeth yn ei chylch hi a Meri Ann? Naethon nhw'n trin ni fel pypedau ar linyn, yndo?'

'Dwi'n cael fy nhemtio'n arw i roi cyhuddiad o

gynllwynio yn eu herbyn nhw,' meddai McKenna. 'A fory, fe ddweda i wrth Beti Gloff, gyda'i choesau herciog a'i llygaid croes a'i llais crawclyd, a Meri Ann efo'i phaneidiau te a'i phacedi o fisgedi a chwedlau am ddoe, yn union pa mor ffodus ydyn nhw nad ydyn nhw ddim yn ymuno â John Beti a'r llall yn y celloedd.'

'Dipyn o lwc yn cael hyd i'r bwcl, mae'n debyg. Ond fedrwn i fod wedi gneud efo cael hyd iddo mewn rhyw ffordd arall, wir.'

'Na, Dewi, wnest ti waith ditectif da iawn, chwarae teg iti. Ac mae 'na dipyn o olygfeydd hyllach yn d'aros di tu cefn i ddrysau caeedig na dau hen berson yn cael cyfathrach rywiol,' meddai McKenna. 'Be oedd gan Gwen Stott i'w ddeud? Rhywbeth o werth?'

Rhedodd Dewi ei fysedd drwy'i wallt, ystum tebyg i un McKenna ei hun. 'Wn i ddim a ydi o'n syniad da i'w chael hi a John Beti yn yr un adeilad, heb sôn am ddrws nesa i'w gilydd.'

'Pam?'

'Fe glywodd pawb ohonon ni John Beti yn sôn amdani'n gwthio dodrefn i mewn i'r fan. Fel Tarzan, medda fo, 'ntê? Fyddai o ddim yn fy synnu i petai hi'n tynnu'r wal i lawr i gyrraedd ato fo.'

'Be ddwedaist ti wrthi hi?'

'Dim ond rhyw grybwyll hyn a'r llall. Es i ofyn be oedd hi eisio i de, ac fe ddechreuodd hi baldareuo ynghylch sut y newidiodd Romy yn sydyn, stopio bod yn ffrind iddi hi ac yn y blaen,' meddai Dewi. 'Yna fe ddaeth hi allan efo'r truth yma ynghylch Romy yn gneud gwe o'i hamgylch hi gyda'i holl gyfrinachau dyfnaf a thywyllaf, yna'n ymosod arni fel pry copyn yn mynd am bry wedi ei ddal yn ei gwe. Ac mae hi'n meddwl fod Romy wedi gneud iddi deimlo hyd yn oed yn fwy diwerth nag mae ei gŵr yn ei neud yn ôl pob golwg.' Cuchiodd. 'Mae hi'n honni iddi gymryd enw Romy i gael gwared â'r diffygion mae pobl eraill yn ddeud sydd ynddi.'

'Diddorol,' sylwodd McKenna.

' 'Dach chi'n meddwl hynny, syr? Dwi'n meddwl ei fod o'r hyn y mae Arolygydd Tuttle yn ei alw'n "sothach seicolegol". Beth bynnag, mi ddigwyddais i ddeud inni siarad efo John Beti ac fe ddechreuodd hi boeri geiriau ata i. Mae John Beti, meddai hi, yn hen greadur gwyrdröedig, afiach. Sbecian arnyn nhw yn y bwthyn a sniffian ar ôl Romy, oedd yn rhy brysur yn ei neud o efo Jamie i sylwi rhyw lawer.'

'Felly?' prociodd McKenna.

Cododd Dewi ei ysgwyddau. 'Felly soniais i be fu John Beti yn ei ddeud wrthon ni ac fe aeth hi'n lloerig. Eisteddodd hi'n rhythu arna i â'r llygaid oer ofnadwy yna sydd ganddi hi, a dweud, "Wyddoch chi be, cwnstabl?" Felly ddwedais i, "Be?" Ac fe ddwedodd hi, "Roedd Jamie Llaw Flewog eisio mwy a mwy o arian i gadw'i geg ar gau, felly eisteddais i ar ei frest a gwrando nes iddo stopio anadlu. Ac fe wna i'r un peth i John Jones." Naeth hi i wallt fy mhen i godi. Mae hi'n ei feddwl o, 'chi.'

'Does gen i ddim amheuaeth nad ydi hi,' meddai McKenna. 'Byddai'n dda o beth cynghori John Jones i farw o achosion naturiol erbyn i Gwen Stott ddod allan.'

' 'Dach chi'n meddwl ei bod hi'n lloerig, syr?'

'Nacdw, dwi ddim, ond mae hi eisio inni gredu ei bod hi, ac mae'n siŵr gen i bydd rhyw seiciatrydd yn fwy na bodlon i weld ei ffordd hi o feddwl cyn yr achos.'

' 'Dach chi'n meddwl y llwyddith hi i gael dedfryd o ddiffyg cyfrifoldeb, felly?'

'Fel yr eglurodd Dr Roberts, lloerig neu beidio, gaiff hi fynd o dan glo,' meddai McKenna. 'Yn fy marn i, mae ganddi hi lai o gydwybod nag oedd gan Jamie Llaw Flewog erioed. Gad inni roi'r gorau iddi am heddiw, Dewi. Fydd 'na ddigon i'w neud fory.'

'Dwi ddim yn gweithio'r penwythnos yma, syr.'

'Wn i hynny. Unrhyw beth arbennig wedi ei drefnu?'

'O, wyddoch chi . . . yr arferol . . .'

'Ti'n siŵr o fwynhau dy hun fwy na Jack Tuttle, beth bynnag ydi o,' gwenodd McKenna. 'Roedd o'n iawn am y rheswm i'r ddynes yna ladd. Trachwant plaen, pa syniadau ffansi bynnag hoffai Gwen Stott inni eu credu.'

'Dyna ydi o fel arfer,' meddai Dewi. 'Mae pobl bob amser eisio rhywbeth maen nhw'n meddwl sydd gan rywun arall: cariad, arian . . . Os nad ydi o'r naill, yna'r llall ydi o. Y ddau, weithiau.' Gwnaeth bentwr taclus o'r papurau rhyddion ar ddesg McKenna. 'Dydi pobl byth yn dysgu peidio bod yn farus, nacdyn, syr? Byth yn dysgu na fedrwch chi ddim gneud hynny heb fod 'na ganlyniad.'

Wrth gerdded i fyny'r allt i'w gartref, gobeithiai McKenna na fyddai ysbryd llon Dewi byth yn cael ei fygu gan we o drachwant wedi ei nyddu gan ryw dywysoges benfelen, ac na fyddai doethineb y bachgen ddim yn ei adael pan oedd fwyaf ei angen. Gobeithio'n ofer, meddai wrtho'i hun, wrth droi i'w stryd ei hun, oherwydd fe syrthiai Dewi i'r un maglau â dynion eraill, hyd yn oed y rhai mwyaf gwyliadwrus: maglau abwyd bywyd gydag addewid am bob math o hud a lledrith.

Cadwai'r gath ei gwyliadwriaeth y tu cefn i'r drws ffrynt, a throelli o amgylch ei fferau cyn gynted ag y camodd hi dros y rhiniog, gan ganu grwndi a siarad. Cariodd hi i lawr y grisiau, a sefyll ger y drws cefn agored tra oedd hi'n archwilio'r ardd fechan. Edrychodd McKenna dros y ddinas, ar oledd to, ar ongl talcen, yn weladwy yma ac acw yn y gerddi cudd y tu cefn i siopau a swyddfeydd y Stryd Fawr, ar y blodau'n olau yn y llwyd-dywyll, ac ar y mwg yn codi'n llinell bensel denau o ryw hen simnai dal. Ffrwydrodd fflyd o ystlumod o'r coed a hedfan yn ddu yn erbyn yr awyr, a'r gath yn eu gwylio gan godi ei phen a sefyll yn barod, ar fin neidio. Dros grib y mynydd i'r gorllewin, hongiai lleuad newydd yn llachar mewn awyr o las dwfn, fel cryman y Pladurwr Mawr wedi ei forthwylio o aur.

# Epilog

Llosgai haul y pnawn y tu allan i swyddfa McKenna, a'r darnau cysgod yn chwarae'n ôl ac ymlaen wrth i'r awel symud ym mrigau'r goeden onnen. Rhoddodd ddatganiad Beti Gloff mewn ffolder gyda datganiadau preswylwyr eraill pentref Salem, a'i thystiolaeth hi, fel y gweddill, brin werth y papur yr ysgrifennwyd hwy arno. Doedd hi ddim yn gwybod dim byd nac yn amau dim byd: pe bai rhywun yn dweud unrhyw beth yn wahanol, yn cynnwys ei gŵr, yna gadael i'w ddychymyg fynd yn drech nag o yr oedd o. Roedd Meri Ann yr un mor anwybodus, a di-amheuaeth ac yn llym ei chondemniad o holl dwyll John Jones, ac o'i ddychymyg gwyllt a'i hurtrwydd cynhenid, a gwawdiai ei honiadau ynghylch erledigaeth gan sipsi.

Gan danio sigarét, trodd at adroddiad Dr Rankilor ar Gwen Stott, gan nodi o'r llythyr amgaeedig nad oedd yr adroddiad yn honni bod yn ddatganiad terfynol o ran ei chymhwyster neu fel arall i sefyll ei phrawf, ond yn unig yn ddadansoddiad seiciatrig o'i phroblemau. Cyn iddo orffen darllen y paragraff cyntaf, gwyddai McKenna fod Dr Rankilor yn troedio tiriogaeth Freud, a'i fod yn cywain cnwd toreithiog. Nid llofrudd dideimlad oedd Gwen Stott nac ychwaith rywun yn trin a thrafod pobl ac arian yn gwbl ddidostur. Gellid ei rhestru gyda Romy Cheney a Jamie Llaw Flewog yn rhengoedd y fyddin fythol-gynyddol o ddioddefwyr a gâi eu porthi gan anghenion heb eu diwallu a chan fethiant y rheiny roedd hi'n ddigon diniwed i ymddiried ynddyn nhw.

Roedd ei bywyd yn un o dlodi, yn faterol ac yn emosiynol. Dihangodd o dân oer ei chartref teuluol i badell ffrio wag ei phriodas â Christopher Stott, a hwnnw'n ddyn anaeddfed yn emosiynol, dyn gwan ac ofnus, ansicr ei dueddiadau rhywiol, na fedrai gynnig mewn unrhyw ffordd yr hyn y gallai ei wraig yn rhesymol ei ddisgwyl.

Daeth Romy Cheney i mewn i'r sefyllfa ar adeg dyngedfennol, gan gychwyn cadwyn o ddigwyddiadau trychinebus. Ffurfiwyd y ddolen gyntaf y dydd y cyfarfu â Gwen. Roedd yn Gwen ryw gryfder wedi ei fagu ar drallod, cryfder nad oedd ynddi hi'i hun. A hithau'n cuddio'i thlodi y tu ôl i storïau o gyfoeth a chyffro, llwyddodd Romy i rwydo Gwen gydag anrhegion a gwyliau penwythnos yn y bwthyn moethus. Rhoddodd iddi gipolwg bryfoclyd ar fyd lle na fedrai Gwen hawlio lle o gwbl. Roedd yn rhaid iddi fodloni ar friwsion o fwrdd y wraig gyfoethog. Gan ddyfynnu Freud, roedd yr adroddiad yn datgan: *mae dymuniadau heb eu gwireddu yn rym nerthol y tu cefn i ffantasïau; ym mhob ffantasi unigol fe welir cyflawni dymuniad, a gwelliant ar realedd anfoddhaol.* Drwy gael byw yn ffantasi Romy, dechreuodd ffantasi Gwen ddioddef yn nannedd eiddigedd, y math o eiddigedd y teimlai'r truan digartref tuag at rywun yn byw mewn plasty.

Diffoddodd McKenna'r sigarét a syllu allan drwy'r ffenest, a'r heulwen a adlewyrchai oddi ar wal y gyfnewidfa deleffon yn dallu'i lygaid. Roedd gan Dr Rankilor arddull dda, meddyliodd. Rhy dda, efallai, oherwydd roedd yn ei dynnu oddi wrth ffeithiau i fydoedd dyfalu a dychmygu, ac yn y pen draw at ramant.

Yng nghoridor cul llwydni ei bywyd, a llewyrch

llachar lantern ei chyfeillgarwch efo Romy i'w harwain, gwelai Gwen droad yma a gwyriad fan draw i'w denu; ond iddi wrando ar gyngor Romy, câi deithio gweddill ei siwrnai heb ŵr i'w llesteirio. I Romy doedd rhwyg priodasol o ddim pwys, oherwydd roedd hi wedi gadael ei gŵr ei hun ac yna'i chariad. Cafodd ei swcro a'i pherswadio i ddefnyddio pobl yn unig tra gallai, ac yna eu troi heibio fel hen ddillad wedi treulio. Methodd Gwen weld yr arwyddion o berygl. Methodd ddeall, nes roedd hi'n rhy ddiweddar, y byddai Romy — yn hwyr neu'n hwyrach — yn defnyddio'r un athroniaeth gyda'u cyfeillgarwch hwy. Gwawriodd y ddealltwriaeth pan oedd hi'n rhy hwyr a Gwen Stott wedi ei rhwydo'n dynn yng ngwe sidanaidd, ludiog Romy.

Ar y bore oer hwnnw o Dachwedd trodd Romy arni, heb reswm na rhybudd o fath yn y byd. Y gath yn rhoi'r gorau i ganu grwndi, yn fflachio'i hewinedd gan neidio i ladd. Dywedodd bethau dychrynllyd wrth Gwen. Edliw pethau iddi, ei bychanu a'i gwawdio. Rhwygodd ei breuddwydion brau yn garpiau gwaedlyd a'u lluchio fel llarpiau budron wrth ei thraed, fel petai wedi mynd yn orffwyll yn sydyn, a'i meddwl efallai wedi ei wyrdroi gan ddiod a chyffuriau. Dychrynodd Gwen am ei bywyd. Fe'i gorffwyllwyd yn ei ffordd ei hun o wybod fod gobaith wedi marw a'r dewis wedi ei gipio ymaith. Doedd dim byd ar ôl ond dychwelyd at noethni llwm chwerwder amrwd ei phriodas. *Roedd Mrs Stott yn llawn trallod*, ysgrifennodd Dr Rankilor. *Collodd bob rheolaeth dros dro, pob dealltwriaeth o beth fyddai'r canlyniad*. Aeth Romy ati i ymosod ar Gwen, a thynnu ei gwallt a rhwygo'i hwyneb ag ewinedd hirion, miniog, tra oedd Jamie, a oedd yno oherwydd ei fod yn gariad i Romy, yn ceisio'i thynnu ymaith. Syrthiodd, a tharo'i phen yn erbyn cornel carreg yr aelwyd; cofiai Gwen sŵn crensian dychrynllyd y gwrthdrawiad, a Romy yn gorweddian yn anymwybodol wrth ei thraed, a sgrechian gorffwyll Jamie.

Jamie benderfynodd ladd. Jamie aeth am y ferfa. Jamie gododd y wraig lipa y mwynhaodd ei gwely a'i chorff yn ddiweddar, gan ei llusgo hi i'r ferfa. Jamie wthiodd y ferfa i ganol y coed. Jamie glymodd ei dwylo. Jamie glymodd y rhaff o amgylch ei gwddf ac o amgylch y gangen. Daliodd ei hun yn erbyn boncyff y goeden tra oedd o'n tynnu ac yn halio'r rhaff a'i llwyth oddi ar y ddaear. Jamie arhosodd i fyny yn y goeden, a'i goesau o bobtu cangen y grocbren, yn ysmygu'r naill sigarét ar ôl y llall, ymhell wedi i gorff Romy Cheney beidio â neidio a dawnsio ar ben ei raff. Wnaeth Gwen ddim byd ond gwylio, wedi ei syfrdanu, ei hurtio a'i harswydo y tu hwnt i bob dealltwriaeth, ac aeth Jamie i'w fedd ei hun dri haf yn ddiweddarach gyda gwaeth enw wedi ei roi iddo gan geg faleisus Gwen Stott na'r enw drwg a enillodd iddo'i hun.

Drwy ddamwain y bu farw Jamie. Ac yntau'n orffwyll gan ddiod a chyffuriau ac yn farus am fwy a mwy o'r ysbail, dechreuodd fygwth enwi Gwen yn llofrudd petai hi'n gwrthod yr hyn roedd o'n ei hawlio. Pan ymwrolodd hi ddigon i wneud yr union beth hynny, ymosododd arni fel ci a'r gynddaredd arno. Tynnodd Dr Rankilor sylw at y lluniau a dynnwyd o anafiadau Gwen: *prawf mwy na digonol o'i geiriau*, petai angen prawf.

I Gwen, aeth y dyddiau a'r wythnosau yn dilyn marwolaeth Romy heibio yn y cyflwr hwnnw o syfrdandod sy'n dilyn unrhyw brofedigaeth, gydag amser yn golygu dim byd, y synhwyrau fel petaent wedi eu fferru, ac ymwybyddiaeth yn aneglur. Mynnodd Jamie fynd â dodrefn Romy a'i phethau i gartref y Stottiaid, gan ddweud fod yn rhaid i'r bwthyn fod yn wag, heb ddim byd ar ôl i ennyn chwilfrydedd ynglŷn â diflaniad sydyn y tenant. Wrth ddod o hyd i'r llyfr sieciau a'r cardiau credyd pan gadwodd hi weddillion bodolaeth Romy, sylweddolodd Gwen y gallai hi o hyd achub peth da o'r holl ddrwg, nid iddi'i hun, ond ar gyfer ei phlentyn. Yn ogystal â bod yn beryglus, roedd Romy hefyd yn frolreg, ac ni wnâi unrhyw gyfrinach o'i chyfoeth nac o ble y daeth o. Darbwyllodd Gwen ei hun fod arian Romy fel pob arian, yn eiddo i bwy bynnag a gâi afael arno. Cymerodd ef yn eiddo iddi'i hun, i'w gadw tan ddiwrnod glawog ar gyfer dyfodol Jenny. Ychydig bunnoedd yn unig a wariodd dros y blynyddoedd ers y digwyddiad erchyll, am ei bod yn rhy ofnus o gael ei dal, o wneud tyllau yn yr unig rwyd ddiogelwch oedd ar gael i'w phlentyn. Gwyliai'n ddiymadferth wrth i drachwant di-ben-draw Jamie wneud y tyllau yn ei lle, nes daeth yr amser pan na fedrai wylio rhagor.

Diffoddodd McKenna sigarét arall wedi llosgi'n lludw, a throi at baragraffau olaf Dr Rankilor. Diweddglo heb gasgliadau, ond a godai gwestiynau pellach, gan agor mwy o ffyrdd o deithio i feddwl Gwen Stott. Gyda'r atgofion o'r diwrnod dychrynllyd hwnnw a'r perygl a'i bygythiai ym mhobman byth ers hynny yn ei harteithio, cymerodd enw Romy. Drwy ryw resymeg ryfedd, efallai ei bod hi'n atgyfodi'r wraig i osgoi wynebu'i marwolaeth. Neu efallai iddi ddwyn yr enw a'i holl gysylltiadau fel petai'n fin sbwriel y gallai daflu'r pethau roedd hi'n eu casáu a'u dirmygu yn ei chylch ei hun i mewn iddo. Roedd yn rhaid i Romy farw oherwydd fod Gwen Stott, fel pawb arall, am gael gwared o'r person oedd yn ei hatgoffa o'i gwarth; *oherwydd fedrai neb,* ysgrifennodd Dr Rankilor, *ddweud am Romy Cheney fod ei bywyd fel lluwch eira na fyddai'n gadael ei ôl.* Na fedrai wir, meddyliai McKenna, wrth gofio am Jenny a'i thad a Trefor Prosser wedi eu staenio'n annileadwy gan fudreddi Romy Cheney. *Ac felly,* meddai Dr Rankilor, *cafodd Mrs Stott wared fel petai ar ryw wastraff gwenwynllyd, a doedd yr hyn yr edrychai'r byd arno fel ei helwa o gorff a marwolaeth Romy Cheney yn ddim ond ffurf o wneud iawn am bechod, o gymryd pechodau a drygioni'r wraig, fel mae'r bwytawr-pechod yn cymryd o'r wledd wedi ei gosod ar y corff, ac yn gwneud iawn unwaith yn rhagor am fod yn alltud.*

Ar ôl iddo ddihysbyddu'r dyfalu a'r dychmygu, trodd Dr Rankilor at ramant, gan awgrymu fod Gwen Stott, heb yn wybod iddi'i hun, yn dymuno marwolaeth Romy, ac felly wedi methu ei hachub hi oddi wrth anrheithiau Jamie. Oherwydd Romy oedd wedi dadlennu'r cancr o fewn teulu Gwen ei hun, sef y bwgan dychrynllyd o losgach, a hwnnw'n fwy dychrynllyd fyth unwaith y deallodd Gwen fod ei merch yn chwarae'r rhan ddeuol o ddioddefwr a denwr, gan lithro fel llysywen o'r naill i'r llall. *Golygfa glasurol,* ysgrifennodd y seiciatrydd, *lle na allai neb ond y fam achub.* Ond ni fedrai Gwen Stott wybod mai dim ond ffantasi arall oedd achub o'r fath nes i'r canlyniadau echrydus ddechrau atseinio yn ei phen.

Gan danio'i drydedd sigarét, gadawodd McKenna i eiriau a lluniau redeg drwy'i feddwl, wrth gofio am eiriau Gwen Stott yn dweud wrtho i Romy ei chodi, mynd â hi am reid, ac yna ei gadael hi ar y ffordd. Pa ffordd tybed, dyfalodd? A pha niwed difrifol a ddioddefodd ei ffrind pan wthiwyd hi allan o'r car cyflym, a'i gadael yn bownsio a rowlio ar wyneb caled y ffordd ddieithr honno? Ond cyn i adroddiad Dr Rankilor ddechrau codi cydymdeimlad, fe'i rhoddodd o'r neilltu. Sgriblodd nodiadau ar dudalen fawr o bapur i atgoffa'i hun nad oedd Dr Rankilor yn unman yn sôn am John Jones. Oherwydd John Jones oedd y pry yn eli'r seiciatrydd, yr hen bry bach annifyr yna a godai'i ben o bentwr anferth y rhesymoli a'r amddiffyn o'r hyn nad oedd modd ei amddiffyn.

Llosgodd y sigarét yn braf rhwng ei fysedd tra meddyliai am y syniadau a fynegwyd gan Dr Rankilor. Doedd hwnnw chwaith, yn ôl pob golwg, fel fo'i hun yn union, ddim yn medru gweld Gwen Stott yn glir. Roedd hi fel person a welid mewn drych: camsyniad gweledol oedd hi, a'r unig beth a welai pob person oedd adlewyrchiad o'r anwiredd gwreiddiol, fel petai'r ddelwedd a'i anwiredd yn cael ei adlewyrchu'n ddiderfyn mewn dau ddrych cyfochrog. Gwen Stott yn unig allai ddod o hyd i'r gwirionedd. Hi'n unig wyddai ble roedd o'n casglu ac yn crynhoi y tu cefn i'r ddelwedd. A gwyddai McKenna na lwyddai hi byth, oherwydd doedd hi ddim yn dymuno canfod na gweld.

Gan dynnu llewys ei grys i lawr a chau'r botymau, casglodd y pentwr anferth o bapurau ar ei ddesg a chydio yn ei gôt oddi ar gefn y drws. Gadawodd y swyddfa am ddistawrwydd pnawn Sul y ddinas, a rhyw lond dwrn yn unig o lafnau'n segura ar y palmant y tu allan i Woolworth gyda'u genod lliwgar. Dawnsiai gwastraff dydd Sadwrn i lawr y stryd wrth gael ei ymlid gan y gwynt gorllewinol a godai. Sgleiniai heulwen ar y toeau, gan bwysleisio'r budreddi ar y palmentydd a'r paent wedi ei wisgo gan y tywydd ar hen fframiau ffenestri. Chwythai chwenc chwerw iach yr eithin o'r mynydd wrth i McKenna gerdded, a'i siaced ar agor, yn hamddenol i ben y Stryd Fawr, ar hyd Ffordd y Traeth ac i lawr at y pier; gwaith haearn wedi ei addurno â phren, yn bwrw allan dros chwarter milltir i'r Fenai. Tynnodd ei sbectol, rhag ofn i'r gwynt ei chipio ymaith wrth iddo sefyll ar ben y pier a'r môr yn rhedeg yn gyflym o dan ei draed. Ar draws y dŵr, edrychai glannau Môn yn ddigon agos i'w cyffwrdd, a'r mynyddoedd y tu cefn iddo'n berffaith glir yn erbyn yr awyr las-olau. I'r gorllewin, roedd Pont Menai yn rhychwantu'r afon, yn urddasol a manwl-gywir ac yn fformiwla fathemategol wedi ei phrofi mewn carreg a haearn.

Ar deras caffi'r pier, bwytaodd frechdanau cyw iâr a chacen fefus. Yfodd ddwy baned o goffi a thynnu llythyr Denise o boced ei frest. Gwisgodd ei sbectol i ddarllen, gan oedi yma ac acw dros ryw air neu ymadrodd a sgriblwyd yn ei llawysgrifen flêr ar y papur post-awyr glas, tenau. Llosgodd y sigarét yn y soser lwch. Diffoddodd hi a thanio un arall gan syllu allan ar y môr gyda'r clytiau tywyll o heigiau pysgod o dan wyneb y llanw, y gwylanod yn troelli ac yn deifio, a'r twristiaid cynnar yn mynd am dro ar y pier. Gyferbyn â Biwmares, roedd fflyd fechan o gychod pleser yn hwylio'n igam-ogam, eu hwyliau'n llawn, fel conau hufen iâ yn sboncio ar y môr. Yn bellach fyth, yn llwyd ei ffurf fel petai'n gefn morfil anferth yn y dŵr, gorweddai Pen y Gogarth. Rhythodd, a rhyw arlliw o atgof yn fflicran ar hyd ymyl y cof fel fflam ar ddiffodd. Wrth geisio dal y gynffon a'i chadw'n llonydd am ddigon o hyd i edrych arni, fe'i gadawyd yn meddwl yn unig am dir breuddwyd ar ymyl y byd. Cip yn unig a gafodd cyn iddo ddiflannu.

Wedi talu'r bil, plygodd y llythyr yn ddiogel yn ei boced. Cerddodd yn ôl i fyny Ffordd y Traeth ac ymlaen at fynwent y cyngor, drwy'r giatiau haearn-bwrw uchel, gan grensian y graean ar hyd y llwybrau wrth grwydro rhwng y beddau. Y tu hwnt i resi o gerrig beddau, chwythai'r gwynt y coed, a'u dail yn llydan agored ac yn llachar fel paent newydd, a'u harogl ar yr awyr. Wrth eistedd ar sedd bren, gwelai olygfa wahanol o'r mynyddoedd i'r un a welsai o'r pier. Yn awr roedden nhw'n gefndir i simnai fudr-gan-fwg yr amlosgfa. Dridiau ynghynt, llosgwyd gweddillion Romy Cheney a chodai cyrlen o fwg a rhith o wres gwyn eiriasboeth i'r awyr uwchben y simnai. Yn ei chynhebrwng roedd rheithor y pentref, fo'i hun a Dewi, ac Eifion Roberts, a sgwrsiai efo dyn o'r cyngor. Cynigiodd Robert Allsopp dalu am y cynhebrwng, gan dderbyn yn gyfnewid y bocs bychan o bren mâl a lludw asgwrn i'w wasgaru ar ddarn o rostir Swydd Derby, i'w droelli yno ar y gwyntoedd, a'i sathru dan garnau mil o ddefaid a'i olchi i ffosydd gan y glaw, a'i gladdu'n ddwfn dan eira'r gaeaf. Doedd dim angen unrhyw beth er cof am Romy Cheney, meddyliodd McKenna, oherwydd roedd hi'n rhy fyw o'r hanner yng nghof Jenny Stott i fedru'i hanghofio'n weddus, fel y dylid anghofio'r marw ymhen amser. Meddyliodd amdani'n crogi yng Nghoed y Castell, yn porthi natur fel mae celain yn porthi, ei chyfoeth bydol yn cael ei grafu gan fwlturiaid dynol. Ni theimlai'r mymryn lleiaf un o dristwch.

Adnabu Allsopp y bwcl ar unwaith. Profodd gwyddonwyr a thechnegwyr anhysbys mai cnawd

Gwen Stott oedd y crafiadau o dan ewinedd Jamie. Yng ngharafán fudr Jamie roedd chwe ôl bys iddi a phrofwyd mai yn ei llawysgrifen hi, Gwen Stott, y llofnodwyd enw Romy Cheney amryw o weithiau gan ei lapio, felly, yn daclus ac yn dwt mewn parsel o euogrwydd. Roedd John Jones yn y carchar o hyd, yn mynnu cael ei waliau llydan a'i ddrysau clöedig i'w amddiffyn, gan fwynhau'r enwogrwydd ac yn disgwyl fawr mwy na rhyw slapan fach ar ei addwrn am fod yn llaw flewog.

Diffoddodd McKenna ei sigarét a heliodd dipyn o raean dros y stwmp â blaen ei droed. Yna cerddodd tuag at lain o goed gerllaw'r afon, gan glywed rhuthr y dŵr islaw'r tir. Efallai y byddai'n cyfarfod Beti Gloff allan yn crwydro, meddyliodd, neu Meri Ann yn cael ei hebrwng gan ei mab i ymweld â bedd ei gŵr. Wrth chwilio amdanyn nhw y diwrnod roedd Denise wedi hedfan i Rhodes, daethai wyneb yn wyneb â'r ddwy wraig yng nghegin ddrewllyd Meri Ann, y ddwy wrthi'n clegar uwch y cwpanau te fel rhyw ddwy hen wrach. Yn ôl John Jones, dyna oedden nhw. Doedd fawr o ots gan yr un o'r ddwy am yr hyn oedd ganddo i'w ddweud. Rhyw godi'i hysgwyddau'n ddistaw wnaeth Beti Gloff. Cafodd y fraint o glywed Meri Ann yn dweud mai Ewyllys Duw oedd Ewyllys Duw, a phwy oedd o na hi i ddadlau â hynny?

A'i goesau'n brifo braidd, cafodd hyd i sedd arall ar fainc farmor isel yng nghysgod y coed. Y tu cefn iddo llifai'r afon yn gyflym, yn llawn glaw o'r mynyddoedd. O dan draed roedd y gwelltglas yn llaith a heb ei dorri wedi ei sgeintio â llygad y dydd â'u pennau ar agor i'r haul. Meddyliodd am Christopher Stott, Jenny a Trefor Prosser gan deimlo'n sicr fod mwy o ddrwg eto i ddod, er gwaethaf gobeithion newydd Prosser a chred Stott fod rhwd yn bwyta'i gadwyn ef o'r diwedd. Roedd Jenny yn wystl o hyd a'i dyfodol yn llwm, a'r fam a ddylai fod yn ei chofleidio ac yn ei hamddiffyn dan glo a'i ffantasïau'n gysur iddi.

Tynnodd lythyr Denise o'i boced, a'r gwynt yn clecian drwy'r tudalennau gan fygwth eu cario nhw i droelli'n uchel i'r coed ac allan o'i afael am byth. Dim cyfarchiad, dim 'Anwylaf', fel y byddai hi unwaith wedi ei ysgrifennu. Dim hyd yn oed ei enw. Dim byd ond dyddiad wedi ei sgriblo o dan 'Athen'; llythyr hir, straellyd gwraig, yn llawn geiriau miniog ond geiriau yn brin o synnwyr cyffredin. Ailblygodd y tudalennau, gan sylweddoli y byddai hi'n dychwelyd ymhen deuddydd; gwyddai mai rhith oedd hi bellach o'i dychymyg ei hun, a'r wraig a ddeisyfai yntau yn rhith o'i ddychymyg o'i hun. Meddyliodd am yr holl ferched yn ei fyd, a meddwl nad oedd dim yn fwy gwir na geiriau'r wraig o Rwsia a ddywedodd, 'Be ydi bywyd i ferch heb chwedlau, hel straeon a sôn a siarad?'

Crensiai'r graean o dan draed wrth iddo gerdded yn araf tuag at giât y fynwent, gan deimlo gwynegu yn ei goesau, ac oerni'r nos yn cydio yn ei wddf a blaenau'i fysedd. Meddyliodd ble tybed y gorffwysai baban Rebekah. Y baban bach a lofruddiwyd, a'i esgyrn bychain bellach wedi mynd yn ddim. Gwelodd ddaear ddu, noeth bedd newydd, a'r pridd yn dal yn bentwr dros ei arch a'r blodau'n gwywo'n felynfrown a drewllyd o amgylch ei ymylon. Teimlodd sgytwad yn ei stumog, oherwydd gorweddai Jamie o dan y ddaear ddu, a'r man wedi ei nodi gan groes bren gam a rhif wedi ei beintio'n flêr arni. Wrth sefyll ger troed y bedd, meddyliodd McKenna am y gwasanaeth diflas, brysiog yng nghapel y fynwent, a'r claddu cyflym tra oedd o a Dewi yn sefyll ar wahân i'r grŵp bychan o alarwyr. Gwyliodd y ddau fam Jamie, yn denau yn ei du llwydaidd, a thrallod wedi dwyn y lliw o'i hwyneb a hithau'n cydio ym mreichiau'r dyn y dywedai pobl oedd yn dad i'w mab, ond a briododd ei chwaer. Roedd colli Jamie bron fel colli ffrind, meddyliodd, oherwydd o leiaf roeddech chi'n gwybod yn iawn am Jamie a'i holl ddiawledigrwydd, a fedrai neb ddweud pwy ddeuai i gymryd ei le yng nghynllun pethau, i lenwi'r bwlch a adawyd gan ei farw. A fyddai'r teulu'n rhoi carreg arno cyn gynted ag y byddai'r ddaear a'i mygai yn caledu ac yn gwastatáu? A beth fydden nhw'n ei ysgrifennu arno? Trodd i wylio gwiwer lwyd wrth iddi neidio'n sydyn o'r tu cefn i geriwb marmor. Gwyliodd hi'n sgrialu tua'r coed, gan obeithio na fyddai neb yn ddigon creulon ei hiwmor i gerfio 'Jamie Llaw Flewog' ar y marmor neu'r wenithfaen ddu neu'r lechen las. Diflannodd y wiwer o'r golwg yn y gwair hir. Trodd McKenna yn ôl ac edrych yn syth i lygaid y dyn a safai wrth ben bedd Jamie, a'r heulwen yn llachar yn ei wallt hir, du a hongiai o amgylch yr wyneb gwelw wrth i'r gwynt ei godi'n donnau o amgylch y gwddf. Gyda'r anadl wedi fferru yn ei ysgyfaint, rhwygodd McKenna ei lygaid ymaith o'r rhai a gafodd eu trwytho yn nhywyllwch ac anobaith y canrifoedd. Baglodd yn ddall i fyny'r llwybr, gan glustfeinio am sŵn traed y tu cefn iddo, ond gwyddai na fyddai'r un sibrwd lleiaf o sŵn wrth i'r dyn ddod yn ddigon agos i osod ei ddwylo meirwon, oer o amgylch gwddf McKenna ac anadlu arogl y bedd yn ei wyneb.